Robert Samuel Wright, John E. L Shadwell

A Golden Treasury of Greek Prose

Robert Samuel Wright, John E. L Shadwell

A Golden Treasury of Greek Prose

ISBN/EAN: 9783337366957

Printed in Europe, USA, Canada, Australia, Japan

Cover: Foto ©Andreas Hilbeck / pixelio.de

More available books at **www.hansebooks.com**

Clarendon Press Series

A GOLDEN TREASURY

OF

GREEK PROSE

BY

R. S. WRIGHT, M.A.

Fellow of Oriel: Barrister at Law

AND

J. E. L. SHADWELL, M.A.

Senior Student of Christ Church

Oxford

CONTENTS.

I. THE IONIAN AGE.

II. THE ATTIC AGE.

 CONTENTS.

NOTES.

ERRATA.

Page 55,   line 8.   Insert a comma after ἀρχὴν

„ 106,   „ 68.   For δέονται. read δέονται,

„ 107,   „ 114.   For ὁρῶν read ὡρῶν

„ 108,   „ 126.   For καλεῖτε read καλεῖται

„ 134,   v. 1.   Strike out the words in brackets.

„ 144,   line 9.   For πλημμύρα read πλήμμυρα

„ 160,   „ 5.   For μερῶν read μελῶν

„ 172,   „ 21.   For ἥδισα read ἥδιστα

„ 175,   i. 3.   For Λιονύσου read Διονύσου

„ 195,   line 4.   For ἄλλα read ἄλλοι

BOOK I.

THE IONIAN AGE.

B.C. 800—440.

THE IONIAN AGE.

I.

Spartan Rhetra, B.C. 800 (?).

Διὸς Συλλανίου καὶ ᾿Αθηνᾶς Συλλανίας ἱερὸν ἱδρυσάμενον, φύλας φυλάξαντα καὶ ὠβὰς ὠβάξαντα, τριάκοντα γερουσίαν σὺν ἀρχαγέταις καταστήσαντα, ὥρας ἐξ ὥρας ἀπελλάζειν μεταξὺ Βαβύκας τε καὶ Κνακίωνος, οὕτως εἰσφέρειν τε καὶ ἀφίστασθαι· † γαμωδαν γοριαν η μην † καὶ κράτος.

II.

Pherecydes of Syros, B.C. 600.

i. Ζεὺς μὲν καὶ Χρόνος εἰς ἀεὶ καὶ Χθὼν ἦν· Χθονίη δὲ ὄνομα ἐγένετο Γῆ ἐπειδὴ αὐτῇ Ζεὺς γέρας διδοῖ.

ii. Ζὴς ποιεῖ φᾶρος μέγα τε καὶ καλὸν καὶ ἐν αὐτῷ ποικίλλει γῆν καὶ ὠγῆνον καὶ τὰ ὠγήνου δώματα * * * καὶ ἐπὶ δρυὶ ὑποπτέρῳ ποικίλλει τὸ φᾶρος.

III.

Anaximander, B.C. 560.

i. Νοῦς ἀθάνατος καὶ ἀνώλεθρος.

ii. Ἡ σελήνη ψευδοφαής.

IV.

Acusilaus, B.C. 530.

Ὠκεανὸς δὲ γαμεῖ Τηθὺν ἑαυτοῦ ἀδελφήν· τῶν δὲ γίγνονται τρισχίλιοι ποταμοί· Ἀχελῷος δὲ αὐτῶν πρεσβύτατος καὶ τετίμηται μάλιστα.

V.

Hecataeus, B.C. 500.

i. Ἑκαταῖος Μιλήσιος ὧδε μυθεῖται· τάδε γράφω, ὥς μοι ἀληθέα δοκέει εἶναι· οἱ γὰρ Ἑλλήνων λόγοι πολλοί τε καὶ γελοῖοι, ὡς ἐμοὶ φαίνονται, εἰσίν.

ii. Ὀρεσθεὺς ὁ Δευκαλίωνος ἦλθεν εἰς Αἰτωλίαν ἐπὶ βασιλείᾳ καὶ κύων αὐτῷ στέλεχος ἔτεκε· καὶ ὃς ἐκέλευσε αὐτὸν κατορυχθῆναι· καὶ ἐξ αὐτοῦ ἔφυ ἄμπελος πολυστάφυλος· διὸ καὶ τὸν αὐτοῦ παῖδα Φύτιον ἐκάλεσε· τούτου δ' Οἰνεὺς ἐγένετο, κληθεὶς ἀπὸ τῶν ἀμπέλων· οἱ γὰρ παλαιοὶ Ἕλληνες οἴνας ἐκάλουν τὰς ἀμπέλους. Οἰνέως δ' ἐγένετο Αἰτωλός.

iii. Κῆυξ δὲ ταῦτα δεινὰ ποιεύμενος αὐτίκα ἐκέλευε τοὺς Ἡρακλείδας ἐπιγόνους ἐκχωρεῖν· οὐ γὰρ ὑμῖν δυνατός εἰμι ἀρήγειν· ὡς μὴ ὦν αὐτοί τε ἀπόλησθε κἀμὲ τρώσητε, ἐς ἄλλον τινὰ τόπον ἀποίχεσθαι.

VI.

Heracleitus, B.C. 500.

i. Τοῦ λόγου τοῦδε ἐόντος αἰεὶ ἀξύνετοι γίνονται ἄνθρωποι καὶ πρόσθεν ἢ ἀκοῦσαι καὶ ἀκούσαντες τὸ πρῶτον· γινομένων γὰρ πάντων κατὰ τὸν λόγον τόνδε, ἀπείροισι ἐοίκασι πειρώμενοι καὶ ἐπέων καὶ ἔργων τοιουτέων ὁκοῖα ἐγὼ διηγεῦμαι διαιρέων κατὰ φύσιν καὶ φράζων ὅκως ἔχει· τοῖς δὲ ἄλλους ἀνθρώπους λανθάνει ὁκόσα ἐγερθέντες ποιέουσι, ὅκωσπερ ὁκόσα εὕδοντες ἐπιλανθάνονται.

ii. Ἀξύνετοι ἀκούσαντες κωφοῖς ἐοίκασι· φάτις αὐτοῖσι μαρτυρέει " παρεόντας ἀπεῖναι."

iii. Κύνες βαΰζουσι ὃν ἂν μὴ γινώσκωσι.

iv. Ἐὰν μὴ ἔλπησθε ἀνέλπιστον, οὐκ ἐξευρήσετε ἀνεξεύρετον ἐὸν καὶ ἄπορον.

v. Χρυσὸν οἱ διζήμενοι γῆν πολλὴν ὀρύσσουσι καὶ εὑρίσκουσι ὀλίγον.

vi. Σίβυλλα μαινομένῳ στόματι ἀγέλαστα καὶ ἀκαλλώπιστα καὶ ἀμύριστα φθεγγομένη χιλίων ἐτῶν ἐξικνεῖται τῇ φωνῇ διὰ τὸν θεόν.

vii. Ἓν τὸ σοφὸν μοῦνον λέγεσθαι ἐθέλει καὶ οὐκ ἐθέλει Ζηνὸς οὔνομα.

viii. Ὕβριν χρὴ σβεννύειν μᾶλλον ἢ πυρκαϊήν.

ix. Ξὶν νόῳ λέγοντας ἰσχυρίζεσθαι χρὴ τῷ ξυνῷ πάντων ὅκωσπερ νόμῳ πόλις καὶ πολὺ ἰσχυροτέρως· τρέφονται γὰρ πάντες οἱ ἀνθρώπινοι νόμοι ὑπὸ ἑνὸς τοῦ θείου· κρατέει γὰρ τοσοῦτον ὁκόσον ἐθέλει καὶ ἐξαρκέει πᾶσι καὶ περιγίνεται.

x. Ποταμῷ οὐκ ἔστι δὶς ἐμβῆναι τῷ αὐτῷ· ἕτερα γὰρ ἐπιρρέει ὕδατα.

xi. Ἥλιος οὐχ ὑπερβήσεται μέτρα· εἰ δὲ μὴ, Ἐριννύες μιν Δίκης ἐπίκουροι ἐξευρήσουσιν.

xii. Κόσμον τὸν αὐτὸν ἁπάντων οὔτε τις θεῶν οὔτε ἀνθρώπων ἐποίησεν· ἀλλ᾽ ἦν ἀεὶ καὶ ἔσται, πῦρ ἀείζωον, ἁπτόμενον μέτρῳ καὶ ἀποσβεννύμενον μέτρῳ.

xiii. Ὁδὸς ἄνω κάτω μίη.

xiv. Παλίντονος ἁρμονίη κόσμου ὅκωσπερ λύρης καὶ τόξου.

xv. Πιθήκων ὁ κάλλιστος αἰσχρὸς ἀνθρώπων γένει συμβάλλειν. ἀνθρώπων ὁ σοφώτατος πρὸς θεὸν πίθηκος φανεῖται.

xvi. Αἰὼν παῖς ἐστι παίζων, πεττεύων· παιδὸς ἡ βασιληίη.

xvii. Πυρὸς ἀνταμείβεται πάντα καὶ πῦρ ἁπάντων, ὥσπερ χρυσοῦ χρήματα καὶ χρημάτων χρυσός.

xviii. Καὶ τοῖσι ἀγάλμασι τουτέοισι εὔχονται, ὁκοῖον εἴ τις τοῖσι δόμοισι λεσχηνεύοιτο, οὔτε γινώσκων θεοὺς οὔτε ἥρωας οἵτινές εἰσι.

xix. Θεοὶ θνητοὶ ἄνθρωποι τ᾽ ἀθάνατοι, ζῶντες τὸν ἐκείνων θάνατον, θνήσκοντες τὴν ἐκείνων ζωήν.

xx. Ἀνθρώπους μένει ἀποθανόντας ἄσσα οὐκ ἔλπονται οὐδὲ δοκέουσι.

xxi. Ἦθος ἀνθρώπῳ δαίμων.

xxii. Αὔη ψυχὴ σοφωτάτη καὶ ἀρίστη.

xxiii. Ψυχὴ ξηρὴ ἀρίστη ὥσπερ ἀστραπὴ νέφους διαπταμένη τοῦ σώματος.

xxiv. Ἀνὴρ νήπιος ἤκουσε πρὸς δαίμονος ὅκωσπερ παῖς πρὸς ἀνδρός.

xxv. Βλὰξ ἄνθρωπος ἐπὶ παντὶ λόγῳ ἐπτοῆσθαι φιλεῖ.

xxvi. Ἐδιζησάμην ἐμεωυτόν· καὶ τῶν ἐν Δελφοῖς γραμμάτων θειότατον ἐδόκει τὸ Γνῶθι σαυτόν.

xxvii. Πουλυμαθίη νόον οὐ διδάσκει· Ἡσίοδον γὰρ ἂν ἐδίδαξε καὶ Πυθαγόρην, αὖθίς τε Ξεινοφάνεά τε καὶ Ἑκαταῖον.

VII.

Charon, B.C. 480.

i. Ῥοῖκος δρῦν θεασάμενος ἤδη μέλλουσαν ἐπὶ γῆν καταφέρεσθαι, προσέταξε τοῖς παισὶν αὐτὴν ὑποστηρίξαι· ἡ δὲ μέλλουσα συμφθείρεσθαι τῇ δρυὶ νύμφη, ἐπιστᾶσα τῷ Ῥοίκῳ, χάριν μὲν εἰδέναι ἔφασκεν ὑπὲρ τῆς σωτηρίας, ἐπέτρεπε δὲ αἰτήσασθαι ὅτι βούλοιτο· ὡς δὲ ἐκεῖνος ἠξίου συγγενέσθαι αὐτῇ, ἐπιζήμιον μὲν 5 ἔλεγεν εἶναι τοῦτο· φυλάττεσθαι δὲ ὅμως ἑτέρας γυναικὸς ὁμιλίαν. ἔσχον δὲ μεταξὺ αὐτῶν ἄγγελον μέλισσαν. καί ποτε πεττεύοντος αὐτοῦ περιίπταται ἡ μέλισσα· πικρότερον δέ τι ἀποφθεγξάμενος, εἰς ὀργὴν ἔτρεψε τὴν νύμφην, ὥστε πηρωθῆναι.

ii. Βισάλται εἰς Καρδίην ἐστρατεύσαντο καὶ ἐνίκησαν· ἡγεμὼν δὲ τῶν Βισαλτέων ἦν Ὄναρις· οὗτος δὲ παῖς ὢν ἐν τῇ Καρδίῃ ἐπράθη καί τινι Καρδιηνῷ δουλεύσας κορσωτεὺς ἐγένετο· Καρδιηνοῖς δὲ λόγιον ἦν ὡς Βισάλται ἀπίξονται ἐπ' αὐτούς· καὶ πυκνὰ περὶ τούτου διελέγοντο ἐν τῷ κορσωτηρίῳ ἰζάνοντες. καὶ ἀποδρὰς 5 ἐκ τῆς Καρδίης εἰς τὴν πατρίδα τοὺς Βισάλτας ἔστειλεν ἐπὶ τοὺς Καρδιηνούς, ἀποδειχθεὶς ἡγεμὼν ὑπὸ τῶν Βισαλτέων. οἱ δὲ Καρδιηνοὶ πάντες τοὺς ἵππους ἐδίδαξαν ἐν τοῖς συμποσίοις ὀρχεῖσθαι ὑπὸ τῶν αὐλῶν· καὶ ἐπὶ τῶν ὀπισθίων ποδῶν ἱστάμενοι τοῖς προσθίοις ὠρχοῦντο ἐξεπιστάμενοι τὰ αὐλήματα. ταῦτα οὖν 10 ἐπισταμένος Ὄναρις ἐκτήσατο ἐκ τῆς Καρδίης αὐλητρίδα· καὶ

ἀπικομένη ἡ αὐλητρὶς εἰς τοὺς Βισάλτας ἐδίδαξε πολλοὺς αὐλητάς·
μεθ᾽ ὧν δὴ καὶ στρατεύεται ἐπὶ τὴν Καρδίην. καὶ ἐπειδὴ ἡ μάχη
συνειστήκει, ἐκέλευσεν αὐλεῖν τὰ αὐλήματα ὅσα οἱ ἵπποι τῶν
15 Καρδιηνῶν ἐξεπισταίατο· καὶ ἐπεὶ ἤκουσαν οἱ ἵπποι τοῦ αὐλοῦ
ἔστησαν ἐπὶ τῶν ὀπισθίων ποδῶν καὶ πρὸς ὀρχησμὸν ἐτράποντο·
τῶν δὲ Καρδιηνῶν ἡ ἰσχὺς ἐν τῇ ἵππῳ ἦν· καὶ οὕτως ἐνικήθησαν.

VIII.

Anaxagoras, B.C. 450.

Ὁμοῦ πάντα χρήματα ἦν * * * εἶτα νοῦς ἐλθὼν αὐτὰ διε-
κόσμησε.

IX.

Herodotus, B.C. 440.

Croesus *the son of Alyattes.*

i. Τελευτήσαντος δὲ ᾽Αλυάττεω, ἐξεδέξατο τὴν βασιληΐην Κροῖ-
σος ὁ ᾽Αλυάττεω, ἐτέων ἐὼν ἡλικίην πέντε καὶ τριήκοντα· ὃς δὴ
Ἑλλήνων πρώτοισι ἐπεθήκατο ᾽Εφεσίοισι. ἔνθα δὴ οἱ ᾽Εφέσιοι
πολιωρκεόμενοι ὑπ᾽ αὐτοῦ, ἀνέθεσαν τὴν πόλιν τῇ ᾽Αρτέμιδι, ἐξά-
5 ψαντες ἐκ τοῦ νηοῦ σχοινίον ἐς τὸ τεῖχος. ἔστι δὲ μεταξὺ τῆς τε
παλαιῆς πόλιος, ἣ τότε ἐπολιορκέετο, καὶ τοῦ νηοῦ, ἑπτὰ στάδιοι.
πρώτοισι μὲν δὴ τούτοισι ἐπεχείρησε ὁ Κροῖσος· μετὰ δὲ, ἐν μέρει
ἑκάστοισι ᾽Ιώνων τε καὶ Αἰολέων, ἄλλοισι ἄλλας αἰτίας ἐπιφέρων·
τῶν μὲν ἐδύνατο μέζονας παρευρίσκειν, μέζονα ἐπαιτιώμενος, τοῖσι
10 δὲ αὐτῶν καὶ φαῦλα ἐπιφέρων. ὡς δὲ ἄρα οἱ ἐν τῇ ᾽Ασίῃ
Ἕλληνες κατεστράφατο ἐς φόρου ἀπαγωγὴν, τὸ ἐνθεῦτεν ἐπενόεε,
νέας ποιησάμενος, ἐπιχειρέειν τοῖσι νησιώτῃσι. ἐόντων δέ οἱ πάν-

τῶν ἑτοίμων ἐς τὴν ναυπηγίην, οἱ μὲν Βίαντα λέγουσι τὸν Πριηνέα
ἀπικόμενον ἐς Σάρδις. οἱ δὲ Πιττακὸν τὸν Μυτιληναῖον, εἰρομένου
Κροίσου εἴ τι εἴη νεώτερον περὶ τὴν Ἑλλάδα, εἰπόντα τάδε, κατα-
παῦσαι τὴν ναυπηγίην· " ὦ βασιλεῦ, νησιῶται ἵππον συνωνέονται
μυρίην, ἐς Σάρδις τε καὶ ἐπὶ σὲ ἔχοντες ἐν νῷ στρατεύεσθαι."
Κροῖσον δὲ, ἐλπίσαντα λέγειν ἐκεῖνον ἀληθέα, εἰπεῖν· " αἲ γὰρ
τοῦτο θεοὶ ποιήσειαν ἐπὶ νόον νησιώτῃσι, ἐλθεῖν ἐπὶ Λυδῶν παῖδας
σὺν ἵπποισι." τὸν δὲ, ὑπολαβόντα φάναι· " ὦ βασιλεῦ, προθύ-
μως μοι φαίνεαι εὔξασθαι νησιώτας ἱππευομένους λαβεῖν ἐν ἠπείρῳ,
οἰκότα ἐλπίζων· νησιώτας δὲ τί δοκέεις εὔχεσθαι ἄλλο, ἢ, ἐπεί τε
τάχιστα ἐπύθοντό σε μέλλοντα ἐπὶ σφίσι ναυπηγέεσθαι νέας,
λαβεῖν ἀρώμενοι Λυδοὺς ἐν θαλάσσῃ, ἵνα ὑπὲρ τῶν ἐν τῇ ἠπείρῳ
οἰκημένων Ἑλλήνων τίσωνταί σε, τοὺς σὺ δουλώσας ἔχεις ;"
κάρτα τε ἡσθῆναι Κροῖσον τῷ ἐπιλόγῳ· καί οἱ (προσφυέως γὰρ
δόξαι λέγειν) πειθόμενον, παύσασθαι τῆς ναυπηγίης. καὶ οὕτω
τοῖσι τὰς νήσους οἰκημένοισι Ἴωσι ξεινίην συνεθήκατο. χρόνου
δὲ ἐπιγινομένου, καὶ κατεστραμμένων σχεδὸν πάντων τῶν ἐντὸς
Ἅλυος ποταμοῦ οἰκημένων (πλὴν γὰρ Κιλίκων καὶ Λυκίων, τοὺς
ἄλλους πάντας ὑπ' ἑωυτῷ εἶχε καταστρεψάμενος ὁ Κροῖσος· εἰσὶ
δὲ οἴδε, Λυδοὶ, Φρύγες, Μυσοὶ, Μαριανδυνοὶ, Χάλυβες, Παφλα-
γόνες, Θρήϊκες, οἱ Θυνοί τε καὶ Βιθυνοὶ, Κᾶρες, Ἴωνες, Δωριέες,
Αἰολέες, Πάμφυλοι·) κατεστραμμένων δὲ τούτων, καὶ προσεπικτω-
μένου Κροίσου Λυδοῖσι, ἀπικνέονται ἐς Σάρδις ἀκμαζούσας πλούτῳ
ἄλλοι τε οἱ πάντες ἐκ τῆς Ἑλλάδος σοφισταὶ, οἱ τοῦτον τὸν χρόνον
ἐτύγχανον ἐόντες, ὡς ἕκαστος αὐτῶν ἀπικνέοιτο· καὶ δὴ καὶ Σόλων,
ἀνὴρ Ἀθηναῖος, ὃς Ἀθηναίοισι νόμους κελεύσασι ποιήσας, ὑπεδή-
μησε ἔτεα δέκα, κατὰ θεωρίης πρόφασιν ἐκπλώσας, ἵνα δὴ μή τινα
τῶν νόμων ἀναγκασθῇ λῦσαι τῶν ἔθετο. αὐτοὶ γὰρ οὐκ οἷοί τε
ἦσαν αὐτὸ ποιῆσαι Ἀθηναῖοι· ὁρκίοισι γὰρ μεγάλοισι κατείχοντο,

δέκα ἔτεα χρήσεσθαι νόμοισι τοὺς ἄν σφι Σόλων θῆται. αὐτῶν
δὴ ὦν τούτων καὶ τῆς θεωρίης ἐκδημήσας ὁ Σόλων εἵνεκεν, ἐς
Αἴγυπτον ἀπίκετο παρὰ Ἄμασιν, καὶ δὴ καὶ ἐς Σάρδις παρὰ
45 Κροῖσον. ἀπικόμενος δὲ, ἐξεινίζετο ἐν τοῖσι βασιληίοισι ὑπὸ τοῦ
Κροίσου· μετὰ δὲ, ἡμέρῃ τρίτῃ ἢ τετάρτῃ, κελεύσαντος Κροίσου,
τὸν Σόλωνα θεράποντες περιῆγον κατὰ τοὺς θησαυροὺς, καὶ ἐπε-
δείκνυσαν πάντα ἐόντα μεγάλα τε καὶ ὄλβια. θεησάμενον δέ μιν τὰ
πάντα καὶ σκεψάμενον ὥς οἱ κατὰ καιρὸν ἦν, εἴρετο ὁ Κροῖσος
50 τάδε· " ξεῖνε Ἀθηναῖε, παρ' ἡμέας γὰρ περὶ σέο λόγος ἀπῖκται
πολλὸς, καὶ σοφίης εἵνεκεν τῆς σῆς καὶ πλάνης, ὡς φιλοσοφέων
γῆν πολλὴν θεωρίης εἵνεκεν ἐπελήλυθας, νῦν ὦν ἵμερος ἐπείρεσθαί
μοι ἐπῆλθε, εἴ τινα ἤδη πάντων εἶδες ὀλβιώτατον;" ὁ μὲν,
ἐλπίζων εἶναι ἀνθρώπων ὀλβιώτατος, ταῦτα ἐπειρώτα. Σόλων δὲ,
55 οὐδὲν ὑποθωπεύσας, ἀλλὰ τῷ ἐόντι χρησάμενος, λέγει· " ὦ βασι-
λεῦ, Τέλλον Ἀθηναῖον·" ἀποθωυμάσας δὲ Κροῖσος τὸ λεχθὲν,
εἴρετο ἐπιστρεφέως· " κοίη δὴ κρίνεις Τέλλον εἶναι ὀλβιώτατον;"
ὁ δὲ εἶπε· " Τέλλῳ, τοῦτο μὲν, τῆς πόλιος εὖ ἡκούσης, παῖδες
ἦσαν καλοί τε κἀγαθοὶ, καί σφι εἶδε ἅπασι τέκνα ἐκγενόμενα, καὶ
60 πάντα παραμείναντα· τοῦτο δὲ, τοῦ βίου εὖ ἥκοντι, ὡς τὰ παρ'
ἡμῖν, τελευτὴ τοῦ βίου λαμπροτάτη ἐπεγένετο. γενομένης γὰρ
Ἀθηναίοισι μάχης πρὸς τοὺς ἀστυγείτονας ἐν Ἐλευσῖνι, βοηθήσας,
καὶ τροπὴν ποιήσας τῶν πολεμίων, ἀπέθανε κάλλιστα. καί μιν
Ἀθηναῖοι δημοσίῃ τε ἔθαψαν αὐτοῦ τῇπερ ἔπεσε, καὶ ἐτίμησαν
65 μεγάλως." ὡς δὲ τὰ κατὰ τὸν Τέλλον προετρέψατο ὁ Σόλων τὸν
Κροῖσον εἴπας πολλά τε καὶ ὄλβια, ἐτειρώτα τίνα δεύτερον μετ'
ἐκεῖνον ἴδοι, δοκέων πάγχυ δευτερεῖα γῶν οἴσεσθαι. ὁ δὲ εἶπε·
" Κλέοβίν τε καὶ Βίτωνα. τούτοισι γὰρ, ἐοῦσι γένος Ἀργείοισι,
βίος τε ἀρκέων ὑπῆν, καὶ πρὸς τούτῳ, ῥώμη σώματος τοιήδε·
70 ἀεθλοφόροι τε ἀμφότεροι ὁμοίως ἦσαν, καὶ δὴ καὶ λέγεται ὅδε ὁ

λόγος. ἐούσης ὁρτῆς τῇ Ἥρῃ τοῖσι Ἀργείοισι, ἔδεε πάντως τὴν μητέρα αὐτῶν ζεύγεϊ κομισθῆναι ἐς τὸ ἱρόν· οἱ δέ σφι βόες ἐκ τοῦ ἀγροῦ οὐ παρεγίνοντο ἐν ὥρῃ· ἐκκληϊόμενοι δὲ τῇ ὥρῃ οἱ νεηνίαι, ὑποδύντες αὐτοὶ ὑπὸ τὴν ζεύγλην, εἷλκον τὴν ἅμαξαν, ἐπὶ τῆς ἁμάξης δέ σφι ὀχέετο ἡ μήτηρ. σταδίους δὲ πέντε καὶ τεσσερά- 75 κοντα διακομίσαντες, ἀπίκοντο ἐς τὸ ἱρόν· ταῦτα δέ σφι ποιήσασι, καὶ ὀφθεῖσι ὑπὸ τῆς πανηγύριος, τελευτὴ τοῦ βίου ἀρίστη ἐπεγέ- νετο. διέδεξέ τε ἐν τούτοισι ὁ θεὸς, ὡς ἄμεινον εἴη ἀνθρώπῳ τεθνάναι μᾶλλον ἢ ζώειν. Ἀργεῖοι μὲν γὰρ περιστάντες ἐμακάριζον τῶν νεηνιέων τὴν ῥώμην· αἱ δὲ Ἀργεῖαι, τὴν μητέρα αὐτῶν, οἵων 80 τέκνων ἐκύρησε. ἡ δὲ μήτηρ περιχαρὴς ἐοῦσα τῷ τε ἔργῳ καὶ τῇ φήμῃ, στᾶσα ἀντίον τοῦ ἀγάλματος, εὔχετο, Κλέοβί τε καὶ Βίτωνι. τοῖσι ἑωυτῆς τέκνοισι, οἵ μιν ἐτίμησαν μεγάλως, δοῦναι τὴν θεὸν τὸ ἀνθρώπῳ τυχεῖν ἄριστόν ἐστι. μετὰ ταύτην δὲ τὴν εὐχὴν, ὡς ἔθυσάν τε καὶ εὐωχήθησαν, κατακοιμηθέντες ἐν αὐτῷ τῷ ἱρῷ οἱ 85 νεηνίαι, οὐκέτι ἀνέστησαν, ἀλλ' ἐν τέλει τούτῳ ἔσχοντο. Ἀργεῖοι δέ σφεων εἰκόνας ποιησάμενοι, ἀνέθεσαν ἐς Δελφοὺς, ὡς ἀνδρῶν ἀρίστων γενομένων." Σόλων μὲν δὴ εὐδαιμονίης δευτερεῖα ἔνεμε τούτοισι. Κροῖσος δὲ σπερχθεὶς, εἶπε· " ὦ ξεῖνε Ἀθηναῖε, ἡ δὲ ἡμετέρη εὐδαιμονίη οὕτω τοι ἀπέρριπται ἐς τὸ μηδὲν, ὥστε οὐδὲ 90 ἰδιωτέων ἀνδρῶν ἀξίους ἡμέας ἐποίησας;" ὁ δὲ εἶπε· " ὦ Κροῖσε, ἐπιστάμενόν με τὸ θεῖον πᾶν ἐὸν φθονερόν τε καὶ ταραχῶδες, ἐπειρωτᾷς ἀνθρωπηΐων πρηγμάτων πέρι; ἐν γὰρ τῷ μακρῷ χρόνῳ πολλὰ μέν ἐστι ἰδέειν τὰ μή τις ἐθέλει, πολλὰ δὲ καὶ παθέειν· ἐς γὰρ ἑβδομήκοντα ἔτεα οὖρον τῆς ζόης ἀνθρώπῳ προτίθημι. 95 οὗτοι ἐόντες ἐνιαυτοὶ ἑβδομήκοντα, παρέχονται ἡμέρας διηκοσίας καὶ πεντακισχιλίας καὶ δισμυρίας, ἐμβολίμου μηνὸς μὴ γινομένου. εἰ δὲ δὴ ἐθελήσει τούτερον τῶν ἐτέων μηνὶ μακρότερον γίνεσθαι, ἵνα δὴ αἱ ὧραι συμβαίνωσι παραγινόμεναι ἐς τὸ δέον, μῆνες μὲν

100 παρὰ τὰ ἑβδομήκοντα ἔτεα οἱ ἐμβόλιμοι γίνονται τριήκοντα πέντε·
ἡμέραι δὲ ἐκ τῶν μηνῶν τούτων, χίλιαι πεντήκοντα. τουτέων τῶν
ἁπασέων ἡμερέων, τῶν ἐς τὰ ἑβδομήκοντα ἔτεα ἐουσίων πεντήκοντα
καὶ διηκοσίων καὶ ἑξακισχιλιέων καὶ δισμυριέων, ἡ ἑτέρη αὐτέων τῇ
ἑτέρῃ ἡμέρῃ τὸ παράπαν οὐδὲν ὅμοιον προσάγει πρῆγμα. οὕτω ὦν,
105 ὦ Κροῖσε, πᾶν ἐστι ἄνθρωπος συμφορή. ἐμοὶ δὲ σὺ καὶ πλουτέειν
μὲν μέγα φαίνεαι, καὶ βασιλεὺς εἶναι πολλῶν ἀνθρώπων· ἐκεῖνο δὲ
τὸ εἴρεύ με, οὔκω σε ἐγὼ λέγω, πρὶν ἂν τελευτήσαντα καλῶς τὸν
αἰῶνα πύθωμαι. οὐ γάρ τοι ὁ μέγα πλούσιος μᾶλλον τοῦ ἐπ᾽
ἡμέρην ἔχοντος ὀλβιώτερός ἐστι, εἰ μή οἱ τύχη ἐπίσποιτο, πάντα
110 καλὰ ἔχοντα τελευτῆσαι εὖ τὸν βίον. πολλοὶ μὲν γὰρ ζάπλουτοι
ἀνθρώπων, ἀνόλβιοί εἰσι· πολλοὶ δὲ μετρίως ἔχοντες βίου, εὐτυ-
χέες. ὁ μὲν δὴ μέγα πλούσιος, ἀνόλβιος δὲ, δυοῖσι προέχει τοῦ
εὐτυχέος μούνοισι· οὗτος δὲ, τοῦ πλουσίου καὶ ἀνολβίου πολλοῖσι.
ὁ μὲν, ἐπιθυμίην ἐκτελέσαι, καὶ ἄτην μεγάλην προσπεσοῦσαν
115 ἐνεῖκαι δυνατώτερος· ὁ δὲ, τοισίδε προέχει ἐκείνου· ἄτην μὲν καὶ
ἐπιθυμίην οὐκ ὁμοίως δυνατὸς ἐκείνῳ ἐνεῖκαι, ταῦτα δὲ ἡ εὐτυχίη οἱ
ἀπερύκει· ἄπηρος δὲ ἐστὶ, ἄνουσος, ἀπαθὴς κακῶν, εὔπαις, εὐειδής.
εἰ δὲ πρὸς τούτοισι ἔτι τελευτήσει τὸν βίον εὖ, οὗτος ἐκεῖνος τὸν
σὺ ζητεῖς, ὄλβιος κεκλῆσθαι ἄξιός ἐστι. πρὶν δ᾽ ἂν τελευτήσῃ,
120 ἐπισχέειν, μηδὲ καλέειν κω ὄλβιον, ἀλλ᾽ εὐτυχέα. τὰ πάντα μέν
νυν ταῦτα συλλαβεῖν ἄνθρωπον ἐόντα ἀδύνατόν ἐστι, ὥσπερ χώρη
οὐδεμία καταρκέει πάντα ἑωυτῇ παρέχουσα, ἀλλὰ ἄλλο μὲν ἔχει,
ἑτέρου δὲ ἐπιδέεται· ἣ δὲ ἂν τὰ πλεῖστα ἔχῃ, ἀρίστη αὕτη. ὡς δὲ
καὶ ἀνθρώπου σῶμα ἓν οὐδὲν αὐταρκές ἐστι· τὸ μὲν γὰρ ἔχει,
125 ἄλλου δὲ ἐνδεές ἐστι. ὡς δ᾽ ἂν αὐτῶν πλεῖστα ἔχων διατελέῃ, καὶ
ἔπειτα τελευτήσῃ εὐχαρίστως τὸν βίον, οὗτος παρ᾽ ἐμοὶ τὸ οὔνομα
τοῦτο, ὦ βασιλεῦ, δίκαιός ἐστι φέρεσθαι. σκοπέειν δὲ χρὴ παντὸς
χρήματος τὴν τελευτὴν κῇ ἀποβήσεται. πολλοῖσι γὰρ δὴ ὑποδέξας

ὄλβον ὁ θεὸς, προρρίζους ἀνέτρεψε." ταῦτα λέγων τῷ Κροίσῳ
οὔ κως οὔτε ἐχαρίζετο, οὔτε λόγου μιν ποιησάμενος οὐδενὸς, 130
ἀποπέμπεται, κάρτα δόξας ἀμαθὴς εἶναι. ὃς τὰ παρεόντα ἀγαθὰ
μετεὶς, τὴν τελευτὴν παντὸς χρήματος ὁρᾶν ἐκέλευε. μετὰ δὲ
Σόλωνα οἰχόμενον, ἔλαβε ἐκ θεοῦ νέμεσις μεγάλη Κροῖσον· ὡς
εἰκάσαι, ὅτι ἐνόμισε ἑωυτὸν εἶναι ἀνθρώπων ἁπάντων ὀλβιώτατον.
αὐτίκα δέ οἱ εὕδοντι ἐπέστη ὄνειρος, ὃς οἱ τὴν ἀληθηΐην ἔφαινε τῶν 135
μελλόντων γενέσθαι κακῶν κατὰ τὸν παῖδα. ἦσαν δὲ τῷ Κροίσῳ
δύο παῖδες· τῶν οὕτερος μὲν διέφθαρτο· ἦν γὰρ δὴ κωφός· ὁ δὲ
ἕτερος. τῶν ἡλίκων μακρῷ τὰ πάντα πρῶτος· οὔνομα δέ οἱ ἦν
Ἄτυς. τοῦτον δὴ ὦν τὸν Ἄτυν σημαίνει τῷ Κροίσῳ ὁ ὄνειρος, ὡς
ἀπολέει μιν αἰχμῇ σιδηρέῃ βληθέντα. ὁ δὲ ἐπεί τε ἐξεγέρθη, καὶ 140
ἑωυτῷ λόγον ἔδωκε, καταρρωδήσας τὸν ὄνειρον, ἄγεται μὲν τῷ
παιδὶ γυναῖκα· ἐωθότα δὲ στρατηγέειν μιν τῶν Λυδῶν, οὐδαμῇ
ἔτι ἐπὶ τοιοῦτο πρῆγμα ἐξέπεμπε. ἀκόντια δὲ καὶ δοράτια, καὶ τὰ
τοιαῦτα πάντα τοῖσι χρέονται ἐς πόλεμον ἄνθρωποι, ἐκ τῶν ἀνδρεώ-
νων ἐκκομίσας, ἐς τοὺς θαλάμους συνένησε, μή τι οἱ κρεμάμενον 145
τῷ παιδὶ ἐμπέσῃ. ἔχοντος δέ οἱ ἐν χερσὶ τοῦ παιδὸς τὸν γάμον,
ἀπικνέεται ἐς τὰς Σάρδις ἀνὴρ συμφορῇ ἐχόμενος, καὶ οὐ καθαρὸς
χεῖρας ἐών, Φρὺξ μὲν γενεῇ, γένεος δὲ τοῦ βασιληΐου. παρελθὼν
δὲ οὗτος ἐς τὰ Κροίσου οἰκία, κατὰ νόμους τοὺς ἐπιχωρίους
καθαρσίου ἐδέετο κυρῆσαι· Κροῖσος δέ μιν ἐκάθηρε. ἔστι δὲ 150
παραπλησίη ἡ κάθαρσις τοῖσι Λυδοῖσι καὶ τοῖσι Ἕλλησι. ἐπεί τε
δὲ τὰ νομιζόμενα ἐποίησε ὁ Κροῖσος, ἐπυνθάνετο ὁκόθεν τε καὶ τίς
εἴη, λέγων τάδε· " ὤνθρωπε, τίς τε ἐών, καὶ κόθεν τῆς Φρυγίης
ἥκων, ἐπίστιός ἐμοὶ ἐγένεο ; τίνα τε ἀνδρῶν ἢ γυναικῶν ἐφό-
νευσας ;" ὁ δὲ ἀμείβετο· " ὦ βασιλεῦ, Γορδίεω μὲν τοῦ Μίδεω 155
εἰμὶ παῖς, οἰνομάζομαι δὲ Ἄδρηστος· φονεύσας δὲ ἀδελφεὸν
ἐμεωυτοῦ ἀέκων, πάρειμι ἐξεληλαμένος τε ὑπὸ τοῦ πατρὸς καὶ

ἐστερημένος πάντων." Κροῖσος δέ μιν ἀμείβετο τοῖσδε· " ἀνδρῶν
τε φίλων τυγχάνεις ἔκγονος ἐὼν, καὶ ἐλήλυθας ἐκ φίλους· ἔνθα
160 ἀμηχανήσεις χρήματος οὐδενὸς, μένων ἐν ἡμετέρου. συμφορὴν
δὲ ταύτην ὡς κουφότατα φέρων, κερδανέεις πλεῖστον." ὁ μὲν δὴ
δίαιταν εἶχε ἐν Κροίσου. ἐν δὲ τῷ αὐτῷ χρόνῳ τούτῳ, ἐν τῷ
Μυσίῳ Οὐλύμπῳ συὸς χρῆμα γίνεται μέγα· ὁρμεώμενος δὲ οὗτος
ἐκ τοῦ οὔρεος τούτου, τὰ τῶν Μυσῶν ἔργα διαφθείρεσκε. πυλλάκι
165 δὲ οἱ Μυσοὶ ἐπ' αὐτὸν ἐξελθόντες, ποιέεσκον μὲν οὐδὲν κακὸν,
ἔπασχον δὲ πρὸς αὐτοῦ. τέλος δὲ, ἀπικόμενοι παρὰ τὸν Κροῖσον
τῶν Μυσῶν ἄγγελοι, ἔλεγον τάδε· " ὦ βασιλεῦ, ὑὸς χρῆμα
μέγιστον ἀνεφάνη ἡμῖν ἐν τῇ χώρῃ, ὃς τὰ ἔργα διαφθείρει. τοῦτον
προθυμεόμενοι ἑλέειν, οὐ δυνάμεθα. νῦν ὦν προσδεόμεθά σευ, τὸν
170 παῖδα καὶ λογάδας νεηνίας καὶ κύνας συμπέμψαι ἡμῖν, ὡς ἄν μιν
ἐξέλωμεν ἐκ τῆς χώρης." οἱ μὲν δὴ τούτων ἐδέοντο. Κροῖσος
δὲ, μνημονεύων τοῦ ὀνείρου τὰ ἔπεα, ἔλεγέ σφι τάδε· " παιδὸς
μὲν πέρι τοῦ ἐμοῦ μὴ μνησθῆτε ἔτι· οὐ γὰρ ἂν ὑμῖν συμπέμψαιμι·
νεόγαμός τε γάρ ἐστι, καὶ ταῦτά οἱ νῦν μέλει. Λυδῶν μέντοι
175 λογάδας καὶ τὸ κυνηγέσιον πᾶν συμπέμψω· καὶ διακελεύσομαι
τοῖσι ἰοῦσι, εἶναι ὡς προθυμοτάτοισι συνξελέειν ὑμῖν τὸ θηρίον ἐκ
τῆς χώρης." ταῦτα ἀμείψατο· ἀποχρεωμένων δὲ τούτοισι τῶν
Μυσῶν, ἐπεισέρχεται ὁ τοῦ Κροίσου παῖς, ἀκηκοὼς τῶν ἐδέοντο
οἱ Μυσοί. οὐ φαμένου δὲ τοῦ Κροίσου τόν γε παῖδά σφι συμπέμ-
180 ψειν, λέγει πρὸς αὐτὸν ὁ νεηνίης τάδε· " ὦ πάτερ, τὰ κάλλιστα
πρότερόν κοτε καὶ γενναιότατα ἡμῖν ἦν, ἔς τε πολέμους καὶ ἐς ἄγρας
φοιτέοντας εὐδοκιμέειν· νῦν δὲ ἀμφοτέρων με τούτων ἀποκληΐσας
ἔχεις, οὔτε τινὰ δειλίην μοι παριδὼν, οὔτε ἀθυμίην. νῦν τε τέοισί
με χρὴ ὄμμασι ἔς τε ἀγορὴν καὶ ἐξ ἀγορῆς φοιτέοντα φαίνεσθαι ;
185 κοῖος μέν τις τοῖσι πολιήτῃσι δόξω εἶναι ; κοῖος δέ τις τῇ νεογάμῳ
γυναικί ; κοίῳ δὲ ἐκείνη δόξει ἀνδρὶ συνοικέειν ; ἐμὲ ὦν σὺ ἢ

μέθες ἰέναι ἐπὶ τὴν θήρην, ἢ λόγῳ ἀνάπεισον ὅκως μοι ἀμείνω ἐστὶ
ταῦτα οὕτω ποιεύμενα." ἀμείβεται Κροῖσος τοῖσδε· " ὦ παῖ,
οὔτε δειλίην, οὔτε ἄλλο οὐδὲν ἄχαρι παριδών τοι, ποιέω ταῦτα·
ἀλλά μοι ὄψις ὀνείρου ἐν τῷ ὕπνῳ ἐπιστᾶσα ἔφη σε ὀλιγοχρόνιον 190
ἔσεσθαι, ὑπὸ γὰρ αἰχμῆς σιδηρέης ἀπολέεσθαι. πρὸς ὦν τὴν ὄψιν
ταύτην, τόν τε γάμον τοι τοῦτον ἔσπευσα, καὶ ἐπὶ τὰ παρα-
λαμβανόμενα οὐκ ἀποπέμπω, φυλακὴν ἔχων εἴ κως δυναίμην ἐπὶ
τῆς ἐμῆς σε ζόης διακλέψαι. εἶς γάρ μοι μοῦνος τυγχάνεις ἐὼν
παῖς· τὸν γὰρ δὴ ἕτερον, διεφθαρμένον τὴν ἀκοὴν, οὐκ εἶναί μοι 195
λογίζομαι." ἀμείβεται ὁ νεηνίης τοῖσδε. " συγγνώμη μὲν, ὦ
πάτερ, τοι, ἰδόντί γε ὄψιν τοιαύτην, περὶ ἐμὲ φυλακὴν ἔχειν·
τὸ δὲ οὐ μανθάνεις, ἀλλὰ λέληθέ σε τὸ ὄνειρον, ἐμέ τοι δίκαιόν
ἐστι φράζειν. φῂς τοι τὸ ὄνειρον ὑπὸ αἰχμῆς σιδηρέης φάναι ἐμὲ
τελευτήσειν· ὑὸς δὲ κοῖαι μέν εἰσι χεῖρες, κοίη δὲ αἰχμὴ σιδηρέη, 200
ἣν σὺ φοβέαι ; εἰ μὲν γὰρ ὑπὸ ὀδόντος τοι εἶπε τελευτήσειν με, ἢ
ἄλλου τευ ὅ τι τούτῳ ἔοικε, χρῆν δή σε ποιέειν τὰ ποιέεις· νῦν δὲ
ὑπὸ αἰχμῆς. ἐπεί τε ὦν οὐ πρὸς ἄνδρας ἡμῖν γίνεται ἡ μάχη, μέθες
με." ἀμείβεται Κροῖσος· " ὦ παῖ, ἔστι τῇ με νικᾷς, γνώμην
ἀποφαίνων περὶ τοῦ ἐνυπνίου. ὡς ὦν νενικημένος ὑπὸ σέο, μεταγι- 205
νώσκω, μετίημί τε σε ἰέναι ἐπὶ τὴν ἄγρην." εἴπας δὲ ταῦτα ὁ
Κροῖσος, μεταπέμπεται τὸν Φρύγα Ἄδρηστον, ἀπικομένῳ δέ οἱ
λέγει τάδε· " Ἄδρηστε, ἐγώ σε συμφορῇ πεπληγμένον ἀχάρι,
τήν τοι οὐκ ὀνειδίζω, ἐκάθηρα, καὶ οἰκίοισι ὑποδεξάμενος ἔχω,
παρέχων πᾶσαν δαπάνην· νῦν ὦν (ὀφείλεις γὰρ, ἐμεῦ προποιή- 210
σαντος χρηστὰ ἐς σὲ, χρηστοῖσί με ἀμείβεσθαι) φύλακα παιδός σε
τοῦ ἐμοῦ χρηίζω γενέσθαι, ἐς ἄγρην ὁρμεομένου, μή τινες κατ᾽
ὁδὸν κλῶπες κακοῦργοι ἐπὶ δηλήσει φανέωσι ὑμῖν. πρὸς δὲ τούτῳ,
καὶ σέ τοι χρεών ἐστι ἰέναι ἔνθα ἀπολαμπρύνεαι τοῖσι ἔργοισι.
πατρώϊόν τε γάρ τοι ἐστὶ, καὶ προσέτι ῥώμη ὑπάρχει." ἀμείβεται 215

ὁ Ἄδρηστος· "ὦ βασιλεῦ, ἄλλως μὲν ἔγω γε ἂν οὐκ ἤϊα ἐς
ἄεθλον τοιόνδε· οὔτε γὰρ συμφορῇ τοιῇδε κεχρημένον οἰκός ἐστι
ἐς ὁμήλικας εὖ πρήσσοντας ἰέναι, οὔτε τὸ βούλεσθαι πάρα· πολ-
λαχῇ τε ἂν ἴσχον ἐμεωυτόν. νῦν δέ, ἐπεί τε σὺ σπεύδεις, καὶ δεῖ
220 τοι χαρίζεσθαι, (ὀφείλω γάρ σε ἀμείβεσθαι χρηστοῖσι,) ποιέειν
εἰμὶ ἕτοιμος ταῦτα. παῖδά τε σὸν, τὸν διακελεύεαι φυλάσσειν,
ἀπήμονα τοῦ φυλάσσοντος εἵνεκεν προσδόκα τοι ἀπονοστήσειν."
τοιούτοισι ἐπεί τε οὗτος ἀμείψατο Κροῖσον, ἤϊσαν μετὰ ταῦτα
ἐξηρτιμένοι λογάσι τε νεηνίῃσι καὶ κυσί. ἀπικόμενοι δὲ ἐς τὸν
225 Οὔλυμπον τὸ ὄρος, ἐζήτεον τὸ θηρίον· εὑρόντες δέ, καὶ περιστάντες
αὐτὸ κύκλῳ, ἐσηκόντιζον. ἔνθα δὴ ὁ ξεῖνος, οὗτος δὴ ὁ καθαρθεὶς
τὸν φόνον, καλεόμενος δὲ Ἄδρηστος, ἀκοντίζων τὸν σῦν, τοῦ μὲν
ἁμαρτάνει, τυγχάνει δὲ τοῦ Κροίσου παιδός. ὁ μὲν δὴ βληθεὶς
τῇ αἰχμῇ ἐξέπλησε τοῦ ὀνείρου τὴν φήμην. ἔθεε δέ τις ἀγγελέων
230 τῷ Κροίσῳ τὸ γεγονός· ἀπικόμενος δὲ ἐς τὰς Σάρδις, τήν τε μάχην
καὶ τὸν τοῦ παιδὸς μόρον ἐσήμηνέ οἱ. ὁ δὲ Κροῖσος, τῷ θανάτῳ
τοῦ παιδὸς συντεταραγμένος, μᾶλλόν τι ἐδεινολογέετο, ὅτι μιν
ἀπέκτεινε τὸν αὐτὸς φόνου ἐκάθηρε. περιημεκτέων δὲ τῇ συμφορῇ
δεινῶς, ἐκάλεε μὲν Δία Καθάρσιον, μαρτυρόμενος τὰ ὑπὸ τοῦ ξείνου
235 πεπονθὼς εἴη· ἐκάλεε δὲ Ἐπίστιόν τε καὶ Ἑταιρήϊον, τὸν αὐτὸν
τοῦτον ὀνομάζων θεόν· τὸν μὲν Ἐπίστιον καλέων, διότι δὴ οἰκίοισι
ὑποδεξάμενος τὸν ξεῖνον, φονέα τοῦ παιδὸς ἐλάνθανε βόσκων· τὸν
δὲ Ἑταιρήϊον, ὡς φύλακα συμπέμψας αὐτὸν, εὑρήκοι πολεμιώτατον.
παρῆσαν δὲ μετὰ τοῦτο οἱ Λυδοὶ φέροντες τὸν νεκρόν· ὄπισθε δὲ
240 εἵπετό οἱ ὁ φονεύς. στὰς δὲ αὐτὸς πρὸ τοῦ νεκροῦ, παρεδίδου
ἑωυτὸν Κροίσῳ, προτείνων τὰς χεῖρας, ἐπικατασφάξαι μιν κελεύων
τῷ νεκρῷ· λέγων τήν τε προτέρην ἑωυτοῦ συμφορήν, καὶ ὡς ἐπ'
ἐκείνῃ τὸν καθήραντα ἀπολωλεκὼς εἴη, οὐδέ οἱ εἴη βιώσιμον.
Κροῖσος δὲ τούτων ἀκούσας, τόν τε Ἄδρηστον κατοικτείρει, καίπερ

ἐὼν ἐν κακῷ οἰκηΐῳ τοσούτῳ, καὶ λέγει πρὸς αὐτόν· "ἔχω. ὦ 245
ξεῖνε. παρὰ σεῦ πᾶσαν τὴν δίκην, ἐπειδὴ σεωυτοῦ καταδικάζεις
θάνατον. εἶς δὲ οὐ σύ μοι τοῦδε τοῦ κακοῦ αἴτιος, εἰ μὴ ὅσον
ἀέκων ἐξεργάσαο· ἀλλὰ θεῶν κού τις, ὅς μοι καὶ πάλαι προεσή-
μαινε τὰ μέλλοντα ἔσεσθαι." Κροῖσος μέν νυν ἔθαψε ὡς οἰκὸς
ἦν τὸν ἑωυτοῦ παῖδα. Ἄδρηστος δὲ ὁ Γορδίεω τοῦ Μίδεω, οὗτος 250
δὴ ὁ φονεὺς μὲν τοῦ ἑωυτοῦ ἀδελφεοῦ γενόμενος, φονεὺς δὲ τοῦ
καθήραντος, ἐπεί τε ἡσυχίη τῶν ἀνθρώπων ἐγένετο περὶ τὸ σῆμα,
συγγινωσκόμενος ἀνθρώπων εἶναι τῶν αὐτὸς ᾔειδε βαρυσυμφορώ-
τατος, ἑωυτὸν ἐπικατασφάζει τῷ τύμβῳ. Κροῖσος δὲ ἐπὶ δύο
ἔτεϊ ἐν πένθεϊ μεγάλῳ καθῆστο, τοῦ παιδὸς ἐστερημένος.   255

[I. 26-45.]

The Phocaeans.

ii. Οἱ δὲ Φωκαιέες οὗτοι ναυτιλίῃσι μακρῇσι πρῶτοι Ἑλλήνων
ἐχρήσαντο· καὶ τόν τε Ἀδρίην καὶ τὴν Τυρσηνίην καὶ τὴν Ἰβηρίην
καὶ τὸν Ταρτησσὸν οὗτοί εἰσι οἱ καταδέξαντες. ἐναυτίλλοντο δὲ οὐ
στρογγύλῃσι νηυσὶ, ἀλλὰ πεντηκοντέροισι. ἀπικόμενοι δὲ ἐς τὸν
Ταρτησσὸν, προσφιλέες ἐγένοντο τῷ βασιλέϊ τῶν Ταρτησσίων, 5
τῷ οὔνομα μὲν ἦν Ἀργανθώνιος· ἐτυράννευσε δὲ Ταρτησσοῦ ὀγδώ-
κοντα ἔτεα, ἐβίωσε δὲ πάντα εἴκοσι καὶ ἑκατόν. τούτῳ δὲ τῷ ἀνδρὶ
προσφιλέες οἱ Φωκαιέες οὕτω δή τι ἐγένοντο, ὡς τὰ μὲν πρῶτά
σφεας ἐκλιπόντας Ἰωνίην ἐκέλευε τῆς ἑωυτοῦ χώρης οἰκῆσαι ὅκου
βούλονται· μετὰ δέ. ὡς τοῦτό γε οὐκ ἔπειθε τοὺς Φωκαιέας, ὁ 10
δὲ πυθόμενος τὸν Μῆδον παρ' αὐτῶν ὡς αὔξοιτο, ἐδίδου σφι χρή-
ματα τεῖχος περιβαλέσθαι τὴν πόλιν. ἐδίδου δὲ ἀφειδέως· καὶ γὰρ
καὶ ἡ περίοδος τοῦ τείχεος οὐκ ὀλίγοι στάδιοί εἰσι· τοῦτο δὲ πᾶν
λίθων μεγάλων καὶ εὖ συνηρμοσμένων. τὸ μὲν δὴ τεῖχος τοῖσι
Φωκαιεῦσι τρόπῳ τοιῷδε ἐξεποιήθη. ὁ δὲ Ἅρπαγος ὡς ἐπήλασε 15

C

τὴν στρατιὴν, ἐπολιόρκεε αὐτούς, προϊσχόμενος ἔπεα "ὥς_οἱ
καταχρᾷ, εἰ βούλονται Φωκαιέες προμαχεῶνα ἕνα μοῦνον τοῦ
τείχεος ἐρεῖψαι, καὶ οἴκημα ἓν κατιρῶσαι." οἱ δὲ Φωκαιέες, περιη-
μεκτέοντες τῇ δουλοσύνῃ, ἔφασαν " θέλειν βουλεύσασθαι ἡμέρην
20 μίαν, καὶ ἔπειτα ὑποκρινέεσθαι. ἐν ᾧ δὲ βουλεύονται αὐτοὶ,
ἀπαγαγεῖν ἐκεῖνον ἐκέλευον τὴν στρατιὴν ἀπὸ τοῦ τείχεος." ὁ
δ' Ἅρπαγος ἔφη " εἰδέναι μὲν εὖ τὰ ἐκεῖνοι μέλλοιεν ποιέειν,
ὅμως δέ σφι παριέναι βουλεύσασθαι." ἐν ᾧ ὦν ὁ Ἅρπαγος ἀπὸ
τοῦ τείχεος ἀπήγαγε τὴν στρατιὴν, οἱ Φωκαιέες ἐν τούτῳ κατασπά-
25 σαντες τὰς πεντηκοντέρους, ἐσθέμενοι τέκνα καὶ γυναῖκας καὶ
ἔπιπλα πάντα, πρὸς δὲ καὶ τὰ ἀγάλματα τὰ ἐκ τῶν ἱρῶν, καὶ τὰ
ἄλλα ἀναθήματα, χωρὶς ὅ τι χαλκὸς ἢ λίθος ἢ γραφὴ ἦν, τὰ δὲ
ἄλλα πάντα ἐσθέντες, καὶ αὐτοὶ ἐσβάντες, ἔπλεον ἐπὶ Χίου. τὴν
δὲ Φωκαίην ἐρημωθεῖσαν ἀνδρῶν ἔσχον οἱ Πέρσαι. οἱ δὲ Φω-
30 καιέες, ἐπεί τε σφι Χῖοι τὰς νήσους τὰς Οἰνούσσας καλεομένας
οὐκ ἐβούλοντο ὠνεομένοισι πωλέειν, δειμαίνοντες μὴ αἱ μὲν ἐμπό-
ριον γένωνται, ἡ δὲ αὐτῶν νῆσος ἀποκληϊσθῇ τούτου εἵνεκα, πρὸς
ταῦτα οἱ Φωκαιέες ἐστέλλοντο ἐς Κύρνον· (ἐν γὰρ τῇ Κύρνῳ εἴκοσι
ἔτεσι πρότερον τούτων ἐκ θεοπροπίου ἀνεστήσαντο πόλιν, τῇ
35 οὔνομα ἦν Ἀλαλίη· Ἀργανθώνιος δὲ τηνικαῦτα ἤδη τετελευτήκεε·)
στελλόμενοι δὲ ἐπὶ τὴν Κύρνον, πρῶτα καταπλεύσαντες ἐς τὴν
Φωκαίην, κατεφόνευσαν τῶν Περσέων τὴν φυλακὴν, ἣ ἐφρούρεε
παραδεξαμένη παρὰ Ἁρπάγου τὴν πόλιν. μετὰ δὲ, ὡς τοῦτό σφι
ἐξέργαστο, ἐποιήσαντο ἰσχυρὰς κατάρας τῷ ὑπολειπομένῳ ἑωυτῶν
40 τοῦ στόλου. πρὸς δὲ ταύτῃσι, καὶ μύδρον σιδήρεον κατεπόντωσαν,
καὶ ὤμοσαν " μὴ πρὶν ἐς Φωκαίην ἥξειν, πρὶν ἢ τὸν μύδρον τοῦτον
ἀναφῆναι." στελλομένων δὲ αὐτῶν ἐπὶ τὴν Κύρνον, ὑπὲρ ἡμίσεας
τῶν ἀστῶν ἔλαβε πόθος τε καὶ οἶκτος τῆς πόλιος καὶ τῶν ἠθέων
τῆς χώρης· ψευδόρκιοι δὲ γενόμενοι, ἀπέπλεον ὀπίσω ἐς τὴν

Φωκαίην. οἱ δὲ αὐτῶν τὸ ὅρκιον ἐφύλασσον, ἀερθέντες ἐκ τῶν 45
Οἰνουσσέων ἔπλεον.

[1. 163–165.]

The Rule of the People, of the Few, or of One.

iii. Ἐπεί τε δὲ κατέστη ὁ θόρυβος, καὶ ἐκτὸς πέντε ἡμερέων
ἐγένετο, ἐβουλεύοντο οἱ ἐπαναστάντες τοῖσι Μάγοισι περὶ τῶν
πρηγμάτων πάντων· καὶ ἐλέχθησαν λόγοι ἄπιστοι μὲν ἐνίοισι
Ἑλλήνων, ἐλέχθησαν δ᾽ ὦν. Ὀτάνης μὲν ἐκέλευε ἐς μέσον
Πέρσῃσι καταθεῖναι τὰ πρήγματα, λέγων τάδε· " ἐμοὶ δοκέει, ἕνα 5
μὲν ἡμέων μούναρχον μηκέτι γενέσθαι· οὔτε γὰρ ἡδὺ, οὔτε ἀγαθόν.
εἴδετε μὲν γὰρ τὴν Καμβύσεω ὕβριν ἐπ᾽ ὅσον ἐπεξῆλθε, μετεσχή-
κατε δὲ καὶ τῆς τοῦ Μάγου ὕβριος. κῶς δ᾽ ἂν εἴη χρῆμα κατηρ-
τημένον μουναρχίη, τῇ ἔξεστι ἀνευθύνῳ ποιέειν τὰ βούλεται; καὶ
γὰρ ἂν τὸν ἄριστον ἀνδρῶν πάντων, στάντα ἐς ταύτην τὴν ἀρχὴν, 10
ἐκτὸς τῶν ἐωθότων νοημάτων στήσειε. ἐγγίνεται μὲν γάρ οἱ ὕβρις
ὑπὸ τῶν παρεόντων ἀγαθῶν, φθόνος δὲ ἀρχῆθεν ἐμφύεται ἀνθρώπῳ.
δύο δ᾽ ἔχων ταῦτα, ἔχει πᾶσαν κακότητα· τὰ μὲν γὰρ, ὕβρι κεκο-
ρημένος, ἔρδει πολλὰ καὶ ἀτάσθαλα· τὰ δὲ, φθόνῳ. καίτοι ἄνδρα
γε τύραννον ἄφθονον ἔδει εἶναι, ἔχοντά γε πάντα τὰ ἀγαθά. τὸ δ᾽ 15
ἱπεναντίον τούτου ἐς τοὺς πολιήτας πέφυκε. φθονέει γὰρ τοῖσι
ἀρίστοισι περιεοῦσί τε καὶ ζώουσι, χαίρει δὲ τοῖσι κακίστοισι τῶν
ἀστῶν, διαβολὰς δὲ ἄριστος ἐνδέκεσθαι, ἀναρμοστότατος δὲ πάν-
των· ἤν τε γὰρ αὐτὸν μετρίως θωυμάζῃς, ἄχθεται ὅτι οὐ κάρτα
θεραπεύεται· ἤν τε θεραπεύῃ τις κάρτα, ἄχθεται ἅτε θωπί. τὰ δὲ 20
δὴ μέγιστα ἔρχομαι ἐρέων· νόμιμά τε κινεῖ πάτρια, καὶ βιᾶται
γυναῖκας, κτείνει τε ἀκρίτους. πλῆθος δὲ ἄρχον πρῶτα μὲν
οὔνομα πάντων κάλλιστον ἔχει, ἰσονομίην· δεύτερα δὲ, τούτων
τῶν ὁ μούναρχος ποιέει οὐδέν. πάλῳ μὲν ἀρχὰς ἄρχει, ὑπεύθυνον

25 δὲ ἀρχὴν ἔχει, βουλεύματα δὲ πάντα ἐς τὸ κοινὸν ἀναφέρει.
τίθεμαι ὦν γνώμην, μετέντας ἡμέας μουναρχίην, τὸ πλῆθος
ἀέξειν· ἐν γὰρ τῷ πολλῷ ἔνι τὰ πάντα." Ὀτάνης μὲν δὴ ταύτην
τὴν γνώμην ἐσέφερε. Μεγάβυζος δὲ ὀλιγαρχίῃ ἐκέλευε ἐπιτρά-
πειν, λέγων τάδε· "τὰ μὲν Ὀτάνης εἶπε, τυραννίδα παύων,
30 λελέχθω κἀμοὶ ταῦτα· τὰ δ' ἐς τὸ πλῆθος ἄνωγε φέρειν τὸ
κράτος, γνώμης τῆς ἀρίστης ἡμάρτηκε. ὁμίλου γὰρ ἀχρηΐου οὐδέν
ἐστι ἀξυνετώτερον, οὐδὲ ὑβριστότερον· καί τοι τυράννου ὕβριν
φεύγοντας ἄνδρας ἐς δήμου ἀκολάστου ὕβριν πεσέειν ἐστὶ οὐδαμῶς
ἀναοχετόν. ὁ μὲν γὰρ, εἴ τι ποιέει, γινώσκων ποιέει· τῷ δὲ οὐ
35 γινώσκειν ἔνι. κῶς γὰρ ἂν γινώσκοι, ὃς οὔτ' ἐδιδάχθη, οὔτε οἶδε
καλὸν οὐδὲν, οὐδ' οἰκήϊον ; ὠθέει τε ἐμπεσὼν τὰ πρήγματα ἄνευ
νόου, χειμάρρῳ ποταμῷ ἴκελος ; δήμῳ μέν νυν, οἱ Πέρσῃσι κακὸν
νοέουσι, οὗτοι χράσθων. ἡμεῖς δὲ, ἀνδρῶν τῶν ἀρίστων ἐπιλέ-
ξαντες ὁμιλίην, τούτοισι περιθέωμεν τὸ κράτος· ἐν γὰρ δὴ τούτοισι
40 καὶ αὐτοὶ ἐνεσόμεθα. ἀρίστων δὲ ἀνδρῶν οἰκὸς ἄριστα βουλεύματα
γίνεσθαι." Μεγάβυζος μὲν δὴ ταύτην γνώμην ἐσέφερε. τρίτος
δὲ Δαρεῖος ἀπεδείκνυτο γνώμην, λέγων· "ἐμοὶ δὲ τὰ μὲν εἶπε
Μεγάβυζος ἐς τὸ πλῆθος ἔχοντα, δοκέει ὀρθῶς λέξαι· τὰ δ' ἐς
ὀλιγαρχίην, οὐκ ὀρθῶς. τριῶν γὰρ προκειμένων, καὶ πάντων τῶν
45 λέγω ἀρίστων ἐόντων, δήμου τε ἀρίστου, καὶ ὀλιγαρχίης, καὶ
μουνάρχου, πολλῷ τοῦτο προέχειν λέγω. ἀνδρὸς γὰρ ἑνὸς τοῦ
ἀρίστου οὐδὲν ἄμεινον ἂν φανείη· γνώμῃ γὰρ τοιαύτῃ χρεώμενος,
ἐπιτροπεύοι ἂν ἀμωμήτως τοῦ πλήθεος· σιγῷτό τε ἂν βουλεύματα
ἐπὶ δυσμενέας ἄνδρας οὕτω μάλιστα. ἐν δὲ ὀλιγαρχίῃ, πολλοῖσι
50 ἀρετὴν ἐπασκέουσι ἐς τὸ κοινὸν, ἔχθεα ἴδια ἰσχυρὰ φιλέει ἐγγί-
νεσθαι. αὐτὸς γὰρ ἕκαστος βουλόμενος κορυφαῖος εἶναι γνώμῃσί
τε νικᾶν, ἐς ἔχθεα μεγάλα ἀλλήλοισι ἀπικνέονται· ἐξ ὧν στάσιες
ἐγγίνονται· ἐκ δὲ τῶν στασίων, φόνος· ἐκ δὲ τοῦ φόνου, ἀπέβη ἐς

μουναρχίην· καὶ ἐν τούτῳ διέδεξε, ὅσῳ ἐστὶ τοῦτο ἄριστον.
δήμου τε αὖ ἄρχοντος, ἀδύνατα μὴ οὐ κακότητα ἐγγίνεσθαι. 55
κακότητος τοίνυν ἐγγινομένης ἐς τὰ κοινά, ἔχθεα μὲν οὐκ ἐγγίνεται
τοῖσι κακοῖσι, φιλίαι δὲ ἰσχυραί· οἱ γὰρ κακοῦντες τὰ κοινά,
συγκύψαντες ποιεῦσι. τοῦτο δὲ τοιοῦτο γίνεται, ἐς ὃ ἂν προστάς
τις τοῦ δήμου τοὺς τοιούτους παύσῃ. ἐκ δὲ αὐτῶν θωυμάζεται
οὗτος δὴ ὑπὸ τοῦ δήμου· θωυμαζόμενος δέ, ἀν᾽ ὧν ἐφάνη μού- 60
ναρχος ἐών· καὶ ἐν τούτῳ δηλοῖ καὶ οὗτος ὡς ἡ μουναρχίη κρά-
τιστον. ἑνὶ δὲ ἔπεϊ πάντα συλλαβόντα εἰπεῖν, κόθεν ἡμῖν ἡ
ἐλευθερίη ἐγένετο; καὶ τεῦ δόντος; κότερα παρὰ δήμου, ἢ
ὀλιγαρχίης, ἢ μουνάρχου; ἔχω τοίνυν γνώμην, ἡμέας ἐλευθε-
ρωθέντας διὰ ἕνα ἄνδρα, τὸ τοιοῦτο περιστέλλειν· χωρίς τε 65
τούτου, πατρίους νόμους μὴ λύειν ἔχοντας εὖ· οὐ γὰρ ἄμεινον.

[III. 80-82.]

Gorgo's Counsel.

iv. Ὁ δὲ Ἀρισταγόρης, λαβὼν ἱκετηρίην, ἤϊε ἐς τοῦ Κλεομένεος·
ἐσελθὼν δὲ εἴσω, ἅτε ἱκετεύων, ἐπακοῦσαι ἐκέλευε τὸν Κλεομένεα,
ἀποπέμψαντα τὸ παιδίον· προσεστήκεε γὰρ δὴ τῷ Κλεομένεϊ ἡ
θυγάτηρ, τῇ οὔνομα ἦν Γοργώ· τοῦτο δέ οἱ καὶ μοῦνον τέκνον
ἐτύγχανε ἐὸν ἐτέων ὀκτὼ ἢ ἐννέα ἡλικίην. Κλεομένης δὲ λέγειν μιν 5
ἐκέλευε τὰ βούλεται, μηδὲ ἐπισχεῖν τοῦ παιδίου εἵνεκα. ἐνθαῦτα
δὴ ὁ Ἀρισταγόρης ἄρχετο ἐκ δέκα ταλάντων ὑπισχνεόμενος, ἤν οἱ
ἐπιτελέσῃ τῶν ἐδέετο. ἀνανεύοντος δὲ τοῦ Κλεομένεος, προέβαινε
τοῖσι χρήμασι ὑπερβάλλων ὁ Ἀρισταγόρης, ἐς οὗ πεντήκοντά τε
τάλαντα ὑποδέδεκτο· καὶ τὸ παιδίον ηὐδάξατο, " πάτερ, διαφθερέει 10
τε ὁ ξεῖνος, ἢν μὴ ἀποστὰς ἴῃς." ὅ τε δὴ Κλεομένης, ἡσθεὶς τοῦ
παιδίου τῇ παραινέσει, ἤϊε ἐς ἕτερον οἴκημα καὶ ὁ Ἀρισταγόρης

ἀπαλλάσσετο τὸ παράπαν ἐκ τῆς Σπάρτης, οὐδέ οἱ ἐξεγένετο ἐπι-
πλέον ἔτι σημῆναι περὶ τῆς ἀνόδου τῆς παρὰ βασιλέα.

[V. 51.]

Freedom.

v. Δηλοῖ δὲ οὐ κατ' ἓν μοῦνον, ἀλλὰ πανταχῇ, ἡ ἰσηγορίη ὡς
ἔστι χρῆμα σπουδαῖον, εἰ καὶ Ἀθηναῖοι τυραννευόμενοι μὲν, οὐ-
δαμῶν τῶν σφέας περιοικεόντων ἦσαν τὰ πολέμια ἀμείνους, ἀπαλ-
λαχθέντες δὲ τυράννων, μακρῷ πρῶτοι ἐγένοντο. δηλοῖ ὦν ταῦτα,
5 ὅτι κατεχόμενοι μὲν ἐθελοκάκεον, ὡς δεσπότῃ ἐργαζόμενοι· ἐλευ-
θερωθέντων δὲ, αὐτὸς ἕκαστος ἑωυτῷ προθυμέετο κατεργάζεσθαι.

[V. 78.]

Glaucus, son of Epicydes.

vi. Ὡς δὲ ἀπικόμενος Λευτυχίδης ἐς τὰς Ἀθήνας, ἀπαίτεε τὴν
παραθήκην, οἱ Ἀθηναῖοι προφάσιας εἷλκον, οὐ βουλόμενοι ἀπο-
δοῦναι, φάντες, δύο σφέας ἐόντας βασιλέας παραθέσθαι, καὶ οὐ
δικαιοῦν τῷ ἑτέρῳ ἄνευ τοῦ ἑτέρου ἀποδιδόναι. οὐ φαμένων δὲ
5 ἀποδώσειν τῶν Ἀθηναίων, ἔλεξέ σφι Λευτυχίδης τάδε· " ὦ Ἀθη-
ναῖοι, ποιέετε μὲν ὁκότερα βούλεσθε αὐτοί· καὶ γὰρ ἀποδιδόντες,
ποιέετε ὅσια· καὶ μὴ ἀποδιδόντες, τὰ ἐναντία τούτων. ὁκοῖον
μέντοι τι ἐν τῇ Σπάρτῃ συνηνείχθη γενέσθαι περὶ παραθήκης, βού-
λομαι ὑμῖν εἶπαι. λέγομεν ἡμεῖς οἱ Σπαρτιῆται, γενέσθαι ἐν τῇ
10 Λακεδαίμονι, κατὰ τρίτην γενεὴν τὴν ἀπ' ἐμέο, Γλαῦκον Ἐπικύδεος
παῖδα. τοῦτον τὸν ἄνδρα φαμὲν τά τε ἄλλα πάντα περιήκειν τὰ
πρῶτα, καὶ δὴ καὶ ἀκούειν ἄριστα δικαιοσύνης πέρι πάντων ὅσοι
τὴν Λακεδαίμονα τοῦτον τὸν χρόνον οἴκεον. συνενειχθῆναι δέ οἱ ἐν
χρόνῳ ἱκνευμένῳ τάδε λέγομεν. ἄνδρα Μιλήσιον, ἀπικόμενον ἐς
15 Σπάρτην, βούλεσθαί οἱ ἐλθεῖν ἐς λόγους, προϊσχόμενον τοιάδε·

εἰμὶ μὲν Μιλήσιος, ἥκω δὲ τῆς σῆς, Γλαῦκε, βουλόμενος δικαιο-
σύνης ἀπολαῦσαι. ὡς γὰρ δὴ ἀνὰ πᾶσαν μὲν τὴν ἄλλην Ἑλλάδα,
ἐν δὲ καὶ περὶ Ἰωνίην, τῆς σῆς δικαιοσύνης ἦν λόγος πολλός, ἐμε-
ωυτῷ λόγους ἐδίδουν, καὶ ὅτι ἐπικίνδυνός ἐστι αἰεί κοτε ἡ Ἰωνίη, ἡ
δὲ Πελοπόννησος ἀσφαλέως ἱδρυμένη· καὶ διότι χρήματα οὐδαμὰ 20
τοὺς αὐτοὺς ἐστι ὁρᾶν ἔχοντας. ταῦτά τε ὦν ἐπιλεγομένῳ καὶ
βουλευομένῳ ἔδοξέ μοι, τὰ ἡμίσεα πάσης τῆς οὐσίης ἐξαργυρώ-
σαντα θέσθαι παρὰ σέ, εὖ ἐξεπισταμένῳ ὥς μοι κείμενα ἔσται
παρὰ σοὶ σόα. σὺ δή μοι καὶ τὰ χρήματα δέξαι, καὶ τάδε τὰ σύμ-
βολα σῶζε λαβών· ὃς δ' ἂν ἔχων ταῦτα ἀπαιτέῃ, τούτῳ ἀποδοῦναι. 25
ὁ μὲν δὴ ἀπὸ Μιλήτου ἥκων ξεῖνος τοσαῦτα ἔλεξε· Γλαῦκος δὲ
ἐδέξατο τὴν παραθήκην ἐπὶ τῷ εἰρημένῳ λόγῳ. χρόνου δὲ πολλοῦ
διελθόντος, ἦλθον ἐς τὴν Σπάρτην τούτου τοῦ παραθεμένου τὰ χρή-
ματα οἱ παῖδες· ἐλθόντες δὲ ἐς λόγους τῷ Γλαύκῳ, καὶ ἀποδει-
κνύντες τὰ σύμβολα, ἀπαίτεον τὰ χρήματα. ὁ δὲ διωθέετο, ἀντυ- 30
ποκρινόμενος τοιάδε· οὔτε μέμνημαι τὸ πρῆγμα, οὔτε με περιφέρει
οὐδὲν εἰδέναι τούτων τῶν ὑμεῖς λέγετε· βούλομαί τε ἀναμνησθεὶς
ποιέειν πᾶν τὸ δίκαιον· καὶ γὰρ εἰ ἔλαβον, ὀρθῶς ἀποδοῦναι· καὶ
εἴ γε ἀρχὴν μὴ ἔλαβον, νόμοισι τοῖσι Ἑλλήνων χρήσομαι ἐς ὑμέας.
ταῦτα ὦν ὑμῖν ἀναβάλλομαι κυρώσειν ἐς τέταρτον μῆνα ἀπὸ τοῦδε. 35
Οἱ μὲν δὴ Μιλήσιοι συμφορὴν ποιεύμενοι, ἀπαλλάσσοντο, ὡς ἀπε-
στερημένοι τῶν χρημάτων. Γλαῦκος δὲ ἐπορεύετο ἐς Δελφούς,
χρησόμενος τῷ χρηστηρίῳ. ἐπειρωτῶντα δὲ αὐτὸν τὸ χρηστήριον
εἰ ὅρκῳ τὰ χρήματα ληίσεται, ἡ Πυθίη μετέρχεται τοῖσδε τοῖσι
ἔπεσι·
                                                                40

    Γλαῦκ' Ἐπικυδείδη, τὸ μὲν αὐτίκα κέρδιον οὕτω
    ὅρκῳ νικῆσαι καὶ χρήματα ληίσσασθαι.
    ὄμνυ· ἐπεὶ θάνατός γε καὶ εὔορκον μένει ἄνδρα.
    ἀλλ' Ὅρκου παῖς ἐστιν ἀνώνυμος, οὐδ' ἔπι χεῖρες,

45   οὐδὲ πόδες· κραιπνὸς δὲ μετέρχεται, εἰσόκε πᾶσαν
        συμμάρψας ὀλέσει γενεὴν, καὶ οἶκον ἄπαντα.
        ἀνδρὸς δ' εὐόρκου γενεὴ μετόπισθεν ἀμείνων.

ταῦτα ἀκούσας ὁ Γλαῦκος συγγνώμην τὸν θεὸν παραιτέετο αὐτῷ
ἴσχειν τῶν ῥηθέντων. ἡ δὲ Πυθίη ἔφη, τὸ πειρηθῆναι τοῦ θεοῦ,
50 καὶ τὸ ποιῆσαι, ἴσον δύνασθαι. Γλαῦκος μὲν δὴ μεταπεμψάμενος
τοὺς Μιλησίους ξείνους, ἀποδιδοῖ σφι τὰ χρήματα. τοῦ δὲ εἴνεκα
ὁ λόγος ὅδε, ὦ Ἀθηναῖοι, ὡρμήθη λέγεσθαι ἐς ὑμέας, εἰρήσεται.
Γλαύκου νῦν οὔτε τι ἀπόγονόν ἐστι οὐδὲν, οὔτ' ἱστίη οὐδεμία νομι-
ζομένη εἶναι Γλαύκου· ἐκτέτριπταί τε πρόρριζος ἐκ Σπάρτης. οὕτω
55 ἀγαθὸν, μηδὲ διανοέεσθαι περὶ παραθήκης ἄλλο γε, ἢ ἀπαιτεόντων
ἀποδιδόναι." Λευτυχίδης μὲν εἴπας ταῦτα, ὡς οἱ οὐδὲ οὕτω ἐσή-
κουον οἱ Ἀθηναῖοι, ἀπαλλάσσετο.

[VI. 86.]

A Hundred Years.

vii. Ἐπεὶ δ' ἐγένοντο ἐν Ἀβύδῳ, ἠθέλησε Ξέρξης ἰδέσθαι πάντα
τὸν στρατόν. καὶ, προεπεποίητο γὰρ ἐπὶ κολωνοῦ ἐπίτηδες αὐτῷ
ταύτῃ προεξέδρη λίθου λευκοῦ, (ἐποίησαν δὲ Ἀβυδηνοὶ, ἐντειλαμένου
πρότερον βασιλέος) ἐνθαῦτα ὡς ἵζετο, κατορῶν ἐπὶ τῆς ἠϊόνος,
5 ἐθηεῖτο καὶ τὸν πεζὸν καὶ τὰς νέας· θηεύμενος δὲ, ἱμέρθη τῶν νεῶν
ἅμιλλαν γινομένην ἰδέσθαι. ἐπεὶ δ' ἐγένετό τε καὶ ἐνίκων Φοίνικες
Σιδώνιοι, ἥσθη τε τῇ ἁμίλλῃ καὶ τῇ στρατιῇ. ὡς δὲ ὥρα πάντα
μὲν τὸν Ἑλλήσποντον ὑπὸ τῶν νεῶν ἀποκεκρυμμένον, πάσας δὲ τὰς
ἀκτὰς καὶ τὰ Ἀβυδηνῶν πεδία ἐπίπλεα ἀνθρώπων, ἐνθαῦτα Ξέρξης
10 ἑωυτὸν ἐμακάρισε· μετὰ δὲ τοῦτο, ἐδάκρυσε. μαθὼν δέ μιν Ἀρτά-
βανος ὁ πάτρως, ὃς τὸ πρῶτον γνώμην ἀπεδέξατο ἐλευθέρως, οὐ
συμβουλεύων Ξέρξῃ στρατεύεσθαι ἐπὶ τὴν Ἑλλάδα· οὗτος ὡνὴρ
φρασθεὶς Ξέρξεα δακρύσαντα, εἴρετο τάδε· "ὦ βασιλεῦ, ὡς πολὺ

ἀλλήλων κεχωρισμένα ἐργάσαο νῦν τε καὶ ὀλίγῳ πρότερον; μακα-
ρίσας γὰρ σεωυτὸν, δακρύεις." ὁ δὲ εἶπε· "ἐσῆλθε γάρ με 15
λογισάμενον κατοικτεῖραι ὡς βραχὺς εἴη ὁ πᾶς ἀνθρώπινος βίος, εἰ
τούτων γε, ἐόντων τοσούτων, οὐδεὶς ἐς ἑκατοστὸν ἔτος περιέσται."
ὁ δὲ ἀμείβετο λέγων· "ἕτερα τούτου παρὰ τὴν ζόην πεπόνθαμεν
οἰκτρότερα. ἐν γὰρ οὕτω βραχέϊ βίῳ οὐδεὶς οὕτω ἄνθρωπος ἐὼν
εὐδαίμων πέφυκε, οὔτε τούτων, οὔτε τῶν ἄλλων, τῷ οὐ παραστή- 20
σεται πολλάκις καὶ οὐκὶ ἅπαξ τεθνάναι βούλεσθαι μᾶλλον ἢ ζόειν.
αἵ τε γὰρ συμφοραὶ προσπίπτουσαι, καὶ αἱ νοῦσοι συνταράσσουσαι,
καὶ βραχὺν ἐόντα μακρὸν δοκέειν εἶναι ποιεῦσι τὸν βίον. οὕτω ὁ
μὲν θάνατος, μοχθηρῆς ἐούσης τῆς ζόης, καταφυγὴ αἱρετωτάτη τῷ
ἀνθρώπῳ γέγονε· ὁ δὲ θεὸς, γλυκὺν γεύσας τὸν αἰῶνα, φθονερὸς 25
ἐν αὐτῷ εὑρίσκεται ἐών." Ξέρξης δὲ ἀμείβετο λέγων· "Ἀρτάβανε,
βιοτῆς μέν νυν ἀνθρωπηίης πέρι, ἐούσης τοιαύτης οἵηνπερ σὺ
διαιρέαι εἶναι, παυσώμεθα, μηδὲ κακῶν μεμνεώμεθα, χρηστὰ
ἔχοντες πρήγματα ἐν χερσί."

[VII. 44-47.]

Thermopylae.

viii. Οἱ δὲ ἐν Θερμοπύλῃσι Ἕλληνες, ἐπειδὴ πέλας ἐγένετο τῆς
ἐσβολῆς ὁ Πέρσης, καταρρωδέοντες, ἐβουλεύοντο περὶ ἀπαλ-
λαγῆς. τοῖσι μέν νυν ἄλλοισι Πελοποννησίοισι ἐδόκεε, ἐλθοῦσι
ἐς Πελοπόννησον, τὸν Ἰσθμὸν ἔχειν ἐν φυλακῇ· Λεωνίδης δὲ,
Φωκέων καὶ Λοκρῶν περισπερχεόντων τῇ γνώμῃ ταύτῃ, αὐτοῦ 5
τε μένειν ἐψηφίζετο, πέμπειν τε ἀγγέλους ἐς τὰς πόλιας, κελεύ-
οντάς σφι ἐπιβοηθέειν, ὡς ἐόντων αὐτῶν ὀλίγων στρατὸν τῶν
Μήδων ἀλέξασθαι. ταῦτα βουλευομένων σφέων, ἔπεμπε Ξέρξης
κατάσκοπον ἱππέα, ἰδέσθαι ὁκόσοι τέ εἰσι, καὶ ὅ τι ποιέοιεν.
ἀκηκόεε δὲ ἔτι ἐὼν ἐν Θεσσαλίῃ, ὡς ἁλισμένη εἴη ταύτῃ στρατιὴ 10

ὀλίγη, καὶ τοὺς ἡγεμόνας, ὡς εἴησαν Λακεδαιμόνιοί τε καὶ Λεωνίδης,
ἐὼν γένος Ἡρακλείδης. ὡς δὲ προσέλασε ὁ ἱππεὺς πρὸς τὸ στρα-
τόπεδον, ἐθηεῖτό τε, καὶ κατώρα πᾶν μὲν οὐ τὸ στρατόπεδον· τοὺς
γὰρ ἔσω τεταγμένους τοῦ τείχεος, τὸ ἀνορθώσαντες εἶχον ἐν φυ-
15 λακῇ, οὐκ οἷά τε ἦν κατιδέσθαι· ὁ δὲ τοὺς ἔξω ἐμάνθανε, τοῖσι πρὸ
τοῦ τείχεος τὰ ὅπλα ἔκειτο. ἔτυχον δὲ τοῦτον τὸν χρόνον Λακεδαι-
μόνιοι ἔξω τεταγμένοι. τοὺς μὲν δὴ ὥρα γυμναζομένους τῶν ἀνδρῶν,
τοὺς δὲ τὰς κόμας κτενιζομένους. ταῦτα δὴ θεώμενος ἐθώμαζε, καὶ
τὸ πλῆθος ἐμάνθανε. μαθὼν δὲ πάντα ἀτρεκέως, ἀπήλαυνε ὀπίσω
20 κατ᾽ ἡσυχίην· οὔτε γάρ τις ἐδίωκε, ἀλογίης τε ἐνεκύρησε πολλῆς.
ἀπελθὼν δὲ, ἔλεγε πρὸς Ξέρξεα τάπερ ὀπώπεε πάντα. ἀκούων δὲ
Ξέρξης, οὐκ εἶχε συμβαλέσθαι τὸ ἐὸν, ὅτι παρασκευάζοιντο ὡς
ἀπολεύμενοί τε καὶ ἀπολέοντες κατὰ δύναμιν· ἀλλ᾽, αὐτῷ γελοῖα
γὰρ ἐφαίνοντο ποιέειν, μετεπέμψατο Δημάρητον τὸν Ἀρίστωνος
25 ἐόντα ἐν τῷ στρατοπέδῳ. ἀπικόμενον δέ μιν εἰρώτα Ξέρξης ἕκαστα
τούτων, ἐθέλων μαθέειν τὸ ποιεύμενον πρὸς τῶν Λακεδαιμονίων.
ὁ δὲ εἶπε· "ἤκουσας μέν μευ καὶ πρότερον, εὖτε ὁρμῶμεν ἐπὶ
τὴν Ἑλλάδα, περὶ τῶν ἀνδρῶν τούτων· ἀκούσας δὲ, γέλωτά με
ἔθευ, λέγοντα τάπερ ὥρων ἐκβησόμενα πρήγματα ταῦτα. ἐμοὶ γὰρ
30 τὴν ἀληθηίην ἀσκέειν ἀντία σεῦ, ὦ βασιλεῦ, ἀγὼν μέγιστός ἐστι.
ἄκουσον δὲ καὶ νῦν. οἱ ἄνδρες οὗτοι ἀπίκαται μαχεσόμενοι ἡμῖν
περὶ τῆς ἐσόδου, καὶ ταῦτα παρασκευάζονται. νόμος γάρ σφι οὕτω
ἔχων ἐστί, ἐπεὰν μέλλωσι κινδυνεύειν τῇ ψυχῇ, τότε τὰς κεφαλὰς
κοσμέονται. ἐπίστασο δὲ, εἰ τούτους τε καὶ τὸ ὑπομένον ἐν Σπάρτῃ
35 καταστρέψεαι, ἔστι οὐδὲν ἄλλο ἔθνος ἀνθρώπων, τὸ σὲ, βασιλεῦ,
ὑπομενέει χεῖρας ἀνταειρόμενον. νῦν γὰρ πρὸς βασιληίην τε καὶ
καλλίστην πόλιν τῶν ἐν Ἕλλησι προσφέρεαι, καὶ ἄνδρας ἀρίστους."
κάρτα τε δὴ ἄπιστα Ξέρξῃ ἐφαίνετο τὰ λεγόμενα εἶναι, καὶ δεύ-
τερα ἐπειρώτα ὅντινα τρόπον, τοσοῦτοι ἐόντες, τῇ ἑωυτοῦ στρατιῇ

μαχέσονται. ὁ δὲ εἶπε· "ὦ βασιλεῦ, ἐμοὶ χρᾶσθαι ὡς ἀνδρὶ 40
ψεύστῃ, ἢν μὴ ταῦτά τοι ταύτῃ ἐκβῇ, τῇ ἐγὼ λέγω." ταῦτα λέγων,
οὐκ ἔπειθε τὸν Ξέρξεα. τέσσερας μὲν δὴ παρεξῆκε ἡμέρας, ἐλπίζων
αἰεί σφεας ἀποδρήσεσθαι. πέμπτῃ δέ, ὡς οὐκ ἀπαλλάσσοντο, ἀλλά
οἱ ἐφαίνοντο ἀναιδείῃ τε καὶ ἀβουλίῃ διαχρεώμενοι μένειν, πέμπει
ἐπ' αὐτοὺς Μήδους τε καὶ Κισσίους θυμωθείς, ἐντειλάμενός σφεας 45
ζωγρήσαντας ἄγειν ἐς ὄψιν τὴν ἑωυτοῦ. ὡς δ' ἐπέπεσον φερόμενοι
ἐς τοὺς Ἕλληνας οἱ Μῆδοι, ἔπιπτον πολλοί· ἄλλοι δ' ἐπεσήισαν,
καὶ οὐκ ἀπελαύνοντο, καίπερ μεγάλως προσπταίοντες. δῆλον δ'
ἐποίευν παντί τεῳ, καὶ οὐκ ἥκιστα αὐτῷ βασιλέϊ, ὅτι πολλοὶ μὲν
ἄνθρωποι εἶεν, ὀλίγοι δὲ ἄνδρες. ἐγίνετο δὲ ἡ συμβολὴ δι' ἡμέρης. 50
ἐπεί τε δὲ οἱ Μῆδοι τρηχέως περιείπυντο, ἐνθαῦτα οὗτοι μὲν
ὑπεξήισαν, οἱ δὲ Πέρσαι ἐκδεξάμενοι ἐπήισαν, τοὺς ἀθανάτους
ἐκάλεε βασιλεύς, τῶν ἦρχε Ὑδάρνης, ὡς δὴ οὗτοί γε εὐπετέως
κατεργασόμενοι. ὡς δὲ καὶ οὗτοι συνέμισγον τοῖσι Ἕλλησι, οὐδὲν
πλέον ἐφέροντο τῆς στρατιῆς τῆς Μηδικῆς ἀλλὰ τὰ αὐτά, ἅτε ἐν 55
στεινοπόρῳ τε χώρῳ μαχόμενοι, καὶ δόρασι βραχυτέροισι χρεώ-
μενοι ἤπερ οἱ Ἕλληνες, καὶ οὐκ ἔχοντες πλήθεϊ χρήσασθαι. Λακε-
δαιμόνιοι δὲ ἐμάχοντο ἀξίως λόγου, ἄλλα τε ἀποδεικνύμενοι ἐν οὐκ
ἐπισταμένοισι μάχεσθαι ἐξεπιστάμενοι, καὶ ὅκως ἐντρέψειαν τὰ
νῶτα, ἁλέες φεύγεσκον δῆθεν· οἱ δὲ βάρβαροι ὁρέωντες φεύγοντας, 60
βοῇ τε καὶ πατάγῳ ἐπήισαν· οἱ δ' ἄν, καταλαμβανόμενοι, ὑπέ-
στρεφον ἀντίοι εἶναι τοῖσι βαρβάροισι· μεταστρεφόμενοι δέ, κατέ-
βαλλον πλήθεϊ ἀναριθμήτους τῶν Περσέων. ἔπιπτον δὲ καὶ αὐτῶν
τῶν Σπαρτιητέων ἐνθαῦτα ὀλίγοι. ἐπεὶ δὲ οὐδὲν ἐδυνέατο παρα-
λαβεῖν οἱ Πέρσαι τῆς ἐσόδου πειρεώμενοι, καὶ κατὰ τέλεα καὶ παν- 65
τοίως προσβάλλοντες, ἀπήλαυνον ὀπίσω. ἐν ταύτῃσι τῇσι προσ-
όδοισι τῆς μάχης λέγεται βασιλέα θηεύμενον τρὶς ἀναδραμεῖν ἐκ
τοῦ θρόνου δείσαντα περὶ τῇ στρατιῇ. τότε μὲν οὕτω ἠγωνίσαντο.

τῇ δ' ὑστεραίῃ οἱ βάρβαροι οὐδὲν ἄμεινον ἀέθλεον. ἅτε γὰρ ὀλίγων
70 ἐόντων, ἐλπίσαντές σφεας κατατετρωματίσθαι τε καὶ οὐκ οἵους τε
ἔσεσθαι ἔτι χεῖρας ἀνταείρασθαι, συνέβαλλον. οἱ δὲ Ἕλληνες κατὰ
τάξις τε καὶ κατὰ ἔθνεα κεκοσμημένοι ἦσαν, καὶ ἐν μέρεϊ ἕκαστοι
ἐμάχοντο, πλὴν Φωκέων· οὗτοι δὲ ἐς τὸ οὖρος ἐτάχθησαν, φυλά-
ξοντες τὴν ἀτραπόν. ὡς δὲ οὐδὲν εὕρισκον ἀλλοιότερον οἱ Πέρσαι
75 ἢ τῇ προτεραίῃ ἐνώρων, ἀπήλαυνον. ἀπορέοντος δὲ βασιλέος
ὅ τι χρήσεται τῷ παρεόντι πρήγματι, Ἐπιάλτης ὁ Εὐρυδήμου,
ἀνὴρ Μηλιεὺς, ἦλθέ οἱ ἐς λόγους, ὡς μέγα τι παρὰ βασιλέος δοκέων
οἴσεσθαι· ἔφρασέ τε τὴν ἀτραπὸν τὴν διὰ τοῦ οὔρεος φέρουσαν
ἐς Θερμοπύλας, καὶ διέφθειρε τοὺς ταύτῃ ὑπομείναντας Ἑλλήνων.
80 * * ἔχει δὲ ὧδε ἡ ἀτραπὸς αὕτη. ἄρχεται μὲν ἀπὸ τοῦ Ἀσωποῦ
ποταμοῦ τοῦ διὰ τῆς διασφάγος ῥέοντος· οὔνομα δὲ τῷ οὔρεϊ τούτῳ
καὶ τῇ ἀτραπῷ τὠυτὸ κεῖται Ἀνόπαια. τείνει δὲ ἡ Ἀνόπαια αὕτη
κατὰ ῥάχιν τοῦ οὔρεος, λήγει δὴ κατά τε Ἀλπηνὸν πόλιν, πρώτην
ἐοῦσαν τῶν Λοκρίδων πρὸς τῶν Μηλιέων, καὶ κατὰ Μελάμπυγόν τε
85 καλεύμενον λίθον, καὶ κατὰ Κερκώπων ἕδρας· τῇ καὶ τὸ στεινότατόν
ἐστι. κατὰ ταύτην δὴ τὴν ἀτραπὸν καὶ οὕτω ἔχουσαν οἱ Πέρσαι,
τὸν Ἀσωπὸν διαβάντες ἐπορεύοντο πᾶσαν τὴν νύκτα, ἐν δεξιῇ μὲν
ἔχοντες οὔρεα τὰ Οἰταίων, ἐν ἀριστερῇ δὲ τὰ Τρηχινίων· ἠώς τε
διέφαινε, καὶ ἐγένοντο ἐπ' ἀκρωτηρίῳ τοῦ οὔρεος. κατὰ δὲ τοῦτο
90 τοῦ οὔρεος ἐφύλασσον, ὡς καὶ πρότερόν μοι δεδήλωται, Φωκέων
χίλιοι ὁπλῖται, ῥυόμενοί τε τὴν σφετέρην χώρην, καὶ φρουρέοντες
τὴν ἀτραπόν. ἡ μὲν γὰρ κάτω ἐσβολὴ ἐφυλάσσετο ὑπὸ τῶν εἴρηται·
τὴν δὲ διὰ τοῦ οὔρεος ἀτραπὸν ἐθελονταὶ Φωκέες ὑποδεξάμενοι
Λεωνίδῃ ἐφύλασσον. ἔμαθον δέ σφεας οἱ Φωκέες ὧδε ἀναβεβη-
95 κότας· ἀναβαίνοντες γὰρ ἐλάνθανον οἱ Πέρσαι τὸ οὖρος πᾶν ἐὸν
δρυῶν ἐπίπλεον· ἦν μὲν δὴ νηνεμίη, ψόφου δὲ γινομένου πολλοῦ
ὡς οἰκὸς ἦν, φύλλων ὑποκεχυμένων ὑπὸ τοῖσι ποσὶ, ἀνά τε ἔδραμον

οἱ Φωκέες καὶ ἔδυντο τὰ ὅπλα καὶ αὐτίκα οἱ βάρβαροι παρῆσαν.
ὡς δὲ εἶδον ἄνδρας ἐνδυομένους ὅπλα, ἐν θώματι ἐγένοντο· ἐλπό-
μενοι γὰρ οὐδέν σφι φανήσεσθαι ἀντίξοον, ἐνεκύρησαν στρατῷ. 100
ἐνθαῦτα Ὑδάρνης καταρρωδήσας μὴ οἱ Φωκέες ἔωσι Λακεδαιμόνιοι,
εἴρετο τὸν Ἐπιάλτεα ποδαπὸς εἴη ὁ στρατός· πυθόμενος δὲ ἀτρε-
κέως, διέτασσε τοὺς Πέρσας ὡς ἐς μάχην. οἱ δὲ Φωκέες, ὡς ἐβάλ-
λοντο τοῖσι τοξεύμασι πολλοῖσί τε καὶ πυκνοῖσι, οἴχοντο φεύγοντες
ἐπὶ τοῦ οὔρεος τὸν κόρυμβον, ἐπιστάμενοι ὡς ἐπὶ σφέας ὡρμήθησαν 105
ἀρχὴν, καὶ παρεσκευάδατο ὡς ἀπολεόμενοι. οὗτοι μὲν δὴ ταῦτα
ἐφρόνεον· οἱ δὲ ἀμφὶ Ἐπιάλτεα καὶ Ὑδάρνεα Πέρσαι Φωκέων μὲν
οὐδένα λόγον ἐποιεῦντο, οἱ δὲ κατέβαινον τὸ οὖρος κατὰ τάχος.
τοῖσι δὲ ἐν Θερμοπύλῃσι ἐοῦσι Ἑλλήνων, πρῶτον μὲν ὁ μάντις
Μεγιστίης, ἐσιδὼν ἐς τὰ ἱρὰ, ἔφρασε τὸν μέλλοντα ἔσεσθαι ἅμα 110
ἠοῖ σφι θάνατον· ἐπὶ δὲ καὶ αὐτόμολοι ἤϊσαν, οἱ ἐξαγγείλαντες
τῶν Περσέων τὴν περίοδον· οὗτοι μὲν ἔτι νυκτὸς ἐσήμηναν· τρίτοι
δὲ οἱ ἡμεροσκόποι, καταδραμόντες ἀπὸ τῶν ἄκρων, ἤδη διαφαινούσης
ἡμέρης. ἐνθαῦτα ἐβουλεύοντο οἱ Ἕλληνες, καί σφεων ἐσχίζοντο
αἱ γνῶμαι. οἱ μὲν γὰρ οὐκ ἔων τὴν τάξιν ἐκλιπεῖν, οἱ δὲ ἀντέτεινον. 115
μετὰ δὲ τοῦτο διακριθέντες, οἱ μὲν ἀπαλλάσσοντο, καὶ διασκεδα-
σθέντες κατὰ πόλις ἕκαστοι ἐτράποντο· οἱ δὲ αὐτῶν ἅμα Λεωνίδῃ
μένειν αὐτοῦ παρασκευάδατο. λέγεται δὲ ὡς αὐτός σφεας ἀπέπεμψε
Λεωνίδης, μὴ ἀπόλωνται κηδόμενος· αὐτῷ δὲ καὶ Σπαρτιητέων τοῖσι
παρεοῦσι οὐκ ἔχειν εὐπρεπέως ἐκλιπεῖν τὴν τάξιν ἐς τὴν ἦλθον 120
φυλάξοντες ἀρχήν. * * οἱ μέν νυν σύμμαχοι οἱ ἀποπεμπό-
μενοι οἴχοντό τε ἀπιόντες, καὶ ἐπείθοντο Λεωνίδῃ. Θεσπιέες δὲ
καὶ Θηβαῖοι κατέμειναν μοῦνοι παρὰ Λακεδαιμονίοισι. τούτων δὲ,
Θηβαῖοι μὲν ἀέκοντες ἔμενον, καὶ οὐ βουλόμενοι (κατεῖχε γάρ
σφεας Λεωνίδης, ἐν ὁμήρων λόγῳ ποιεύμενος·) Θεσπιέες δέ, 125
ἑκόντες μάλιστα· οἱ οὐκ ἔφασαν ἀπολιπόντες Λεωνίδην καὶ τοὺς

μετ᾽ αὐτοῦ ἀπαλλάξεσθαι, ἀλλὰ καταμείναντες συναπέθανον. ἐστρα-
τήγεε δὲ αὐτῶν Δημόφιλος Διαδρόμεω. Ξέρξης δὲ, ἐπεὶ ἡλίου
ἀνατείλαντος σπονδὰς ἐποιήσατο, ἐπισχὼν χρόνον, ἐς ἀγορῆς κου
130 μάλιστα πληθώρην πρόσοδον ἐποιέετο· καὶ γὰρ ἐπέσταλτο ἐξ
Ἐπιάλτεω οὕτω. ἀπὸ γὰρ τοῦ οὔρεος ἡ κατάβασις συντομωτέρη
τέ ἐστι, καὶ βραχύτερος ὁ χῶρος πολλὸν ἤπερ ἡ περίοδός τε καὶ
ἀνάβασις. οἵ τε δὴ βάρβαροι οἱ ἀμφὶ Ξέρξεα προσήϊσαν καὶ οἱ
ἀμφὶ Λεωνίδην Ἕλληνες, ὡς τὴν ἐπὶ θανάτῳ ἔξοδον ποιεύμενοι,
135 ἤδη πολλῷ μᾶλλον ἢ κατ᾽ ἀρχὰς ἐπεξήϊσαν ἐς τὸ εὐρύτερον τοῦ
αὐχένος. τὸ μὲν γὰρ ἔρυμα τοῦ τείχεος ἐφυλάσσετο, οἱ δὲ ἀνὰ
τὰς προτέρας ἡμέρας ὑπεξιόντες ἐς τὰ στεινόπορα ἐμάχοντο. τότε
δὴ, συμμίσγοντες ἔξω τῶν στεινῶν, ἔπιπτον πλήθεϊ πολλοὶ τῶν
βαρβάρων. ὄπισθε γὰρ οἱ ἡγεμόνες τῶν τελέων ἔχοντες μάστιγας,
140 ἐρράπιζον πάντα ἄνδρα, αἰεὶ ἐς τὸ πρόσω ἐποτρύνοντες. πολλοὶ
μὲν δὴ ἐσέπιπτον αὐτῶν ἐς τὴν θάλασσαν, καὶ διεφθείροντο· πολλῷ
δ᾽ ἔτι πλεῦνες κατεπατέοντο ζωοὶ ὑπ᾽ ἀλλήλων· ἦν δὲ λόγος οὐδεὶς
τοῦ ἀπολλυμένου. ἅτε γὰρ ἐπιστάμενοι τὸν μέλλοντά σφι ἔσεσθαι
θάνατον ἐκ τῶν περιϊόντων τὸ οὖρος, ἀπεδείκνυντο ῥώμης ὅσον
145 εἶχον μέγιστον ἐς τοὺς βαρβάρους, παραχρεώμενοί τε καὶ ἀτέοντες.
δόρατα μέν νυν τοῖσι πλεόνεσιν αὐτῶν τηνικαῦτα ἤδη ἐτύγχανε
κατεηγότα, οἱ δὲ τοῖσι ξίφεσι διεργάζοντο τοὺς Πέρσας. καὶ Λεω-
νίδης τε ἐν τούτῳ τῷ πόνῳ πίπτει, ἀνὴρ γενόμενος ἄριστος, καὶ
ἕτεροι μετ᾽ αὐτοῦ ὀνομαστοὶ Σπαρτιητέων, τῶν ἐγὼ ὡς ἀνδρῶν
150 ἀξίων γενομένων ἐπυθόμην τὰ οὐνόματα· ἐπυθόμην δὲ καὶ ἁπάντων
τῶν τριηκοσίων. καὶ δὴ καὶ Περσέων πίπτουσι ἐνθαῦτα ἄλλοι τε
πολλοὶ καὶ ὀνομαστοί· ἐν δὲ δὴ καὶ Δαρείου δύο παῖδες Ἀβρο-
κόμης τε καὶ Ὑπεράνθης, ἐκ τῆς Ἀρτάνεω θυγατρὸς Φραταγούνης
γεγονότες Δαρείῳ. ὁ δὲ Ἀρτάνης, Δαρείου μὲν τοῦ βασιλέος ἦν
155 ἀδελφεὸς, Ὑστάσπεος δὲ τοῦ Ἀρσάμεω παῖς· ὃς καὶ ἐκδιδοὺς τὴν

θυγατέρα Δαρείῳ, τὸν οἶκον πάντα τὸν ἑωυτοῦ ἐπέδωκε, ὡς μούνου
οἱ ἐούσης ταύτης τέκνου. Ξέρξεώ τε δὴ δύο ἀδελφεοὶ ἐνθαῦτα
πίπτουσι μαχεόμενοι ὑπὲρ τοῦ νεκροῦ τοῦ Λεωνίδεω, Περσέων τε
καὶ Λακεδαιμονίων ὠθισμὸς ἐγένετο πολλός· ἐς ὃ τοῦτόν τε ἀρετῇ
οἱ Ἕλληνες ὑπεξείρυσαν, καὶ ἐτρέψαντο τοὺς ἐναντίους τετράκις. 160
τοῦτο δὲ συνεστήκεε μέχρι οὗ οἱ σὺν Ἐπιάλτῃ παρεγένοντο. ὡς
δὲ τούτους ἥκειν ἐπύθοντο οἱ Ἕλληνες, ἐνθεῦτεν ἤδη ἑτεροιοῦτο
τὸ νεῖκος. ἔς τε γὰρ τὸ στεινὸν τῆς ὁδοῦ ἀνεχώρεον ὀπίσω, καὶ
παραμειψάμενοι τὸ τεῖχος, ἐλθόντες ἵζοντο ἐπὶ τὸν κολωνὸν πάντες
ἁλέες οἱ ἄλλοι πλὴν Θηβαίων. ὁ δὲ κολωνός ἐστι ἐν τῇ ἐσόδῳ 165
ὅκου νῦν ὁ λίθινος λέων ἔστηκε ἐπὶ Λεωνίδῃ. ἐν τούτῳ σφέας τῷ
χώρῳ ἀλεξομένους μαχαίρῃσι, τοῖσι αὐτῶν ἐτύγχανον ἔτι περιεοῦσαι,
καὶ χερσὶ καὶ στόμασι, κατέχωσαν οἱ βάρβαροι βάλλοντες, οἱ μὲν
ἐξ ἐναντίης ἐπισπόμενοι καὶ τὸ ἔρυμα τοῦ τείχεος συγχώσαντες,
οἱ δὲ περιελθόντες πάντοθε περισταδόν. Λακεδαιμονίων δὲ καὶ 170
Θεσπιέων τοιούτων γενομένων, ὅμως λέγεται ἀνὴρ ἄριστος γε-
νέσθαι Σπαρτιήτης Διηνέκης. τὸν τόδε φασὶ εἶπαι τὸ ἔπος πρὶν
ἢ συμμίξαι σφέας τοῖσι Μήδοισι, πυθόμενον πρός τευ τῶν Τρηχι-
νίων, ὡς, ἐπεὰν οἱ βάρβαροι ἀπιέωσι τὰ τοξεύματα, τὸν ἥλιον ὑπὸ
τοῦ πλήθεος τῶν ὀϊστῶν ἀποκρύπτουσι· τοσοῦτό τι πλῆθος αὐτῶν 175
εἶναι. τὸν δὲ οὐκ ἐκπλαγέντα τούτοισι, εἰπεῖν, ἐν ἀλογίῃ ποιεύ-
μενον τὸ τῶν Μήδων πλῆθος, ὡς πάντα σφι ἀγαθὰ ὁ Τρηχίνιος
ξεῖνος ἀγγέλλοι, εἰ ἀποκρυπτόντων τῶν Μήδων τὸν ἥλιον, ὑπὸ
σκιῇ ἔσοιτο πρὸς αὐτοὺς ἡ μάχη, καὶ οὐκ ἐν ἡλίῳ. ταῦτα μὲν καὶ
ἄλλα τοιουτότροπα ἔπεά φασι Διηνέκεα τὸν Λακεδαιμόνιον λιπέσθαι 180
μνημόσυνα. μετὰ δὲ τοῦτον ἀριστεῦσαι λέγονται Λακεδαιμόνιοι δύο
ἀδελφεοί, Ἀλφεός τε καὶ Μάρων, Ὀρσιφάντου παῖδες. Θεσπιέων
δὲ εὐδοκίμεε μάλιστα τῷ οὔνομα ἦν Διθύραμβος, Ἁρματίδεω.
Θαφθεῖσι δέ σφι αὐτοῦ ταύτῃ τῇπερ ἔπεσον, καὶ τοῖσι πρότερον

185 τελευτήσασι ἢ ὑπὸ Λεωνίδεω ἀποπεμφθέντας οἴχεσθαι, ἐπιγέ-
γραπται γράμματα λέγοντα τάδε·

> Μυριάσιν ποτὲ τῇδε τριηκοσίαις ἐμάχοντο
> ἐκ Πελοποννάσου χιλιάδες τέτορες.

ταῦτα μὲν δὴ τοῖσι πᾶσι ἐπιγέγραπται· τοῖσι δὲ Σπαρτιήτῃσι ἰδίῃ·

190
> Ὦ ξεῖν᾽, ἀγγέλλειν Λακεδαιμονίοις, ὅτι τῇδε
> κείμεθα, τοῖς κείνων ῥήμασι πειθόμενοι.

Λακεδαιμονίοισι μὲν δὴ τοῦτο· τῷ δὲ μάντι, τόδε·

> Μνῆμα τόδε κλεινοῖο Μεγιστία, ὅν ποτε Μῆδοι
> Σπερχειὸν ποταμὸν κτεῖναν ἀμειψάμενοι·
195
> μάντιος, ὃς τότε κῆρας ἐπερχομένας σάφα εἰδὼς
> οὐκ ἔτλη Σπάρτης ἡγεμόνας προλιπεῖν.

ἐπιγράμμασι μέν νυν καὶ στήλῃσι, ἔξω ἢ τὸ τοῦ μάντιος ἐπί-
γραμμα, Ἀμφικτύονες εἰσί σφεας οἱ ἐπικοσμήσαντες· τὸ δὲ τοῦ
μάντιος Μεγιστίεω Σιμωνίδης ὁ Λεωπρέπεός ἐστι κατὰ ξεινίην
200 ὁ ἐπιγράψας.

[VII. 207–228.]

Salamis.

ix. Τοῖσι δὲ Ἕλλησι ὡς πιστὰ δὴ τὰ λεγόμενα ἦν τῶν Τηνίων
ῥήματα, παρεσκευάζοντο ὡς ναυμαχήσοντες. ἠώς τε διέφαινε καὶ
οἱ σύλλογον τῶν ἐπιβατέων ποιησάμενοι, προηγόρευε εὖ ἔχοντα
μὲν ἐκ πάντων Θεμιστοκλέης· τὰ δὲ ἔπεα ἦν, πάντα κρέσσω τοῖσι
5 ἥσσοσι ἀντιτιθέμενα. ὅσα δὲ ἐν ἀνθρώπου φύσι καὶ καταστάσι
ἐγγίνεται, παραινέσας δὴ τούτων τὰ κρέσσω αἱρέεσθαι, καὶ κατα-
πλέξας τὴν ῥῆσιν, ἐσβαίνειν ἐκέλευε ἐς τὰς νῆας. καὶ οὗτοι μὲν δὴ
ἐσέβαινον, καὶ ἧκε ἡ ἀπ᾽ Αἰγίνης τριήρης, ἡ κατὰ τοὺς Αἰακίδας

ἀπεδήμησε. ἐνθαῦτα ἀνῆγον τὰς νῆας ἁπάσας οἱ Ἕλληνες. ἀνα-
γομένοισι δέ σφι αὐτίκα ἐπεκέατο οἱ βάρβαροι. οἱ μὲν δὴ ἄλλοι
Ἕλληνες ἐπὶ πρύμνην ἀνεκρούοντο, καὶ ὤκελλον τὰς νῆας· Ἀμεινίης
δὲ Παλληνεὺς, ἀνὴρ Ἀθηναῖος ἐξαναχθεὶς νηὶ ἐμβάλλει. συμπλα-
κείσης δὲ τῆς νηὸς, καὶ οὐ δυναμένων ἀπαλλαγῆναι, οὕτω δὴ οἱ
ἄλλοι Ἀμεινίῃ βοηθέοντες συνέμισγον. Ἀθηναῖοι μὲν οὕτω λέγουσι
τῆς ναυμαχίης γενέσθαι τὴν ἀρχήν· Αἰγινῆται δὲ, τὴν κατὰ τοὺς
Αἰακίδας ἀποδημήσασαν ἐς Αἴγιναν, ταύτην εἶναι τὴν ἄρξασαν. Λέ-
γεται δὲ καὶ τάδε, ὡς φάσμα σφι γυναικὸς ἐφάνη· φανεῖσαν δὲ
διακελεύσασθαι, ὥστε καὶ ἅπαν ἀκοῦσαι τὸ τῶν Ἑλλήνων στρατό-
πεδον, ὀνειδίσασαν πρότερον τάδε· " ὦ δαιμόνιοι, μέχρι κόσου
ἔτι πρύμνην ἀνακρούεσθε ;" κατὰ μὲν δὴ Ἀθηναίους ἐτετάχατο
Φοίνικες· (οὗτοι γὰρ εἶχον τὸ πρὸς Ἐλευσῖνός τε καὶ ἑσπέρης
κέρας·) κατὰ δὲ Λακεδαιμονίους, Ἴωνες· οὗτοι δ' εἶχον τὸ πρὸς τὴν
ἠῶ τε καὶ τὸν Πειραιέα. ἐθελοκάκεον μέντοι αὐτῶν κατὰ τὰς Θεμι-
στοκλέος ἐντολὰς ὀλίγοι· οἱ δὲ πλεῦνες οὔ. ἔχω μέν νυν συχνῶν
οὐνόματα τριηράρχων καταλέξαι τῶν νῆας Ἑλληνίδας ἑλόντων·
χρήσομαι δὲ αὐτοῖσι οὐδὲν πλὴν Θεομήστορός τε τοῦ Ἀνδροδά-
μαντος, καὶ Φυλάκου τοῦ Ἱστιαίου, Σαμίων ἀμφοτέρων. τοῦ δὲ
εἵνεκα μέμνημαι τούτων μούνων, ὅτι Θεομήστωρ μὲν διὰ τοῦτο τὸ
ἔργον Σάμου ἐτυράννευσε, καταστησάντων τῶν Περσέων· Φύλακος
δὲ εὐεργέτης βασιλέος ἀνεγράφη, καὶ χώρη οἱ ἐδωρήθη πολλή. οἱ
δ' εὐεργέται [τοῦ] βασιλέος ὀροσάγγαι καλέονται Περσιστί. περὶ
μέν νυν τούτους οὕτω εἶχε. τὸ δὲ πλῆθος τῶν νηῶν ἐν τῇ Σαλαμῖνι
ἐκεραΐζετο· αἱ μὲν, ὑπ' Ἀθηναίων διαφθειρόμεναι· αἱ δὲ, ὑπὸ Αἰγι-
νητέων. ἅτε γὰρ τῶν μὲν Ἑλλήνων σὺν κόσμῳ ναυμαχεόντων κατὰ
τάξιν, τῶν δὲ βαρβάρων οὐ τεταγμένων ἔτι, οὔτε σὺν νόῳ ποιεόντων
οὐδὲν, ἔμελλε τοιοῦτό σφι συνοίσεσθαι, οἰόνπερ ἀπέβη. καίτοι
ἦσάν γε καὶ ἐγένοντο ταύτην τὴν ἡμέρην μακρῷ ἀμείνονες αὐτοὶ

D

ἐωυτῶν, ἢ πρὸς Εὐβοίῃ· πᾶς τις προθυμεόμενος, καὶ δειμαίνων
Ξέρξην· ἐδόκεέ τε ἕκαστος ἑωυτὸν θεήσεσθαι βασιλέι. κατὰ
40 μὲν δὴ τοὺς ἄλλους οὐκ ἔχω μετεξετέρους εἰπεῖν ἀτρεκέως,
ὡς ἕκαστοι τῶν βαρβάρων ἢ τῶν Ἑλλήνων ἠγωνίζοντο· κατὰ δὲ
Ἀρτεμισίην τάδε ἐγένετο, ἀπ' ὧν εὐδοκίμησε μᾶλλον ἔτι παρὰ
βασιλέι. ἐπειδὴ γὰρ ἐς θόρυβον πολλὸν ἀπίκετο τὰ βασιλέος
πρήγματα, ἐν τούτῳ τῷ καιρῷ ἡ νηῦς ἡ Ἀρτεμισίης ἐδιώκετο ὑπὸ
45 νηὸς Ἀττικῆς. καὶ ἥ, οὐκ ἔχουσα διαφυγέειν, ἔμπροσθε γὰρ αὐτῆς
ἦσαν ἄλλαι νῆες φίλιαι, ἡ δὲ αὐτῆς πρὸς τῶν πολεμίων μάλιστα
ἐτύγχανε ἐοῦσα, ἔδοξέ οἱ τόδε ποιῆσαι τὸ καὶ συνήνεικε ποιησάσῃ.
διωκομένη γὰρ ὑπὸ τῆς Ἀττικῆς, φέρουσα ἐνέβαλε νηὶ φιλίῃ, ἀν-
δρῶν τε Καλυνδέων, καὶ αὐτοῦ ἐπιπλέοντος τοῦ Καλυνδέων βασι-
50 λέος Δαμασιθύμου. εἰ μὲν καί τι νεῖκος πρὸς αὐτὸν ἐγεγόνεε ἔτι
περὶ Ἑλλήσποντον ἐόντων, οὐ μέντοι ἔγωγε ἔχω εἰπεῖν, οὔτε εἰ ἐκ
προνοίης αὐτὰ ἐποίησε, οὔτε εἰ συνεκύρησε ἡ τῶν Καλυνδέων κατὰ
τύχην παραπεσοῦσα νηῦς. ὡς δὲ ἐνέβαλέ τε καὶ κατέδυσε, εὐτυχίῃ
χρησαμένη, διπλᾶ ἑωυτὴν ἀγαθὰ ἐργάσατο. ὅ τε γὰρ τῆς Ἀττικῆς
55 νηὸς τριήραρχος, ὡς εἶδέ μιν ἐμβάλλουσαν νηὶ ἀνδρῶν βαρβάρων,
νομίσας τὴν νῆα τὴν Ἀρτεμισίης ἢ Ἑλληνίδα εἶναι, ἢ αὐτομολέειν
ἐκ τῶν βαρβάρων, καὶ αὐτοῖσι ἀμύνειν, ἀποστρέψας πρὸς
ἄλλας ἐτράπετο. τοῦτο μέν, τοιοῦτο αὐτῇ συνήνεικε γενέσθαι,
διαφυγέειν τε καὶ μὴ ἀπολέσθαι· τοῦτο δέ, συνέβη ὥστε κακὸν
60 ἐργασαμένην, ἀπὸ τούτων αὐτὴν μάλιστα εὐδοκιμῆσαι παρὰ Ξέρξῃ.
λέγεται γάρ, βασιλέα θηεύμενον μαθεῖν τὴν νῆα ἐμβαλοῦσαν· καὶ
δή τινα εἶπαι τῶν παρεόντων· " δέσποτα, ὁρᾷς Ἀρτεμισίην, ὡς εὖ
ἀγωνίζεται, καὶ νῆα τῶν πολεμίων κατέδυσε ;" καὶ τὸν ἐπείρεσθαι,
εἰ ἀληθέως ἐστὶ Ἀρτεμισίης τὸ ἔργον· καὶ τοὺς φάναι σαφέως τὸ
65 ἐπίσημον τῆς νηὸς ἐπισταμένους· τὴν δὲ διαφθαρεῖσαν ἠπιστέατο
εἶναι πολεμίην. τά τε γὰρ ἄλλα, ὡς εἴρηται, αὐτῇ συνήνεικε ἐς

εὐτυχίην γενόμενα, καὶ τὸ τῶν ἐκ τῆς Καλυνδικῆς νηὸς μηδένα ἀπο-
σωθέντα κατήγορον γενέσθαι. Ξέρξην δὲ εἶπαι λέγεται πρὸς τὰ
φραζόμενα· " οἱ μὲν ἄνδρες γεγόνασί μοι γυναῖκες· αἱ δὲ γυναῖκες,
ἄνδρες." ταῦτα μὲν Ξέρξην φασὶ εἶπαι.   70

[VIII. 83-88.]

X.

Hanno, B.C. 440 (?).

The Gorillas.

Ἐν δὲ τῷ μυχῷ νῆσος ἦν, ἐοικυῖα τῇ πρώτῃ, λίμνην ἔχουσα· καὶ
ἐν ταύτῃ νῆσος ἦν ἑτέρα, μεστὴ ἀνθρώπων ἀγρίων. πολὺ δὲ
πλείους ἦσαν γυναῖκες, δασεῖαι τοῖς σώμασιν· ἃς οἱ ἑρμηνέες ἐκά-
λουν Γορίλλας. διώκοντες δὲ ἄνδρας μὲν συλλαβεῖν οὐκ ἠδυνή-
θημεν, ἀλλὰ πάντες ἐξέφυγον, κρημνοβάται ὄντες καὶ τοῖς πέτροις 5
ἀμυνόμενοι, γυναῖκας δὲ τρεῖς, αἳ δάκνουσαί τε καὶ σπαράττουσαι
τοὺς ἄγοντας οὐκ ἤθελον ἕπεσθαι. ἀποκτείναντες μέντοι αὐτὰς
ἐξεδείραμεν καὶ τὰς δορὰς ἐκομίσαμεν εἰς Καρχηδόνα.

[Periplus. 18.]

XI.

Protagoras, B.C. 440.

i. Πάντων χρημάτων μέτρον ἄνθρωπος, τῶν μὲν ἐόντων ὡς
ἔστι, τῶν δὲ οὐκ ἐόντων ὡς οὐκ ἔστι.

ii. Δύο λόγοι εἰσὶ περὶ πάντος πράγματος ἀντικείμενοι ἀλ-
λήλοις.

[Fragm. 1, 5.]

BOOK II.

THE ATTIC AGE.

FROM PERICLES TO DEMOSTHENES.

B. C. 440 — 330.

THE ATTIC AGE.

XII.

Ion of Chios, B.C. 430.

Sophocles.

Σοφοκλεῖ τῷ ποιητῇ ἐν Χίῳ συνήντησα ὅτε ἔπλει εἰς Λέσβον
στρατηγὸς, ἀνδρὶ παιδιώδει παρ' οἶνον καὶ δεξιῷ. Ἑρμησίλεω δὲ,
ξένου οἱ ἐόντος καὶ προξένου Ἀθηναίων, ἑστιῶντος αὐτὸν, ἐπεὶ
παρὰ τὸ πῦρ ἑστεὼς ὁ τὸν οἶνον ἐγχέων παῖς [ἐρυθρὸς] ἐὼν δῆλος
ἦν, εἶπέ τε " βούλει με ἡδέως πίνειν; " φάντος δ' αὐτοῦ, 5
" βραδέως τοίνυν καὶ πρόσφερέ μοι καὶ ἀπόφερε τὴς κόλικα."
ἔτι πολὺ μᾶλλον ἐρυθριάσαντος τοῦ παιδὸς εἶπε πρὸς τὸν
συγκατακείμενον, " ὡς καλῶς Φρύνιχος ἐποίησεν εἶπας

    λάμπει δ' ἐπὶ πορφυρέαις παρῇσι φῶς ἔρωτος."

καὶ πρὸς τόδε ἠμείφθη ὁ Ἐρετριεὺς ἢ Ἐρυθραῖος γραμμάτων 10
ἐὼν διδάσκαλος· " σοφὸς μὲν δὴ σύ γε εἶ, ὦ Σοφόκλεις, ἐν
ποιήσει· ὅμως μέντοι γε οὐκ εὖ εἴρηκε Φρύνιχος, πορφυρέας εἰπὼν
τὰς γνάθους τοῦ καλοῦ. εἰ γὰρ ὁ ζωγράφος χρώματι πορφυρέῳ
ἐναλείψειε τοῦδι τοῦ παιδὸς τὰς γνάθους, οὐκ ἂν ἔτι καλὸς

15 φαίνοιτο. οὐ κάρτα δεῖ τὸ καλὸν τῷ μὴ καλῷ φαινομένῳ εἰκάζειν." ἀναγελάσας ἐπὶ τῷ Ἐρετριεῖ Σοφοκλῆς· " οὐδὲ τόδε
σοι ἀρέσκει ἄρα, ὦ ξένε, τὸ Σιμωνίδειον, κάρτα δοκέον τοῖς
Ἕλλησιν εὖ εἰρῆσθαι·

πορφυρέου ἀπὸ στόματος ἱεῖσα φωνὰν παρθέιος ;

20 οὐδ' ὁ ποιητὴς, ἔφη, λέγων χρυσοκόμαν Ἀπόλλωνα ; χρυσέας
γὰρ εἰ ἐποίησεν ὁ ζωγράφος τὰς τοῦ θεοῦ κόμας καὶ μὴ μελαίνας,
χεῖρον ἂν ἦν τὸ ζωγράφημα· οὐδὲ ὁ φὰς ῥοδοδάκτυλον ; εἰ γάρ τις
εἰς ῥύδεον χρῶμα βάψειε τοὺς δακτύλους, πορφυροβάφου χεῖρας
καὶ οὐ γυναικὸς καλῆς ποιήσειε." γελασάντων δὲ, ὁ μὲν Ἐρετριεὺς
25 ἐνωπήθη τῇ ἐπιραπίξει, ὁ δὲ πάλιν τοῦ παιδὸς τῷ λόγῳ εἴχετο.
* * * τοιαῦτα πολλὰ δεξιῶς ἔλεγέ τε καὶ ἔπρησσεν ὅτε πίνοι
ἢ [παίζοι]. τὰ μέντοι πολιτικὰ οὔτε σοφὸς οὔτε ῥεκτήριος ἦν,
ἀλλ' ὡς ἄν τις εἷς τῶν χρηστῶν Ἀθηναίων.

XIII.

Antiphon, B.C. 420.

Εὖ δ' ἴστε ὅτι οὐκ ἄν ποτ' ἦλθον εἰς τὴν πόλιν, εἴ τι ξυνῄδειν
ἐμαυτῷ τοιοῦτον· νῦν δὲ πιστεύων τῷ δικαίῳ, οὗ πλέονος οὐδέν
ἐστιν ἄξιον ἀνδρὶ συναγωνίζεσθαι, μηδὲν αὐτῷ συνειδότι ἀνόσιον
εἰργασμένῳ μήτ' εἰς τοὺς θεοὺς ἠσεβηκότι. ἐν γὰρ τῷ τοιούτῳ
5 ἤδη καὶ τὸ σῶμα ἀπειρηκὸς ἡ ψυχὴ συνεξέσωσεν, ἐθέλουσα
ταλαιπωρεῖν διὰ τὸ μὴ ξυνειδέναι ἑαυτῇ. τῷ δὲ ξυνειδότι τοῦτο
αὐτὸ πρῶτον πολέμιόν ἐστιν· ἔτι γὰρ καὶ τοῦ σώματος ἰσχύοντος
ἡ ψυχὴ προαπολείπει, ἡγουμένη τὴν τιμωρίαν οἱ ἥκειν ταύτην

τῶν ἀσεβημάτων. ἐγὼ δ' ἐμαυτῷ τοιοῦτον οὐδὲν ξυνειδὼς ἥκω
εἰς ὑμᾶς. τὸ δὲ τοὺς κατηγόρους διαβάλλειν οὐδέν ἐστι θαυματτόν. 10
τούτων γὰρ ἔργον τοῦτο, ὑμῶν δὲ τὸ μὴ πείθεσθαι τὰ μὴ δίκαια.
τοῦτο μὲν γὰρ ἐμοὶ πειθομένοις ὑμῖν μεταμελῆσαι ἔστι, καὶ τούτου
φάρμακον τὸ αὖθις κολάσαι. τοῦ δὲ τούτοις πειθομένους ἐξερ-
γάσασθαι ἃ οὗτοι βούλονται οὐκ ἔστιν ἴασις. οὐδὲ χρόνος πολὺς
ὁ διαφέρων, ἐν ᾧ ταῦτα νομίμως πράξεθ' ἃ νῦν ὑμᾶς παρανόμως 15
πείθουσιν οἱ κατήγοροι ψηφίσασθαι. οὔ τοι τῶν ἐπειγομένων
ἐστὶ τὰ πράγματα, ἀλλὰ τῶν εὖ βουλευομένων. νῦν μὲν οὖν
γνωρισταὶ γίνεσθε τῆς δίκης, τότε δὲ δικασταὶ τῶν μαρτύρων.
νῦν μὲν δοξασταί, τότε δὲ κριταὶ τῶν ἀληθῶν. ἀραῖς τῶν δέ
τοι ἐστὶν ἀνδρὸς περὶ θανάτου φεύγοντος τὰ ψευδῆ καταμαρτυ- 20
ρῆσαι. ἐὰν γὰρ τὸ παραχρῆμα μόνον πείσωσιν ὥστε ἀποκτεῖναι,
ἅμα τῷ σώματι καὶ ἡ τιμωρία ἀπόλωλεν. οὔτε γὰρ οἱ φίλοι
ἔτι θελήσουσιν ὑπὲρ ἀπολωλότος τιμωρεῖν· ἐὰν δὲ καὶ βουληθῶσι,
τί ἔσται πλέον τῷ γε ἀποθανόντι; νῦν μὲν οὖν ἀποψηφίσασθέ
μου· ἐν δὲ τῇ τοῦ φόνου δίκῃ οὗτοί τε τὸν νομιζόμενον ὅρκον 25
διομοσάμενοι ἐμοῦ κατηγορήσουσι, καὶ ὑμεῖς περὶ ἐμοῦ κατὰ τοὺς
κειμένους νόμους διαγνώσεσθε, καὶ ἐμοὶ οὐδεὶς λόγος ἔσται ἔτι,
ἐάν τι πάσχω, ὡς παράνομος ἀπωλόμην. ταῦτά τοι δέομαι ὑμῶν,
οὔτε τὸ ὑμέτερον εὐσεβὲς παρεὶς οὔτε ἐμαυτὸν ἀποστερῶν τὸ
δίκαιον· ἐν δὲ τῷ ὑμετέρῳ ὅρκῳ καὶ ἡ ἐμὴ σωτηρία ἔνεστι. πειθό- 30
μενοι δὲ τούτων ὅτῳ βούλεσθε, ἀποψηφίσασθέ μου.

[De Herodis Caede 93–96.]

XIV.

Democritus, B.C. 410.

i. Ἀπ' ὧν ἡμῖν τἀγαθὰ γίνεται, ἀπὸ τῶν αὐτέων καὶ τὰ κακὰ ἐπαυρισκοίμεθα· τῶν δὲ κακῶν ἐκτὸς εἴημεν. αὐτίκα ὕδωρ βαθὺ εἰς πολλὰ χρήσιμον καὶ δ' αὖτε κακόν· κίνδυνος γὰρ ὑποπνιγῆναι. μηχανὴ ὧν εὑρέθη νήχεσθαι διδάσκειν.

ii. Ἄνθρωποι τύχης εἴδωλον ἐπλάσαντο πρόφασιν ἰδίης ἀβουλίης· βαιὰ γὰρ φρονήσι τύχη μάχεται, τὰ δὲ πλεῖστα ἐν βίῳ ψυχὴ εὐξύνετος ὀξυδερκέειν κατιθύνει.

iii. Τύχη μεγαλόδωρος, ἀλλ' ἀβέβαιος, φύσις δὲ αὐτάρκης· διόπερ νικᾷ τῷ ἥσσονι καὶ βεβαίῳ τὸ μέζον τῆς ἐλπίδος.

iv. Πρὸς τούτους γὰρ οἶμαι μάλιστα τὸν Δημόκριτον εἰπεῖν, ὡς εἰ τὸ σῶμα δικάσαιτο τῇ ψυχῇ κακώσεως, οὐκ ἂν αὐτὴν ἀποφυγεῖν.

v. Ὁ φθονέων, ἑωυτὸν ὡς ἐχθρὸν λυπέει.

vi. Βίος ἀνεόρταστος μακρὴ ὁδὸς ἀπανδόκευτος.

vii. Χρημάτων χρῆσις ξὺν νόῳ μὲν χρήσιμον εἰς τὸ ἐλευθέριον εἶναι καὶ δημωφελέα· ξὺν ἀνοίῃ δὲ χορηγίη ξυνή.

viii. Ἐλπὶς κακοῦ κέρδεος ἀρχὴ ζημίης.

ix. Οἱ φειδωλοὶ τὸν τῆς μελίσσης οἶτον ἔχουσι, ἐργαζόμενοι ὡς αἰεὶ βιωσόμενοι.

x. Τὸ νικᾷν αὐτὸν ἑαυτὸν πασῶν νικῶν πρώτη καὶ ἀρίστη· τὸ δὲ ἡττᾶσθαι αὐτὸν ὑφ' ἑαυτοῦ, αἴσχιστόν τε καὶ κάκιστον.

xi. Σοφίη ἄθαμβος ἀξίη πάντων, τιμιωτάτη ἐοῦσα.

xii. Αἱ περί τι σφοδραὶ ὀρέξιες τυφλοῦσι εἰς τἆλλα τὴν ψυχήν.

xiii. Ἀνδρηίη τὰς ἄτας σμικρὰς ἔρδει.

xiv. Κρέσσον τὰ οἰκήϊα ἁμαρτήματα ἐλέγχειν ἢ τὰ ὀθνεῖα.

xv. Ἂν δὲ σαυτὸν ἔνδοθεν ἀνοίξῃς, ποικίλον τι καὶ πολυπαθὲς κακῶν ταμεῖον εὑρήσεις καὶ θησαύρισμα, ὥς φησι Δημόκριτος, οὐκ ἔξωθεν ἐπιρρεόντων, ἀλλ' ὥσπερ ἐγγείους καὶ αὐτόχθονας πηγὰς ἐχόντων, ἃς ἀνίησιν ἡ κακία, πολύχυτος καὶ δαψιλὴς οὖσα τοῖς πάθεσιν.

xvi. Φαῦλον, κἂν μόνος ᾖς, μήτε λέξῃς μήτε ἐργάσῃ· μάθε δὲ πολὺ μᾶλλον τῶν ἄλλων σεωυτὸν αἰσχύνεσθαι.

xvii. Λόγος ἔργου σκιή.

xviii. Μηδέν τι μᾶλλον τοὺς ἀνθρώπους αἰδέεσθαι ἑωυτοῦ, μηδέ τι μᾶλλον ἐξεργάζεσθαι κακόν, εἰ μέλλει μηδεὶς εἰδήσειν, ἢ εἰ πάντες ἄνθρωποι· ἀλλ' ἑωυτὸν μάλιστα αἰδέεσθαι καὶ τοῦτον νόμον τῇ ψυχῇ κατιστάναι, ὥστε μηδὲν ποιέειν ἀνεπιτήδειον.

xix. Πολλοὶ δρῶντες τὰ αἴσχιστα λόγους τοὺς ἀρίστους ἀσκέουσι.

xx. Μοῦνοι θεοφιλέες, ὅσοισι ἐχθρὸν τὸ ἀδικέειν.

xxi. Ἀγαθὸν οὐ τὸ μὴ ἀδικέειν, ἀλλὰ τὸ μηδὲ ἐθέλειν.

xxii. Πλέονες ἐξ ἀσκήσιος ἀγαθοὶ γίνονται ἢ ἀπὸ φύσιος.

xxiii. Ἁμαρτίης αἰτίη ἡ ἀμαθίη τοῦ κρέσσονος.

xxiv. Μὴ διὰ φόβον, ἀλλὰ διὰ τὸ δέον χρεὼν ἀπέχεσθαι ἁμαρτημάτων.

xxv. Οἰκήϊον ἐλευθερίης παρρησίη· κίνδυνος δὲ ἡ τοῦ καιροῦ διάγνωσις.

xxvi. Φύσεως μὲν γὰρ ἀρετὴν διαφθείρει ῥᾳθυμία, φαυλότητα δὲ ἐπανορθοῖ διδαχή· καὶ τὰ μὲν ῥάδια τοὺς ἀμελοῦντας φεύγει, τὰ δὲ χαλεπὰ ταῖς ἐπιμελείαις ἁλίσκεται.

xxvii. Ἡ παιδεία εὐτυχέουσι μέν ἐστι κόσμος, ἀτυχέουσι δὲ καταφύγιον.

xxviii. Ἡ φύσις καὶ ἡ διδαχὴ παραπλήσιόν ἐστι· καὶ γὰρ ἡ

διδαχὴ μεταρρυσμοῖ τὸν ἄνθρωπον, μεταρρυσμοῦσα δὲ φυσιοποιέει.

XXIX. Κρέσσονές εἰσι αἱ τῶν πεπαιδευμένων ἐλπίδες ἢ ὁ τῶν ἀμαθέων πλοῦτος.

XXX. Πολυνοΐην, οὐ πολυμαθίην ἀσκέειν χρή.

XXXI. Μὴ πάντα ἐπίστασθαι προθύμεο, μὴ πάντων ἀμαθὴς γένῃ.

XXXII. Ἑνὸς φιλίη ξυνετοῦ κρέσσων ἀξυνέτων ἀπάντων.

XXXIII. Ζῆν οὐκ ἄξιος, ὅτῳ μηδείς ἐστι χρηστὸς φίλος.

XXXIV. Γυνὴ μὴ ἀσκεέτω λόγον· δεινὸν γάρ.

XXXV. Ὑπὸ γυναικὸς ἄρχεσθαι ὕβρις καὶ ἀνανδρίη ἐσχάτη.

XXXVI. Ὁ νόμος βούλεται μὲν εὐεργετέειν βίον ἀνθρώπων· δύναται δέ, ὅταν αὐτοὶ βούλωνται πάσχειν· τοῖσι γὰρ πειθομένοισι τὴν ἰδίην ἀρετὴν ἐνδείκνυται.

XXXVII. Ἡ ἐν δημοκρατίῃ πενίη τῆς παρὰ τοῖσι δυνατοῖσι καλεομένης εὐδαιμονίης τοσοῦτόν ἐστι αἱρετωτέρη ὁκόσον ἐλευθερίη δουλείης.

XXXVIII. Ὁ ἀδικέων τοῦ ἀδικεομένου κακοδαιμονέστερος.

XXXIX. Ὁ κόσμος σκηνή, ὁ βίος πάροδος· ἦλθες, εἶδες, ἀπῆλθες.

[Fragm.]

XV.

Andocides, B.C. 410.

Σκέψασθε τοίνυν καὶ τάδε, ἄν με σώσητε, οἷον ἕξετε πολίτην· ὃς πρῶτον μὲν ἐκ πολλοῦ πλούτου, ὅσον ὑμεῖς ἴστε, οὐ δι' ἐμαυτὸν ἀλλὰ διὰ τὰς τῆς πόλεως συμφορὰς εἰς πενίαν πολλὴν καὶ ἀπορίαν κατέστην, ἔπειτα δὲ καὶ βίον εἰργασάμην ἐκ τοῦ δικαίου, τῇ γνώμῃ

καὶ ταῖν χεροῖν ταῖν ἐμαυτοῦ· ἔτι δὲ εἰδότα μὲν οἷόν ἐστι πόλεως 5
τοιαύτης πολίτην εἶναι, εἰδότα δὲ οἷόν ἐστι ξένον εἶναι καὶ μέτοικον
ἐν τῇ τῶν πλησίον, ἐπιστάμενον δὲ οἷον τὸ σωφρονεῖν καὶ ὀρθῶς
βουλεύεσθαι, ἐπιστάμενον δ' οἷον τὸ ἁμαρτόντα πρᾶξαι κακῶς,
πολλοῖς συγγενόμενος καὶ πλείστων πειραθεὶς, ἀφ' ὧν ἐμοὶ ξενίαι
καὶ φιλότητες πρὸς πολλοὺς καὶ βασιλέας καὶ πόλεις καὶ ἄλλους 10
ἰδίᾳ ξένους γεγένηνται, ὧν ἐμὲ σώσαντες μεθέξετε, καὶ ἔστιν ὑμῖν
χρῆσθαι τούτοις, ὅπου ἂν ἐν καιρῷ τι ὑμῖν γίνηται. ἔχει δὲ καὶ
ὑμῖν, ὦ ἄνδρες, οὕτως· ἐάν με νυνὶ διαφθείρητε, οὐκ ἔστιν ὑμῖν
ἔτι λοιπὸς τοῦ γένους τοῦ ἡμετέρου οὐδεὶς, ἀλλ' οἴχεται πᾶν
πρόρριζον. καίτοι οὐκ ὄνειδος ὑμῖν ἐστὶν ἡ Ἀνδοκίδου καὶ 15
Λεωγόρου οἰκία οὖσα, ἀλλὰ πολὺ μᾶλλον τότ' ἦν ὄνειδος, ὅτ'
ἐμοῦ φεύγοντος Κλεοφῶν αὐτὴν ὁ λυροποιὸς ᾤκει. οὐ γὰρ ἔστιν
ὅστις πώποτε ὑμῶν παριὼν τὴν οἰκίαν τὴν ἡμετέραν ἀνεμνήσθη
ἢ ἰδίᾳ τι ἢ δημοσίᾳ κακὸν παθὼν ὑπ' ἐκείνων, οἳ πλείστας μὲν
στρατηγήσαντες στρατηγίας πολλὰ τρόπαι τῶν πολεμίων καὶ 20
κατὰ γῆν καὶ κατὰ θάλατταν ὑμῖν ἀπέδειξαν, πλείστας δὲ ἄλλας
ἀρχὰς ἄρξαντες καὶ χρήματα διαχειρίσαντες τὰ ὑμέτερα οὐδὲν
πώποτε ὦφλον, οὐδ' ἡμάρτηται οὐδὲν οὔτε ἡμῖν εἰς ὑμᾶς οὔτε
ὑμῖν εἰς ἡμᾶς, οἰκία δὲ πασῶν ἀρχαιοτάτη καὶ κοινοτάτη ἀεὶ τῷ
δεομένῳ. οὐδ' ἔστιν ὅπου ἐκείνων τις τῶν ἀνδρῶν καταστὰς εἰς 25
ἀγῶνα ἀπήτησεν ὑμᾶς χάριν τούτων τῶν ἔργων. μὴ τοίνυν, εἰ
αὐτοὶ τεθνᾶσι, καὶ περὶ τῶν πεπραγμένων αὐτοῖς ἐπιλάθησθε, ἀλλ'
ἀναμνησθέντες τῶν ἔργων νομίσατε τὰ σώματα αὐτῶν ὁρᾶν αἰτου-
μένων ἐμὲ παρ' ὑμῶν σῶσαι. τίνα γὰρ καὶ ἀναβιβάσομαι δεησό-
μενον ὑπὲρ ἐμαυτοῦ; τὸν πατέρα; ἀλλὰ τέθνηκεν. ἀλλὰ τοὺς 30
ἀδελφούς; ἀλλ' οὐκ εἰσίν. ἀλλὰ τοὺς παῖδας; ἀλλ' οὔπω
γεγένηνται. ὑμεῖς τοίνυν καὶ ἀντὶ πατρὸς ἐμοὶ καὶ ἀντὶ ἀδελφῶν
καὶ ἀντὶ παίδων γένεσθε· εἰς ὑμᾶς καταφεύγω καὶ ἀντιβολῶ καὶ

ἱκετεύω· ὑμεῖς με παρ' ὑμῶν αὐτῶν αἰτησάμενοι σώσατε, καὶ
35 μὴ βούλεσθε Θετταλοὺς καὶ Ἀνδρίους πολίτας ποιεῖσθαι δι'
ἀπορίαν ἀνδρῶν, τοὺς δὲ ὄντας πολίτας ὁμολογουμένως, οἷς
προσήκει ἀνδράσιν ἀγαθοῖς εἶναι καὶ βουλόμενοι δυνήσονται,
τούτους δὲ ἀπόλλυτε. μὴ δῆτα. ἔπειτα καὶ ταῦθ' ὑμῶν δέομαι,
εὖ ποιῶν ὑμᾶς ὑφ' ὑμῶν τιμᾶσθαι. ὥστ' ἐμοὶ μὲν πειθόμενοι
40 οὐκ ἀποστερεῖσθε εἴ τι ἐγὼ δυνήσομαι ὑμᾶς εὖ ποιεῖν· ἐὰν δὲ
τοῖς ἐχθροῖς τοῖς ἐμοῖς πεισθῆτε, οὐδ' ἂν ὑστέρῳ χρόνῳ ὑμῖν
μεταμελήσῃ, οὐδὲν ἔτι πλέον ποιήσετε. μὴ τοίνυν μήθ' ὑμᾶς
αὐτοὺς τῶν ἀπ' ἐμοῦ ἐλπίδων ἀποστερήσητε μήτ' ἐμὲ τῶν εἰς
ὑμᾶς. ἀξιῶ δ' ἔγωγε τούτους οἵτινες ὑμῖν ἀρετῆς ἤδη τῆς μεγί-
45 στης εἰς τὸ πλῆθος τὸ ὑμέτερον ἔλεγχον ἔδοσαν, ἀναβάντας
ἐνταυθοῖ συμβουλεύειν ὑμῖν ἃ γινώσκουσι περὶ ἐμοῦ. δεῦρο
Ἄνυτε, Κέφαλε, ἔτι δὲ καὶ οἱ φυλέται οἱ ᾑρημένοι μοι συνδικεῖν,
Θράσυλλος καὶ οἱ ἄλλοι.

[De Myst. 144-150.]

XVI.

Thucydides, B.C. 410.

History.

i. Ἀταλαίπωρος τοῖς πολλοῖς ἡ ζήτησις τῆς ἀληθείας, καὶ ἐπὶ
τὰ ἑτοῖμα μᾶλλον τρέπονται. ἐκ δὲ τῶν εἰρημένων τεκμηρίων ὅμως
τοιαῦτα ἄν τις νομίζων μάλιστα ἃ διῆλθον οὐχ ἁμαρτάνοι, καὶ
οὔτε ὡς ποιηταὶ ὑμνήκασι περὶ αὐτῶν ἐπὶ τὸ μεῖζον κοσμοῦντες
5 μᾶλλον πιστεύων, οὔτε ὡς λογογράφοι ξυνέθεσαν ἐπὶ τὸ προσ-
αγωγότερον τῇ ἀκροάσει ἢ ἀληθέστερον, ὄντα ἀνεξέλεγκτα καὶ τὰ
πολλὰ ὑπὸ χρόνου αὐτῶν ἀπίστως ἐπὶ τὸ μυθῶδες ἐκνενικηκότα,

εὑρῆσθαι δὲ ἡγησάμενος ἐκ τῶν ἐπιφανεστάτων σημείων ὡς παλαιὰ
εἶναι ἀποχρώντως. καὶ ὁ πόλεμος οὗτος, καίπερ τῶν ἀνθρώπων ἐν
ᾧ μὲν ἂν πολεμῶσι τὸν παρόντα ἀεὶ μέγιστον κρινόντων, παυσα- 10
μένων δὲ τὰ ἀρχαῖα μᾶλλον θαυμαζόντων, ἀπ' αὐτῶν τῶν ἔργων
σκοποῦσι δηλώσει ὅμως μείζων γεγενημένος αὐτῶν. καὶ ὅσα μὲν
λόγῳ εἶπον ἕκαστοι ἢ μέλλοντες πολεμήσειν ἢ ἐν αὐτῷ ἤδη ὄντες,
χαλεπὸν τὴν ἀκρίβειαν αὐτὴν τῶν λεχθέντων διαμνημονεῦσαι ἦν,
ἐμοί τε ὧν αὐτὸς ἤκουσα καὶ τοῖς ἄλλοθέν ποθεν ἐμοὶ ἀπαγγέλ- 15
λουσιν· ὡς δ' ἂν ἐδόκουν ἐμοὶ ἕκαστοι περὶ τῶν ἀεὶ παρόντων τὰ
δέοντα μάλιστ' εἰπεῖν, ἐχομένῳ ὅτι ἐγγύτατα τῆς ξυμπάσης γνώμης
τῶν ἀληθῶς λεχθέντων, οὕτως εἴρηται. τὰ δ' ἔργα τῶν πραχθέντων
ἐν τῷ πολέμῳ οὐκ ἐκ τοῦ παρατυχόντος πυνθανόμενος ἠξίωσα γρά-
φειν, οὐδ' ὡς ἐμοὶ ἐδόκει, ἀλλ' οἷς τε αὐτὸς παρῆν, καὶ παρὰ τῶν 20
ἄλλων ὅσον δυνατὸν ἀκριβείᾳ περὶ ἑκάστου ἐπεξελθών. ἐπιπόνως
δὲ εὑρίσκετο, διότι οἱ παρόντες τοῖς ἔργοις ἑκάστοις οὐ ταὐτὰ περὶ
τῶν αὐτῶν ἔλεγον, ἀλλ' ὡς ἑκατέρων τις εὐνοίας ἢ μνήμης ἔχοι.
καὶ ἐς μὲν ἀκρόασιν ἴσως τὸ μὴ μυθῶδες αὐτῶν ἀτερπέστερον φα-
νεῖται· ὅσοι δὲ βουλήσονται τῶν τε γενομένων τὸ σαφὲς σκοπεῖν 25
καὶ τῶν μελλόντων ποτὲ αὖθις κατὰ τὸ ἀνθρώπειον τοιούτων καὶ
παραπλησίων ἔσεσθαι, ὠφέλιμα κρίνειν αὐτὰ ἀρκούντως ἕξει.
κτῆμά τε ἐς ἀεὶ μᾶλλον ἢ ἀγώνισμα ἐς τὸ παραχρῆμα ἀκούειν
ξύγκειται.

[I. 20-22.]

Pericles' Funeral Oration.

ii. Ἐν δὲ τῷ αὐτῷ χειμῶνι οἱ Ἀθηναῖοι τῷ πατρίῳ νόμῳ χρώ-
μενοι δημοσίᾳ ταφὰς ἐποιήσαντο τῶν ἐν τῷδε τῷ πολέμῳ πρῶτον
ἀποθανόντων τρόπῳ τοιῷδε. τὰ μὲν ὀστᾶ προτίθενται τῶν ἀπο-
γενομένων πρότριτα σκηνὴν ποιήσαντες, καὶ ἐπιφέρει τῷ αὐτοῦ

5 ἕκαστος ἥν τι βούληται. ἐπειδὰν δὲ ἡ ἐκφορὰ ᾖ, λάρνακας κυπαρισ-
σίνας ἄγουσιν ἄμαξαι, φυλῆς ἑκάστης μίαν· ἔνεστι δὲ τὰ ὀστᾶ ἧς
ἕκαστος ἦν φυλῆς. μία δὲ κλίνη κενὴ φέρεται ἐστρωμένη τῶν
ἀφανῶν, οἳ ἂν μὴ εὑρεθῶσιν ἐς ἀναίρεσιν. ξυνεκφέρει δὲ ὁ βουλό-
μενος καὶ ἀστῶν καὶ ξένων, καὶ γυναῖκες πάρεισιν αἱ προσήκουσαι
10 ἐπὶ τὸν τάφον ὀλοφυρόμεναι. τιθέασιν οὖν ἐς τὸ δημόσιον σῆμα,
ὅ ἐστιν ἐπὶ τοῦ καλλίστου προαστείου τῆς πόλεως, καὶ ἀεὶ ἐν αὐτῷ
θάπτουσι τοὺς ἐκ τῶν πολέμων, πλήν γε τοὺς ἐν Μαραθῶνι·
ἐκείνων δὲ διαπρεπῆ τὴν ἀρετὴν κρίναντες αὐτοῦ καὶ τὸν τάφον
ἐποίησαν. ἐπειδὰν δὲ κρύψωσι γῇ, ἀνὴρ ᾑρημένος ὑπὸ τῆς πόλεως,
15 ὃς ἂν γνώμῃ τε δοκῇ μὴ ἀξύνετος εἶναι καὶ ἀξιώσει προήκῃ, λέγει
ἐπ’ αὐτοῖς ἔπαινον τὸν πρέποντα· μετὰ δὲ τοῦτο ἀπέρχονται. ὧδε
μὲν θάπτουσι· καὶ διὰ παντὸς τοῦ πολέμου, ὁπότε ξυμβαίη αὐτοῖς,
ἐχρῶντο τῷ νόμῳ. ἐπὶ δ’ οὖν τοῖς πρώτοις τοῖσδε Περικλῆς ὁ
Ξανθίππου ᾑρέθη λέγειν. καὶ ἐπειδὴ καιρὸς ἐλάμβανε, προελθὼν
20 ἀπὸ τοῦ σήματος ἐπὶ βῆμα ὑψηλὸν πεποιημένον, ὅπως ἀκούοιτο ὡς
ἐπὶ πλεῖστον τοῦ ὁμίλου, ἔλεγε τοιάδε. “ Οἱ μὲν πολλοὶ τῶν
ἐνθάδε εἰρηκότων ἤδη ἐπαινοῦσι τὸν προσθέντα τῷ νόμῳ τὸν λόγον
τόνδε, ὡς καλὸν ἐπὶ τοῖς ἐκ τῶν πολέμων θαπτομένοις ἀγορεύεσθαι
αὐτόν. ἐμοὶ δ’ ἀρκοῦν ἂν ἐδόκει εἶναι ἀνδρῶν ἀγαθῶν ἔργῳ γενο-
25 μένων ἔργῳ καὶ δηλοῦσθαι τὰς τιμάς, οἷα καὶ νῦν περὶ τὸν τάφον
τόνδε δημοσίᾳ παρασκευασθέντα ὁρᾶτε, καὶ μὴ ἐν ἑνὶ ἀνδρὶ πολλῶν
ἀρετὰς κινδυνεύεσθαι εὖ τε καὶ χεῖρον εἰπόντι πιστευθῆναι. χαλεπὸν
γὰρ τὸ μετρίως εἰπεῖν ἐν ᾧ μόλις καὶ ἡ δόκησις τῆς ἀληθείας βε-
βαιοῦται. ὅ τε γὰρ ξυνειδὼς καὶ εὔνους ἀκροατὴς τάχ’ ἄν τι
30 ἐνδεεστέρως πρὸς ἃ βούλεταί τε καὶ ἐπίσταται νομίσειε δηλοῦσθαι,
ὅ τε ἄπειρος ἔστιν ἃ καὶ πλεονάζεσθαι, διὰ φθόνον, εἴ τι ὑπὲρ τὴν
ἑαυτοῦ φύσιν ἀκούοι. μέχρι γὰρ τοῦδε ἀνεκτοὶ οἱ ἔπαινοί εἰσι περὶ
ἑτέρων λεγόμενοι, ἐς ὅσον ἂν καὶ αὐτὸς ἕκαστος οἴηται ἱκανὸς εἶναι

δρᾶσαί τι ὧν ἤκουσε· τῷ δὲ ὑπερβάλλοντι αὐτῶν φθονοῦντες ἤδη
καὶ ἀπιστοῦσιν. ἐπειδὴ δὲ τοῖς πάλαι οὕτως ἐδοκιμάσθη ταῦτα 35
καλῶς ἔχειν, χρὴ καὶ ἐμὲ ἑπόμενον τῷ νόμῳ πειρᾶσθαι ὑμῶν τῆς
ἑκάστου βουλήσεώς τε καὶ δόξης τυχεῖν ὡς ἐπὶ πλεῖστον. ἄρξομαι
δὲ ἀπὸ τῶν προγόνων πρῶτον· δίκαιον γὰρ αὐτοῖς καὶ πρέπον δὲ
ἅμα ἐν τῷ τοιῷδε τὴν τιμὴν ταύτην τῆς μνήμης δίδοσθαι. τὴν γὰρ
χώραν ἀεὶ οἱ αὐτοὶ οἰκοῦντες διαδοχῇ τῶν ἐπιγιγνομένων μέχρι 40
τοῦδε ἐλευθέραν δι' ἀρετὴν παρέδοσαν. καὶ ἐκεῖνοί τε ἄξιοι ἐπαίνου
καὶ ἔτι μᾶλλον οἱ πατέρες ἡμῶν· κτησάμενοι γὰρ πρὸς οἷς ἐδέξαντο,
ὅσην ἔχομεν ἀρχὴν, οὐκ ἀπόνως ἡμῖν τοῖς νῦν προσκατέλιπον. τὰ
δὲ πλείω αὐτῆς αὐτοὶ ἡμεῖς οἵδε οἱ νῦν ἔτι ὄντες μάλιστα ἐν τῇ
καθεστηκυίᾳ ἡλικίᾳ ἐπηυξήσαμεν, καὶ τὴν πόλιν τοῖς πᾶσι παρε- 45
σκευάσαμεν καὶ ἐς πόλεμον καὶ ἐς εἰρήνην αὐταρκεστάτην. ὧν ἐγὼ
τὰ μὲν κατὰ πολέμους ἔργα, οἷς ἕκαστα ἐκτήθη, ἢ εἴ τι αὐτοὶ ἢ οἱ
πατέρες ἡμῶν βάρβαρον ἢ Ἕλληνα πόλεμον ἐπιόντα προθύμως
ἠμυνάμεθα, μακρηγορεῖν ἐν εἰδόσιν οὐ βουλόμενος ἐάσω· ἀπὸ δὲ
οἵας τε ἐπιτηδεύσεως ἤλθομεν ἐπ' αὐτὰ καὶ μεθ' οἵας πολιτείας καὶ 50
τρόπων ἐξ οἵων μεγάλα ἐγένετο, ταῦτα δηλώσας πρῶτον εἶμι καὶ
ἐπὶ τὸν τῶνδε ἔπαινον, νομίζων ἐπί τε τῷ παρόντι οὐκ ἂν ἀπρεπῆ
λεχθῆναι αὐτὰ, καὶ τὸν πάντα ὅμιλον καὶ ἀστῶν καὶ ξένων ξύμ-
φορον εἶναι αὐτῶν ἐπακοῦσαι. χρώμεθα γὰρ πολιτείᾳ οὐ ζηλούσῃ
τοὺς τῶν πέλας νόμους, παράδειγμα δὲ μᾶλλον αὐτοὶ ὄντες τινὶ ἢ 55
μιμούμενοι ἑτέρους. καὶ ὄνομα μὲν διὰ τὸ μὴ ἐς ὀλίγους ἀλλ' ἐς
πλείονας οἰκεῖν δημοκρατία κέκληται· μέτεστι δὲ κατὰ μὲν τοὺς
νόμους πρὸς τὰ ἴδια διάφορα πᾶσι τὸ ἴσον, κατὰ δὲ τὴν ἀξίωσιν,
ὡς ἕκαστος ἔν τῳ εὐδοκιμεῖ, οὐκ ἀπὸ μέρους τὸ πλεῖον ἐς τὰ κοινὰ
ἢ ἀπ' ἀρετῆς προτιμᾶται, οὐδ' αὖ κατὰ πενίαν, ἔχων δέ τι ἀγαθὸν 60
δρᾶσαι τὴν πόλιν, ἀξιώματος ἀφανείᾳ κεκώλυται. ἐλευθέρως δὲ τά
τε πρὸς τὸ κοινὸν πολιτεύομεν καὶ ἐς τὴν πρὸς ἀλλήλους τῶν καθ'

ἡμέραν ἐπιτηδευμάτων ὑποψίαν, οὐ δι' ὀργῆς τὸν πέλας, εἰ καθ'
ἡδονήν τι δρᾷ, ἔχοντες, οὐδὲ ἀζημίους μὲν λυπηρὰς δὲ τῇ ὄψει
65 ἀχθηδόνας προστιθέμενοι. ἀνεπαχθῶς δὲ τὰ ἴδια προσομιλοῦντες
τὰ δημόσια διὰ δέος μάλιστα οὐ παρανομοῦμεν, τῶν τε ἀεὶ ἐν ἀρχῇ
ὄντων ἀκροάσει καὶ τῶν νόμων, καὶ μάλιστα αὐτῶν ὅσοι τε ἐπ'
ὠφελείᾳ τῶν ἀδικουμένων κεῖνται καὶ ὅσοι ἄγραφοι ὄντες αἰσχύνην
ὁμολογουμένην φέρουσι. καὶ μὴν καὶ τῶν πόνων πλείστας ἀνα-
70 παύλας τῇ γνώμῃ ἐπορισάμεθα, ἀγῶσι μέν γε καὶ θυσίαις διετησίοις
νομίζοντες, ἰδίαις δὲ κατασκευαῖς εὐπρεπέσιν, ὧν καθ' ἡμέραν ἡ
τέρψις τὸ λυπηρὸν ἐκπλήσσει. ἐπεισέρχεται δὲ διὰ μέγεθος τῆς
πόλεως ἐκ πάσης γῆς τὰ πάντα, καὶ ξυμβαίνει ἡμῖν μηδὲν οἰκειοτέρᾳ
τῇ ἀπολαύσει τὰ αὐτοῦ ἀγαθὰ γιγνόμενα καρποῦσθαι ἢ καὶ τὰ τῶν
75 ἄλλων ἀνθρώπων. διαφέρομεν δὲ καὶ ταῖς τῶν πολεμικῶν μελέταις
τῶν ἐναντίων τοῖσδε. τήν τε γὰρ πόλιν κοινὴν παρέχομεν, καὶ οὐκ
ἔστιν ὅτε ξενηλασίαις ἀπείργομέν τινα ἢ μαθήματος ἢ θεάματος, ὃ
μὴ κρυφθὲν ἄν τις τῶν πολεμίων ἰδὼν ὠφεληθείη, πιστεύοντες οὐ
ταῖς παρασκευαῖς τὸ πλέον καὶ ἀπάταις ἢ τῷ ἀφ' ἡμῶν αὐτῶν ἐς
80 τὰ ἔργα εὐψύχῳ· καὶ ἐν ταῖς παιδείαις οἱ μὲν ἐπιπόνῳ ἀσκήσει
εὐθὺς νέοι ὄντες τὸ ἀνδρεῖον μετέρχονται, ἡμεῖς δὲ ἀνειμένως διαι-
τώμενοι οὐδὲν ἧσσον ἐπὶ τοὺς ἰσοπαλεῖς κινδύνους χωροῦμεν.
τεκμήριον δέ· οὔτε γὰρ Λακεδαιμόνιοι καθ' ἑκάστους, μετὰ πάντων
δ' ἐς τὴν γῆν ἡμῶν στρατεύουσι, τήν τε τῶν πέλας αὐτοὶ ἐπελ-
85 θόντες οὐ χαλεπῶς ἐν τῇ ἀλλοτρίᾳ τοὺς περὶ τῶν οἰκείων ἀμυνο-
μένους μαχόμενοι τὰ πλείω κρατοῦμεν. ἀθρόᾳ τε τῇ δυνάμει ἡμῶν
οὐδείς πω πολέμιος ἐνέτυχε διὰ τὴν τοῦ ναυτικοῦ τε ἅμα ἐπιμέ-
λειαν καὶ τὴν ἐν τῇ γῇ ἐπὶ πολλὰ ἡμῶν αὐτῶν ἐπίπεμψιν· ἢν δέ
που μορίῳ τινὶ προσμίξωσι, κρατήσαντές τέ τινας ἡμῶν πάντας
90 αὐχοῦσιν ἀπεῶσθαι καὶ νικηθέντες ὑφ' ἁπάντων ἡσσῆσθαι. καίτοι
εἰ ῥᾳθυμίᾳ μᾶλλον ἢ πόνων μελέτῃ καὶ μὴ μετὰ νόμων τὸ πλεῖον

ἢ τρόπων ἀνδρίας ἐθέλομεν κινδυνεύειν. περιγίγνεται ἡμῖν τοῖς τε
μέλλουσιν ἀλγεινοῖς μὴ προκάμνειν. καὶ ἐς αὐτὰ ἐλθοῦσι μὴ ἀτολ-
μοτέρους τῶν ἀεὶ μοχθούντων φαίνεσθαι, καὶ ἔν τε τούτοις τὴν
πόλιν ἀξίαν εἶναι θαυμάζεσθαι καὶ ἔτι ἐν ἄλλοις. φιλοκαλοῦμεν 95
γὰρ μετ' εὐτελείας καὶ φιλοσοφοῦμεν ἄνευ μαλακίας, πλούτῳ τε
ἔργου μᾶλλον καιρῷ ἢ λόγου κόμπῳ χρώμεθα. καὶ τὸ πένεσθαι
οὐχ ὁμολογεῖν τινι αἰσχρὸν, ἀλλὰ μὴ διαφεύγειν ἔργῳ αἴσχιον. ἔτι
τε τοῖς αὐτοῖς οἰκείων ἅμα καὶ πολιτικῶν ἐπιμέλεια, καὶ ἑτέροις
πρὸς ἔργα τετραμμένοις τὰ πολιτικὰ μὴ ἐνδεῶς γνῶναι· μόνοι γὰρ 100
τόν τε μηδὲν τῶνδε μετέχοντα οὐκ ἀπράγμονα ἀλλ' ἀχρεῖον νομί-
ζομεν. καὶ αὐτοὶ ἤτοι κρίνομέν γε ἢ ἐνθυμούμεθα ὀρθῶς τὰ πράγ-
ματα, οὐ τοὺς λόγους τοῖς ἔργοις βλάβην ἡγούμενοι, ἀλλὰ μὴ προ-
διδαχθῆναι μᾶλλον λόγῳ πρότερον ἢ ἐπὶ ἃ δεῖ ἔργῳ ἐλθεῖν. διαφε-
ρόντως γὰρ δὴ καὶ τόδε ἔχομεν ὥστε τολμᾶν τε οἱ αὐτοὶ μάλιστα 105
καὶ περὶ ὧν ἐπιχειρήσομεν ἐκλογίζεσθαι· ὃ τοῖς ἄλλοις ἀμαθία μὲν
θράσος, λογισμὸς δὲ ὄκνον φέρει. κράτιστοι δ' ἂν τὴν ψυχὴν
δικαίως κριθεῖεν οἱ τά τε δεινὰ καὶ ἡδέα σαφέστατα γιγνώσκοντες
καὶ διὰ ταῦτα μὴ ἀποτρεπόμενοι ἐκ τῶν κινδύνων. καὶ τὰ ἐς ἀρετὴν
ἠναντιώμεθα τοῖς πολλοῖς· οὐ γὰρ πάσχοντες εὖ ἀλλὰ δρῶντες 110
κτώμεθα τοὺς φίλους. βεβαιότερος δὲ ὁ δράσας τὴν χάριν ὥστε
ὀφειλομένην δι' εὐνοίας ᾧ δέδωκε σώζειν· ὁ δ' ἀντοφείλων ἀμβλύ-
τερος, εἰδὼς οὐκ ἐς χάριν ἀλλ' ἐς ὀφείλημα τὴν ἀρετὴν ἀποδώσων.
καὶ μόνοι οὐ τοῦ ξυμφέροντος μᾶλλον λογισμῷ ἢ τῆς ἐλευθερίας
τῷ πιστῷ ἀδεῶς τινὰ ὠφελοῦμεν. ξυνελών τε λέγω τήν τε πᾶσαν 115
πόλιν τῆς Ἑλλάδος παίδευσιν εἶναι, καὶ καθ' ἕκαστον δοκεῖν ἄν μοι
τὸν αὐτὸν ἄνδρα παρ' ἡμῶν ἐπὶ πλεῖστ' ἂν εἴδη καὶ μετὰ χαρίτων
μάλιστ' ἂν εὐτραπέλως τὸ σῶμα αὔταρκες παρέχεσθαι. καὶ ὡς οὐ
λόγων ἐν τῷ παρόντι κόμπος τάδε μᾶλλον ἢ ἔργων ἐστὶν ἀλήθεια.
αὕτη ἡ δύναμις τῆς πόλεως, ἣν ἀπὸ τῶνδε τῶν τρόπων ἐκτησάμεθα, 120

σημαίνει. μόνη γὰρ τῶν νῦν ἀκοῆς κρείσσων ἐς πεῖραν ἔρχεται, καὶ
μόνη οὔτε τῷ πολεμίῳ ἐπελθόντι ἀγανάκτησιν ἔχει ὑφ᾽ οἵων κακο-
παθεῖ, οὔτε τῷ ὑπηκόῳ κατάμεμψιν ὡς οὐχ ὑπ᾽ ἀξίων ἄρχεται.
μετὰ μεγάλων δὲ σημείων καὶ οὐ δή τοι ἀμάρτυρόν γε τὴν δύναμιν
125 παρασχόμενοι τοῖς τε νῦν καὶ τοῖς ἔπειτα θαυμασθησόμεθα, καὶ
οὐδὲν προσδεόμενοι οὔτε Ὁμήρου ἐπαινέτου οὔτε ὅστις ἔπεσι μὲν
τὸ αὐτίκα τέρψει, τῶν δ᾽ ἔργων τὴν ὑπόνοιαν ἡ ἀλήθεια βλάψει,
ἀλλὰ πᾶσαν μὲν θάλασσαν καὶ γῆν ἐσβατὸν τῇ ἡμετέρᾳ τόλμῃ
καταναγκάσαντες γενέσθαι, πανταχοῦ δὲ μνημεῖα κακῶν τε κἀγαθῶν
130 ἀΐδια ξυγκατοικίσαντες. περὶ τοιαύτης οὖν πόλεως οἵδε τε γενναίως,
δικαιοῦντες μὴ ἀφαιρεθῆναι αὐτήν, μαχόμενοι ἐτελεύτησαν, καὶ τῶν
λειπομένων πάντα τινὰ εἰκὸς ἐθέλειν ὑπὲρ αὐτῆς κάμνειν.   διὸ δὴ
καὶ ἐμήκυνα τὰ περὶ τῆς πόλεως, διδασκαλίαν τε ποιούμενος μὴ
περὶ ἴσου ἡμῖν εἶναι τὸν ἀγῶνα καὶ οἷς τῶνδε μηδὲν ὑπάρχει ὁμοίως,
135 καὶ τὴν εὐλογίαν ἅμα ἐφ᾽ οἷς νῦν λέγω φανερὰν σημείοις καθιστάς.
καὶ εἴρηται αὐτῆς τὰ μέγιστα· ἃ γὰρ τὴν πόλιν ὕμνησα, αἱ τῶνδε
καὶ τῶν τοιῶνδε ἀρεταὶ ἐκόσμησαν, καὶ οὐκ ἂν πολλοῖς τῶν Ἑλ-
λήνων ἰσόρροπος ὥσπερ τῶνδε ὁ λόγος τῶν ἔργων φανείη. δοκεῖ
δέ μοι δηλοῦν ἀνδρὸς ἀρετὴν πρώτη τε μηνύουσα καὶ τελευταία
140 βεβαιοῦσα ἡ νῦν τῶνδε καταστροφή. καὶ γὰρ τοῖς τἆλλα χείροσι
δίκαιον τὴν ἐς τοὺς πολέμους ὑπὲρ τῆς πατρίδος ἀνδραγαθίαν προ-
τίθεσθαι· ἀγαθῷ γὰρ κακὸν ἀφανίσαντες κοινῶς μᾶλλον ὠφέλησαν
ἢ ἐκ τῶν ἰδίων ἔβλαψαν. τῶνδε δὲ οὔτε πλούτῳ τις τὴν ἔτι ἀπό-
λαυσιν προτιμήσας ἐμαλακίσθη, οὔτε πενίας ἐλπίδι, ὡς κἂν ἔτι δια-
145 φυγὼν αὐτὴν πλουτήσειεν, ἀναβολὴν τοῦ δεινοῦ ἐποιήσατο· τὴν δὲ
τῶν ἐναντίων τιμωρίαν ποθεινοτέραν αὐτῶν λαβόντες, καὶ κινδύνων
ἅμα τόνδε κάλλιστον νομίσαντες, ἐβουλήθησαν μετ᾽ αὐτοῦ τοὺς μὲν
τιμωρεῖσθαι τῶν δὲ ἐφίεσθαι, ἐλπίδι μὲν τὸ ἀφανὲς τοῦ κατορθώ-
σειν ἐπιτρέψαντες, ἔργῳ δὲ περὶ τοῦ ἤδη ὁρωμένου σφίσιν αὐτοῖς

ἀξιοῦντες πεποιθέναι, καὶ ἐν αὐτῷ τὸ ἀμύνεσθαι καὶ παθεῖν μᾶλλον 150
ἡγησάμενοι ἢ τὸ ἐνδόντες σώζεσθαι, τὸ μὲν αἰσχρὸν τοῦ λόγου
ἔφυγον, τὸ δ' ἔργον τῷ σώματι ὑπέμειναν, καὶ δι' ἐλαχίστου καιροῦ
τύχης ἅμα ἀκμῇ τῆς δόξης μᾶλλον ἢ τοῦ δέους ἀπηλλάγησαν.
καὶ οἵδε μὲν προσηκόντως τῇ πόλει τοιοίδε ἐγένοντο· τοὺς δὲ
λοιποὺς χρὴ ἀσφαλεστέραν μὲν εὔχεσθαι, ἀτολμοτέραν δὲ μηδὲν 155
ἀξιοῦν τὴν ἐς τοὺς πολεμίους διάνοιαν ἔχειν, σκοποῦντας μὴ λόγῳ
μόνῳ τὴν ὠφελίαν. ἣν ἄν τις πρὸς οὐδὲν χεῖρον αὐτοὺς ὑμᾶς εἰδότας
μηκύνοι, λέγων ὅσα ἐν τῷ τοὺς πολεμίους ἀμύνεσθαι ἀγαθὰ ἔνεστιν,
ἀλλὰ μᾶλλον τὴν τῆς πόλεως δύναμιν καθ' ἡμέραν ἔργῳ θεωμένους
καὶ ἐραστὰς γιγνομένους αὐτῆς, καὶ ὅταν ὑμῖν μεγάλη δόξῃ εἶναι, 160
ἐνθυμουμένους ὅτι τολμῶντες καὶ γιγνώσκοντες τὰ δέοντα καὶ ἐν
τοῖς ἔργοις αἰσχυνόμενοι ἄνδρες αὐτὰ ἐκτήσαντο, καὶ ὁπότε καὶ
πείρᾳ του σφαλείησαν, οὔκουν καὶ τὴν πόλιν γε τῆς σφετέρας ἀρετῆς
ἀξιοῦντες στερίσκειν. κάλλιστον δὲ ἔρανον αὐτῇ προϊέμενοι. κοινῇ
γὰρ τὰ σώματα διδόντες ἰδίᾳ τὸν ἀγήρων ἔπαινον ἐλάμβανον καὶ 165
τὸν τάφον ἐπισημότατον, οὐκ ἐν ᾧ κεῖνται μᾶλλον, ἀλλ' ἐν ᾧ ἡ
δόξα αὐτῶν παρὰ τῷ ἐντυχόντι ἀεὶ καὶ λόγου καὶ ἔργου καιρῷ ἀεί-
μνηστος καταλείπεται. ἀνδρῶν γὰρ ἐπιφανῶν πᾶσα γῆ τάφος, καὶ
οὐ στηλῶν μόνον ἐν τῇ οἰκείᾳ σημαίνει ἐπιγραφὴ, ἀλλὰ καὶ ἐν τῇ
μὴ προσηκούσῃ ἄγραφος μνήμη παρ' ἑκάστῳ τῆς γνώμης μᾶλλον ἢ 170
τοῦ ἔργου ἐνδιαιτᾶται. οὓς νῦν ὑμεῖς ζηλώσαντες, καὶ τὸ εὔδαιμον
τὸ ἐλεύθερον τὸ δὲ ἐλεύθερον τὸ εὔψυχον κρίναντες, μὴ περιορᾶσθε
τοὺς πολεμικοὺς κινδύνους. οὐ γὰρ οἱ κακοπραγοῦντες δικαιότερον
ἀφειδοῖεν ἂν τοῦ βίου, οἷς ἐλπὶς οὐκ ἔστ' ἀγαθοῦ, ἀλλ' οἷς ἡ
ἐναντία μεταβολὴ ἐν τῷ ζῆν ἔτι κινδυνεύεται καὶ ἐν οἷς μάλιστα 175
μεγάλα τὰ διαφέροντα, ἤν τι πταίσωσιν. ἀλγεινοτέρα γὰρ ἀνδρί γε
φρόνημα ἔχοντι ἡ [ἐν τῷ] μετὰ τοῦ μαλακισθῆναι κάκωσις ἢ ὁ μετὰ
ῥώμης καὶ κοινῆς ἐλπίδος ἅμα γιγνόμενος ἀναίσθητος θάνατος.

διόπερ καὶ τοὺς τῶνδε νῦν τοκέας, ὅσοι πάρεστε, οὐκ ὀλοφύρομαι
180 μᾶλλον ἢ παραμυθήσομαι. ἐν πολυτρόποις γὰρ ξυμφοραῖς ἐπί-
στανται τραφέντες· τὸ δ᾽ εὐτυχὲς, οἳ ἂν τῆς εὐπρεπεστάτης λά-
χωσιν, ὥσπερ οἵδε μὲν νῦν τελευτῆς, ὑμεῖς δὲ λύπης, καὶ οἷς
ἐνευδαιμονῆσαί τε ὁ βίος ὁμοίως καὶ ἐντελευτῆσαι ξυνεμετρήθη.
χαλεπὸν μὲν οὖν οἶδα πείθειν ὄν, ὧν καὶ πολλάκις ἕξετε ὑπομνή-
185 ματα ἐν ἄλλων εὐτυχίαις, αἷς ποτὲ καὶ αὐτοὶ ἠγάλλεσθε· καὶ λύπη
οὐχ ὧν ἄν τις μὴ πειρασάμενος ἀγαθῶν στερίσκηται, ἀλλ᾽ οὗ ἂν
ἐθὰς γενόμενος ἀφαιρεθῇ. καρτερεῖν δὲ χρὴ καὶ ἄλλων παίδων
ἐλπίδι, οἷς ἔτι ἡλικία τέκνωσιν ποιεῖσθαι· ἰδίᾳ γάρ τε τῶν οὐκ
ὄντων λήθη οἱ ἐπιγιγνόμενοί τισιν ἔσονται, καὶ τῇ πόλει διχόθεν,
190 ἔκ τε τοῦ μὴ ἐρημοῦσθαι καὶ ἀσφαλείᾳ, ξυνοίσει· οὐ γὰρ οἷόν τε
ἴσον τι ἢ δίκαιον βουλεύεσθαι οἳ ἂν μὴ καὶ παῖδας ἐκ τοῦ ὁμοίου
παραβαλλόμενοι κινδυνεύωσιν. ὅσοι δ᾽ αὖ παρηβήκατε, τόν τε
πλείονα κέρδος ὃν εὐτυχεῖτε βίον ἡγεῖσθε καὶ τόνδε βραχὺν
ἔσεσθαι, καὶ τῇ τῶνδε εὐκλείᾳ κουφίζεσθε. τὸ γὰρ φιλότιμον
195 ἀγήρων μόνον, καὶ οὐκ ἐν τῷ ἀχρείῳ τῆς ἡλικίας τὸ κερδαίνειν,
ὥσπερ τινές φασι, μᾶλλον τέρπει, ἀλλὰ τὸ τιμᾶσθαι. παισὶ δ᾽ αὖ
ὅσοι τῶνδε πάρεστε ἢ ἀδελφοῖς ὁρῶ μέγαν τὸν ἀγῶνα· τὸν γὰρ
οὐκ ὄντα ἅπας εἴωθεν ἐπαινεῖν, καὶ μόλις ἂν καθ᾽ ὑπερβολὴν ἀρετῆς
οὐχ ὅμοιοι ἀλλ᾽ ὀλίγῳ χείρους κριθείητε. φθόνος γὰρ τοῖς ζῶσι
200 πρὸς τὸ ἀντίπαλον, τὸ δὲ μὴ ἐμποδὼν ἀνανταγωνίστῳ εὐνοίᾳ τετί-
μηται. εἰ δέ με δεῖ καὶ γυναικείας τι ἀρετῆς, ὅσαι νῦν ἐν χηρείᾳ
ἔσονται, μνησθῆναι, βραχείᾳ παραινέσει ἅπαν σημανῶ. τῆς τε γὰρ
ὑπαρχούσης φύσεως μὴ χείροσι γενέσθαι ὑμῖν μεγάλη ἡ δόξα, καὶ
ἧς ἂν ἐπ᾽ ἐλάχιστον ἀρετῆς πέρι ἢ ψόγου ἐν τοῖς ἄρσεσι κλέος ᾖ.
205 εἴρηται καὶ ἐμοὶ λόγῳ κατὰ τὸν νόμον ὅσα εἶχον πρόσφορα, καὶ
ἔργῳ οἱ θαπτόμενοι τὰ μὲν ἤδη κεκόσμηνται, τὰ δὲ αὐτῶν τοὺς
παῖδας τὸ ἀπὸ τοῦδε δημοσίᾳ ἡ πόλις μέχρι ἥβης θρέψει, ὠφέλιμον

στέφανον τοῖσδέ τε καὶ τοῖς λειπομένοις τῶν τοιῶνδε ἀγώνων προ-
τιθεῖσα· ἆθλα γὰρ οἷς κεῖται ἀρετῆς μέγιστα, τοῖς δὲ καὶ ἄνδρες
ἄριστοι πολιτεύουσι. νῦν δὲ ἀπολοφυράμενοι ὃν προσήκει ἕκαστος 210
ἄπιτε." [II. 34-46.]

Cleon.

iii. " Πολλάκις μὲν ἤδη ἔγωγε καὶ ἄλλοτε ἔγνων δημοκρατίαν
ὅτι ἀδύνατόν ἐστιν ἑτέρων ἄρχειν, μάλιστα δ' ἐν τῇ νῦν ὑμετέρᾳ
περὶ Μυτιληναίων μεταμελείᾳ. διὰ γὰρ τὸ καθ' ἡμέραν ἀδεὲς καὶ
ἀνεπιβούλευτον πρὸς ἀλλήλους καὶ ἐς τοὺς ξυμμάχους τὸ αὐτὸ
ἔχετε, καὶ ὅ τι ἂν ἢ λόγῳ πεισθέντες ὑπ' αὐτῶν ἁμάρτητε ἢ οἴκτῳ 5
ἐνδῶτε, οὐκ ἐπικινδύνως ἡγεῖσθε ἐς ὑμᾶς καὶ οὐκ ἐς τὴν τῶν ξυμ-
μάχων χάριν μαλακίζεσθαι, οὐ σκοποῦντες ὅτι τυραννίδα ἔχετε τὴν
ἀρχὴν καὶ πρὸς ἐπιβουλεύοντας αὐτοὺς καὶ ἄκοντας ἀρχομένους,
†οἵ† οὐκ ἐξ ὧν ἂν χαρίζησθε βλαπτόμενοι αὐτοὶ ἀκροῶνται ὑμῶν,
ἀλλ' ἐξ ὧν ἂν ἰσχύϊ μᾶλλον ἢ τῇ ἐκείνων εὐνοίᾳ περιγένησθε. πάν- 10
των δὲ δεινότατον εἰ βέβαιον ἡμῖν μηδὲν καθεστήξει ὧν ἂν δόξῃ
πέρι, μηδὲ γνωσόμεθα ὅτι χείροσι νόμοις ἀκινήτοις χρωμένη πόλις
κρείσσων ἐστὶν ἢ καλῶς ἔχουσιν ἀκύροις, ἀμαθία τε μετὰ σωφρο-
σύνης ὠφελιμώτερον ἢ δεξιότης μετὰ ἀκολασίας, οἵ τε φαυλότεροι
τῶν ἀνθρώπων πρὸς τοὺς ξυνετωτέρους ὡς ἐπὶ τὸ πλεῖον ἄμεινον 15
οἰκοῦσι τὰς πόλεις. οἱ μὲν γὰρ τῶν τε νόμων σοφώτεροι βούλονται
φαίνεσθαι τῶν τε ἀεὶ λεγομένων ἐς τὸ κοινὸν περιγίγνεσθαι, ὡς ἐν
ἄλλοις μείζοσιν οὐκ ἂν δηλώσαντες τὴν γνώμην, καὶ ἐκ τοῦ τοιούτου
τὰ πολλὰ σφάλλουσι τὰς πόλεις· οἱ δ' ἀπιστοῦντες τῇ ἐξ ἑαυτῶν
ξυνέσει ἀμαθέστεροι μὲν τῶν νόμων ἀξιοῦσιν εἶναι, ἀδυνατώτεροι 20
δὲ τοῦ καλῶς εἰπόντος μέμψασθαι λόγον, κριταὶ δὲ ὄντες ἀπὸ τοῦ
ἴσου μᾶλλον ἢ ἀγωνισταὶ ὀρθοῦνται τὰ πλείω. ὡς οὖν χρὴ καὶ
ἡμᾶς ποιοῦντας, μὴ δεινότητι καὶ ξυνέσεως ἀγῶνι ἐπαιρομένους
παρὰ δόξαν τῷ ὑμετέρῳ πλήθει παραινεῖν. ἐγὼ μὲν οὖν ὁ αὐτός

25 εἰμι τῇ γνώμῃ καὶ θαυμάζω μὲν τῶν πρωθέντων αὖθις περὶ Μυτι-
ληναίων λέγειν καὶ χρόνου διατριβὴν ἐμποιησάντων, ὅ ἐστι πρὸς
τῶν ἠδικηκότων μᾶλλον (ὁ γὰρ παθὼν τῷ δράσαντι ἀμβλυτέρᾳ τῇ
ὀργῇ ἐπεξέρχεται, ἀμύνασθαι δὲ τῷ παθεῖν ὅτι ἐγγυτάτω κείμενον
ἀντίπαλον ὂν μάλιστα τὴν τιμωρίαν ἀναλαμβάνει), θαυμάζω δὲ καὶ
30 ὅστις ἔσται ὁ ἀντερῶν καὶ ἀξιώσων ἀποφαίνειν τὰς μὲν Μυτιλη-
ναίων ἀδικίας ἡμῖν ὠφελίμους οὔσας, τὰς δ' ἡμετέρας ξυμφορὰς
τοῖς ξυμμάχοις βλάβας καθισταμένας. καὶ δῆλον ὅτι ἢ τῷ λέγειν
πιστεύσας τὸ πάνυ δοκοῦν ἀνταποφῆναι ὡς οὐκ ἔγνωσται ἀγωνί-
σαιτ' ἄν, ἢ κέρδει ἐπαιρόμενος τὸ εὐπρεπὲς τοῦ λόγου ἐκπονήσας
35 παράγειν πειράσεται. ἡ δὲ πόλις ἐκ τῶν τοιῶνδε ἀγώνων τὰ μὲν
ἆθλα ἑτέροις δίδωσιν, αὐτὴ δὲ τοὺς κινδύνους ἀναφέρει. αἴτιοι δ'
ὑμεῖς κακῶς ἀγωνοθετοῦντες, οἵτινες εἰώθατε θεαταὶ μὲν τῶν λόγων
γίγνεσθαι, ἀκροαταὶ δὲ τῶν ἔργων, τὰ μὲν μέλλοντα ἔργα ἀπὸ τῶν
εὖ εἰπόντων σκοπούντες ὡς δυνατὰ γίγνεσθαι, τὰ δὲ πεπραγμένα
40 ἤδη, οὐ τὸ δρασθὲν πιστότερον ὄψει λαβόντες ἢ τὸ ἀκουσθὲν ἀπὸ
τῶν λόγῳ καλῶς ἐπιτιμησάντων· καὶ μετὰ καινότητος μὲν λόγου
ἀπατᾶσθαι ἄριστοι, μετὰ δεδοκιμασμένου δὲ μὴ ξυνέπεσθαι ἐθέλειν,
δοῦλοι ὄντες τῶν ἀεὶ ἀτόπων, ὑπερόπται δὲ τῶν εἰωθότων, καὶ
μάλιστα μὲν αὐτὸς εἰπεῖν ἕκαστος βουλόμενος δύνασθαι, εἰ δὲ μή,
45 ἀνταγωνιζόμενοι τοῖς τοιαῦτα λέγουσι μὴ ὕστεροι ἀκολουθῆσαι
δοκεῖν τῇ γνώμῃ, ὀξέως δέ τι λέγοντος προεπαινέσαι, καὶ προαι-
σθέσθαι τε πρόθυμοι εἶναι τὰ λεγόμενα καὶ προνοῆσαι βραδεῖς τὰ
ἐξ αὐτῶν ἀποβησόμενα· ζητοῦντές τε ἄλλο τι ὡς εἰπεῖν ἢ ἐν οἷς
ζῶμεν, φρονοῦντες δὲ οὐδὲ περὶ τῶν παρόντων ἱκανῶς· ἁπλῶς τε
50 ἀκοῆς ἡδονῇ ἡσσώμενοι, καὶ σοφιστῶν θεαταῖς ἐοικότες καθημένοις
μᾶλλον ἢ περὶ πόλεως βουλευομένοις. ὧν ἐγὼ πειρώμενος ἀπο-
τρέπειν ὑμᾶς, ἀποφαίνω Μυτιληναίους μάλιστα δὴ μίαν πόλιν
ἠδικηκότας ὑμᾶς. ἐγὼ γάρ, οἵτινες μὲν μὴ δυνατοὶ φέρειν τὴν

ὑμετέραν ἀρχὴν ἢ οἵτινες ὑπὸ τῶν πολεμίων ἀναγκασθέντες ἀπέ-
στησαν, ξυγγνώμην ἔχω· νῆσον δὲ οἵτινες ἔχοντες μετὰ τειχῶν, 55
καὶ κατὰ θάλασσαν μόνον φοβούμενοι τοὺς ἡμετέρους πολεμίους,
ἐν ᾧ καὶ αὐτοὶ τριήρων παρασκευῇ οὐκ ἄφρακτοι ἦσαν πρὸς αὐτούς,
αὐτόνομοί τε οἰκοῦντες καὶ τιμώμενοι ἐς τὰ πρῶτα ὑφ᾽ ἡμῶν τοιαῦτα
εἰργάσαντο, τί ἄλλο οὗτοι ἢ ἐπεβούλευσάν τε καὶ ἐπανέστησαν
μᾶλλον ἢ ἀπέστησαν (ἀπόστασις μέν γε τῶν βίαιόν τι πασχόντων 60
ἐστὶν), ἐζήτησάν τε μετὰ τῶν πολεμιωτάτων ἡμᾶς στάντες δια-
φθεῖραι; καίτοι δεινότερόν ἐστιν ἢ εἰ καθ᾽ αὑτοὺς δύναμιν κτώ-
μενοι ἀντεπολέμησαν. παράδειγμα δὲ αὐτοῖς οὔτε αἱ τῶν πέλας
ξυμφοραὶ ἐγένοντο, ὅσοι ἀποστάντες ἤδη ἡμῶν ἐχειρώθησαν, οὔτε
ἡ παροῦσα εὐδαιμονία παρέσχεν ὄκνον μὴ ἐλθεῖν ἐς τὰ δεινά· γενό- 65
μενοι δὲ πρὸς τὸ μέλλον θρασεῖς καὶ ἐλπίσαντες μακρότερα μὲν
τῆς δυνάμεως ἐλάσσω δὲ τῆς βουλήσεως, πόλεμον ἤραντο. ἰσχὺν
ἀξιώσαντες τοῦ δικαίου προθεῖναι· ἐν ᾧ γὰρ ᾠήθησαν περιέσεσθαι,
ἐπέθεντο ἡμῖν οὐκ ἀδικούμενοι. εἴωθε δὲ τῶν πόλεων αἷς ἂν μά-
λιστα καὶ δι᾽ ἐλαχίστου ἀπροσδόκητος εὐπραξία ἔλθῃ, ἐς ὕβριν 70
τρέπειν· τὰ δὲ πολλὰ κατὰ λόγον τοῖς ἀνθρώποις εὐτυχοῦντα
ἀσφαλέστερα ἢ παρὰ δόξαν· καὶ κακοπραγίαν ὡς εἰπεῖν ῥᾷον
ἀπωθοῦνται ἢ εὐδαιμονίαν διασώζονται. χρῆν δὲ Μυτιληναίους καὶ
πάλαι μηδὲν διαφέροντας τῶν ἄλλων ὑφ᾽ ἡμῶν τετιμῆσθαι, καὶ
οὐκ ἂν ἐς τόδε ἐξύβρισαν· πέφυκε γὰρ καὶ ἄλλως ἄνθρωπος τὸ 75
μὲν θεραπεῦον ὑπερφρονεῖν, τὸ δὲ μὴ ὑπεῖκον θαυμάζειν. κολα-
σθήτωσαν δὲ καὶ νῦν ἀξίως τῆς ἀδικίας, καὶ μὴ τοῖς μὲν ὀλίγοις ἡ
αἰτία προστεθῇ, τὸν δὲ δῆμον ἀπολύσητε. πάντες γὰρ ὑμῖν γε
ὁμοίως ἐπέθεντο, οἷς γ᾽ ἐξῆν ὡς ἡμᾶς τρεπομένοις νῦν πάλιν ἐν τῇ
πόλει εἶναι. ἀλλὰ τὸν μετὰ τῶν ὀλίγων κίνδυνον ἡγησάμενοι βε- 80
βαιότερον ξυναπέστησαν. τῶν τε ξυμμάχων, σκέψασθε, εἰ τοῖς τε
ἀναγκασθεῖσιν ὑπὸ τῶν πολεμίων καὶ τοῖς ἑκοῦσιν ἀποστᾶσι τὰς

αὐτὰς ζημίας προσθήσετε, τίνα οἴεσθε ὅντινα οὐ βραχείᾳ προφάσει
ἀποστήσεσθαι, ὅταν ἢ κατορθώσαντι ἐλευθέρωσις ᾖ ἢ σφαλέντι
85 μηδὲν παθεῖν ἀνήκεστον; ἡμῖν δὲ πρὸς ἑκάστην πόλιν ἀποκεκινδυ-
νεύσεται τά τε χρήματα καὶ αἱ ψυχαί. καὶ τυχόντες μὲν πόλιν
ἐφθαρμένην παραλαβόντες τῆς ἔπειτα προσόδου, δι᾽ ἣν ἰσχύομεν,
τὸ λοιπὸν στερήσεσθε, σφαλέντες δὲ πολεμίους πρὸς τοῖς ὑπάρ-
χουσιν ἕξομεν· καὶ ὃν χρόνον τοῖς νῦν καθεστηκόσι δεῖ ἐχθροῖς
90 ἀνθίστασθαι, τοῖς οἰκείοις ξυμμάχοις πολεμήσομεν. οὔκουν δεῖ
†προθεῖναι† ἐλπίδα οὔτε λόγῳ πιστὴν οὔτε χρήμασιν ὠνητήν, ὡς
ξυγγνώμην ἁμαρτεῖν ἀνθρωπίνως λήψονται. ἄκοντες μὲν γὰρ οὐκ
ἔβλαψαν, εἰδότες δὲ ἐπεβούλευσαν· ξύγγνωμον δ᾽ ἐστὶ τὸ ἀκούσιον.
ἐγὼ μὲν οὖν καὶ τότε πρῶτον καὶ νῦν διαμάχομαι μὴ μεταγνῶναι
95 ὑμᾶς τὰ προδεδογμένα, μηδὲ τρισὶ τοῖς ἀξυμφορωτάτοις τῇ ἀρχῇ,
οἴκτῳ καὶ ἡδονῇ λόγων καὶ ἐπιεικείᾳ, ἁμαρτάνειν. ἔλεός τε γὰρ
πρὸς τοὺς ὁμοίους δίκαιος ἀντιδίδοσθαι, καὶ μὴ πρὸς τοὺς οὔτ᾽
ἀντοικτιοῦντας ἐξ ἀνάγκης τε καθεστῶτας ἀεὶ πολεμίους· οἵ τε
τέρποντες λόγῳ ῥήτορες ἕξουσι καὶ ἐν ἄλλοις ἐλάσσοσιν ἀγῶνα,
100 καὶ μὴ ἐν ᾧ ἡ μὲν πόλις βραχέα ἡσθεῖσα μεγάλα ζημιώσεται, αὐτοὶ
δὲ ἐκ τοῦ εὖ εἰπεῖν τὸ παθεῖν εὖ ἀντιλήψονται· καὶ ἡ ἐπιείκεια
πρὸς τοὺς μέλλοντας ἐπιτηδείους καὶ τὸ λοιπὸν ἔσεσθαι μᾶλλον
δίδοται ἢ πρὸς τοὺς ὁμοίους τε καὶ οὐδὲν ἧσσον πολεμίους ὑπολει-
πομένους. ἐν δὲ ξυνελὼν λέγω· πειθόμενοι μὲν ἐμοὶ τά τε δίκαια
105 ἐς Μυτιληναίους καὶ τὰ ξύμφορα ἅμα ποιήσετε, ἄλλως δὲ γνόντες
τοῖς μὲν οὐ χαριεῖσθε, ὑμᾶς δὲ αὐτοὺς μᾶλλον δικαιώσεσθε. εἰ γὰρ
οὗτοι ὀρθῶς ἀπέστησαν, ὑμεῖς ἂν οὐ χρεὼν ἄρχοιτε. εἰ δὲ δὴ καὶ
οὐ προσῆκον ὅμως ἀξιοῦτε τοῦτο δρᾶν, παρὰ τὸ εἰκός τοι καὶ
τούσδε ξυμφόρως δεῖ κολάζεσθαι, ἢ παύεσθαι τῆς ἀρχῆς καὶ ἐκ τοῦ
110 ἀκινδύνου ἀνδραγαθίζεσθαι. τῇ τε αὐτῇ ζημίᾳ ἀξιώσατε ἀμύνασθαι
καὶ μὴ ἀναλγητότεροι οἱ διαφεύγοντες τῶν ἐπιβουλευσάντων φανῆ-

ναι, ἐνθυμηθέντες ἃ εἰκὸς ἦν αὐτοὺς ποιῆσαι κρατήσαντας ὑμῶν.
ἄλλως τε καὶ προϋπάρξαντας ἀδικίας. μάλιστα δὲ οἱ μὴ ξὺν προ-
φάσει τινὰ κακῶς ποιοῦντες ἐπεξέρχονται καὶ διόλλυνται, τὸν κίν-
δυνον ὑφορώμενοι τοῦ ὑπολειπομένου ἐχθροῦ· ὁ γὰρ μὴ ξὺν ἀνάγκῃ 115
τι παθὼν χαλεπώτερος διαφυγὼν τοῦ ἀπὸ τῆς ἴσης ἐχθροῦ. μὴ οὖν
προδόται γένησθε ὑμῶν αὐτῶν, γενόμενοι δ' ὅτι ἐγγύτατα τῇ γνώμῃ
τοῦ πάσχειν καὶ ὡς πρὸ παντὸς ἂν ἐτιμήσασθε αὐτοὺς χειρώσασθαι,
νῦν ἀνταπόδοτε μὴ μαλακισθέντες πρὸς τὸ παρὸν αὐτίκα μηδὲ τοῦ
ἐπικρεμασθέντος ποτὲ δεινοῦ ἀμνημονοῦντες. κολάσατε δὲ ἀξίως 120
τούτους τε, καὶ τοῖς ἄλλοις ξυμμάχοις παράδειγμα σαφὲς κατα-
στήσατε, ὃς ἂν ἀφιστῆται, θανάτῳ ζημιωσόμενον. τόδε γὰρ ἢν
γνῶσιν, ἧσσον τῶν πολεμίων ἀμελήσαντες τοῖς ὑμετέροις αὐτῶν
μαχεῖσθε ξυμμάχοις." [III. 37-40.]

X *The Destruction of the Ambraciots.*

iv. Οἱ δ' ἐκ τῆς πόλεως Ἀμπρακιῶται ἀφικνοῦνται ἐπ' Ἰδομένην.
ἐστὸν δὲ δύο λόφω ἡ Ἰδομένη ὑψηλώ· τούτοιν τὸν μὲν μείζω νυκτὸς
ἐπιγενομένης οἱ προαποσταλέντες ὑπὸ τοῦ Δημοσθένους ἀπὸ τοῦ
στρατοπέδου ἔλαθόν τε καὶ ἔφθασαν προκαταλαβόντες, τὸν δ'
ἐλάσσω ἔτυχον οἱ Ἀμπρακιῶται προαναβάντες καὶ ηὐλίσαντο. ὁ δὲ 5
Δημοσθένης δειπνήσας ἐχώρει καὶ τὸ ἄλλο στράτευμα ἀπὸ ἑσπέρας
εὐθὶς, αὐτὸς μὲν τὸ ἥμισυ ἔχων ἐπὶ τῆς ἐσβολῆς, τὸ δ' ἄλλο διὰ
τῶν Ἀμφιλοχικῶν ὀρῶν. καὶ ἅμα ὄρθρῳ ἐπιπίπτει τοῖς Ἀμπρακιώ-
ταις ἔτι ἐν ταῖς εὐναῖς καὶ οὐ προῃσθημένοις τὰ γεγενημένα, ἀλλὰ
πολὺ μᾶλλον νομίσασι τοὺς ἑαυτῶν εἶναι· καὶ γὰρ τοὺς Μεσση- 10
νίοις πρώτους ἐπίτηδες ὁ Δημοσθένης προὔταξε καὶ προσαγορεύειν
ἐκέλευε, Δωρίδα τε γλῶσσαν ἱέντας καὶ τοῖς προφύλαξι πίστιν
παρεχομένους, ἅμα δὲ καὶ οὐ καθορωμένους τῇ ὄψει νυκτὸς ἔτι
οὔσης. ὡς οὖν ἐπέπεσε τῷ στρατεύματι αὐτῶν, τρέπουσι, καὶ τοὺς

15 μὲν πολλοὺς αὐτοῦ διέφθειραν, οἱ δὲ λοιποὶ κατὰ τὰ ὄρη ἐς φυγὴν
ὥρμησαν. προκατειλημμένων δὲ τῶν ὁδῶν, καὶ ἅμα τῶν μὲν ᾿Αμφι-
λόχων ἐμπείρων ὄντων τῆς ἑαυτῶν γῆς καὶ ψιλῶν πρὸς ὁπλίτας,
τῶν δὲ ἀπείρων καὶ ἀνεπιστημόνων ὅπῃ τράπωνται, ἐσπίπτοντες ἔς
τε χαράδρας καὶ τὰς προλελοχισμένας ἐνέδρας διεφθείροιτο. καὶ
20 ἐς πᾶσαν ἰδέαν χωρήσαντες τῆς φυγῆς ἐτράποντό τινες καὶ ἐς τὴν
θάλασσαν οὐ πολὺ ἀπέχουσαν, καὶ ὡς εἶδον τὰς ᾿Αττικὰς ναῦς
παραπλεούσας ἅμα τοῦ ἔργου τῇ ξυντυχίᾳ, προσένευσαν ἡγησά-
μενοι ἐν τῷ αὐτίκα φόβῳ κρεῖσσον εἶναι σφίσιν ὑπὸ τῶν ἐν ταῖς
ναυσὶν, εἰ δεῖ, διαφθαρῆναι ἢ ὑπὸ τῶν βαρβάρων καὶ ἐχθίστων
25 ᾿Αμφιλόχων. οἱ μὲν οὖν ᾿Αμπρακιῶται τοιούτῳ τρόπῳ κακωθέντες
ὀλίγοι ἀπὸ πολλῶν ἐσώθησαν ἐς τὴν πόλιν· ᾿Ακαρνᾶνες δὲ σκυ-
λεύσαντες τοὺς νεκροὺς καὶ τροπαῖα στήσαντες ἀπεχώρησαν ἐς
῎Αργος. καὶ αὐτοῖς τῇ ὑστεραίᾳ ἦλθε κῆρυξ ἀπὸ τῶν ἐς ᾿Αγραίους
καταφυγόντων ἐκ τῆς ῎Ολπης ᾿Αμπρακιωτῶν ἀναίρεσιν αἰτήσων τῶν
30 νεκρῶν οὓς ἀπέκτειναν ὕστερον τῆς πρώτης μάχης, ὅτε μετὰ τῶν
Μαντινέων καὶ τῶν ὑποσπόνδων ξυνεξῄεσαν ἄσπονδοι. ἰδὼν δ᾿ ὁ
κῆρυξ τὰ ὅπλα τῶν ἀπὸ τῆς πόλεως ᾿Αμπρακιωτῶν ἐθαύμαζε τὸ
πλῆθος· οὐ γὰρ ᾔδει τὸ πάθος, ἀλλ᾿ ᾤετο τῶν μετὰ σφῶν εἶναι.
καί τις αὐτὸν ἤρετο ὅ τι θαυμάζοι καὶ ὁπόσοι αὐτῶν τεθνᾶσιν, οἰό-
35 μενος αὖ ὁ ἐρωτῶν εἶναι τὸν κήρυκα ἀπὸ τῶν ἐν ᾿Ιδομέναις. ὁ δ᾿
ἔφη διακοσίους μάλιστα. ὑπολαβὼν δ᾿ ὁ ἐρωτῶν εἶπεν " οὔκουν
τὰ ὅπλα ταυτὶ φαίνεται, ἀλλὰ πλέον ἢ χιλίων." αὖθις δὲ εἶπεν
ἐκεῖνος " οὐκ ἄρα τῶν μεθ᾿ ἡμῶν μαχομένων ἐστίν." ὁ δ᾿ ἀπεκρί-
νατο " εἴπερ γε ὑμεῖς ἐν ᾿Ιδομένῃ χθὲς ἐμάχεσθε." " ἀλλ᾿ ἡμεῖς
40 γε οὐδενὶ ἐμαχόμεθα χθές, ἀλλὰ πρώην ἐν τῇ ἀποχωρήσει." " καὶ
μὲν δὴ τούτοις γε ἡμεῖς χθὲς ἀπὸ τῆς πόλεως βοηθήσασι τῆς ᾿Αμ-
πρακιωτῶν ἐμαχόμεθα." ὁ δὲ κῆρυξ ὡς ἤκουσε καὶ ἔγνω ὅτι ἡ
ἀπὸ τῆς πόλεως βοήθεια διέφθαρται, ἀνοιμώξας καὶ ἐκπλαγεὶς τῷ

μεγέθει τῶν παρόντων κακῶν ἀπῆλθεν εὐθὺς ἄπρακτος καὶ οὐκέτι
ἀπῄτει τοὺς νεκρούς. πάθος γὰρ τοῦτο μιᾷ πόλει Ἑλληνίδι ἐν
ἴσαις ἡμέραις μέγιστον δὴ τῶν κατὰ τὸν πόλεμον τόνδε ἐγένετο.
καὶ ἀριθμὸν οὐκ ἔγραψα τῶν ἀποθανόντων, διότι ἄπιστον τὸ πλῆθος
λέγεται ἀπολέσθαι ὡς πρὸς τὸ μέγεθος τῆς πόλεως.

[III. 112, 113.]

The Sicilian Expedition.

V. Μετὰ δὲ ταῦτα, θέρους μεσοῦντος ἤδη, ἡ ἀναγωγὴ ἐγίγνετο
ἐς τὴν Σικελίαν. τῶν μὲν οὖν ξυμμάχων τοῖς πλείστοις, καὶ ταῖς
σιταγωγοῖς ὁλκάσι, καὶ τοῖς πλοίοις, καὶ ὅση ἄλλη παρασκευὴ
ξυνείπετο, πρότερον εἴρητο ἐς Κέρκυραν ξυλλέγεσθαι, ὡς ἐκεῖθεν
ἀθρόοις ἐπὶ ἄκραν Ἰαπυγίαν τὸν Ἰόνιον διαβαλοῦσιν· αὐτοὶ δ' Ἀθη-
ναῖοι, καὶ εἴ τινες τῶν ξυμμάχων παρῆσαν, ἐς τὸν Πειραιᾶ κατα-
βάντες ἐν ἡμέρᾳ ῥητῇ ἅμα ἕῳ ἐπλήρουν τὰς ναῦς ὡς ἀναξόμενοι.
ξυγκατέβη δὲ καὶ ὁ ἄλλος ὅμιλος ἅπας, ὡς εἰπεῖν, ὁ ἐν τῇ πόλει,
καὶ ἀστῶν καὶ ξένων, οἱ μὲν ἐπιχώριοι τοὺς σφετέρους αὐτῶν ἕκα-
στοι προπέμποντες, οἱ μὲν ἑταίρους, οἱ δὲ ξυγγενεῖς, οἱ δὲ υἱεῖς, 10
καὶ μετ' ἐλπίδος τε ἅμα ἰόντες καὶ ὀλοφυρμῶν, τὰ μὲν ὡς κτή-
σοιντο, τοὺς δ' εἴ ποτε ὄψοιντο, ἐνθυμούμενοι ὅσον πλοῦν ἐκ
τῆς σφετέρας ἀπεστέλλοντο· (καὶ ἐν τῷ παρόντι καιρῷ, ὡς ἤδη
ἔμελλον μετὰ κινδύνων ἀλλήλους ἀπολιπεῖν, μᾶλλον αὐτοὺς ἐσῄει
τὰ δεινὰ ἢ ὅτε ἐψηφίζοντο πλεῖν· ὅμως δὲ τῇ παρούσῃ ῥώμῃ, διὰ 15
τὸ πλῆθος ἑκάστων ὧν ἑώρων, τῇ ὄψει ἀνεθάρσουν·) οἱ δὲ ξένοι
καὶ ὁ ἄλλος ὄχλος κατὰ θέαν ἧκεν, ὡς ἐπὶ ἀξιόχρεων καὶ ἄπιστον
διάνοιαν. παρασκευὴ γὰρ αὕτη πρώτη ἐκπλεύσασα μιᾶς πόλεως
δυνάμει Ἑλληνικῇ πολυτελεστάτη δὴ καὶ εὐπρεπεστάτη τῶν εἰς
ἐκεῖνον τὸν χρόνον ἐγένετο. ἀριθμῷ δὲ νεῶν καὶ ὁπλιτῶν καὶ ἡ ἐς 20
Ἐπίδαυρον μετὰ Περικλέους, καὶ ἡ αὐτὴ ἐς Ποτίδαιαν μετὰ Ἅγνω-

νος, οὐκ ἐλάσσων ἦν· τετράκις γὰρ χίλιοι ὁπλῖται αὐτῶν Ἀθηναίων,
καὶ τριακόσιοι ἱππῆς, καὶ τριήρεις ἑκατὸν, καὶ Λεσβίων καὶ Χίων
πεντήκοντα, καὶ ξύμμαχοι ἔτι πολλοὶ ξυνέπλευσαν. ἀλλὰ ἐπί τε
25 βραχεῖ πλῷ ὡρμήθησαν καὶ παρασκευῇ φαύλῃ. οὗτος δὲ ὁ στόλος,
ὡς χρόνιός τε ἐσόμενος καὶ κατ' ἀμφότερα οὗ ἂν δέῃ, καὶ ναυσὶ
καὶ πεζῷ ἅμα ἐξαρτυθείς, τὸ μὲν ναυτικὸν μεγάλαις δαπάναις τῶν
τε τριηράρχων καὶ τῆς πόλεως ἐκπονηθὲν, (τοῦ μὲν δημοσίου
δραχμὴν τῆς ἡμέρας τῷ ναύτῃ ἑκάστῳ διδόντος καὶ ναῦς παρα-
30 σχόντος κενὰς, ἑξήκοντα μὲν ταχείας, τεσσαράκοντα δὲ ὁπλιταγω-
γούς, καὶ ὑπηρεσίας ταύταις τὰς κρατίστας, τῶν δὲ τριηράρχων ἐπι-
φοράς τε πρὸς τῷ ἐκ δημοσίου μισθῷ διδόντων τοῖς θρανίταις τῶν
ναυτῶν καὶ ταῖς ὑπηρεσίαις, καὶ τἆλλα σημείοις καὶ κατασκευαῖς
πολυτελέσι χρησαμένων, καὶ ἐς τὰ μακρότατα προθυμηθέντος ἑνὸς
35 ἑκάστου, ὅπως αὐτῷ τινὶ εὐπρεπείᾳ τε ἡ ναῦς μάλιστα προέξει καὶ
τῷ ταχυναυτεῖν·) τὸ δὲ πεζὸν καταλόγοις τε χρηστοῖς ἐκκριθὲν,
καὶ ὅπλων καὶ τῶν περὶ τὸ σῶμα σκευῶν μεγάλῃ σπουδῇ πρὸς
ἀλλήλους ἁμιλληθέν. ξυνέβη δὲ πρός τε σφᾶς αὐτοὺς ἅμα ἔριν
γενέσθαι, ᾧ τις ἕκαστος προσετάχθη, καὶ ἐς τοὺς ἄλλους Ἕλληνας
40 ἐπίδειξιν μᾶλλον εἰκασθῆναι τῆς δυνάμεως καὶ ἐξουσίας ἢ ἐπὶ
πολεμίους παρασκευήν. εἰ γάρ τις ἐλογίσατο τήν τε τῆς πόλεως
ἀνάλωσιν δημοσίαν καὶ τῶν στρατευομένων τὴν ἰδίαν, τῆς μὲν
πόλεως, ὅσα τε ἤδη προσετετελέκει καὶ ἃ ἔχοντας τοὺς στρα-
τηγοὺς ἀπέστελλε, τῶν δὲ ἰδιωτῶν, ἅ τε περὶ τὸ σῶμά τις καὶ
45 τριήραρχος ἐς τὴν ναῦν ἀναλώκει, καὶ ὅσα ἔτι ἔμελλεν ἀναλώσειν.
χωρὶς δ' ἃ εἰκὸς ἦν καὶ ἄνευ τοῦ ἐκ τοῦ δημοσίου μισθοῦ πάντα τινὰ
παρασκευάσασθαι ἐφόδιον ὡς ἐπὶ χρόνιον στρατείαν, καὶ ὅσα ἐπὶ
μεταβολῇ τις ἢ στρατιώτης ἢ ἔμπορος ἔχων ἔπλει, πολλὰ ἂν τά-
λαντα εὑρέθη ἐκ τῆς πόλεως τὰ πάντα ἐξαγόμενα. καὶ ὁ στόλος
50 οὐχ ἧσσον τόλμης τε θάμβει καὶ ὄψεως λαμπρότητι περιβόητος

ἐγένετο, ἢ στρατιᾶς, πρὸς οὓς ἐπῄεσαν, ὑπερβολῇ, καὶ ὅτι μέγιστος
ἤδη διάπλους ἀπὸ τῆς οἰκείας καὶ ἐπὶ μεγίστῃ ἐλπίδι τῶν μελλόν-
των πρὸς τὰ ὑπάρχοντα ἐπεχειρήθη. ἐπειδὴ δὲ αἱ νῆες πλήρεις
ἦσαν καὶ ἐσέκειτο πάντα ἤδη, ὅσα ἔχοντες ἔμελλον ἀνάξεσθαι, τῇ
μὲν σάλπιγγι σιωπὴ ὑπεσημάνθη, εὐχὰς δὲ τὰς νομιζομένας πρὸ 55
τῆς ἀναγωγῆς οὐ κατὰ ναῦν ἑκάστην, ξύμπαντες δὲ ὑπὸ κήρυκος
ἐποιοῦντο, κρατῆράς τε κεράσαντες παρ' ἅπαν τὸ στράτευμα, καὶ
ἐκπώμασι χρυσοῖς τε καὶ ἀργυροῖς οἵ τε ἐπιβάται καὶ οἱ ἄρχοντες
σπένδοντες. ξυνεπεύχοντο δὲ καὶ ὁ ἄλλος ὅμιλος ὁ ἐκ τῆς γῆς, τῶν
τε πολιτῶν καὶ εἴ τις ἄλλος εὔνους παρῆν σφίσι. παιωνίσαντες δὲ 60
καὶ τελεώσαντες τὰς σπονδὰς ἀνήγοντο, καὶ ἐπὶ κέρως τὸ πρῶτον
ἐκπλεύσαντες ἅμιλλαν ἤδη μέχρι Αἰγίνης ἐποιοῦντο. καὶ οἱ μὲν ἐς
τὴν Κέρκυραν, ἔνθα περ καὶ τὸ ἄλλο στράτευμα τῶν ξυμμάχων
ξυνελέγετο, ἠπείγοντο ἀφικέσθαι.

[VI. 30-32.]

X The End of the Sicilian Expedition.

vi. Ὁ δὲ Νικίας ὑπὸ τῶν παρόντων ἐκπεπληγμένος, καὶ
ὁρῶν οἷος ὁ κίνδυνος καὶ ὡς ἐγγὺς ἤδη ἦν, ἐπειδὴ καὶ ὅσον
οὐκ ἔμελλον ἀνάγεσθαι, καὶ νομίσας, ὅπερ πάσχουσιν ἐν τοῖς
μεγάλοις ἀγῶσι, πάντα τε ἔργῳ ἔτι σφίσιν ἐνδεᾶ εἶναι καὶ
λόγῳ αὐτοῖς οὔπω ἱκανὰ εἰρῆσθαι, αὖθις τῶν τριηράρχων ἕνα 5
ἕκαστον ἀνεκάλει, πατρόθεν τε ἐπονομάζων, καὶ αὐτοὺς ὀνομαστὶ
καὶ φυλὴν, ἀξιῶν τό τε καθ' ἑαυτὸν, ᾧ ὑπῆρχε λαμπρότητός
τι, μὴ προδιδόναι τινὰ, καὶ τὰς πατρικὰς ἀρετὰς, ὧν ἐπιφανεῖς
ἦσαν οἱ πρόγονοι, μὴ ἀφανίζειν, πατρίδος τε τῆς ἐλευθερωτάτης
ὑπομιμνήσκων καὶ τῆς ἐν αὐτῇ ἀνεπιτάκτου πᾶσιν ἐς τὴν δίαιταν 10
ἐξουσίας, ἄλλα τε λέγων ὅσα ἐν τῷ τοιούτῳ ἤδη τοῦ καιροῦ ὄντες
ἄνθρωποι, οὐ πρὸς τὸ δοκεῖν τινι ἀρχαιολογεῖν φυλαξάμενοι, εἴποιεν

ἂν, καὶ ὑπὲρ ἁπάντων παραπλήσια ἔς τε γυναῖκας καὶ παῖδας καὶ
θεοὺς πατρῴους προφερόμενα, ἀλλ᾽ ἐπὶ τῇ παρούσῃ ἐκπλήξει ὠφέ-
15 λιμα νομίζοντες ἐπιβοῶνται. καὶ ὁ μὲν οὐχ ἱκανὰ μᾶλλον ἢ ἀνα-
γκαῖα νομίσας παρῃνῆσθαι, ἀποχωρήσας ἦγε τὸν πεζὸν πρὸς τὴν
θάλασσαν, καὶ παρέταξεν ὡς ἐπὶ πλεῖστον ἐδύνατο, ὅπως ὅτι με-
γίστη τοῖς ἐν ταῖς ναυσὶν ὠφελεία ἐς τὸ θαρσεῖν γίγνοιτο. ὁ δὲ
Δημοσθένης καὶ Μένανδρος καὶ Εὐθύδημος (οὗτοι γὰρ ἐπὶ τὰς ναῦς
20 τῶν Ἀθηναίων στρατηγοὶ ἐπέβησαν) ἄραντες ἀπὸ τοῦ ἑαυτῶν στρα-
τοπέδου, εὐθὺς ἔπλεον πρὸς τὸ ζεῦγμα τοῦ λιμένος καὶ τὸν παρα-
λειφθέντα διέκπλουν, βουλόμενοι βιάσασθαι ἐς τὸ ἔξω. προεξ-
αναγόμενοι δὲ οἱ Συρακόσιοι καὶ οἱ ξύμμαχοι ναυσὶ παραπλησίαις
τὸν ἀριθμὸν καὶ πρότερον, κατά τε τὸν ἔκπλουν μέρει αὐτῶν ἐφύ-
25 λασσον καὶ κατὰ τὸν ἄλλον κύκλῳ λιμένα, ὅπως πανταχόθεν ἅμα
προσπίπτοιεν τοῖς Ἀθηναίοις, καὶ ὁ πεζὸς αὐτοῖς ἅμα †παρεβοηθεῖ†
ᾗπερ καὶ αἱ νῆες κατίσχοιεν. ἦρχον δὲ τοῦ ναυτικοῦ τοῖς Συρακο-
σίοις Σικανὸς μὲν καὶ Ἀγάθαρχος, κέρας ἑκάτερος τοῦ παντὸς ἔχων,
Πυθὴν δὲ καὶ οἱ Κορίνθιοι τὸ μέσον. ἐπειδὴ δ᾽ οἱ Ἀθηναῖοι προσέ-
30 μισγον τῷ ζεύγματι, τῇ μὲν πρώτῃ ῥύμῃ ἐπιπλέοντες ἐκράτουν τῶν
τεταγμένων νεῶν πρὸς αὐτῷ, καὶ ἐπειρῶντο λύειν τὰς κλῄσεις· μετὰ
δὲ τοῦτο, πανταχόθεν σφίσι τῶν Συρακοσίων καὶ ξυμμάχων ἐπιφε-
ρομένων, οὐ πρὸς τῷ ζεύγματι ἔτι μόνον ἡ ναυμαχία ἀλλὰ καὶ κατὰ
τὸν λιμένα ἐγίγνετο, καὶ ἦν καρτερὰ καὶ οἷα οὐχ ἑτέρα τῶν προ-
35 τέρων. πολλὴ μὲν γὰρ ἑκατέροις προθυμία ἀπὸ τῶν ναυτῶν ἐς τὸ
ἐπιπλεῖν, ὁπότε κελευσθείη, ἐγίγνετο, πολλὴ δὲ ἡ ἀντιτέχνησις τῶν
κυβερνητῶν καὶ ἀγωνισμὸς πρὸς ἀλλήλους· οἵ τε ἐπιβάται ἐθερά-
πευον, ὅτε προσπέσοι ναῦς νηΐ, μὴ λείπεσθαι τὰ ἀπὸ τοῦ κατα-
στρώματος τῆς ἄλλης τέχνης· πᾶς τέ τις, ἐν ᾧ προσετέτακτο, αὐτὸς
40 ἕκαστος ἠπείγετο πρῶτος φαίνεσθαι. ξυμπεσουσῶν δὲ ἐν ὀλίγῳ
πολλῶν νεῶν (πλεῖσται γὰρ δὴ αὗται ἐν ἐλαχίστῳ ἐναυμάχησαν·

βραχὺ γὰρ ἀπέλιπον ξυναμφότεραι διακόσιαι γενέσθαι) αἱ μὲν
ἐμβολαὶ διὰ τὸ μὴ εἶναι τὰς ἀνακρούσεις καὶ διέκπλους ὀλίγαι
ἐγίγνοντο, αἱ δὲ προσβολαὶ, ὡς τύχοι ναῦς νηὶ προσπεσοῦσα ἢ διὰ
τὸ φεύγειν ἢ ἄλλῃ ἐπιπλέουσα, πυκνότεραι ἦσαν. καὶ ὅσον μὲν
χρόνον προσφέροιτο ναῦς, οἱ ἀπὸ τῶν καταστρωμάτων τοῖς ἀκον-
τίοις καὶ τοξεύμασι καὶ λίθοις ἀφθόνως ἐπ' αὐτὴν ἐχρῶντο· ἐπειδὴ
δὲ προσμίξειαν, οἱ ἐπιβάται εἰς χεῖρας ἰόντες ἐπειρῶντο ταῖς ἀλλή-
λων ναυσὶν ἐπιβαίνειν. ξυνετύγχανέ τε πολλαχοῦ διὰ τὴν στενο-
χωρίαν τὰ μὲν ἄλλοις ἐμβεβληκέναι, τὰ δὲ αὐτοὺς ἐμβεβλῆσθαι,
δύο τε περὶ μίαν καὶ ἔστιν ᾗ καὶ πλείους ναῦς κατ' ἀνάγκην ξυνηρ-
τῆσθαι, καὶ τοῖς κυβερνήταις τῶν μὲν φυλακὴν τῶν δ' ἐπιβουλὴν,
μὴ καθ' ἓν ἕκαστον, κατὰ πολλὰ δὲ πανταχόθεν, περιεστάναι, καὶ
τὸν κτύπον μέγαν ἀπὸ πολλῶν [τῶν] νεῶν ξυμπιπτουσῶν ἔκπληξίν
τε ἅμα καὶ ἀποστέρησιν τῆς ἀκοῆς ὧν οἱ κελευσταὶ φθέγγοιντο
παρέχειν. πολλὴ γὰρ δὴ ἡ παρακέλευσις καὶ βοὴ ἀφ' ἑκατέρων
τοῖς κελευσταῖς κατά τε τὴν τέχνην καὶ πρὸς τὴν αὐτίκα φιλονεικίαν
ἐγίγνετο, τοῖς μὲν Ἀθηναίοις βιάζεσθαί τε τὸν ἔκπλουν ἐπιβοῶντες,
καὶ περὶ τῆς ἐς τὴν πατρίδα σωτηρίας νῦν, εἴ ποτε καὶ αὖθις, προ-
θύμως ἀντιλαβέσθαι, τοῖς δὲ Συρακοσίοις, καὶ ξυμμάχοις, καλὸν
εἶναι κωλῦσαί τε αὐτοὺς διαφυγεῖν, καὶ τὴν οἰκείαν ἑκάστους πα-
τρίδα νικήσαντας ἐπαυξῆσαι. καὶ οἱ στρατηγοὶ προσέτι ἑκατέρων,
εἴ τινά που ὁρῷεν μὴ κατ' ἀνάγκην πρύμναν κρουόμενον, ἀνακα-
λοῦντες ὀνομαστὶ τὸν τριήραρχον ἠρώτων, οἱ μὲν Ἀθηναῖοι, εἰ τὴν
πολεμιωτάτην γῆν οἰκειοτέραν ἤδη τῆς οὐ δι' ὀλίγου πόνου κεκτη-
μένης θαλάσσης ἡγούμενοι ὑποχωροῦσιν, οἱ δὲ Συρακόσιοι, εἰ οὓς
σαφῶς ἴσασι προθυμουμένους Ἀθηναίους παντὶ τρόπῳ διαφυγεῖν,
τούτους αὐτοὶ φεύγοντας φεύγουσιν. ὅ τε ἐκ τῆς γῆς πεζὸς ἀμ-
φοτέρων, ἰσορρόπου τῆς ναυμαχίας καθεστηκυίας, πολὺν τὸν ἀγῶνα
καὶ ξύστασιν τῆς γνώμης εἶχε, φιλονεικῶν μὲν ὁ αὐτόθεν περὶ τοῦ

πλείονος ἤδη καλοῦ, δεδιότες δὲ οἱ ἐπελθόντες μὴ τῶν παρόντων
ἔτι χείρω πράξωσι. πάντων γὰρ δὴ ἀνακειμένων τοῖς Ἀθηναίοις ἐς
τὰς ναῦς, ὅ τε φόβος ἦν ὑπὲρ τοῦ μέλλοντος οὐδενὶ ἐοικὼς, καὶ
διὰ τὸ ἀνώμαλον καὶ τὴν ἔποψιν τῆς ναυμαχίας ἐκ τῆς γῆς ἠνα-
75 γκάζοντο ἔχειν. δι' ὀλίγου γὰρ οὔσης τῆς θέας καὶ οὐ πάντων
ἅμα ἐς τὸ αὐτὸ σκοπούντων, εἰ μέν τινες ἴδοιέν πῃ τοὺς σφετέρους
ἐπικρατοῦντας, ἀνεθάρσησάν τε ἂν καὶ πρὸς ἀνάκλησιν θεῶν, μὴ
στερῆσαι σφᾶς τῆς σωτηρίας, ἐτρέποντο· οἱ δ' ἐπὶ τὸ ἡσσώμενον
βλέψαντες ὀλοφυρμῷ τε ἅμα μετὰ βοῆς ἐχρῶντο, καὶ ἀπὸ τῶν
80 δρωμένων τῆς ὄψεως καὶ τὴν γνώμην μᾶλλον τῶν ἐν τῷ ἔργῳ
ἐδουλοῦντο. ἄλλοι δὲ καὶ πρὸς ἀντίπαλόν τι τῆς ναυμαχίας ἐπι-
δόντες, διὰ τὸ ἀκρίτως ξυνεχὲς τῆς ἁμίλλης, καὶ τοῖς σώμασιν αὐ-
τοῖς ἴσα τῇ δόξῃ περιδεῶς ξυναπονεύοντες, ἐν τοῖς χαλεπώτατα
διῆγον· ἀεὶ γὰρ παρ' ὀλίγον ἢ διέφευγον ἢ ἀπώλλυντο. ἦν τε ἐν
85 τῷ αὐτῷ στρατεύματι τῶν Ἀθηναίων, ἕως ἀγχώμαλα ἐναυμάχουν,
πάντα ὁμοῦ ἀκοῦσαι, ὀλοφυρμὸς, βοὴ, νικῶντες, κρατούμενοι, ἄλλα
ὅσα ἐν μεγάλῳ κινδύνῳ μέγα στρατόπεδον πολυειδῆ ἀναγκάζοιτο
φθέγγεσθαι· παραπλήσια δὲ καὶ οἱ ἐπὶ τῶν νεῶν αὐτοῖς ἔπασχον·
πρίν γε δὴ οἱ Συρακόσιοι καὶ οἱ ξύμμαχοι, ἐπὶ πολὺ ἀντισχούσης
90 τῆς ναυμαχίας, ἔτρεψάν τε τοὺς Ἀθηναίους, καὶ ἐπικείμενοι λαμ-
πρῶς, πολλῇ κραυγῇ καὶ διακελευσμῷ χρώμενοι, κατεδίωκον ἐς τὴν
γῆν. τότε δὲ ὁ μὲν ναυτικὸς στρατὸς, ἄλλος ἄλλῃ, ὅσοι μὴ μετέωροι
ἑάλωσαν, κατενεχθέντες ἐξέπεσον ἐς τὸ στρατόπεδον· ὁ δὲ πεζὸς
οὐκέτι διαφόρως, ἀλλ' ἀπὸ μιᾶς ὁρμῆς οἰμωγῇ τε καὶ στόνῳ πάντες
95 δυσανασχετοῦντες τὰ γιγνόμενα, οἱ μὲν ἐπὶ τὰς ναῦς παρεβοήθουν,
οἱ δὲ πρὸς τὸ λοιπὸν τοῦ τείχους ἐς φυλακήν, ἄλλοι δὲ καὶ οἱ
πλεῖστοι ἤδη περὶ σφᾶς αὐτοὺς καὶ ὅπῃ σωθήσονται διεσκόπουν.
ἦν τε ἐν τῷ παραυτίκα οὐδεμιᾶς δὴ τῶν ξυμπασῶν ἐλάσσων ἔκ-
πληξις. παραπλήσιά τε πεπόνθεσαν καὶ ἔδρασαν αὐτοὶ ἐν Πύλῳ·

διαφθαρεισῶν γὰρ τῶν νεῶν τοῖς Λακεδαιμονίοις προσαπώλλυντο 100
αὐτοῖς καὶ οἱ ἐν τῇ νήσῳ ἄνδρες διαβεβηκότες, καὶ τότε τοῖς Ἀθη-
ναίοις ἀνέλπιστον ἦν τὸ κατὰ γῆν σωθήσεσθαι, ἢν μή τι παράλογον
γίγνηται. Γενομένης δὲ ἰσχυρᾶς τῆς ναυμαχίας, καὶ πολλῶν νεῶν
ἀμφοτέροις καὶ ἀνθρώπων ἀπολομένων, οἱ Συρακόσιοι καὶ οἱ ξύμ-
μαχοι ἐπικρατήσαντες τά τε ναυάγια καὶ τοὺς νεκροὺς ἀνείλοντο, 105
καὶ ἀποπλεύσαντες πρὸς τὴν πόλιν τροπαῖον ἔστησαν. οἱ δ' Ἀθη-
ναῖοι, ὑπὸ μεγέθους τῶν παρόντων κακῶν, νεκρῶν μὲν πέρι ἢ ναυα-
γίων οὐδὲ ἐπενόουν αἰτῆσαι ἀναίρεσιν, τῆς δὲ νυκτὸς ἐβούλοντο
εὐθὺς ἀναχωρεῖν. Δημοσθένης δὲ Νικίᾳ προσελθὼν γνώμην ἐποιεῖτο,
πληρώσαντας ἔτι τὰς λοιπὰς τῶν νεῶν βιάσασθαι, ἢν δύνωνται, 110
ἅμα ἕῳ τὸν ἔκπλουν, λέγων ὅτι πλείους ἔτι αἱ λοιπαί εἰσι νῆες
χρήσιμαι σφίσιν ἢ τοῖς πολεμίοις· ἦσαν γὰρ τοῖς μὲν Ἀθηναίοις
περίλοιποι ὡς ἑξήκοντα, τοῖς δ' ἐναντίοις ἐλάσσους ἢ πεντήκοντα.
καὶ ξυγχωροῦντος Νικίου τῇ γνώμῃ, καὶ βουλομένων πληροῦν αὐ-
τῶν, οἱ ναῦται οὐκ ἤθελον ἐσβαίνειν διὰ τὸ καταπεπλῆχθαι τῇ 115
ἥσσῃ καὶ μὴ ἂν ἔτι οἴεσθαι κρατῆσαι. καὶ οἱ μὲν ὡς κατὰ γῆν
ἀναχωρήσοντες ἤδη ξύμπαντες τὴν γνώμην εἶχον. *   *   Μετὰ
δὲ τοῦτο, ἐπειδὴ ἐδόκει τῷ Νικίᾳ καὶ τῷ Δημοσθένει ἱκανῶς παρ-
εσκευάσθαι, καὶ ἡ ἀνάστασις ἤδη τοῦ στρατεύματος τρίτῃ ἡμέρᾳ
ἀπὸ τῆς ναυμαχίας ἐγίγνετο. δεινὸν οὖν ἦν οὐ καθ' ἓν μόνον τῶν 120
πραγμάτων, ὅτι τάς τε ναῦς ἀπολωλεκότες πάσας ἀπεχώρουν, καὶ
ἀντὶ μεγάλης ἐλπίδος καὶ αὐτοὶ καὶ ἡ πόλις κινδυνεύοντες· ἀλλὰ
καὶ ἐν τῇ ἀπολείψει τοῦ στρατοπέδου ξυνέβαινε τῇ τε ὄψει ἑκάστῳ
ἀλγεινὰ καὶ τῇ γνώμῃ αἰσθέσθαι. τῶν τε γὰρ νεκρῶν ἀτάφων ὄν-
των, ὁπότε τις ἴδοι τινὰ τῶν ἐπιτηδείων κείμενον, ἐς λύπην μετὰ 125
φόβου καθίστατο· καὶ οἱ ζῶντες καταλειπόμενοι, τραυματίαι τε καὶ
ἀσθενεῖς, πολὺ τῶν τεθνεώτων τοῖς ζῶσι λυπηρότεροι ἦσαν καὶ τῶν
ἀπολωλότων ἀθλιώτεροι. πρὸς γὰρ ἀντιβολίαν καὶ ὀλοφυρμὸν τρα-

F 2

πόμενοι ἐς ἀπορίαν καθίστασαν, ἄγειν τε σφᾶς ἀξιοῦντες, καὶ ἕνα
130 ἕκαστον ἐπιβοώμενοι, εἴ τινά πού τις ἴδοι ἢ ἑταίρων ἢ οἰκείων, τῶν
τε ξυσκήνων ἤδη ἀπιόντων ἐκκρεμαννύμενοι, καὶ ἐπακολουθοῦντες ἐς
ὅσον δύναιντο, εἴ τῳ δὲ προλίποι ἡ ῥώμη καὶ τὸ σῶμα, οὐκ ἄνευ
ὀλίγων ἐπιθειασμῶν καὶ οἰμωγῆς ὑπολειπόμενοι· ὥστε δάκρυσι πᾶν
τὸ στράτευμα πλησθὲν καὶ ἀπορίᾳ τοιαύτῃ μὴ ῥᾳδίως ἀφορμᾶσθαι,
135 καίπερ ἐκ πολεμίας τε, καὶ μείζω ἢ κατὰ δάκρυα τὰ μὲν πεπονθότας
ἤδη, τὰ δὲ περὶ τῶν ἐν ἀφανεῖ δεδιότας μὴ πάθωσι. κατήφειά τέ
τις ἅμα καὶ κατάμεμψις σφῶν αὐτῶν πολλὴ ἦν. οὐδὲν γὰρ ἄλλο
ἢ πόλει ἐκπεπολιορκημένῃ ἐῴκεσαν· ὑποφευγούσῃ, καὶ ταύτῃ οὐ
σμικρᾷ· μυριάδες γὰρ τοῦ ξύμπαντος ὄχλου οὐκ ἐλάσσους τεσ-
140 σάρων ἅμα ἐπορεύοντο. καὶ τούτων οἵ τε ἄλλοι πάντες ἔφερον ὅ
τί τις ἐδύνατο ἕκαστος χρήσιμον, καὶ οἱ ὁπλῖται καὶ οἱ ἱππῆς παρὰ
τὸ εἰωθὸς αὐτοὶ τὰ σφέτερα αὐτῶν σιτία ὑπὸ τοῖς ὅπλοις, οἱ μὲν
ἀπορίᾳ ἀκολούθων, οἱ δὲ ἀπιστίᾳ· ἀπηυτομολήκεσαν γὰρ πάλαι τε,
καὶ οἱ πλεῖστοι παραχρῆμα. ἔφερον δὲ οὐδὲ ταῦτα ἱκανά· σῖτος
145 γὰρ οὐκέτι ἦν ἐν τῷ στρατοπέδῳ. καὶ μὴν ἡ ἄλλη αἰκία καὶ ἡ
ἰσομοιρία τῶν κακῶν, ἔχουσά τινα ὅμως, τὸ μετὰ πολλῶν, κού-
φισιν, οὐδ' ὡς ῥᾳδία ἐν τῷ παρόντι ἐδοξάζετο, ἄλλως τε καὶ ἀπὸ
οἵας λαμπρότητος καὶ αὐχήματος τοῦ πρώτου ἐς οἵαν τελευτὴν καὶ
ταπεινότητα ἀφῖκτο. μέγιστον γὰρ δὴ τὸ διάφορον τοῦτο Ἑλληνικῷ
150 στρατεύματι ἐγένετο, οἷς, ἀντὶ μὲν τοῦ ἄλλους δουλωσομένους
ἥκειν. αὐτοὺς τοῦτο μᾶλλον δεδιότας μὴ πάθωσι ξυνέβη ἀπιέναι,
ἀντὶ δ' εὐχῆς τε καὶ παιάνων, μεθ' ὧν ἐξέπλεον, πάλιν τούτων τοῖς
ἐναντίοις ἐπιφημίσμασιν ἀφορμᾶσθαι, πεζούς τε ἀντὶ ναυβατῶν
πορευομένους καὶ ὁπλιτικῷ προσέχοντας μᾶλλον ἢ ναυτικῷ. ὅμως
155 δὲ ὑπὸ μεγέθους τοῦ ἐπικρεμαμένου ἔτι κινδύνου πάντα ταῦτα αὐ-
τοῖς οἰστὰ ἐφαίνετο. Ὁρῶν δὲ ὁ Νικίας τὸ στράτευμα ἀθυμοῦν
καὶ ἐν μεγάλῃ μεταβολῇ ὂν, ἐπιπαριὼν ὡς ἐκ τῶν ὑπαρχόντων

ἐθάρσυνέ τε καὶ παρεμυθεῖτο, βοῇ τε χρώμενος ἔτι μᾶλλον ἑκά-
στοις, καθ᾽ οὓς γίγνοιτο, ὑπὸ προθυμίας, καὶ βουλόμενος ὡς ἐπὶ
πλεῖστον γεγωνίσκων ὠφελεῖν.] "Ἔτι καὶ ἐκ τῶν παρόντων, ὦ 160
Ἀθηναῖοι καὶ ξύμμαχοι, ἐλπίδα χρὴ ἔχειν· ἤδη τινὲς καὶ ἐκ δεινο-
τέρων ἢ τοιῶνδε ἐσώθησαν· μηδὲ καταμέμψασθαι ὑμᾶς ἄγαν αὑτοὺς,
μήτε ταῖς ξυμφοραῖς μήτε ταῖς παρὰ τὴν ἀξίαν νῦν κακοπαθείαις.
κἀγώ τοι, οὐδενὸς ὑμῶν οὔτε ῥώμῃ προφέρων (ἀλλ᾽ ὁρᾶτε δὴ ὡς
διάκειμαι ὑπὸ τῆς νόσου) οὔτ᾽ εὐτυχίᾳ δοκῶν που ὕστερός του εἶναι 165
κατά τε τὸν ἴδιον βίον καὶ ἐς τἆλλα, νῦν ἐν τῷ αὐτῷ κινδύνῳ τοῖς
φαυλοτάτοις αἰωροῦμαι· καίτοι πολλὰ μὲν ἐς θεοὺς νόμιμα δεδιῄ-
τημαι, πολλὰ δὲ ἐς ἀνθρώπους δίκαια καὶ ἀνεπίφθονα. ἀνθ᾽ ὧν ἡ
μὲν ἐλπὶς (ὅμως) θρασεῖα τοῦ μέλλοντος, αἱ δὲ ξυμφοραὶ οὐ κατ᾽
ἀξίαν δὴ φοβοῦσι. τάχα δ᾽ ἂν καὶ λωφήσειαν· ἱκανὰ γὰρ τοῖς τε 170
πολεμίοις εὐτύχηται, καὶ εἴ τῳ θεῶν ἐπίφθονοι ἐστρατεύσαμεν,
ἀποχρώντως ἤδη τετιμωρήμεθα. ἦλθον γάρ που καὶ ἄλλοι τινὲς
ἤδη ἐφ᾽ ἑτέρους, καὶ ἀνθρώπεια δράσαντες ἀνεκτὰ ἔπαθον. καὶ ἡμᾶς
εἰκὸς νῦν τά τε ἀπὸ τοῦ θεοῦ ἐλπίζειν ἠπιώτερα ἕξειν· οἴκτου γὰρ
ἀπ᾽ αὐτῶν ἀξιώτεροι ἤδη ἐσμὲν ἢ φθόνου· καὶ ὁρῶντες ὑμᾶς αὐτοὺς, 175
οἷοι ὁπλῖται ἅμα καὶ ὅσοι ξυντεταγμένοι χωρεῖτε, μὴ καταπέπληχθε
ἄγαν, λογίζεσθε δὲ ὅτι αὐτοί τε πόλις εὐθύς ἐστε, ὅποι ἂν καθέ-
ζησθε, καὶ ἄλλη οὐδεμία ὑμᾶς τῶν ἐν Σικελίᾳ οὔτ᾽ ἂν ἐπιόντας
δέξαιτο ῥᾳδίως οὔτ᾽ ἂν ἱδρυθέντας που ἐξαναστήσειε. τὴν δὲ πο-
ρείαν, ὥστ᾽ ἀσφαλῆ καὶ εὔτακτον εἶναι, αὐτοὶ φυλάξατε, μὴ ἄλλο 180
τι ἡγησάμενος ἕκαστος ἢ ἐν ᾧ ἂν ἀναγκασθῇ χωρίῳ μάχεσθαι,
τοῦτο καὶ πατρίδα καὶ τεῖχος κρατήσας ἕξειν. σπουδὴ δὲ ὁμοίως
καὶ νύκτα καὶ ἡμέραν ἔσται τῆς ὁδοῦ. τὰ γὰρ ἐπιτήδεια βραχέα
ἔχομεν· καὶ ἢν ἀντιλαβώμεθά του φιλίου χωρίου τῶν Σικελῶν
(οὗτοι γὰρ ἡμῖν διὰ τὸ Συρακοσίων δέος ἔτι βέβαιοί εἰσί), ἤδη 185
νομίζετε ἐν τῷ ἐχυρῷ εἶναι. προπέπεμπται δ᾽ ὡς αὐτοὺς, καὶ

ἀπαντᾶν εἰρημένον καὶ σιτία ἄλλα κομίζειν. τὸ δὲ ξύμπαν, γνῶτε,
ὦ ἄνδρες στρατιῶται, ἀναγκαῖόν τε ὂν ὑμῖν ἀνδράσιν ἀγαθοῖς γίγνε-
σθαι, ὡς μὴ ὄντος χωρίου ἐγγὺς ὅποι ἂν μαλακισθέντες σωθείητε,
190 καὶ ἢν νῦν διαφύγητε τοὺς πολεμίους, οἵ τε ἄλλοι τευξόμενοι ὧν
ἐπιθυμεῖτέ που ἐπιδεῖν, καὶ οἱ Ἀθηναῖοι τὴν μεγάλην δύναμιν τῆς
πόλεως, καίπερ πεπτωκυῖαν, ἐπανορθώσοντες· ἄνδρες γὰρ πόλις,
καὶ οὐ τείχη οὐδὲ νῆες ἀνδρῶν κεναί." * * 7. Νικίας δέ, ἐπειδὴ
ἡμέρα ἐγένετο, ἦγε τὴν στρατιάν· οἱ δὲ Συρακόσιοι καὶ οἱ ξύμμαχοι
195 προσέκειντο τὸν αὐτὸν τρόπον πανταχόθεν βάλλοντές τε καὶ κατα-
κοντίζοντες. καὶ οἱ Ἀθηναῖοι ἠπείγοντο πρὸς τὸν Ἀσσίναρον ποτα-
μόν, ἅμα μὲν βιαζόμενοι ὑπὸ τῆς πανταχόθεν προσβολῆς ἱππέων τε
πολλῶν καὶ τοῦ ἄλλου ὄχλου, οἰόμενοι ῥᾷόν τι σφίσιν ἔσεσθαι, ἢν
διαβῶσι τὸν ποταμόν, ἅμα δὲ ὑπὸ τῆς ταλαιπωρίας καὶ τοῦ πιεῖν
200 ἐπιθυμίᾳ. ὡς δὲ γίγνονται ἐπ' αὐτῷ, ἐσπίπτουσιν οὐδενὶ κόσμῳ
ἔτι, ἀλλὰ πᾶς τέ τις διαβῆναι αὐτὸς πρῶτος βουλόμενος, καὶ οἱ
πολέμιοι ἐπικείμενοι χαλεπὴν ἤδη τὴν διάβασιν ἐποίουν· ἀθρόοι
γὰρ ἀναγκαζόμενοι χωρεῖν ἐπέπιπτόν τε ἀλλήλοις καὶ κατεπάτουν,
περί τε τοῖς δορατίοις καὶ σκεύεσιν οἱ μὲν εὐθὺς διεφθείροντο, οἱ
205 δὲ ἐμπαλασσόμενοι κατέρρεον. ἐς τὰ ἐπὶ θάτερά τε τοῦ ποταμοῦ
παραστάντες οἱ Συρακόσιοι (ἦν δὲ κρημνῶδες) ἔβαλλον ἄνωθεν
τοὺς Ἀθηναίους, πίνοντάς τε τοὺς πολλοὺς ἀσμένους, καὶ ἐν κοίλῳ
ὄντι τῷ ποταμῷ ἐν σφίσιν αὐτοῖς ταρασσομένους. οἵ τε Πελοπον-
νήσιοι ἐπικαταβάντες τοὺς ἐν τῷ ποταμῷ μάλιστα ἔσφαζον. καὶ
210 τὸ ὕδωρ εὐθὺς διέφθαρτο, ἀλλ' οὐδὲν ἧσσον ἐπίνετό τε ὁμοῦ τῷ
πηλῷ, ᾑματωμένον, καὶ περιμάχητον ἦν τοῖς πολλοῖς. τέλος δὲ
νεκρῶν τε πολλῶν ἐπ' ἀλλήλοις ἤδη κειμένων ἐν τῷ ποταμῷ, καὶ
διεφθαρμένου τοῦ στρατεύματος τοῦ μὲν κατὰ τὸν ποταμόν, τοῦ δέ,
καὶ εἴ τι διαφύγοι, ὑπὸ τῶν ἱππέων, Νικίας Γυλίππῳ ἑαυτὸν παρα-
215 δίδωσι, πιστεύσας μᾶλλον αὐτῷ ἢ τοῖς Συρακοσίοις· καὶ ἑαυτῷ

μὲν χρῆσθαι ἐκέλευεν ἐκεῖνόν τε καὶ Λακεδαιμονίους ὅ τι βούλονται,
τοὺς δὲ ἄλλους στρατιώτας παύσασθαι φονεύοντας. καὶ ὁ Γύλιππος
μετὰ τοῦτο ζωγρεῖν ἤδη ἐκέλευε· καὶ τούς τε λοιπούς, ὅσους μὴ
ἀπεκρύψαντο (πολλοὶ δὲ οὗτοι ἐγένοντο,) ξυνεκόμισαν ζῶντας, καὶ
ἐπὶ τοὺς τριακοσίους, οἳ τὴν φυλακὴν διεξῆλθον τῆς νυκτός, πέμ- 220
ψαντες τοὺς διωξομένους ξυνέλαβον. τὸ μὲν οὖν ἀθροισθὲν τοῦ
στρατεύματος ἐς τὸ κοινὸν οὐ πολὺ ἐγένετο, τὸ δὲ διακλαπὲν πολύ,
καὶ διεπλήσθη πᾶσα Σικελία αὐτῶν, ἅτε οὐκ ἀπὸ ξυμβάσεως,
ὥσπερ τῶν μετὰ Δημοσθένους, ληφθέντων. μέρος δέ τι οὐκ
ὀλίγον καὶ ἀπέθανε· πλεῖστος γὰρ δὴ φόνος οὗτος καὶ οὐδενὸς 225
ἐλάσσων τῶν ἐν τῷ Σικελικῷ πολέμῳ τούτῳ ἐγένετο. καὶ ἐν ταῖς
ἄλλαις προσβολαῖς ταῖς κατὰ τὴν πορείαν συχναῖς γενομέναις οὐκ
ὀλίγοι ἐτεθνήκεσαν. πολλοὶ δὲ ὅμως καὶ διέφυγον, οἱ μὲν καὶ
παραυτίκα, οἱ δὲ καὶ δουλεύσαντες καὶ διαδιδράσκοντες ὕστερον·
τούτοις δ᾽ ἦν ἀναχώρησις ἐς Κατάνην. Ξυναθροισθέντες δὲ οἱ 230
Συρακόσιοι καὶ οἱ ξύμμαχοι, τῶν τε αἰχμαλώτων ὅσους ἐδύναντο
πλείστους καὶ τὰ σκῦλα ἀναλαβόντες, ἀνεχώρησαν ἐς τὴν πόλιν.
καὶ τοὺς μὲν ἄλλους Ἀθηναίων καὶ τῶν ξυμμάχων, ὁπόσους ἔλαβον,
κατεβίβασαν ἐς τὰς λιθοτομίας, ἀσφαλεστάτην εἶναι νομίσαντες
[τὴν] τήρησιν, Νικίαν δὲ καὶ Δημοσθένην ἄκοντος τοῦ Γυλίππου 235
ἀπέσφαξαν. ὁ γὰρ Γύλιππος καλὸν τὸ ἀγώνισμα ἐνόμιζέν οἱ εἶναι
ἐπὶ τοῖς ἄλλοις καὶ τοὺς ἀντιστρατήγους κομίσαι Λακεδαιμονίοις.
ξυνέβαινε δὲ τὸν μὲν πολεμιώτατον αὐτοῖς εἶναι, Δημοσθένην, διὰ
τὰ ἐν τῇ νήσῳ καὶ Πύλῳ, τὸν δὲ διὰ τὰ αὐτὰ ἐπιτηδειότατον· τοὺς
γὰρ ἐκ τῆς νήσου ἄνδρας τῶν Λακεδαιμονίων ὁ Νικίας προὐθυμήθη, 240
σπονδὰς πείσας τοὺς Ἀθηναίους ποιήσασθαι, ὥστε ἀφεθῆναι. ἀνθ᾽
ὧν οἵ τε Λακεδαιμόνιοι ἦσαν αὐτῷ προσφιλεῖς, κἀκεῖνος οὐχ ἥκιστα
πιστεύσας ἑαυτὸν τῷ Γυλίππῳ παρέδωκεν. ἀλλὰ τῶν Συρακοσίων
τινές, ὡς ἐλέγετο, οἱ μὲν δείσαντες, ὅτι πρὸς αὐτὸν ἐκεκοινολύ-

245 γηυτο, μὴ βασανιζόμενος διὰ τὸ τοιοῦτο ταραχὴν σφίσιν ἐν εὐ-
πραγίᾳ ποιήσῃ, ἄλλοι δὲ, καὶ οὐχ ἥκιστα οἱ Κορίνθιοι, μὴ χρήμασι
δὴ πείσας τινὰς, ὅτι πλούσιος ἦν, ἀποδρᾷ καὶ αὖθις σφίσι νεώτερόν
τι ἀπ' αὐτοῦ γένηται, πείσαντές τε τοὺς ξυμμάχους, ἀπέκτειναν αὐ-
τόν. καὶ ὁ μὲν τοιαύτῃ ἢ ὅτι ἐγγύτατα τούτων αἰτίᾳ ἐτεθνήκει,
250 ἥκιστα δὴ ἄξιος ὢν τῶν γε ἐπ' ἐμοῦ Ἑλλήνων ἐς τοῦτο δυστυχίας
ἀφικέσθαι, διὰ τὴν πᾶσαν ἐς ἀρετὴν νενομισμένην ἐπιτήδευσιν.
τοὺς δ' ἐν ταῖς λιθοτομίαις οἱ Συρακόσιοι χαλεπῶς τοὺς πρώτους
χρόνους μετεχείρισαν. ἐν γὰρ κοίλῳ χωρίῳ ὄντας καὶ ὀλίγῳ πολ-
λοὺς οἵ τε ἥλιοι τὸ πρῶτον καὶ τὸ πνῖγος ἔτι ἐλύπει διὰ τὸ ἀστέ-
255 γιστον, καὶ αἱ νύκτες ἐπιγιγνόμεναι τοὐναντίον μετοπωριναὶ καὶ
ψυχραὶ τῇ μεταβολῇ ἐς ἀσθένειαν ἐνεωτέριζον, πάντα τε ποιούντων
αὐτῶν διὰ στενοχωρίαν ἐν τῷ αὐτῷ, καὶ προσέτι τῶν νεκρῶν ὁμοῦ
ἐπ' ἀλλήλοις ξυννενημένων, οἳ ἔκ τε τῶν τραυμάτων καὶ διὰ τὴν
μεταβολὴν καὶ τὸ τοιοῦτον ἀπέθνησκον, καὶ ὀσμαὶ ἦσαν οὐκ ἀνεκτοὶ,
260 καὶ λιμῷ ἅμα καὶ δίψει ἐπιέζοντο· ἐδίδοσαν γὰρ αὐτῶν ἑκάστῳ ἐπὶ
ὀκτὼ μῆνας κοτύλην ὕδατος καὶ δύο κοτύλας σίτου. ἄλλα τε ὅσα
εἰκὸς ἐν τοιούτῳ χωρίῳ ἐμπεπτωκότας κακοπαθῆσαι, οὐδὲν ὅ τι οὐκ
ἐπεγένετο αὐτοῖς. καὶ ἡμέρας μὲν ἑβδομήκοντά τινας οὕτω διῃτή-
θησαν ἁθρόοι· ἔπειτα, πλὴν Ἀθηναίων καὶ εἴ τινες Σικελιωτῶν ἢ
265 Ἰταλιωτῶν ξυνεστράτευσαν, τοὺς ἄλλους ἀπέδοντο. ἐλήφθησαν δὲ
οἱ ξύμπαντες, ἀκριβείᾳ μὲν χαλεπὸν ἐξειπεῖν, ὅμως δὲ οὐκ ἐλάσσους
ἑπτακισχιλίων. ξυνέβη τε ἔργον τοῦτο Ἑλληνικὸν τῶν κατὰ τὸν
πόλεμον τόνδε μέγιστον γενέσθαι, δοκεῖν δ' ἔμοιγε, καὶ ὧν ἀκοῇ
Ἑλληνικῶν ἴσμεν, καὶ τοῖς τε κρατήσασι λαμπρότατον καὶ τοῖς
270 διαφθαρεῖσι δυστυχέστατον· κατὰ πάντα γὰρ πάντως νικηθέντες,
καὶ οὐδὲν ὀλίγον ἐς οὐδὲν κακοπαθήσαντες, πανωλεθρίᾳ δὴ, τὸ λεγό-
μενον, καὶ πεζὸς καὶ νῆες καὶ οὐδὲν ὅ τι οὐκ ἀπώλετο, καὶ ὀλίγοι
ἀπὸ πολλῶν ἐπ' οἴκου ἀπενόστησαν. ταῦτα μὲν τὰ περὶ Σικελίαν

γενόμενα. * * Ἐς δὲ τὰς Ἀθήνας ἐπειδὴ ἠγγέλθη, ἐπὶ πολὺ
μὲν ἠπίστουν καὶ τοῖς πάνυ τῶν στρατιωτῶν ἐξ αὐτοῦ τοῦ ἔργου
διαπεφευγόσι καὶ σαφῶς ἀγγέλλουσι, μὴ οὕτω γε †ἀν† πασσυδὶ
διεφθάρθαι· ἐπειδὴ δὲ ἔγνωσαν, χαλεποὶ μὲν ἦσαν τοῖς ξυμπρυθυ-
μηθεῖσι τῶν ῥητόρων τὸν ἔκπλουν, ὥσπερ οὐκ αὐτοὶ ψηφισάμενοι,
ὠργίζοντο δὲ καὶ τοῖς χρησμολόγοις τε καὶ μάντεσι, καὶ ὁπόσοι τι
τότε αὐτοὺς θειάσαντες ἐπήλπισαν ὡς λήψονται Σικελίαν. πάντα
δὲ πανταχόθεν αὐτοὺς ἐλύπει τε, καὶ περιειστήκει ἐπὶ τῷ γεγενη-
μένῳ φόβος τε καὶ κατάπληξις μεγίστη δή. ἅμα μὲν γὰρ στερό-
μενοι καὶ ἰδίᾳ ἕκαστος καὶ ἡ πόλις ὁπλιτῶν τε πολλῶν, καὶ ἱππέων,
καὶ ἡλικίας, οἵαν οὐχ ἑτέραν ἑώρων ὑπάρχουσαν, ἐβαρύνοντο· ἅμα
δὲ ναῦς οὐχ ὁρῶντες ἐν τοῖς νεωσοίκοις ἱκανὰς, οὐδὲ χρήματα ἐν
τῷ κοινῷ, οὐδ' ὑπηρεσίας ταῖς ναυσὶν, ἀνέλπιστοι ἦσαν ἐν τῷ
παρόντι σωθήσεσθαι· τούς τε ἀπὸ τῆς Σικελίας πολεμίους εὐθὺς
σφίσιν ἐνόμιζον τῷ ναυτικῷ ἐπὶ τὸν Πειραιᾶ πλευσεῖσθαι, ἄλλως
τε καὶ τοσοῦτον κρατήσαντας, καὶ τοὺς αὐτόθεν πολεμίους τότε δὴ
καὶ διπλασίως πάντα παρεσκευασμένους, κατὰ κράτος ἤδη καὶ ἐκ
γῆς καὶ ἐκ θαλάσσης ἐπικείσεσθαι, καὶ τοὺς ξυμμάχους σφῶν μετ'
αὐτῶν, ἀποστάντας. ὅμως δὲ, ὡς ἐκ τῶν ὑπαρχόντων, ἐδόκει χρῆναι
μὴ ἐνδιδόναι, ἀλλὰ παρασκευάζεσθαι καὶ ναυτικὸν, ὅθεν ἂν δύνωνται,
ξύλα ξυμπορισαμένους καὶ χρήματα, καὶ τὰ τῶν ξυμμάχων ἐς
ἀσφάλειαν ποιεῖσθαι, καὶ μάλιστα τὴν Εὔβοιαν, τῶν τε κατὰ τὴν
πόλιν τι ἐς εὐτέλειαν σωφρονίσαι, καὶ ἀρχήν τινα πρεσβυτέρων
ἀνδρῶν ἑλέσθαι, οἵτινες περὶ τῶν παρόντων, ὡς ἂν καιρὸς ᾖ, προ-
βουλεύσουσι. πάντα τε πρὸς τὸ παραχρῆμα περιδεὲς, ὅπερ φιλεῖ
δῆμος ποιεῖν, ἕτοιμοι ἦσαν εὐτακτεῖν. καὶ ὡς ἔδοξεν αὐτοῖς, καὶ
ἐποίουν ταῦτα, καὶ τὸ θέρος ἐτελεύτα.

XVII.

Xenophon, B.C. 385.

Speech of Thrasybulus.

i. Ἀλλ', ὦ ἄνδρες, οὕτω χρὴ ποιεῖν ὅπως ἕκαστός τις ἑαυτῷ
ξυνείσεται τῆς νίκης αἰτιώτατος ὤν. αὕτη γὰρ ἡμῖν, ἂν θεὸς
θέλῃ, νῦν ἀποδώσει καὶ πατρίδα, καὶ οἴκους, καὶ ἐλευθερίαν,
καὶ τιμὰς, καὶ παῖδας οἷς εἰσὶ, καὶ γυναῖκας. ὦ μακάριοι δῆτα,
5 οἳ ἂν ἡμῶν νικήσαντες ἐπίδωσι τὴν πασῶν ἡδίστην ἡμέραν.
εὐδαίμων δὲ καὶ ἄν τις ἀποθάνῃ· μνημείου γὰρ οὐδεὶς οὕτω
πλούσιος ὢν καλοῦ τεύξεται. ἐξάρξω μὲν οὖν ἐγὼ, ἡνίκ' ἂν
καιρὸς ᾖ, παιᾶνα· ὅταν δὲ τὸν Ἐννάλιον παρακαλέσωμεν, τότε
πάντες ὁμοθυμαδὸν ἀνθ' ὧν ὑβρίσθημεν τιμωρώμεθα τοὺς ἄνδρας.
10 ταῦτα δ' εἰπὼν, καὶ μεταστραφεὶς πρὸς τοὺς ἐναντίους, ἡσυχίαν
εἶχε· καὶ γὰρ ὁ μάντις παρήγγειλεν αὐτοῖς μὴ πρότερον ἐπιτί-
θεσθαι, πρὶν ἂν τῶν σφετέρων ἢ πέσοι τις, ἢ τρωθείη· ἐπειδὰν
μέντοι τοῦτο γένηται, ἡγησόμεθα μὲν, ἔφη, ἡμεῖς, νίκη δὲ ὑμῖν
ἔσται ἑπομένοις, ἐμοὶ μέντοι θάνατος, ὥς γέ μοι δοκεῖ. καὶ οὐκ
15 ἐψεύσατο, ἀλλ' ἐπεὶ ἀνέλαβον τὰ ὅπλα, αὐτὸς μὲν ὥσπερ ὑπὸ
μοίρας τινὸς ἀγόμενος ἐκπηδήσας πρῶτος, ἐμπεσὼν τοῖς πολεμίοις,
ἀποθνήσκει, καὶ τέθαπται ἐν τῇ διαβάσει τοῦ Κηφισσοῦ· οἱ δ'
ἄλλοι ἐνίκων, καὶ κατεδίωξαν μέχρι τοῦ ὁμαλοῦ.

[Hellen. II. 4.]

The Ten Thousand in retreat descry the Sea.

ii. Ἐντεῦθεν δὲ ἦλθον σταθμοὺς τέτταρας, παρασάγγας εἴκοσι,
πρὸς πόλιν μεγάλην καὶ εὐδαίμονα, οἰκουμένην· ἐκαλεῖτο δὲ

Γυμνίας. ἐκ ταύτης ὁ τῆς χώρας ἄρχων τοῖς Ἕλλησιν ἡγεμόνα
πέμπει, ὅπως διὰ τῆς ἑαυτῶν πολεμίας χώρας ἐπάγοι αὐτοῖς.
ἐλθὼν δὲ αὐτὸς λέγει ὅτι ἄξει αὐτοὺς πέντε ἡμερῶν εἰς χωρίον, 5
ὅθεν ὄψονται θάλατταν· εἰ δὲ μὴ, τεθνάναι ἐπηγγέλλετο. καὶ
ἡγούμενος, ἐπειδὴ ἐνέβαλεν εἰς τὴν ἑαυτοῖς πολεμίαν, παρεκελεύετο
αἴθειν καὶ φθείρειν τὴν χώραν· ᾧ καὶ δῆλον ἐγένετο, ὅτι τούτου
ἕνεκα ἔλθοι, οὐ τῆς τῶν Ἑλλήνων εὐνοίας. καὶ ἀφικνοῦνται
ἐπὶ τὸ ἱερὸν ὄρος τῇ πέμπτῃ ἡμέρᾳ· ὄνομα δ᾽ ἦν τῷ ὄρει Θήχης. 10
ἐπειδὴ δὲ οἱ πρῶτοι ἐγένοντο ἐπὶ τοῦ ὄρους, καὶ κατεῖδον τὴν
θάλατταν, πολλὴ κραυγὴ ἐγένετο. ἀκούσας δὲ ὁ Ξενοφῶν καὶ
οἱ ὀπισθοφύλακες, ᾠήθησαν καὶ ἔμπροσθεν ἄλλους ἐπιτίθεσθαι
πολεμίοις· εἵποντο γὰρ καὶ ὄπισθεν οἱ ἐκ τῆς καιομένης χώρας·
καὶ αὐτῶν οἱ ὀπισθοφύλακες ἀπέκτεινάν τε τινὰς καὶ ἐζώγρησαν, 15
ἐνέδραν ποιησάμενοι· καὶ γέρρα ἔλαβον δασέων βοῶν ὠμοβόϊνα
ἀμφὶ τὰ εἴκοσιν. ἐπειδὴ δὲ βοὴ πλείων τε ἐγίγνετο καὶ ἐγγύ-
τερον, καὶ οἱ ἀεὶ ἐπιόντες ἔθεον δρόμῳ ἐπὶ τοὺς ἀεὶ βοῶντας,
καὶ πολλῷ μείζων ἐγίγνετο ἡ βοή, ὅσῳ δὴ πλείους ἐγίγνοντο,
ἐδόκει δὴ μεῖζόν τι εἶναι τῷ Ξενοφῶντι. καὶ ἀναβὰς ἐφ᾽ ἵππον, 20
καὶ Λύκιον καὶ τοὺς ἱππέας ἀναλαβὼν, παρεβοήθει· καὶ τάχα δὴ
ἀκούουσι βοώντων τῶν στρατιωτῶν, θάλαττα, θάλαττα, καὶ
παρεγγυώντων. ἔνθα δὴ ἔθεον ἅπαντες καὶ οἱ ὀπισθοφύλακες,
καὶ τὰ ὑποζύγια ἠλαύνετο καὶ οἱ ἵπποι. ἐπεὶ δὲ ἀφίκοντο
πάντες ἐπὶ τὸ ἄκρον, ἐνταῦθα δὴ περιέβαλλον ἀλλήλους, καὶ 25
στρατηγοὺς καὶ λοχαγοὺς, δακρύοντες. καὶ ἐξαπίνης, ὅτου δὴ
παρεγγυήσαντος, οἱ στρατιῶται φέρουσι λίθους, καὶ ποιοῦσι
κολωνὸν μέγαν. ἐνταῦθα ἀνετίθεσαν πλῆθος δερμάτων ὠμο-
βοΐνων, καὶ βακτηρίας, καὶ τὰ αἰχμάλωτα γέρρα, καὶ ὁ ἡγεμὼν
αὐτός τε κατέτεμνε τὰ γέρρα, καὶ τοῖς ἄλλοις διεκελεύετο. μετὰ 30
ταῦτα τὸν ἡγεμόνα ἀποπέμπουσιν οἱ Ἕλληνες, δῶρα δόντες ἀπὸ

κοινοῦ. ἵππον, καὶ φιάλην ἀργυρᾶν, καὶ σκευὴν Περσικὴν, καὶ
δαρεικοὺς δέκα· ᾔτει δὲ μάλιστα τοὺς δακτυλίους, καὶ ἔλαβε
πολλοὺς παρὰ τῶν στρατιωτῶν. κώμην δὲ δείξας αὐτοῖς, οὗ
35 σκηνήσουσι, καὶ τὴν ὁδὸν, ἣν πορεύσονται εἰς Μάκρωνας, ἐπεὶ
ἑσπέρα ἐγένετο, ᾤχετο τῆς νυκτὸς ἀπιών.

[Cyri Anab IV. 7.]

The Choice of Heracles.

iii. Καὶ Πρόδικος δὲ ὁ σοφὸς ἐν τῷ συγγράμματι τῷ περὶ
τοῦ Ἡρακλέους (ὅπερ δὴ καὶ πλείστοις ἐπιδείκνυται) ὡσαύτως
περὶ τῆς ἀρετῆς ἀποφαίνεται, ὧδέ πως λέγων, ὅσα ἐγὼ μέμνημαι.
φησὶ γὰρ, Ἡρακλέα, ἐπεὶ ἐκ παίδων εἰς ἥβην ὡρμᾶτο (ἐν ᾗ
5 οἱ νέοι ἤδη αὐτοκράτορες γιγνόμενοι δηλοῦσιν, εἴτε τὴν δι'
ἀρετῆς ὁδὸν τρέψονται ἐπὶ τὸν βίον, εἴτε τὴν διὰ κακίας,) ἐξελ-
θόντα εἰς ἡσυχίαν καθῆσθαι, ἀποροῦντα ὁποτέραν τῶν ὁδῶν τρά-
πηται· καὶ φανῆναι αὐτῷ δύο γυναῖκας προσιέναι μεγάλας, τὴν
μὲν ἑτέραν εὐπρεπῆ τε ἰδεῖν καὶ ἐλευθέριον φύσει. κεκοσμημένην
10 τὸ μὲν σῶμα καθαρότητι, τὰ δὲ ὄμματα αἰδοῖ, τὸ δὲ σχῆμα
σωφροσύνῃ, ἐσθῆτι δὲ λευκῇ· τὴν δὲ ἑτέραν τεθραμμένην μὲν
εἰς πολυσαρκίαν τε καὶ ἁπαλότητα, κεκαλλωπισμένην δὲ τὸ μὲν
χρῶμα, ὥστε λευκοτέραν τε καὶ ἐρυθροτέραν τοῦ ὄντος δοκεῖν
φαίνεσθαι, τὸ δὲ σχῆμα, ὥστε δοκεῖν ὀρθοτέραν τῆς φύσεως
15 εἶναι, τὰ δὲ ὄμματα ἔχειν ἀναπεπταμένα, ἐσθῆτα δὲ, ἐξ ἧς ἂν
μάλιστα ἡ ὥρα διαλάμποι· κατασκοπεῖσθαι δὲ θαμὰ ἑαυτὴν,
ἐπισκοπεῖν δὲ καὶ εἴ τις ἄλλος αὐτὴν θεᾶται, πολλάκις δὲ καὶ
εἰς τὴν ἑαυτῆς σκιὰν ἀποβλέπειν. ὡς δ' ἐγένοντο πλησιαίτερον
τοῦ Ἡρακλέους, τὴν μὲν πρόσθεν ῥηθεῖσαν ἰέναι τὸν αὐτὸν τρόπον,
20 τὴν δὲ ἑτέραν, φθάσαι βουλομένην, προσδραμεῖν τῷ Ἡρακλεῖ,

καὶ εἰπεῖν· ὁρῶ σε, ὦ Ἡράκλεις, ἀποροῦντα, ποίαν ὁδὸν ἐπὶ
τὸν βίον τράπῃ. ἐὰν οὖν ἐμὲ φίλην ποιήσῃ, ἐπὶ τὴν ἡδίστην τε καὶ
ῥᾴστην ὁδὸν ἄξω σε, καὶ τῶν μὲν τερπνῶν οὐδενὸς ἄγευστος
ἔσῃ, τῶν δὲ χαλεπῶν ἄπειρος διαβιώσῃ. πρῶτον μὲν γὰρ οὐ
πολέμων οὐδὲ πραγμάτων φροντιεῖς, ἀλλὰ σκοπούμενος διάξεις, 25
τί ἂν κεχαρισμένον ἢ σῖτον ἢ ποτὸν εὕροις, ἢ τί ἂν ἰδὼν ἢ τί
ἀκούσας τερφθείης, ἢ τίνων ὀσφραινόμενος ἢ ἁπτόμενος ἡσθείης,
τίσι δὲ παιδικοῖς ὁμιλῶν μάλιστ᾽ ἂν εὐφρανθείης, καὶ πῶς ἂν
μαλακώτατα καθεύδοις, καὶ πῶς ἂν ἀπονώτατα τούτων πάντων
τυγχάνοις. ἐὰν δέ ποτε γένηταί τις ὑποψία σπάνεως ἀφ᾽ 30
ὧν ἔσται ταῦτα, οὐ φόβος, μή σε ἀγάγω ἐπὶ τὸ πονοῦντα καὶ
ταλαιπωροῦντα τῷ σώματι καὶ τῇ ψυχῇ ταῦτα πορίζεσθαι. ἀλλ᾽
οἷς ἂν οἱ ἄλλοι ἐργάζωνται, τούτοις σὺ χρήσῃ, οὐδενὸς ἀπεχόμενος
ὅθεν ἂν δυνατὸν ᾖ τι κερδᾶναι. πανταχόθεν γὰρ ὠφελεῖσθαι τοῖς
ἐμοὶ ξυνοῦσιν ἐξουσίαν ἔγωγε παρέχω. καὶ ὁ Ἡρακλῆς ἀκούσας 35
ταῦτα, ὦ γύναι, ἔφη, ὄνομα δέ σοι τί ἐστιν; ἡ δέ, οἱ μὲν ἐμοὶ
φίλοι, ἔφη, καλοῦσι με Εὐδαιμονίαν, οἱ δὲ μισοῦντες ὑποκορι-
ζόμενοι ὀνομάζουσί με Κακίαν. καὶ ἐν τούτῳ ἡ ἑτέρα γυνὴ
προσελθοῦσα εἶπεν· καὶ ἐγὼ ἥκω πρός σε, ὦ Ἡράκλεις, εἰδυῖα
τοὺς γεννήσαντάς σε, καὶ τὴν φύσιν τὴν σὴν ἐν τῇ παιδείᾳ καταμα- 40
θοῦσα· ἐξ ὧν ἐλπίζω, εἰ τὴν πρὸς ἐμὲ ὁδὸν τράποιο, σφόδρ᾽ ἄν σε
τῶν καλῶν καὶ σεμνῶν ἐργάτην ἀγαθὸν γενέσθαι, καὶ ἐμὲ ἔτι πολὺ
ἐντιμοτέραν καὶ ἐπ᾽ ἀγαθοῖς διαπρεπεστέραν φανῆναι. οὐκ ἐξαπα-
τήσω δέ σε προοιμίοις ἡδονῆς, ἀλλ᾽, ᾗπερ οἱ θεοὶ διέθεσαν, τὰ
ὄντα διηγήσομαι μετ᾽ ἀληθείας. τῶν γὰρ ὄντων ἀγαθῶν καὶ 45
καλῶν οὐδὲν ἄνευ πόνου καὶ ἐπιμελείας θεοὶ διδόασιν ἀνθρώποις·
ἀλλ᾽ εἴτε τοὺς θεοὺς ἵλεως εἶναί σοι βούλει, θεραπευτέον τοὺς
θεούς· εἴτε ὑπὸ φίλων ἐθέλεις ἀγαπᾶσθαι, τοὺς φίλους εὐεργε-
τητέον· εἴτε ὑπό τινος πόλεως ἐπιθυμεῖς τιμᾶσθαι, τὴν πόλιν

50 ὠφελητέον· εἴτε ὑπὸ τῆς Ἑλλάδος πάσης ἀξιοῖς ἐπ᾽ ἀρετῇ θαυμά-
ζεσθαι, τὴν Ἑλλάδα πειρατέον εὖ ποιεῖν· εἴτε τὴν γῆν φέρειν σοι
βούλει καρποὺς ἀφθόνους, τὴν γῆν θεραπευτέον· εἴτε ἀπὸ βοσκη-
μάτων οἴει δεῖν πλουτίζεσθαι, τῶν βοσκημάτων ἐπιμελητέον· εἴτε
διὰ πολέμου ὁρμᾷς αὔξεσθαι, καὶ βούλει δύνασθαι τούς τε φίλους
55 ἐλευθεροῦν καὶ τοὺς ἐχθροὺς χειροῦσθαι, τὰς πολεμικὰς τέχνας
αὐτάς τε παρὰ τῶν ἐπισταμένων μαθητέον, καὶ ὅπως αὐταῖς δεῖ
χρῆσθαι ἀσκητέον· εἰ δὲ καὶ τῷ σώματι βούλει δυνατὸς εἶναι, τῇ
γνώμῃ ὑπηρετεῖν ἐθιστέον τὸ σῶμα καὶ γυμναστέον σὺν πόνοις
καὶ ἱδρῶτι.   καὶ ἡ Κακία ὑπολαβοῦσα εἶπεν, (ὥς φησι Πρόδικος)
60 ἐννοεῖς, ὦ Ἡράκλεις, ὡς χαλεπὴν καὶ μακρὰν ὁδὸν ἐπὶ τὰς
εὐφροσύνας ἡ γυνή σοι αὕτη διηγεῖται ; ἐγὼ δὲ ῥᾳδίαν καὶ
βραχεῖαν ὁδὸν ἐπὶ τὴν εὐδαιμονίαν ἄξω σε.   καὶ ἡ Ἀρετὴ εἶπεν,
ὦ τλῆμον ! τί δὲ σὺ ἀγαθὸν ἔχεις ; ἢ τί ἡδὺ οἶσθα, μηδὲν τούτων
ἕνεκα πράττειν ἐθέλουσα ; ἥτις οὐδὲ τὴν τῶν ἡδέων ἐπιθυμίαν
65 ἀναμένεις, ἀλλὰ πρὶν ἐπιθυμῆσαι, πάντων ἐμπίπλασαι, πρὶν μὲν
πεινῆν, ἐσθίουσα, πρὶν δὲ διψῆν, πίνουσα· καὶ ἵνα μὲν ἡδέως
φάγῃς, ὀψοποιοὺς μηχανωμένη, ἵνα δὲ ἡδέως πίνῃς, οἴνους τε
πολυτελεῖς παρασκευάζῃ, καὶ τοῦ θέρους χιόνα περιθέουσα ζητεῖς·
ἵνα δὲ καθυπνώσῃς ἡδέως, οὐ μόνον τὰς στρωμνὰς μαλακὰς ἀλλὰ
70 καὶ τὰς κλίνας καὶ τὰ ὑπόβαθρα ταῖς κλίναις παρασκευάζεις. οὐ
γὰρ διὰ τὸ πονεῖν, ἀλλὰ διὰ τὸ μηδὲν ἔχειν ὅ τι ποιῇς, ὕπνου
ἐπιθυμεῖς.   τὰ δ᾽ ἀφροδίσια πρὸ τοῦ δεῖσθαι ἀναγκάζεις, πάντα
μηχανωμένη, καὶ γυναιξὶ καὶ ἀνδράσι χρωμένη· οὕτω γὰρ παιδεύεις
τοὺς σαυτῆς φίλους, τῆς μὲν νυκτὸς ὑβρίζουσα, τῆς δὲ ἡμέρας
75 τὸ χρησιμώτατον κατακοιμίζουσα.   ἀθάνατος δὲ οὖσα, ἐκ θεῶν
μὲν ἀπέρριψαι, ὑπὸ δὲ ἀνθρώπων ἀγαθῶν ἀτιμάζῃ· τοῦ δὲ πάντων
ἡδίστου ἀκούσματος, ἐπαίνου σεαυτῆς, ἀνήκοος εἶ, καὶ τοῦ πάντων
ἡδίστου θεάματος ἀθέατος· οὐδὲν γὰρ πώποτε σαυτῆς ἔργον καλὸν

τεθέασαι. τίς δ' ἄν σοι λεγούσῃ τι πιστεύσειε; τίς δ' ἂν
δεομένῃ τινὸς ἐπαρκέσειεν; ἢ τίς ἂν εὖ φρονῶν τοῦ σοῦ θιάσου 80
τολμήσειεν εἶναι; οἳ, νέοι μὲν ὄντες, τοῖς σώμασιν ἀδύνατοι εἰσὶ,
πρεσβύτεροι δὲ γενόμενοι, ταῖς ψυχαῖς ἀνόητοι· ἀπόνως μὲν
λιπαροὶ διὰ νεότητος φερόμενοι, ἐπιπόνως δὲ αὐχμηροὶ διὰ γήρως
περῶντες· τοῖς μὲν πεπραγμένοις αἰσχυνόμενοι, τοῖς δὲ πραττο-
μένοις βαρυνόμενοι· τὰ μὲν ἡδέα ἐν τῇ νεότητι διαδραμόντες, τὰ δὲ 85
χαλεπὰ εἰς τὸ γῆρας ἀποθέμενοι. ἐγὼ δὲ σύνειμι μὲν θεοῖς,
σύνειμι δὲ ἀνθρώποις τοῖς ἀγαθοῖς· ἔργον δὲ καλὸν οὔτε θεῖον οὔτε
ἀνθρώπινον χωρὶς ἐμοῦ γίγνεται. τιμῶμαι δὲ μάλιστα πάντων καὶ
παρὰ θεοῖς καὶ παρ' ἀνθρώποις οἷς προσήκει· ἀγαπητὴ μὲν συνεργὸς
τεχνίταις, πιστὴ δὲ φύλαξ οἴκων δεσπόταις, εὐμενὴς δὲ παραστάτις 90
οἰκέταις, ἀγαθὴ δὲ συλλήπτρια τῶν ἐν εἰρήνῃ πόνων, βεβαία δὲ τῶν
ἐν πολέμῳ σύμμαχος ἔργων, ἀρίστη δὲ φιλίας κοινωνός. ἔστι δὲ
τοῖς μὲν ἐμοῖς φίλοις ἡδεῖα μὲν καὶ ἀπράγμων σίτων καὶ ποτῶν
ἀπόλαυσις· ἀνέχονται γὰρ, ἕως ἂν ἐπιθυμήσωσιν αὐτῶν. ὕπνος
δὲ αὐτοῖς πάρεστιν ἡδίων ἢ τοῖς ἀμόχθοις· καὶ οὔτε ἀπολείπυντες 95
αὐτὸν ἄχθονται, οὔτε διὰ τοῦτον μεθιᾶσι τὰ δέοντα πράττειν. καὶ
οἱ μὲν νέοι τοῖς τῶν πρεσβυτέρων ἐπαίνοις χαίρουσιν, οἱ δὲ
γεραίτεροι ταῖς τῶν νέων τιμαῖς ἀγάλλονται· καὶ ἡδέως μὲν τῶν
παλαιῶν πράξεων μέμνηνται, εὖ δὲ τὰς παρούσας ἥδονται πράτ-
τοντες, δι' ἐμὲ φίλοι μὲν θεοῖς ὄντες, ἀγαπητοὶ δὲ φίλοις, τίμιοι 100
δὲ πατρίσιν. ὅταν δ' ἔλθῃ τὸ πεπρωμένον τέλος, οὐ μετὰ λήθης
ἄτιμοι κεῖνται, ἀλλὰ μετὰ μνήμης τὸν ἀεὶ χρόνον ὑμνούμενοι θάλ-
λουσι. τοιαῦτά σοι, ὦ παῖ τοκέων ἀγαθῶν Ἡράκλεις, ἔξεστι
διαπονησαμένῳ τὴν μακαριστοτάτην εὐδαιμονίαν κεκτῆσθαι. οὕτω
πως διῴκει Πρόδικος τὴν ὑπ' ἀρετῆς Ἡρακλέους παίδευσιν· 105
ἐκόσμησε μέντοι τὰς γνώμας ἔτι μεγαλειοτέροις ῥήμασιν, ἢ ἐγὼ
νῦν. σοὶ δ' οὖν ἄξιον, ὦ Ἀρίστιππε, τούτων ἐνθυμουμένῳ

πειρᾶσθαί τι καὶ τῶν εἰς τὸν μέλλοντα χρόνον τοῦ βίου φροντίζειν.

[Memorab. II. 1.]

Hunting.

iv. Καὶ εὐξάμενον τῷ Ἀπόλλωνι καὶ τῇ Ἀρτέμιδι τῇ Ἀγροτέρᾳ μεταδοῦναι τῆς θήρας, λῦσαι μίαν κύνα, ἥτις ἂν ᾖ σοφωτάτη ἰχνεύειν· ἐὰν μὲν ᾖ χειμὼν, ἅμ' ἡλίῳ ἀνέχοντι· ἐὰν δὲ θέρος, πρὸ ἡμέρας· τὰς δὲ ἄλλας ὥρας, μεταξὺ τούτων. ἐπειδὰν δὲ ἡ
5 κύων λάβῃ τὸ ἴχνος ὀρθὸν ἐκ τῶν ἐπηλλαγμένων, παραλῦσαι καὶ ἑτέραν· περαινομένου δὲ τοῦ ἴχνους, διαλιπόντα μὴ πολὺ καὶ τὰς ἄλλας ἀφιέναι κατὰ μίαν, καὶ ἕπεσθαι μὴ ἐγκείμενον, ὀνομαστὶ ἑκάστην προσαγορεύοντα, μὴ πολλά, ἵνα μὴ παροξύνωνται πρὸ τοῦ καιροῦ. αἱ δὲ ὑπὸ χαρᾶς καὶ μένους προΐασιν ἐξιλλοῦσαι
10 τὰ ἴχνη, ὡς πέφυκε, διπλᾶ, τριπλᾶ, προφορούμεναι παρὰ τὰ αὐτὰ, διὰ τῶν αὐτῶν, ἐπηλλαγμένα, περιφερῆ, ὀρθὰ, καμπύλα, πυκνὰ, μανὰ, γνώριμα, ἄγνωστα, ἑαυτὰς παραθέουσαι, ταχὺ ταῖς οὐραῖς διασείουσαι, καὶ ἐπικλίνουσαι τὰ ὦτα, καὶ ἀστράπτουσαι τοῖς ὄμμασιν. ἐπειδὰν δὲ περὶ τὸν λαγὼ ὦσι, δῆλον ποιήσουσι
15 τῷ κυνηγέτῃ, σὺν ταῖς οὐραῖς τὰ σώματα ὅλα συνεπικραδαίνουσαι, πολεμικῶς ἐπιφερόμεναι, φιλονείκως παραθέουσαι, συντρέχουσαι φιλοπόνως, συνιστάμεναι ταχὺ, διϊστάμεναι, πάλιν ἐπιφερόμεναι· τελευτῶσαι δὲ ἀφίξονται πρὸς τὴν εὐνὴν τοῦ λαγὼ, καὶ ἐπιδραμοῦνται ἐπ' αὐτόν. ὁ δ' ἐξαίφνης ἀναΐξας ἐφ' αὑτὸν ὑλαγμὸν
20 ποιήσει τῶν κυνῶν καὶ κλαγγὴν φεύγων. ἐμβοώντων δὲ αὐτῷ διωκομένῳ, ἰῶ κύνες, ἰῶ κακᾶς, σαφῶς γε ὦ κύνες, καλῶς γε ὦ κύνες. Καὶ κυνοδρομεῖν περιελίξαντα ὃ ἀμπέχεται περὶ τὴν χεῖρα, καὶ τὸ ῥόπαλον ἀναλαβόντα, κατὰ τὸν λαγὼ, καὶ μὴ ὑπαντᾶν· ἄπορον γάρ. ὁ δὲ ὑποχωρῶν, ταχὺ ἐκλείπων τὴν
25 ὄψιν, πάλιν περιβάλλει, ὅθεν εὑρίσκεται, ἐπὶ τὸ πολύ. ἀναβοᾶν

δὲ κοινὸν μέν· αὐτῷ παῖς, αὐτῷ παῖς, παῖ δὴ, παῖ δή· ὁ δὲ, ἐάν τε ἑαλωκὼς ᾖ, ἐάν τε μὴ, δηλούτω. καὶ ἐὰν μὲν ἑαλωκὼς ᾖ ἐν τῷ πρώτῳ δρόμῳ, ἀνακαλεσάμενος τὰς κύνας ζητεῖν ἄλλον· ἐὰν δὲ μὴ, κυνοδρομεῖν ὡς τάχιστα, καὶ μὴ ἀφιέναι, ἀλλ᾽ ἐκπερᾷν φιλοπόνως.　　30

[Cyneget. 6.]

The Horse.

v. Τὸ δὲ μή ποτε σὺν ὀργῇ τῷ ἵππῳ προσφέρεσθαι, ἐν τοῦτο καὶ δίδαγμα καὶ ἔθισμα πρὸς ἵππον ἄριστον. ἀπρονόητον γὰρ ἡ ὀργὴ, ὥστε πολλάκις ἐξεργάζεται ὧν μεταμελεῖν ἀνάγκη. καὶ ὅταν δὲ ὑποπτεύσας τι ὁ ἵππος μὴ θέλῃ πρὸς τοῦτο προσιέναι, διδάσκειν δεῖ, ὅτι οὐ δεινά ἐστι, μάλιστα μὲν οὖν ἵππῳ εὐκαρδίῳ· 5 εἰ δὲ μὴ, ἁπτόμενον αὐτὸν τοῦ δεινοῦ δοκοῦντος εἶναι, καὶ τὸν ἵππον πρᾴως προσάγοντα. οἱ δὲ πληγαῖς ἀναγκάζοντες, ἔτι πλείω φόβον παρέχουσιν. οἴονται γὰρ οἱ ἵπποι, ὅταν τὶ χαλεπὸν πάσχωσιν ἐν τῷ τοιούτῳ, καὶ τούτου τὰ ὑποπτευόμενα αἴτια εἶναι.　　10

[De Re Equest. 6.]

XVIII.

Lysias, B.C. 385.

i. Ἐκείνων δὲ τῶν ἀνδρῶν ἄξιον καὶ ἰδίᾳ καὶ δημοσίᾳ μεμνῆσθαι, οἱ φεύγοντες τὴν δουλείαν καὶ περὶ τοῦ δικαίου μαχόμενοι καὶ ὑπὲρ τῆς δημοκρατίας στασιάσαντες, πάντας πολεμίους κεκτημένοι εἰς τὸν Πειραιᾶ κατῆλθον, οὐχ ὑπὸ νόμου ἀναγκασθέντες,

G

5 ἀλλ' ὑπὸ τῆς φύσεως πεισθέντες, καινοῖς κινδύνοις τὴν παλαιὰν
ἀρετὴν τῶν προγόνων μιμησάμενοι, ταῖς αὐτῶν ψυχαῖς κοινὴν τὴν
πόλιν καὶ τοῖς ἄλλοις κτησάμενοι, θάνατον μετ' ἐλευθερίας αἱρού-
μενοι ἢ βίον μετὰ δουλείας, ὡς οὐχ ἧττον ταῖς συμφοραῖς αἰσχυ-
νόμενοι ἢ τοῖς ἐχθροῖς ὀργιζόμενοι, μᾶλλον βουληθέντες ἐν τῇ
10 αὐτῶν ἀποθνήσκειν ἢ ζῆν τὴν ἀλλοτρίαν οἰκοῦντες, συμμάχους
μὲν ὅρκους καὶ συνθήκας ἔχοντες, πολεμίους δὲ τοὺς πρότερον
ὑπάρχοντας καὶ τοὺς πολίτας τοὺς ἑαυτῶν. ἀλλ' ὅμως οὐ τὸ
πλῆθος τῶν ἐναντίων φοβηθέντες, ἀλλ' ἐν τοῖς σώμασι τοῖς ἑαυτῶν
κινδυνεύσαντες, τρόπαιον μὲν τῶν πολεμίων ἔστησαν, μάρτυρας
15 δὲ τῆς αὐτῶν ἀρετῆς ἐγγὺς ὄντας τοῦδε τοῦ μνήματος τοὺς
Λακεδαιμονίων τάφους παρέχονται. καὶ γάρ τοι μεγάλην μὲν ἀντὶ
μικρᾶς ἀπέδειξαν τὴν πόλιν, ὁμονοοῦσαν δὲ ἀντὶ στασιαζούσης
ἀπέφηναν, τείχη δὲ ἀντὶ τῶν καθῃρημένων ἀνέστησαν. οἱ δὲ
κατελθόντες αὐτῶν, ἀδελφὰ τὰ βουλεύματα τοῖς ἔργοις τῶν ἐνθάδε
20 κειμένων ἐπιδεικνύντες, οὐκ ἐπὶ τιμωρίαν τῶν ἐχθρῶν ἀλλ' ἐπὶ
σωτηρίαν τῆς πόλεως ἐτράποντο, καὶ οὔτ' ἐλαττοῦσθαι δυνάμενοι
οὔτ' αὐτοὶ πλέον ἔχειν δεόμενοι τῆς μὲν αὐτῶν ἐλευθερίας καὶ
τοῖς βουλομένοις δουλεύειν μετέδοσαν, τῆς δ' ἐκείνων δουλείας
αὐτοὶ μετέχειν οὐκ ἠξίωσαν. ἔργοις δὲ μεγίστοις καὶ καλλίστοις
25 ἀπελογήσαντο, ὅτι οὐ κακίᾳ τῇ αὐτῶν οὐδ' ἀρετῇ τῶν πολεμίων
πρότερον ἐδυστύχησεν ἡ πόλις· εἰ γὰρ στασιάσαντες πρὸς ἀλλή-
λους βίᾳ παρόντων Πελοποννησίων καὶ τῶν ἄλλων ἐχθρῶν εἰς τὴν
αὐτῶν οἷοί τ' ἐγένοντο κατελθεῖν, δῆλον ὅτι ῥᾳδίως ἂν ὁμονοοῦντες
πολεμεῖν αὐτοῖς ἐδύναντο. ἐκεῖνοι μὲν οὖν διὰ τοὺς ἐν Πειραιεῖ
30 κινδύνους ὑπὸ πάντων ἀνθρώπων ζηλοῦνται· ἄξιον δὲ καὶ τοὺς
ξένους τοὺς ἐνθάδε κειμένους ἐπαινέσαι, οἳ τῷ πλήθει βοηθήσαντες
καὶ περὶ τῆς ἡμετέρας σωτηρίας μαχόμενοι, πατρίδα τὴν ἀρετὴν
ἡγησάμενοι, τοιαύτην τοῦ βίου τελευτὴν ἐποιήσαντο· ἀνθ' ὧν

ἡ πόλις αὐτοὺς καὶ ἐπένθησε καὶ ἔθαψε δημοσίᾳ, καὶ ἔδωκεν ἔχειν
αὐτοῖς τὸν ἅπαντα χρόνον τὰς αὐτὰς τιμὰς τοῖς ἀστοῖς. 35

[Epitaph. 61–66.]

ii. Εἰ μὲν γὰρ οἷόν τε ἦν τοῖς τοὺς ἐν τῷ πολέμῳ κινδύνους
διαφυγοῦσιν ἀθανάτους εἶναι τὸν λοιπὸν χρόνον, ἄξιον ἦν τοῖς ζῶσι
τὸν ἅπαντα χρόνον πενθεῖν τοὺς τεθνεῶτας· νῦν δὲ ἥ τε φύσις καὶ
νόσων ἥττων καὶ γήρως, ἥ τε δαίμων ὁ τὴν ἡμετέραν μοῖραν
εἰληχὼς ἀπαραίτητος. ὥστε προσήκει τούτους εὐδαιμονεστάτους 5
ἡγεῖσθαι, οἵτινες ὑπὲρ μεγίστων καὶ καλλίστων κινδυνεύσαντες
οὕτως τὸν βίον ἐτελεύτησαν, οὐκ ἐπιτρέψαντες περὶ αὐτῶν τῇ
τύχῃ, οὐδ' ἀναμείναντες τὸν αὐτόματον θάνατον, ἀλλ' ἐκλεξάμενοι
τὸν κάλλιστον. καὶ γάρ τοι ἀγήρατοι μὲν αὐτῶν αἱ μνῆμαι, ζηλωταὶ
δὲ ὑπὸ πάντων ἀνθρώπων αἱ τιμαί· οἱ πενθοῦνται μὲν διὰ τὴν 10
φύσιν ὡς θνητοί, ὑμνοῦνται δὲ ὡς ἀθάνατοι διὰ τὴν ἀρετήν. καὶ
γάρ τοι θάπτονται δημοσίᾳ, καὶ ἀγῶνες τίθενται ἐπ' αὐτοῖς ῥώμης
καὶ σοφίας καὶ πλούτου, ὡς ἀξίους ὄντας τοὺς ἐν τῷ πολέμῳ
τετελευτηκότας ταῖς αὐταῖς τιμαῖς καὶ τοὺς ἀθανάτους τιμᾶσθαι.
ἐγὼ μὲν οὖν αὐτοὺς καὶ μακαρίζω τοῦ θανάτου καὶ ζηλῶ, καὶ 15
μόνοις τούτοις ἀνθρώπων οἶμαι κρεῖττον εἶναι γενέσθαι, οἵτινες,
ἐπειδὴ θνητῶν σωμάτων ἔτυχον, ἀθάνατον μνήμην διὰ τὴν ἀρετὴν
αὐτῶν κατέλιπον· ὅμως δ' ἀνάγκη τοῖς ἀρχαίοις ἔθεσι χρῆσθαι,
καὶ θεραπεύοντας τὸν πάτριον νόμον ὀλοφύρεσθαι τοὺς θαπτο-
μένους.' 20

[Epitaph. 78.]

XIX.

Hippocrates, B. C. ·380.

The Oath of Hippocrates.

i. Ὄμνυμι Ἀπόλλωνα ἰητρὸν καὶ Ἀσκληπιὸν καὶ Ὑγίειαν καὶ
Πανάκειαν καὶ θεοὺς πάντας καὶ πάσας ἵστορας ποιεύμενος ἐπιτελέα
ποιήσειν κατὰ δύναμιν καὶ κρίσιν ἐμὴν ὅρκον τόνδε καὶ ξυγγραφὴν
τήνδε· ἡγήσασθαι μὲν τὸν διδάξαντά με τὴν τέχνην ταύτην ἴσα
5 γενέτῃσιν ἐμοῖσιν καὶ βίου κοινώσασθαι, καὶ χρεῶν χρηΐζοντι μετά-
δοσιν ποιήσασθαι, καὶ γένος τὸ ἐξ ἑωντέου ἀδελφοῖς ἴσον ἐπικρί-
νειν ἄρρεσι, καὶ διδάξειν τὴν τέχνην ταύτην ἢν χρηΐζωσι μανθάνειν
ἄνευ μισθοῦ καὶ ξυγγραφῆς· παραγγελίης τε καὶ ἀκροήσιος καὶ τῆς
λοιπῆς ἀπάσης μαθήσιος μετάδοσιν ποιήσασθαι υἱοῖσί τε ἐμοῖσι
10 καὶ τοῖσι τοῦ ἐμὲ διδάξαντος καὶ μαθηταῖσι συγγεγραμμένοις τε
καὶ ὡρκισμένοις νόμῳ ἰητρικῷ, ἄλλῳ δὲ οὐδενί· διαιτήμασί τε
χρήσομαι ἐπ᾽ ὠφελείῃ καμνόντων κατὰ δύναμιν καὶ κρίσιν ἐμὴν,
ἐπὶ δηλήσει δὲ καὶ ἀδικίῃ εἴρξειν· οὐ δώσω δὲ οὐδὲ φάρμακον
οὐδενὶ αἰτηθεὶς θανάσιμον, οὐδὲ ὑφηγήσομαι ξυμβουλίην τοιήνδε·
15 * * ἁγνῶς δὲ καὶ ὁσίως διατηρήσω βίον τὸν ἐμὸν καὶ τέχνην
τὴν ἐμήν· οὐ τεμέω δὲ οὐδὲ μὴν λιθιῶντας, ἐκχωρήσω δὲ ἐργάτῃσιν
ἀνδράσι πρήξιος τῆσδε· εἰς οἰκίας δὲ ὁκόσας ἂν ἐσίω ἐσελεύσομαι
ἐπ᾽ ὠφελείῃ καμνόντων, ἐκτὸς ἐὼν πάσης ἀδικίης ἑκουσίης καὶ
φθορίης * * ἃ δ᾽ ἂν ἐν θεραπείῃ ἢ ἴδω ἢ ἀκούσω ἢ καὶ ἄνευ
20 θεραπείης κατὰ βίον ἀνθρώπων, ἃ μὴ χρή ποτε ἐκκαλέεσθαι ἔξω,
σιγήσομαι, ἄρρητα ἡγεύμενος εἶναι τὰ τοιαῦτα. ὅρκον μὲν οὖν
μοι τόνδε ἐπιτελέα ποιέοντι καὶ μὴ ξυγχέοντι εἴη ἐπαύρασθαι καὶ

βίου καὶ τέχνης δοξαζυμένῳ παρὰ πᾶσιν ἀνθρώποις εἰς τὸν ἀεὶ
χρόνον, παραβαίνοντι δὲ καὶ ἐπιορκοῦντι τἀναντία τουτέων.

ii. Ὁ βίος βραχὺς. ἡ δὲ τέχνη μακρή· ὁ δὲ καιρὸς ὀξύς· ἡ δὲ
πεῖρα σφαλερή· ἡ δὲ κρίσις χαλεπή. δεῖ δὲ οὐ μόνον ἑωυτὸν
παρέχειν τὰ δέοντα ποιεῦντα, ἀλλὰ καὶ τὸν νοσέοντα, καὶ τοὺς
παρέοντας, καὶ τὰ ἔξωθεν.

[Aphor. 1.]

XX.

Plato, B. C. 370.

Socrates before the Judges.

i. Ἐννοήσωμεν δὲ καὶ τῇδε, ὡς πολλὴ ἐλπίς ἐστιν ἀγαθὸν αὐτὸ
εἶναι. δυοῖν γὰρ θάτερόν ἐστι τὸ τεθνάναι· ἢ γὰρ οἷον μηδὲν
εἶναι μηδ᾽ αἴσθησιν μηδεμίαν μηδενὸς ἔχειν τὸν τεθνεῶτα, ἢ κατὰ
τὰ λεγόμενα μεταβολή τις τυγχάνει οὖσα καὶ μετοίκησις τῇ ψυχῇ
τοῦ τόπου τοῦ ἐνθένδε εἰς ἄλλον τόπον. καὶ εἴτε δὴ μηδεμία αἴσθη- 5
σίς ἐστιν, ἀλλ᾽ οἷον ὕπνος, ἐπειδάν τις καθεύδων μηδ᾽ ὄναρ μηδὲν
ὁρᾷ, θαυμάσιον κέρδος ἂν εἴη ὁ θάνατος. ἐγὼ γὰρ ἂν οἶμαι, εἴ τινα
ἐκλεξάμενον δέοι ταύτην τὴν νύκτα, ἐν ᾗ οὕτω κατέδαρθεν, ὥστε
μηδ᾽ ὄναρ ἰδεῖν, καὶ τὰς ἄλλας νύκτας τε καὶ ἡμέρας τὰς τοῦ βίου
τοῦ ἑαυτοῦ ἀντιπαραθέντα ταύτῃ τῇ νυκτὶ δέοι σκεψάμενον εἰπεῖν, 10
πόσας ἄμεινον καὶ ἥδιον ἡμέρας καὶ νύκτας ταύτης τῆς νυκτὸς βε-
βίωκεν ἐν τῷ ἑαυτοῦ βίῳ, οἶμαι ἂν μὴ ὅτι ἰδιώτην τινά, ἀλλὰ τὸν
μέγαν βασιλέα εὐαριθμήτους ἂν εὑρεῖν αὐτὸν ταύτας πρὸς τὰς
ἄλλας ἡμέρας καὶ νύκτας. εἰ οὖν τοιοῦτον ὁ θάνατός ἐστι, κέρδος
ἔγωγε λέγω· καὶ γὰρ οὐδὲν πλείων ὁ πᾶς χρόνος φαίνεται οὕτω δὴ 15

εἶναι ἢ μία νύξ. εἰ δ' αὖ οἷον ἀποδημῆσαί ἐστιν ὁ θάνατος ἐνθένδε
εἰς ἄλλον τόπον, καὶ ἀληθῆ ἐστι τὰ λεγόμενα, ὡς ἄρα ἐκεῖ εἰσὶν
ἅπαντες οἱ τεθνεῶτες, τί μεῖζον ἀγαθὸν τούτου εἴη ἂν, ὦ ἄνδρες
δικασταί; εἰ γάρ τις ἀφικόμενος εἰς Ἅιδου, ἀπαλλαγεὶς τούτων
20 τῶν φασκόντων δικαστῶν εἶναι, εὑρήσει τοὺς ὡς ἀληθῶς δικαστὰς,
οἵπερ καὶ λέγονται ἐκεῖ δικάζειν, Μίνως τε καὶ Ῥαδάμανθυς καὶ
Αἰακὸς καὶ Τριπτόλεμος, καὶ ἄλλοι, ὅσοι τῶν ἡμιθέων δίκαιοι ἐγέ-
νοντο ἐν τῷ ἑαυτῶν βίῳ, ἆρα φαύλη ἂν εἴη ἡ ἀποδημία; ἢ αὖ
Ὀρφεῖ ξυγγενέσθαι καὶ Μουσαίῳ καὶ Ἡσιόδῳ καὶ Ὁμήρῳ ἐπὶ
25 πόσῳ ἄν τις δέξαιτ' ἂν ὑμῶν; ἐγὼ μὲν γὰρ πολλάκις ἐθέλω
τεθνάναι, εἰ ταῦτ' ἐστὶν ἀληθῆ· ἐπεὶ ἔμοιγε καὶ αὐτῷ θαυμαστὴ
ἂν εἴη ἡ διατριβὴ αὐτόθι, ὁπότε ἐντύχοιμι Παλαμήδει καὶ Αἴαντι
τῷ Τελαμῶνος καὶ εἴ τις ἄλλος τῶν παλαιῶν διὰ κρίσιν ἄδικον
τέθνηκεν· ἀντιπαραβάλλοντι τὰ ἐμαυτοῦ πάθη πρὸς τὰ ἐκείνων, ὡς
30 ἐγὼ οἶμαι, οὐκ ἂν ἀηδὲς εἴη. καὶ δὴ τὸ μέγιστον, τοὺς ἐκεῖ ἐξετά-
ζοντα καὶ ἐρευνῶντα ὥσπερ τοὺς ἐνταῦθα διάγειν, τίς αὐτῶν σοφός
ἐστι καὶ τίς οἴεται μὲν, ἔστι δ' οὔ. ἐπὶ πόσῳ δ' ἂν τις, ὦ ἄνδρες
δικασταί, δέξαιτο ἐξετάσαι τὸν ἐπὶ Τροίαν ἀγαγόντα τὴν πολλὴν
στρατιὰν, ἢ Ὀδυσσέα, ἢ Σίσυφον, ἢ ἄλλους μυρίους ἄν τις εἴποι
35 καὶ ἄνδρας καὶ γυναῖκας; οἷς ἐκεῖ διαλέγεσθαι καὶ ξυνεῖναι καὶ
ἐξετάζειν ἀμήχανον ἂν εἴη εὐδαιμονίας πάντως. οὐ δήπου τούτου
γε ἕνεκα οἱ ἐκεῖ ἀποκτείνουσι· τά τε γὰρ ἄλλα εὐδαιμονέστεροί
εἰσιν οἱ ἐκεῖ τῶν ἐνθάδε, καὶ ἤδη τὸν λοιπὸν χρόνον ἀθάνατοί εἰσιν,
εἴπερ γε τὰ λεγόμενα ἀληθῆ ἐστιν. ἀλλὰ καὶ ὑμᾶς χρὴ, ὦ ἄνδρες
40 δικασταί, εὐέλπιδας εἶναι πρὸς τὸν θάνατον, καὶ ἕν τι τοῦτο διανο-
εῖσθαι ἀληθές, ὅτι οὐκ ἔστιν ἀνδρὶ ἀγαθῷ κακὸν οὐδὲν οὔτε ζῶντι
οὔτε τελευτήσαντι, οὐδὲ ἀμελεῖται ὑπὸ θεῶν τὰ τούτου πράγματα·
οὐδὲ τὰ ἐμὰ νῦν ἀπὸ τοῦ αὐτομάτου γέγονεν, ἀλλά μοι δῆλόν ἐστι
τοῦτο, ὅτι ἤδη τεθνάναι καὶ ἀπηλλάχθαι πραγμάτων βέλτιον ἦν μοι.

διὰ τοῦτο καὶ ἐμὲ οὐδαμοῦ ἀπέτρεψε τὸ σημεῖον, καὶ ἔγωγε τοῖς 45
καταψηφισαμένοις μου καὶ τοῖς κατηγόροις οὐ πάνυ χαλεπαίνω.
καίτοι οὐ ταύτῃ τῇ διανοίᾳ κατεψηφίζοντό μου καὶ κατηγόροιν,
ἀλλ᾽ οἰόμενοι βλάπτειν· τοῦτο αὐτοῖς ἄξιον μέμφεσθαι. τοσόνδε
μέντοι αὐτῶν δέομαι· τοὺς υἱεῖς μου, ἐπειδὰν ἡβήσωσι, τιμωρή-
σασθε, ὦ ἄνδρες, ταὐτὰ ταῦτα λυποῦντες, ἅπερ ἐγὼ ὑμᾶς ἐλύπουν, 50
ἐὰν ὑμῖν δοκῶσιν ἢ χρημάτων ἢ ἄλλου του πρότερον ἐπιμελεῖσθαι
ἢ ἀρετῆς, καὶ ἐὰν δοκῶσί τι εἶναι μηδὲν ὄντες, ὀνειδίζετε αὐτοῖς,
ὥσπερ ἐγὼ ὑμῖν, ὅτι οὐκ ἐπιμελοῦνται ὧν δεῖ, καὶ οἴονταί τι εἶναι
ὄντες οὐδενὸς ἄξιοι. καὶ ἐὰν ταῦτα ποιῆτε, δίκαια πεπονθὼς ἐγὼ
ἔσομαι ὑφ᾽ ὑμῶν αὐτός τε καὶ οἱ υἱεῖς. ἀλλὰ γὰρ ἤδη ὥρα ἀπι- 55
έναι, ἐμοὶ μὲν ἀποθανουμένῳ, ὑμῖν δὲ βιωσομένοις. ὁπότεροι δὲ
ἡμῶν ἔρχονται ἐπὶ ἄμεινον πρᾶγμα, ἄδηλον παντὶ πλὴν ἢ τῷ θεῷ.

[Apolog. 29–33.]

Socrates and Crito.

ii. *Socrates.* Τί τηνικάδε ἀφῖξαι, ὦ Κρίτων; ἢ οὐ πρῲ ἔτι
ἐστίν;

Crito. Πάνυ μὲν οὖν.

Socrates. Πηνίκα μάλιστα;

Crito. Ὄρθρος βαθύς. 5

Socrates. Θαυμάζω ὅπως ἠθέλησέ σοι ὁ τοῦ δεσμωτηρίου φύλαξ
ὑπακοῦσαι.

Crito. Ξυνήθης ἤδη μοί ἐστιν, ὦ Σώκρατες, διὰ τὸ πολλάκις
δεῦρο φοιτᾶν, καί τι καὶ εὐεργέτηται ὑπ᾽ ἐμοῦ.

Socrates. Ἄρτι δὲ ἥκεις ἢ πάλαι; 10

Crito. Ἐπιεικῶς πάλαι.

Socrates. Εἶτα πῶς οὐκ εὐθὺς ἐπήγειράς με ἀλλὰ σιγῇ παρακάθησαι ;

Crito. Οὐ μὰ τὸν Δί’, ὦ Σώκρατες, οὐδ’ ἂν αὐτὸς ἤθελον ἐν
15 τοσαύτῃ τε ἀγρυπνίᾳ καὶ λύπῃ εἶναι. ἀλλὰ καὶ σοῦ πάλαι θαυμάζω αἰσθανόμενος, ὡς ἡδέως καθεύδεις· καὶ ἐπίτηδές σε οὐκ ἤγειρον, ἵνα ὡς ἥδιστα διάγῃς. καὶ πολλάκις μὲν δή σε παὶ πρότερον ἐν παντὶ τῷ βίῳ εὐδαιμόνισα τοῦ τρόπου, πολὺ δὲ μάλιστα ἐν τῇ νυνὶ παρεστώσῃ ξυμφορᾷ, ὡς ῥᾳδίως αὐτὴν καὶ πράως
20 φέρεις.

Socrates. Καὶ γὰρ ἂν, ὦ Κρίτων, πλημμελὲς εἴη ἀγανακτεῖν τηλικοῦτον ὄντα, εἰ δεῖ ἤδη τελευτᾶν.

Crito. Καὶ ἄλλοι, ὦ Σώκρατες, τηλικοῦτοι ἐν τοιαύταις ξυμφοραῖς ἁλίσκονται, ἀλλ’ οὐδὲν αὐτοὺς ἐπιλύεται ἡ ἡλικία τὸ μὴ οὐχὶ
25 ἀγανακτεῖν τῇ παρούσῃ τύχῃ.

Socrates. Ἔστι ταῦτα. ἀλλὰ τί δὴ οὕτω πρῲ ἀφῖξαι ;

Crito. Ἀγγελίαν, ὦ Σώκρατες, φέρων χαλεπὴν, οὐ σοὶ, ὡς ἐμοὶ φαίνεται, ἀλλ’ ἐμοὶ καὶ τοῖς σοῖς ἐπιτηδείοις πᾶσι καὶ χαλεπὴν καὶ βαρεῖαν, ἣν ἐγὼ, ὡς ἐμοὶ δοκῶ, ἐν τοῖς βαρύτατ’ ἂν ἐν-
30 έγκαιμι.

Socrates. Τίνα ταύτην ; ἢ τὸ πλοῖον ἀφῖκται ἐκ Δήλου, οὗ δεῖ ἀφικομένου τεθνάναι με ;

Crito. Οὔ τοι δὴ ἀφῖκται, ἀλλὰ δοκεῖ μέν μοι ἥξειν τήμερον ἐξ ὧν ἀπαγγέλλουσιν ἥκοντές τινες ἀπὸ Σουνίου καὶ καταλιπόντες
35 ἐκεῖ αὐτό. δῆλον οὖν ἐκ τούτων τῶν ἀγγέλων, ὅτι ἥξει τήμερον, καὶ ἀνάγκη δὴ εἰς αὔριον ἔσται, ὦ Σώκρατες, τὸν βίον σε τελευτᾶν.

Socrates. Ἀλλ’, ὦ Κρίτων, τύχῃ ἀγαθῇ. εἰ ταύτῃ τοῖς θεοῖς φίλον, ταύτῃ ἔστω. οὐ μέντοι οἶμαι ἥξειν αὐτὸ τήμερον.

40 *Crito.* Πόθεν τοῦτο τεκμαίρει ;

Socrates. Ἐγώ σοι ἐρῶ. τῇ γάρ που ὑστεραίᾳ δεῖ με ἀποθνή-
σκειν ἢ ᾗ ἂν ἔλθῃ τὸ πλοῖον.

Crito. Φασί γέ τοι δὴ οἱ τούτων κύριοι.

Socrates. Οὐ τοίνυν τῆς ἐπιούσης ἡμέρας οἶμαι αὐτὸ ἥξειν, ἀλλὰ
τῆς ἑτέρας. τεκμαίρομαι δὲ ἔκ τινος ἐνυπνίου, ὃ ἑώρακα ὀλίγον 45
πρότερον ταύτης τῆς νυκτός· καὶ κινδυνεύεις ἐν καιρῷ τινι οὐκ
ἐγεῖραί με.

Crito. Ἦν δὲ δὴ τί τὸ ἐνύπνιον;

Socrates. Ἐδόκει τίς μοι γυνὴ προσελθοῦσα καλὴ καὶ εὐειδής,
λευκὰ ἱμάτια ἔχουσα, καλέσαι με καὶ εἰπεῖν, ὦ Σώκρατες, ἤματί 50
κεν τριτάτῳ Φθίην ἐρίβωλον ἵκοιω.

Crito. Ὡς ἄτοπον τὸ ἐνύπνιον, ὦ Σώκρατες.

Socrates. Ἐναργὲς μὴν οὖν, ὥς γ᾽ ἐμοὶ δοκεῖ, ὦ Κρίτων.

[Crito 1. 2.]

The Death of Socrates.

iii. Ταῦτα δὴ εἰπόντος αὐτοῦ, ὁ Κρίτων, Εἶεν, ἔφη, ὦ Σώκρατες·
τί δὲ τούτοις ἢ ἐμοὶ ἐπιστέλλεις ἢ περὶ τῶν παίδων ἢ περὶ ἄλλου
του, ὅ τι ἄν σοι ποιοῦντες ἡμεῖς ἐν χάριτι μάλιστα ποιοῖμεν;
Ἅπερ ἀεὶ λέγω, ἔφη, ὦ Κρίτων, οὐδὲν καινότερον· ὅτι ὑμῶν αὐτῶν
ἐπιμελούμενοι ὑμεῖς καὶ ἐμοὶ καὶ τοῖς ἐμοῖς καὶ ὑμῖν αὐτοῖς ἐν 5
χάριτι ποιήσετε ἅττ᾽ ἂν ποιῆτε, κἂν μὴ νῦν ὁμολογήσητε· ἐὰν δὲ
ὑμῶν αὐτῶν ἀμελῆτε, καὶ μὴ θέλητε ὥσπερ κατ᾽ ἴχνη κατὰ τὰ
νῦν τε εἰρημένα καὶ τὰ ἐν τῷ ἔμπροσθεν χρόνῳ ζῆν, οὐδ᾽ ἐὰν πολλὰ
ὁμολογήσητε ἐν τῷ παρόντι καὶ σφόδρα, οὐδὲν πλέον ποιήσετε.
Ταῦτα μὲν τοίνυν προθυμηθησόμεθα, ἔφη, οὕτω ποιεῖν· θάπτωμεν 10
δέ σε τίνα τρόπον; Ὅπως ἂν, ἔφη, βούλησθε, ἐάνπερ γε λάβητέ
με καὶ μὴ ἐκφύγω ὑμᾶς. γελάσας δὲ ἅμα ἡσυχῇ καὶ πρὸς ἡμᾶς

ἀπαβλέψας εἶπεν, Οὐ πείθω, ἔφη, ὦ ἄνδρες, Κρίτωνα, ὡς ἐγώ
εἰμι οὗτος ὁ Σωκράτης, ὁ νυνὶ διαλεγόμενος καὶ διατάττων ἕκαστον
15 τῶν λεγομένων, ἀλλ' οἴεταί με ἐκεῖνον εἶναι, ὃν ὄψεται ὀλίγον
ὕστερον νεκρὸν, καὶ ἐρωτᾷ δὴ, πῶς με θάπτῃ. ὅτι δὲ ἐγὼ πάλαι
πολὺν λόγον πεποίημαι, ὡς, ἐπειδὰν πίω τὸ φάρμακον, οὐκέτι ὑμῖν
παραμενῶ, ἀλλ' οἰχήσομαι ἀπιὼν εἰς μακάρων δή τινας εὐδαιμονίας,
ταὐτά μοι δοκῶ αὐτῷ ἄλλως λέγειν, παραμυθούμενος ἅμα μὲν ὑμᾶς,
20 ἅμα δ' ἐμαυτόν. ἐγγυήσασθε οὖν με πρὸς Κρίτωνα, ἔφη, τὴν ἐναν-
τίαν ἐγγύην ἢ ἣν οὗτος πρὸς τοὺς δικαστὰς ἠγγυᾶτο. οὗτος μὲν
γὰρ ἦ μὴν παραμενεῖν· ὑμεῖς δὲ ἦ μὴν μὴ παραμενεῖν ἐγγυήσασθε,
ἐπειδὰν ἀποθάνω, ἀλλὰ οἰχήσεσθαι ἀπιόντα, ἵνα Κρίτων ῥᾷον φέρῃ,
καὶ μὴ ὁρῶν μου τὸ σῶμα ἢ καόμενον ἢ κατορυττόμενον ἀγανακτῇ
25 ὑπὲρ ἐμοῦ, ὡς δεινὰ πάσχοντος, μηδὲ λέγῃ ἐν τῇ ταφῇ, ὡς ἢ προ-
τίθεται Σωκράτη ἢ ἐκφέρει ἢ κατορύττει. εὖ γὰρ ἴσθι, ἦ δ' ὅς,
ὦ ἄριστε Κρίτων, τὸ μὴ καλῶς λέγειν οὐ μόνον εἰς αὐτὸ τοῦτο
πλημμελὲς, ἀλλὰ καὶ κακόν τι ἐμποιεῖ ταῖς ψυχαῖς. ἀλλὰ θαρρεῖν
τε χρὴ καὶ φάναι τοὐμὸν σῶμα θάπτειν, καὶ θάπτειν οὕτως, ὅπως
30 ἄν σοι φίλον ᾖ καὶ μάλιστα ἡγῇ νόμιμον εἶναι. * * * Καὶ ὁ
Κρίτων ἀκούσας ἔνευσε τῷ παιδὶ πλησίον ἑστῶτι. καὶ ὁ παῖς
ἐξελθὼν καὶ συχνὸν χρόνον διατρίψας ἧκεν ἄγων τὸν μέλλοντα
δώσειν τὸ φάρμακον, ἐν κύλικι φέροντα τετριμμένον. ἰδὼν δὲ ὁ
Σωκράτης τὸν ἄνθρωπον, Εἶεν, ἔφη, ὦ βέλτιστε, σὺ γὰρ τούτων
35 ἐπιστήμων, τί χρὴ ποιεῖν; Οὐδὲν ἄλλο, ἔφη, ἢ πιόντα περιιέναι,
ἕως ἄν σου βάρος ἐν τοῖς σκέλεσι γένηται, ἔπειτα κατακεῖσθαι·
καὶ οὕτως αὐτὸ ποιήσει. καὶ ἅμα ὤρεξε τὴν κύλικα τῷ Σωκράτει.
καὶ ὃς λαβὼν καὶ μάλα ἵλεως, ὦ Ἐχέκρατες, οὐδὲν τρέσας οὐδὲ
διαφθείρας οὔτε τοῦ χρώματος οὔτε τοῦ προσώπου, ἀλλ', ὥσπερ
40 εἰώθει, ταυρηδὸν ὑποβλέψας πρὸς τὸν ἄνθρωπον, Τί λέγεις, ἔφη,
περὶ τοῦδε τοῦ πώματος πρὸς τὸ ἀποσπεῖσαί τινι; ἔξεστιν, ἢ οὔ;

Τοσοῦτον, ἔφη, ὦ Σώκρατες, τρίβομεν, ὅσον οἰόμεθα μέτριον εἶναι
πιεῖν. Μανθάνω, ἦ δ' ὅς· ἀλλ' εὔχεσθαί γέ που τοῖς θεοῖς ἔξεστί
τε καὶ χρὴ τὴν μετοίκησιν τὴν ἐνθένδε ἐκεῖσε εὐτυχῆ γενέσθαι·
ἃ δὴ καὶ ἐγὼ εὔχομαί τε καὶ γένοιτο ταύτῃ. καὶ ἅμα εἰπὼν 45
ταῦτα ἐπισχόμενος καὶ μάλα εὐχερῶς καὶ εὐκόλως ἐξέπιε. καὶ
ἡμῶν οἱ πολλοὶ τέως μὲν ἐπιεικῶς οἷοί τε ἦσαν κατέχειν τὸ μὴ
δακρύειν, ὡς δὲ εἴδομεν πίνοντά τε καὶ πεπωκότα, οὐκέτι, ἀλλ'
ἐμοῦ γε βίᾳ καὶ αὐτοῦ ἀστακτὶ ἐχώρει τὰ δάκρυα, ὥστε ἐγκαλυ-
ψάμενος ἀπέκλαον ἐμαυτόν· οὐ γὰρ δὴ ἐκεῖνόν γε, ἀλλὰ τὴν 50
ἐμαυτοῦ τύχην, οἵου ἀνδρὸς ἑταίρου ἐστερημένος εἴην· ὁ δὲ Κρίτων
ἔτι πρότερος ἐμοῦ, ἐπειδὴ οὐχ οἷός τ' ἦν κατέχειν τὰ δάκρυα,
ἐξανέστη. Ἀπολλόδωρος δὲ καὶ ἐν τῷ ἔμπροσθεν χρόνῳ οὐδὲν
ἐπαύετο δακρύων, καὶ δὴ καὶ τότε ἀναβρυχησάμενος, κλάων καὶ
ἀγανακτῶν οὐδένα ὅντινα οὐ κατέκλασε τῶν παρόντων, πλήν γε 55
αὐτοῦ Σωκράτους. ἐκεῖνος δέ, Οἷα, ἔφη, ποιεῖτε, ὦ θαυμάσιοι.
ἐγὼ μέντοι οὐχ ἥκιστα τούτου ἕνεκα τὰς γυναῖκας ἀπέπεμψα, ἵνα
μὴ τοιαῦτα πλημμελοῖεν· καὶ γὰρ ἀκήκοα, ὅτι ἐν εὐφημίᾳ χρὴ
τελευτᾶν. ἀλλ' ἡσυχίαν τε ἄγετε καὶ καρτερεῖτε. καὶ ἡμεῖς
ἀκούσαντες ᾐσχύνθημέν τε καὶ ἐπέσχομεν τοῦ δακρύειν. ὁ δὲ περι- 60
ελθών, ἐπειδὴ οἱ βαρύνεσθαι ἔφη τὰ σκέλη, κατεκλίθη ὕπτιος·
οὕτω γὰρ ἐκέλευεν ὁ ἄνθρωπος. καὶ ἅμα ἐφαπτόμενος αὐτοῦ
οὗτος ὁ δοὺς τὸ φάρμακον, διαλιπὼν χρόνον, ἐπεσκόπει τοὺς πόδας
καὶ τὰ σκέλη, κἄπειτα σφόδρα πιέσας αὐτοῦ τὸν πόδα ἤρετο, εἰ
αἰσθάνοιτο· ὁ δ' οὐκ ἔφη. καὶ μετὰ τοῦτο αὖθις τὰς κνήμας· καὶ 65
ἐπανιὼν οὕτως ἡμῖν ἐπεδείκνυτο, ὅτι ψύχοιτό τε καὶ πήγνυτο. καὶ
αὐτὸς ἥπτετο καὶ εἶπεν, ὅτι, ἐπειδὰν πρὸς τῇ καρδίᾳ γένηται αὐτῷ,
τότε οἰχήσεται. ἤδη οὖν σχεδόν τι αὐτοῦ ἦν τὰ περὶ τὸ ἦτρον
ψυχόμενα, καὶ ἐκκαλυψάμενος, ἐνεκεκάλυπτο γάρ, εἶπεν, ὃ δὴ
τελευταῖον ἐφθέγξατο, Ὦ Κρίτων, ἔφη, τῷ Ἀσκληπιῷ ὀφείλομεν 70

ἀλεκτρυόνα. ἀλλ᾽ ἀπόδοτε καὶ μὴ ἀμελήσητε. ἀλλὰ ταῦτα, ἔφη,
ἔσται, ὁ Κρίτων· ἀλλ᾽ ὅρα, εἴ τι ἄλλο λέγεις. ταῦτα ἐρομένου
αὐτοῦ οὐδὲν ἔτι ἀπεκρίνατο, ἀλλ᾽ ὀλίγον χρόνον διαλιπὼν ἐκινήθη
τε καὶ ὁ ἄνθρωπος ἐξεκάλυψεν αὐτόν, καὶ ὃς τὰ ὄμματα ἔστησεν·
75 ἰδὼν δὲ ὁ Κρίτων ξυνέλαβε τὸ στόμα τε καὶ τοὺς ὀφθαλμούς.
ἥδε ἡ τελευτή, ὦ Ἐχέκρατες, τοῦ ἑταίρου ἡμῖν ἐγένετο ἀνδρός, ὡς
ἡμεῖς φαῖμεν ἄν, τῶν τότε ὧν ἐπειράθημεν ἀρίστου καὶ ἄλλως φρο-
νιμωτάτου καὶ δικαιοτάτου.

[Phaedo 64, 66, 67.]

Under the Plane-tree.

iv. *Phaedrus.* Εἰπέ μοι, ὦ Σώκρατες, οὐκ ἐνθένδε μέντοι ποθὲν
ἀπὸ τοῦ Ἰλισσοῦ λέγεται ὁ Βορέας τὴν Ὠρείθυιαν ἁρπάσαι ;

Socrates. Λέγεται γάρ.

Phaedrus. Ἀρ᾽ οὖν ἐνθένδε ; χαρίεντα γοῦν καὶ καθαρὰ καὶ δια-
5 φανῆ τὰ ὑδάτια φαίνεται καὶ ἐπιτήδεια κόραις παίζειν παρ᾽ αὐτά.

Socrates. Οὔκ, ἀλλὰ κάτωθεν ὅσον δύ᾽ ἢ τρία στάδια, ᾗ πρὸς
τὸ τῆς Ἄγρας διαβαίνομεν· καί πού τις ἔστι βωμὸς αὐτόθι
Βορέου.

Phaedrus. Οὐ πάνυ νενόηκα· ἀλλ᾽ εἰπέ, πρὸς Διός, ὦ Σώκρατες,
10 σὺ τοῦτο τὸ μυθολόγημα πείθει ἀληθὲς εἶναι ;

Socrates. Ἀλλ᾽ εἰ ἀπιστοίην, ὥσπερ οἱ σοφοί, οὐκ ἂν ἄτοπος
εἴην· εἶτα σοφιζόμενος φαίην αὐτὴν πνεῦμα Βορέου κατὰ τῶν
πλησίον πετρῶν σὺν Φαρμακείᾳ παίζουσαν ὦσαι, καὶ οὕτω δὴ
τελευτήσασαν λεχθῆναι ὑπὸ τοῦ Βορέου ἀνάρπαστον γεγονέναι·
15 ἢ ἐξ Ἀρείου πάγου· λέγεται γὰρ αὖ καὶ οὗτος ὁ λόγος, ὡς ἐκεῖθεν,
ἀλλ᾽ οὐκ ἐνθένδε, ἡρπάσθη. ἐγὼ δέ, ὦ Φαῖδρε, ἄλλως μὲν τὰ
τοιαῦτα χαρίεντα ἡγοῦμαι, λίαν δὲ δεινοῦ καὶ ἐπιπόνου καὶ οὐ πάνυ
εὐτυχοῦς ἀνδρός, κατ᾽ ἄλλο μὲν οὐδέν, ὅτι δ᾽ αὐτῷ ἀνάγκη μετὰ

τοῦτο τὸ τῶν Ἱπποκενταύρων εἶδος ἐπανορθοῦσθαι, καὶ αὖθις τὸ
τῆς Χιμαίρας· καὶ ἐπιρρεῖ δὲ ὄχλος τοιούτων Γοργόνων καὶ Πηγά- 20
σων, καὶ ἄλλων ἀμηχάνων πλήθη τε καὶ ἀτοπίαι τερατολόγων
τινῶν φύσεων· αἷς εἴ τις ἀπιστῶν προσβιβᾷ κατὰ τὸ εἰκὸς ἕκα-
στον, ἅτε ἀγροίκῳ τινὶ σοφίᾳ χρώμενος, πολλῆς αὐτῷ σχολῆς
δεήσει. ἐμοὶ δὲ πρὸς αὐτὰ οὐδαμῶς ἐστι σχολή. τὸ δὲ αἴτιον,
ὦ φίλε, τούτου τόδε· οὐ δύναμαί πω κατὰ τὸ Δελφικὸν γράμμα 25
γνῶναι ἐμαυτόν· γελοῖον δέ μοι φαίνεται τοῦτο ἔτι ἀγνοοῦντα τὰ
ἀλλότρια σκοπεῖν. ὅθεν δὴ χαίρειν ἐάσας ταῦτα, πειθόμενος δὲ
τῷ νομιζομένῳ περὶ αὐτῶν, ὃ νῦν δὴ ἔλεγον, σκοπῶ οὐ ταῦτα,
ἀλλ' ἐμαυτόν, εἴτε τι θηρίον τυγχάνω Τυφῶνος πολυπλοκώτερον
καὶ μᾶλλον ἐπιτεθυμμένον, εἴτε ἡμερώτερόν τε καὶ ἁπλούστερον 30
ζῶον θείας τινὸς καὶ ἀτύφου μοίρας φύσει μετέχον. Ἀτὰρ ὦ
ἑταῖρε, μεταξὺ τῶν λόγων, ἆρ' οὐ τόδε ἦν τὸ δένδρον, ἐφ' ὅπερ
ἦγες ἡμᾶς;

Phaedrus. Τοῦτο μὲν οὖν αὐτό.

Socrates. Νὴ τὴν Ἥραν, καλή γε ἡ καταγωγή. ἥ τε γὰρ πλά- 35
τανος αὕτη μάλ' ἀμφιλαφής τε καὶ ὑψηλή, τοῦ τε ἄγνου τὸ ὕψος
καὶ τὸ σύσκιον πάγκαλον, καὶ ὡς ἀκμὴν ἔχει τῆς ἄνθης, ὡς ἂν
εὐωδέστατον παρέχοι τὸν τόπον· ἥ τε αὖ πηγὴ χαριεστάτη ὑπὸ
τῆς πλατάνου ῥεῖ μάλα ψυχροῦ ὕδατος, ὥστε γε τῷ ποδὶ τεκμή-
ρασθαι· νυμφῶν τέ τινων καὶ Ἀχελώου ἱερὸν ἀπὸ τῶν κορῶν τε 40
καὶ ἀγαλμάτων ἔοικεν εἶναι. εἰ δ' αὖ βούλει, τὸ εὔπνουν τοῦ
τόπου ὡς ἀγαπητὸν καὶ σφόδρα ἡδύ· θερινόν τε καὶ λιγυρὸν
ὑπηχεῖ τῷ τῶν τεττίγων χορῷ. πάντων δὲ κομψότατον τὸ τῆς
πόας, ὅτι ἐν ἠρέμα προσάντει ἱκανὴ πέφυκε κατακλινέντι τὴν κε-
φαλὴν παγκάλως ἔχειν, ὥστε ἄριστά σοι ἐξενάγηται, ὦ φίλε 45
Φαῖδρε.

Phaedrus. Σὺ δέ γε, ὦ θαυμάσιε, ἀτοπώτατός τις φαίνει. ἀτε-

χνῶς γὰρ, ὃ λέγεις, ξεναγουμένῳ τινὶ καὶ, οὐκ ἐπιχωρίῳ ἔοικας·
οὕτως ἐκ τοῦ ἄστεος οὔτ᾽ εἰς τὴν ὑπερορίαν ἀποδημεῖς, οὔτ᾽ ἔξω
50 τείχους ἔμοιγε δοκεῖς τὸ παράπαν ἐξιέναι.

Socrates. Συγγίγνωσκέ μοι, ὦ ἄριστε. φιλομαθὴς γάρ εἰμι. τὰ
μὲν οὖν χωρία καὶ τὰ δένδρα οὐδέν μ᾽ ἐθέλει διδάσκειν, οἱ δ᾽ ἐν
τῷ ἄστει ἄνθρωποι.

[Phaedrus 3–5.]

Education.

v. Εὐλογία ἄρα καὶ εὐαρμοστία καὶ εὐσχημοσύνη καὶ εὐρυθμία
εὐηθείᾳ ἀκολουθεῖ, οὐχ ἣν ἄνοιαν οὖσαν ὑποκοριζόμενοι καλοῦμεν
ὡς εὐήθειαν, ἀλλὰ τὴν ὡς ἀληθῶς εὖ τε καὶ καλῶς τὸ ἦθος κατε-
σκευασμένην διάνοιαν. Παντάπασι μὲν οὖν, ἔφη. Ἆρ᾽ οὖν οὐ
5 πανταχοῦ ταῦτα διωκτέα τοῖς νέοις, εἰ μέλλουσι τὸ αὑτῶν πράτ-
τειν; Διωκτέα μὲν οὖν. Ἔστι δέ γέ που πλήρης μὲν γραφικὴ
αὐτῶν καὶ πᾶσα ἡ τοιαύτη δημιουργία, πλήρης δὲ ὑφαντικὴ καὶ
ποικιλία καὶ οἰκοδομία καὶ πᾶσα αὖ ἡ τῶν ἄλλων σκευῶν ἐργασία,
ἔτι δὲ ἡ τῶν σωμάτων φύσις καὶ ἡ τῶν ἄλλων φυτῶν· ἐν πᾶσι
10 γὰρ τούτοις ἔνεστιν εὐσχημοσύνη ἢ ἀσχημοσύνη. καὶ ἡ μὲν ἀσχη-
μοσύνη καὶ ἀρρυθμία καὶ ἀναρμοστία κακολογίας καὶ κακοηθείας
ἀδελφά, τὰ δ᾽ ἐναντία τοῦ ἐναντίου, σώφρονός τε καὶ ἀγαθοῦ
ἤθους, ἀδελφά τε καὶ μιμήματα. Παντελῶς μὲν οὖν, ἔφη.
Ἆρ᾽ οὖν τοῖς ποιηταῖς ἡμῖν μόνον ἐπιστατητέον καὶ προσαναγκα-
15 στέον τὴν τοῦ ἀγαθοῦ εἰκόνα ἤθους ἐμποιεῖν τοῖς ποιήμασιν ἢ μὴ
παρ᾽ ἡμῖν ποιεῖν, ἢ καὶ τοῖς ἄλλοις δημιουργοῖς ἐπιστατητέον καὶ
διακωλυτέον τὸ κακόηθες τοῦτο καὶ ἀκόλαστον καὶ ἀνελεύθερον καὶ
ἄσχημον μήτε ἐν εἰκόσι ζῴων μήτε ἐν οἰκοδομήμασι μήτε ἐν ἄλλῳ
μηδενὶ δημιουργουμένῳ ἐμποιεῖν, ἢ ὁ μὴ οἷός τε ὢν οὐκ ἐατέος παρ᾽
20 ἡμῖν δημιουργεῖν, ἵνα μὴ ἐν κακίας εἰκόσι τρεφόμενοι ἡμῖν οἱ φύ-

λακες ὥσπερ ἐν κακῇ βοτάνῃ, πολλὰ ἑκάστης ἡμέρας κατὰ σμικρὸν
ἀπὸ πολλῶν δρεπόμενοί τε καὶ νεμόμενοι, ἕν τι ξυνιστάντες λαν-
θάνωσι κακὸν μέγα ἐν τῇ αὑτῶν ψυχῇ· ἀλλ' ἐκείνους ζητητέον
τοὺς δημιουργοὺς τοὺς εὐφυῶς δυναμένους ἰχνεύειν τὴν τοῦ καλοῦ
τε καὶ εὐσχήμονος φύσιν, ἵν', ὥσπερ ἐν ὑγιεινῷ τόπῳ οἰκοῦντες 25
οἱ νέοι ἀπὸ παντὸς ὠφελῶνται, ὁπόθεν ἂν αὐτοῖς ἀπὸ τῶν καλῶν
ἔργων ἢ πρὸς ὄψιν ἢ πρὸς ἀκοήν τι προσβάλῃ, ὥσπερ αὔρα
φέρουσα ἀπὸ χρηστῶν τόπων ὑγίειαν, καὶ εὐθὺς ἐκ παίδων λαν-
θάνῃ εἰς ὁμοιότητά τε καὶ φιλίαν καὶ ξυμφωνίαν τῷ καλῷ λόγῳ
ἄγουσα; Πολὺ γὰρ ἂν, ἔφη, κάλλιστα οὕτω τραφεῖεν. 30

[Rep. III. 11, 12.]

The Invention of Letters.

vi. *Socrates.* Ἤκουσα τοίνυν περὶ Ναύκρατιν τῆς Αἰγύπτου
γενέσθαι τῶν ἐκεῖ παλαιῶν τινα θεῶν, οὗ καὶ τὸ ὄρνεον τὸ ἱερόν,
ὃ δὴ καλοῦσιν Ἶβιν· αὐτῷ δὲ ὄνομα τῷ δαίμονι εἶναι Θεύθ. τοῦτον
δὲ πρῶτον ἀριθμόν τε καὶ λογισμὸν εὑρεῖν καὶ γεωμετρίαν καὶ
ἀστρονομίαν, ἔτι δὲ πεττείας τε καὶ κυβείας, καὶ δὴ καὶ γράμματα. 5
βασιλέως δ' αὖ τότε ὄντος Αἰγύπτου ὅλης Θαμοῦ περὶ τὴν μεγάλην
πόλιν τοῦ ἄνω τόπου, ἣν οἱ Ἕλληνες Αἰγυπτίας Θήβας καλοῦσι,
καὶ τὸν θεὸν Ἄμμωνα, παρὰ τοῦτον ἐλθὼν ὁ Θεὺθ τὰς τέχνας
ἐπέδειξε, καὶ ἔφη δεῖν διαδοθῆναι τοῖς ἄλλοις Αἰγυπτίοις. ὁ δὲ
ἤρετο, ἥντινα ἑκάστη ἔχοι ὠφέλειαν. διεξιόντος δέ, ὅ τι καλῶς 10
ἢ μὴ καλῶς δοκοῖ λέγειν, τὸ μὲν ἔψεγε, τὸ δ' ἐπῄνει. πολλὰ
μὲν δὴ περὶ ἑκάστης τῆς τέχνης ἐπ' ἀμφότερα Θαμοῦν τῷ Θεὺθ
λέγεται ἀποφήσασθαι, ἃ λόγος πολὺς ἂν εἴη διελθεῖν. ἐπειδὴ δὲ
ἐπὶ τοῖς γράμμασιν ἦν, Τοῦτο δέ, ὦ βασιλεῦ, τὸ μάθημα, ἔφη ὁ
Θεύθ, σοφωτέρους Αἰγυπτίους καὶ μνημονικωτέρους παρέξει· μνή- 15

μης τε γὰρ καὶ σοφίας φάρμακον εὑρέθη. ὁ δ' εἶπεν· Ὦ τεχνι-
κώτατε Θεύθ, ἄλλος μὲν τεκεῖν δυνατὸς τὰ τῆς τέχνης, ἄλλος δὲ
κρῖναι, τίν' ἔχει μοῖραν βλάβης τε καὶ ὠφελείας τοῖς μέλλουσι
χρῆσθαι. καὶ νῦν σύ, πατὴρ ὢν γραμμάτων, δι' εὔνοιαν τοὐναντίον
20 εἶπες ἢ δύναται. τοῦτο γὰρ τῶν μαθόντων λήθην μὲν ἐν ψυχαῖς
παρέξει μνήμης ἀμελετησίᾳ, ἅτε διὰ πίστιν γραφῆς ἔξωθεν ὑπ'
ἀλλοτρίων τύπων, οὐκ ἔνδοθεν αὐτοὺς ὑφ' αὑτῶν ἀναμιμνησκο-
μένους. οὔκουν μνήμης, ἀλλ' ὑπομνήσεως φάρμακον εὗρες. σοφίας
δὲ τοῖς μαθηταῖς δόξαν, οὐκ ἀλήθειαν πορίζεις· πολυήκοοι γάρ σοι
25 γενόμενοι ἄνευ διδαχῆς πολυγνώμονες εἶναι δόξουσιν, ἀγνώμονες
ὡς ἐπὶ τὸ πλῆθος ὄντες καὶ χαλεποὶ ξυνεῖναι, δοξόσοφοι γεγονότες
ἀντὶ σοφῶν.

Phaedrus. Ὦ Σώκρατες, ῥᾳδίως σὺ Αἰγυπτίους καὶ ὁποδαποὺς,
ἂν ἐθέλῃς, λόγους ποιεῖς.

[Phaedrus 59.]

Reminiscence.

vii. *Menon.* Οὐκ οὖν καλῶς σοι δοκεῖ λέγεσθαι ὁ λόγος οὗτος,
ὦ Σώκρατες;

Socrates. Οὐκ ἔμοιγε.

Menon. Ἔχεις λέγειν ὅπῃ;

5 *Socrates.* Ἔγωγε. ἀκήκοα γὰρ ἀνδρῶν τε καὶ γυναικῶν σοφῶν
περὶ τὰ θεῖα πράγματα

Menon. Τίνα λόγων λεγόντων;

Socrates. Ἀληθῆ, ἔμοιγε δοκεῖν, καὶ καλόν.

Menon. Τίνα τοῦτον, καὶ τίνες οἱ λέγοντες;

10 *Socrates.* Οἱ μὲν λέγοντες εἰσὶ τῶν ἱερέων τε καὶ τῶν ἱερειῶν,
ὅσοις μεμέληκε, περὶ ὧν μεταχειρίζονται, λόγον οἵοις τ' εἶναι
διδόναι. λέγει δὲ καὶ Πίνδαρος καὶ ἄλλοι πολλοὶ τῶν ποιητῶν,

ὅσοι θεῖοί εἰσιν· ἃ δὲ λέγουσι, ταυτί ἐστιν. ἀλλὰ σκόπει, εἴ σοι
δοκοῦσιν ἀληθῆ λέγειν. φασὶ γὰρ τὴν ψυχὴν τοῦ ἀνθρώπου εἶναι
ἀθάνατον, καὶ τοτὲ μὲν τελευτᾶν, ὃ δὴ ἀποθνήσκειν καλοῦσι, τοτὲ
δὲ πάλιν γίγνεσθαι· ἀπόλλυσθαι δ᾽ οὐδέποτε· δεῖν δὴ διὰ ταῦτα
ὡς ὁσιώτατα διαβιῶναι τὸν βίον, "οἷσι γὰρ ἂν Φερσεφόνα ποινὰν
παλαιοῦ πένθεος δέξεται, ἐς τὸν ὕπερθεν ἅλιον κείνων ἐνάτῳ ἔτει
ἀνδιδοῖ ψυχὰν πάλιν. ἐκ τᾶν βασιλῆες ἀγαυοὶ καὶ σθένει κραι-
πνοὶ, σοφίᾳ τε μέγιστοι ἄνδρες αὔξονται· ἐς δὲ τὸν λοιπὸν χρόνον
ἥρωες ἁγνοὶ πρὸς ἀνθρώπων καλεῦνται." ἅτε οὖν ἡ ψυχὴ ἀθά-
νατός τε οὖσα καὶ πολλάκις γεγονυῖα, καὶ ἑωρακυῖα καὶ τὰ ἐνθάδε
καὶ τὰ ἐν ᾅδου καὶ πάντα χρήματα, οὐκ ἔστιν ὅ τι οὐ μεμάθηκεν·
ὥστε οὐδὲν θαυμαστὸν καὶ περὶ ἀρετῆς καὶ περὶ ἄλλων οἷόν τε
εἶναι αὐτὴν ἀναμνησθῆναι ἅ γε καὶ πρότερον ἠπίστατο. ἅτε γὰρ
τῆς φύσεως ἁπάσης ξυγγενοῦς οὔσης, καὶ μεμαθηκυίας τῆς ψυχῆς
ἅπαντα, οὐδὲν κωλύει ἓν μόνον ἀναμνησθέντα, ὃ δὴ μάθησιν
καλοῦσιν ἄνθρωποι, τἆλλα πάντα αὐτὸν ἀνευρεῖν, ἐάν τις ἀνδρεῖος
ᾖ, καὶ μὴ ἀποκάμῃ ζητῶν. τὸ γὰρ ζητεῖν ἄρα καὶ τὸ μανθάνειν
ἀνάμνησις ὅλον ἐστίν. οὐκ οὖν δεῖ πείθεσθαι τούτῳ τῷ ἐριστικῷ
λόγῳ. οὗτος μὲν γὰρ ἂν ἡμᾶς ἀργοὺς ποιήσειε, καὶ ἔστι τοῖς
μαλακοῖς τῶν ἀνθρώπων ἡδὺς ἀκοῦσαι· ὅδε δὲ ἐργαστικούς τε καὶ
ζητητικοὺς ποιεῖ· ᾧ ἐγὼ πιστεύων ἀληθῆ εἶναι, ἐθέλω μετὰ σοῦ
ζητεῖν, ἀρετὴ ὅ τι ἐστί.

[Meno 14, 15.]

The Twin Horses.

viii. Καθάπερ ἐν ἀρχῇ τοῦδε τοῦ μύθου τριχῇ διειλόμην ψυχὴν
ἑκάστην, ἱππομόρφω μὲν δύο τινὲ εἴδη, ἡνιοχικὸν δὲ εἶδος τρίτον,
καὶ νῦν ἔτι ἡμῖν ταῦτα μενέτω. τῶν δὲ δὴ ἵππων ὁ μέν, φαμέν,
ἀγαθός, ὁ δ᾽ οὔ· ἀρετὴ δὲ τίς τοῦ ἀγαθοῦ ἢ τοῦ κακοῦ κακία, οὐ

5 διείπομεν, νῦν δὲ λεκτέον. ὁ μὲν τοίνυν αὐτοῖν ἐν τῇ καλλίονι
στάσει ὢν τό τε εἶδος ὀρθὸς καὶ διηρθρωμένος, ὑψαύχην, ἐπί-
γρυπος, λευκὸς ἰδεῖν, μελανόμματος, τιμῆς ἐραστὴς μετὰ σωφρο-
σύνης τε καὶ αἰδοῦς, καὶ ἀληθινῆς δόξης ἑταῖρος, ἄπληκτος κελεύ-
ματι μόνον καὶ λόγῳ ἡνιοχεῖται· ὁ δ' αὖ σκολιὸς, πολὺς, εἰκῇ
10 συμπεφορημένος, κρατεραύχην, βραχυτράχηλος, σιμοπρόσωπος,
μελάγχρως, γλαυκόμματος, ὕφαιμος, ὕβρεως καὶ ἀλαζονείας ἑταῖρος,
περὶ ὦτα λάσιος, κωφὸς, μάστιγι μετὰ κέντρων μόγις ὑπείκων.

[Phaedr. 34.]

The Philosopher.

ix. *Socrates.* Καὶ πολλάκις μέν γε δὴ, ὦ δαιμόνιε, καὶ ἄλλοτε
κατενόησα, ἀτὰρ καὶ νῦν, ὡς εἰκότως οἱ ἐν ταῖς φιλοσοφίαις πολὺν
χρόνον διατρίψαντες εἰς τὰ δικαστήρια ἰόντες γελοῖοι φαίνονται
ῥήτορες.

5 *Theodoros.* Πῶς δὴ οὖν λέγεις;

Socrates. Κινδυνεύουσιν οἱ ἐν δικαστηρίοις καὶ τοῖς τοιούτοις ἐκ
νέων κυλινδούμενοι πρὸς τοὺς ἐν φιλοσοφίᾳ καὶ τῇ τοιᾷδε διατριβῇ
τεθραμμένους ὡς οἰκέται πρὸς ἐλευθέρους τεθράφθαι.

Theodoros. Πῇ δή;

10 *Socrates.* Ἧι τοῖς μὲν, τοῦτο ὃ σὺ εἶπες, ἀεὶ πάρεστι σχολὴ
καὶ τοὺς λόγους ἐν εἰρήνῃ ἐπὶ σχολῆς ποιοῦνται· ὥσπερ ἡμεῖς
νυνὶ τρίτον ἤδη λόγον ἐκ λόγου μεταλαμβάνομεν, οὕτω κἀκεῖνοι,
ἐὰν αὐτοὺς ὁ ἐπελθὼν τοῦ προκειμένου μᾶλλον, καθάπερ ἡμᾶς,
ἀρέσῃ, καὶ διὰ μακρῶν ἢ βραχέων μέλει οὐδὲν λέγειν, ἂν μόνον
15 τύχωσι τοῦ ὄντος. οἱ δὲ ἐν ἀσχολίᾳ τε ἀεὶ λέγουσι· κατεπείγει
γὰρ ὕδωρ ῥέον, καὶ οὐκ ἐγχωρεῖ περὶ οὗ ἂν ἐπιθυμήσωσι τοὺς
λόγους ποιεῖσθαι, ἀλλ' ἀνάγκην ἔχων ὁ ἀντίδικος ἐφέστηκε καὶ

ὑπογραφὴν παραγιγνωσκομένην, ὧν ἐκτὸς οὐ ῥητέον· (ἣν ἀντω-
μοσίαν καλοῦσιν·) οἱ δὲ λόγοι ἀεὶ περὶ ὁμοδούλου πρὸς δεσπότην
καθήμενον, ἐν χειρὶ τὴν δίκην ἔχοντα, καὶ οἱ ἀγῶνες οὐδέποτε τὴν 20
ἄλλως ἀλλ' ἀεὶ τὴν περὶ αὐτοῦ· πολλάκις δὲ καὶ περὶ ψυχῆς ὁ
δρόμος. ὥστ' ἐξ ἁπάντων τούτων ἔντονοι καὶ δριμεῖς γίγνονται,
ἐπιστάμενοι τὸν δεσπότην λόγῳ τε θωπεῦσαι καὶ ἔργῳ χαρίσα-
σθαι, σμικροὶ δὲ καὶ οὐκ ὀρθοὶ τὰς ψυχάς. τὴν γὰρ αὔξην καὶ
τὸ εὐθύ τε καὶ τὸ ἐλεύθερον ἡ ἐκ νέων δουλεία ἀφῄρηται, ἀναγκά- 25
ζουσα πράττειν σκολιὰ, μεγάλους κινδύνους καὶ φόβους ἔτι ἁπαλαῖς
ψυχαῖς ἐπιβάλλουσα, οὓς οὐ δυνάμενοι μετὰ τοῦ δικαίου καὶ ἀλη-
θοῦς ὑποφέρειν, εὐθὺς ἐπὶ τὸ ψεῦδός τε καὶ τὸ ἀλλήλους ἀντα-
δικεῖν τρεπόμενοι πολλὰ κάμπτονται καὶ συγκλῶνται, ὥσθ' ὑγιὲς
οὐδὲν ἔχοντες τῆς διανοίας εἰς ἄνδρας ἐκ μειρακίων τελευτῶσι, 30
δεινοί τε καὶ σοφοὶ γεγονότες, ὡς οἴονται. καὶ οὗτοι μὲν δὴ
τοιοῦτοι, ὦ Θεόδωρε· τοὺς δὲ τοῦ ἡμετέρου χοροῦ πότερον βούλει
διελθόντες ἢ ἐάσαντες πάλιν ἐπὶ τὸν λόγον τραπώμεθα, ἵνα μὴ
καὶ, ὃ νῦν δὴ ἐλέγομεν, λίαν πολὺ τῇ ἐλευθερίᾳ καὶ μεταλήψει
τῶν λόγων καταχρώμεθα;   35

Theodorus. Μηδαμῶς, ὦ Σώκρατες, ἀλλὰ διελθόντες. πάνυ γὰρ
εὖ τοῦτο εἴρηκας, ὅτι οὐχ ἡμεῖς οἱ ἐν τῷ τοιῷδε χορεύοντες τῶν
λόγων ὑπηρέται. ἀλλ' οἱ λόγοι οἱ ἡμέτεροι ὥσπερ οἰκέται, καὶ
ἕκαστος αὐτῶν περιμένει ἀποτελεσθῆναι, ὅταν ἡμῖν δοκῇ· οὔτε
γὰρ δικαστὴς οὔτε θεατὴς, ὥσπερ ποιηταῖς, ἐπιτιμήσων τε καὶ 40
ἄρχων ἐπιστατεῖ παρ' ἡμῖν.

Socrates. Λέγωμεν δὴ, ὡς ἔοικεν, ἐπεὶ σοί γε δοκεῖ, περὶ τῶν
κορυφαίων· τί γὰρ ἄν τις τούς γε φαύλως διατρίβοντας ἐν φιλο-
σοφίᾳ λέγοι; οὗτοι δέ που ἐκ νέων πρῶτον μὲν εἰς ἀγορὰν οὐκ
ἴσασι τὴν ὁδὸν, οὐδὲ ὅπου δικαστήριον ἢ βουλευτήριον ἤ τι κοινὸν 45
ἄλλο τῆς πόλεως συνέδριον· νόμους δὲ καὶ ψηφίσματα λεγόμενα

ἢ γεγραμμένα οὔτε ὁρῶσιν οὔτε ἀκούουσι. σπουδαὶ δὲ ἑταιρειῶν
ἐπ' ἀρχὰς καὶ σύνοδοι καὶ δεῖπνα καὶ σὺν αὐλητρίσι κῶμοι, οὐδὲ
ὄναρ πράττειν προσίσταται αὐτοῖς. εὖ δὲ ἢ κακῶς τις γέγονεν
50 ἐν πόλει, ἢ τί τῳ κακόν ἐστιν ἐκ προγόνων γεγονὸς ἢ πρὸς ἀνδρῶν
ἢ γυναικῶν, μᾶλλον αὐτὸν λέληθεν ἢ οἱ τῆς θαλάττης λεγόμενοι
χόες. καὶ ταῦτα πάντ' οὐδ' ὅτι οὐκ οἶδεν, οἶδεν· οὐδὲ γὰρ αὐτῶν
ἀπέχεται τοῦ εὐδοκιμεῖν χάριν, ἀλλὰ τῷ ὄντι τὸ σῶμα μόνον ἐν
τῇ πόλει κεῖται αὐτοῦ καὶ ἐπιδημεῖ, ἡ δὲ διάνοια, ταῦτα πάντα
55 ἡγησαμένη σμικρὰ καὶ οὐδέν, ἀτιμάσασα πανταχῇ φέρεται κατὰ
Πίνδαρον, τά τε γᾶς ὑπένερθε καὶ τὰ ἐπίπεδα γεωμετροῦσα, οὐ-
ρανοῦ τε ὕπερ ἀστρονομοῦσα, καὶ πᾶσαν πάντῃ φύσιν ἐρευνωμένη
τῶν ὄντων ἑκάστου ὅλου, εἰς τῶν ἐγγὺς οὐδὲν αὐτὴν συγκαθιεῖσα.

  Theodoros. Πῶς τοῦτο λέγεις, ὦ Σώκρατες;

60 *Socrates.* Ὥσπερ καὶ Θαλῆν ἀστρονομοῦντα, ὦ Θεόδωρε, καὶ ἄνω
βλέποντα, πεσόντα εἰς φρέαρ, Θρᾷττά τις ἐμμελὴς καὶ χαρίεσσα
θεραπαινὶς ἀποσκῶψαι λέγεται, ὡς τὰ μὲν ἐν οὐρανῷ προθυμοῖτο
εἰδέναι, τὰ δ' ἔμπροσθεν αὐτοῦ καὶ παρὰ πόδας λανθάνοι αὐτόν.
ταὐτὸν δὲ ἀρκεῖ σκῶμμα ἐπὶ πάντας, ὅσοι ἐν φιλοσοφίᾳ διάγουσι.
65 τῷ γὰρ ὄντι τὸν τοιοῦτον ὁ μὲν πλησίον καὶ ὁ γείτων λέληθεν,
οὐ μόνον ὅ τι πράττει, ἀλλ' ὀλίγου καὶ εἰ ἄνθρωπός ἐστιν ἤ τι
ἄλλο θρέμμα· τί δέ ποτ' ἐστὶν ἄνθρωπος καὶ τί τῇ τοιαύτῃ φύσει
προσήκει διάφορον τῶν ἄλλων ποιεῖν ἢ πάσχειν, ζητεῖ τε καὶ
πράγματ' ἔχει διερευνώμενος. μανθάνεις γάρ που, ὦ Θεόδωρε.
70 ἢ οὔ;

  Theodoros. Ἔγωγε· καὶ ἀληθῆ λέγεις.

  Socrates. Τοιγάρτοι, ὦ φίλε, ἰδίᾳ τε συγγιγνόμενος ὁ τοιοῦτος
ἑκάστῳ καὶ δημοσίᾳ, ὅπερ ἀρχόμενος ἔλεγον, ὅταν ἐν δικαστηρίῳ
ἤ που ἄλλοθι ἀναγκασθῇ περὶ τῶν παρὰ πόδας καὶ τῶν ἐν ὀφθαλ-
75 μοῖς διαλέγεσθαι, γέλωτα παρέχει οὐ μόνον Θρᾴτταις, ἀλλὰ καὶ τῷ

ἄλλῳ ὄχλῳ, εἰς φρέατά τε καὶ πᾶσαν ἀπορίαν ἐμπίπτων ὑπὸ
ἀπειρίας, καὶ ἡ ἀσχημοσύνη δεινὴ, δόξαν ἀβελτερίας παρεχομένη.
ἔν τε γὰρ ταῖς λοιδορίαις ἴδιον ἔχει οὐδὲν οὐδένα λοιδορεῖν, ἅτ᾽
οὐκ εἰδὼς κακὸν οὐδὲν οὐδενὸς ἐκ τοῦ μὴ μεμελετηκέναι· ἀπορῶν
οὖν γελοῖος φαίνεται· ἔν τε τοῖς ἐπαίνοις καὶ ταῖς τῶν ἄλλων 80
μεγαλαυχίαις, οὐ προσποιήτως, ἀλλὰ τῷ ὄντι γελῶν ἔνδηλος γιγνό-
μενος ληρώδης δοκεῖ εἶναι. τύραννόν τε γὰρ ἢ βασιλέα ἐγκωμιαζό-
μενον ἕνα τῶν νομέων, οἷον συβώτην, ἢ ποιμένα, ἤ τινα βουκόλον
ἡγεῖται ἀκούειν εὐδαιμονιζόμενον πολὺ βδάλλοντα· δυσκολώτερον
δὲ ἐκείνων ζῶον καὶ ἐπιβουλότερον ποιμαίνειν τε καὶ βδάλλειν 85
νομίζει αὐτούς· ἄγροικον δὲ καὶ ἀπαίδευτον ὑπὸ ἀσχολίας οὐδὲν
ἧττον τῶν νομέων τὸν τοιοῦτον ἀναγκαῖον γίγνεσθαι, σηκὸν ἐν ὄρει
τὸ τεῖχος περιβεβλημένον. γῆς δὲ ὅταν μυρία πλέθρα ἢ ἔτι πλείω
ἀκούσῃ ὡς τις ἄρα κεκτημένος θαυμαστὰ πλήθει κέκτηται, πάν-
σμικρα δοκεῖ ἀκούειν εἰς ἄπασαν εἰωθὼς τὴν γῆν βλέπειν. τὰ δὲ 90
δὴ γένη ὑμνούντων, ὡς γενναῖός τις ἑπτὰ πάππους πλουσίους ἔχων
ἀποφῆναι, παντάπασιν ἀμβλὺ καὶ ἐπὶ σμικρὸν ὁρώντων ἡγεῖται
τὸν ἔπαινον, ὑπὸ ἀπαιδευσίας οὐ δυναμένων εἰς τὸ πᾶν ἀεὶ βλέπειν,
οὐδὲ λογίζεσθαι, ὅτι πάππων καὶ προγόνων μυριάδες ἑκάστῳ γεγό-
νασιν ἀναρίθμητοι, ἐν αἷς πλούσιοι καὶ πτωχοὶ καὶ βασιλεῖς καὶ 95
δοῦλοι βάρβαροί τε · καὶ Ἕλληνες πολλάκις μυρίοι γεγόνασιν ὁτῳ-
οῦν, ἀλλ᾽ ἐπὶ πέντε καὶ εἴκοσι καταλόγῳ προγόνων σεμνυνομένων
καὶ ἀναφερόντων εἰς Ἡρακλέα τὸν Ἀμφιτρύωνος ἄτοπα αὐτῷ κατα-
φαίνεται τῆς σμικρολογίας, ὅτι δὲ ὁ ἀπ᾽ Ἀμφιτρύωνος εἰς τὸ ἄνω
πεντεκαιεικοστὸς τοιοῦτος ἦν, οἷα συνέβαινεν αὐτῷ τύχη, καὶ ὁ 100
πεντηκοστὸς ἀπ᾽ αὐτοῦ, γελᾷ οὐ δυναμένων λογίζεσθαί τε καὶ
χαυνότητα ἀνοήτου ψυχῆς ἀπαλλάττειν. ἐν ἅπασι δὴ τούτοις ὁ
τοιοῦτος ὑπὸ τῶν πολλῶν καταγελᾶται, τὰ μὲν ὑπερηφάνως ἔχων,
ὡς δοκεῖ, τὰ δ᾽ ἐν ποσὶν ἀγνοῶν τε καὶ ἐν ἑκάστοις ἀπορῶν.

105   *Theodoros.* Παντάπασι τὰ γιγνόμενα λέγεις, ὦ Σώκρατες.

Socrates. Ὅταν δέ γέ τινα αὐτός, ὦ φίλε, ἑλκύσῃ ἄνω, καὶ ἐθελήσῃ τις αὐτῷ ἐκβῆναι ἐκ τοῦ Τί ἐγὼ σὲ ἀδικῶ ἢ σὺ ἐμέ; εἰς σκέψιν αὐτῆς δικαιοσύνης τε καὶ ἀδικίας, τί τε ἑκάτερον αὐτοῖν καὶ τί τῶν πάντων ἢ ἀλλήλων διαφέρετον, ἢ ἐκ τοῦ

110 Βασιλεὺς εὐδαίμων κεκτημένος τ' αὖ πολὺ χρυσίον, βασιλείας πέρι καὶ ἀνθρωπίνης ὅλως εὐδαιμονίας καὶ ἀθλιότητος ἐπὶ σκέψιν, ποίω τέ τινε ἐστὸν καὶ τίνα τρόπον ἀνθρώπου φύσει προσήκει τὸ μὲν κτήσασθαι αὐτοῖν, τὸ δὲ ἀποφυγεῖν,—περὶ τούτων ἁπάντων ὅταν αὖ δέῃ λόγον διδόναι τὸν σμικρὸν ἐκεῖνον τὴν ψυχὴν καὶ δριμὺν

115 καὶ δικανικόν, πάλιν αὖ τὰ ἀντίστροφα ἀποδίδωσιν· ἰλιγγιῶν τε ἀφ' ὑψηλοῦ κρεμασθεὶς καὶ βλέπων μετέωρος ἄνωθεν ὑπὸ ἀηθείας ἀδημονῶν τε καὶ ἀπορῶν καὶ βαρβαρίζων γέλωτα Θράτταις μὲν οὐ παρέχει οὐδ' ἄλλῳ ἀπαιδεύτῳ οὐδενί, οὐ γὰρ αἰσθάνονται, τοῖς δ' ἐναντίως ἢ ὡς ἀνδραπόδοις τραφεῖσιν ἅπασιν. οὗτος δὴ ἑκα-

120 τέρου τρόπος, ὦ Θεόδωρε, ὁ μὲν τῷ ὄντι ἐν ἐλευθερίᾳ τε καὶ σχολῇ τεθραμμένου, ὃν δὴ φιλόσοφον καλεῖς, ᾧ ἀνεμέσητον εὐήθει δοκεῖν καὶ οὐδενὶ εἶναι, ὅταν εἰς δουλικὰ ἐμπέσῃ διακονήματα, οἷον στρωματόδεσμον μὴ ἐπιστάμενος συσκευάσασθαι μηδὲ ὄψον ἡδῦναι ἢ θῶπας λόγους· ὁ δ' αὖ τὰ μὲν τοιαῦτα πάντα δυναμένου τορῶς

125 τε καὶ ὀξέως διακονεῖν, ἀναβάλλεσθαι δὲ οὐκ ἐπισταμένου ἐπιδέξια ἐλευθέρως οὐδέ γ' ἁρμονίαν λόγων λαβόντος ὀρθῶς ὑμνῆσαι θεῶν τε καὶ ἀνδρῶν εὐδαιμόνων βίον ἀληθῆ.

Theodoros. Εἰ πάντας, ὦ Σώκρατες, πείθοις ἃ λέγεις, ὥσπερ ἐμέ, πλείων ἂν εἰρήνη καὶ κακὰ ἐλάττω κατ' ἀνθρώ-

130 πους εἴη.

Socrates. Ἀλλ' οὔτ' ἀπολέσθαι τὰ κακὰ δυνατόν, ὦ Θεόδωρε· ὑπεναντίον γάρ τι τῷ ἀγαθῷ ἀεὶ εἶναι ἀνάγκη· οὔτ' ἐν θεοῖς αὐτὰ ἱδρῦσθαι, τὴν δὲ θνητὴν φύσιν καὶ τόνδε τὸν τόπον περιπολεῖ

ἐξ ἀνάγκης. διὸ καὶ πειρᾶσθαι χρὴ ἐνθένδε ἐκεῖσε φεύγειν ὅ τι
τάχιστα, φυγὴ δὲ ὁμοίωσις θεῷ κατὰ τὸ δυνατόν· ὁμοίωσις δὲ 135
δίκαιον καὶ ὅσιον μετὰ φρονήσεως γενέσθαι.

[Theaet. 23 25.]

Eros.   •

x. Οὕτως ἐμοὶ δοκεῖ, ὦ Φαῖδρε, Ἔρως πρῶτος αὐτὸς ὢν κάλλι-
στος καὶ ἄριστος μετὰ τοῦτο τοῖς ἄλλοις ἄλλων τοιούτων αἴτιος
εἶναι. ἐπέρχεται δέ μοί τι καὶ ἔμμετρον εἰπεῖν, ὅτι οὗτός ἐστιν
ὁ ποιῶν

    εἰρήνην μὲν ἐν ἀνθρώποις, πελάγει δὲ γαλήνην,   5
    νηνεμίαν ἀνέμων, κοίτην ὕπνον τ᾽ ἐνὶ κήδει.

οὗτος δὲ ἡμᾶς ἀλλοτριότητος μὲν κενοῖ, οἰκειότητος δὲ πληροῖ, τὰς
τοιάσδε ξυνόδους μετ᾽ ἀλλήλων πάσας τιθεὶς ξυνιέναι, ἐν ἑορταῖς,
ἐν χοροῖς, ἐν θυσίαις γιγνόμενος ἡγεμών· πραΰτητα μὲν πορίζων,
ἀγριότητα δ᾽ ἐξορίζων· φιλόδωρος εὐμενείας, ἄδωρος δυσμενείας· 10
ἵλεως ἀγαθοῖς, θεατὸς σοφοῖς, ἀγαστὸς θεοῖς· ζηλωτὸς ἀμοίροις,
κτητὸς εὐμοίροις· τρυφῆς, ἁβρότητος, χλιδῆς, χαρίτων, ἱμέρου,
πόθου πατήρ· ἐπιμελὴς ἀγαθῶν, ἀμελὴς κακῶν· ἐν πόνῳ, ἐν φόβῳ,
ἐν πόθῳ, ἐν λόγῳ κυβερνήτης, ἐπιβάτης, παραστάτης τε καὶ σωτὴρ
ἄριστος, ξυμπάντων τε θεῶν καὶ ἀνθρώπων κόσμος, ἡγεμὼν κάλ- 15
λιστος καὶ ἄριστος, ᾧ χρὴ ἕπεσθαι πάντα ἄνδρα ἐφυμνοῦντα καλῶς,
καλῆς ᾠδῆς μετέχοντα, ἣν ᾄδει θέλγων πάντων θεῶν τε καὶ ἀνθρώ-
πων νόημα.

[Sympos. 19.]

Solon in Egypt.

xi. Ἐγὼ φράσω παλαιὸν ἀκηκοὼς λόγον οὐ νέου ἀνδρός. ἦν
μὲν γὰρ δὴ τότε Κριτίας, ὡς ἔφη, σχεδὸν ἐγγὺς ἤδη τῶν ἐνε-
νήκοντα ἐτῶν, ἐγὼ δέ πη μάλιστα δεκέτης. ἡ δὲ Κουρεῶτις ἡμῖν

οὖσα ἐτύγχανεν Ἀπατουρίων, τὸ δὲ τῆς ἑορτῆς σύνηθες ἑκάστοτε
5 καὶ τότε ξυνέβη τοῖς παισίν. ἆθλα γὰρ ἡμῖν οἱ πατέρες ἔθεσαν
ῥαψῳδίας. πολλῶν μὲν οὖν δὴ καὶ πολλὰ ἐλέχθη ποιητῶν ποιή-
ματα· ἅτε δὲ νέα κατ᾽ ἐκεῖνον τὸν χρόνον ὄντα τὰ Σόλωνος πολλοὶ
τῶν παίδων ᾔσαμεν. εἶπεν οὖν τις τῶν φρατόρων, εἴτε δὴ δοκοῦν
αὐτῷ τότε, εἴτε καὶ χάριν τινὰ τῷ Κριτίᾳ φέρων, δοκεῖν οἱ τά τε
10 ἄλλα σοφώτατον γεγονέναι Σόλωνα, καὶ κατὰ τὴν ποίησιν αὖ τῶν
ποιητῶν πάντων ἐλευθεριώτατον. ὁ δὲ γέρων (σφόδρα γὰρ οὖν
μέμνημαι) μάλα τε ἥσθη, καὶ διαμειδιάσας, εἶπεν, Εἴγε, ὦ Ἀμύ-
νανδρε, μὴ παρέργῳ τῇ ποιήσει κατεχρήσατο, ἀλλ᾽ ἐσπουδάκει,
καθάπερ ἄλλοι, τόν τε λόγον ὃν ἀπ᾽ Αἰγύπτου δεῦρο ἠνέγκατο
15 ἀπετέλεσε, καὶ μὴ διὰ τὰς στάσεις, ὑπὸ κακῶν τε ἄλλων ὅσα εὗρεν
ἐνθάδε ἥκων, ἠναγκάσθη καταμελῆσαι, κατὰ τὴν ἐμὴν δόξαν οὔτε
Ἡσίοδος οὔτε Ὅμηρος οὔτε ἄλλος οὐδεὶς τῶν ποιητῶν εὐδοκιμώ-
τερος ἐγένετο ἄν ποτε αὐτοῦ. Τίς δ᾽ ἦν ὁ λόγος, ἦ δ᾽ ὅς, ὦ
Κριτία; Περὶ μεγίστης, ἔφη, καὶ ὀνομαστοτάτης πασῶν δικαιότατ᾽
20 ἂν πράξεως οὔσης ἣν ἥδε ἡ πόλις ἔπραξε μὲν, διὰ δὲ χρόνον
καὶ φθορὰν τῶν ἐργασαμένων οὐ διήρκεσε δεῦρο ὁ λόγος. Λέγε
ἐξ ἀρχῆς, ἦ δ᾽ ὅς, τί τε καὶ πῶς, καὶ παρὰ τίνων ὡς ἀληθῆ δια-
κηκοὼς ἔλεγεν ὁ Σόλων. Ἔστι τις κατ᾽ Αἴγυπτον, ἦ δ᾽ ὅς, ἐν τῷ
Δέλτα, περὶ ὃ κατὰ κορυφὴν σχίζεται τὸ τοῦ Νείλου ῥεῦμα, Σαϊ-
25 τικὸς ἐπικαλούμενος νομός· τούτου δὲ τοῦ νομοῦ μεγίστη πόλις
Σάϊς· ὅθεν δὴ καὶ Ἄμασις ἦν ὁ βασιλεύς. οἷς τῆς πόλεως θεὸς
ἀρχηγός ἐστιν, Αἰγυπτιστὶ μὲν τοὔνομα Νηΐθ, Ἑλληνιστὶ δέ, ὡς
ὁ ἐκείνων λόγος, Ἀθηνᾶ, μάλα δὲ φιλαθήναιοι καί τινα τρόπον
οἰκεῖοι τῶνδ᾽ εἶναι φασίν. οἳ δὴ Σόλων ἔφη πορευθεὶς σφόδρα
30 τε γενέσθαι παρ᾽ αὐτοῖς ἔντιμος, καὶ δὴ καὶ τὰ παλαιὰ ἀνερωτῶν,
τοὺς μάλιστα περὶ ταῦτα τῶν ἱερέων ἐμπείρους, σχεδὸν οὔτε αὐτὸν
οὔτε ἄλλον Ἕλληνα οὐδένα οὐδὲν, ὡς ἔπος εἰπεῖν, εἰδότα περὶ τῶν

τοιούτων ἀνευρεῖν. καὶ ποτε προαγαγεῖν βουληθεὶς αὐτοὺς περὶ
τῶν ἀρχαίων εἰς λόγους τῶν τῇδε, τὰ ἀρχαιότατα λέγειν ἐπιχειρεῖν,
περὶ Φωρωνέως τε τοῦ πρώτου λεχθέντος καὶ Νιόβης, καὶ μετὰ τὸν 35
κατακλυσμὸν αὖ περὶ Δευκαλίωνος καὶ Πύρρας ὡς διεγένοντο μυ-
θολογεῖν, καὶ τοὺς ἐξ αὐτῶν γενεαλογεῖν· καὶ τὰ τῶν ἐτῶν ὅσα
ἦν οἷς ἔλεγε πειρᾶσθαι διαμνημονεύων τοὺς χρόνους ἀριθμεῖν. καί
τινα εἰπεῖν τῶν ἱερέων εὖ μάλα παλαιῶν, Ὦ Σόλων, Σόλων, Ἕλ-
ληνες ἀεὶ παῖδες ἐστέ, γέρων δὲ Ἕλλην οὐκ ἔστιν. Ἀκούσας οὖν, 40
πῶς τι τοῦτο λέγεις; φάναι. Νέοι ἐστέ, εἰπεῖν, τὰς ψυχὰς
πάντες. οὐδεμίαν γὰρ ἐν αὐταῖς ἔχετε δι' ἀρχαίαν ἀκοὴν παλαιὰν
δόξαν οὐδὲ μάθημα χρόνῳ πολιὸν οὐδέν. τὸ δὲ τούτων αἴτιον
τόδε· πολλαὶ καὶ κατὰ πολλὰ φθοραὶ γεγόνασιν ἀνθρώπων, καὶ
ἔσονται, πυρὶ μὲν καὶ ὕδατι μέγισται, μυρίοις δὲ ἄλλοις ἕτεραι 45
βραχύτεραι. τὸ γὰρ οὖν καὶ παρ' ὑμῖν λεγόμενον, ὥς ποτε Φαέθων
Ἡλίου παῖς τὸ τοῦ πατρὸς ἅρμα ζεύξας διὰ τὸ μὴ δυνατὸς εἶναι
κατὰ τὴν τοῦ πατρὸς ὁδὸν ἐλαύνειν, τά τ' ἐπὶ γῆς ξυνέκαυσε καὶ
αὐτὸς κεραυνωθεὶς διεφθάρη, τοῦτο μύθου μὲν σχῆμα ἔχον λέγεται.
τὸ δ' ἀληθές ἐστι τῶν περὶ γῆν καὶ κατ' οὐρανὸν ἰόντων παράλ- 50
λαξις, καὶ διὰ μακρῶν χρόνων γινομένη τῶν ἐπὶ γῆς πυρὶ πολλῷ
φθορά. τότε οὖν ὅσοι κατ' ὄρη καὶ ἐν ὑψηλοῖς τόποις καὶ ἐν
ξηροῖς οἰκοῦσι, μᾶλλον διόλλυνται τῶν ποταμοῖς καὶ θαλάττῃ προσ-
οικούντων. ἡμῖν δὲ ὁ Νεῖλος εἴς τε τἆλλα σωτὴρ καὶ τότε ἐκ
ταύτης τῆς ἀπορίας σώζει λυόμενος. ὅταν δ' αὖ οἱ θεοὶ τὴν γῆν 55
ὕδασι καθαίροντες κατακλύζωσιν, οἱ μὲν ἐν τοῖς ὄρεσι διασώζονται,
βουκόλοι, νομεῖς τε· οἱ δ' ἐν ταῖς παρ' ὑμῖν πόλεσιν εἰς τὴν
θάλατταν ὑπὸ τῶν ποταμῶν φέρονται. κατὰ δὲ τήνδε τὴν χώραν
οὔτε τότε οὔτε ἄλλοτε ἄνωθεν ἐπὶ τὰς ἀρούρας ὕδωρ ἐπιρρεῖ, τὸ
δ' ἐναντίον κάτωθεν ἐπανιέναι πέφυκεν. ὅθεν καὶ δι' ἃς αἰτίας 60
τἀνθάδε σωζόμενα λέγεται παλαιότατα. τὸ δὲ ἀληθές, ἐν πᾶσι

τοῖς τόποις ὅπου μὴ χειμὼν ἐξαίσιος ἢ καῦμα ἀπείργει, τοτὲ μὲν
πλέον, τοτὲ δὲ ἔλαττον ἀεὶ γένος ἐστὶν ἀνθρώπων. ὅσα δὲ ἢ
παρ' ἡμῖν, ἢ τῇδε, ἢ καὶ κατ' ἄλλον τόπον ὃν ἀκοῇ ἴσμεν, εἴ πού
65 τι καλὸν ἢ μέγα γέγονεν ἢ καί τινα διαφορὰν ἄλλην ἔχον, πάντα
γεγραμμένα ἐκ παλαιοῦ τῇδ' ἐστὶν ἐν τοῖς ἱεροῖς καὶ σεσωσμένα.
τὰ δὲ παρ' ὑμῖν καὶ τοῖς ἄλλοις ἄρτι κατεσκευασμένα ἑκάστοτε
τυγχάνει γράμμασι καὶ ἅπασιν ὁπόσων πόλεις δέονται. καὶ πάλιν
δι' εἰωθότων ἐτῶν ὥσπερ νόσημα ἥκει φερόμενον αὐτοῖς ῥεῦμα
70 οὐράνιον, καὶ τοὺς ἀγραμμάτους καὶ ἀμούσους ἔλιπεν ὑμῶν. ὥστε
πάλιν νέοι ἐξ ἀρχῆς γίνεσθε, οὐδὲν εἰδότες οὔτε τῶν τῇδε οὔτε
τῶν παρ' ὑμῖν, ὅσα ἦν ἐν τοῖς παλαιοῖς χρόνοις. τὰ γοῦν νῦν
δὴ γενεαλογηθέντα, ὦ Σόλων, περὶ τῶν παρ' ὑμῖν ἃ διῆλθες παίδων,
βραχύ τι διαφέρει μύθων. οἱ πρῶτον μὲν ἕνα γῆς κατακλυσμὸν
75 μέμνησθε, πολλῶν ἔμπροσθεν γεγονότων· ἔτι δὲ, τὸ κάλλιστον
καὶ ἄριστον γένος ἐπ' ἀνθρώπους ἐν τῇ χώρᾳ τῇ παρ' ὑμῖν οὐκ
ἴστε γεγονός, ἐξ ὧν σύ τε καὶ πᾶσα ἡ πόλις ἐστὶ τανῦν ὑμῶν,
περιλειφθέντος ποτὲ σπέρματος βραχέος. ἀλλ' ὑμᾶς λέληθε, διὰ
τὸ τοὺς περιγενομένους ἐπὶ πολλὰς γενεὰς γράμμασι τελευτᾶν
80 ἀφώνους. ἦν γὰρ δήποτε, ὦ Σόλων, ὑπὲρ τὴν μεγίστην φθορὰν
ὕδασιν ἡ νῦν Ἀθηναίων οὖσα πόλις ἀρίστη πρός τε πόλεμον
καὶ κατὰ πάντα εὐνομωτάτη διαφερόντως· ᾗ κάλλιστα ἔργα καὶ
πολιτεῖαι γενέσθαι κάλλισται λέγονται πασῶν ὁπόσων νῦν ὑπὸ
τὸν οὐρανὸν ἡμεῖς ἀκοὴν παραδεξάμεθα. Ἀκούσας οὖν ὁ Σόλων
85 ἔφη θαυμάσαι, καὶ πᾶσαν προθυμίαν σχεῖν, δεόμενος τῶν ἱερέων
πάντα δι' ἀκριβείας οἱ τὰ περὶ τῶν πάλαι πολιτῶν ἐξῆς διελθεῖν.
τὸν οὖν ἱερέα φάναι, Φθόνος οὐδείς, ὦ Σόλων· ἀλλὰ σοῦ τε ἕνεκα
ἐρῶ καὶ τῆς πόλεως ὑμῶν· μάλιστα δὲ καὶ τῆς θεοῦ χάριν, ἣ τήν
τε ὑμετέραν καὶ τήνδ' ἔλαχε καὶ ἔθρεψε καὶ ἐπαίδευσε, προτέραν
90 μὲν τὴν παρ' ὑμῖν ἔτεσι χιλίοις, ἐκ Γῆς τε καὶ Ἡφαίστου τὸ σπέρμα

παραλαβοῦσα ὑμῶν, τήνδε δὲ ὑστέραν. τῆς δὲ ἐνθάδε διακοσμήσεως
παρ' ἡμῖν ἐν τοῖς ἱεροῖς γράμμασιν ὀκτακισχιλίων ἐτῶν ἀριθμὸς
γέγραπται. περὶ δὲ τῶν ἐννακισχίλια ἔτη γεγονότων πολιτῶν σοὶ
δηλώσω διὰ βραχέων νόμους τε καὶ τῶν ἔργων αὐτοῖς ὁ κάλλι-
στον ἐπράχθη. τὸ δ' ἀκριβὲς περὶ πάντων ἐφεξῆς εἰσαῦθις κατὰ 95
σχολὴν αὐτὰ τὰ γράμματα λαβόντες διέξιμεν. τοὺς μὲν οὖν
νόμους σκόπει πρὸς τοὺς τῇδε. πολλὰ γὰρ παραδείγματα τῶν
τότε παρ' ὑμῖν ὄντων ἐνθάδε νῦν ἀνευρήσεις. πρῶτον μὲν, τὸ τῶν
ἱερέων γένος, ἀπὸ τῶν ἄλλων χωρὶς ἀφωρισμένον· μετὰ δὲ τοῦτο, τὸ
τῶν δημιουργῶν, ὅτι καθ' αὑτὸ ἕκαστον, ἄλλῳ δὲ οὐκ ἐπιμιγνύμενον 100
δημιουργεῖ· τό τε τῶν νομέων καὶ τῶν θηρευτῶν τό τε τῶν γεωργῶν.
καὶ δὴ τὸ μάχιμον γένος ᾔσθησαί που τῇδε ἀπὸ πάντων τῶν γενῶν
κεχωρισμένον, οἷς οὐδὲν ἄλλο πλὴν τὰ περὶ τὸν πόλεμον ὑπὸ τοῦ
νόμου προσετάχθη μέλειν. ἔτι δὲ ἡ τῆς ὁπλίσεως αὐτῶν σχέσις
ἀσπίδων καὶ δοράτων, οἷς ἡμεῖς πρῶτοι τῶν περὶ τὴν Ἀσίαν ὡπλί- 105
σμεθα· τῆς θεοῦ, καθάπερ ἐν ἐκείνοις τοῖς τόποις, παρ' ὑμῖν πρώ-
τοις ἐνδειξαμένης. τὸ δ' αὖ περὶ τῆς φρονήσεως ὁρᾷς που τὸν
νόμον τῇδε ὅσην ἐπιμέλειαν ἐποιήσατο εὐθὺς κατ' ἀρχὰς περί τε
τὸν κόσμον ἅπαντα μέχρι μαντικῆς καὶ ἰατρικῆς πρὸς ὑγίειαν,
ἐκ τούτων θείων ὄντων εἰς τὰ ἀνθρώπινα ἐξανευρών, ὅσα τε ἄλλα 110
τούτοις ἕπεται μαθήματα, πάντα κτησάμενος. ταύτην οὖν δὴ τότε
ξύμπασαν τὴν διακόσμησιν καὶ σύνταξιν ἡ θεὸς προτέρους ὑμᾶς
διακοσμήσασα κατῴκισεν, ἐκλεξαμένη τὸν τόπον ἐν ᾧ γεγένησθε,
τὴν εὐκρασίαν τῶν ὡρῶν ἐν αὐτῷ κατιδοῦσα, ὅτι φρονιμωτάτους
ἄνδρας οἴσοι. ἅτ' οὖν φιλοπόλεμός τε καὶ φιλόσοφος ἡ θεὸς 115
οὖσα τὸν προφερεστάτους αὐτῇ μέλλοντα οἴσειν τόπον ἄνδρας,
τοῦτον ἐκλεξαμένη τὸ πρῶτον κατῴκισεν. ᾠκεῖτε οὖν δὴ νόμοις
τε τοιούτοις χρώμενοι καὶ ἔτι μᾶλλον εὐνομούμενοι πάσῃ τε
πάντας ἀνθρώπους ὑπερβεβηκότες ἀρετῇ, καθάπερ εἰκὸς γεννήματα

120 καὶ παιδεύματα θεῶν ὄντας. πολλὰ μὲν οὖν ὑμῶν καὶ μεγάλα
τῆς πόλεως τῇδε γεγραμμένα ἔργα θαυμάζεται, πάντων μὴν ἐν
ὑπερέχει μεγέθει καὶ ἀρετῇ. λέγει γὰρ τὰ γεγραμμένα, ὅσην ἡ
πόλις ὑμῶν ἔπαυσέ ποτε δύναμιν ὕβρει πορευομένην ἅμα ἐπὶ πᾶσαν
Εὐρώπην καὶ Ἀσίαν, ἔξωθεν ὁρμηθεῖσαν ἐκ τοῦ Ἀτλαντικοῦ πελά-
125 γους. τότε γὰρ πορεύσιμον ἦν τὸ ἐκεῖ πέλαγος. νῆσον γὰρ πρὸ
τοῦ στόματος εἶχεν, ὃ καλεῖτε, ὡς φατὲ ὑμεῖς, Ἡρακλέους στήλας.
ἡ δὲ νῆσος ἅμα Λιβύης ἦν καὶ Ἀσίας μείζων, ἐξ ἧς ἐπιβατὸν
ἐπὶ τὰς ἄλλας νήσους τοῖς τότ' ἐγίγνετο πορευομένοις, ἐκ δὲ
τῶν νήσων ἐπὶ τὴν καταντικρὺ πᾶσαν ἤπειρον, τὴν περὶ τὸν ἀλη-
130 θινὸν ἐκεῖνον πόντον. τάδε μὲν γὰρ ὅσα ἐντὸς τοῦ στόματος οὗ
λέγομεν, φαίνεται λιμὴν στενόν τινα εἴσπλουν ἔχων. ἐκεῖνο δὲ
πέλαγος ὄντως ἥ τε περιέχουσα αὐτὸ γῆ παντελῶς ἀληθῶς ὀρθό-
τατ' ἂν λέγοιτο ἤπειρος. ἐν δὲ τῇ Ἀτλαντίδι ταύτῃ νήσῳ μεγάλη
συνέστη καὶ θαυμαστὴ δύναμις βασιλέων, κρατοῦσα μὲν ἁπάσης
135 τῆς νήσου, πολλῶν δὲ ἄλλων νήσων καὶ μερῶν τῆς ἠπείρου. πρὸς
δὲ τούτοις ἔτι τῶν ἐντὸς τῇδε Λιβύης μὲν ἦρχον ἄχρι πρὸς Αἴ-
γυπτον, τῆς δὲ Εὐρώπης, μέχρι Τυρρηνίας. αὕτη δὲ πᾶσα ξυνα-
θροισθεῖσα εἰς ἓν ἡ δύναμις τόν τε παρ' ὑμῖν καὶ τὸν παρ' ἡμῖν
καὶ τὸν ἐντὸς τοῦ στόματος πάντα τόπον μιᾷ ποτ' ἐπεχείρησεν
140 ὁρμῇ δουλοῦσθαι. τότε οὖν ὑμῶν, ὦ Σόλων, τῆς πόλεως ἡ δύναμις
εἰς ἅπαντας ἀνθρώπους διαφανὴς ἀρετῇ τε καὶ ῥώμῃ ἐγένετο.
πάντων γὰρ προστᾶσα εὐψυχίᾳ καὶ τέχναις ὅσαι κατὰ πόλεμον,
τὰ μὲν τῶν Ἑλλήνων ἡγουμένη, τὰ δ' αὐτὴ μονωθεῖσα ἐξ ἀνάγκης
τῶν ἄλλων ἀποστάντων, ἐπὶ τοὺς ἐσχάτους ἀφικομένη κινδύνους,
145 κρατήσασα μὲν τῶν ἐπιόντων τρόπαια ἀνέστησε, τοὺς δὲ μή πω
δεδουλωμένους διεκώλυσε δουλωθῆναι· τοὺς δ' ἄλλους, ὅσοι κατοι-
κοῦμεν ἐντὸς ὅρων Ἡρακλείων, ἀφθόνως ἅπαντας ἠλευθέρωσεν.
ὑστέρῳ δὲ χρόνῳ σεισμῶν ἐξαισίων καὶ κατακλυσμῶν γενομένων,

μιᾶς ἡμέρας καὶ νυκτὸς χαλεπῆς ἐλθούσης, τό τε παρ' ὑμῶν μά-
χιμον πᾶν ἀθρόον ἔδυ κατὰ γῆς, ἥ τε Ἀτλαντὶς νῆσος ὡσαύτως 150
κατὰ τῆς θαλάσσης δῦσα ἠφανίσθη. διὸ καὶ νῦν ἄπορον καὶ ἀδιε-
ρεύνητον γέγονε τοὐκεῖ πέλαγος, πηλοῦ κάρτα βραχέος ἐμποδὼν
ὄντος, ὃν ἡ νῆσος ἱζομένη παρέσχετο.

[Timaeus 3.]

The Cicalas.

XII. *Socrates.* Σχολὴ μὲν δὴ, ὡς ἔοικε. καὶ ἅμα μοι δοκοῦσιν
ὡς ἐν τῷ πνίγει ὑπὲρ κεφαλῆς ἡμῶν οἱ τέττιγες ᾄδοντες καὶ
ἀλλήλοις διαλεγόμενοι καθορᾶν. εἰ οὖν ἴδοιεν καὶ νῷ καθάπερ
τοὺς πολλοὺς ἐν μεσημβρίᾳ μὴ διαλεγομένους, ἀλλὰ νυστάζοντας
καὶ κηλουμένους ὑφ' αὑτῶν δι' ἀργίαν τῆς διανοίας, δικαίως ἂν 5
καταγελῷεν, ἡγούμενοι ἀνδράποδα ἄττα σφίσιν ἐλθόντα εἰς τὸ
καταγώγιον ὥσπερ προβάτια μεσημβριάζοντα περὶ τὴν κρήνην
εὕδειν. ἐὰν δὲ ὁρῶσι διαλεγομένους καὶ παραπλέοντας σφᾶς
ὥσπερ Σειρῆνας ἀκηλήτους, ὃ γέρας παρὰ θεῶν ἔχουσιν ἀνθρώ-
ποις διδόναι τάχ' ἂν δοῖεν ἀγασθέντες. 10

Phaedrus. Ἔχουσι δὲ δὴ τί τοῦτο; ἀνήκοος γὰρ, ὡς ἔοικε,
τυγχάνω ὤν.

Socrates. Οὐ μὲν δὴ πρέπει φιλόμουσον ἄνδρα τῶν τοιούτων
ἀνήκοον εἶναι. λέγεται δ', ὡς ποτ' ἦσαν οὗτοι ἄνθρωποι τῶν
πρὶν Μούσας γεγονέναι. γενομένων δὲ Μουσῶν καὶ φανείσης 15
ᾠδῆς, οὕτως ἄρα τινὲς τῶν τότε ἐξεπλάγησαν ὑφ' ἡδονῆς, ὥστε
ᾄδοντες ἠμέλησαν σίτων τε καὶ ποτῶν, καὶ ἔλαθον τελευτήσαντες
αὑτούς. ἐξ ὧν τὸ τεττίγων γένος μετ' ἐκεῖνο φύεται, γέρας τοῦτο
παρὰ Μουσῶν λαβόν, μηδὲν τροφῆς δεῖσθαι γενόμενον, ἀλλ' ἄσι-
τόν τε καὶ ἄποτον εὐθὺς ᾄδειν, ἕως ἂν τελευτήσῃ, καὶ μετὰ ταῦτα 20
ἐλθὸν παρὰ Μούσας ἀπαγγέλλειν τίς τίνα αὐτῶν τιμᾷ τῶν ἐνθάδε.

Τερψιχόρᾳ μὲν οὖν τοὺς ἐν τοῖς χοροῖς τετιμηκότας αὐτὴν ἀπαγ-
γέλλοντες ποιοῦσι προσφιλεστέρους, τῇ δὲ Ἐρατοῖ τοὺς ἐν τοῖς
ἐρωτικοῖς, καὶ ταῖς ἄλλαις οὕτως, κατὰ τὸ εἶδος ἑκάστης τιμῆς.
25 τῇ δὲ πρεσβυτάτῃ Καλλιόπῃ καὶ τῇ μετ' αὐτὴν Οὐρανίᾳ τοὺς ἐν
φιλοσοφίᾳ διάγοντάς τε καὶ τιμῶντας τὴν ἐκείνων μουσικὴν ἀγγέλ-
λουσιν, αἳ δὴ μάλιστα τῶν Μουσῶν περί τε οὐρανὸν καὶ λόγους
οὖσαι θείους τε καὶ ἀνθρωπίνους ἱᾶσι καλλίστην φωνήν. πολλῶν
δὴ οὖν ἕνεκεν λεκτέον τι καὶ οὐ καθευδητέον ἐν τῇ μεσημβρίᾳ.

[Phaedr. 40, 41.]

XXI.

Isocrates, B.C. 365.

i. Τὴν δὴ τοιαύτην, ὥσπερ εἶπον, κυρίαν ἐποίησαν τῆς εὐταξίας
ἐπιμελεῖσθαι, ἢ τοὺς μὲν οἰομένους ἐνταῦθα βελτίστους ἄνδρας
γίγνεσθαι, παρ' οἷς οἱ νόμοι μετὰ πλείστης ἀκριβείας κείμενοι
τυγχάνουσιν, ἀγνοεῖν ἐνόμιζεν· οὐδὲν γὰρ ἂν κωλύειν ὁμοίους
5 ἅπαντας εἶναι τοὺς Ἕλληνας ἕνεκά γε τοῦ ῥᾴδιον εἶναι τὰ γράμ-
ματα λαβεῖν παρ' ἀλλήλων. ἀλλὰ γὰρ οὐκ ἐκ τούτων τὴν ἐπί-
δοσιν εἶναι τῆς ἀρετῆς, ἀλλ' ἐκ τῶν καθ' ἑκάστην τὴν ἡμέραν
ἐπιτηδευμάτων· τοὺς γὰρ πολλοὺς ὁμοίους τοῖς ἤθεσιν ἀποβαίνειν,
ἐν οἷς ἂν ἕκαστοι παιδευθῶσιν. ἐπεὶ τά γε πλήθη καὶ τὰς ἀκρι-
10 βείας τῶν νόμων σημεῖον εἶναι τοῦ κακῶς οἰκεῖσθαι τὴν πόλιν
ταύτην· ἐμφράγματα γὰρ αὐτοὺς ποιονμένους τῶν ἁμαρτημάτων
πολλοὺς τίθεσθαι τοὺς νόμους ἀναγκάζεσθαι. δεῖν δὲ τοὺς ὀρθῶς
πολιτευομένους οὐ τὰς στοὰς ἐμπιπλάναι γραμμάτων, ἀλλ' ἐν ταῖς
ψυχαῖς ἔχειν τὸ δίκαιον· οὐ γὰρ τοῖς ψηφίσμασιν ἀλλὰ τοῖς ἤθεσι

καλῶς οἰκεῖσθαι τὰς πόλεις, καὶ τοὺς μὲν κακῶς τεθραμμένους καὶ 15
τοὺς ἀκριβῶς τῶν νόμων ἀναγεγραμμένους τολμήσειν παραβαίνειν,
τοὺς δὲ καλῶς πεπαιδευμένους καὶ τοῖς ἁπλῶς κειμένοις ἐθελήσειν
ἐμμένειν. ταῦτα διανοηθέντες οὐ τοῦτο πρῶτον ἐσκόπουν, δι' ὧν
κολάσουσι τοὺς ἀκοσμοῦντας, ἀλλ' ἐξ ὧν παρασκευάσουσι μηδὲν
αὐτοὺς ἄξιον ζημίας [βουλήσεσθαι] ἐξαμαρτάνειν· ἡγοῦντο γὰρ 20
τοῦτο μὲν αὐτῶν ἔργον εἶναι, τὸ δὲ περὶ τὰς τιμωρίας σπουδάζειν
τοῖς ἐχθροῖς προσήκειν.

[Areop. 45-48.]

ii. Εἴθισμαι γὰρ λέγειν πρὸς τοὺς περὶ τὴν φιλοσοφίαν τὴν
ἡμετέραν διατρίβοντας, ὅτι τοῦτο πρῶτον δεῖ σκέψασθαι, τί τῷ
λόγῳ καὶ τοῖς τοῦ λόγου μέρεσι διαπρακτέον ἐστίν· ἐπειδὰν δὲ
τοῖθ' εὕρωμεν καὶ διακριβωσώμεθα, ζητητέον εἶναί φημι τὰς ἰδέας
δι' ὧν ταῦτ' ἐξεργασθήσεται καὶ λήψεται τέλος ὅπερ ὑπεθέμεθα. 5
καὶ ταῦτα φράζω μὲν ἐπὶ τῶν λόγων, ἔστι δὲ τοῦτο στοιχεῖον
καὶ κατὰ τῶν ἄλλων ἁπάντων καὶ κατὰ τῶν ὑμετέρων πραγμάτων.
οὐδὲν γὰρ οἷόν τ' ἐστὶ πραχθῆναι νουνεχόντως, ἐὰν μὴ τοῦτο
πρῶτον μετὰ πολλῆς προνοίας λογίσησθε καὶ βουλεύσησθε, πῶς
χρὴ τὸν ἐπίλοιπον χρόνον ὑμῶν αὐτῶν προστῆναι καὶ τίνα βίον 10
προελέσθαι καὶ ποίας δόξης ὀριγνηθῆναι καὶ ποτέρας τῶν τιμῶν
ἀγαπῆσαι, τὰς παρ' ἑκόντων γιγνομένας ἢ τὰς παρ' ἀκόντων τῶν
πολιτῶν· ταῦτα δὲ διορισαμένους, τότ' ἤδη τὰς πράξεις τὰς καθ'
ἑκάστην τὴν ἡμέραν σκεπτέον, ὅπως συντενοῦσι πρὸς τὰς ὑποθέσεις
τὰς ἐξ ἀρχῆς γενομένας. καὶ τοῦτον μὲν τὸν τρόπον ζητοῦντες 15
ὥσπερ σκοποῦ κειμένου στοχάσεσθε τῇ ψυχῇ, καὶ μᾶλλον ἐπι-
τεύξεσθε τοῦ συμφέροντος· ἐὰν δὲ μηδεμίαν ποιήσησθε τοιαύτην
ὑπόθεσιν, ἀλλὰ τὸ προσπῖπτον ἐπιχειρῆτε πράττειν, ἀναγκαῖόν
ἐστιν ὑμᾶς ταῖς διανοίαις πλανᾶσθαι καὶ πολλῶν διαμαρτάνειν
πραγμάτων.

[Epist. VI. 11-13.]   20

iii. Νεώτερος μὲν ὢν προῃρούμην γράφειν τῶν λόγων οὐ τοὺς
μυθώδεις οὐδὲ τοὺς τερατείας καὶ ψευδολογίας μεστούς, οἷς οἱ
πολλοὶ μᾶλλον χαίρουσιν ἢ τοῖς περὶ τῆς αὑτῶν σωτηρίας λεγο-
μένοις, οὐδὲ τοὺς τὰς παλαιὰς πράξεις καὶ τοὺς πολέμους τοὺς
5 Ἑλληνικοὺς ἐξηγουμένους, καίπερ εἰδὼς δικαίως αὐτοὺς ἐπαινου-
μένους, οὐδ' αὖ τοὺς ἁπλῶς δοκοῦντας εἰρῆσθαι καὶ μηδεμιᾶς
κομψότητος μετέχοντας, οἷς οἱ δεινοὶ περὶ τοὺς ἀγῶνας παραι-
νοῦσι τοῖς νεωτέροις μελετᾶν, εἴπερ βούλονται πλέον ἔχειν τῶν
ἀντιδίκων, ἀλλὰ πάντας τούτους ἐάσας περὶ ἐκείνους ἐπραγμα-
10 τευόμην τοὺς περὶ τῶν συμφερόντων τῇ τε πόλει καὶ τοῖς ἄλλοις
Ἕλλησι συμβουλεύοντας, καὶ πολλῶν μὲν ἐνθυμημάτων γέμοντας,
οὐκ ὀλίγων δ' ἀντιθέσεων καὶ παρισώσεων καὶ τῶν ἄλλων ἰδεῶν
τῶν ἐν ταῖς ῥητορείαις διαλαμπουσῶν καὶ τοὺς ἀκούοντας ἐπιση-
μαίνεσθαι καὶ θορυβεῖν ἀναγκαζουσῶν· νῦν δ' οὐδ' ὁπωσοῦν τοὺς
15 τοιούτους. ἡγοῦμαι γὰρ οὐχ ἁρμόττειν οὔτε τοῖς ἔτεσι τοῖς ἐνενή-
κοντα καὶ τέτταρσιν, ἃ ἐγὼ τυγχάνω γεγονώς, οὔθ' ὅλως τοῖς ἤδη
πολιὰς ἔχουσιν, ἐκεῖνον τὸν τρόπον ἔτι λέγειν, ἀλλ' ὡς ἅπαντες
μὲν ἂν ἐλπίσειαν εἰ βουληθεῖεν, οὐδεὶς δ' ἂν δυνηθείη ῥᾳδίως πλὴν
τῶν πονεῖν ἐθελόντων καὶ σφόδρα προσεχόντων τὸν νοῦν. Τούτου
20 δ' ἕνεκεν ταῦτα προεῖπον, ἵν' ἤν τισιν ὁ μέλλων δειχθήσεσθαι
λόγος μαλακώτερος ὢν φαίνηται τῶν πρότερον διαδεδομένων, μὴ
παραβάλλωσι πρὸς τὴν ἐκείνων ποικιλίαν, ἀλλὰ πρὸς τὴν ὑπόθεσιν
αὐτὸν κρίνωσι τὴν ἐν τῷ παρόντι δεδοκιμασμένην.

[Panath. 1-5.]

XXII.

Aeschines, B.C. 340.

i. Μὴ πρὸς τοῦ Διὸς καὶ τῶν ἄλλων θεῶν, ἱκετεύω ὑμᾶς, ὦ
ἄνδρες Ἀθηναῖοι, μὴ τρόπαιον ἵστατε ἀφ' ὑμῶν αὐτῶν ἐν τῇ τοῦ
Διονύσου ὀρχήστρᾳ, μηδ' αἱρεῖτε παρανοίας ἐναντίον τῶν Ἑλλήνων
τὸν δῆμον τῶν Ἀθηναίων, μηδ' ὑπομιμνήσκετε τῶν ἀνιάτων καὶ
ἀνηκέστων κακῶν τοὺς ταλαιπώρους Θηβαίους, οὓς φυγόντας διὰ 5
τοῦτον ὑποδέδεχθε τῇ πόλει, ὧν ἱερὰ καὶ τέκνα καὶ τάφους ἀπώ-
λεσεν ἡ Δημοσθένους δωροδοκία καὶ τὸ βασιλικὸν χρυσίον· ἀλλ'
ἐπειδὴ τοῖς σώμασιν οὐ παρεγένεσθε, ἀλλὰ ταῖς γε διανοίαις ἀπο-
βλέψατ' αὐτῶν εἰς τὰς συμφοράς, καὶ νομίσαθ' ὁρᾶν ἁλισκομένην
τὴν πόλιν, τειχῶν κατασκαφάς, ἐμπρήσεις οἰκιῶν, ἀγομένας γυναῖκας 10
καὶ παῖδας εἰς δουλείαν, πρεσβύτας ἀνθρώπους, πρεσβύτιδας γυ-
ναῖκας ὀψὲ μεταμανθάνοντας τὴν ἐλευθερίαν, κλαίοντας, ἱκετεύοντας
ὑμᾶς, ὀργιζομένους οὐ τοῖς τιμωρουμένοις ἀλλὰ τοῖς τούτων αἰτίοις,
ἐπισκήπτοντας μηδενὶ τρόπῳ τὸν τῆς Ἑλλάδος ἀλιτήριον στεφα-
νοῦν, ἀλλὰ καὶ τὸν δαίμονα καὶ τὴν τύχην τὴν συμπαρακολουθοῦσαν 15
τῷ ἀνθρώπῳ φυλάξασθαι.

[Ctesiph. 156-7.]

ii. Ἐνταῦθ' ἡμῖν ἀπόδειξιν ποίησαι, ὦ Δημόσθενες, τί ποτ' ἦν ἃ
ἔπραξας καὶ τί ποτ' ἦν ἃ ἔλεγες· καί, εἰ βούλει, παραχωρῶ σοι
τοῦ βήματος, ἕως ἂν εἴπῃς. ἐπειδὴ δὲ σιγᾷς, ὅτι μὲν ἀπορεῖς,
συγγνώμην ἔχω σοι· ἃ δὲ τότ' ἔλεγες, ἐγὼ νυνὶ λέξω. οὐ
μέμνησθε αὐτοῦ τὰ μιαρὰ καὶ ἀπίθανα ῥήματα, ἃ πῶς ποθ' ὑμεῖς 5

1

ὦ σιδήρεοι ἐκαρτερεῖτε ἀκροώμενοι; ὅτ' ἔφη παρελθὼν " ἀμπε-
λουργοῦσί τινες τὴν πόλιν, ἀνατετμήκασί τινες τὰ κλήματα τοῦ
δήμου, ὑποτέτμηται τὰ νεῦρα τῶν πραγμάτων, φορμορραφούμεθα
ἐπὶ τὰ στενά, τινές πρῶτον ὥσπερ τὰς βελόνας διείρουσι." ταῦτα
10 δὲ τί ἐστιν, ὦ κίναδος; ῥήματα ἢ θαύματα; καὶ πάλιν ὅτε κύκλῳ
περιδινῶν σεαυτὸν ἐπὶ τοῦ βήματος ἔλεγες ὡς ἀντιπράττων Ἀλε-
ξάνδρῳ " ὁμολογῶ τὰ Λακωνικὰ συστῆσαι, ὁμολογῶ Θετταλοὺς
καὶ Περραιβοὺς ἀφιστάναι." σὺ γὰρ ἂν κώμην ἀποστήσαις; σὺ
γὰρ ἂν προσέλθοις μὴ ὅτι πρὸς πύλιν, ἀλλὰ πρὸς οἰκίαν ὅπου
15 κίνδυνος πρόσεστιν; ἀλλ' εἰ μέν που χρήματα ἀναλίσκεται, προσ-
καθιζήσει, πρᾶξιν δὲ ἀνδρὸς οὐ πράξεις· ἐὰν δ' αὐτόματόν τι
συμβῇ, προσποιήσῃ καὶ σαυτὸν ἐπὶ τὸ γεγενημένον ἐπιγράψεις·
ἂν δ' ἔλθῃ φόβος τις, ἀποδράσῃ· ἐὰν δὲ θαρρήσωμεν, δωρεὰς αἰτή-
σεις καὶ χρυσοῖς στεφάνοις στεφανοῦσθαι.

[Ib. 165–167.]

XXIII.

Ӿ *Demosthenes*, B.C. 340.

i. Μηδαμῶς, ὦ ἄνδρες δικασταί, γένησθε ἡμῖν τοσούτων αἴτιοι
κακῶν· μηδὲ τὴν μητέρα κἀμὲ καὶ τὴν ἀδελφὴν ἀνάξια παθόντας
περιίδητε, οὓς ὁ πατὴρ οὐκ ἐπὶ ταύταις ταῖς ἐλπίσι κατέλιπεν,
ἀλλὰ τὴν μὲν ὡς Δημοφῶντι συνοικήσουσαν ἐπὶ δυοῖν ταλάντοιν
5 προικὶ, τὴν δ' ἐπὶ ὀγδοήκοντα μναῖς τούτῳ τῷ σχετλιωτάτῳ πάν-
των ἀνθρώπων, ἐμὲ δ' ὑμῖν διάδοχον ἀνθ' αὑτοῦ τῶν λειτουργιῶν
ἐσόμενον. βοηθήσατε οὖν ἡμῖν, βοηθήσατε, καὶ τοῦ δικαίου καὶ
ὑμῶν αὐτῶν ἕνεκα καὶ ἡμῶν καὶ τοῦ πατρὸς τοῦ τετελευτηκότος.

σώσατε, ἐλεήσατε, ἐπειδὴ οὗτοι συγγενεῖς ὄντες οὐκ ἠλέησαν. εἰς
ὑμᾶς καταπεφεύγαμεν. ἱκετεύω, ἀντιβολῶ πρὸς παίδων, πρὸς 10
γυναικῶν, πρὸς τῶν ὄντων ἀγαθῶν ὑμῖν. οὕτως ὄναισθε τούτων,
μὴ περιίδητέ με, μηδὲ ποιήσητε τὴν μητέρα καὶ τῶν ἐπιλοίπων
ἐλπίδων εἰς τὸν βίον στερηθεῖσαν ἀνάξιον αὑτῆς τι παθεῖν· ἢ νῦν
μὲν οἴεται τυχόντα με τῶν δικαίων παρ᾽ ὑμῖν ὑποδέξεσθαι καὶ τὴν
ἀδελφὴν ἐκδώσειν· εἰ δ᾽ ὑμεῖς ἄλλο τι γνώσεσθε, ὃ μὴ γένοιτο, 15
τίνα οἴεσθε αὐτὴν ψυχὴν ἕξειν, ὅταν ἐμὲ μὲν ἴδῃ μὴ μόνον τῶν
πατρῴων ἀπεστερημένον ἀλλὰ καὶ πρὸς ἠτιμωμένον, περὶ δὲ τῆς
ἀδελφῆς μηδ᾽ ἐλπίδα ἔχουσαν ὡς τεύξεταί τινος τῶν προσηκόντων
διὰ τὴν ἐσομένην ἀπορίαν; οὐκ ἄξιος, ὦ ἄνδρες δικασταί, οὔτ᾽ ἐγὼ
δίκης ἐν ὑμῖν μὴ τυχεῖν, οὔθ᾽ οὗτος τοσαῦτα χρήματ᾽ ἀδίκως κατα- 20
σχεῖν. ἐμοῦ μὲν γὰρ εἰ καὶ μήπω πεῖραν εἰλήφατε, ποῖός τις ἂν
εἰς ὑμᾶς εἴην, ἐλπίζειν προσήκει μὴ χείρω τοῦ πατρὸς ἔσεσθαι.

[Aphob. II. 23-26.]

ii. Βούλομαι δ᾽ ὑμῖν, ὦ ἄνδρες δικασταί, ἐν Λοκροῖς ὡς νομο-
θετοῦσι διηγήσασθαι· οὐδὲν γὰρ χείρους ἔσεσθε παράδειγμά τι
ἀκηκοότες, ἄλλως τε καὶ ᾧ πόλις εὐνομουμένη χρῆται. ἐκεῖ γὰρ
οὕτως οἴονται δεῖν τοῖς πάλαι κειμένοις χρῆσθαι νόμοις καὶ τὰ
πάτρια περιστέλλειν καὶ μὴ πρὸς τὰς βουλήσεις μηδὲ πρὸς τὰς 5
διαδύσεις τῶν ἀδικημάτων νομοθετεῖσθαι, ὥστ᾽ ἐάν τις βούληται
νόμον καινὸν τιθέναι, ἐν βρόχῳ τὸν τράχηλον ἔχων νομοθετεῖ, καὶ
ἐὰν μὲν δόξῃ καλὸς καὶ χρήσιμος εἶναι ὁ νόμος, ζῇ ὁ τιθεὶς καὶ
ἀπέρχεται, εἰ δὲ μή, τέθνηκεν ἐπισπασθέντος τοῦ βρόχου. καὶ γάρ
τοι καινοὺς μὲν οὐ τολμῶσι τίθεσθαι νόμους, τοῖς δὲ πάλαι κει- 10
μένοις ἀκριβῶς χρῶνται. ἐν πολλοῖς δὲ πάνυ ἔτεσιν, ὦ ἄνδρες
δικασταί, εἷς λέγεται παρ᾽ αὐτοῖς νόμος καινὸς τεθῆναι. ὄντος
γὰρ αὐτόθι νόμου, ἐάν τις ὀφθαλμὸν ἐκκόψῃ, ἀντεκκόψαι παρα-

σχεῖν τὸν ἑαυτοῦ, καὶ οὐ χρημάτων τιμήσεως οὐδεμιᾶς, ἀπειλῆσαί
15 τις λέγεται ἐχθρὸς ἐχθρῷ ἕνα ἔχοντι ὀφθαλμὸν ὅτι αὐτοῦ ἐκκόψει
τοῦτον τὸν ἕνα. γενομένης δὲ ταύτης τῆς ἀπειλῆς χαλεπῶς ἐνεγκὼν
ὁ ἑτερόφθαλμος, καὶ ἡγούμενος ἀβίωτον αὐτῷ εἶναι τὸν βίον τοῦτο
παθόντι, λέγεται τολμῆσαι νόμον εἰσενεγκεῖν, ἐάν τις ἕνα ἔχοντος
ὀφθαλμὸν ἐκκόψῃ, ἄμφω ἀντεκκόψαι παρασχεῖν, ἵνα τῇ ἴσῃ συμ-
20 φορᾷ ἀμφότεροι χρῶνται. καὶ τοῦτον μόνον λέγονται Λοκροὶ
θέσθαι τὸν νόμον ἐν πλέον ἢ διακοσίοις ἔτεσιν.

[Timocr. 159-161.]

iii. Οὕτω δ' οὐ μόνον εἰς χρήματ' ἀναιδὴς ἀλλὰ καὶ σκαιός
ἐστιν, ὥστ' οὐκ οἶδεν ἐκεῖνο, ὅτι στέφανοι μέν εἰσιν ἀρετῆς
σημεῖον, φιάλαι δὲ καὶ τὰ τοιαῦτα πλούτου, καὶ στέφανος
μὲν ἅπας, κἂν μικρὸς ᾖ, τὴν ἴσην φιλοτιμίαν ἔχει τῷ με-
5 γάλῳ, ἐκπώματα δ' ἢ θυμιατήρια ἢ τὰ τοιαῦτα κτήματα, ἐὰν
μὲν ὑπερβάλλῃ τῷ πλήθει, πλούτου τινὰ δόξαν προσετρίψατο
τοῖς κεκτημένοις, ἐὰν δ' ἐπὶ σμικροῖς σεμνύνηταί τις, τοσοῦτ'
ἀπέχει τοῦ τιμῆς τινὸς διὰ ταῦτα τυχεῖν, ὥστ' ἀπειρόκαλος πρὸς
ἔδοξεν εἶναι. οὗτος τοίνυν ἀνελὼν τὰ τῆς δόξης κτήματα τὰ τοῦ
10 πλούτου πεποίηται μικρὰ καὶ ἀνάξια ὑμῶν. καὶ οὐδ' ἐκεῖν' εἶδεν,
ὅτι πρὸς μὲν χρημάτων κτῆσιν οὐδὲ πώποτε ὁ δῆμος ἐσπούδασε,
πρὸς δὲ δόξης ὡς οὐδὲ πρὸς ἓν τῶν ἄλλων. τεκμήριον δέ· χρή-
ματα μὲν γὰρ πλεῖστα τῶν Ἑλλήνων ποτὲ σχὼν ἅπανθ' ὑπὲρ
φιλοτιμίας ἀνήλωσεν, ὑπὲρ δὲ δόξης εἰσφέρων ἐκ τῶν ἰδίων οὐδένα
15 πώποτε κίνδυνον ἐξέστη. ἀφ' ὧν κτήματ' ἀθάνατα αὐτῷ περίεστι,
τὰ μὲν τῶν ἔργων ἡ μνήμη, τὰ δὲ τῶν ἀναθημάτων τῶν ἐπ' ἐκείνοις
σταθέντων τὸ κάλλος, προπύλαια ταῦτα, ὁ παρθενὼν, στοαί, νεώσ-
οικοι, οὐκ ἀμφορίσκοι δύο οὐδὲ χρυσίδες τέτταρες ἢ τρεῖς,
ἄγουσα ἑκάστη μνᾶν, ἅς, ὅταν σοι δοκῇ, πάλιν γράψεις καταχω-

νεύειν. οὐ γὰρ ἑαυτοὺς δεκατεύοντες, οὐδ᾽, ἃ καταράσαιντ᾽ ἂν οἱ 20
ἐχθροὶ, ποιοῦντες, διπλᾶς πράττοντες τὰς εἰσφορὰς, ταῦτ᾽ ἀνέ-
θεσαν, οὐδ᾽ οἵσπερ σὺ χρώμενοι συμβούλοις ἐπολιτεύοντο, ἀλλὰ
τοὺς ἐχθροὺς κρατοῦντες, καὶ ἃ πᾶς τις ἂν εὖ φρονῶν εὔξαιτο,
τὴν πόλιν εἰς ὁμόνοιαν ἄγοντες, ἀθάνατον κλέος αὑτῶν λελοίπασι,
τοὺς ἐπιτηδεύοντας οἷά σοι βεβίωται τῆς ἀγορᾶς εἴργοντες. ὑμεῖς 25
δ᾽ εἰς τοσοῦτον ὦ ἄνδρες Ἀθηναῖοι προήχθητ᾽ εὐηθείας καὶ ῥᾳθυ-
μίας, ὥστ᾽ οὐδὲ τοιαῦτ᾽ ἔχοντες παραδείγματα ταῦτα μιμεῖσθε,
ἀλλ᾽ Ἀνδροτίων ὑμῖν πομπείων ἐπισκευαστὴς, Ἀνδροτίων, ὦ γῆ
καὶ θεοί. καὶ τοῦτ᾽ ἀσέβημα ἔλαττον τίνος ἡγεῖσθε; ἐγὼ μὲν γὰρ
ἡγοῦμαι δεῖν τὸν εἰς ἱερὰ εἰσιόντα καὶ χερνίβων καὶ κανῶν ἁψό- 30
μενον, καὶ τῆς πρὸς τοὺς θεοὺς ἐπιμελείας προστάτην ἐσόμενον
οὐχὶ τακτὸν ἡμερῶν ἀριθμὸν ἁγνεύειν, ἀλλὰ τὸν βίον ὅλον ἡγνευ-
κέναι τοιούτων ἐπιτηδευμάτων οἷα τούτῳ βεβίωται.

[Timocr. 209-213.]

iv. Ἅπας ὁ τῶν ἀνθρώπων βίος, ὦ ἄνδρες Ἀθηναῖοι, κἂν με-
γάλην πόλιν οἰκῶσι κἂν μικρὰν, φύσει καὶ νόμοις διοικεῖται.
τούτων δ᾽ ἡ μὲν φύσις ἐστὶν ἄτακτον καὶ ἀνώμαλον καὶ κατ᾽
ἄνδρα ἴδιον τοῦ ἔχοντος, οἱ δὲ νόμοι κοινὸν καὶ τεταγμένον καὶ
ταὐτὸ πᾶσιν. ἡ μὲν οὖν φύσις, ἂν ᾖ πονηρὰ, πολλάκις φαῦλα 5
βούλεται· διόπερ τοὺς τοιούτους ἐξαμαρτάνοντας εὑρήσετε. οἱ δὲ
νόμοι τὸ δίκαιον καὶ τὸ καλὸν καὶ τὸ συμφέρον βούλονται, καὶ
τοῦτο ζητοῦσι, καὶ ἐπειδὰν εὑρεθῇ, κοινὸν τοῦτο πρόσταγμα ἀπε-
δείχθη, πᾶσιν ἴσον καὶ ὅμοιον, καὶ τοῦτ᾽ ἔστι νόμος, ᾧ πάντας
πείθεσθαι προσήκει διὰ πολλὰ, καὶ μάλισθ᾽ ὅτι πᾶς ἐστὶ νόμος 10
εὕρημα μὲν καὶ δῶρον θεῶν, δόγμα δ᾽ ἀνθρώπων φρονίμων, ἐπανόρ-
θωμα δὲ τῶν ἑκουσίων καὶ ἀκουσίων ἁμαρτημάτων, πόλεως δὲ συν-
θήκη κοινὴ, καθ᾽ ἣν πᾶσι προσήκει ζῆν τοῖς ἐν τῇ πόλει.

[Aristog. I. 17-19.]

v. Σκοπεῖτε γάρ. εἰσὶν ὁμοῦ δισμύριοι πάντες Ἀθηναῖοι. τού-
των ἕκαστος ἕν γέ τι πράττων κατὰ τὴν ἀγορὰν περιέρχεται ἤτοι νὴ
τὸν Ἡρακλέα τῶν κοινῶν ἢ τῶν ἰδίων. ἀλλ᾽ οὐχ οὗτος οὐδέν, οὐδ᾽
ἂν ἔχοι δεῖξαι πρὸς ὅτῳ τὸν βίον ἐστὶ τῶν μετρίων ἢ καλῶν. οὐχὶ
5 τῶν πολιτικῶν ἀγαθῶν ἐπ᾽ οὐδενὶ τῇ ψυχῇ διατρίβει· οὐ τέχνης,
οὐ γεωργίας, οὐκ ἄλλης ἐργασίας οὐδεμιᾶς ἐπιμελεῖται· οὐ φιλαν-
θρωπίας, οὐχ ὁμιλίας οὐδεμιᾶς οὐδενὶ κοινωνεῖ· ἀλλὰ πορεύεται διὰ
τῆς ἀγορᾶς, ὥσπερ ἔχις ἢ σκορπίος, ἠρκὼς τὸ κέντρον, ᾄττων δεῦρο
κἀκεῖσε, σκοπῶν τίνι συμφορὰν ἢ βλασφημίαν ἢ κακόν τι προσ-
10 τριψάμενος καὶ καταστήσας εἰς φόβον ἀργύριον εἰσπράξεται. οὐδὲ
προσφοιτᾷ πρός τι τούτων τῶν ἐν τῇ πόλει κουρείων ἢ μυρο-
πωλείων ἢ τῶν ἄλλων ἐργαστηρίων οὐδὲ πρὸς ἕν· ἀλλ᾽ ἄσπειστος,
ἀνίδρυτος, ἄμικτος, οὐ χάριν, οὐ φιλίαν, οὐκ ἄλλ᾽ οὐδὲν ὧν ἄνθρω-
πος μέτριος γιγνώσκων. μεθ᾽ ὧν δ᾽ οἱ ζωγράφοι τοὺς ἀσεβεῖς ἐν
15 Ἅιδου γράφουσιν, μετὰ τούτων, μετ᾽ ἀρᾶς καὶ βλασφημίας καὶ
φθόνου καὶ στάσεως καὶ νείκους, περιέρχεται.

[Aristog. I. 62, 63.]

vi. Εἰ δέ τις ὑμῶν, ὦ ἄνδρες Ἀθηναῖοι, τὸν Φίλιππον εὐτυ-
χοῦντα ὁρῶν ταύτῃ φοβερὸν προσπολεμῆσαι νομίζει, σώφρονος
μὲν ἀνθρώπου λογισμῷ χρῆται· μεγάλη γὰρ ῥοπή, μᾶλλον δὲ τὸ
ὅλον ἡ τύχη παρὰ πάντ᾽ ἐστὶ τὰ τῶν ἀνθρώπων πράγματα· οὐ
5 μὴν ἀλλ᾽ ἔγωγε, εἴ τις αἵρεσίν μοι δοίη, τὴν τῆς ἡμετέρας πόλεως
τύχην ἂν ἑλοίμην, ἐθελόντων ἃ προσήκει ποιεῖν ὑμῶν αὐτῶν καὶ
κατὰ μικρόν, ἢ τὴν ἐκείνου· πολὺ γὰρ πλείους ἀφορμὰς εἰς τὸ
τὴν παρὰ τῶν θεῶν εὔνοιαν ἔχειν ὁρῶ ἡμῖν ἐνούσας ἢ ἐκείνῳ. ἀλλ᾽,
οἶμαι, καθήμεθα οὐδὲν ποιοῦντες· οὐκ ἔνι δ᾽ αὐτὸν ἀργοῦντα οὐδὲ
10 τοῖς φίλοις ἐπιτάττειν ὑπὲρ αὐτοῦ τι ποιεῖν, μή τί γε δὴ τοῖς θεοῖς.
οὐ δὴ θαυμαστόν ἐστιν, εἰ στρατευόμενος καὶ πονῶν ἐκεῖνος αὐτὸς

καὶ παρὼν ἐφ' ἅπασι καὶ μηδένα καιρὸν μηδ' ὥραν παραλείπων
ἡμῶν μελλόντων καὶ ψηφιζομένων καὶ πυνθανομένων περιγίγνεται.
οὐδὲ θαυμάζω τοῦτ' ἐγώ· τοὐναντίον γὰρ ἂν ἦν θαυμαστὸν, εἰ μηδὲν
ποιοῦντες ἡμεῖς ὧν τοῖς πολεμοῦσι προσήκει τοῦ πάντα ποιοῦντος 15
ἃ δεῖ περιῆμεν. ἀλλ' ἐκεῖνο θαυμάζω, εἰ Λακεδαιμονίοις μέν ποτε
ὦ ἄνδρες Ἀθηναῖοι ὑπὲρ τῶν Ἑλληνικῶν δικαίων ἀντήρατε, καὶ
πολλὰ ἰδίᾳ πλεονεκτῆσαι πολλάκις ὑμῖν ἐξὸν οὐκ ἠθελήσατε, ἀλλ'
ἵν' οἱ ἄλλοι τύχωσι τῶν δικαίων, τὰ ὑμέτερ' αὐτῶν ἀνηλίσκετε
εἰσφέροντες καὶ προεκινδυνεύετε στρατευόμενοι, νυνὶ δ' ὀκνεῖτε 20
ἐξιέναι καὶ μέλλετε εἰσφέρειν ὑπὲρ τῶν ὑμετέρων αὐτῶν κτημάτων,
καὶ τοῖς μὲν ἄλλους σεσώκατε πολλάκις πάντας καὶ καθ' ἕνα αὐτῶν
ἕκαστον ἐν μέρει, τὰ δ' ὑμέτερ' αὐτῶν ἀπολωλεκότες κάθησθε.

[Olynth. II. 22-24.]

vii. Πότ' οὖν, ὦ ἄνδρες Ἀθηναῖοι, πότε ἃ χρὴ πράξετε; ἐπειδὰν
τί γένηται; ἐπειδὰν νὴ Δί' ἀνάγκη τις ᾖ. νῦν δὲ τί χρὴ τὰ γιγνό-
μενα ἡγεῖσθαι; ἐγὼ μὲν γὰρ οἴομαι τοῖς ἐλευθέροις μεγίστην ἀνάγ-
κην τὴν ὑπὲρ τῶν πραγμάτων αἰσχύνην εἶναι. ἢ βούλεσθε, εἰπέ
μοι, περιόντες αὐτῶν πυνθάνεσθαι κατὰ τὴν ἀγορὰν, λέγεταί τι 5
καινόν; γένοιτο γὰρ ἄν τι καινότερον ἢ Μακεδὼν ἀνὴρ Ἀθηναίους
καταπολεμῶν καὶ τὰ τῶν Ἑλλήνων διοικῶν; τέθνηκε Φίλιππος;
οὐ μὰ Δί'. ἀλλ' ἀσθενεῖ; τί δ' ὑμῖν διαφέρει; καὶ γὰρ ἂν οὗτός
τι πάθῃ, ταχέως ὑμεῖς ἕτερον Φίλιππον ποιήσετε, ἄνπερ οὕτω
προσέχητε τοῖς πράγμασι τὸν νοῦν· οὐδὲ γὰρ οὗτος παρὰ τὴν 10
αὑτοῦ ῥώμην τοσοῦτον ἐπηύξηται ὅσον παρὰ τὴν ἡμετέραν ἀμέ-
λειαν. καίτοι καὶ τοῦτο. εἴ τι πάθοι καὶ τὰ τῆς τύχης ἡμῖν
ὑπάρξαι, ἥπερ ἀεὶ βέλτιον ἢ ἡμεῖς ἡμῶν αὐτῶν ἐπιμελούμεθα,
καὶ τοῦτ' ἐξεργάσαιτο, ἴσθ' ὅτι πλησίον μὲν ὄντες, ἅπασιν ἂν
τοῖς πράγμασι τεταραγμένοις ἐπιστάντες ὅπως βούλεσθε διοική- 15

σαισθε, ὡς δὲ νῦν ἔχετε, οὐδὲ διδόντων τῶν καιρῶν Ἀμφίπολιν
δέξασθαι δύναισθ' ἂν, ἀπηρτημένοι καὶ ταῖς παρασκευαῖς καὶ ταῖς
γνώμαις.   [Philipp. I. 13-15.]

viii. Ἀλλ' ὑπὲρ αὑτοῦ κλαήσει τοῦ τὰ τοιαῦτα πεπρεσβευκότος,
καὶ τὰ παιδία ἴσως παράξει καὶ ἀναβιβᾶται. ὑμεῖς δ' ἐνθυμεῖσθε,
ὦ ἄνδρες δικασταὶ, πρὸς μὲν τὰ τούτου παιδία, ὅτι πολλῶν συμ-
μάχων ὑμετέρων καὶ φίλων παῖδες ἀλῶνται καὶ πτωχοὶ περιέρ-
5 χονται δεινὰ πεπονθότες διὰ τοῦτον, οὓς ἐλεεῖν πολλῷ μᾶλλον
ὑμῖν ἄξιον ἢ τοὺς τοῦ τοιαῦτα ἠδικηκότος καὶ προδότου πατρὸς,
καὶ ὅτι τοὺς ὑμετέρους παῖδας οὗτοι, "καὶ τοῖς ἐκγόνοις" προσγρά-
ψαντες τῇ εἰρήνῃ, καὶ τῶν ἐλπίδων ἀπεστερήκασι, πρὸς δὲ τὰ
αὑτοῦ τούτου δάκρυα, ὅτι νῦν ἔχετε ἄνθρωπον, ὃς εἰς Ἀρκαδίαν
10 ἐκέλευεν ἐπὶ τοὺς ὑπὲρ Φιλίππου πράττοντας πέμπειν τοὺς κατη-
γορήσοντας. νῦν τοίνυν ὑμᾶς οὐκ εἰς Πελοπόννησον δεῖ πρεσβείαν
πέμπειν, οὐδ' ὁδὸν μακρὰν βαδίσαι, οὐδ' ἐφόδια ἀναλίσκειν, ἀλλ'
ἄχρι τοῦ βήματος ἐνταυθοῖ προσελθόντα ἕκαστον ὑμῶν τὴν ὁσίαν
καὶ τὴν δικαίαν ψῆφον ὑπὲρ τῆς πατρίδος θέσθαι κατ' ἀνδρὸς,
15 ὃς, ὦ γῆ καὶ θεοὶ, ἐκεῖνα ἃ διεξῆλθον ἐν ἀρχῇ δεδημηγορηκὼς,
τὸν Μαραθῶνα, τὴν Σαλαμῖνα, τὰς μάχας, τὰ τρόπαια, ἐξαίφνης,
ὡς ἐπέβη Μακεδονίας, πάντα τἀναντία τούτοις ἔλεγε, μὴ προγόνων
μεμνῆσθαι, μὴ τρόπαια λέγειν, μὴ βοηθεῖν μηδενὶ, μὴ κοινῇ μετὰ
τῶν Ἑλλήνων βουλεύεσθαι, μόνον οὐ καθελεῖν τὰ τείχη. καίτοι
20 τούτων αἰσχίους λόγοι οὐδένες πώποτ' ἐν τῷ παντὶ χρόνῳ γε-
γόνασι παρ' ὑμῖν. τίς γάρ ἐστιν Ἑλλήνων ἢ βαρβάρων οὕτω
σκαιὸς καὶ ἀνήκοος καὶ σφόδρα μισῶν τὴν πόλιν τὴν ἡμετέραν,
ὅστις, εἴ τις ἔροιτο, εἰπέ μοι, τῆς νῦν οὔσης Ἑλλάδος ταυτησὶ
καὶ οἰκουμένης ἔσθ' ὅ τι ταύτην ἂν τὴν προσηγορίαν εἶχεν ἢ
25 ᾠκεῖθ' ὑπὸ τῶν νῦν ἐχόντων Ἑλλήνων, εἰ μὴ τὰς ἀρετὰς ὑπὲρ

αὐτῶν ἐκείνας οἱ Μαραθῶνι καὶ Σαλαμῖνι παρέσχοντο οἱ ἡμέτεροι
πρόγονοι; οὐδ᾽ ἂν εἷς εὖ οἶδ᾽ ὅτι φήσειεν, ἀλλὰ πάντα ταῦθ᾽
ὑπὸ τῶν βαρβάρων ἂν ἑαλωκέναι. εἶθ᾽ οὓς μηδὲ τῶν ἐχθρῶν
μηδεὶς ἂν τούτων τῶν ἐγκωμίων καὶ τῶν ἐπαίνων ἀποστερήσειε,
τούτων Αἰσχίνης ὑμᾶς οὐκ ἐᾷ μεμνῆσθαι, τοὺς ἐξ ἐκείνων, ἵν᾽ 30
αὐτὸς ἀργύριον λάβῃ; καὶ μὴν τῶν μὲν ἄλλων ἀγαθῶν οὐ μέτεστι
τοῖς τεθνεῶσιν, οἱ δ᾽ ἐπὶ τοῖς καλῶς πραχθεῖσιν ἔπαινοι τῶν
οὕτω τετελευτηκότων ἴδιον κτῆμά εἰσιν· οὐδὲ γὰρ ὁ φθόνος αὐτοῖς
ἔτι τηνικαῦτ᾽ ἐναντιοῦται. ὧν ἀποστερῶν ἐκείνους οὗτος αὐτὸς ἂν
τῆς ἐπιτιμίας δικαίως νῦν στερηθείη, καὶ ταύτην ὑπὲρ τῶν προ- 35
γόνων ὑμεῖς δίκην λάβοιτε παρ᾽ αὐτοῦ. τοιούτοις μέντοι λόγοις,
ὦ κακὴ κεφαλή, σὺ τὰ τῶν προγόνων ἔργα συλήσας καὶ διασύρας
τῷ λόγῳ πάντα τὰ πράγματ᾽ ἀπώλεσας. εἶτα γεωργεῖς ἐκ τούτων
καὶ σεμνὸς γέγονας. καὶ γὰρ αὖ τοῦτο. πρὸ μὲν τοῦ πάντα
κακὰ εἰργάσθαι τὴν πόλιν ὡμολόγει γεγραμματευκέναι καὶ χάριν 40
ὑμῖν ἔχειν τοῦ χειροτονηθῆναι, καὶ μέτριον παρεῖχεν ἑαυτόν·
ἐπειδὴ δὲ μυρία εἴργασται κακά, τὰς ὀφρῦς ἀνέσπακε, κἂν "ὁ
γεγραμματευκὼς Αἰσχίνης" εἴπῃ τις, ἐχθρὸς εὐθέως καὶ κακῶς
φησὶν ἀκηκοέναι, καὶ διὰ τῆς ἀγορᾶς πορεύεται θοἰμάτιον καθεὶς
ἄχρι τῶν σφυρῶν, ἴσα βαίνων Πυθοκλεῖ, τὰς γνάθους φυσῶν, 45
τῶν Φιλίππου ξένων καὶ φίλων εἷς οὗτος ὑμῖν ἤδη, τῶν ἀπαλ-
λαγῆναι τοῦ δήμου βουλομένων καὶ κλύδωνα καὶ μανίαν τὰ καθε-
στηκότα πράγμαθ᾽ ἡγουμένων, ὁ τέως προσκυνῶν τὴν θόλον.

[Parapresb. 354–361.]

Χ ix. Οὕτω διαθεὶς ὁ Φίλιππος τὰς πόλεις πρὸς ἀλλήλας διὰ
τούτων, καὶ τούτοις ἐπαρθεὶς τοῖς ψηφίσμασι καὶ ταῖς ἀποκρί-
σεσιν, ἧκεν ἔχων τὴν δύναμιν καὶ τὴν Ἐλάτειαν κατέλαβεν, ὡς
οὐδ᾽ ἂν εἴ τι γένοιτο ἔτι συμπνευσόντων ἡμῶν καὶ τῶν Θηβαίων.

5 ἀλλὰ μὴν τὸν τότε συμβάντα ἐν τῇ πόλει θόρυβον ἴστε μὲν
ἅπαντες· μικρὰ δ' ἀκούσατε ὅμως, αὐτὰ τἀναγκαιότατα. ἑσπέρα
μὲν γὰρ ἦν, ἧκε δ' ἀγγέλλων τις ὡς τοὺς πρυτάνεις ὡς Ἐλάτεια
κατείληπται. καὶ μετὰ ταῦτα οἱ μὲν εὐθὺς ἐξαναστάντες μεταξὺ
δειπνοῦντες τούς τ' ἐκ τῶν σκηνῶν τῶν κατὰ τὴν ἀγορὰν ἐξεῖργον
10 καὶ τὰ γέρρα ἐνεπίμπρασαν, οἱ δὲ τοὺς στρατηγοὺς μετεπέμποντο
καὶ τὸν σαλπιγκτὴν ἐκάλουν· καὶ θορύβου πλήρης ἦν ἡ πόλις. τῇ
δ' ὑστεραίᾳ ἅμα τῇ ἡμέρᾳ οἱ μὲν πρυτάνεις τὴν βουλὴν ἐκάλουν
εἰς τὸ βουλευτήριον, ὑμεῖς δ' εἰς τὴν ἐκκλησίαν ἐπορεύεσθε, καὶ
πρὶν ἐκείνην χρηματίσαι καὶ προβουλεῦσαι πᾶς ὁ δῆμος ἄνω
15 καθῆτο. καὶ μετὰ ταῦτα ὡς εἰσῆλθεν ἡ βουλὴ καὶ ἀπήγγειλαν οἱ
πρυτάνεις τὰ προσηγγελμένα ἑαυτοῖς καὶ τὸν ἥκοντα παρήγαγον
κἀκεῖνος εἶπεν, ἠρώτα μὲν ὁ κῆρυξ "τίς ἀγορεύειν βούλεται;"
παρῄει δ' οὐδείς. πολλάκις δὲ τοῦ κήρυκος ἐρωτῶντος οὐδὲν μᾶλ-
λον ἀνίστατ' οὐδείς, ἁπάντων μὲν τῶν στρατηγῶν παρόντων, ἁπάν-
20 των δὲ τῶν ῥητόρων, καλούσης δὲ τῆς πατρίδος τῇ κοινῇ φωνῇ τὸν
ἐροῦνθ' ὑπὲρ σωτηρίας· ἣν γὰρ ὁ κῆρυξ κατὰ τοὺς νόμους φωνὴν
ἀφίησι, ταύτην κοινὴν τῆς πατρίδος δίκαιόν ἐστιν ἡγεῖσθαι. καίτοι
εἰ μὲν τοὺς σωθῆναι τὴν πόλιν βουλομένους παρελθεῖν ἔδει, πάντες
ἂν ὑμεῖς καὶ οἱ ἄλλοι Ἀθηναῖοι ἀναστάντες ἐπὶ τὸ βῆμα ἐβαδίζετε·
25 πάντες γὰρ οἶδ' ὅτι σωθῆναι αὐτὴν ἠβούλεσθε· εἰ δὲ τοὺς πλου-
σιωτάτους, οἱ τριακόσιοι· εἰ δὲ τοὺς ἀμφότερα ταῦτα, καὶ εὔνους
τῇ πόλει καὶ πλουσίους, οἱ μετὰ ταῦτα τὰς μεγάλας ἐπιδόσεις
ἐπιδόντες· καὶ γὰρ εὐνοίᾳ καὶ πλούτῳ ταῦτ' ἐποίησαν. ἀλλ' ὡς
ἔοικεν, ἐκεῖνος ὁ καιρὸς καὶ ἡ ἡμέρα ἐκείνη οὐ μόνον εὔνουν καὶ
30 πλούσιον ἄνδρα ἐκάλει, ἀλλὰ καὶ παρηκολουθηκότα τοῖς πράγμασιν
ἐξ ἀρχῆς, καὶ συλλελογισμένον ὀρθῶς τίνος ἕνεκα ταῦτ' ἔπραττεν
ὁ Φίλιππος καὶ τί βουλόμενος· ὁ γὰρ μὴ ταῦτ' εἰδὼς μηδ' ἐξη-
τακὼς πόρρωθεν ἐπιμελῶς, οὔτ' εἰ εὔνους ἦν οὔτ' εἰ πλούσιος,

οὐδὲν μᾶλλον ἤμελλεν ὅ τι χρὴ ποιεῖν εἴσεσθαι οὐδ' ὑμῖν ἕξειν
συμβουλεύειν. ἐφάνην τοίνυν οὗτος ἐν ἐκείνῃ τῇ ἡμέρᾳ ἐγώ, καὶ 35
παρελθὼν εἶπον εἰς ὑμᾶς, ἅ μου δυοῖν ἕνεκ' ἀκούσατε προσέχοντες
τὸν νοῦν, ἑνὸς μέν, ἵν' εἰδῆτε ὅτι μόνος τῶν λεγόντων καὶ πολι-
τευομένων ἐγὼ τὴν τῆς εὐνοίας τάξιν ἐν τοῖς δεινοῖς οὐκ ἔλιπον,
ἀλλὰ καὶ λέγων καὶ γράφων ἐξηταζόμην τὰ δέονθ' ὑπὲρ ὑμῶν
ἐν αὐτοῖς τοῖς φοβεροῖς, ἑτέρου δέ, ὅτι μικρὸν ἀναλώσαντες 40
χρόνον πολλῷ πρὸς τὰ λοιπὰ τῆς πάσης πολιτείας ἔσεσθ' ἐμ-
πειρότεροι. εἶπον τοίνυν ὅτι " τοὺς μὲν ὡς ὑπαρχόντων Θηβαίων
Φιλίππῳ λίαν θορυβουμένους ἀγνοεῖν τὰ παρόντα πράγμαθ' ἡγοῦ-
μαι· εὖ γὰρ οἶδ' ὅτι, εἰ τοῖθ' οὕτως ἐτύγχανεν ἔχον, οὐκ ἂν
αὐτὸν ἠκούομεν ἐν Ἐλατείᾳ ὄντα, ἀλλ' ἐπὶ τοῖς ἡμετέροις ὁρίοις. 45
ὅτι μέντοι ἵν' ἕτοιμα ποιήσηται τὰ ἐν Θήβαις ἥκει, σαφῶς ἐπί-
σταμαι. ὡς δ' ἔχει" ἔφην " ταῦτα, ἀκούσατέ μου. ἐκεῖνος ὅσους
ἢ πεῖσαι χρήμασι Θηβαίων ἢ ἐξαπατῆσαι ἐνῆν, ἅπαντας ηὐτρέ-
πισται· τοὺς δ' ἀπ' ἀρχῆς ἀνθεστηκότας αὐτῷ καὶ νῦν ἐναντιου-
μένους οὐδαμῶς πεῖσαι δύναται. τί οὖν βούλεται, καὶ τίνος ἕνεκα 50
τὴν Ἐλάτειαν κατείληφεν; πλησίον δύναμιν δείξας καὶ παραστήσας
τὰ ὅπλα τοὺς μὲν ἑαυτοῦ φίλους ἐπᾶραι καὶ θρασεῖς ποιῆσαι, τοὺς
δ' ἐναντιουμένους καταπλῆξαι, ἵν' ἢ συγχωρήσωσι φοβηθέντες ἃ
νῦν οὐκ ἐθέλουσιν, ἢ βιασθῶσιν. εἰ μὲν τοίνυν προαιρησόμεθ'
ἡμεῖς" ἔφην " ἐν τῷ παρόντι, εἴ τι δύσκολον πέπρακται Θηβαίοις 55
πρὸς ἡμᾶς, τούτου μεμνῆσθαι καὶ ἀπιστεῖν αὐτοῖς ὡς ἐν τῇ τῶν
ἐχθρῶν οὖσι μερίδι, πρῶτον μὲν ἃ ἂν εὔξαιτο Φίλιππος ποιή-
σομεν, εἶτα φοβοῦμαι μὴ προσδεξαμένων τῶν νῦν ἀνθεστηκότων
αὐτῷ καὶ μιᾷ γνώμῃ πάντων φιλιππισάντων εἰς τὴν Ἀττικὴν
ἔλθωσιν ἀμφότεροι. ἂν μέντοι πεισθῆτ' ἐμοὶ καὶ πρὸς τῷ σκο- 60
πεῖν ἀλλὰ μὴ φιλονεικεῖν περὶ ὧν ἂν λέγω γένησθε, οἶμαι καὶ
τὰ δέοντα λέγειν δόξειν καὶ τὸν ἐφεστηκότα κίνδυνον τῇ πόλε

διαλύσειν.   τί οὖν φημὶ δεῖν; πρῶτον μὲν τὸν παρόντα ἐπανεῖναι
φόβον, εἶτα μεταθέσθαι καὶ φοβεῖσθαι πάντας ὑπὲρ Θηβαίων·
65 πολὺ γὰρ τῶν δεινῶν εἰσιν ἡμῶν ἐγγυτέρω, καὶ προτέροις αὐτοῖς
ἐστὶν ὁ κίνδυνος· ἔπειτ' ἐξελθόντας Ἐλευσῖνάδε τοὺς ἐν ἡλικίᾳ
καὶ τοὺς ἱππέας δεῖξαι πᾶσιν ὑμᾶς αὐτοὺς ἐν τοῖς ὅπλοις ὄντας,
ἵνα τοῖς ἐν Θήβαις φρονοῦσι τὰ ὑμέτερα ἐξ ἴσου γένηται τὸ
παρρησιάζεσθαι περὶ τῶν δικαίων, εἰδόσιν ὅτι, ὥσπερ τοῖς πω-
70 λοῦσι Φιλίππῳ τὴν πατρίδα πάρεσθ' ἡ βοηθήσουσα δύναμις ἐν
Ἐλατείᾳ, οὕτω τοῖς ὑπὲρ τῆς ἐλευθερίας ἀγωνίζεσθαι βουλομένοις
ὑπάρχεθ' ὑμεῖς ἕτοιμοι καὶ βοηθήσετ', ἐάν τις ἐπ' αὐτοὺς ἴῃ.
μετὰ ταῦτα χειροτονῆσαι κελεύω δέκα πρέσβεις, καὶ ποιῆσαι
τούτους κυρίους μετὰ τῶν στρατηγῶν καὶ τοῦ πότε δεῖ βαδίζειν
75 ἐκεῖσε καὶ τῆς ἐξόδου. ἐπειδὰν δ' ἔλθωσιν οἱ πρέσβεις εἰς Θήβας,
πῶς χρήσασθαι τῷ πράγματι παραινῶ; τούτῳ πάνυ μοι προσέχετε
τὸν νοῦν.   μὴ δεῖσθε Θηβαίων μηδέν (αἰσχρὸς γὰρ ὁ καιρός)
ἀλλ' ἐπαγγέλλεσθε βοηθήσειν, ἐὰν κελεύωσιν, ὡς ἐκείνων μὲν
ὄντων ἐν τοῖς ἐσχάτοις κινδύνοις, ἡμῶν δὲ ἄμεινον ἢ κεῖνοι τὸ
80 μέλλον προορωμένων· ἵν' ἐὰν μὲν δέξωνται ταῦτα καὶ πεισθῶσιν
ἡμῖν, καὶ ἃ βουλόμεθα ὦμεν διῳκημένοι καὶ μετὰ προσχήματος
ἀξίου τῆς πόλεως ταῦτα πράξωμεν, ἐὰν δ' ἄρα μὴ συμβῇ κατα-
τυχεῖν, ἐκεῖνοι μὲν ἑαυτοῖς ἐγκαλῶσιν, ἄν τι νῦν ἐξαμαρτάνωσιν,
ἡμῖν δὲ μηδὲν αἰσχρὸν μηδὲ ταπεινὸν ᾖ πεπραγμένον." Ταῦτα
85 καὶ παραπλήσια τούτοις εἰπὼν κατέβην. συνεπαινεσάντων δὲ
πάντων καὶ οὐδενὸς εἰπόντος ἐναντίον οὐδὲν οὐκ εἶπον μὲν ταῦτα
οὐκ ἔγραψα δέ, οὐδ' ἔγραψα μὲν οὐκ ἐπρέσβευσα δέ, οὐδ' ἐπρέσ-
βευσα μὲν οὐκ ἔπεισα δὲ Θηβαίους· ἀλλ' ἀπὸ τῆς ἀρχῆς διὰ
πάντων ἄχρι τῆς τελευτῆς διεξῆλθον, καὶ ἔδωκ' ἐμαυτὸν ὑμῖν
90 ἁπλῶς εἰς τοὺς περιεστηκότας τῇ πόλει κινδύνους. * * Εἰ μὲν
τοίνυν τοῦτ' ἐπεχείρουν λέγειν, ὡς ἐγὼ προήγαγον ὑμᾶς ἄξια τῶν

προγόνων φρονεῖν, οὐκ ἔσθ' ὅστις οὐκ ἂν εἰκότως ἐπιτιμήσειέ μοι. νῦν δ' ἐγὼ μὲν ὑμετέρας τὰς τοιαύτας προαιρέσεις ἀποφαίνω, καὶ δείκνυμι ὅτι καὶ πρὸ ἐμοῦ τοῦτ' εἶχε τὸ φρόνημα ἡ πόλις, τῆς μέντοι διακονίας τῆς ἐφ' ἑκάστοις τῶν πεπραγμένων καὶ ἐμαυτῷ 95 μετεῖναί φημι, οὗτος δὲ τῶν ὅλων κατηγορῶν, καὶ κελεύων ὑμᾶς ἐμοὶ πικρῶς ἔχειν ὡς φόβων καὶ κινδύνων αἰτίῳ τῇ πόλει γεγενημένῳ, τῆς μὲν εἰς τὸ παρὸν τιμῆς ἐμὲ ἀποστερῆσαι γλίχεται, τὰ δ' εἰς ἅπαντα τὸν λοιπὸν χρόνον ἐγκώμια ὑμῶν ἀφαιρεῖται. εἰ γὰρ ὡς οὐ τὰ βέλτιστα ἐμοῦ πολιτευσαμένου τουδὶ καταψη- 100 φιεῖσθε, ἡμαρτηκέναι δόξετε, οὐ τῇ τῆς τύχης ἀγνωμοσύνῃ τὰ συμβάντα παθεῖν. ἀλλ' οὐκ ἔστιν, οὐκ ἔστιν ὅπως ἡμάρτετε, ἄνδρες Ἀθηναῖοι, τὸν ὑπὲρ τῆς ἁπάντων ἐλευθερίας καὶ σωτηρίας κίνδυνον ἀράμενοι, μὰ τοὺς Μαραθῶνι προκινδυνεύσαντας τῶν προγόνων καὶ τοὺς ἐν Πλαταιαῖς παραταξαμένους καὶ τοὺς ἐν 105 Σαλαμῖνι ναυμαχήσαντας καὶ τοὺς ἐπ' Ἀρτεμισίῳ καὶ πολλοὺς ἑτέρους τοὺς ἐν τοῖς δημοσίοις μνήμασι κειμένους ἀγαθοὺς ἄνδρας, οὓς ἅπαντας ὁμοίως ἡ πόλις τῆς αὐτῆς ἀξιώσασα τιμῆς ἔθαψεν, Αἰσχίνη, οὐχὶ τοὺς κατορθώσαντας αὐτῶν οὐδὲ τοὺς κρατήσαντας μόνους. δικαίως. ὃ μὲν γὰρ ἦν ἀνδρῶν ἀγαθῶν ἔργον, ἅπασι 110 πέπρακται· τῇ τύχῃ δ', ἣν ὁ δαίμων ἔνειμεν ἑκάστοις, ταύτῃ κέχρηνται. ἔπειτ', ὦ κατάρατε καὶ γραμματοκύφων, σὺ μὲν τῆς παρὰ τουτωνὶ τιμῆς καὶ φιλανθρωπίας ἔμ' ἀποστερῆσαι βουλόμενος τρόπαια καὶ μάχας καὶ παλαιὰ ἔργα ἔλεγες, ὧν τίνος προσεδεῖτο ὁ παρὼν ἀγὼν οὑτοσί; ἐμὲ δὲ, ὦ τριταγωνιστά, τὸν περὶ 115 τῶν πρωτείων σύμβουλον τῇ πόλει παριόντα τὸ τίνος φρόνημα λαβόντ' ἀναβαίνειν ἐπὶ τὸ βῆμ' ἔδει; τὸ τοῦ τούτων ἀνάξια ἐροῦντος; δικαίως μέντ' ἂν ἀπέθανον. ἐπεὶ οὐδ' ὑμᾶς, ἄνδρες Ἀθηναῖοι, ἀπὸ τῆς αὐτῆς διανοίας δεῖ τάς τε ἰδίας δίκας καὶ τὰς δημοσίας κρίνειν, ἀλλὰ τὰ μὲν τοῦ καθ' ἡμέραν βίου συμβόλαια 120

ἐπὶ τῶν ἰδίων νόμων καὶ ἔργων σκοποῦντας, τὰς δὲ κοινὰς προ-
αιρέσεις εἰς τὰ τῶν προγόνων ἀξιώματα ἀποβλέποντας. καὶ
παραλαμβάνειν γε ἅμα τῇ βακτηρίᾳ καὶ τῷ συμβόλῳ τὸ φρόνημα
τὸ τῆς πόλεως νομίζειν ἕκαστον ὑμῶν δεῖ, ὅταν τὰ δημόσια εἰσίητε
125 κρινοῦντες, εἴπερ ἄξια ἐκείνων πράττειν οἴεσθε χρῆναι. * * Καί-
τοι τρία ἐν ἐκείνῃ τῇ ἡμέρᾳ πᾶσιν ἀνθρώποις ἔδειξαν ἐγκώμια
Θηβαῖοι καθ' ὑμῶν τὰ κάλλιστα, ἓν μὲν ἀνδρίας, ἕτερον δὲ δικαιο-
σύνης, τρίτον δὲ σωφροσύνης. καὶ γὰρ τὸν ἀγῶνα μεθ' ὑμῶν
μᾶλλον ἢ πρὸς ὑμᾶς ἑλόμενοι ποιήσασθαι καὶ ἀμείνους εἶναι καὶ
130 δικαιότερ' ἀξιοῦν ὑμᾶς ἔκριναν Φιλίππου· καὶ τὰ παρ' αὐτοῖς καὶ
παρὰ πᾶσι δ' ἐν πλείστῃ φυλακῇ, παῖδας καὶ γυναῖκας, ἐφ' ὑμῖν
ποιήσαντες σωφροσύνης πίστιν περὶ ὑμῶν ἔχοντες ἔδειξαν. ἐν
οἷς πᾶσιν, ἄνδρες Ἀθηναῖοι, κατά γ' ὑμᾶς ὀρθῶς ἐφάνησαν ἐγνω-
κότες. οὔτε γὰρ εἰς τὴν πόλιν εἰσελθόντος τοῦ στρατοπέδου
135 οὐδεὶς οὐδὲν οὐδὲ ἀδίκως ὑμῖν ἐνεκάλεσεν· οὕτω σώφρονας παρέ-
σχεσθε ὑμᾶς αὐτούς· δίς τε συμπαραταξάμενοι τὰς πρώτας μάχας,
τήν τ' ἐπὶ τοῦ ποταμοῦ καὶ τὴν χειμερινήν, οὐκ ἀμέμπτους μόνον
ὑμᾶς αὐτοὺς ἀλλὰ καὶ θαυμαστοὺς ἐδείξατε τῷ κόσμῳ, ταῖς παρα-
σκευαῖς, τῇ προθυμίᾳ. ἐφ' οἷς παρὰ μὲν τῶν ἄλλων ὑμῖν ἐγί-
140 γνοντο ἔπαινοι, παρὰ δ' ὑμῶν θυσίαι καὶ πομπαὶ τοῖς θεοῖς. καὶ
ἔγωγε ἡδέως ἂν ἐροίμην Αἰσχίνην, ὅτε ταῦτ' ἐπράττετο καὶ ζήλου
καὶ χαρᾶς καὶ ἐπαίνων ἡ πόλις ἦν μεστή, πότερον συνέθυε καὶ
συνευφραίνετο τοῖς πολλοῖς, ἢ λυπούμενος καὶ στένων καὶ δυσμε-
ναίνων ἐπὶ τοῖς κοινοῖς ἀγαθοῖς οἴκοι καθῆτο; εἰ μὲν γὰρ παρῆν
145 καὶ μετὰ τῶν ἄλλων ἐξητάζετο, πῶς οὐ δεινὰ ποιεῖ, μᾶλλον δ'
οὐδ' ὅσια, εἰ ὧν ὡς ἀρίστων αὐτὸς τοὺς θεοὺς ἐποιήσατο μάρ-
τυρας, ταῦθ' ὡς οὐκ ἄριστα νῦν ὑμᾶς ἀξιοῖ ψηφίσασθαι τοὺς
ὀμωμοκότας τοὺς θεούς; εἰ δὲ μὴ παρῆν, πῶς οὐκ ἀπολωλέναι
πολλάκις ἐστὶ δίκαιος, εἰ ἐφ' οἷς ἔχαιρον οἱ ἄλλοι, ταῦτα ἐλυπεῖτο

ὁρῶν; * * Ἐξέτασον τοίνυν παρ' ἄλληλα τὰ σοὶ κἀμοὶ βεβιω- 150
μένα, πράως καὶ μὴ πικρῶς, Αἰσχίνη· εἶτ' ἐρώτησον τουτουσὶ τὴν
ποτέρου τύχην ἂν ἕλοιθ' ἕκαστος αὐτῶν. ἐδίδασκες γράμματα,
ἐγὼ δ' ἐφοίτων. ἐτέλεις, ἐγὼ δ' ἐτελούμην. ἐχόρευες, ἐγὼ δ'
ἐχορήγουν. ἐγραμμάτευες, ἐγὼ δ' ἠκκλησίαζον. ἐτριταγωνίστεις,
ἐγὼ δ' ἐθεώρουν. ἐξέπιπτες, ἐγὼ δ' ἐσύριττον. ὑπὲρ τῶν ἐχθρῶν 155
πεπολίτευσαι πάντα, ἐγὼ δ' ὑπὲρ τῆς πατρίδος. ἐῶ τἆλλα, ἀλλὰ
νυνὶ τήμερον ἐγὼ μὲν ὑπὲρ τοῦ στεφανωθῆναι δοκιμάζομαι, τὸ δὲ
μηδ' ὁτιοῦν ἀδικεῖν ἀνωμολόγημαι, σοὶ δὲ συκοφάντῃ μὲν εἶναι
δοκεῖν ὑπάρχει, κινδυνεύεις δὲ εἴτε δεῖ σ' ἔτι τοῦτο ποιεῖν, εἴτ'
ἤδη πεπαῦσθαι μὴ μεταλαβόντα τὸ πέμπτον μέρος τῶν ψήφων. 160
ἀγαθῇ γε, οὐχ ὁρᾷς; τύχῃ συμβεβιωκὼς τῆς ἐμῆς ὡς φαύλης
κατηγορεῖς. * * Πολλὰ καὶ καλὰ καὶ μεγάλα ἡ πόλις, Αἰσχίνη,
καὶ προείλετο καὶ κατώρθωσε δι' ἐμοῦ, ὧν οὐκ ἠμνημόνησεν. ση-
μεῖον δέ· χειροτονῶν γὰρ ὁ δῆμος τὸν ἐροῦντ' ἐπὶ τοῖς τετελευτη-
κόσι παρ' αὐτὰ τὰ συμβάντα οὐ σὲ ἐχειροτόνησε προβληθέντα, 165
καίπερ εὔφωνον ὄντα, οὐδὲ Δημάδην, ἄρτι πεποιηκότα τὴν εἰρήνην,
οὐδ' Ἡγήμονα, οὐδ' ἄλλον ὑμῶν οὐδένα, ἀλλ' ἐμέ. καὶ παρελ-
θόντος σοῦ καὶ Πυθοκλέους ὠμῶς καὶ ἀναιδῶς, ὦ Ζεῦ καὶ θεοὶ,
καὶ κατηγορούντων ἐμοῦ ταὐτὰ ἃ καὶ σὺ νυνὶ, καὶ λοιδορουμένων,
ἔτ' ἄμεινον ἐχειροτόνησεν ἐμέ. τὸ δ' αἴτιον οὐκ ἀγνοεῖς μὲν, ὅμως 170
δὲ φράσω σοι κἀγώ. ἀμφότερ' ᾔδεσαν οὗτοι, τήν τ' ἐμὴν εὔνοιαν
καὶ προθυμίαν, μεθ' ἧς τὰ πράγματ' ἔπραττον, καὶ τὴν ὑμετέραν
ἀδικίαν· ἃ γὰρ εὐθενούντων τῶν πραγμάτων ἠρνεῖσθε διομνύμενοι,
ταῦτ' ἐν οἷς ἔπταισεν ἡ πόλις ὡμολογήσατε. τοὺς οὖν ἐπὶ τοῖς
κοινοῖς ἀτυχήμασιν ὧν ἐφρόνουν λαβόντας ἄδειαν ἐχθροὺς μὲν 175
πάλαι, φανεροὺς δὲ τόθ' ἡγήσαντο αὐτοῖς γεγενῆσθαι. εἶτα καὶ
προσήκειν ὑπελάμβανον τὸν ἐροῦντ' ἐπὶ τοῖς τετελευτηκόσι καὶ
τὴν ἐκείνων ἀρετὴν κοσμήσοντα μήθ' ὁμωρόφιον μήθ' ὁμόσπονδον

γεγενημένον εἶναι τοῖς πρὸς ἐκείνους παραταξαμένοις, μηδ' ἐκεῖ
180 μὲν κωμάζειν καὶ παιωνίζειν ἐπὶ ταῖς τῶν Ἑλλήνων συμφοραῖς
μετὰ τῶν αὐτοχείρων τοῦ φόνου, δεῦρο δ' ἐλθόντα τιμᾶσθαι, μηδὲ
τῇ φωνῇ δακρύειν ὑποκρινόμενον τὴν ἐκείνων τύχην, ἀλλὰ τῇ
ψυχῇ συναλγεῖν. τοῦτο δ' ἑώρων παρ' ἑαυτοῖς καὶ παρ' ἐμοί,
παρὰ δ' ὑμῖν οὔ. διὰ ταῦτ' ἐμὲ ἐχειροτόνησαν καὶ οὐχ ὑμᾶς.
185 καὶ οὐχ ὁ μὲν δῆμος οὕτως, οἱ δὲ τῶν τετελευτηκότων πατέρες καὶ
ἀδελφοὶ ὑπὸ τοῦ δήμου τόθ' αἱρεθέντες ἐπὶ τὰς ταφὰς ἄλλως
πως, ἀλλὰ δέον ποιεῖν αὐτοὺς τὸ περίδειπνον ὡς παρ' οἰκειοτάτῳ
τῶν τετελευτηκότων, ὥσπερ τἄλλ' εἴωθε γίγνεσθαι, τοῦτ' ἐποίησαν
παρ' ἐμοί. εἰκότως· γένει μὲν γὰρ ἕκαστος ἑκάστῳ μᾶλλον οἰκεῖος
190 ἦν ἐμοῦ, κοινῇ δὲ πᾶσιν οὐδεὶς ἐγγυτέρω· ᾧ γὰρ ἐκείνους σωθῆναι
καὶ κατορθῶσαι μάλιστα διέφερεν, οὗτος καὶ παθόντων ἃ μήποτ'
ὤφελον τῆς ὑπὲρ ἁπάντων λύπης πλεῖστον μετεῖχεν. * * Τὸν
δὲ τειχισμὸν τοῦτον, ὃν σύ μου διέσυρες, καὶ τὴν ταφρείαν ἄξια
μὲν χάριτος καὶ ἐπαίνου κρίνω, πῶς γὰρ οὔ; πόρρω μέντοι που
195 τῶν ἐμαυτῷ πεπολιτευμένων τίθεμαι. οὐ λίθοις ἐτείχισα τὴν
πόλιν οὐδὲ πλίνθοις ἐγώ, οὐδ' ἐπὶ τούτοις μέγιστον τῶν ἐμαυτοῦ
φρονῶ· ἀλλ' ἐὰν τὸν ἐμὸν τειχισμὸν βούλῃ δικαίως σκοπεῖν, εὑρή-
σεις ὅπλα καὶ πόλεις καὶ τόπους καὶ λιμένας καὶ ναῦς καὶ πολ-
λοὺς ἵππους καὶ τοὺς ὑπὲρ τούτων ἀμυνουμένους. ταῦτα προὔ-
200 βαλόμην ἐγὼ πρὸ τῆς Ἀττικῆς, ὅσον ἦν ἀνθρωπίνῳ λογισμῷ
δυνατόν, καὶ τούτοις ἐτείχισα τὴν χώραν, οὐχὶ τὸν κύκλον τοῦ
Πειραιῶς οὐδὲ τοῦ ἄστεος. οὐδέ γ' ἡττήθην ἐγὼ τοῖς λογισμοῖς
Φιλίππου, πολλοῦ γε καὶ δεῖ, οὐδὲ ταῖς παρασκευαῖς, ἀλλ' οἱ τῶν
συμμάχων στρατηγοὶ καὶ αἱ δυνάμεις τῇ τύχῃ. τίνες αἱ τούτων
205 ἀποδείξεις; ἐναργεῖς καὶ φανεραί. σκοπεῖτε δέ.

[De Cor. 217-371.]

BOOK III.

THE ALEXANDRINE

FROM ARISTOTLE TO STRABO.

B.C. 330—A.D. I.

XXIV.

Aristotle, B.C. 330.

The Golden Mean.

i. Ὅτι μὲν οὖν ἐστὶν ἡ ἀρετὴ ἡ ἠθικὴ μεσότης, καὶ πῶς, καὶ ὅτι μεσότης δύο κακιῶν, τῆς μὲν καθ᾽ ὑπερβολὴν τῆς δὲ κατ᾽ ἔλλειψιν, καὶ ὅτι τοιαύτη ἐστὶ διὰ τὸ στοχαστικὴ τοῦ μέσου εἶναι τοῦ ἐν τοῖς πάθεσι καὶ ταῖς πράξεσιν, ἱκανῶς εἴρηται. διὸ καὶ ἔργον ἐστὶ σπουδαῖον εἶναι· ἐν ἑκάστῳ γὰρ τὸ μέσον λαβεῖν ἔργον, οἷον 5 κύκλου τὸ μέσον οὐ παντὸς ἀλλὰ τοῦ εἰδότος. οὕτω δὲ καὶ τὸ μὲν ὀργισθῆναι παντὸς καὶ ῥᾴδιον, καὶ τὸ δοῦναι ἀργύριον καὶ δαπανῆσαι· τὸ δ᾽ ᾧ καὶ ὅσον καὶ ὅτε καὶ οὗ ἕνεκα καὶ ὡς, οὐκέτι παντὸς οὐδὲ ῥᾴδιον· διόπερ τὸ εὖ καὶ σπάνιον καὶ ἐπαινετὸν καὶ καλόν. διὸ δεῖ τὸν στοχαζόμενον τοῦ μέσου πρῶτον μὲν ἀπο- 10 χωρεῖν τοῦ μᾶλλον ἐναντίου, καθάπερ καὶ ἡ Καλυψὼ παραινεῖ

> τούτου μὲν καπνοῦ καὶ κύματος ἐκτὸς ἔεργε
> νῆα.

τῶν γὰρ ἄκρων τὸ μέν ἐστιν ἁμαρτωλότερον, τὸ δ᾽ ἧττον· ἐπεὶ

15 οὖν τοῦ μέσου τυχεῖν ἄκρως χαλεπὸν, κατὰ τὸν δεύτερόν φασι
πλοῦν τὰ ἐλάχιστα ληπτέον τῶν κακῶν· τοῦτο δ' ἔσται μάλιστα
τοῦτον τὸν τρόπον ὃν λέγομεν. σκοπεῖν δὲ δεῖ πρὸς ἃ καὶ αὐτοὶ
εὐκατάφοροί ἐσμεν· ἄλλοι γὰρ πρὸς ἄλλα πεφύκαμεν. τοῦτο
δ' ἔσται γνώριμον ἐκ τῆς ἡδονῆς καὶ τῆς λύπης τῆς γινομένης
20 περὶ ἡμᾶς. εἰς τοὐναντίον δ' ἑαυτοὺς ἀφέλκειν δεῖ· πολὺ γὰρ
ἀπαγαγόντες τοῦ ἁμαρτάνειν εἰς τὸ μέσον ἥξομεν, ὅπερ οἱ τὰ
διεστραμμένα τῶν ξύλων ὀρθοῦντες ποιοῦσιν. ἐν παντὶ δὲ
μάλιστα φυλακτέον τὸ ἡδὺ καὶ τὴν ἡδονήν· οὐ γὰρ ἀδέκαστοι
κρίνομεν αὐτήν. ὅπερ οὖν οἱ δημογέροντες ἔπαθον πρὸς τὴν
25 Ἑλένην, τοῦτο δεῖ παθεῖν καὶ ἡμᾶς πρὸς τὴν ἡδονήν, καὶ ἐν πᾶσι
τὴν ἐκείνων ἐπιλέγειν φωνήν· οὕτω γὰρ αὐτὴν ἀποπεμπόμενοι
ἧττον ἁμαρτησόμεθα.

[Eth. II. 9.]

Pleasure.

ii. Καὶ τὸ διώκειν δ' ἅπαντα καὶ θηρία καὶ ἀνθρώπους τὴν
ἡδονὴν σημεῖόν τι τοῦ εἶναί πως τὸ ἄριστον αὐτήν.

Φήμη δ' οὔ τί γε πάμπαν ἀπόλλυται, ἥν τινα λαοί
πολλοί . . .

5 ἀλλ' ἐπεὶ οὐχ ἡ αὐτὴ οὔτε φύσις οὔθ' ἕξις ἡ ἀρίστη οὔτ' ἔστιν
οὔτε δοκεῖ, οὐδ' ἡδονὴν διώκουσι τὴν αὐτὴν πάντες, ἡδονὴν μέντοι
πάντες. ἴσως δὲ καὶ διώκουσιν οὐχ ἣν οἴονται οὐδ' ἣν ἂν φαῖεν,
ἀλλὰ τὴν αὐτήν· πάντα γὰρ φύσει ἔχει τι θεῖον.

[Eth. VII. 14.]

Friendship.

iii. Μετὰ δὲ ταῦτα περὶ φιλίας ἔποιτ' ἂν διελθεῖν· ἔστι γὰρ
ἀρετή τις ἢ μετ' ἀρετῆς, ἔτι δ' ἀναγκαιότατον εἰς τὸν βίον· ἄνευ

γὰρ φίλων οὐδεὶς ἕλοιτ' ἂν ζῆν, ἔχων τὰ λοιπὰ ἀγαθὰ πάντα·
καὶ γὰρ πλουτοῦσι καὶ ἀρχὰς καὶ δυναστείας κεκτημένοις δοκεῖ
φίλων μάλιστ' εἶναι χρεία· τί γὰρ ὄφελος τῆς τοιαύτης εὐετηρίας 5
ἀφαιρεθείσης εὐεργεσίας, ἣ γίγνεται μάλιστα καὶ ἐπαινετωτάτη
πρὸς φίλους; ἢ πῶς ἂν τηρηθείη καὶ σώζοιτ' ἄνευ φίλων;
ὅσῳ γὰρ πλείων, τοσούτῳ ἐπισφαλεστέρα. ἐν πενίᾳ τε καὶ
ταῖς λοιπαῖς δυστυχίαις μόνην οἴονται καταφυγὴν εἶναι τοὺς φίλους.
καὶ νέοις δὲ πρὸς τὸ ἀναμάρτητον καὶ πρεσβυτέροις πρὸς θεραπείαν 10
καὶ τὸ ἐλλεῖπον τῆς πράξεως δι' ἀσθένειαν βοηθεῖ, τοῖς τ' ἐν ἀκμῇ
πρὸς τὰς καλὰς πράξεις·

σύν τε δύ' ἐρχομένω·

καὶ γὰρ νοῆσαι καὶ πρᾶξαι δυνατώτεροι. φύσει τ' ἐνυπάρχειν
ἔοικε πρὸς τὸ γεγεννημένον τῷ γεννήσαντι καὶ πρὸς τὸ γεννῆσαν 15
τῷ γεννηθέντι, οὐ μόνον ἐν ἀνθρώποις ἀλλὰ καὶ ἐν ὄρνισι καὶ τοῖς
πλείστοις τῶν ζῴων, καὶ τοῖς ὁμοεθνέσι πρὸς ἄλληλα, καὶ μάλιστα
τοῖς ἀνθρώποις, ὅθεν τοὺς φιλανθρώπους ἐπαινοῦμεν. ἴδοι δ' ἄν
τις καὶ ἐν ταῖς πλάναις ὡς οἰκεῖον ἅπας ἄνθρωπος ἀνθρώπῳ καὶ
φίλον. ἔοικε δὲ καὶ τὰς πόλεις συνέχειν ἡ φιλία, καὶ οἱ νομο- 20
θέται μᾶλλον περὶ αὐτὴν σπουδάζειν ἢ τὴν δικαιοσύνην· ἡ γὰρ
ὁμόνοια ὅμοιόν τι τῇ φιλίᾳ ἔοικεν εἶναι, ταύτης δὲ μάλιστ' ἐφίενται
καὶ τὴν στάσιν ἔχθραν οὖσαν μάλιστα ἐξελαύνουσιν. καὶ φίλων
μὲν ὄντων οὐδὲν δεῖ δικαιοσύνης, δίκαιοι δ' ὄντες προσδέονται
φιλίας, καὶ τῶν δικαίων τὸ μάλιστα φιλικὸν εἶναι δοκεῖ. οὐ μόνον 25
δ' ἀναγκαῖόν ἐστιν ἀλλὰ καὶ καλόν· τοὺς γὰρ φιλοφίλους ἐπαι-
νοῦμεν, ἥ τε πολυφιλία δοκεῖ τῶν καλῶν ἕν τι εἶναι, καὶ ἔνιοι τοὺς
αὐτοὺς οἴονται ἄνδρας ἀγαθοὺς εἶναι καὶ φίλους.

[Eth. VIII. 1.]

iv. Ἀνδρὶ δὲ καὶ γυναικὶ φιλία δοκεῖ κατὰ φύσιν ὑπάρχειν·
ἄνθρωπος γὰρ τῇ φύσει συνδυαστικὸν μᾶλλον ἢ πολιτικόν, ὅσῳ
πρότερον καὶ ἀναγκαιότερον οἰκία πόλεως, καὶ τεκνοποιία κοινότερον
τοῖς ζῴοις.   τοῖς μὲν οὖν ἄλλοις ἐπὶ τοσοῦτον ἡ κοινωνία ἐστὶν, οἱ
5 δ' ἄνθρωποι οὐ μόνον τῆς τεκνοποιίας χάριν συνοικοῦσιν, ἀλλὰ καὶ
τῶν εἰς τὸν βίον· εὐθὺς γὰρ διῄρηται τὰ ἔργα, καὶ ἔστιν ἕτερα
ἀνδρὸς καὶ γυναικός· ἐπαρκοῦσιν οὖν ἀλλήλοις, εἰς τὸ κοινὸν
τιθέντες τὰ ἴδια.

[Eth. VIII. 14.]

v. Δόξαι τ' ἂν αὐτὴ μόνη [ἡ θεωρητικὴ] δι' αὐτὴν ἀγαπᾶσθαι·
οὐδὲν γὰρ ἀπ' αὐτῆς γίνεται παρὰ τὸ θεωρῆσαι, ἀπὸ δὲ τῶν πρακτῶν
ἢ πλεῖον ἢ ἔλαττον περιποιούμεθα παρὰ τὴν πρᾶξιν.   Δοκεῖ τε ἡ
εὐδαιμονία ἐν τῇ σχολῇ εἶναι· ἀσχολούμεθα γὰρ ἵνα σχολάζωμεν,
5 καὶ πολεμοῦμεν ἵν' εἰρήνην ἄγωμεν.   τῶν μὲν οὖν πρακτικῶν
ἀρετῶν ἐν τοῖς πολιτικοῖς ἢ ἐν τοῖς πολεμικοῖς ἡ ἐνέργεια· αἱ
δὲ περὶ ταῦτα πράξεις δοκοῦσιν ἄσχολοι εἶναι, αἱ μὲν πολεμικαὶ
καὶ παντελῶς· οὐδεὶς γὰρ αἱρεῖται τὸ πολεμεῖν τοῦ πολεμεῖν
ἕνεκα, οὐδὲ παρασκευάζει πόλεμον· δόξαι γὰρ ἂν παντελῶς μιαι-
10 φόνος τις εἶναι, εἰ τοὺς φίλους πολεμίους ποιοῖτο, ἵνα μάχαι καὶ
φόνοι γίγνοιντο.   ἔστι δὲ καὶ ἡ τοῦ πολιτικοῦ ἄσχολος, καὶ παρ'
αὐτὸ τὸ πολιτεύεσθαι περιποιουμένη δυναστείας καὶ τιμὰς ἢ τήν γε
εὐδαιμονίαν αὐτῷ καὶ τοῖς πολίταις, ἑτέραν οὖσαν τῆς πολιτικῆς, ἣν
καὶ ζητοῦμεν δῆλον ὡς ἑτέραν οὖσαν.   εἰ δὴ τῶν μὲν κατὰ τὰς
15 ἀρετὰς πράξεων αἱ πολιτικαὶ καὶ πολεμικαὶ κάλλει καὶ μεγέθει
προέχουσιν, αὗται δ' ἄσχολοι καὶ τέλους τινὸς ἐφίενται καὶ οὐ

δι' αὐτὰς αἱρεταί εἰσιν, ἡ δὲ τοῦ νοῦ ἐνέργεια σπουδῇ τε διαφέρειν
δοκεῖ θεωρητικὴ οὖσα, καὶ παρ' αὐτὴν οὐδενὸς ἐφίεσθαι τέλους,
ἔχειν τε ἡδονὴν οἰκείαν, αὕτη δὲ συναύξει τὴν ἐνέργειαν, καὶ τὸ
αὔταρκες δὴ καὶ σχολαστικὸν καὶ ἄτρυτον ὡς ἀνθρώπῳ, καὶ ὅσα 20
ἄλλα τῷ μακαρίῳ ἀπονέμεται, κατὰ ταύτην τὴν ἐνέργειαν φαίνεται
ὄντα, ἡ τελεία δὴ εὐδαιμονία αὕτη ἂν εἴη ἀνθρώπου, λαβοῦσα
μῆκος βίου τέλειον· οὐδὲν γὰρ ἀτελές ἐστι τῶν τῆς εὐδαιμονίας.
ὁ δὲ τοιοῦτος ἂν εἴη βίος κρείττων ἢ κατ' ἄνθρωπον· οὐ γὰρ
ᾗ ἄνθρωπός ἐστιν οὕτω βιώσεται, ἀλλ' ᾗ θεῖόν τι ἐν αὐτῷ ὑπάρχει· 25
ὅσῳ δὲ διαφέρει τοῦτο τοῦ συνθέτου, τοσούτῳ καὶ ἡ ἐνέργεια
τῆς κατὰ τὴν ἄλλην ἀρετήν. εἰ δὴ θεῖον ὁ νοῦς πρὸς τὸν ἄν-
θρωπον, καὶ ὁ κατὰ τοῦτον βίος θεῖος πρὸς τὸν ἀνθρώπινον βίον.
οὐ χρὴ δὲ κατὰ τοὺς παραινοῦντας ἀνθρώπινα φρονεῖν ἄνθρωπον
ὄντα οὐδὲ θνητὰ τὸν θνητόν, ἀλλ' ἐφ' ὅσον ἐνδέχεται ἀθανατίζειν 30
καὶ πάντα ποιεῖν πρὸς τὸ ζῆν κατὰ τὸ κράτιστον τῶν ἐν αὑτῷ·
εἰ γὰρ καὶ τῷ ὄγκῳ μικρόν ἐστι, δυνάμει καὶ τιμιότητι πολὺ μᾶλλον
πάντων ὑπερέχει. * * * Δεήσει δὲ καὶ τῆς ἐκτὸς εὐημερίας
ἀνθρώπῳ ὄντι· οὐ γὰρ αὐτάρκης ἡ φύσις πρὸς τὸ θεωρεῖν, ἀλλὰ
δεῖ καὶ τὸ σῶμα ὑγιαίνειν καὶ τροφὴν καὶ τὴν λοιπὴν θεραπείαν 35
ὑπάρχειν. οὐ μὴν οἰητέον γε πολλῶν καὶ μεγάλων δεήσεσθαι
τὸν εὐδαιμονήσοντα, εἰ μὴ ἐνδέχεται ἄνευ τῶν ἐκτὸς ἀγαθῶν
μακάριον εἶναι· οὐ γὰρ ἐν τῇ ὑπερβολῇ τὸ αὔταρκες οὐδ' ἡ πρᾶξις,
δυνατὸν δὲ καὶ μὴ ἄρχοντα γῆς καὶ θαλάττης πράττειν τὰ καλά·
καὶ γὰρ ἀπὸ μετρίων δύναιτ' ἂν τις πράττειν κατὰ τὴν ἀρετήν. 40
τοῦτο δ' ἔστιν ἰδεῖν ἐναργῶς· οἱ γὰρ ἰδιῶται τῶν δυναστῶν
οὐχ ἧττον δοκοῦσι τὰ ἐπιεικῆ πράττειν, ἀλλὰ καὶ μᾶλλον. ἱκανὸν
δὲ τοσαῦθ' ὑπάρχειν· ἔσται γὰρ ὁ βίος εὐδαίμων τοῦ κατὰ τὴν
ἀρετὴν ἐνεργοῦντος. καὶ Σόλων δὲ τοὺς εὐδαίμονας ἴσως ἀπε-
φαίνετο καλῶς, εἰπὼν μετρίως τοῖς ἐκτὸς κεχορηγημένους, πεπρα- 45

γύτας δὲ τὰ κάλλισθ᾽, ὡς ᾤετο, καὶ βεβιωκότας σωφρόνως·
ἐνδέχεται γὰρ μέτρια κεκτημένους πράττειν ἃ δεῖ.

[Eth. X. 7-9.]

Tyranny.

vi. Ἔστι δ᾽ ὡς εἰπεῖν πάντα ταῦτα περιειλημμένα τρισὶν
εἴδεσιν. στοχάζεται γὰρ ἡ τυραννὶς τριῶν, ἑνὸς μὲν τοῦ μικρὰ
φρονεῖν τοὺς ἀρχομένους (οὐδενὶ γὰρ ἂν μικρόψυχος ἐπιβουλεύ-
σειεν), δευτέρου δὲ τοῦ διαπιστεῖν ἀλλήλοις· οὐ καταλύεται γὰρ
5 πρότερον τυραννὶς πρὶν ἢ πιστεύσουσί τινες αὑτοῖς· διὸ καὶ
τοῖς ἐπιεικέσι πολεμοῦσιν ὡς βλαβεροῖς πρὸς τὴν ἀρχὴν οὐ
μόνον διὰ τὸ μὴ ἀξιοῦν ἄρχεσθαι δεσποτικῶς, ἀλλὰ καὶ διὰ τὸ
πιστοὺς καὶ ἑαυτοῖς καὶ τοῖς ἄλλοις εἶναι καὶ μὴ καταγορεύειν
μήτε ἑαυτῶν μήτε τῶν ἄλλων. τρίτον δ᾽ ἀδυναμία τῶν πραγμά-
10 των· οὐθεὶς γὰρ ἐπιχειρεῖ τοῖς ἀδυνάτοις. ὥστε οὐδὲ τυραννίδα
καταλύειν μὴ δυνάμεως ὑπαρχούσης. εἰς οὓς μὲν οὖν ὅρους
ἀνάγεται τὰ βουλήματα τῶν τυράννων, οὗτοι τρεῖς τυγχάνουσιν
ὄντες· πάντα γὰρ ἀναγάγοι τις ἂν τὰ τυραννικὰ πρὸς ταύτας τὰς
ὑποθέσεις, τὰ μὲν ὅπως μὴ πιστεύωσιν ἀλλήλοις, τὰ δ᾽ ὅπως μὴ
15 δύνωνται, τὰ δ᾽ ὅπως μικρὸν φρονῶσιν.

[Polit. V. 11.]

Youth.

vii. Οἱ μὲν οὖν νέοι τὰ ἤθη εἰσὶν ἐπιθυμητικοί, καὶ οἷοι ποιεῖν
ὧν ἂν ἐπιθυμήσωσιν. καὶ τῶν περὶ τὸ σῶμα ἐπιθυμιῶν μάλιστα
ἀκολουθητικοί εἰσι ταῖς περὶ τὰ ἀφροδίσια, καὶ ἀκρατεῖς ταύτης.
εὐμετάβολοι δὲ καὶ ἀψίκοροι πρὸς τὰς ἐπιθυμίας, καὶ σφόδρα
5 μὲν ἐπιθυμοῦσι, ταχέως δὲ παύονται· ὀξεῖαι γὰρ αἱ βουλήσεις
καὶ οὐ μεγάλαι, ὥσπερ αἱ τῶν καμνόντων δίψαι καὶ πεῖναι. καὶ

θυμικοὶ καὶ ὀξύθυμοι καὶ οἷοι ἀκολουθεῖν τῇ ὁρμῇ. καὶ ἥττους
εἰσὶ τοῦ θυμοῦ· διὰ γὰρ φιλοτιμίαν οὐκ ἀνέχονται ὀλιγωρούμενοι,
ἀλλ' ἀγανακτοῦσιν, ἂν οἴωνται ἀδικεῖσθαι. καὶ φιλότιμοι μέν
εἰσι, μᾶλλον δὲ φιλόνικοι· ὑπεροχῆς γὰρ ἐπιθυμεῖ ἡ νεότης, ἡ δὲ 10
νίκη ὑπεροχή τις. καὶ ἄμφω ταῦτα μᾶλλον ἢ φιλοχρήματοι·
φιλοχρήματοι δὲ ἥκιστα διὰ τὸ μήπω ἐνδείας πεπειρᾶσθαι, ὥσπερ
τὸ Πιττακοῦ ἔχει ἀπόφθεγμα εἰς Ἀμφιάραον. καὶ οὐ κακοήθεις
ἀλλ' εὐήθεις διὰ τὸ μήπω τεθεωρηκέναι πολλὰς πονηρίας. καὶ
εὔπιστοι διὰ τὸ μήπω πολλὰ ἐξηπατῆσθαι. καὶ εὐέλπιδες· ὥσπερ 15
γὰρ οἱ οἰνωμένοι, οὕτω διάθερμοί εἰσιν οἱ νέοι ὑπὸ τῆς φύσεως·
ἅμα δὲ καὶ διὰ τὸ μήπω πολλὰ ἀποτετυχηκέναι. καὶ ζῶσι τὰ
πλεῖστα ἐλπίδι· ἡ μὲν γὰρ ἐλπὶς τοῦ μέλλοντός ἐστιν ἡ δὲ μνήμη
τοῦ παροιχομένου, τοῖς δὲ νέοις τὸ μὲν μέλλον πολὺ τὸ δὲ παρελη-
λυθὸς βραχύ· τῇ γὰρ πρώτῃ ἡμέρᾳ μεμνῆσθαι μὲν οὐδὲν οἴονται, 20
ἐλπίζειν δὲ πάντα. καὶ εὐεξαπάτητοί εἰσι διὰ τὸ εἰρημένον·
ἐλπίζουσι γὰρ ῥᾳδίως. καὶ ἀνδρειότεροι· θυμώδεις γὰρ καὶ
εὐέλπιδες, ὧν τὸ μὲν μὴ φοβεῖσθαι τὸ δὲ θαρρεῖν ποιεῖ· οὔτε
γὰρ ὀργιζόμενος οὐδεὶς φοβεῖται, τό τε ἐλπίζειν ἀγαθόν τι θαρρα-
λέον ἐστίν. καὶ αἰσχυντηλοί· οὐ γάρ πω καλὰ ἕτερα ὑπολαμβά- 25
νουσιν, ἀλλὰ πεπαίδευνται ὑπὸ τοῦ νόμου μόνον. καὶ μεγαλό-
ψυχοι· οὔτε γὰρ ὑπὸ τοῦ βίου πω τεταπείνωνται, ἀλλὰ τῶν
ἀναγκαίων ἄπειροί εἰσιν, καὶ τὸ ἀξιοῦν αὑτὸν μεγάλων μεγαλο-
ψυχία· τοῦτο δ' εὐέλπιδος. καὶ μᾶλλον αἱροῦνται πράττειν τὰ
καλὰ τῶν συμφερόντων· τῷ γὰρ ἤθει ζῶσι μᾶλλον ἢ τῷ λογισμῷ, 30
ἔστι δ' ὁ μὲν λογισμὸς τοῦ συμφέροντος ἡ δὲ ἀρετὴ τοῦ καλοῦ.
καὶ φιλόφιλοι καὶ φιλέταιροι μᾶλλον τῶν ἄλλων ἡλικιῶν διὰ
τὸ χαίρειν τῷ συζῆν καὶ μήπω πρὸς τὸ συμφέρον κρίνειν μηδέν,
ὥστε μηδὲ τοὺς φίλους. καὶ ἅπαντα ἐπὶ τὸ μᾶλλον καὶ σφοδρό-
τερον ἁμαρτάνουσι παρὰ τὸ Χιλώνειον· πάντα γὰρ ἄγαν πράτ- 35

τουσιν· φιλοῦσί τε γὰρ ἄγαν καὶ μισοῦσιν ἄγαν καὶ τᾶλλα πάντα
ὁμοίως. καὶ εἰδέναι πάντα οἴονται καὶ διισχυρίζονται· τοῦτο γὰρ
αἴτιόν ἐστι καὶ τοῦ πάντα ἄγαν. καὶ τὰ ἀδικήματα ἀδικοῦσιν
εἰς ὕβριν καὶ οὐ κακουργίαν. καὶ ἐλεητικοὶ διὰ τὸ πάντας
40 χρηστοὺς καὶ βελτίους ὑπολαμβάνειν· τῇ γὰρ αὐτῶν ἀκακίᾳ τοὺς
πέλας μετροῦσιν, ὥστ' ἀνάξια πάσχειν ὑπολαμβάνουσιν αὐτούς.
καὶ φιλογέλωτες, διὸ καὶ εὐτράπελοι· ἡ γὰρ εὐτραπελία πεπαιδευ-
μένη ὕβρις ἐστίν. τὸ μὲν οὖν τῶν νέων τοιοῦτόν ἐστιν ἦθος.

[Rhet. II. 12.]

Wealth.

viii. Τῷ δὲ πλούτῳ ἃ ἕπεται ἤθη, ἐπιπολῆς ἐστὶν ἰδεῖν ἅπασιν·
ὑβρισταὶ γὰρ καὶ ὑπερήφανοι, πάσχοντές τι ὑπὸ τῆς κτήσεως τοῦ
πλούτου· ὥσπερ γὰρ ἔχοντες ἅπαντα τἀγαθὰ οὕτω διάκεινται·
ὁ γὰρ πλοῦτος οἷον τιμή τις τῆς ἀξίας τῶν ἄλλων, διὸ φαίνεται
5 ὤνια ἅπαντα εἶναι αὐτοῦ. καὶ τρυφεροὶ καὶ σαλάκωνες, τρυφεροὶ
μὲν διὰ τὴν τρυφὴν καὶ τὴν ἔνδειξιν τῆς εὐδαιμονίας, σαλάκωνες
δὲ καὶ σόλοικοι διὰ τὸ πάντας εἰωθέναι διατρίβειν περὶ τὸ ἐρώμενον
καὶ θαυμαζόμενον ὑπ' αὐτῶν, καὶ τῷ οἴεσθαι ζηλοῦν τοὺς ἄλλους
ἃ καὶ αὐτοί. ἅμα δὲ καὶ εἰκότως τοῦτο πάσχουσιν· πολλοὶ γάρ
10 εἰσιν οἱ δεόμενοι τῶν ἐχόντων. ὅθεν καὶ τὸ Σιμωνίδου εἴρηται
περὶ τῶν σοφῶν καὶ πλουσίων πρὸς τὴν γυναῖκα τὴν Ἱέρωνος
ἐρομένην πότερον γενέσθαι κρεῖττον πλούσιον ἢ σοφόν· πλούσιον
εἰπεῖν· τοὺς σοφοὺς γὰρ ἔφη ὁρᾶν ἐπὶ ταῖς τῶν πλουσίων θύραις
διατρίβοντας. καὶ τὸ οἴεσθαι ἀξίους εἶναι ἄρχειν· ἔχειν γὰρ
15 οἴονται ὧν ἕνεκεν ἄρχειν ἄξιον. καὶ ὡς ἐν κεφαλαίῳ, ἀνοήτου
εὐδαίμονος ἤθους ὁ πλοῦτός ἐστιν. διαφέρει δὲ τοῖς νεωστὶ
κεκτημένοις καὶ τοῖς πάλαι τὰ ἤθη τῷ ἅπαντα μᾶλλον καὶ φαυ-

λότερα τὰ κακὰ ἔχειν τοὺς νεοπλούτους· ὥσπερ γὰρ ἀπαιδευσία
πλούτου ἐστὶ τὸ νεόπλουτον εἶναι.

[Rhet. II. 16.]

Poetry.

ix. Φανερὸν δὲ ἐκ τῶν εἰρημένων καὶ ὅτι οὐ τὸ τὰ γενόμενα
λέγειν, τοῦτο ποιητοῦ ἔργον ἐστίν, ἀλλ' οἷα ἂν γένοιτο, καὶ τὰ
δυνατὰ κατὰ τὸ εἰκὸς ἢ τὸ ἀναγκαῖον. ὁ γὰρ ἱστορικὸς καὶ ὁ
ποιητὴς οὐ τῷ ἢ ἔμμετρα λέγειν ἢ ἄμετρα διαφέρουσιν· εἴη
γὰρ ἂν τὰ Ἡροδότου εἰς μέτρα τεθῆναι, καὶ οὐδὲν ἧττον ἂν εἴη 5
ἱστορία τις μετὰ μέτρου ἢ ἄνευ μέτρων· ἀλλὰ τούτῳ διαφέρει,
τῷ τὸν μὲν τὰ γενόμενα λέγειν, τὸν δὲ οἷα ἂν γένοιτο. διὸ
καὶ φιλοσοφώτερον καὶ σπουδαιότερον ποίησις ἱστορίας ἐστίν·
ἡ μὲν γὰρ ποίησις μᾶλλον τὰ καθόλου, ἡ δ' ἱστορία τὰ καθ'
ἕκαστον λέγει. 10

[Poet. 9.]

Tragedy.

x. Ἔστιν οὖν τραγῳδία μίμησις πράξεως σπουδαίας καὶ τελείας,
μέγεθος ἐχούσης, ἡδυσμένῳ λόγῳ, χωρὶς ἑκάστου τῶν εἰδῶν ἐν
τοῖς μορίοις, δρώντων καὶ οὐ δι' ἀπαγγελίας, δι' ἐλέου καὶ φόβου
περαίνουσα τὴν τῶν τοιούτων παθημάτων κάθαρσιν. * * *
Ἐπεὶ δὲ μίμησίς ἐστιν ἡ τραγῳδία βελτιόνων, ἡμᾶς δεῖ μιμεῖσθαι 5
τοὺς ἀγαθοὺς εἰκονογράφους· καὶ γὰρ ἐκεῖνοι ἀποδιδόντες τὴν ἰδίαν
μορφὴν, ὁμοίους ποιοῦντες, καλλίους γράφουσιν. οὕτω καὶ τὸν
ποιητὴν μιμούμενον καὶ ὀργίλους καὶ ῥαθύμους καὶ τἆλλα τὰ
τοιαῦτα ἔχοντας ἐπὶ τῶν ἠθῶν, ἐπιεικείας ποιεῖν παράδειγμα ἢ
σκληρότητος δεῖ, οἷον τὸν Ἀχιλλέα Ἀγάθων καὶ Ὅμηρος. 10

[Poet. 6, Ib. 15.]

xi. Διόπερ γυνὴ ἀνδρὸς ἐλεημονέστερον καὶ ἀρίδακρυ μᾶλλον, ἔτι δὲ φθονερώτερον καὶ μεμψιμοιρότερον, καὶ φιλολοίδορον μᾶλλον καὶ πληκτικώτερον. ἔστι δὲ καὶ δύσθυμον μᾶλλον τὸ θῆλυ τοῦ ἄρρενος καὶ δύσελπι, καὶ ἀναιδέστερον καὶ ψευδέστερον, εὐαπατη-
5 τότερον δὲ καὶ μνημονικώτερον, ἔτι δὲ ἀγρυπνότερον καὶ ὀκνηρότερον καὶ ὅλως ἀκινητότερον τὸ θῆλυ τοῦ ἄρρενος, καὶ τροφῆς ἐλάττονός ἐστιν. βοηθητικώτερον δέ, ὥσπερ ἐλέχθη, καὶ ἀνδρειότερον τὸ ἄρρεν τοῦ θήλεός ἐστιν, ἐπεὶ καὶ ἐν τοῖς μαλακίοις, ὅταν τῷ τριώδοντι πληγῇ ἡ σηπία, ὁ μὲν ἄρρην βοηθεῖ τῇ θηλείᾳ, ἡ δὲ
10 θήλεια φεύγει τοῦ ἄρρενος πληγέντος.

[Hist. Animal. IX. 1.]

The Eagle.

xii. Ὥρα δὲ τοῦ ἐργάζεσθαι ἀετῷ καὶ πέτεσθαι ἀπ' ἀρίστου μέχρι δείλης· τὸ γὰρ ἕωθεν κάθηται μέχρι ἀγορᾶς πληθυούσης. γηράσκουσι δὲ τοῖς ἀετοῖς τὸ ῥύγχος αὐξάνεται τὸ ἄνω γαμψούμενον ἀεὶ μᾶλλον, καὶ τέλος λιμῷ ἀποθνήσκουσιν. ἐπιλέγεται
5 δέ τις καὶ μῦθος, ὡς τοῦτο πάσχει διότι ἄνθρωπός ποτ' ὢν ἠδίκησε ξένον. ἀποτίθεται δὲ τὴν περιττεύουσαν τροφὴν τοῖς νεοττοῖς· διὰ γὰρ τὸ μὴ εὔπορον εἶναι καθ' ἑκάστην ἡμέραν αὐτὴν πορίζεσθαι, ἐνίοτε οὐκ ἔχουσιν ἔξωθεν κομίζειν. τύπτουσι δὲ ταῖς πτέρυξι καὶ τοῖς ὄνυξιν ἀμύττουσιν, ἄν τινα λάβωσι σκενωρούμενον περὶ
10 τὰς νεοττιάς. ποιοῦνται δ' αὐτὰς οὐκ ἐν πεδινοῖς τόποις ἀλλ' ἐν ὑψηλοῖς, μάλιστα μὲν ἐν πέτραις ἀποκρήμνοις, οὐ μὴν ἀλλὰ καὶ ἐπὶ δένδρων. τρέφουσι δὲ τοὺς νεοττοὺς ἕως ἂν δυνατοὶ γένωνται πέτεσθαι· τότε δ' ἐκ τῆς νεοττιᾶς αὐτοὺς ἐκβάλλουσι καὶ ἐκ τοῦ τόπου τοῦ περὶ αὐτὴν παντὸς ἀπελαύνουσιν. ἐπέχει γὰρ ἐν

ζεῦγος ἀετῶν πολὺν τόπον· διόπερ οὐκ ἐᾷ πλησίον αὐτῶν ἄλλους 15
αὐλισθῆναι. τὴν δὲ θήραν ποιεῖται οὐκ ἐκ τῶν σύνεγγυς τόπων
τῆς νεοττιᾶς, ἀλλὰ συχνὸν ἀποπτάς. ὅταν δὲ κυνηγήσῃ καὶ ἄρῃ,
τίθησι καὶ οὐκ εὐθὺς φέρει, ἀλλ᾽ ἀποπειραθεὶς τοῦ βάρους ἀφίησιν.
καὶ τοὺς δασύποδας δ᾽ οὐκ εὐθὺς λαμβάνει, ἀλλ᾽ εἰς τὸ πεδίον
ἐίσας προελθεῖν· καὶ καταβαίνει δ᾽ οὐκ εὐθὺς εἰς τὸ ἔδαφος, ἀλλ᾽ 20
ἀεὶ ἀπὸ τοῦ μείζονος ἐπὶ τὸ ἔλαττον κατὰ μικρόν. ἄμφω δὲ
ταῦτα ποιεῖ πρὸς ἀσφάλειαν τοῦ μὴ ἐνεδρεύεσθαι. καὶ ἐφ᾽
ὑψηλῶν καθίζει διὰ τὸ βραδέως αἴρεσθαι ἀπὸ τῆς γῆς. ὑψοῦ δὲ
πέτεται, ὅπως ἐπὶ πλεῖστον τόπον καθορᾷ· διόπερ θεῖον οἱ ἄνθρω-
ποί φασιν εἶναι μόνον τῶν ὀρνέων. 25

[Hist. Animal. IX. 32.]

The Madman of Abydos.

xiii. Λέγεται δέ τινα ἐν Ἀβύδῳ παρακόψαντα τῇ διανοίᾳ καὶ εἰς
τὸ θέατρον ἐρχόμενον ἐπὶ πολλὰς ἡμέρας θεωρεῖν, ὡς ὑποκρινο-
μένων τινῶν, καὶ ἐπισημαίνεσθαι· καὶ ὡς κατέστη τῆς παρακοπῆς,
ἔφησεν ἐκεῖνον αὐτῷ τὸν χρόνον ἥδιστα βεβιῶσθαι.

[Mirab. Auscult. 31.]

Enna.

xiv. Ἐν τῇ Σικελίᾳ περὶ τὴν καλουμένην Ἔνναν σπήλαιόν
τι λέγεται εἶναι, περὶ ὃ κύκλῳ πεφυκέναι φασὶ τῶν τε ἄλλων
ἀνθέων πλῆθος ἀνὰ πᾶσαν ὥραν, πολὺ δὲ μάλιστα τῶν ἴων
ἀπέραντόν τινα τόπον συμπεπληρῶσθαι, ἃ τὴν σύνεγγυς χώραν
εὐωδίας πληροῖ, ὥστε τοὺς κυνηγοῦντας, τῶν κυνῶν κρατουμένων 5
ὑπὸ τῆς ὀδμῆς, ἐξαδυνατεῖν τοὺς λαγὼς ἰχνεύειν. διὰ δὲ τούτου
τοῦ χάσματος ἀσυμφανής ἐστιν ὑπόνομος, καθ᾽ ὃν φασι τὴν

ἁρπαγὴν ποιήσασθαι τὸν Πλούτωνα τῆς Κόρης. εὑρίσκεσθαι
δέ φασιν ἐν τούτῳ τῷ τόπῳ πυροὺς οὔτε τοῖς ἐγχωρίοις ὁμοίους
10 οἷς χρῶνται οὔτε ἄλλοις ἐπεισάκτοις, ἀλλ' ἰδιότητά τινα μεγάλην
ἔχοντας. καὶ τούτῳ σημειοῦνται τὸ πρώτως παρ' αὐτοῖς φανῆναι
πύρινον καρπόν. ὅθεν καὶ τῆς Δήμητρος ἀντιποιοῦνται, φάμενοι
παρ' αὐτοῖς τὴν θεὸν γεγονέναι.

[Mirab. Auscult. 82.]

The Cup and the Lip.

XV. Ἀγκαῖος φιλογέωργος ὢν καὶ φυτεύων ἀμπελῶνα βαρὺς
ἐπέκειτο τοῖς οἰκέταις. εἷς δὲ τῶν οἰκετῶν ἔφη μὴ μεταλήψεσθαι
τὸν δεσπότην τοῦ καρποῦ. ὁ δὲ Ἀγκαῖος ἐπειδὴ ὁ καρπὸς ἐφθάκει
χαίρων ἐτρύγα, καὶ τὸν οἰκέτην ἐκέλευε κεράσαι αὐτῷ. μέλλων δὲ
5 τὴν κύλικα προσφέρειν τῷ στόματι ὑπεμίμνησκεν αὐτὸν τοῦ
λόγου. ὁ δὲ ἔφη· πολλὰ μεταξὺ πέλει κύλικος καὶ χείλεος ἄκρου.
τούτων ἔτι λεγομένων ἧκέ τις ἀγγέλλων ὡς ὑπερμεγέθης σῦς
λυμαίνεται τὸν ὄρχατον. ὁ δὲ Ἀγκαῖος ἀποβαλὼν τὴν πόσιν
ἐπὶ τὸν σῦν ὥρμησε· καὶ πληγεὶς ὑπ' αὐτοῦ ἐτελεύτησεν. ὅθεν
10 ἡ παροιμία ἐπὶ τῶν παρὰ προσδοκίαν τι πραττόντων.

[Fragm. Hist.]

Life.

XVI. Τοῦτο μὲν ἐκείνῳ τῷ Μίδᾳ λέγουσι δή που μετὰ τὴν θήραν
ὡς ἔλαβε τὸν Σειληνόν, διερωτῶντι καὶ πυνθανομένῳ, τί ποτέ ἐστι
τὸ βέλτιον τοῖς ἀνθρώποις, καὶ τί τὸ πάντων αἱρετώτατον, τὸ μὲν
πρῶτον οὐδὲν ἐθέλειν εἰπεῖν, ἀλλὰ σιωπᾶν ἀρρήτως. ἐπειδὴ
5 δέ ποτε μόλις πᾶσαν μηχανὴν μηχανώμενος προσηγάγετο φθέγξα-
σθαί τι πρὸς αὐτόν, οὕτως ἀναγκαζύμενος εἰπεῖν, Δαίμονος ἐπι-

πόνου καὶ τύχης χαλεπῆς ἐφήμερον σπέρμα, τί με βιάζεσθε λέγειν
ἃ ὑμῖν ἄρειον μὴ γνῶναι ; μετ' ἀγνοίας γὰρ τῶν οἰκείων κακῶν,
ἀλυπότατος ὁ βίος. ἀνθρώποις δὲ πάμπαν οὐκ ἔστι γενέσθαι
τὸ πάντων ἄριστον, οὐδὲ μετασχεῖν τῆς τοῦ βελτίστου φύσεως. 10
ἄριστον γὰρ πᾶσι καὶ πάσαις τὸ μὴ γενέσθαι· τὸ μέν τοι μετὰ
τοῦτο, καὶ τὸ πρῶτον τῶν ἄλλων ἀνυστὸν, δεύτερον δὲ, τὸ γενο-
μένους ἀποθανεῖν ὡς τάχιστα.

[Fragm. Eud.]

The Study of Nature.

XVII. Ἐπεὶ δὲ περὶ ἐκείνων διήλθομεν λέγοντες τὸ φαινόμενον
ἡμῖν, λοιπὸν περὶ τῆς ζωϊκῆς φύσεως εἰπεῖν, μηδὲν παραλιπόντας
εἰς δύναμιν μήτε ἀτιμότερον μήτε τιμιώτερον. καὶ γὰρ ἐν τοῖς μὴ
κεχαρισμένοις αὐτῶν πρὸς τὴν αἴσθησιν κατὰ τὴν θεωρίαν ὅμως
ἡ δημιουργήσασα φύσις ἀμηχάνους ἡδονὰς παρέχει τοῖς δυναμένοις 5
τὰς αἰτίας γνωρίζειν καὶ φύσει φιλοσόφοις. καὶ γὰρ ἂν εἴη
παράλογον καὶ ἄτοπον, εἰ τὰς μὲν εἰκόνας αὐτῶν θεωροῦντες χαίρο-
μεν ὅτι τὴν δημιουργήσασαν τέχνην συνθεωροῦμεν, οἷον τὴν γρα-
φικὴν ἢ τὴν πλαστικὴν, αὐτῶν δὲ τῶν φύσει συνεστώτων μὴ
μᾶλλον ἀγαπῶμεν τὴν θεωρίαν, δυνάμενοί γε τὰς αἰτίας καθορᾶν. 10
διὸ δεῖ μὴ δυσχεραίνειν παιδικῶς τὴν περὶ τῶν ἀτιμοτέρων ζώων
ἐπίσκεψιν. ἐν πᾶσι γὰρ τοῖς φυσικοῖς ἔνεστί τι θαυμαστόν·
καὶ καθάπερ Ἡράκλειτος λέγεται πρὸς τοὺς ξένους εἰπεῖν τοὺς
βουλομένους ἐντυχεῖν αὐτῷ, οἳ ἐπειδὴ προσιόντες εἶδον αὐτὸν
θερόμενον πρὸς τῷ ἱπνῷ ἔστησαν (ἐκέλευε γὰρ αὐτοὺς εἰσιέναι 15
θαρροῦντας· εἶναι γὰρ καὶ ἐνταῦθα θεούς), οὕτω καὶ πρὸς τὴν
ζήτησιν περὶ ἑκάστου τῶν ζώων προσιέναι δεῖ μὴ δυσωπούμενον
ὡς ἐν ἅπασιν ὄντος τινὸς φυσικοῦ καὶ καλοῦ.

[Part. Animal. I. 5.]

XXV.

Theophrastus, B.C. 320.

Signs of Wind and Storm.

i. Αἴθυιαι καὶ νῆτται [πτερυγίζουσαι] καὶ ἄγριαι καὶ τιθασσαὶ
ὕδωρ μὲν σημαίνουσι δυόμεναι, πτερυγίζουσαι δὲ ἄνεμον. οἱ
κέπφοι εὐδίας οὔσης, ὅποι ἂν πέτωνται, ἄνεμον προσημαίνουσι.
στρουθοὶ χειμῶνος ἀφ' ἑσπέρας θορυβοῦντες ἢ ἀνέμου μεταβολὴν
5 σημαίνουσιν ἢ ὕδωρ ὑέτιον. ἐρωδιὸς ἀπὸ θαλάσσης πετόμενος
καὶ βοῶν πνεύματος σημεῖόν ἐστι· καὶ ὅλως βοῶν μέγα, ἀνεμώδης.
κύων κυλινδούμενος χαμαὶ μέγεθος ἀνέμου σημαίνει. ἡ ἄμπωτις
βόρειον πνεῦμα σημαίνει, πλημμύρα δὲ νότιον. ἐὰν μὲν γὰρ ἐκ
βορείων πλημμύρα ἥκῃ, εἰς νότιον μεταβάλλει· ἐὰν δ' ἐκ νοτίων
10 ἄμπωτις γίνηται, εἰς βόρειον μεταβάλλει. ἀράχνια πολλὰ φερό-
μενα πνεῦμα ἢ χειμῶνα σημαίνει. θάλασσα οἰδοῦσα καὶ ἀκταὶ
βοῶσαι καὶ αἰγιαλὸς ἠχῶν ἀνεμώδης. * * * γέρανοι ἐὰν πρωῒ
πέτωνται καὶ ἀθρόοι, πρωῒ χειμάσει· ἐὰν δὲ ὀψὲ καὶ πολὺν χρόνον,
ὀψὲ χειμάσει. καὶ ἐὰν ἀποστραφῶσι πετόμενοι, χειμῶνα σημαί-
15 νουσι. χῆνες βοῶντες μᾶλλον καὶ [ἢ] περὶ σῖτον μαχόμενοι
χειμέριον. σπίνος στρουθὸς σπίζων ἕωθεν χειμέριον. ὄρχιλος
[ὡς] εἰσιὼν καὶ εἰσδυόμενος εἰς ὀπὰς χειμῶνα σημαίνουσι καὶ
ἐριθεὺς ὡσαύτως. κορώνη, ἐὰν ταχὺ δὶς κρώζῃ καὶ τρίτον,
χειμερία. καὶ κορώνη καὶ κόραξ καὶ κολοιὸς ὀψὲ ᾄδοντες χει-
20 μέριοι. στρουθὸς ἐὰν λευκὸς ἢ χελιδὼν ἢ ἄλλο τι τῶν μὴ
εἰωθότων λευκῶν, χειμῶνα μέγαν σημαίνουσιν, ὥσπερ καὶ μέλανες,
ἐὰν πολλοὶ φανῶσιν, ὕδωρ. καὶ ἐὰν ἐκ πελάγους ὄρνιθες φεύγωσι,
χειμῶνα σημαίνουσι. καὶ σπίνος ἐν οἰκίᾳ οἰκουμένῃ φθεγγόμενος

χειμέριον. ὅσα ὕδωρ σημαίνει, χειμῶνα ἄγει· ἐὰν μὴ ὕδωρ,
χιόνα καὶ χειμῶνα. κόραξ φωνὰς πολλὰς μεταβάλλων χειμῶνος 25
χειμέριον. κολοιοὶ ἐκ τοῦ νότου πετόμενοι, καὶ τευθίδες χειμέριαι.
φωνὴ ἐν λιμένι ἀποψοφοῦσα, καὶ πολύπλοκον ἔχουσα, χειμέριον.
καὶ οἱ πνεύμονες οἱ θαλάττιοι ἐὰν πολλοὶ φαίνωνται ἐν τῷ πελάγει,
χειμερινοῦ ἔτους σημεῖον. * * * ἐὰν ἐπὶ κορυφῆς ὄρους
νέφος ὀρθὸν στῇ, χειμῶνα σημαίνει· ὅθεν καὶ Ἀρχίλοχος ἐποίησε 30
Γλαῦχ᾽ ὅρα· βαθὺς γὰρ ἤδη κύμασι ταράσσεται πόντος, ἀμφὶ δ᾽
ἄκρας ὀρθὸν ἵσταται νέφος· ὅ ἐστι σημεῖον χειμῶνος. ἐὰν
νεφέλη ὁμόχρως ᾖ ὑμένι λευκῷ, χειμέριον· ὅταν ἑστώτων νεφῶν
ἕτερα ἐπιφέρηται, τὰ δ᾽ ἠρεμῇ, χειμέρια. [ὁ ἥλιος] ἐὰν χειμῶνος
διαλάμψας πάλιν ἀποκρυφθῇ, καὶ τοῦτο ποιήσῃ δὶς ἢ τρὶς, ἡμέρα 35
χειμέριος δίεισιν. ὁ τοῦ Ἑρμοῦ ἀστὴρ χειμῶνος μὲν φαινόμενος
ψύχη σημαίνει, θέρους δὲ καῦμα. ὅταν μέλιτται μὴ ἀποπέ-
τωνται μακρὰν, ἀλλ᾽ αὐτοῦ ἐν τῇ εὐδίᾳ πέτωνται, χειμῶνα
ἐσόμενον σημαίνει. λύκος ὠρυόμενος χειμῶνα σημαίνει διὰ
τριῶν ἡμερῶν. λύκος ὅταν πρὸς τὰ ἔργα ὁρμᾷ ἢ εἴσω χειμῶνος 40
ὁρμᾷ, χειμῶνα σημαίνει εὐθύς. ἔστι δὲ σημεῖον χειμώνων
μεγάλων καὶ ὄμβρων καὶ ὅταν γένωνται ἐν τῷ μετοπώρῳ πολλοὶ
σφῆκες· καὶ ὅταν ὄρνιθες λευκοὶ πρὸς τὰ ἐργάσιμα πλησιάζωσι,
καὶ ὅλως τὰ ἄγρια θηρία ἐὰν πρὸς ἐργάσιμα, βόρειον καὶ χειμῶνος
μέγεθος σημαίνει. τῆς Πάρνηθος ἐὰν τὰ πρὸς ζέφυρον ἄνεμον 45
καὶ τὰ πρὸς Φύλης φρίττηται νέφεσι βορείων ὄντων, χειμέριον
τὸ σημεῖον.

[Sign. Imbr. et Vent. 2, 3.]

A Character.

ii. Ἡ δὲ ἀδολεσχία ἐστὶ μὲν διήγησις λόγων μακρῶν καὶ
ἀπροβουλεύτων, ὁ δὲ ἀδολέσχης τοιοῦτός ἐστιν, οἷος ὃν μὴ

γινώσκει τούτῳ παρακαθεζύμενος πλησίον πρῶτον μὲν τῆς
ἑαυτοῦ γυναικὸς εἰπεῖν ἐγκώμιον, εἶτα ὁ τῆς νυκτὸς εἶδεν
5 ἐνύπνιον, τοῦτο διηγήσασθαι· εἶθ' ὧν εἶχεν ἐπὶ τῷ δείπνῳ
τὰ καθέκαστα διεξελθεῖν· εἶτα δὴ προχωροῦντος τοῦ πράγματος
λέγειν, ὡς πολὺ πονηρότεροί εἰσιν οἱ νῦν ἄνθρωποι τῶν ἀρχαίων,
καὶ ὡς ἄξιοι γεγόνασιν οἱ πυροὶ ἐν τῇ ἀγορᾷ· καὶ ὡς πολλοὶ
ἐπιδημοῦσι ξένοι· καὶ τὴν θάλατταν ἐκ Διονυσίων πλώϊμον εἶναι·
10 καὶ εἰ ποιήσειεν ὁ Ζεὺς ὕδωρ, τὰ ἐν τῇ γῇ βελτίω ἔσεσθαι·
καὶ ὁ ἀγρὸς εἰς νεῶτά γε ἀργήσει· καὶ ὡς χαλεπόν ἐστι τὸ ζῆν·
καὶ ὡς Δάμιππος μυστηρίοις μεγίστην δᾷδα ἔστησε· καὶ πόσοι
εἰσὶ κίονες τοῦ Ὠιδείου· καὶ Χθὲς ἤμεσα· καὶ Τίς ἐστιν ἡμέρα
σήμερον· καὶ ὡς Βοηδρομιῶνος μέν ἐστι τὰ μυστήρια, Πυανε-
15 ψιῶνος δὲ Ἀπατούριᾶ, Ποσειδῶνος δὲ τὰ κατ' ἀγροὺς Διονύσια.
κἂν ὑπομένῃ τις αὐτὸν, μὴ ἀφίστασθαι. παρασείσαντα δὲ χρὴ
τοὺς τοιούτους τῶν ἀνθρώπων καὶ διαράμενον ἀπαλλάττεσθαι,
ὅστις ἀπύρετος βούλεται εἶναι· ἔργον γὰρ συναρκεῖσθαι τοῖς
μήτε σχολὴν μήτε σπουδὴν διαγινώσκουσιν.

[Charact. 3.]

XXVI.

Theopompus, B.C. 315.

Midas.

i. Περιηγεῖταί τινα Θεύπομπος συνουσίαν Μίδου τοῦ Φρυγὸς
καὶ Σειληνοῦ. νύμφης δὲ παῖς ὁ Σειληνὸς οὗτος, θεοῦ μὲν
ἀφανέστερος τὴν φύσιν, ἀνθρώπου δὲ κρείττων καὶ θανάτου ἦν.
πολλὰ μὲν οὖν καὶ ἄλλα ἀλλήλοις διελέχθησαν, καὶ ὑπὲρ τούτων
5 ὁ Σειληνὸς ἔλεγε πρὸς τὸν Μίδαν· τὴν μὲν Εὐρώπην, καὶ τὴν

Ἀσίαν, καὶ τὴν Λιβύην νήσους εἶναι, ἃς περιρρεῖν κύκλῳ τὸν
Ὠκεανόν. ἤπειρον δὲ μόνην εἶναι ἐκείνην τὴν ἔξω τούτου τοῦ
κόσμου. καὶ τὸ μὲν μέγεθος αὐτῆς ἄπειρον διηγεῖτο· τρέφειν
δὲ τὰ ἄλλα ζῷα μεγάλα, καὶ τοὺς ἀνθρώπους δὲ τῶν ἐνταῦθα
διπλασίονας τὸ μέγεθος· καὶ χρόνον ζῆν αὐτοὺς, οὐχ ὅσον ἡμεῖς
ἀλλὰ καὶ ἐκεῖνον διπλοῦν· καὶ πολλὰς μὲν εἶναι καὶ μεγάλας
πόλεις, καὶ βίων ἰδιότητας, καὶ νόμους αὐτοῖς τετάχθαι ἐναντίως
κειμένους τοῖς παρ' ἡμῖν νομιζομένοις. δύο δὲ εἶναι πόλεις ἔλεγε
μεγέθει μεγίστας, οὐδὲν δὲ ἀλλήλαις ἐοικέναι· καὶ τὴν μὲν ὀνομά-
ζεσθαι Μάχιμον, τὴν δὲ Εὐσεβῆ. τοὺς μὲν οὖν Εὐσεβεῖς ἐν
εἰρήνῃ τε διάγειν καὶ πλούτῳ βαθεῖ, καὶ λαμβάνειν τοὺς καρποὺς
ἐκ τῆς γῆς χωρὶς ἀρότρων καὶ βοῶν· γεωργεῖν δὲ καὶ σπείρειν
οὐδὲν αὐτοῖς ἔργον εἶναι. καὶ διατελοῦσιν ὑγιεῖς καὶ ἄνοσοι,
καὶ καταστρέφουσι τὸν ἑαυτῶν βίον γελῶντες εὖ μάλα καὶ
ἡδόμενοι. οὕτω δὲ ἀναμφιλόγως εἰσὶ δίκαιοι, ὡς μήτε τοὺς
θεοὺς πολλάκις ἀπαξιοῦν ἐπιφοιτᾶν αὐτοῖς. οἱ δὲ τῆς Μαχίμου
πόλεως, μαχιμώτατοί τέ εἰσι καὶ αὐτοὶ, καὶ γίνονται μεθ' ὅπλων,
καὶ ἀεὶ πολεμοῦσι, καὶ καταστρέφονται τοὺς ὁμόρους, καὶ παμ-
πόλλων ἐθνῶν μία πόλις κρατεῖ αὕτη. εἰσὶ δὲ οἱ οἰκήτορες
οὐκ ἐλάττους διακοσίων μυριάδων. ἀποθνήσκουσι δὲ τὸν μὲν
ἄλλον χρόνον νοσήσαντες, σπάνιον δὲ τοῦτο, ἐπεὶ τά γε πολλὰ ἐν
τοῖς πολέμοις, ἢ λίθοις, ἢ ξύλοις παιόμενοι· ἄτρωτοι γάρ εἰσι
σιδήρῳ· χρυσοῦ δὲ ἔχουσι καὶ ἀργύρου ἀφθονίαν, ὡς ἀτιμότερον
εἶναι παρ' αὐτοῖς τὸν χρυσὸν τοῦ παρ' ἡμῖν σιδήρου.

[Fragm. 76.]

Life.

ii. Εἰ μὲν γὰρ ἦν, τὸν κίνδυνον τὸν παρόντα διαφυγόντας
ἀδεῶς διάγειν τὸν ἐπίλοιπον χρόνον, οὐκ ἂν ἦν θαυμαστὸν

L 2

φιλοψυχεῖν· νῦν δὲ τοσαῦται κῆρες τῷ βίῳ παραπεφύκασιν, ὥστε τὸν ἐν ταῖς μάχαις θάνατον αἱρετώτερον εἶναι δοκεῖν.

[Fragm. 77.]

XXVII.

Dicacarchus, B.C. 310.

Athens.

i. Ἐντεῦθεν εἰς τὸ Ἀθηναίων ἔπεισιν ἄστυ· ὁδὸς δὲ ἡδεία, γεωργουμένη πᾶσα, ἔχουσά τῇ ὄψει φιλάνθρωπον. ἡ δὲ πόλις ξηρὰ πᾶσα, οὐκ εὔυδρος, κακῶς ἐρρυμοτομημένη διὰ τὴν ἀρχαιότητα. αἱ μὲν πολλαὶ τῶν οἰκιῶν εὐτελεῖς, ὀλίγαι δὲ
5 χρήσιμαι. ἀπιστηθείη δ' ἂν ἐξαίφνης ὑπὸ τῶν ξένων θεωρουμένη, εἰ αὕτη ἐστιν ἡ προσαγορευομένη τῶν Ἀθηναίων πόλις· μετ' οὐ πολὺ δὲ πιστεύσειεν ἄν τις. Ὠδεῖον τῶν ἐν τῇ οἰκουμένῃ κάλλιστον· θέατρον ἀξιόλογον, μέγα καὶ θαυμαστόν· Ἀθηνᾶς ἱερὸν, πολυτελὲς, ἀπόψιον, ἄξιον θεᾶς, ὁ καλούμενος Παρθενὼν,
10 ὑπερκείμενον τοῦ θεάτρου, μεγάλην κατάπληξιν ποιεῖ τοῖς θεωροῦσιν· Ὀλύμπιον, ἡμιτελὲς μὲν, κατάπληξιν δ' ἔχον τὴν τῆς οἰκοδομίας ὑπογραφὴν, γενόμενον δ' ἂν βέλτιστον, εἴπερ συνετελέσθη· γυμνάσια τρία, Ἀκαδημία, Λύκειον, Κυνόσαργες, πάντα κατάδενδρά τε καὶ τοῖς ἐδάφεσι ποώδη, χόρτοι παντοβαλεῖς
15 φιλοσόφων παντοδαπῶν, ψυχῆς ἀπάται καὶ ἀναπαύσεις· σχολαὶ πολλαὶ, θέαι συνεχεῖς. * * * τῶν δὲ ἐνοικούντων, οἱ μὲν αὐτῶν Ἀττικοὶ, οἱ δ' Ἀθηναῖοι. οἱ μὲν Ἀττικοὶ περίεργοι ταῖς λαλιαῖς, ὕπουλοι, συκοφαντώδεις, παρατηρηταὶ τῶν ξενικῶν βίων· οἱ δ' Ἀθηναῖοι μεγαλόψυχοι, ἁπλοῖ τοῖς τρόποις, φιλίας γνήσιοι
20 φύλακες.

[Fragm. 59.]

Thebes.

ii. Ἐντεῦθεν εἰς Θήβας στάδια π'. ὁδὸς λεία πᾶσα καὶ
ἐπίπεδος. ἡ δὲ πόλις ἐν μέσῳ μὲν τῆς τῶν Βοιωτῶν κεῖται
χώρας, τὴν περίμετρον ἔχουσα σταδίων ο'· πᾶσα δ' ὁμαλή.
στρογγύλη μὲν τῷ σχήματι, τῇ χρόᾳ δὲ μελάγγειος· ἀρχαία μὲν
οὖσα, καινῶς δ' ἐρρυμοτομημένη διὰ τὸ τρὶς ἤδη, ὥς φασιν αἱ 5
ἱστορίαι, κατεσκάφθαι διὰ τὸ βάρος καὶ τὴν ὑπερηφανίαν τῶν
κατοικούντων. καὶ ἱπποτρόφος δὲ ἀγαθή· κάθυδρος πᾶσα, χλωρά
τε καὶ γεώλοφος· κηπεύματα ἔχουσα πλεῖστα τῶν ἐν τῇ Ἑλλάδι
πόλεων. καὶ γὰρ ποταμοὶ ῥέουσι δι' αὐτῆς δύο τὸ ὑποκείμενον
τῇ πόλει πεδίον πᾶν ἀρδεύοντες. φέρεται δὲ καὶ ἀπὸ τῆς 10
Καδμείας ὕδωρ ἀφανὲς διὰ σωλήνων ἀγόμενον ὑπὸ Κάδμου τὸ
παλαιόν, ὡς λέγουσι, κατεσκευασμένον. ἡ μὲν οὖν πόλις
τοιαύτη. * * * ἐνθερίσαι μὲν ἡ πόλις οἵα βελτίστη· τό τε
γὰρ ὕδωρ πολὺ ἔχει καὶ ψυχρὸν καὶ κήπους· ἔστι δ' εὐήνεμος
ἔτι καὶ χλωρὰν ἔχουσα τὴν πρόσοψιν, ἐχόπωρός τε καὶ τοῖς 15
θερινοῖς ὠνίοις ἄφθονος· ἄξυλος δὲ καὶ ἐγχειμάσαι οἵα χειρίστη
διά τε τοὺς ποταμοὺς καὶ τὰ πνεύματα· καὶ γὰρ νίφεται καὶ
πηλὸν ἔχει πολύν.

[Fragm. 59.]

XXVIII.

Epicurus, B.C. 300.

Pleasure.

i. Τιμητέον τὸ καλὸν καὶ τὰς ἀρετὰς καὶ τὰ τοιουτότροπα,
ἐὰν ἡδονὴν παρασκευάζῃ· ἐὰν δὲ μὴ παρασκευάζῃ, χαίρειν
ἐατέον.

ii. Οὐκ ἔστιν ἡδέως ζῆν ἄνευ τοῦ φρονίμως καὶ καλῶς καὶ δικαίως, οὐδὲ φρονίμως καὶ καλῶς καὶ δικαίως ἄνευ τοῦ ἡδέως· ὅτῳ δὲ μὴ ὑπάρχει ζῆν φρονίμως καὶ καλῶς καὶ δικαίως, οὐκ ἔστι τοῦτον ἡδέως ζῆν.

[Fragm.]

XXIX.

Cleanthes, B.C. 260.

Humanity.

Καὶ οὐ πάνυ τι ὁ ἄνθρωπος κράτιστον εἶναι δύναται ζῷον· οἷον εὐθέως ὅτι διὰ κακίας πορεύεται τὸν πάντα χρόνον, εἰ δὲ μή γε τὸν πλεῖστον. καὶ γὰρ εἴ ποτε περιγένοιτο ἀρετῆς, ὀψὲ καὶ πρὸς ταῖς τοῦ βίου δυσμαῖς περιγίνεται· ἐπικηρόν τ' ἐστὶ
5 καὶ ἀσθενὲς καὶ μυρίων δεόμενον βοηθημάτων, καθάπερ τροφῆς καὶ σκεπασμάτων καὶ τῆς ἄλλης τοῦ σώματος ἐπιμελείας, πικροῦ τινος τυράννου τρόπον ἐφεστῶτος ἡμῖν καὶ τὸν πρὸς ἡμέραν δασμὸν ἀπαιτοῦντος, καὶ εἰ μὴ παρέχοιμεν ὥστε λούειν αὐτὸ καὶ ἀλείφειν καὶ περιβάλλειν καὶ τρέφειν, νόσους καὶ θάνατον
10 ἀπειλοῦντος. ὥστε οὔτε τέλειον ζῷον ὁ ἄνθρωπος, ἀτελὲς δὲ καὶ πολὺ κεχωρισμένον τοῦ τελείου.

[Fragm.]

XXX.

Polybius, B.C. 260.

Hannibal.

i. Τῶν ἑκατέροις, Ῥωμαίοις φημὶ καὶ Καρχηδονίοις, προ-
σπιπτόντων καὶ συμβαινόντων εἷς ἦν ἀνὴρ αἴτιος καὶ μία ψυχὴ,
λέγω δὲ τὴν Ἀννίβου. * * * ἐπεὶ δ' ἡ πραγμάτων διάθεσις
εἰς ἐπίστασιν ἡμᾶς ἦχε περὶ τῆς Ἀννίβου φύσεως, ἀπαιτεῖν
ὁ καιρὸς δοκεῖ μοι, τὰς μάλιστα διαπορουμένας ἰδιότητας ὑπὲρ 5
αὐτοῦ δηλῶσαι. τινὲς μὲν γὰρ ὠμὸν αὐτὸν οἴονται γεγονέναι
καθ' ὑπερβολὴν, τινὲς δὲ φιλάργυρον. τὸ δ' ἀληθὲς εἰπεῖν ὑπὲρ
αὐτοῦ καὶ τῶν ἐν πράγμασιν ἀναστρεφομένων, οὐ ῥᾴδιον. ἔνιοι
μὲν γὰρ ἐλέγχεσθαί φασι τὰς φύσεις ὑπὸ τῶν περιστάσεων, καὶ
τοὺς μὲν ἐν ταῖς ἐξουσίαις καταφανεῖς γίγνεσθαι, κἂν ὅλως τὸν 10
πρὸ τοῦ χρόνον ἀναστέλλωνται, τοὺς δὲ πάλιν ἐν ταῖς ἀτυχίαις.
ἐμοὶ δ' ἔμπαλιν οὐχ ὑγιὲς εἶναι δοκεῖ τὸ λεγόμενον. οὐ γὰρ
ὀλίγα μοι φαίνονται, τὰ δὲ πλεῖστα, ποτὲ μὲν διὰ τὰς τῶν φίλων
παραθέσεις, ποτὲ δὲ διὰ τὰς τῶν πραγμάτων ποικιλίας, ἄνθρωποι
παρὰ τὴν ἑαυτῶν προαίρεσιν ἀναγκάζεσθαι καὶ λέγειν καὶ πράττειν. 15
γνοίη δ' ἄν τις ἐπὶ πολλῶν τῶν ἤδη γεγονότων, ἐπιστήσας. τίς
γὰρ Ἀγαθοκλέα τὸν Σικελίας τύραννον οὐχ ἱστόρηκε, διότι δόξας
ὠμότατος εἶναι κατὰ τὰς πρώτας ἐπιβολὰς καὶ τὴν κατασκευὴν τῆς
δυναστείας, μετὰ ταῦτα, νομίσας βεβαίως ἐνδεδέσθαι τὴν Σικε-
λιωτῶν ἀρχὴν, πάντων ἡμερώτατος δοκεῖ γεγονέναι καὶ πρᾳότατος. 20
ἔτι δὲ Κλεομένης, ὁ Σπαρτιάτης, οὐ χρηστότατος μὲν βασιλεὺς,

πικρότατος δὲ τύραννος, εὐτραπελώτατος δὲ πάλιν ἰδιώτης καὶ
φιλανθρωπότατος ; καί τοι γοῦν οὐκ εἰκὸς ἦν, περὶ τὰς αὐτὰς
φύσεις τὰς ἐναντιωτάτας διαθέσεις ὑπάρχειν· ἀλλ' ἀναγκαζόμενοι
25 ταῖς τῶν πραγμάτων μεταβολαῖς συμμετατίθεσθαι, τὴν ἐναντίαν
τῇ φύσει πολλάκις ἐμφαίνουσι διάθεσιν ἔνιοι τῶν δυνατῶν πρὸς
τοὺς ἐκτός· ὥστε μὴ οἷον ἐλέγχεσθαι τὰς φύσεις διὰ τούτων, τὸ
δ' ἐναντίον ἐπισκοτεῖσθαι μᾶλλον. τὸ δ' αὐτὸ καὶ διὰ τὰς τῶν
φίλων παραθέσεις εἴωθε συμβαίνειν οὐ μόνον ἡγεμόσι καὶ δυνά-
30 σταις καὶ βασιλεῦσιν, ἀλλὰ καὶ πόλεσιν. Ἀθηναίων γοῦν εὕροι
τις ἂν ὀλίγα μὲν τὰ πικρά, πλεῖστα δὲ τὰ χρηστὰ καὶ σεμνά, τῆς
πολιτείας Ἀριστείδου καὶ Περικλέους προεστώτων· Κλέωνος δὲ
καὶ Χάρητος, τἀναντία. Λακεδαιμονίων ἡγουμένων τῆς Ἑλλάδος,
ὅσα μὲν διὰ Κλεομβρότου τοῦ βασιλέως πράττοιτο, πάντα συμμα-
35 χικὴν εἶχε τὴν αἵρεσιν· ὅσα δὲ δι' Ἀγησιλάου, τοὐναντίον. ὥστε
καὶ τὰ τῶν πόλεων ἔθη ταῖς τῶν προεστώτων διαφοραῖς συμμετα-
πίπτειν. Φίλιππος δὲ ὁ βασιλεύς, ὅτε μὲν Ταυρίων ἢ Δημήτριος
αὐτῷ συμπράττοιεν, ἦν ἀσεβέστατος· ὅτε δὲ πάλιν Ἄρατος ἢ
Χρυσόγονος, ἡμερώτατος. παραπλήσια δέ μοι δοκεῖ τούτοις
40 καὶ τὰ κατ' Ἀννίβαν γεγονέναι. καὶ γὰρ περιστάσεσι παραδόξοις
καὶ ποικίλαις ἐχρήσατο, καὶ φίλοις τοῖς ἔγγιστα μεγάλας ἐσχηκόσι
διαφοράς, ὥστε καὶ λίαν ἐκ τῶν κατ' Ἰταλίαν πράξεων δυσθεώ-
ρητον εἶναι τὴν τοῦ προειρημένου φύσιν.

[B. IX. 22-24.]

Truth.

ii. Καί μοι δοκεῖ μεγίστην θεὸν τοῖς ἀνθρώποις ἡ φύσις
ἀποδεῖξαι τὴν Ἀλήθειαν, καὶ μεγίστην αὐτῇ προσθεῖναι δύναμιν.
πάντων γοῦν αὐτὴν καταγωνιζομένων, ἐνίοτε δὲ καὶ πασῶν τῶν
πιθανοτήτων μετὰ τοῦ ψεύδους ταττομένων, οὐκ οἶδ' ὅπως

αἱτὴ δι᾽ αὑτῆς εἰς τὰς ψυχὰς εἰσδύεται τῶν ἀνθρώπων· καὶ 5
ποτὲ μὲν παραχρῆμα δείκνυσι τὴν αὑτῆς δύναμιν, ποτὲ δὲ πολὺν
χρόνον ἐπισκοτισθεῖσα τέλος αἱτὴ δι᾽ ἑαυτῆς ἐπικρατεῖ, καὶ
καταγωνίζεται τὸ ψεῖδος.

[B. XIII. 5.]

XXXI.

Apollodorus, B.C. 140 (?).

Zeus and Typhon.

i. Ὡς δὲ ἐκράτησαν οἱ θεοὶ τῶν Γιγάντων, Γῆ, μᾶλλον χολω- •
θεῖσα, μίγνυται Ταρτάρῳ, καὶ γεννᾷ Τιφῶνα ἐν Κιλικίᾳ μεμι-
γμένην ἔχοντα φύσιν ἀνδρὸς καὶ θηρίου. οὗτος μὲν καὶ μεγέθει
καὶ δυνάμει πάντων διήνεγκεν, ὅσους ἐγέννησε Γῆ. ἦν δὲ αὐτῷ
τὰ μὲν ἄχρι μηρῶν ἄπλετον μέγεθος ἀνδρόμορφον, ὥστε ὑπερ- 5
έχειν μὲν πάντων τῶν ὀρῶν· ἡ δὲ κεφαλὴ πολλάκις τῶν ἄστρων
ἔψαυε· χεῖρας δὲ εἶχε, τὴν μὲν ἐπὶ τὴν ἑσπέραν ἐκτεινομένην, τὴν
δὲ ἐπὶ τὰς ἀνατολάς· ἐκ τούτων δὲ ἐξεῖχον ἑκατὸν κεφαλαὶ
δρακόντων. τὰ δὲ ἀπὸ μηρῶν, σπείρας εἶχεν ὑπερμεγέθεις
ἐχιδνῶν, ὧν ὁλκοὶ πρὸς αὐτὴν ἐκτεινόμενοι κορυφὴν συριγμὸν 10
πολὺν ἐξίεσαν. πᾶν δὲ αὐτοῦ τὸ σῶμα κατεπτέρωτο· αὐχμηραὶ
δὲ ἐκ κεφαλῆς καὶ γενείων τρίχες ἐξηνεμοῦντο· πῦρ δὲ ἐδέρκετο
τοῖς ὄμμασι. τοιοῦτος ὢν ὁ Τυφὼν καὶ τηλικοῦτος, ἡμμένας
βάλλων πέτρας ἐπ᾽ αὐτὸν τὸν οὐρανὸν, μετὰ συριγμῶν ὁμοῦ
καὶ βοῆς ἐφέρετο· πολλὴ δὲ ἐκ τοῦ στόματος πυρὸς ἐξέβρασσε 15
ζάλη. θεοὶ δὲ ὡς εἶδον αὐτὸν ἐπ᾽ οὐρανὸν ὁρμώμενον, εἰς
Αἴγυπτον φυγάδες ἐφέροντο, καὶ διωκόμενοι τὰς ἰδέας μετέβαλον
εἰς ζῷα. Ζεὺς δὲ πόρρω μὲν ὄντα Τυφῶνα ἔβαλλε κεραυνοῖς,

πλησίον δὲ γενόμενον ἀδαμαντίνῃ † κατέπτησσεν † ἅρπῃ καὶ φεύ-
20 γοντα ἄχρι τοῦ Κασίου ὄρους συνεδίωξε· τοῦτο δὲ ὑπέρκειται
Συρίας. κεῖθι δὲ αὐτὸν κατατετρωμένον ἰδὼν, εἰς χεῖρας συνέβαλε.
Τυφὼν δὲ ταῖς σπείραις περιπλεχθεὶς, κατέσχεν αὐτὸν, καὶ τὴν
ἅρπην περιελόμενος, τά τε τῶν χειρῶν καὶ τῶν ποδῶν διέτεμε
νεῦρα. ἀράμενος δὲ ἐπὶ τῶν ὤμων, διεκόμισεν αὐτὸν διὰ τῆς
25 θαλάσσης εἰς Κιλικίαν· καὶ παρελθὼν εἰς τὸ Κωρύκιον ἄντρον
κατέθετο· ὁμοίως δὲ καὶ τὰ νεῦρα κρύψας ἄρκτου δορᾷ κεῖθι
ἀπέθετο, καὶ κατέστησε Δελφύνην δράκαιναν· ἡμίθηρ δὲ ἦν αὕτη ἡ
κόρη. Ἑρμῆς δὲ καὶ Αἰγίπαν ἐκκλέψαντες τὰ νεῦρα, ἥρμοσαν
τῷ Διὶ λαθόντες. Ζεὺς δὲ τὴν ἰδίαν ἀνακομισάμενος ἰσχὺν,
30 ἐξαίφνης ἐξ οὐρανοῦ ἐπὶ πτηνῶν ὀχούμενος ἵππων ἅρματι, βάλλων
κεραυνοῖς, ἐπ᾽ ὄρος ἐδίωξε Τυφῶνα, τὸ λεγόμενον Νύσαν· ὅπου
Μοῖραι αὐτὸν διωχθέντα ἠπάτησαν. πεισθεὶς γὰρ ὅτι ῥωσθή-
σεται μᾶλλον, ἐγεύσατο τῶν ἐφημέρων καρπῶν. διόπερ ἐπιδιω-
κόμενος αὖθις, ἧκεν εἰς Θρᾴκην, καὶ μαχόμενος περὶ τὸν Αἷμον,
35 ὅλα ἔβαλεν ὄρη. τούτων δὲ ἐπ᾽ αὐτὸν ὑπὸ τοῦ κεραυνοῦ πάλιν
ὠθουμένων, πολὺ ἐπὶ τοῦ ὄρους ἐξέκλυσεν αἷμα· καὶ φασὶν ἐκ
τούτου τὸ ὄρος κληθῆναι Αἷμον. φεύγειν δὲ ὁρμηθέντος αὐτοῦ
διὰ τῆς Σικελικῆς θαλάσσης, Ζεὺς ἐπέρριψεν Αἴτνην ὄρος ἐν
Σικελίᾳ· τοῦτο δὲ ὑπερμέγεθές ἐστιν. ἐξ οὗ μέχρι δεῦρο φασὶν
40 ἀπὸ τῶν βληθέντων κεραυνῶν γίνεσθαι πυρὸς ἀναφυσήματα.
ἀλλὰ περὶ μὲν τούτων μέχρι τοῦ δεῦρο ἡμῖν λελέχθω.

[Fragm.]

Meleager.

ii. Ἐγέννησε δὲ Ἀλθαία παῖδα ἐξ Οἰνέως Μελέαγρον, ὃν ἐξ
Ἄρεος γεγενῆσθαι φασί. τούτου δὲ ὄντος ἡμερῶν ἑπτά, παρα-
γενομένας τὰς Μοίρας φασὶν εἰπεῖν· Τότε τελευτήσει Μελέαγρος,

ὅταν ὁ καιόμενος ἐπὶ τῆς ἐσχάρας δαλὸς κατακαῇ. τοῦτο ἀκού-
σασα, τὸν δαλὸν ἀνείλετο Ἀλθαία, καὶ κατέθετο εἰς λάρνακα. 5
Μελέαγρος δὲ, ἀνὴρ ἄτρωτος καὶ γενναῖος γενόμενος, τόνδε τὸν
τρόπον ἐτελεύτησεν. ἐτησίων καρπῶν ἐν τῇ χώρᾳ γενομένων
τὰς ἀπαρχὰς Οἰνεὺς θεοῖς πᾶσι θύων, μόνης Ἀρτέμιδος ἐξελάθετο.
μηνίσασα δὲ ἡ θεὸς, κάπρον ἐφῆκεν ἔξοχον μεγέθει τε καὶ ῥώμῃ,
ὃς τήν τε γῆν ἄσπορον ἐτίθει, καὶ τὰ βοσκήματα καὶ τοὺς 10
ἐντυγχάνοντας διέφθειρεν. ἐπὶ τοῦτον τὸν κάπρον τοὺς ἀρίστους
ἐκ τῆς Ἑλλάδος πάντας συνεκάλεσε, καὶ τῷ κτείναντι τὸν θῆρα
τὴν δορὰν δώσειν ἀριστεῖον ἐπηγγείλατο. μετὰ τούτων καὶ οἱ
Θεστίου παῖδες. συνελθόντας δὲ αὐτοὺς Οἰνεὺς ἐπὶ ἐννέα ἡμέρας
ἐξένισε· τῇ δεκάτῃ δὲ, Κηφέως καὶ Ἀγκαίου καί τινων ἄλλων 15
ἀπαξιούντων μετὰ γυναικὸς ἐπὶ τὴν θήραν ἐξιέναι, Μελέαγρος
ἔχων γυναῖκα Κλεοπάτραν τὴν Ἴδα καὶ Μαρπήσσης θυγατέρα,
βουλόμενος δὲ καὶ ἐξ Ἀταλάντης τέκνον ποιήσασθαι, συνηνάγ-
κασεν αὐτοὺς ἐπὶ τὴν θήραν μετὰ ταύτης ἐξιέναι. περιστάντων
δὲ αὐτῶν τὸν κάπρον, Ὑλεὺς μὲν καὶ Ἀγκαῖος ὑπὸ τοῦ θηρὸς 20
διεφθάρησαν, Εὐρυτίωνα δὲ Πηλεὺς ἄκων κατηκόντισε. τὸν δὲ
κάπρον πρώτη μὲν Ἀταλάντη εἰς τὰ νῶτα ἐτόξευσε, δεύτερος
δὲ Ἀμφιάραος εἰς τὸν ὀφθαλμόν· Μελέαγρος δὲ αὐτὸν εἰς τὸν
κενεῶνα πλήξας ἀπέκτεινε, καὶ λαβὼν τὸ δέρας ἔδωκεν Ἀταλάντῃ.
οἱ δὲ Θεστίου παῖδες ἀδοξοῦντες εἰ παρόντων ἀνδρῶν γυνὴ τὰ 25
ἀριστεῖα λήψεται, τὸ δέρας αὐτῇ ἀφείλοντο, κατὰ γένος αὐτοῖς
προσήκειν λέγοντες, εἰ Μελέαγρος λαμβάνειν μὴ προαιροῖτο.
ὀργισθεὶς δὲ Μελέαγρος τοὺς μὲν Θεστίου παῖδας ἀπέκτεινε,
τὸ δὲ δέρας ἔδωκε τῇ Ἀταλάντῃ. Ἀλθαία δὲ λυπηθεῖσα ἐπὶ
τῇ τῶν ἀδελφῶν ἀπωλείᾳ τὸν δαλὸν ἧψε· καὶ ὁ Μελέαγρος 30
ἐξαίφνης ἀπέθανεν.

[Fragm.]

iii. Γλαῦκος δὲ, ἔτι νήπιος ὑπάρχων, μυῖαν διώκων εἰς μέλιτος
πίθον πεσὼν ἀπέθανεν. ἀφανοῦς δὲ ὄντος αὐτοῦ Μίνως
πολλὴν ζήτησιν ποιησάμενος, περὶ τῆς εὑρήσεως ἐμαντεύετο.
Κούρητες δὲ εἶπον αὐτῷ, τριχρώματον ἐν ταῖς ἀγέλαις ἔχειν
5 βοῦν, τὸν δὲ τὴν ταύτης θέαν ἄριστα εἰκάσαι δυνηθέντα, καὶ
ζῶντα τὸν παῖδα ἀποδώσειν. συγκληθέντων δὲ τῶν μάντεων,
Πολύϊδος, ὁ Κοιρανοῦ, τὴν χρόαν τῆς βοὸς εἴκασε βάτου
καρπῷ· καὶ, ζητεῖν τὸν παῖδα ἀναγκασθεὶς, διά τινος μαντείας
ἀνεῦρε. λέγοντος δὲ Μίνωος, ὅτι δεῖ καὶ ζῶντα ἀπολαβεῖν
10 αὐτὸν, ἀπεκλείσθη σὺν τῷ νεκρῷ. ἐν ἀμηχανίᾳ δὲ πολλῇ
τυγχάνων, εἶδε δράκοντα ἐπὶ τὸν νεκρὸν ἰόντα· τοῦτον βαλὼν
λίθῳ ἀπέκτεινε, δείσας μὴ ἂν αὐτὸς τελευτήσῃ, εἰ τούτῳ συμ-
πάθοι. ἔρχεται δὲ ἕτερος δράκων, καὶ θεασάμενος νεκρὸν
τὸν πρῶτον, ἄπεισιν, εἶτα ὑποστρέφει ποίαν κομίζων, καὶ ταύτην
15 ἐπιτίθησιν ἐπὶ πᾶν τὸ τοῦ ἑτέρου σῶμα· ἐπιτεθείσης δὲ τῆς
ποίας, ἀνέστη. θεασάμενος δὲ Πολύϊδος καὶ θαυμάσας, τὴν
αὐτὴν ποίαν προσενεγκὼν τῷ τοῦ Γλαύκου σώματι, ἀνέστησεν.
ἀπολαβὼν δὲ Μίνως τὸν παῖδα, οὐδ' οὕτως εἰς Ἄργος ἀπιέναι
τὸν Πολύϊδον εἴα, πρὶν ἢ τὴν μαντείαν διδάξαι τὸν Γλαῦκον·
20 ἀναγκασθεὶς δὲ ὁ Πολύϊδος διδάσκει. καὶ ἐπεὶ δὴ ἀπέπλει,
κελεύει τὸν Γλαῦκον εἰς τὸ στόμα ἐπιπτύσαι· καὶ τοῦτο ποιήσας
Γλαῦκος τὴν μαντείαν ἐπελάθετο.

[Fragm.]

XXXII.

Dionysius of Halicarnassus, B.C. 20 (?).

Style.

i. Ἅλις ἔστω τῶν παραδειγμάτων. ἱκανῶς γὰρ οἴομαι πεποιηκέναι φανερὸν, ὃ προύκειτό μοι, ὅτι μείζονα ἰσχὺν ἔχει τῆς ἐκλογῆς ἡ σύνθεσις. καί μοι δοκεῖ τις οὐκ ἂν ἁμαρτάνειν εἰκάσας αὐτὴν τῇ Ὁμηρικῇ Ἀθηνᾷ. ἐκείνη τε γὰρ τὸν Ὀδυσσέα τὸν αὐτὸν ὄντα ἄλλοτε ἀλλοῖον ἐποίει φαίνεσθαι, τοτὲ μὲν ῥυσὸν καὶ μικρὸν 5 καὶ αἰσχρὸν,

> Πτωχῷ λευγαλέῳ ἐναλίγκιον, ἠδὲ γέροντι.

τοτὲ δὲ τῇ αὐτῇ ῥάβδῳ πάλιν ἐφαψαμένη,

> Μείζονά τ᾽ εἰσιδέειν, καὶ πάσσονα θῆκεν ἰδέσθαι·
> — — καδδὲ κάρητος 10
> Οὔλας ἧκε κόμας ὑακινθίνῳ ἄνθει ὁμοίας.

αὕτη τε, τὰ αὐτὰ λαμβάνουσα ὀνόματα τοτὲ μὲν ἄμορφα καὶ πτωχὰ καὶ ταπεινὰ ποιεῖ φαίνεσθαι τὰ νοήματα, τοτὲ δὲ ὑψηλὰ καὶ πλούσια καὶ ἁδρὰ καὶ καλά. καὶ τούτῳ μάλιστα διαλλάττει ποιητής τε ποιητοῦ, καὶ ῥήτωρ ῥήτορος, τῷ συντιθέναι δεξιῶς 15 τὰ ὀνόματα.

[Compos. Verb. 4.]

Thucydides.

ii. Ἐκδηλότατα δ᾽ αὐτοῦ [τοῦ Θουκυδίδου] καὶ χαρακτηριστικώτατά ἐστι τό τε πειρᾶσθαι δι᾽ ἐλαχίστων ὀνομάτων πλεῖστα σημαίνειν

πράγματα, καὶ πολλὰ συντιθέναι νοήματα εἰς ἕν, καὶ ἔτι προσδε-
χόμενόν τι τὸν ἀκροατὴν ἀκούσεσθαι καταλείπειν. ὑφ᾽ ὧν ἀσαφὲς
5 γίγνεται τὸ βραχύ. ἵνα δὲ συνελὼν εἴπω, τέσσαρα μέν ἐστιν ὥσπερ
ὄργανα τῆς Θουκυδίδου λέξεως, τὸ ποιητικὸν τῶν ὀνομάτων, τὸ
πολυειδὲς τῶν σχημάτων, τὸ τραχὺ τῆς ἁρμονίας, τὸ τάχος τῆς
σημασίας· χρώματα δ᾽ αὐτῆς, τό τε στρυφνόν, καὶ τὸ πικρὸν, καὶ τὸ
πυκνὸν, καὶ τὸ αὐστηρὸν, καὶ τὸ ἐμβριθὲς, καὶ τὸ δεινὸν, καὶ τὸ
10 φοβερόν· ὑπὲρ ἅπαντα δ᾽ αὐτοῦ ταῦτα τὸ παθητικόν. τοιουτοσὶ
μὲν δή τις ἐστὶν ὁ Θουκυδίδης κατὰ τὸν τῆς λέξεως χαρακτῆρα, ᾧ
παρὰ τοὺς ἄλλους διήνεγκε.

[Thuc. Propr.]

Plato.

iii. Ἡ δὲ δὴ Πλατωνικὴ διάλεκτος βούλεται μὲν εἶναι καὶ αὐτὴ
μίγμα ἑκατέρων τῶν χαρακτήρων, τοῦ τε ὑψηλοῦ καὶ ἰσχνοῦ,
καθάπερ εἴρηταί μοι πρότερον· πέφυκε δ᾽ οὐχ ὁμοίως πρὸς ἀμφο-
τέρους τοὺς χαρακτῆρας εὐτυχής. ὅταν μὲν οὖν τὴν ἰσχνὴν καὶ
5 ἀφελῆ καὶ ἀποίητον ἐπιτηδεύῃ φράσιν, ἐκτόπως ἡδεῖά ἐστι καὶ
φιλάνθρωπος. καθαρά τε γὰρ ἀποχρώντως γίνεται καὶ διαυγής,
ὥσπερ τὰ διαφανέστατα τῶν ναμάτων, ἀκριβής τε καὶ λεπτὴ παρ᾽
ἡντινοῦν ἑτέραν τῶν εἰς τὴν αὐτὴν διάλεκτον εἰργασμένων. τήν τε
κοινότητα διώκει τῶν ὀνομάτων, καὶ τὴν σαφήνειαν ἀσκεῖ, πάσης
10 ὑπεριδοῦσα κατασκευῆς ἐπιθέτου. ὅ τε πῖνος αὐτῇ καὶ ὁ χνοῦς ὁ
τῆς ἀρχαιότητος ἠρέμα καὶ λεληθότως ἐπιτρέχει· χλοερόν τέ τι καὶ
τεθηλὸς καὶ μεστὸν ὥρας ἄνθος ἀναδίδωσι· καὶ ὥσπερ ἀπὸ τῶν
εὐωδεστάτων λειμώνων αὔρά τις ἡδεῖα ἐξ αὐτῆς φέρεται· καὶ οὔτε
τὸ λιγυρὸν ἔοικεν ἐμφαίνειν λάλον, οὔτε τὸ κομψὸν θεατρικόν.

[De Admir. Vi Demosth.]

Demosthenes.

IV. Ἀλλὰ γὰρ ἵνα μὴ * * * ὁ λόγος μοι προβῇ, Πλάτωνα μὲν
εἴσω, πορεύσομαι δ' ἐπὶ τὸν Δημοσθένην, οὗ δὴ χάριν τούς τε
χαρακτῆρας τῆς λέξεως, οὓς ἡγούμην εἶναι κρατίστους, καὶ τοὺς
δυναστεύσαντας ἐν αὐτοῖς κατηριθμησάμην, οὐχ ἅπαντας. Ἀντιφῶν
γὰρ δὴ καὶ Θεόδωρος καὶ Πολυκράτης Ἰσαῖός τε καὶ Ζωΐλος 5
καὶ Ἀναξιμένης καὶ οἱ κατὰ τοὺς αὐτοὺς γενόμενοι τούτοις χρόνους
οὐθὲν οὔτε καινὸν οὔτε περιττὸν ἐπετήδευσαν, ἀλλὰ ἀπὸ τούτων
τῶν χαρακτήρων, καὶ παρὰ τούτους τοὺς κανόνας τὰς ἑαυτῶν λέξεις
κατεσκεύασαν. τοιαύτην δὴ καταλαβὼν τὴν πολιτικὴν λέξιν ὁ
Δημοσθένης, οὕτω κεκινημένην ποικίλως, καὶ τηλικούτοις ἐπεισελ- 10
θὼν ἀνδράσιν, ἑνὸς οὐθενὸς ἠξίωσε γενέσθαι ζηλωτὴς οὔτε χαρα-
κτῆρος οὔτ' ἀνδρός, ἡμιέργους τινὰς ἅπαντας οἰόμενος εἶναι καὶ
ἀτελεῖς· ἐξ ἁπάντων δ' αὐτῶν, ὅσα κράτιστα καὶ χρησιμώτατα ἦν,
ἐκλεγόμενος, συνύφαινε, καὶ μίαν ἐκ πολλῶν διάλεκτον ἀπετέλει,
μεγαλοπρεπῆ, λιτήν· περιττήν, ἀπέριττον· ἐξηλλαγμένην, συνήθη· 15
πανηγυρικὴν, ἀληθινήν· αὐστηρὰν, ἱλαράν· σύντονον ἀνειμένην·
ἡδεῖαν, πικράν· ἠθικὴν, παθητικήν· οὐδὲν διαλλάττουσαν τοῦ
μεμυθευμένου παρὰ τοῖς ἀρχαίοις ποιηταῖς Πρωτέως· ὃς ἅπασαν
ἰδέαν μορφῆς ἀμογητὶ μετελάμβανεν, εἴτε θεὸς ἢ δαίμων τις
ἐκεῖνος ἄρα ἦν, παρακρουόμενος ὄψεις τὰς ἀνθρωπίνας, εἴτε 20
διαλέκτου ποικίλον δὴ χρῆμα ἐν ἀνδρὶ σοφῷ, πάσης ἀπατηλὸν
ἀκοῆς· ὃ μᾶλλον ἄν τις εἰκάσειεν, ἐπειδὴ ταπεινὰς καὶ ἀσχήμονας
ὄψεις οὔτε θεοῖς οὔτε δαίμοσι προσάπτειν ὅσιον. ἐγὼ μὲν
τοιαύτην τινὰ δόξαν ὑπὲρ τῆς Δημοσθένους λέξεως ἔχω, καὶ
τὸν χαρακτῆρα τοῦτον ἀποδίδωμι αὐτῷ, τὸν ἐξ ἁπάσης μικτὸν 25
ἰδέας.

[De Admir. Vi Demosth.]

v. "Οταν μέν τινα τῶν 'Ισοκράτους ἀναγινώσκω λόγων, εἴτε
τῶν πρὸς τὰ δικαστήρια καὶ τὰς ἐκκλησίας γεγραμμένων, ἢ τῶν
ἐν ἔθει, σπουδαῖος γίνομαι, καὶ πολὺ τὸ εὐσταθὲς ἔχω τῆς γνώμης,
ὥσπερ οἱ τῶν σπονδείων αὐλημάτων, ἢ τῶν δωρίων τε καὶ
5 ἁρμονίων μερῶν, ἀκροώμενοι. ὅταν δὲ Δημοσθένους τινὰ λάβω
λόγων, ἐνθουσιῶ τε καὶ δεῦρο κἀκεῖσε ἄγομαι, πάθος ἕτερον
ἐξ ἑτέρου μεταλαμβάνων, ἀπιστῶν, ἀγωνιῶν, δεδιὼς, καταφρονῶν,
μισῶν, ἐλεῶν, εὐνοῶν, ὀργιζόμενος, φθονῶν, ἅπαντα τὰ πάθη
μεταλαμβάνων, ὅσα † κρατεῖν † ἀνθρωπίνης γνώμης· διαφέρειν τ'
10 οὐδὲν ἐμαυτῷ δοκῶ τῶν τὰ μητρῷα καὶ τὰ κορυβαντικὰ, καὶ
ὅσα τούτοις παραπλήσιά ἐστι, τελουμένων· εἴτ' ὀσμαῖς ἐκεῖνοί
γε, εἴτ' ἤχοις, εἴτε τῶν δαιμόνων πνεύματι αὐτῷ κινούμενοι,
τὰς πολλὰς καὶ ποικίλας ἐκεῖνοι λαμβάνουσι φαντασίας. καὶ
δή ποτε καὶ ἐνεθυμήθην, τί ποτε τοὺς τότ' ἀνθρώπους ἀκού-
15 οντας αὐτοῦ λέγοντος ταῦτα πάσχειν εἰκὸς ἦν. ὅπου γὰρ ἡμεῖς,
οἱ τοσοῦτον ἀπηρτημένοι τοῖς χρόνοις, καὶ οὐθὲν πρὸς τὰ πρά-
γματα πεπονθότες, οὕτως ὑπαγόμεθα καὶ κρατούμεθα, καὶ ὅποι
ποτ' ἂν ἡμᾶς ὁ λόγος ἄγῃ, πορευόμεθα, πῶς τότε 'Αθηναῖοί τε καὶ
οἱ ἄλλοι "Ελληνες ἤγοντο ὑπὸ τοῦ ἀνδρὸς ἐπὶ τῶν ἀληθινῶν τε καὶ
20 ἰδίων ἀγώνων αὐτοῦ λέγοντος ἐκείνου τὰ ἑαυτοῦ μετὰ τῆς
ἀξιώσεως, ἧς εἶχε τὴν αὐτοπάθειαν, καὶ τὸ παράστημα τῆς ψυχῆς
ἀποδεικνυμένου, κοσμοῦντος ἅπαντα καὶ χρηματίζοντος τῇ πρε-
πούσῃ ὑποκρίσει, ἧς δεινότατος ἀσκητὴς ἐγένετο, ὡς ἅπαντές
τε ὁμολογοῦσι καὶ ἐξ αὐτῶν ἰδεῖν ἐστι τῶν λόγων, ὧν ἄρτι
25 προηνεγκάμην, οὓς οὐκ ἔνι τῷ βουλομένῳ ἐν ἡδονῇ ὡς ἀνάγνωμα
διελθεῖν, ἀλλ' αὐτοὶ διδάσκουσι, πῶς αὐτοὺς ὑποκρίνεσθαι δεῖ,
νῦν μὲν εἰρωνευόμενον, νῦν δ' ἀγανακτοῦντα, νῦν δὲ νεμεσῶντα,

δεδιττόμενον αὖ καὶ θεραπεύοντα, καὶ νουθετοῦντα, καὶ παρορ-
μῶντα, καὶ πάνθ', ἃ βούλεται ποιεῖν ἡ λέξις, ἀποδεικνύμενον
ἐπὶ τῆς προφορᾶς. εἰ δὴ τὸ διὰ τοσούτων ἐγκαταμιγνύμενον 30
τοῖς βιβλίοις πνεῦμα τοσαύτην ἰσχὶν ἔχει, καὶ οὕτως ἄγων
ἐπὶ τῶν αὐτῶν, ἦ που τό τε ὑπερφυές τι καὶ δεινὸν χρῆμα
ἦν ἐπὶ τῶν ἐκείνου λόγων.

[De Admir. Vi Demosth.]

XXXIII.

Diodorus Siculus, B. C. 15.

The Ostrich.

Φέρει δὲ καὶ ζῷα διφυῆ καὶ μεμιγμένα ταῖς ἰδέαις, ὧν αἱ
μὲν ὀνομαζόμεναι στρουθοκάμηλοι περιειλήφασι τοῖς τύποις
μίγματα πτηνῶν καὶ καμήλων ἀκολούθως τῇ προσηγορίᾳ. τὸ
μὲν γὰρ μέγεθος ἔχουσι νεογενεῖ καμήλῳ παραπλήσιον, τὰς
δὲ κεφαλὰς πεφυκυίας θριξὶ λεπταῖς, τοὺς δὲ ὀφθαλμοὺς μεγά- 5
λους καὶ κατὰ τὴν χρόαν μέλανας, ἀπαραλλάκτους κατὰ τὸν
τύπον καὶ τὸ χρῶμα τοῖς τῶν καμήλων. μακροτράχηλον δ'
ὑπάρχον ῥύγχος ἔχει βραχὺ παντελῶς καὶ εἰς ὀξὺ συνηγμένον.
ἐπτέρωται δὲ ταρσοῖς μαλακοῖς καὶ τετριχωμένοις, καὶ δυσὶ
σκέλεσι στηριζόμενον καὶ ποσὶ διχήλοις χερσαῖον ἅμα φαίνεται 10
καὶ πτηνόν. διὰ δὲ τὸ βάρος οὐ δυνάμενον ἐξᾶραι καὶ πέτεσθαι
κατὰ τῆς γῆς ὠκέως ἀκροβατεῖ, καὶ διωκόμενον ὑπὸ τῶν ἱππέων
τοῖς ποσὶ τοὺς ὑποπίπτοντας λίθους οὕτως εὐτόνως ἀποσφενδονᾷ
πρὸς τοὺς διώκοντας ὥστε πολλάκις καρτεραῖς πληγαῖς αὐτοῖς
περιπίπτειν. ἐπειδὰν δὲ περικατάληπτον ᾖ, τὴν κεφαλὴν εἴς τινα 15
θάμνον ἢ τοιαύτην σκέπην ἀποκρύπτεται, οὐχ ὡς οἴονταί τινες,

M

ἀφροσύνῃ καὶ νωθρότητι ψυχῆς διὰ τὸ μὴ βλέπειν ἑτέρους μηδ'
αὑτὸ βλέπεσθαι διαλαμβάνον ὑφ' ἑτέρων, ἀλλὰ διὰ τὸ τοῦ
σώματος ἔχειν τοῦτο τὸ μέρος ἀσθενέστατον σκέπην αὑτῷ πρὸς
20 σωτηρίαν περιποιοῦν.

[II. 50.]

XXXIV.

Strabo, B.C. I.

The Celts.

Τὸ δὲ σύμπαν φῦλον, ὃ νῦν Γαλλικόν τε καὶ Γαλατικὸν καλοῦ-
σιν, ἀρειμάνιόν τε καὶ θυμικόν ἐστι, καὶ ταχὺ πρὸς μάχην· ἄλλως
δὲ ἁπλοῦν καὶ οὐ κακόηθες, διὰ δὲ τοῦτο ἐρεθισθέντες μὲν ἀθρόοι
συνίασι πρὸς τοὺς ἀγῶνας καὶ φανερῶς καὶ οὐ μετὰ περισκέψεως·
5 ὥστε καὶ εὐμεταχείριστοι γίνονται τοῖς καταστρατηγεῖν ἐθέλουσι·
καὶ γὰρ ὅτε βούλεται, καὶ ὅπου, καὶ ἀφ' ἧς ἔτυχε προφάσεως,
παροξύνας τις αὐτοὺς ἑτοίμους ἔσχε πρὸς τὸν κίνδυνον, πλὴν βίας
καὶ τόλμης οὐδὲν ἔχοντας τὸ συναγωνιζόμενον. παραπεισθέντες
δὲ εὐμαρῶς ἐνδιδόασι πρὸς τὸ χρήσιμον· ὥστε καὶ παιδείας ἅπτε-
10 σθαι καὶ λόγων. τῆς δὲ βίας τὸ μὲν ἐκ τῶν σωμάτων ἐστὶ
μεγάλων ὄντων, τὸ δ' ἐκ τοῦ πλήθους· συνίασι δὲ καὶ κατὰ πλῆθος
ῥᾳδίως διὰ τὸ ἁπλοῦν καὶ αὐθέκαστον, συναγανακτοῦντες τοῖς
ἀδικεῖσθαι δοκοῦσιν ἀεὶ τῶν πλησίον. νυνὶ μὲν οὖν ἐν εἰρήνῃ
πάντες εἰσὶ δεδουλωμένοι καὶ ζῶντες κατὰ τὰ προστάγματα τῶν
15 ἑλόντων αὐτοὺς Ῥωμαίων. ἀλλ' ἐκ τῶν παλαιῶν χρόνων τοῦτο
λαμβάνομεν περὶ αὐτῶν, ἐκ τῶν μέχρι νῦν συμμενόντων παρὰ τοῖς
Γερμανοῖς νομίμων.

[IV. 4]

BOOK IV.

THE ROMAN AGE.

FROM PLUTARCH TO AGATHIAS.

A. D. 1 — 600.

XXXV.

Plutarch, A. D. 80.

Themistocles.

i. Εὐρυβιάδου δὲ τὴν μὲν ἡγεμονίαν τῶν νεῶν ἔχοντος διὰ τὸ τῆς
Σπάρτης ἀξίωμα, μαλακοῦ δὲ περὶ τὸν κίνδυνον ὄντος, αἴρειν δὲ
βουλομένου καὶ πλεῖν ἐπὶ τὸν Ἰσθμὸν, ὅπου καὶ τὸ πεζὸν ἤθροιστο
τῶν Πελοποννησίων, ὁ Θεμιστοκλῆς ἀντέλεγεν· ὅτε καὶ τὰ μνημο-
νευόμενα λεχθῆναί φασι. τοῦ γὰρ Εὐρυβιάδου πρὸς αὐτὸν εἰπόν- 5
τος, Ὦ Θεμιστόκλεις, ἐν τοῖς ἀγῶσι τοὺς προεξανισταμένους ῥαπί-
ζουσι. Ναὶ, εἶπεν ὁ Θεμιστοκλῆς, ἀλλὰ τοὺς ἀπολειφθέντας οὐ
στεφανοῦσιν. ἐπαραμένου δὲ τὴν βαπτηρίαν ὡς πατάξοντος, ὁ
Θεμιστοκλῆς ἔφη· πάταξον μὲν ἄκουσον δέ. θαυμάσαντος δὲ τὴν
πραότητα τοῦ Εὐρυβιάδου καὶ λέγειν κελεύσαντος, ὁ μὲν Θεμιστο- 10
κλῆς ἀνῆγεν αὐτὸν ἐπὶ τὸν λόγον. εἰπόντος δέ τινος, ὡς ἀνὴρ
ἄπολις οὐκ ὀρθῶς διδάσκει τοὺς ἔχοντας ἐγκαταλιπεῖν καὶ προέσθαι
τὰς πατρίδας, ὁ Θεμιστοκλῆς ἐπιστρέψας τὸν λόγον· ἡμεῖς τοι,
εἶπεν, ὦ μοχθηρὲ, τὰς μὲν οἰκίας καὶ τὰ τείχη καταλελοίπαμεν, οὐκ

15 ἀξιοῦντες ἀψύχων ἕνεκα δουλεύειν· πόλις δ' ἡμῖν ἔστι μεγίστη τῶν
Ἑλληνίδων, αἱ διακόσιαι τριήρεις, αἳ νῦν ὑμῖν παρεστᾶσι βοηθοὶ
σώζεσθαι δι' αὐτῶν βουλομένοις. εἰ δ' ἄπιτε δεύτερον ἡμᾶς προ-
δόντες, αὐτίκα πεύσεταί τις Ἑλλήνων Ἀθηναίους καὶ πόλιν ἐλευ-
θέραν καὶ χώραν οὐ χείρονα κεκτημένους ἧς ἀπέβαλον.   *   *
20 τοῦ δὲ Σεριφίου πρὸς αὐτὸν εἰπόντος, ὡς οὐ δι' αὐτὸν ἔσχηκε
δόξαν, ἀλλὰ διὰ τὴν πόλιν· Ἀληθεύων λέγεις, εἶπεν, ἀλλ' οὔτ' ἂν
ἐγώ, Σερίφιος ὤν, ἐγενόμην ἔνδοξος, οὔτε σύ, Ἀθηναῖος. ἑτέρου
δέ τινος τῶν στρατηγῶν, ὡς ἔδοξέ τι χρήσιμον διαπεπρᾶχθαι τῇ
πόλει, θρασυνομένου πρὸς τὸν Θεμιστοκλέα, καὶ τὰς ἑαυτοῦ ταῖς
25 ἐκείνου πράξεσιν ἀντιπαραβάλλοντος, ἔφη τῇ ἑορτῇ τὴν ὑστέραν
ἐρίσαι, λέγουσαν, ὡς ἐκείνη μὲν ἀσχολιῶν τε μεστὴ καὶ κοπώδης
ἐστίν, ἐν αὐτῇ δὲ πάντες ἀπολαύουσι τῶν παρεσκευασμένων σχο-
λάζοντες· τὴν δ' ἑορτὴν πρὸς ταῦτ' εἰπεῖν· Ἀληθῆ λέγεις· ἀλλ'
ἐμοῦ μὴ γενομένης, σὺ οὐκ ἂν ἦσθα· κἀμοῦ τοίνυν, ἔφη, τότε μὴ
30 γενομένου, ποῦ ἂν ἦτε νῦν ὑμεῖς ; τὸν δ' υἱὸν ἐντρυφῶντα τῇ
μητρί, καὶ δι' ἐκείνην αὐτῷ, σκώπτων ἔλεγε πλεῖστον τῶν Ἑλλήνων
δύνασθαι· τοῖς μὲν γὰρ Ἕλλησιν ἐπιτάττειν Ἀθηναίους, Ἀθηναίοις
δ' αὐτόν, αὐτῷ δὲ τὴν ἐκείνου μητέρα, τῇ μητρὶ δ' ἐκεῖνον.

[Themist. 11, 18.]

Pericles.

ii. Τότε δὲ τοῦ Περικλέους ἔοικεν ὁ λοιμὸς λαβέσθαι λαβὴν
οὐκ ὀξεῖαν, ὥσπερ ἄλλων, οὐδὲ σύντονον, ἀλλὰ βληχρᾷ τινι νόσῳ
καὶ μῆκος ἐν ποικίλαις ἐχούσῃ μεταβολαῖς διαχρωμένην τὸ σῶμα
σχολαίως, καὶ ὑπερείπουσαν τὸ φρόνημα τῆς ψυχῆς. ὁ γοῦν
5 Θεόφραστος ἐν τοῖς Ἠθικοῖς διαπορήσας εἰ πρὸς τὰς τύχας τρέ-
πεται τὰ ἤθη καὶ κινούμενα τοῖς τῶν σωμάτων πάθεσιν ἐξίσταται
τῆς ἀρετῆς, ἱστόρηκεν ὅτι νοσῶν ὁ Περικλῆς ἐπισκοπουμένῳ τινὶ

τῶν φίλων δείξειε περίαπτον ὑπὸ τῶν γυναικῶν τῷ τραχήλῳ περι-
ηρτημένον, ὡς σφόδρα κακῶς ἔχων ὁπότε καὶ ταύτην ὑπομένοι τὴν
ἀβελτερίαν. ἤδη δὲ πρὸς τῷ τελευτᾶν ὄντος αὐτοῦ περικαθήμενοι 10
τῶν πολιτῶν οἱ βέλτιστοι καὶ τῶν φίλων οἱ περιόντες, λόγον
ἐποιοῦντο τῆς ἀρετῆς καὶ τῆς δυνάμεως ὅση γένοιτο, καὶ τὰς
πράξεις ἀνεμετροῦντο καὶ τῶν τροπαίων τὸ πλῆθος· ἐννέα γὰρ ἦν
ἃ στρατηγῶν καὶ νικῶν ἔστησεν ὑπὲρ τῆς πόλεως. ταῦτα, ὡς
οὐκέτι συνιέντος ἀλλὰ καθῃρημένου τὴν αἴσθησιν αὐτοῦ, διελέγοντο 15
πρὸς ἀλλήλους· ὁ δὲ πᾶσιν ἐτύγχανε τὸν νοῦν προσεσχηκώς, καὶ
φθεγξάμενος εἰς μέσον ἔφη θαυμάζειν ὅτι ταῦτα μὲν ἐπαινοῦσιν
αὐτοῦ καὶ μνημονεύουσιν ἃ καὶ πρὸς τύχην ἐστὶ κοινὰ καὶ γέγονεν
ἤδη πολλοῖς στρατηγοῖς, τὸ δὲ κάλλιστον καὶ μέγιστον οὐ λέγου-
σιν. οὐδεὶς γὰρ, ἔφη, δι' ἐμὲ τῶν ὄντων Ἀθηναίων μέλαν ἱμάτιον 20
περιεβάλετο.

[Pericles 38.]

Alcibiades.

iii. Ὄντος δὲ κυνὸς αὐτῷ θαυμαστοῦ τὸ μέγεθος καὶ τὸ εἶδος,
ὃν ἑβδομήκοντα μνῶν ἐωνημένος ἐτύγχανεν, ἀπέκοψε τὴν οὐρὰν
πάγκαλον οὖσαν. ἐπιτιμώντων δὲ τῶν συνήθων καὶ λεγόντων
ὅτι πάντες ἐπὶ τῷ κυνὶ δάκνονται καὶ λοιδοροῦσιν αὐτὸν, ἐπιγε-
λάσας· Γίνεται τοίνυν, εἶπεν, ὃ βούλομαι. βούλομαι γὰρ Ἀθηναίους 5
τοῦτο λαλεῖν, ἵνα μή τι χεῖρον περὶ ἐμοῦ λέγωσι.

[Alcib. 9.]

The Profit of War.

iv. Ἦν δέ τις Κινέας, Θεσσαλὸς ἀνήρ, τῷ μὲν φρονεῖν δοκῶν
ἱκανὸς εἶναι, Δημοσθένους δὲ τοῦ ῥήτορος ἀκηκοὼς ἐδόκει μόνος
μάλιστα τῶν τότε λεγόντων οἷον ἐν εἰκόνι τῆς ἐκείνου δυνάμεως
καὶ δεινότητος ἀναμιμνήσκειν τοὺς ἀκούοντας. συνὼν δὲ τῷ Πύρρῳ

5 καὶ πεμπόμενος ἐπὶ τὰς πόλεις ἐβεβαίου τὸ Εὐριπίδειον, ὅτι πᾶν
ἐξαιρεῖ λόγος

ὃ καὶ σίδηρος πολεμίων δράσειεν ἄν.

ὁ γοῦν Πύρρος ἔλεγε, πλείονας πόλεις ὑπὸ Κινέου τοῖς λόγοις ἢ
τοῖς ὅπλοις ὑφ' ἑαυτοῦ προσῆχθαι· καὶ διετέλει τὸν ἄνδρα τιμῶν
10 ἐν τοῖς μάλιστα καὶ χρώμενος. οὗτος οὖν τὸν Πύρρον, ὡρμημένον
τότε ὁρῶν ἐπὶ τὴν Ἰταλίαν, εἰς λόγους ἐπηγάγετο τοιούτους, ἰδὼν
σχολάζοντα· πολεμισταὶ μὲν, ὦ Πύρρε, Ῥωμαῖοι λέγονται καὶ
πολλῶν ἐθνῶν μαχίμων ἄρχοντες· εἰ δὲ δοίη θεὸς περιγενέσθαι τῶν
ἀνδρῶν, τί χρησόμεθα τῇ νίκῃ ; καὶ ὁ Πύρρος· Ἐρωτᾷς, εἶπεν, ὦ
15 Κινέα, πρᾶγμα φαινόμενον· οὔτε βάρβαρος ἡμῖν ἐκεῖ πόλις οὔτε
Ἑλληνὶς ἀξιόμαχος, Ῥωμαίων κρατηθέντων· ἀλλ' ἕξομεν εὐθὺς
Ἰταλίαν ἅπασαν, ἧς μέγεθος καὶ ἀρετὴν καὶ δύναμιν ἄλλῳ που τινὶ
μᾶλλον ἀγνοεῖν ἢ σοὶ προσήκει. μικρὸν οὖν ἐπισχὼν ὁ Κινέας,
Ἰταλίαν δ', εἶπεν, ὦ βασιλεῦ, λαβόντες τί ποιήσομεν ; καὶ ὁ
20 Πύρρος οὔπω τὴν διάνοιαν αὐτοῦ καθορῶν, ἐγγὺς, εἶπεν, ἡ Σικελία
χεῖρας ὀρέγει, νῆσος εὐδαίμων καὶ πολυάνθρωπος ἁλῶναι δὲ ῥᾴστη.
στάσις γὰρ, ὦ Κινέα, πάντα νῦν ἐκεῖνα καὶ ἀναρχία πόλεων καὶ
δημαγωγῶν ὀξύτης, Ἀγαθοκλέους ἐκλελοιπότος. εἰκότα, ἔφη, λέ-
γεις, ὁ Κινέας· ἀλλ' ἦ τοῦτο πέρας ἡμῖν τῆς στρατείας, λαβεῖν
25 Σικελίαν ; θεὸς, ἔφη ὁ Πύρρος, νικᾶν διδοίη καὶ κατορθοῦν· τούτοις
δὲ προαγῶσι χρησόμεθα πραγμάτων μεγάλων. τίς γὰρ ἂν ἀπό-
σχοιτο Λιβύης καὶ Καρχηδόνος ἐν ἐφικτῷ γενομένης, ἣν Ἀγαθοκλῆς
ἀποδρὰς ἐκ Συρακουσῶν κρύφα καὶ περάσας ναυσὶν ὀλίγαις λαβεῖν
παρ' οὐδὲν ἦλθεν ; ὅτι δὲ τούτων κρατήσασιν ἡμῖν οὐδεὶς ἀντιστή-
30 σεται τῶν νῦν ὑβριζόντων πολεμίων, τί ἂν λέγοι τις ; οὐδὲν, ὁ
Κινέας εἶπεν· δῆλον γὰρ, ὅτι καὶ Μακεδονίαν ἀναλαβεῖν καὶ τῆς
Ἑλλάδος ἄρχειν ὑπάρξει βεβαίως ἀπὸ τηλικαύτης δυνάμεως. γενο-

μένων δὲ πάντων ἐφ' ἡμῖν, τί ποιήσομεν; καὶ ὁ Πύρρος ἐπιγε-
λάσας· Σχολὴν, ἔφη, ἄξομεν πολλὴν, καὶ κώθων, ὦ μακάριε, καθη-
μερινὸς ἔσται, καὶ διὰ λόγων συνόντες ἀλλήλους εὐφρανοῦμεν. 35
ἐνταῦθα δὴ τοῦ λόγου καταστήσας τὸν Πύρρον ὁ Κινέας, Εἶτα,
ἔφη, τί νῦν ἐμποδών ἐστιν ἡμῖν βουλομένοις κώθωνι χρήσασθαι
καὶ σχολάζειν μετ' ἀλλήλων, εἰ ταῦτ' ἔχομεν ἤδη καὶ πάρεστιν
ἀπραγμόνως ἐφ' ἃ δι' αἵματος καὶ πόνων μεγάλων καὶ κινδύνων
μέλλομεν ἀφίξεσθαι, πολλὰ καὶ δράσαντες ἑτέρους κακὰ καὶ πα- 40
θόντες; τούτοις τοῖς λόγοις ἠνίασε μᾶλλον ἢ μετέθηκε τὸν Πύρρον
ὁ Κινέας, νοήσαντα μὲν ὅσην ἀπέλιπεν εὐδαιμονίαν, ὧν δ' ὠρέγετο
τὰς ἐλπίδας ἀφεῖναι μὴ δυνάμενον.

[Pyrrhus 14.]

Cleopatra's Galley.

V. Πολλὰ δὲ καὶ παρ' αὐτοῦ καὶ παρὰ τῶν φίλων δεχομένη
γράμματα καλούντων, οὕτω κατεφρόνησε καὶ κατεγέλασε τοῦ ἀν-
δρὸς, ὥστε πλεῖν ἀνὰ τὸν Κύδνον ποταμὸν ἐν πορθμίῳ χρυσο-
πρύμνῳ, τῶν μὲν ἱστίων ἁλουργῶν ἐκπεπετασμένων, τῆς δ' εἰρεσίας
ἀργυραῖς κώπαις ἀναφερομένης πρὸς αὐλὸν ἅμα σύριγξι καὶ κιθά- 5
ραις συνηρμοσμένον. αὐτὴ δὲ κατέκειτο μὲν ὑπὸ σκιάδι χρυσο-
πάστῳ, κεκοσμημένη γραφικῶς ὥσπερ 'Αφροδίτη· παῖδες δὲ τοῖς
γραφικοῖς "Ερωσιν εἰκασμένοι, παρ' ἑκάτερον ἑστῶτες ἐρρίπιζον.
ὁμοίως δὲ καὶ θεραπαινίδες αἱ καλλιστεύουσαι, Νηρηΐδων ἔχουσαι
καὶ Χαρίτων στολὰς, αἱ μὲν πρὸς οἴαξιν, αἱ δὲ πρὸς κάλοις ἦσαν. 10
ὀδμαὶ δὲ θαυμασταὶ τὰς ὄχθας ἀπὸ θυμιαμάτων πολλῶν κατεῖχον.
τῶν δ' ἀνθρώπων οἱ μὲν εὐθὺς ἀπὸ τοῦ ποταμοῦ παρωμάρτουν
ἑκατέρωθεν, οἱ δ' ἀπὸ τῆς πόλεως κατέβαινον ἐπὶ τὴν θέαν. ἐκ-
χεομένου δὲ τοῦ κατὰ τὴν ἀγορὰν ὄχλου, τέλος αὐτὸς ὁ 'Αντώνιος
ἐπὶ βήματος καθεζόμενος ἀπελείφθη μόνος. καί τις λόγος ἐχώρει 15

διὰ πάντων, ὡς ἡ Ἀφροδίτη κωμάζοι παρὰ τὸν Διόνυσον ἐπ' ἀγαθῷ
τῆς Ἀσίας. ἔπεμψε μὲν οὖν καλῶν αὐτὴν ἐπὶ τὸ δεῖπνον· ἡ δὲ
μᾶλλον ἐκεῖνον ἠξίου πρὸς ἑαυτὴν ἥκειν. εὐθὺς οὖν τινὰ βουλό-
μενος εὐκολίαν ἐπιδείκνυσθαι καὶ φιλοφροσύνην ὑπήκουσε καὶ
20 ἦλθεν. ἐντυχὼν δὲ παρασκευῇ λόγου κρείττονι, μάλιστα τῶν
φώτων τὸ πλῆθος ἐξεπλάγη. τοσαῦτα γὰρ λέγεται καθίεσθαι καὶ
ἀναφαίνεσθαι πανταχόθεν ἅμα, καὶ τοιαύταις πρὸς ἄλληλα κλίσεσι
καὶ θέσεσι διακεκοσμημένα καὶ συντεταγμένα πλαισίων καὶ περι-
φερειῶν τρόπῳ, ὥστε τῶν ἐν ὀλίγοις ἀξιοθεάτων καὶ καλῶν ἐκείνην
25 γενέσθαι τὴν ὄψιν.

[Anton. 26.]

Great Pan is dead.

vi. Περὶ δὲ θανάτου τῶν τοιούτων [δαιμόνων] ἀκήκοα λόγον ἀν-
δρὸς οὐκ ἄφρονος οὐδ' ἀλαζόνος. Αἰμιλιανοῦ γὰρ τοῦ ῥήτορος, οὗ καὶ
ὑμῶν ἔνιοι διακηκόασιν, Ἐπιθέρσης ἦν πατὴρ, ἐμὸς πολίτης καὶ διδά-
σκαλος γραμματικῶν· οὗτος ἔφη ποτὲ πλέων εἰς Ἰταλίαν ἐπιβῆναι
5 νεὼς, ἐμπορικὰ χρήματα καὶ συχνοὺς ἐπιβάτας ἀγούσης· ἑσπέρας
δὲ ἤδη περὶ τὰς Ἐχινάδας νήσους ἀποσβῆναι τὸ πνεῦμα καὶ τὴν
ναῦν διαφερομένην πλησίον γενέσθαι Παξῶν· ἐγρηγορέναι δὲ τοὺς
πλείστους, πολλοὺς δὲ καὶ πίνειν ἔτι δεδειπνηκότας· ἐξαίφνης δὲ
φωνὴν ἀπὸ τῆς νήσου τῶν Παξῶν ἀκουσθῆναι, Θαμοῦν τινος βοῇ
10 καλοῦντος, ὥστε θαυμάζειν· ὁ δὲ Θαμοῦς Αἰγύπτιος ἦν κυβερνήτης,
οὐδὲ τῶν ἐμπλεόντων γνώριμος πολλοῖς ἀπ' ὀνόματος· δὶς μὲν οὖν
κληθέντι σιωπῆσαι, τὸ δὲ τρίτον ὑπακοῦσαι τῷ καλοῦντι· κἀκεῖνον
ἐπιτείναντα τὴν φωνὴν εἰπεῖν ὅτι, Ὅταν γένη κατὰ τὸ Παλῶδες,
ἀπάγγειλον ὅτι Πὰν ὁ μέγας τέθνηκε· τοῦτ' ἀκούσαντας ὁ Ἐπι-
15 θέρσης ἔφη πάντας ἐκπλαγῆναι, καὶ διδόντας ἑαυτοῖς λόγον, εἴτε
ποιῆσαι βέλτιον εἴη τὸ προστεταγμένον, εἴτε μὴ πολυπραγμονεῖν,

ἀλλ' ἐὰν οὕτως, γνῶναι τὸν Θαμοῦν, ἐὰν μὲν ᾖ πνεῦμα, παραπλεῖν
ἡσυχίαν ἔχοντα, νηνεμίας δὲ καὶ γαλήνης περὶ τὸν τόπον γενομένης
ἀνειπεῖν ὃ ἤκουσεν. Ὡς οὖν ἐγένετο κατὰ τὸ Παλῶδες, οὔτε πνεύ-
ματος ὄντος οὔτε κλύδωνος, ἐκ πρύμνης βλέποντα τὸν Θαμοῦν πρὸς 20
τὴν γῆν εἰπεῖν, ὥσπερ ἤκουσεν, ὅτι, Ὁ μέγας Πὰν τέθνηκεν· οἳ
φθῆναι δὲ παυσάμενον αὐτὸν καὶ γενέσθαι μέγαν οὐχ ἑνὸς ἀλλὰ
πολλῶν στεναγμὸν ἅμα θαυμασμῷ μεμιγμένον.

[Defect. Orac.]

XXXVI.

Aelian, A. D. 110.

Tempe.

Φέρε οὖν, καὶ τὰ καλούμενα Τέμπη τὰ Θετταλικὰ, διαγράψωμεν
τῷ λόγῳ καὶ διαπλάσωμεν. Ὡμολόγηται γὰρ καὶ ὁ λόγος, ἐὰν ἔχῃ
δύναμιν φραστικὴν, μηδὲν ἀσθενέστερον ὅσα βούλεται δεικνύναι
τῶν ἀνδρῶν τῶν κατὰ χειρουργίαν δεινῶν. ἔστι δὴ χῶρος μεταξὺ
κείμενος τοῦ τε Ὀλύμπου καὶ τῆς Ὄσσης· ὄρη δὲ ταῦτ' ἔστιν 5
ὑπερύψηλα, καὶ οἷον ὑπό τινος θείας φροντίδος διεσχισμένα, καὶ
μέσον δέχεται χωρίον, οὗ τὸ μὲν μῆκος ἐπὶ τεσσαράκοντα διήκει
σταδίους, τό γε μὴν πλάτος τῇ μέν ἐστι πλέθρου, τῇ δὲ καὶ πλεῖον
ὀλίγῳ. διαρρεῖ δὲ μέσου αὐτοῦ ὁ καλούμενος Πηνειός· εἰς τοῦτον
δὲ καὶ οἱ λοιποὶ ποταμοὶ συρρέουσι καὶ ἀνακοινοῦνται τὸ ὕδωρ 10
αὐτῷ καὶ ἐργάζονται τὸν Πηνειὸν ἐκεῖνοι μέγαν. διατριβὰς δ' ἔχει
ποικίλας καὶ παντοδαπὰς ὁ τύπος οὗτος, οὐκ ἀνθρωπίνης χειρὸς
ἔργα, ἀλλὰ φύσεως αὐτόματα, εἰς κάλλος τότε φιλοτιμησαμένης
ὅτε ἐλάμβανε γένεσιν ὁ χῶρος. κιττὸς μὲν γὰρ πολὺς καὶ εὖ μάλα
λάσιος ἐνακμάζει καὶ τέθηλε καὶ δίκην τῶν εὐγενῶν ἀμπέλων κατὰ 15

τῶν ὑψηλῶν δένδρων ἀνέρπει καὶ συμπέφυκεν αὐτοῖς· πολλὴ δὲ
σμίλαξ, ἡ μὲν πρὸς αὐτὸν τὸν πάγον ἀνατρέχει καὶ ἐπισκιάζει τὴν
πέτραν· καὶ ἐκείνη μὲν ὑπολανθάνει, ὁρᾶται δὲ τὸ χλοάζον πᾶν,
καί ἐστιν ὀφθαλμῶν πανήγυρις. ἐν αὐτοῖς δὲ τοῖς λείοις καὶ καθη-
20 μένοις ἄλση τέ ἐστι ποικίλα καὶ ὑποδρομαὶ συνεχεῖς, ἐν ὥρᾳ
θέρους καταφυγεῖν ὁδοιπόροις ἥδισα καταγώγια, ἃ καὶ δίδωσιν
ἀσμένως ψυχᾶσθαι. διαρρέουσι δὲ καὶ κρῆναι συχναί, καὶ ἐπιρρεῖ
νάματα ὑδάτων ψυχρῶν καὶ πιεῖν ἡδίστων. λέγεται δὲ τὰ ὕδατα
ταῦτα καὶ τοῖς λουσιμένοις ἀγαθὸν εἶναι καὶ εἰς ὑγίειαν αὐτοῖς
25 συμβάλλεσθαι. κατάδουσι δὲ καὶ ὄρνιθες ἄλλος ἄλλη διεσπαρμένοι,
καὶ μάλιστα οἱ μουσικοί, καὶ ἑστιῶσιν εὖ μάλα τὰς ἀκοὰς καὶ
παραπέμπουσιν ἀπόνως καὶ σὺν ἡδονῇ, διὰ τοῦ μέλους τὸν κάματον
τῶν παριόντων ἀφανίσαντες. παρ᾽ ἑκάτερα δὲ τοῦ ποταμοῦ αἱ
διατριβαί εἰσιν αἱ προειρημέναι καὶ αἱ ἀνάπαυλαι· διὰ μέσων δὲ
30 τῶν Τεμπῶν ὁ Πηνειὸς ποταμὸς ἔρχεται σχολῇ καὶ πράως προϊὼν
ἐλαίου δίκην. πολλὴ δὲ κατ᾽ αὐτοῦ ἡ σκιὰ ἐκ τῶν παραπεφυκότων
δένδρων καὶ τῶν ἐξηρτημένων κλάδων τίκτεται, ὡς ἐπὶ πλεῖστον
τῆς ἡμέρας αὐτὴν προήκουσαν ἀποστέγειν τὴν ἀκτῖνα καὶ παρέχειν
τοῖς πλέουσι πλεῖν κατὰ ψύχος.

[Var. Hist III. 1.]

XXXVII.

Epictetus, A. D. 115.

i. Σκόπει δέ· ἔχεις καλὰ ἱμάτια· ὁ γείτων σου οὐκ ἔχει· θυρίδα
ἔχεις, θέλεις αὐτὰ ψύξαι. οὐκ οἶδεν ἐκεῖνος τί τὸ ἀγαθόν ἐστι τοῦ
ἀνθρώπου, ἀλλὰ φαντάζεται ὅτι τὸ ἔχειν καλὰ ἱμάτια, τοῦτο ὃ καὶ
σὺ φαντάζῃ. εἶτα μὴ ἔλθῃ καὶ ἄρῃ αὐτά; ἀλλὰ σὺ πλακοῦντα

δεικνύων ἀνθρώποις λίχνοις καὶ μόνος αὐτὸν καταπίνων οὐ θέλεις 5
ἵνα αὐτὸν ἁρπάσωσι ; μὴ ἐρέθιζε αὐτοῖς· θυρίδα μὴ ἔχε· μὴ ψύχε
σου τὰ ἱμάτια.   κἀγὼ πρῴην σιδηροῦν λύχνον ἔχων παρὰ τοῖς
θεοῖς, ἀκούσας ψόφου τῆς θυρίδος, κατέδραμον. εὗρον ἡρπασμένον
τὸν λύχνον. ἐπελογισάμην ὅτι ἔπαθέ τι ὁ ἄρας οὐκ ἀπίθανον. τί
οὖν ; αὔριον, φημὶ, ὀστράκινον εὑρήσεις. ἐκεῖνα γὰρ ἀπόλλυσί 10
τις, ἃ ἔχει. ἀπώλεσά μου τὸ ἱμάτιον. εἶχες γὰρ ἱμάτιον. ἀλγῶ
τὴν κεφαλήν. μή τι κέρατα ἀλγεῖς ; τί οὖν ἀγανακτεῖς ; τούτων
γὰρ αἱ ἀπώλειαι, τούτων οἱ πόνοι, ὧν καὶ αἱ κτήσεις.

[Diss. I. 18.]

ii. Τί οὖν ποιήσωμεν ; αὕτη ἐστὶ ζήτησις τοῦ φιλοσοφοῦντος
τῷ ὄντι, καὶ ὠδίνοντος. νῦν ἐγὼ οὐχ ὁρῶ τί ἐστι τὸ ἀγαθὸν καὶ
τὸ κακόν· οὐ μαίνομαι : ναί. ἀλλ' ἐνταῖθά που θῶ τὸ ἀγαθὸν,
ἐν τοῖς προαιρετικοῖς ; πάντες μου καταγελάσονται. ἥξει τις γέρων
πολιὸς, χρυσοῖς δακτυλίους ἔχων πολλούς· εἶτα ἐπισείσας τὴν 5
κεφαλὴν ἐρεῖ, Ἄκουσόν μου τέκνον· δεῖ μὲν καὶ φιλοσοφεῖν, δεῖ δὲ
καὶ ἐγκέφαλον ἔχειν· ταῦτα μωρά ἐστι. σὺ παρὰ τῶν φιλοσόφων
μανθάνεις συλλογισμόν· τί δέ σοι ποιητέον ἐστὶ σὺ κάλλιον οἶδας
ἢ οἱ φιλόσοφοι. Ἄνθρωπε, τί οὖν μοι ἐπιτιμᾷς, εἰ οἶδα ; τούτῳ
τῷ ἀνδραπόδῳ τί εἴπω ; ἂν σιωπῶ, ῥήγνυται. ἐκείνως δεῖ λέγειν· 10
ὅτι, Σύγγνωθι μοι ὡς τοῖς ἐρῶσιν· οὐκ εἰμὶ ἐμαυτοῦ, μαίνομαι.

[Ib. I. 22.]

iii. Πόθεν οὖν ἄρξασθαι δεῖ ; Ἂν συγκαθῇς, ἐρῶ σοι ὅτι πρῶτον
δεῖ σε τοῖς ὀνόμασι παρακολουθεῖν. Ὥστ' ἐγὼ νῦν οὐ παρακολουθῶ
τοῖς ὀνόμασι ; Οὐ παρακολουθεῖς. Πῶς οὖν χρῶμαι αὐτοῖς ; Οὕτως
ὡς οἱ ἀγράμματοι ταῖς ἐγγραμμάτοις φωναῖς, ὡς τὰ κτήνη ταῖς

5 φαντασίαις. ἄλλο γάρ ἐστι χρῆσις, ἄλλο παρακολούθησις. εἰ δ'
οἴει παρακολουθεῖν, φέρε ὃ θέλεις ὄνομα, ἀγαθὸν καὶ κακὸν, καὶ
βασανίσωμεν αὐτοὺς εἰ παρακολουθοῦμεν. ἀλλ' ἀνιαρὸν τὸ ἐξε-
λέγχεσθαι πρεσβύτερον ἄνθρωπον ἤδη, κἂν οὕτω τύχῃ, τὰς τρεῖς
στρατείας ἐστρατευμένον. οἶδα κἀγώ. νῦν γὰρ σὺ ἐλήλυθας πρὸς
10 ἐμέ, ὡς μηδενὸς δεόμενος. τίνος δ' ἂν καὶ φαντασθείης ὡς ἐνδέ-
οντος; πλουτεῖς, τέκνα ἔχεις, τυχὸν καὶ γυναῖκα, καὶ οἰκέτας πολ-
λούς· ὁ Καῖσαρ σε οἶδεν, ἐν Ῥώμῃ πολλοὺς φίλους κέκτησαι, τὰ
καθήκοντα ἀποδίδως, οἶδας τὸν εὖ ποιοῦντα ἀντευποιῆσαι, καὶ τὸν
κακῶς ποιοῦντα κακῶς ποιῆσαι. τί σοι λείπει; ἂν οὖν σοι δείξω,
15 ὅτι τὰ ἀναγκαιότατα καὶ μέγιστα πρὸς εὐδαιμονίαν· καὶ ὅτι μέχρι
δεῦρο πάντων μᾶλλον ἢ τῶν προσηκόντων ἐπιμεμέλησαι· καὶ τὸν
κολοφῶνα ἐπιθῶ, οὔτε τί Θεός ἐστιν οἶδας οὔτε τί ἄνθρωπος οὔτε
τί ἀγαθὸν οὔτε τί κακόν· καὶ τὸ μὲν τῶν ἄλλων ἴσως ἀνεκτὸν, ὅτι
δ' αὐτὸς σαυτὸν ἀγνοεῖς, πῶς δύνασαι ἀνασχέσθαι μου, καὶ ὑπο-
20 σχεῖν τὸν ἔλεγχον καὶ παραμεῖναι; οὐδαμῶς, ἀλλ' εὐθὺς ἀπαλ-
λάσσῃ χαλεπῶς ἔχων. καί τοι τί σοι ἐγὼ κακὸν πεποίηκα; εἰ μὴ
καὶ τὸ ἔσυπτρον τῷ αἰσχρῷ, ὅτι δεικνύει αὐτὸν αὐτῷ, οἷός ἐστιν·
εἰ μὴ καὶ ὁ ἰατρὸς τὸν νοσοῦντα δοκεῖ ὑβρίζειν, ὅταν εἴπῃ αὐτῷ·
Ἄνθρωπε, δοκεῖς μηδὲν ἔχειν; πυρέσσεις δέ· ἀσίτησον σήμερον,
25 ὕδωρ πίε. καὶ οὐδεὶς λέγει, ὦ δεινῆς ὕβρεως. ἐὰν δέ τινι
εἴπῃς· Αἱ ὀρέξεις σου φλεγμαίνουσιν, αἱ ἐκκλίσεις ταπειναί εἰσιν,
ἐπιβολαὶ ἀνομολογούμεναι, αἱ ὁρμαὶ ἀσύμφωνοι τῇ φύσει, αἱ ὑπο-
λήψεις εἰκαῖαι καὶ ἐψευσμέναι, εὐθὺς ἐξελθὼν λέγει, Ὕβρισέ με.

Τοιαῦτά ἐστι τὰ ἡμέτερα, ὡς ἐν πανηγύρει τὰ μὲν κτήνη πρα-
30 θησόμενα ἄγεται καὶ οἱ βόες, οἱ δὲ πολλοὶ τῶν ἀνθρώπων, οἱ μὲν
ὠνησόμενοι οἱ δὲ πωλήσοντες, ὀλίγοι δέ τινές εἰσιν οἱ κατὰ θέαν
ἐρχόμενοι τῆς πανηγύρεως πῶς τοῦτο γίνεται καὶ διάτι καὶ τίνες
οἱ τιθέντες τὴν πανήγυριν καὶ ἐπὶ τίνι. οὕτω καὶ ἐνθάδ' ἐν τῇ

πανηγύρει ταύτῃ οἱ μέν τινες, ὡς κτήνη, οὐδὲν πλέον πολυπραγμο-
νοῦσι τοῦ χόρτου. ὅσοι γὰρ περὶ κτῆσιν καὶ ἀγροὺς καὶ οἰκέτας 35
καὶ ἀρχάς τινας ἀναστρέφεσθε, ταῦτα οὐδὲν ἄλλο ἢ χόρτος ἐστίν.
ὀλίγοι δ' εἰσὶν οἱ πανηγυρίζοντες ἄνθρωποι φιλοθεάμονες τί ποτ'
οὖν ἐστὶν ὁ κύσμος, τίς αὐτὸν διοικεῖ. οὐδείς ; καὶ πῶς οἷόν τε
πύλιν μὲν ἢ οἶκον μὴ δύνασθαι διαμένειν μηδ' ὀλιγοστὸν χρόνον
δίχα τοῦ διοικοῦντος καὶ ἐπιμελουμένου, τὸ δ' οὕτω μέγα καὶ καλὸν 40
κατασκεύασμα εἰκῇ καὶ ὡς ἔτυχεν οὕτως εὐτάκτως οἰκονομεῖσθαι ;
ἔστιν οὖν ὁ διοικῶν. ποῖός τις, καὶ πῶς διοικῶν ; ἡμεῖς δὲ τίνες
ὄντες ὑπ' αὐτοῦ γεγόναμεν, καὶ πρὸς τί ἔργον ; ἆρά γ' ἔχομέν τινα
ἐπιπλοκὴν πρὸς αὐτὸν καὶ σχέσιν, ἢ οὐδεμίαν ; ταῦτ' ἐστὶν ἃ
πάσχουσιν οὗτοι οἱ ὀλίγοι, καὶ λοιπὸν τούτῳ μόνῳ σχολάζουσι, 45
τῷ τὴν πανήγυριν ἱστορήσαντας ἀπελθεῖν. τί οὖν ; καταγελῶνται
ὑπὸ τῶν πολλῶν. καὶ γὰρ ἐκεῖ οἱ θεαταὶ ὑπὸ τῶν ἐμπόρων· καὶ εἰ
τὰ κτήνη συναίσθησίν τινα εἶχε, κατεγέλα ἂν τῶν ἄλλό τι τεθαυ-
μακότων ἢ τὸν χόρτον.

[Ib. II. 14.]

XXXVIII.

Arrian, A. D. 150.

The Death of Cleitus.

i. Ἔνθα δὴ καὶ τὸ Κλείτου τοῦ Δρωπίδου πάθημα καὶ τὴν Ἀλε-
ξάνδρου ἐπ' αὐτῷ συμφορὰν, εἰ καὶ ὀλίγον ὕστερον ἐπράχθη, οὐκ ἔξω
τοῦ καιροῦ ἀφηγήσομαι. εἶναι μὲν γὰρ ἡμέραν ἱερὰν τοῦ Διονύσου
Μακεδόσι καὶ θύειν Διονύσῳ ὅσα ἔτη ἐν αὐτῇ Ἀλέξανδρον· τὸν δὲ
τοῦ Διονύσου μὲν ἐν τῷ τότε ἀμελῆσαι λέγουσι, Διοσκούροιν δὲ 5
θῦσαι, ἐξ ὅτου δὴ ἐπιφρασθέντα τοῖν Διοσκύροιν τὴν θυσίαν·

πόρρω δὲ τοῦ πότου προϊόντος (καὶ γὰρ καὶ τὰ τῶν πότων ἤδη
'Αλεξάνδρῳ ἐς τὸ βαρβαρικώτερον νενεωτέριστο) ἀλλ' ἔν γε τῷ
πότῳ τότε ὑπὲρ τοῖν Διοσκούροιν λόγους γίγνεσθαι, ὅπως ἐς Δία
10 ἀνηνέχθη αὐτοῖν ἡ γένεσις ἀφαιρεθεῖσα Τυνδάρεω. καί τινας τῶν
παρόντων κολακείᾳ τῇ 'Αλεξάνδρου, οἷοι δὴ ἄνδρες διέφθειράν τε
ἀεὶ καὶ οὔποτε παύσονται ἐπιτρίβοντες τὰ τῶν ἀεὶ βασιλέων πρά-
γματα, κατ' οὐδὲν ἀξιοῦν συμβάλλειν 'Αλεξάνδρῳ τε καὶ τοῖς
'Αλεξάνδρου ἔργοις τὸν Πολυδεύκην καὶ τὸν Κάστορα. οἱ δὲ οὐδὲ
15 τοῦ 'Ηρακλέους ἀπείχοντο ἐν τῷ πότῳ· ἀλλὰ τὸν φθόνον γὰρ
ἐμποδὼν ἵστασθαι τοῖς ζῶσι τὸ μὴ οὐ τὰς δικαίας τιμὰς αὐτοῖς ἐκ
τῶν ξυνόντων γίγνεσθαι.

Κλεῖτον δὲ δῆλον μὲν εἶναι πάλαι ἤδη ἀχθόμενον τοῦ τε 'Αλε-
ξάνδρου τῇ ἐς τὸ βαρβαρικώτερον μετακινήσει καὶ τῶν κολακευόν-
20 των αὐτὸν τοῖς λόγοις· τότε δὲ καὶ αὐτὸν πρὸς τοῦ οἴνου παροξυ-
νόμενον οὐκ ἐᾶν οὔτε ἐς τὸ θεῖον ὑβρίζειν, οὔτε τὰ τῶν πάλαι
ἡρώων ἔργα ἐκφαυλίζοντας χάριν ταύτην ἄχαριν προστιθέναι 'Αλε-
ξάνδρῳ. εἶναι γὰρ οὖν οὐδὲ τὰ 'Αλεξάνδρου οὕτω τι μεγάλα καὶ
θαυμαστὰ ὡς ἐκεῖνοι ἐπαίρουσιν· οὔκουν μόνον γε καταπρᾶξαι
25 αὐτά, ἀλλὰ τὸ γὰρ πολὺ μέρος Μακεδόνων εἶναι τὰ ἔργα. καὶ τοῦ-
τον τὸν λόγον ἀνιᾶσαι 'Αλέξανδρον λεχθέντα. οὐδὲ ἐγὼ ἐπαινῶ τὸν
λόγον, ἀλλὰ ἱκανὸν γὰρ εἶναι τίθεμαι ἐν τοιᾷδε παροινίᾳ τὸ καθ'
αὑτὸν σιγῶντα ἔχειν μηδὲ τὰ αὐτὰ τοῖς ἄλλοις ἐς κολακείαν πλημ-
μελεῖν. ὡς δὲ καὶ τῶν Φιλίππου τινὲς ἔργων, ὅτι οὐ μεγάλα οὐδὲ
30 θαυμαστὰ Φιλίππῳ κατεπράχθη, οὐδεμιᾷ ξὺν δίκῃ ἐπεμνήσθησαν,
χαριζόμενοι καὶ οὗτοι 'Αλεξάνδρῳ, τὸν Κλεῖτον ἤδη, οὐκέτι ἐν
ἑαυτοῦ ὄντα, πρεσβεύειν μὲν τὰ τοῦ Φιλίππου, καταβάλλειν δὲ
'Αλέξανδρόν τε καὶ τὰ τούτου ἔργα, παροινοῦντα ἤδη τὸν Κλεῖτον
τά τε ἄλλα καὶ πολὺν εἶναι ἐξονειδίζοντα 'Αλεξάνδρῳ ὅτι πρὸς αὐ-
35 τοῦ ἄρα ἐσώθη, ὁπότε ἡ ἱππομαχία ἡ ἐπὶ Γρανικῷ ξυνειστήκει

πρὸς Πέρσας· καὶ δὴ καὶ τὴν δεξιὰν τὴν αὐτοῦ σοβαρῶς ἀνατεί-
ναντα, αὕτη σε ἡ χείρ, φάναι, ὦ Ἀλέξανδρε, ἐν τῷ τότε ἔσωσε.
καὶ Ἀλέξανδρον οὐκέτι φέρειν τοῦ Κλείτου τὴν παροινίαν τε καὶ
ὕβριν, ἀλλὰ ἀναπηδᾶν γὰρ ξὺν ὀργῇ ἐπ᾽ αὐτόν, κατέχεσθαι δὲ ὑπὸ
τῶν ξυμπινόντων. Κλεῖτον δὲ οὐκ ἀνιέναι ὑβρίζοντα. Ἀλέξανδρος 40
δὲ ἐβόα ἀνακαλῶν τοὺς ὑπασπιστάς· οὐδενὸς δὲ ὑπακούοντος ἐς
ταὐτὰ ἔφη καθεστηκέναι Δαρείῳ, ὁπότε πρὸς Βήσσου τε καὶ τῶν
ἀμφὶ Βῆσσον ξυλληφθεὶς ἤγετο οὐδέ τι ἄλλο ὅτι μὴ ὄνομα ἦν
βασιλέως. οὔκουν ἔτι οἵους τε εἶναι κατέχειν αὐτὸν τοὺς ἑταίρους,
ἀλλ᾽ ἀναπηδήσαντα γὰρ οἱ μὲν λόγχην ἁρπάσαι λέγουσι τῶν σωμα- 45
τοφυλάκων τινὸς καὶ ταύτῃ παίσαντα Κλεῖτον ἀποκτεῖναι· οἱ δὲ
σάρισσαν παρὰ τῶν φυλάκων τινὸς καὶ ταύτην. Ἀριστόβουλος δὲ
ὅθεν μὲν ἡ παροινία ὡρμήθη οὐ λέγει· Κλείτου δὲ γενέσθαι μόνου
τὴν ἁμαρτίαν, ὅν γε ὠργισμένου Ἀλεξάνδρου καὶ ἀναπηδήσαντος
ἐπ᾽ αὐτὸν ὡς διαχρησομένου ἀπαχθῆναι μὲν διὰ θυρῶν ἔξω ὑπὲρ τὸ 50
τεῖχός τε καὶ τὴν τάφρον τῆς ἄκρας, ἵνα ἐγένετο πρὸς Πτολεμαίου
τοῦ Λάγου τοῦ σωματοφύλακος· οὐ καρτερήσαντα δὲ ἀναστρέψαι
αὖθις καὶ περιπετῆ Ἀλεξάνδρῳ γενέσθαι Κλεῖτον ἀνακαλοῦντι, καὶ
φάναι ὅτι οὗτός τοι ἐγὼ ὁ Κλεῖτος, ὦ Ἀλέξανδρε· καὶ ἐν τούτῳ
πληγέντα τῇ σαρίσσῃ ἀποθανεῖν. 55

Καὶ ἐγὼ Κλεῖτον μὲν τῆς ὕβρεως τῆς ἐς τὸν βασιλέα τὸν αὐτοῦ
μεγαλωστὶ μέμφομαι· Ἀλέξανδρον δὲ τῆς συμφορᾶς οἰκτείρω, ὅτι
δυοῖν κακοῖν ἐν τῷ τότε ἡττημένον ἐπέδειξεν αὐτόν, ὑφ᾽ ὅτων δὴ
καὶ τοῦ ἑτέρου οὐκ ἐπέοικεν ἄνδρα σωφρονοῦντα ἐξηττᾶσθαι, ὀργῆς
τε καὶ παροινίας. ἀλλὰ τὰ ἐπὶ τοῖσδε αὖ ἐπαινῶ Ἀλέξανδρον ὅτι 60
παραυτίκα ἔγνω σχέτλιον ἔργον ἐργασάμενος. καὶ λέγουσιν εἰσὶν
οἱ τὸν Ἀλέξανδρον ὅτι ἐρείσας τὴν σάρισσαν πρὸς τὸν τοῖχον ἐπι-
πίπτειν ἐγνώκει αὐτῇ, ὡς οὐ καλὸν αὐτῷ ζῆν ἀποκτείναντι φίλον
αὐτοῦ ἐν τῷ οἴνῳ. οἱ πολλοὶ δὲ ξυγγραφεῖς τοῦτο μὲν οὐ λέγουσιν

65 ἀπελθόντα δὲ ἐς τὴν εὐνὴν κεῖσθαι ὀδυρόμενον, αὐτόν τε τὸν Κλεῖτον
ὀνομαστὶ ἀνακαλοῦντα καὶ τὴν Κλείτου μὲν ἀδελφήν, αὐτὸν δὲ ἀνα-
θρεψαμένην, Λανίκην τὴν Δρωπίδου παῖδα, ὡς καλὰ ἄρα αὐτῇ τρο-
φεῖα ἀποτετικὼς εἴη ἀνδρωθείς, ἥ γε τοὺς μὲν παῖδας τοὺς ἑαυτῆς
ὑπὲρ αὐτοῦ μαχομένους ἐπεῖδεν ἀποθανόντας, τὸν ἀδελφὸν δὲ αὐτῆς
70 αὐτὸς αὐτοχειρίᾳ ἔκτεινε· φονέα τε τῶν φίλων οὐ διαλείπειν αὐτὸν
ἀνακαλοῦντα, ἄσιτόν τε καὶ ἄποτον καρτερεῖν ἔστε ἐπὶ τρεῖς ἡμέρας,
οὐδὲ τὴν ἄλλην θεραπείαν θεραπεῦσαι τὸ σῶμα.

[Anab. IV. 8, 9.]

Calanus.

ii. Ταῦτα ἐγὼ ἀνέγραψα, ὅτι καὶ ὑπὲρ Καλάνου ἐχρῆν εἰπεῖν ἐν
τῇ περὶ Ἀλεξάνδρου ξυγγραφῇ· μαλακισθῆναι γάρ τι τῷ σώματι
τὸν Κάλανον ἐν τῇ Περσίδι γῇ, οὔπω πρόσθεν νοσήσαντα· οὔκουν
οὐδὲ δίαιταν διαιτᾶσθαι θέλειν ἀρρώστου ἀνδρός, ἀλλὰ εἰπεῖν γὰρ
5 πρὸς Ἀλέξανδρον, καλῶς αὐτῷ ἔχειν ἐν τῷ τοιῷδε καταστρέψαι,
πρίν τινος ἐς πεῖραν ἐλθεῖν παθήματος ὅτι περ ἐξαναγκάσει αὐτὸν
μεταβάλλειν τὴν πρόσθεν δίαιταν· καὶ Ἀλέξανδρον ἀντειπεῖν μὲν
αὐτῷ ἐπιπολύ· ὡς δ' οὐχ ἡττησόμενον ἑώρα, ἀλλὰ ἄλλως ἂν ἀπαλ-
λαγέντα, εἰ μή τις ταύτῃ ὑπεικάθοι· οὕτω δὴ ὅπη ἀπήγγελεν αὐτός,
10 κελεῦσαι νησθῆναι αὐτῷ πυράν, καὶ ταύτης ἐπιμεληθῆναι Πτολεμαῖον
τὸν Λάγου τὸν σωματοφύλακα. οἱ δὲ καὶ πομπήν τινα προπομπεῦ-
σαι αὐτοῦ λέγουσιν ἵππους τε καὶ ἄνδρας, τοὺς μὲν ὡπλισμένους,
τοὺς δὲ θυμιάματα παντοῖα τῇ πυρᾷ ἐπιφέροντας· οἱ δὲ καὶ ἐκπώ-
ματα χρυσᾶ καὶ ἀργυρᾶ, καὶ ἐσθῆτα βασιλικὴν λέγουσιν ὅτι ἔφερον·
15 αὐτῷ δὲ παρασκευασθῆναι μὲν ἵππον, ὅτι βαδίσαι ἀδυνάτως εἶχεν
ὑπὸ τῆς νόσου· οὐ μὴν δυνηθῆναί γε οὐδὲ τοῦ ἵππου ἐπιβῆναι, ἀλλὰ
ἐπὶ κλίνης γὰρ κομισθῆναι φερόμενον, ἐστεφανωμένον τε τῷ Ἰνδῶν

νόμῳ, καὶ ᾄδοντα τῇ Ἰνδῶν γλώσσῃ. οἱ δὲ Ἰνδοὶ λέγουσιν, ὅτι
ὕμνοι θεῶν ἦσαν, καὶ αὐτῶν οἱ ἔπαινοι. καὶ τὸν μὲν ἵππον τοῦτον
ὅτου ἐπιβήσεσθαι ἔμελλε, βασιλικὸν ὄντα τῶν Νυσαίων, πρὶν ἀνα- 20
βῆναι ἐπὶ τὴν πυράν, Λυσιμάχῳ χαρίσασθαι, τῶν τινι θεραπευόντων
αὐτὸν ἐπὶ σοφίᾳ· τῶν δὲ δὴ ἐκπωμάτων ἢ στρωμάτων ὅσα ἐμβλη-
θῆναι ἐς τὴν πυρὰν κόσμον αὐτῷ τετάχει Ἀλέξανδρος, ἄλλα ἄλλοις
δοῦναι τῶν ἀμφ᾽ αὑτόν. οὕτω δὴ ἐπιβάντα τῇ πυρᾷ, κατακλιθῆναι
μὲν ἐν κόσμῳ, ὁρᾶσθαι δὲ πρὸς τῆς στρατιᾶς ξυμπάσης· Ἀλεξάνδρῳ 25
δὲ οὐκ ἐπιεικὲς φανῆναι τὸ θέαμα, ἐπὶ φίλῳ ἀνδρὶ γιγνόμενον·
ἀλλὰ τοῖς γὰρ ἄλλοις θαῦμα παρασχέσθαι, οὐδέν τι παρακινήσαντα
ἐν τῷ πυρὶ τοῦ σώματος. ὡς δὲ τὸ πῦρ ἐς τὴν πυρὰν ἐνέβαλον
οἷς προστεταγμένον ἦν, τάς τε σάλπιγγας φθέγξασθαι λέγει Νέ-
αρχος, οὕτως ἐξ Ἀλεξάνδρου προστεταγμένον, καὶ τὴν στρατιὰν 30
ἐπαλαλάξαι πᾶσαν, ὁποῖόν τι καὶ ἐς τὰς μάχας ἰοῦσα ἐπηλάλαξε·
καὶ τοὺς ἐλέφαντας συνεπηχῆσαι τὸ ὀξὺ καὶ πολεμικόν, τιμῶντας
Κάλανον. ταῦτα καὶ τοιαῦτα ὑπὲρ Καλάνου τοῦ Ἰνδοῦ ἱκανοὶ ἀνα-
γεγράφασιν, οὐκ ἀχρεῖα πάντα ἐς ἀνθρώπους, ὅτῳ γνῶναι ἐπιμελές,
ὅτι ὡς καρτερόν τέ ἐστι καὶ ἀνίκητον γνώμη ἀνθρωπίνη ὅτι περ 35
ἐθέλοι ἐξεργάσασθαι.

[Anab. VII. 3.]

XXXIX.

Lucian, A.D. 160(?).

Galateia.

1. *Doris.* Καλὸν ἐραστὴν, ὦ Γαλάτεια, φασὶ τὸν Σικελὸν τοῦτον
ποιμένα ἐπιμεμηνέναι σοί.

Galateia. Μὴ σκῶπτε, Δωρί· Ποσειδῶνος γὰρ υἱός ἐστιν, ὁποῖος
ἂν ᾖ.

N 2

5 *Doris.* Τί οὖν, εἰ καὶ τοῦ Διὸς αὐτοῦ παῖς ὢν ἄγριος οὕτω καὶ λάσιος ἐφαίνετο, καὶ, τὸ πάντων ἀμορφότατον, μονόφθαλμος, οἴει τὸ γένος ὀνῆσαι ἄν τι αὐτὸν πρὸς τὴν μορφήν ;

Galateia. Οὐδὲ τὸ λάσιον αὐτοῦ, καὶ ὡς φὴς, ἄγριον ἄμορφόν ἐστιν· ἀνδρῶδες γάρ· ὅ τε ὀφθαλμὸς ἐπιπρέπει τῷ μετώπῳ, 10 οὐδὲν ἐνδεέστερον ὁρῶν, ἢ εἰ δύ᾽ ἦσαν.

Doris. Ἔοικας, ὦ Γαλάτεια, οὐκ ἐραστὴν, ἀλλ᾽ ἐρώμενον ἔχειν τὸν Πολύφημον, οἷα ἐπαινεῖς αὐτόν.

Galateia. Οὐκ ἐρώμενον· ἀλλὰ τὸ πάνυ ὀνειδιστικὸν τοῦτο οὐ φέρω ὑμῶν· καί μοι δοκεῖτε ὑπὸ φθόνου αὐτὸ ποιεῖν, ὅτι ποι- 15 μαίνων ποτὲ, ἀπὸ τῆς σκοπῆς παιζούσας ἡμᾶς ἰδὼν ἐπὶ τῆς ἠϊόνος ἐν τοῖς πρόποσι τῆς Αἴτνης, καθὸ μεταξὺ τοῦ ὄρους καὶ τῆς θαλάττης αἰγιαλὸς ἀπομηκύνεται, ὑμᾶς μὲν οὐδὲ προσέβλεψεν· ἐγὼ δ᾽ ἐξ ἁπασῶν ἡ καλλίστη ἔδοξα· ᾗ καὶ μόνη ἐμοὶ ἐπεῖχε τὸν ὀφθαλμόν· ταῦτα ὑμᾶς ἀνιᾷ· δεῖγμα γὰρ ὡς ἀμείνων εἰμὶ, καὶ 20 ἀξιέραστος· ὑμεῖς δὲ παρώφθητε.

Doris. Εἰ ποιμένι καὶ ἐνδεεῖ τὴν ὄψιν καλὴ ἔδοξας, ἐπίφθονος οἴει γεγονέναι ; καίτοι τί ἄλλο ἐν σοὶ ἐπαινέσαι εἶχεν, ἢ τὸ λευκὸν μόνον; καὶ τοῦτο, οἶμαι, ὅτι ξυνήθης ἐστὶ τυρῷ καὶ γάλακτι. πάντα οὖν τὰ ὅμοια τούτοις ἡγεῖται καλά. ἐπεὶ τάγε ἄλλα 25 ὁπότ᾽ ἂν ἐθελήσῃς μαθεῖν οἷα τυγχάνεις οὖσα τὴν ὄψιν, ἀπὸ πέτρας τινὸς, εἴποτε γαλήνη εἴη, ἐπικύψασα ἐς τὸ ὕδωρ, ἰδὲ σεαυτὴν, οὐδὲν ἄλλο ἢ χρόαν λευκὴν ἀκριβῶς· οὐκ ἐπαινεῖται δὲ τοῦτο, ἢν μὴ ἐπιπρέπῃ αὐτῷ καὶ τὸ ἐρύθημα.

Galateia. Καὶ μὴν ἐγὼ μὲν ἡ ἀκράτως λευκὴ ὅμως ἐραστὴν κἂν 30 τοῦτον ἔχω· ὑμῶν δὲ οὐκ ἔστιν ἥν τινα ἢ ποιμὴν ἢ ναύτης ἢ πορθμεὺς ἐπαινεῖ· ὁ δὲ Πολύφημος τάτε ἄλλα καὶ μουσικός ἐστι.

Doris. Σιώπα, ὦ Γαλάτεια· ἠκούσαμεν αὐτοῦ ᾄδοντος, ὁπότε

ἐκώμασε πρώην ἐπὶ σέ· Ἀφροδίτη φίλη, ὄνον ἄν τις ὀγκᾶσθαι
ἔδοξε. καὶ αὐτὴ δὲ ἡ πηκτὶς, οἷα κρανίον ἐλάφου γυμνὸν τῶν 35
σαρκῶν· καὶ τὰ μὲν κέρατα πήχεις ὥσπερ ἦσαν· ζυγώσας δὲ αὐτὰ,
καὶ ἐνάψας τὰ νεῦρα, οὐδὲ κόλλοπι περιστρέψας, ἐμελῴδει ἄμου-
σόν τι, καὶ ἀπῳδὸν, ἄλλο μὲν αὐτὸς βοῶν, ἄλλο δὲ ἡ λύρα ὑπήχει·
ὥστε οὐδὲ κατέχειν τὸν γέλωτα ἐδυνάμεθα ἐπὶ τῷ ἐρωτικῷ ἐκείνῳ
ᾄσματι. ἡ μὲν γὰρ Ἠχὼ οὐδ᾽ ἀποκρίνεσθαι αὐτῷ ἤθελεν, οὕτω 40
λάλος οὖσα, βρυχωμένῳ, ἀλλ᾽ ᾐσχύνετο εἰ φανείη μιμουμένη
τραχεῖαν ᾠδὴν καὶ καταγέλαστον. ἔφερε δὲ ὁ ἐπέραστος ἐν ταῖς
ἀγκάλαις ἀθυρμάτιον ἄρκτου σκύλακα, καὶ τὸ λάσιον αὐτῷ προσ-
εοικότα. τίς οὖν οὐκ ἂν φθονήσειέ σοι, ὦ Γαλάτεια, τοιούτου
ἐραστοῦ; 45

Galateia. Οὐκοῦν σὺ, Δωρὶ, δεῖξον ἡμῖν τὸν σεαυτῆς, καλλίω
δηλονότι ὄντα καὶ ᾠδικώτερον καὶ κιθαρίζειν ἄμεινον ἐπιστά-
μενον.

Doris. Ἀλλ᾽ ἐραστὴς μὲν οὐδείς ἐστί μοι, οὐδὲ σεμνύνομαι ἐπέ-
ραστος εἶναι. τοιοῦτος δὲ, οἷος ὁ Κύκλωψ ἐστὶ, κινάβρας ἀπό- 50
ζων ὥσπερ ὁ τράγος, ὠμοφάγος, ὥς φασι, καὶ σιτούμενος τοὺς
ἐπιδημοῦντας τῶν ξένων, σοὶ γένοιτο, καὶ σὺ ἀντερῴης αὐτοῦ.

[Dial. Mar. 1.]

Menippus.

ii. *Menippus.* Ποῦ δὲ οἱ καλοί εἰσιν, ἢ αἱ καλαὶ, ὦ Ἑρμῆ;
ξενάγησόν με νέηλυν ὄντα.

Hermes. Οὐ σχολή μοι, ὦ Μένιππε· πλὴν κατ᾽ ἐκεῖνο αὐτὸ
ἀπόβλεψον, ὡς ἐπὶ τὰ δεξιὰ, ἔνθα ὁ Ὑάκινθός τέ ἐστι, καὶ ὁ Νάρ-
κισσος, καὶ Νιρεὺς, καὶ Ἀχιλλεὺς, καὶ Τυρὼ, καὶ Ἑλένη, καὶ Λήδα, 5
καὶ ὅλως, τὰ ἀρχαῖα κάλλη πάντα.

Menippus. Ὀστᾶ μόνον ὁρῶ καὶ κρανία τῶν σαρκῶν γυμνὰ, ὅμοια τὰ πολλά.

Hermes. Καὶ μὴν ἐκεῖνά ἐστιν, ἃ πάντες οἱ ποιηταὶ θαυμάζουσι,
10 τὰ ὀστᾶ, ὧν σὺ ἔοικας καταφρονεῖν.

Menippus. Ὅμως τὴν Ἑλένην μοι δεῖξον· οὐ γὰρ ἂν διαγνοίην ἔγωγε.

Hermes. Τουτὶ τὸ κρανίον ἡ Ἑλένη ἐστίν.

Menippus. Εἶτα αἱ χίλιαι νῆες διὰ τοῦτο ἐπληρώθησαν ἐξ ἁπά-
15 σης τῆς Ἑλλάδος, καὶ τοσοῦτοι ἔπεσον Ἕλληνές τε καὶ βάρβαροι, καὶ τοσαῦται πόλεις ἀνάστατοι γεγόνασιν;

Hermes. Ἀλλ᾽ οὐκ εἶδες, ὦ Μένιππε, ζῶσαν τὴν γυναῖκα· ἔφης γὰρ ἂν καὶ σὺ ἀνεμέσητον εἶναι

Τοιῇδ᾽ ἀμφὶ γυναικὶ πολὺν χρόνον ἄλγεα πάσχειν·

20 ἐπεὶ καὶ τὰ ἄνθη ξηρὰ ὄντα εἴ τις βλέποι ἀποβεβληκότα τὴν βαφὴν, ἄμορφα δηλονότι αὐτῷ δόξει· ὅτε μέντοι ἀνθεῖ καὶ ἔχει τὴν χροιὰν, κάλλιστά ἐστιν.

Menippus. Οὐκοῦν τοῦτο, ὦ Ἑρμῆ, θαυμάζω, εἰ μὴ συνίεσαν οἱ Ἀχαιοὶ περὶ πράγματος οὕτως ὀλιγοχρονίου καὶ ῥᾳδίως ἀπαν-
25 θοῦντος πονοῦντες.

Hermes. Οὐ σχολή μοι, ὦ Μένιππε, συμφιλοσοφεῖν σοι. ὥστε ἐπιλεξάμενος τόπον, ἔνθα ἂν ἐθέλῃς, κεῖσο καταβαλὼν σεαυτόν. ἐγὼ δὲ τοὺς ἄλλους νεκροὺς ἤδη μετελεύσομαι.

[Dial. Mort. 18.]

Menippus and Cheiron.

iii. *Menippus.* Ἤκουσα, ὦ Χείρων, ὡς θεὸς ὢν ἐπιθυμήσειας ἀποθανεῖν.

Cheiron. Ἀληθῆ ταῦτ᾽ ἤκουσας, ὦ Μένιππε· καὶ τέθνηκα, ὡς ὁρᾷς, ἀθάνατος εἶναι δυνάμενος.

Menippus. Τίς δὲ σὲ ἔρως τοῦ θανάτου ἔσχεν, ἀνεράστου τοῖς 5 πολλοῖς χρήματος;

Cheiron. Ἐρῶ πρὸς σὲ οὐκ ἀσύνετον ὄντα. οὐκ ἦν ἔτι ἡδὺ ἀπολαύειν τῆς ἀθανασίας.

Menippus. Οὐχ ἡδὺ ἦν ζῶντα ὁρᾶν τὸ φῶς;

Cheiron. Οὔκ, ὦ Μένιππε· τὸ γὰρ ἡδὺ ἔγωγε ποικίλον τι καὶ 10 οὐχ ἁπλοῦν ἡγοῦμαι εἶναι· ἐγὼ δὲ ζῶν ἀεὶ καὶ ἀπολαύων τῶν ὁμοίων, ἡλίου, φωτός, τροφῆς, αἱ ὧραι δὲ αἱ αὐταὶ, καὶ τὰ γιγνόμενα ἅπαντα ἐξῆς ἕκαστον, ὥσπερ ἀκολουθοῦντα θάτερον θατέρῳ, —ἐνεπλήσθην γοῦν αὐτῶν. οὐ γὰρ ἐν τῷ αὐτῷ ἀεὶ, ἀλλὰ καὶ ἐν τῷ μεταβαλεῖν ὅλως τὸ τερπνὸν ἦν. 15

Menippus. Εὖ λέγεις, ὦ Χείρων· τὰ ἐν ᾅδου δὲ πῶς φέρεις, ἀφ' οὗ προελόμενος αὐτὰ ἥκεις;

Cheiron. Οὐκ ἀηδῶς, ὦ Μένιππε· ἡ γὰρ ἰσοτιμία πάνυ δημοτικὸν, καὶ τὸ πρᾶγμα οὐδὲν ἔχει τὸ διάφορον, ἐν φωτὶ εἶναι, ἢ καὶ ἐν σκότῳ· ἄλλως τε οὐδὲ διψῆν, ὥσπερ ἄνω, οὔτε πεινῆν δεῖ, ἀλλ' 20 ἀτελεῖς τούτων ἁπάντων ἐσμέν.

Menippus. Ὅρα, ὦ Χείρων, μὴ περιπίπτῃς σεαυτῷ, καὶ ἐς τὸ αὐτό σοι ὁ λόγος περιστῇ.

Cheiron. Πῶς τοῦτο φῄς;

Menippus. Ὅτι, εἰ τῶν ἐν τῷ βίῳ τὸ ὅμοιον ἀεὶ καὶ ταὐτὸν ἐγέ- 25 νετό σοι προσκορὲς, καὶ ἐνταῦθα ὅμοια ὄντα προσκορῆ ὁμοίως ἂν γένοιτο, καὶ δεήσει μεταβολήν γε ζητεῖν τινα καὶ ἐντεῦθεν ἐς ἄλλον βίον, ὅπερ οἶμαι ἀδύνατον.

Cheiron. Τί οὖν ἂν πάθοι τις, ὦ Μένιππε;

Menippus. Ὅπερ οἶμαι καὶ φασὶ, συνετὸν ὄντα ἀρέσκεσθαι καὶ 30 ἀγαπᾶν τοῖς παροῦσι, καὶ μηδὲν αὐτῶν ἀφόρητον οἴεσθαι.

[Dial. Mort. 26.]

The Web of Life.

iv. *Hermes.* Τὴν δὲ πληθὺν, ὦ Χάρων, ὁρᾷς, τοὺς πλέοντας
αὐτῶν, τοὺς πολεμοῦντας, τοὺς δικαζομένους, τοὺς γεωργοῦντας,
τοὺς δανείζοντας, τοὺς προσαιτοῦντας ;

Charon. Ὁρῶ ποικίλην τινὰ τὴν τύρβην, καὶ μεστὸν ταραχῆς
5 τὸν βίον, καὶ τὰς πόλεις γε αὐτῶν ἐοικυίας τοῖς σμήνεσιν, ἐν οἷς
ἅπας μὲν ἴδιόν τι κέντρον ἔχει, καὶ τὸν πλησίον κεντεῖ· ὀλίγοι δέ
τινες, ὥσπερ σφῆκες, ἄγουσι καὶ φέρουσι τὸν ὑποδεέστερον. ὁ δὲ
περιπετόμενος αὐτοὺς ἐκ τἀφανοῦς οὗτος ὄχλος τίνες εἰσίν ;

Hermes. Ἐλπίδες, ὦ Χάρων, καὶ δείματα καὶ ἄνοιαι καὶ
10 ἡδοναὶ καὶ φιλαργυρίαι καὶ ὀργαὶ καὶ μίση καὶ τὰ τοιαῦτα.
τούτων δὲ ἡ ἄνοια μὲν κάτω ξυναναμέμικται αὐτοῖς, καὶ ξυμπολι-
τεύεταί γε, νὴ Δία, καὶ τὸ μῖσος καὶ ἡ ὀργὴ καὶ ζηλοτυπία καὶ
ἀμαθία καὶ ἀπορία καὶ φιλαργυρία. ὁ φόβος δὲ καὶ αἱ ἐλπίδες,
ὑπεράνω πετόμενοι, ὁ μὲν ἐμπίπτων ἐκπλήττει ἐνίοτε καὶ ὑπο-
15 πτήσσειν ποιεῖ· αἱ δ' ἐλπίδες ὑπὲρ κεφαλῆς αἰωρούμεναι, ὁπότ'
ἂν μάλιστα οἴηταί τις ἐπιλήψεσθαι αὐτῶν, ἀναπτάμεναι ᾤχοντο,
κεχηνότας αὐτοὺς ἀπολιποῦσαι, ὅπερ καὶ τὸν Τάνταλον κάτω πά-
σχοντα ὁρᾷς ὑπὸ τοῦ ὕδατος. ἢν δ' ἀτενίσῃς, κατόψει καὶ Μοίρας
ἄνω ἐπικλωθούσας ἑκάστῳ τὸν ἄτρακτον, ἀφ' οὗ ἠρτῆσθαι ξυμβέ-
20 βηκεν ἅπαντας ἐκ λεπτῶν νημάτων. ὁρᾷς καθάπερ ἀράχνιά τινα
καταβαίνοντα ἐφ' ἕκαστον ἀπὸ τῶν ἀτράκτων ;

Charon. Ὁρῶ πάνυ λεπτὸν ἑκάστῳ νῆμα ἐπιπεπλεγμένον γε τὰ
πολλὰ, τοῦτο μὲν ἐκείνῳ, ἐκεῖνο δὲ ἄλλῳ.

Hermes. Εἰκότως, ὦ πορθμεῦ· εἵμαρται γὰρ ἐκεῖνον μὲν ὑπὸ
25 τούτου φονευθῆναι· τοῦτον δὲ ὑπ' ἄλλου· καὶ κληρονομῆσαί γε
τοῦτον μὲν ἐκείνου, ὅτου ἂν ᾖ μικρότερον τὸ νῆμα, ἐκεῖνον δὲ αὖ

τούτου· τοιόνδε γάρ τι ἡ ἐπιπλοκὴ δηλοῖ. ὁρᾷς δ' οὖν ἀπὸ λεπτοῦ
κρεμαμένους ἅπαντας; καὶ οὗτος μὲν ἀνασπασθεὶς ἄνω μετέωρός
ἐστι, καὶ μετὰ μικρὸν καταπεσών, ἀπορραγέντος τοῦ λίνου, ἐπειδὰν
μηκέτι ἀντέχῃ πρὸς τὸ βάρος, μέγαν τὸν ψόφον ἐργάσεται. οὗτος 30
δὲ ὀλίγον ἀπὸ γῆς αἰωρούμενος, ἢν καὶ πέσῃ, ἀψοφητὶ κείσεται,
μόγις καὶ τοῖς γείτοσιν ἐξακουσθέντος τοῦ πτώματος.

Charon. Παγγέλοια ταῖτα, ὦ Ἑρμῆ.

[Charon.]

The Passage of Styx.

v. *Clotho.* Ἔμβαινε, ἵνα καὶ ἀνιμήσηται ὁ πορθμεὺς τὸ ἀγ-
κύριον.

Charon. Οὗτος, ποῖ φέρῃ; πλῆρες ἤδη τὸ σκάφος· αὐτοῦ περί-
μενε· ἐς αὔριον ἕωθέν σε διαπορθμεύσομεν.

Micyllus. Ἀδικεῖς, ὦ Χάρων, ἕωλον ἤδη νεκρὸν ἀπολιμπάνων· 5
ἀμέλει γράψομαί σε παρανόμων ἐπὶ τοῦ Ῥαδαμάνθυος. οἴμοι τῶν
κακῶν. ἤδη πλέουσιν· ἐγὼ δὲ μόνος ἐνταῦθα περιλελείψομαι.
καίτοι τί οὐ διανήχομαι κατ' αὐτούς; οὐ γὰρ δέδια μὴ ἀπαγο-
ρεύσας ἀποπνιγῶ, ἤδη τεθνεώς· ἄλλως τε οὐδὲ τὸν ὀβολὸν ἔχων
τὰ πορθμία καταβαλεῖν.   10

Clotho. Τί τοῦτο; περίμεινον, ὦ Μίκυλλε· οὐ θέμις οὕτω σε
διελθεῖν.

Micyllus. Καὶ μὴν ἴσως ὑμῶν καὶ προκαταχθήσομαι.

Clotho. Μηδαμῶς, ἀλλὰ προσελάσαντες, ἀναλάβωμεν αὐτὸν, καὶ
σὺ, ὦ Ἑρμῆ, συνανάσπασον.   15

Charon. Ποῦ νῦν καθεδεῖται; μεστὰ γὰρ πάντα, ὡς ὁρᾷς.

Hermes. Ἐπὶ τοὺς ὤμους, εἰ δοκεῖ, τοῦ τυράννου.

Clotho. Καλῶς ὁ Ἑρμῆς ἐνενόησεν· ἀνάβαινε οὖν, καὶ τὸν τέ-
νοντα τοῦ ἀλιτηρίου καταπάτει· ἡμεῖς δ' εὐπλοῶμεν.

20 *Cyniscus.* Ὦ Χάρων, καλῶς ἔχει σοι τὰς ἀληθείας ἐντεῦθεν
εἰπεῖν. ἐγὼ τὸν ὀβολὸν μὲν οὐκ ἂν ἔχοιμι δοῦναί σοι κατα-
πλεύσας· πλέον γὰρ οὐδέν ἐστι τῆς πήρας, ἣν ὁρᾷς, καὶ τουτουὶ
τοῦ ξύλου· τἆλλα δέ, ἢν ἀντλεῖν ἐθέλῃς, ἕτοιμος, καὶ πρόσκωπος
εἶναι· μέμψῃ δὲ οὐδέν, ἢν εὐῆρες καὶ καρτερόν μοι ἐρετμὸν δῷς
25 μόνον.

    Charon. Ἔρεττε· καὶ τουτὶ γὰρ ἱκανὸν παρὰ σοῦ λαβεῖν.

    Cyniscus. Ἦ καὶ ὑποκελεῦσαι δεήσει;

    Charon. Νὴ Δί’, ἤνπερ εἰδῇς κέλευσμά τι τῶν ναυτικῶν.

    Cyniscus. Οἶδα καὶ πολλά, ὦ Χάρων, τῶν ναυτικῶν. ἀλλ’ ὁρᾷς,
30 ἀντεπηχοῦσιν οὗτοι δακρύοντες· ὥστε ἡμῖν τὸ ᾆσμα ἐπιταραχθή-
σεται.

    Rich Man. Οἴμοι τῶν κτημάτων.

    Another. Οἴμοι τῶν ἀγρῶν.

    Another. Ὀττοτοῖ, τὴν οἰκίαν οἵαν ἀπέλιπον.

35   *Another.* Ὅσα τάλαντα ὁ κληρονόμος σπαθήσει παραλαβών.

    Another. Αἲ αἲ τῶν νεογνῶν μου παιδίων.

    Another. Τίς ἄρα τὰς ἀμπέλους τρυγήσει, ἃς πέρυσιν ἐφυτευ-
σάμην;

    Hermes. Μίκυλλε, σὺ δ’ οὐδὲν οἰμώζεις; καὶ μὴν οὐ θέμις ἀδα-
40 κρυτὶ διαπλεῦσαί τινα.

    Micyllus. Ἄπαγε. οὐδέν ἐστιν ἐφ’ ὅτῳ †ἂν οἰμώξωμαι† εὐ-
πλοῶν.

    Hermes. Ὅμως κἂν μικρόν τι ἐς τὸ ἔθος ἐπιστέναξον.

    Micyllus. Οἰμώξομαι τοίνυν, ἐπειδή σοι, ὦ Ἑρμῆ, δοκεῖ. οἴμοι
45 τῶν καττυμάτων. οἴμοι τῶν κρηπίδων τῶν παλαιῶν. ὀττοτοῖ
τῶν σαθρῶν ὑποδημάτων. οὐκ ἔτι ὁ κακοδαίμων ἕωθεν ἐς ἑσπέραν
ἄσιτος διαμενῶ, οὐδὲ τοῦ χειμῶνος ἀνυπόδετός τε, καὶ ἡμίγυμνος
περινοστήσω τοὺς ὀδόντας ὑπὸ τοῦ κρύους συγκροτῶν. τίς ἄρα

μου τὴν σμίλην ἕξει καὶ τὸ κεντητήριον; ἱκανῶς τεθρήνηται·
σχεδὸν δὲ ἤδη καὶ καταπεπλεύκαμεν. 50

Charon. Ἄγε δὴ τὰ πορθμία πρῶτον ἡμῖν ἀπόδοτε· καὶ σὺ δὲ,
δός· παρὰ πάντων ἤδη ἔχω· δὸς καὶ σὺ τὸν ὀβολὸν, ὦ Μί-
κυλλε.

Micyllus. Παίζεις, ὦ Χάρων, ἢ καθ' ὕδατός, φασιν, ἤδη γρά-
φεις, παρὰ Μικύλλου ἤδη τινὰ ὀβολὸν προσδοκῶν· ἀρχὴν δὲ οὔτε 55
οἶδα εἰ τετράγωνόν ἐστιν ὁ ὀβολὸς ἢ στρογγύλον.

Charon. Ὦ καλῆς ναυτιλίας καὶ ἐπικερδοῦς τήμερον. ἀποβαί-
νετε δ' ὅμως· ἐγὼ δ' ἵππους καὶ βοῦς καὶ κύνας καὶ τὰ λοιπὰ
ζῶα μέτειμι. διαπλεῦσαι γὰρ κἀκεῖνα δεῖ.

Clotho. Ἄπαγε αὐτοὺς, ὦ Ἑρμῆ, παραλαβών· ἐγὼ δὲ αὐτὴ ἐς 60
τὸ ἀντιπέρας ἀναπλευσοῦμαι, Ἰνδοπάτην καὶ Ἡραμίθρην τοὺς
Σῆρας διάξουσα· τεθνᾶσι γὰρ δὴ πρὸς ἀλλήλων, περὶ γῆς ὅρων
μαχόμενοι.

Hermes. Προΐωμεν, ὦ οὗτοι· μᾶλλον δὲ πάντες ἑξῆς ἕπεσθέ μοι.

Micyllus. Ἡράκλεις, τοῦ ζόφου! ποῦ νῦν ὁ καλὸς Μέγιλλος ; 65
ἢ τῷ διαγνῷ τις ἐνταῦθα εἰ καλλίων Φρύνης Σιμμίχη ; πάντα γὰρ
ἴσα καὶ ὁμόχροα, καὶ οὐδὲν οὔτε καλὸν οὔτε κάλλιον, ἀλλ' ἤδη
καὶ τὸ τριβώνιον τὸ πρότερον τέως ἄμορφον εἶναι δοκοῦν ἰσό-
τιμον γίγνεται τῇ πορφυρίδι τοῦ βασιλέως. ἀφανῆ γὰρ ἄμφω
καὶ ὑπὸ τῷ αὐτῷ σκότῳ καταδεδυκότα. Κυνίσκε, σὺ δὲ ποῦ ποτε 70
ἄρα ὢν τυγχάνεις ;

Cyniscus. Ἐνταῦθα λέγω σοι, Μίκυλλε· ἀλλ' ἅμα, εἰ δοκεῖ, βα-
δίζωμεν.

Micyllus. Εὖ λέγεις· ἔμβαλέ μοι τὴν δεξιάν· εἰπέ μοι, (ἐτελέ-
σθης γὰρ, ὦ Κυνίσκε, τὰ Ἐλευσίνια), οὐχ ὅμοια τοῖς ἐκεῖ τὰ 75
ἐνθάδε σοι δοκεῖ ;

Cyniscus. Εὖ λέγεις· ἰδοὺ οὖν προσέρχεται δᾳδουχοῦσά τις,

φοβερόν τι καὶ ἀπειλητικὸν προσβλέπουσα· ἦ ἄρα που Ἐριννύς ἐστιν;

80   *Micyllus.* Ἔοικεν ἀπό γε τοῦ σχήματος.

Hermes. Παραλάμβανε τούτους, ὦ Τισιφόνη, τέτταρας ἐπὶ τοῖς χιλίοις.

Tisiphone. Καὶ μὴν πάλαι γε ὁ Ῥαδάμανθυς οὗτος ὑμᾶς περιμένει.

Rhadamanthus. Πρόσαγε αὐτούς, ὦ Ἐριννύ. σὺ δέ, ὦ Ἑρμῆ,
85 κήρυττε καὶ προσκάλει.

Cyniscus. Ὦ Ῥαδάμανθυ, πρὸς τοῦ πατρὸς ἐμὲ πρῶτον ἐπί-
σκεψαι παραγαγών.

Rhadamanthus. Τίνος ἕνεκα;

Cyniscus. Πάντως βούλομαι κατηγορῆσαί τινος, ἃ συνεπίσταμαι
90 πονηρὰ δράσαντι αὐτῷ παρὰ τὸν βίον. οὐκ ἂν οὖν ἀξιόπιστος
εἴην λέγων, μὴ οὐχὶ πρότερον αὐτὸς φανεὶς οἷός εἰμι καὶ οἷόν τινα
ἐβίωσα τὸν τρόπον.

Rhadamanthus. Τίς δὲ σύ;

Cyniscus. Κυνίσκος, ὦ ἄριστε, τὴν γνώμην φιλόσοφος.

95   *Rhadamanthus.* Δεῦρ' ἐλθέ, καὶ πρῶτος ἐς τὴν δίκην κατάστηθι.
σὺ δὲ προσκάλει τοὺς κατηγόρους.

Hermes. Εἴ τις Κυνίσκου τουτουὶ κατηγορεῖ, δεῦρο προσίτω.

Cyniscus. Οὐδεὶς προσέρχεται.

Rhadamanthus. Ἀλλ' οὐχ ἱκανὸν τοῦτο, ὦ Κυνίσκε· ἀπόδυθι δέ,
100 ὅπως ἐπισκοπήσω σε ἀπὸ τῶν στιγμάτων.

Cyniscus. Ποῦ γὰρ ἐγὼ στιγματίας ἐγενόμην;

Rhadamanthus. Ὁπόσα ἄν τις ὑμῶν πονηρὰ ἐργάσηται παρὰ
τὸν βίον, καθ' ἕκαστον αὐτῶν ἀφανῆ στίγματα ἐπὶ τῆς ψυχῆς
περιφέρει.

105   *Cyniscus.* Ἰδού σοι γυμνὸς παρέστηκα· ὥστε ἀναζήτει ταῦτα,
ἅπερ σὺ φῂς, τὰ στίγματα.

Rhadamanthus. Καθαρὸς ὡς ἐπίπαν οὑτοσὶ πλὴν τούτων τῶν τριῶν ἢ τεττάρων ἀμαυρῶν πάνυ καὶ ἀσαφῶν στιγμάτων· καίτοι τί τοῦτο; ἴχνη μὲν καὶ σημεῖα πολλὰ τῶν ἐγκαυμάτων, οὐκ οἶδα δ' ὅπως ἐξαλήλιπται, μᾶλλον δὲ ἐκκέκοπται· πῶς ταῦτα, ὦ Κυ- 110
νίσκε, ἢ πῶς καθαρὸς ἐξ ὑπαρχῆς ἀναπέφηνας;

Cyniscus. Ἐγώ σοι φράσω· πάλαι πονηρὸς δι' ἀπαιδευσίαν γενόμενος καὶ πολλὰ διὰ τοῦτο ἐμπολήσας στίγματα, ἐπειδὴ τά-
χιστα φιλοσοφεῖν ἠρξάμην, κατ' ὀλίγον ἁπάσας τὰς κηλῖδας ἐκ
τῆς ψυχῆς ἀπελουσάμην. 115

Rhadamanthus. Ἀγαθῷ γε, οὗτος, καὶ ἀνυσιμωτάτῳ χρησά-
μενος τῷ φαρμάκῳ· ἀλλ' ἄπιθι ἐς τὰς Μακάρων νήσους, τοῖς
ἀρίστοις συνεσόμενος, κατηγορήσας γε πρότερον οὗ φῂς τυράννου.
ἄλλους προσκάλει.

Micyllus. Καὶ τοὐμὸν, ὦ Ῥαδάμανθυ, μικρόν ἐστι καὶ βραχείας 120
τινὸς ἐξετάσεως δεόμενον· πάλαι γοῦν σοι καὶ γυμνός εἰμι, ὥστε
ἐπισκόπει.

Rhadamanthus. Τίς δὲ ὢν τυγχάνεις;

Micyllus. Ὁ σκυτοτόμος Μίκυλλος.

Rhadamanthus. Εὖγε, ὦ Μίκυλλε, καθαρὸς ἀκριβῶς καὶ ἀνεπί- 125
γραφος ἄπιθι καὶ σὺ παρὰ Κυνίσκαν τουτονί. τὸν τύραννον ἤδη
προσκάλει.

Hermes. Μεγαπένθης Λακύδου ἡκέτω. ποῖ στρέφῃ; πρόσιθι.
σὲ τὸν τύραννον προσκαλῶ· πρόβαλλ' αὐτὸν, ὦ Τισιφόνη, ἐς τὸ
μέσον ἐπὶ τράχηλον ὠθοῦσα. 130

Rhadamanthus. Σὺ δὲ, ὦ Κυνίσκε, κατηγόρει καὶ διέλεγχε ἤδη·
πλησίον γὰρ ἀνὴρ αὑτοσί.

Cyniscus. Τὸ μὲν ὅλον οὐδὲ λόγων ἔδει· γνώσῃ γὰρ αὐτὸν
αὐτίκα μάλα οἷός ἐστιν ἀπὸ τῶν στιγμάτων· ὅμως δὲ κᾀυτὸς
ἀποκαλύψω σοὶ τὸν ἄνδρα κἀκ τοῦ λόγου δείξω φανερώτερον· 135

οὑτοσὶ γὰρ ὁ τρισκατάρατος ὁπόσα μὲν ἰδιώτης ων ἔπραξε παρα-
λείψειν μοι δοκῶ· ἐπεὶ δὲ τοὺς θρασυτάτους προσεταιρούμενος,
καὶ δορυφόρους συναγαγὼν, ἐπαναστὰς τῇ πόλει τύραννος κατέστη,
ἀκρίτους μὲν ἀπέκτεινε πλείονας ἢ μυρίους, τὰς δὲ οὐσίας ἑκάστων
140 ἀφαιρούμενος, καὶ πλούτου πρὸς τὸ ἀκρότατον ἀφικόμενος, οὐδε-
μίαν μὲν ἀκολασίας ἰδέαν παραλέλοιπεν. * * *

Rhadamanthus. Ἅλις ἤδη τῶν μαρτύρων· ἀλλὰ καὶ ἀπόδυθι τὴν
πορφυρίδα, ἵνα καὶ τὸν ἀριθμὸν ἴδωμεν τῶν στιγμάτων. παπαί,
ὅλος οὑτοσὶ πελιδνὸς καὶ κατάγραφος, μᾶλλον δὲ κυάνεός ἐστιν
145 ἀπὸ τῶν στιγμάτων· τίνα οὖν ἂν κολασθείη τρόπον; ἆρ' ἐς τὸν
Πυριφλεγέθοντά ἐστιν ἐμβλητέος, ἢ παραδοτέος τῷ Κερβέρῳ;

Cyniscus. Μηδαμῶς· ἀλλ' εἰ θέλοις, ἐγώ σοι καινήν τινα καὶ
πρέπουσαν αὐτῷ τιμωρίαν ὑποθήσομαι.

Rhadamanthus. Λέγε, ὡς ἐγώ σοι μεγίστην ἐπὶ τούτῳ χάριν
150 εἴσομαι.

Cyniscus. Ἔθος ἐστὶν, οἶμαι, τοῖς ἀποθνήσκουσι πᾶσι πίνειν τὸ
Λήθης ὕδωρ.

Rhadamanthus. Πάνυ μὲν οὖν.

Cyniscus. Οὐκοῦν μόνον οὗτος ἐξ ἁπάντων ἄποτος ἔστω.

155 *Rhadamanthus.* Διατί δή;

Cyniscus. Χαλεπὴν οὕτως ὑφέξει τὴν δίκην, μεμνημένος οἷος
ἦν καὶ ὅσον ἐδύνατο ἐν τοῖς ἄνω, καὶ ἀναπεμπαζόμενος τὴν
τρυφήν.

Rhadamanthus. Εὖ λέγεις. καὶ καταδεδικάσθω, καὶ παρὰ τὸν
160 Τάνταλον ἀπαχθεὶς οὑτοσὶ δεδέσθω, μεμνημένος ὧν ἔπραξε παρὰ
τὸν βίον

[Cataplus.]

A True History.

vi. Περὶ μεσημβρίαν δὲ, οὐκ ἔτι τῆς νήσου φαινομένης, ἄφνω τυφὼν ἐπιγενόμενος, καὶ περιδινήσας τὴν ναῦν καὶ μετεωρίσας ὅσον ἐπὶ σταδίους τρισχιλίους, οὐκ ἔτι καθῆκεν εἰς τὸ πέλαγος, ἀλλ᾽ ἄνω μετέωρον ἐξηρτημένην ἄνεμος ἐμπεσὼν τοῖς ἱστίοις ἔφερε κολπώσας τὴν ὀθόνην. ἑπτὰ δὲ ἡμέρας καὶ τὰς ἴσας 5 νύκτας ἀεροδρομήσαντες, ὀγδόῃ καθορῶμεν γῆν τινα μεγάλην ἐν τῷ ἀέρι, καθάπερ νῆσον λαμπρὰν, καὶ σφαιροειδῆ, καὶ φωτὶ μεγάλῳ καταλαμπομένην· προσενεχθέντες δ᾽ αὐτῇ καὶ ὁρμισάμενοι ἀπέβημεν. ἐπισκοποῦντες δὲ τὴν χώραν, εὑρίσκομεν οἰκουμένην τε καὶ γεωργουμένην· ἡμέρας μὲν οὖν οὐδὲν αὐτόθεν κα- 10 θεωρῶμεν· νυκτὸς δ᾽ ἐπιγενομένης ἐφαίνοντο ἡμῖν καὶ ἄλλαι νῆσοι πλησίον, αἱ μὲν μείζους, αἱ δὲ μικρότεραι, πυρὶ τὴν χρόαν προσεοικυῖαι· καὶ ἄλλη δέ τις γῆ κάτω, καὶ πόλεις ἐν αὐτῇ καὶ ποταμοὺς ἔχουσα καὶ πελάγη καὶ ὕλας καὶ ὄρη. ταύτην οὖν τὴν καθ᾽ ἡμᾶς οἰκουμένην εἰκάζομεν. * * τὸ δ᾽ ἀπὸ τούτου μηκέτι 15 φέρων ἐγὼ τὴν ἐν τῷ κήτει δίαιταν, ἀχθόμενός τε τῇ μονῇ, μηχανήν τινα ἐζήτουν δι᾽ ἧς ἂν ἐξελθεῖν γένοιτο. καὶ τὸ μὲν πρῶτον ἔδοξεν ἡμῖν διορύξασι κατὰ τὸν δεξιὸν τοῖχον ἀποδρᾶναι, καὶ ἀρξάμενοι διεκόπτομεν. ἐπειδὴ δὲ προελθόντες ὅσον πέντε σταδίους οὐδὲν ἠνύομεν, τοῦ μὲν ὀρύγματος ἐπαυσάμεθα, 20 τὴν δὲ ὕλην καῦσαι διέγνωμεν. οὕτω γὰρ ἂν τὸ κῆτος ἀποθανεῖν. εἰ δὲ τοῦτο γένοιτο, ῥᾳδία ἔμελλεν ἡμῖν ἔσεσθαι ἡ ἔξοδος. ἀρξάμενοι οὖν ἀπὸ τῶν οὐραίων ἐκαίομεν· καὶ ἡμέρας μὲν ἑπτὰ καὶ νύκτας ἴσας ἀναισθήτως εἶχε τοῦ καύματος· ὀγδόῃ δὲ καὶ ἐννάτῃ συνίεμεν αὐτοῦ νοσοῦντος· ἀργότερον γοῦν ἀνέχασκε· καὶ εἴποτε 25 ἀναχάνοι, ταχὺ συνέμυε. δεκάτῃ δὲ καὶ ἑνδεκάτῃ τέλεον ἀπενεκροῦτο καὶ δυσῶδες ἦν. τῇ δωδεκάτῃ δὲ μόγις ἐνοήσαμεν, ὡς

εἰ μή τις χανόντος αὐτοῦ ὑποστηρίξειε τοὺς γομφίους, ὥστε μηκέτι
συγκλεῖσαι, κινδυνεύσομεν κατακλεισθέντες ἐν νεκρῷ αὐτῷ ἀπολέ-
30 σθαι· οὕτω δὴ τὸ στόμα μεγάλαις δοκοῖς διερείσαντες, τὴν ναῦν
ἐπεσκευάζομεν, ὕδωρ τε ὡς ἔνι πλεῖστον ἐμβαλλόμενοι, καὶ τἆλλα
ἐπιτήδεια. κυβερνήσειν δ' ἔμελλεν ὁ Σκίνθαρος· τῇ δ' ἐπιούσῃ, τὸ
μὲν ἤδη τεθνήκει, ἡμεῖς δ' ἀνελκύσαντες τὸ πλοῖον καὶ διὰ τῶν
ἀραιωμάτων διαγαγόντες καὶ ἐκ τῶν ὀδόντων ἐξάψαντες ἠρέμα
35 καθήκαμεν ἐς τὴν θάλατταν· ἐπαναβάντες δ' ἐπὶ τὰ νῶτα καὶ
θύσαντες τῷ Ποσειδῶνι, αὐτοῦ παρὰ τὸ τρόπαιον ἡμέρας τρεῖς
ἐπαυλισάμενοι (νηνεμία γὰρ ἦν) τῇ τετάρτῃ ἀπεπλεύσαμεν. *   *
τῇ ὀγδόῃ δὲ ἡμέρᾳ πλέοντες οὐκ ἔτι διὰ τοῦ γάλακτος ἀλλ' ἤδη
ἐν ἁλμυρῷ καὶ κυανῷ ὕδατι καθορῶμεν ἀνθρώπους πολλοὺς ἐπὶ
40 τοῦ πελάγους διαθέοντας, ἅπαντα ἡμῖν προσεοικότας, καὶ τὰ σώ-
ματα καὶ τὰ μεγέθη, πλὴν μόνων τῶν ποδῶν· ταῦτα γὰρ φέλλινα
εἶχον· ἀφ' οὗ δὴ, οἶμαι, καὶ ἐκαλοῦντο Φελλόποδες. ἐθαυμάζομεν
οὖν ἰδόντες οὐ βαπτιζομένους ἀλλ' ὑπερέχοντας τῶν κυμάτων καὶ
ἀδεῶς ὁδοιποροῦντας· οἱ δὲ καὶ προσῇεσαν καὶ ἠσπάζοντο ἡμᾶς
45 Ἑλληνικῇ φωνῇ, ἔλεγόν τε εἰς Φελλὼ τὴν αὐτῶν πατρίδα ἐπεί-
γεσθαι· μέχρι μὲν δή τινος συνωδοιπόρουν ἡμῖν παραθέοντες·
εἶτα ἀποτραπόμενοι τῆς ὁδοῦ ἐβάδιζον, εὔπλοιαν ἡμῖν ἐπευξάμενοι.
μετ' ὀλίγον δὲ, πολλαὶ νῆσοι ἐφαίνοντο, πλησίον μὲν ἐξ ἀριστερῶν
ἡ Φελλὼ, ἐς ἣν ἐκεῖνοι ἔσπευδον, πόλις ἐπὶ μεγάλου καὶ στρογ-
50 γύλου φελλοῦ κατοικουμένη, πόρρωθεν δὲ καὶ μᾶλλον ἐν δεξιᾷ
πέντε μέγισται καὶ ὑψηλόταται, καὶ πῦρ πολὺ ἀπ' αὐτῶν ἀνε-
καίετο· κατὰ δὲ τὴν πρῶραν, μία πλατεῖα καὶ ταπεινὴ, σταδίους
ἀπέχουσα οὐκ ἐλάττους πεντακοσίων. ἤδη δὲ πλησίον τε ἦμεν
καὶ θαυμαστή τις αὔρα περιέπνευσεν ἡμᾶς ἡδεῖα καὶ εὐώδης, οἵαν
55 φησὶν ὁ συγγραφεὺς Ἡρόδοτος ἀπόζειν τῆς εὐδαίμονος Ἀραβίας.
οἵαν γὰρ ἀπὸ ῥόδων καὶ ναρκίσσων καὶ ὑακίνθων καὶ κρίνων καὶ

ἴων, ἔτι δὲ μυρρίνης, καὶ δάφνης, καὶ ἀμπελάνθης, τοιοῦτον ἡμῖν τὸ
ἡδὺ προσέβαλλεν· ἡσθέντες δὲ τῇ ὀδμῇ, καὶ χρηστὰ ἐκ μακρῶν
πόνων ἐλπίσαντες, κατ᾽ ὀλίγον ἤδη πλησίον τῆς νήσου ἐγιγνόμεθα.
ἔνθα δὴ καὶ καθεωρῶμεν λιμένας τε πολλοὺς περὶ πᾶσαν ἀκλύστους 60
καὶ μεγάλους, ποταμούς τε διαυγεῖς ἐξιόντας ἠρέμα ἐς τὴν θά-
λατταν· ἔτι δὲ λειμῶνας καὶ ὕλας καὶ ὄρνεα μουσικά, τὰ μὲν ἐπὶ
τῶν ἠϊόνων ᾄδοντα, πολλὰ δὲ καὶ ἐπὶ τῶν κλάδων. ἀὴρ δὲ κοῦφος
καὶ εὔπνους περιεκέχυτο τὴν χώραν· καὶ αὖραι δέ τινες ἡδεῖαι δια-
πνέουσαι ἠρέμα τὴν ὕλην διεσάλευον· ὥστε καὶ ἀπὸ τῶν κλάδων 65
κινουμένων τερπνὰ καὶ συνεχῆ μέλη ἀπεσυρίζετο, ἐοικότα τοῖς ἐπ᾽
ἐρημίας αὐλήμασι τῶν πλαγίων αὐλῶν. καὶ μὴν καὶ βοὴ σύμμικτος
ἠκούετο, οὐ θορυβώδης, ἀλλ᾽ οἵα γένοιτ᾽ ἂν ἐν συμποσίῳ, τῶν μὲν
αὐλούντων, ἄλλων δὲ ἐπαινούντων, ἐνίων δὲ κροτούντων πρὸς αὐ-
λὸν, ἢ κιθάραν.   [Ver. Hist. 1. II.]   70

XL.

M. Aurelius Antoninus, A. D. 170.

i. Τοῦ ἀνθρωπίνου βίου ὁ μὲν χρόνος στιγμή· ἡ δὲ οὐσία
ῥέουσα· ἡ δὲ αἴσθησις ἀμυδρά· ἡ δὲ ὅλου τοῦ σώματος σύγ-
κρισις εὔσηπτος· ἡ δὲ ψυχὴ ῥόμβος· ἡ δὲ τύχη δυστέκμαρτον·
ἡ δὲ φήμη ἄκριτον. συνελόντι δὲ εἰπεῖν, πάντα, τὰ μὲν τοῦ σώ-
ματος ποταμός· τὰ δὲ τῆς ψυχῆς ὄνειρος καὶ τῦφος· ὁ δὲ βίος 5
πόλεμος καὶ ξένου ἐπιδημία· ἡ ὑστεροφημία δὲ λήθη. τί οὖν τὸ
παραπέμψαι δυνάμενον; ἓν καὶ μόνον φιλοσοφία. τοῦτο δὲ ἐν τῷ
τηρεῖν τὸν ἔνδον δαίμονα ἀνύβριστον καὶ ἀσινῆ, ἡδονῶν καὶ πόνων
κρείσσονα, μηδὲν εἰκῇ ποιοῦντα μηδὲ διεψευσμένως καὶ μεθ᾽ ὑπο-
κρίσεως, ἀνενδεῆ τοῦ ἄλλον ποιῆσαί τι ἢ μὴ ποιῆσαι· ἔτι δὲ τὰ 10
συμβαίνοντα καὶ ἀπονεμόμενα δεχόμενον, ὡς ἐκεῖθέν ποθεν ἐρχόμενα,

ὅθεν αὐτὸς ἦλθεν· ἐπὶ πᾶσι δὲ τὸν θάνατον ἵλεῳ τῇ γνώμῃ περι-
μένοντα, ὡς οὐδὲν ἄλλο ἢ λύσιν τῶν στοιχείων, ἐξ ὧν ἕκαστον
ζῷον συγκρίνεται. εἰ δὲ αὐτοῖς τοῖς στοιχείοις μηδὲν δεινὸν ἐν τῷ
15 ἕκαστον διηνεκῶς εἰς ἕτερον μεταβάλλειν, διὰ τί ὑπίδηταί τις τὴν
πάντων μεταβολὴν καὶ διάλυσιν; κατὰ φύσιν γάρ· οὐδὲν δὲ κακὸν
κατὰ φύσιν.   [Med. II. 17.]

ii. Πᾶν μοι συναρμόζει, ὅ σοι εὐάρμοστόν ἐστι, ὦ κόσμε. οὐδέν
μοι πρόωρον, οὐδὲ ὄψιμον, τὸ σοὶ εὔκαιρον· πᾶν μοι καρπὸς, ὃ
φέρουσιν αἱ σαὶ ὧραι, ὦ φύσις· ἐκ σοῦ πάντα, ἐν σοὶ πάντα, εἰς
σὲ πάντα. ἐκεῖνος μέν φησι, πόλι φίλη Κέκροπος. σὺ δὲ οὐκ ἐρεῖς,
5 ὦ πόλι φίλη Διός;   [Ib. IV. 23.]

iii. Ἐννοεῖν συνεχῶς πόσοι μὲν ἰατροὶ ἀποτεθνήκασι, πολλάκις
τὰς ὀφρῦς ὑπὲρ τῶν ἀρρώστων συσπάσαντες· πόσοι δὲ μαθηματι-
κοὶ, ἄλλων θανάτους ὥς τι μέγα προειπόντες· πόσοι δὲ φιλόσοφοι,
περὶ θανάτου ἢ ἀθανασίας μυρία διατεινάμενοι· πόσοι δὲ ἀριστεῖς,
5 πολλοὺς ἀποκτείναντες· πόσοι δὲ τύραννοι, ἐξουσίᾳ ψυχῶν μετὰ
δεινοῦ φρυάγματος, ὡς ἀθάνατοι, κεχρημένοι· πόσαι δὲ πόλεις ὅλαι,
ἵν' οὕτως εἴπω, τεθνήκασιν, Ἑλίκη, καὶ Πομπήϊοι, καὶ Ἡράκλανον,
καὶ ἄλλαι ἀναρίθμητοι. ἔπιθι δὲ καὶ ὅσους οἶδας, ἄλλον ἐπ' ἄλλῳ,
ὁ μὲν τοῦτον κηδεύσας, εἶτα ἐξετάθη, ὁ δὲ ἐκεῖνον. πάντα δὲ ἐν
10 βραχεῖ· τὸ γὰρ ὅλα κατιδεῖν ἀεὶ τὰ ἀνθρώπινα ὡς ἐφήμερα καὶ
εὐτελῆ· καὶ ἐχθὲς μὲν μυξάριον, αὔριον δὲ τάριχος, ἢ τέφρα· τὸ
ἀκαριαῖον οὖν τοῦτο τοῦ χρόνου κατὰ φύσιν διελθεῖν, καὶ ἵλεων
καταλῦσαι, ὡσανεὶ ἐλαία πέπειρος γενομένη ἔπιπτεν, εὐφημοῦσα
τὴν ἐνεγκοῦσαν, καὶ χάριν εἰδυῖα τῷ φύσαντι δένδρῳ. ὅμοιον
15 εἶναι τῇ ἄκρᾳ, ᾗ διηνεκῶς τὰ κύματα προσρήσσεται, ἡ δὲ ἕστηκε,
καὶ περὶ αὐτὴν κοιμίζεται τὰ φλεγμήναντα τοῦ ὕδατος.

                                                   [Ib. IV. 48, 9.]

iv. Τρία ἐστὶν ἐξ ὧν συνέστηκας, σωμάτιον, πνευμάτιον, νοῦς.
τούτων τἆλλα, μέχρι τοῦ ἐπιμελεῖσθαι δεῖν, σά ἐστι, τὸ δὲ τρίτον
μόνον κυρίως σόν. ὃ ἐὰν χωρίσῃς ἀπὸ σεαυτοῦ, τουτέστιν ἀπὸ
τῆς σῆς διανοίας, ὅσα ἄλλα ποιοῦσιν ἢ λέγουσιν, ἢ ὅσα αὐτὸς
ἐποίησας ἢ εἶπας, καὶ ὅσα ὡς μέλλοντα ταράσσει σε, καὶ ὅσα τοῦ 5
περικειμένου σοι σωματίου ἢ τοῦ συμφύτου πνευματίου ἀπροαί-
ρετα πρόσεστιν, καὶ ὅσα ἡ ἔξωθεν περιρρέουσα δίνη ἑλίσσει, ὥστε
τῶν συνειμαρμένων ἐξῃρμένην καθαρὰν τὴν νοερὰν δύναμιν ἀπό-
λυτον ἐφ' ἑαυτῆς ζῆν, ποιοῦσαν τὰ δίκαια, καὶ θέλουσαν τὰ συμ-
βαίνοντα, καὶ λέγουσαν τἀληθῆ, ἐὰν χωρίσῃς, φημὶ, τοῦ ἡγεμο- 10
νικοῦ τούτου τὰ προσηρτημένα ἐκ προσπαθείας, καὶ τοῦ χρόνου τὰ
ἐπέκεινα ἢ τὰ παρῳχηκότα, ποιήσῃς τε σεαυτὸν, οἷος ὁ ἐμπε-
δόκλειος,

   Σφαῖρος κυκλοτερὴς κώνῃ περιηγεῖ γαίων.

μόνον τε ζῆν ἐκμελετήσῃς ὃ ζῇς, τουτέστι τὸ παρὸν, δυνήσῃ τόγε 15
μέχρι τοῦ ἀποθανεῖν ὑπολιπόμενον ἀταράκτως καὶ εὐγενῶς καὶ
ἵλεως τῷ σαυτοῦ δαίμονι διαβιῶναι.   [Ib. XII. 3.]

v. Ἄνθρωπε, ἐπολιτεύσω ἐν τῇ μεγάλῃ ταύτῃ πόλει; τί σοι
διαφέρει εἰ πέντε ἔτεσι,—τὸ γὰρ κατὰ τοὺς νόμους ἴσον ἑκάστῳ—
τί οὖν δεινὸν εἰ τῆς πόλεως ἀποπέμπει σε οὐ τύραννος, οὐδὲ
δικαστὴς ἄδικος, ἀλλ' ἡ φύσις, εἰσαγαγοῦσα, οἷον εἰ κωμῳδὸν
ἀπολύει τῆς σκηνῆς ὁ παραλαβὼν στρατηγός; ἀλλ' οὐκ εἶπον τὰ 5
πέντε μέρη ἀλλὰ τὰ τρία· καλῶς εἶπας· ἐν μέν τοι τῷ βίῳ τὰ
τρία ὅλον τὸ δρᾶμά ἐστι· τὸ γὰρ τέλειον ἐκεῖνος ὁρίζει, ὁ τότε
μὲν τῆς συγκρίσεως νῦν δὲ τῆς διαλύσεως αἴτιος· σὺ δὲ ἀναίτιος
ἀμφοτέρων· ἄπιθι οὖν ἵλεως· καὶ γὰρ ὁ ἀπολύων ἵλεως.

   [Ib. XII. 36.]

XLI.

Pausanias, A. D. 180.

Aristomenes.

Ἀριστομένης δὲ ἔχων τοὺς λογάδας τὴν μὲν ἔξοδον περὶ
βαθεῖαν ἐποιήσατο ἑσπέραν, ἔφθη δὲ ὑπὸ τάχους τὴν ἐς Ἀμύκλας
ἀνύσας πρὸ ἀνίσχοντος ἡλίου· καὶ Ἀμύκλας τὸ πόλισμα εἷλέ τε
καὶ διήρπασε, καὶ τὴν ἀποχώρησιν ἐποιήσατο, πρὶν ἢ τοὺς ἐκ τῆς
5 Σπάρτης προβοηθῆσαι. κατέτρεχε δὲ καὶ ὕστερον τὴν χώραν· ἐς
ὁ Λακεδαιμονίων λόχοις πλέον ἢ τοῖς ἡμίσεσι καὶ τοῖς βασιλεῦσιν
ἀμφοτέροις συμβαλὼν, ἄλλά τε ἔσχεν ἀμυνόμενος τραύματα, καὶ
πληγέντι ὑπὸ λίθου τὴν κεφαλὴν αὐτῷ σκοτοδινιῶσιν ὀφθαλμοὶ,
καὶ πεσόντα ἀθρόοι τῶν Λακεδαιμονίων ἐπιδραμόντες ζῶντα αἱροῦ-
10 σιν. ἥλωσαν δὲ καὶ τῶν περὶ αὐτὸν ἐς πεντήκοντα. τούτους
ἔγνωσαν οἱ Λακεδαιμόνιοι ῥίψαι πάντας ἐς τὸν Κεάδαν. ἐσβάλ-
λουσι δὲ ἐνταῦθα οὓς ἂν ἐπὶ μεγίστοις τιμωρῶνται. οἱ μὲν δὴ
ἄλλοι Μεσσηνίων ἐμπίπτοντες ἀπώλλυντο αὐτίκα· Ἀριστομένην
δὲ ἔς τε τὰ ἄλλα θεῶν τις καὶ δὴ καὶ τότε ἐφύλασσεν. οἱ δὲ
15 ἀποσεμνύνοντες τὰ κατ' αὐτὸν, Ἀριστομένει φασὶν ἐμβληθέντι ἐς
τὸν Κεάδαν ὄρνιθα τὸν ἀετὸν ὑποπέτεσθαι καὶ ἀνέχειν ταῖς πτέ-
ρυξιν, ἐς ὃ κατήνεγκεν αὐτὸν ἐς τὸ πέρας οὔτε πηρωθέντα οὐδὲν
τοῦ σώματος οὔτε τραῦμα ἐπιλαβόντα. ἔμελλεν δὲ ἄρα καὶ αὐ-
τόθεν ὁ δαίμων ἔξοδον ἀποφαίνειν αὐτῷ. καὶ ὁ μὲν ὡς ἐς τὸ τέρμα
20 ἦλθε τοῦ βαράθρου, κατεβλήθη τε καὶ ἐφελκυσάμενος τὴν χλαμύδα
ἀνέμενεν, ὡς πάντως οἱ ἀποθανεῖν πεπρωμένον. τρίτῃ δὲ ὕστερον
ἡμέρᾳ, ψόφου τε αἰσθάνεται καὶ ἐκκαλυψάμενος (ἐδύνατο δὲ ἤδη

διὰ τοῦ σκότους διορᾷν) ἀλώπεκα εἶδεν ἁπτομένην τῶν νεκρῶν.
ὑπονοήσας δὲ ἔσοδον εἶναι τῷ θηρίῳ ποθὲν, ἀνέμενεν ἐγγύς οἱ τὴν
ἀλώπεκα γενέσθαι· γενομένης δὲ λαμβάνεται. τῇ δὲ ἑτέρᾳ χειρὶ, 25
ὁπότε ἐς αὐτὸν ἐπιστρέφοιτο, τὴν χλαμύδα προὔβαλλέν οἱ καὶ
δάκνειν παρεῖχε. τὰ μὲν δὴ πλείω θεούσῃ συνέθει, τὰ δὲ ἄγαν
δυσέξοδα καὶ ἀφείλκετο ὑπ’ αὐτῆς. ὀψὲ δέ ποτε ὀπήν τε εἶδεν
ἀλώπεκι ἐς διάδυσιν ἱκανὴν καὶ φέγγος δι’ αὐτῆς. καὶ τὴν μὲν, ὡς
ἀπὸ τοῦ Ἀριστομένους ἠλευθερώθη, τὸ φωλίον ἔμελλεν ὑποδέξε- 30
σθαι. Ἀριστομένης δὲ (οὐ γάρ τι ἡ ὀπὴ καὶ τούτῳ παρέχειν ἐδύ-
νατο ἔξοδον) εὐρυτέραν τε ταῖς χερσὶν ἐποίησε, καὶ οἴκαδε ἐς τὴν
Εἶραν ἀποσώζεται· παραδόξῳ μὲν τύχῃ καὶ ἐς τὴν ἅλωσιν χρησά-
μενος (τὸ γάρ οἱ φρόνημα ἦν καὶ τὰ τολμήματα μείζονα, ἢ ὡς
ἐλπίσαι τινὰ Ἀριστομένην αἰχμάλωτον ἂν γενέσθαι) παραδοξοτέρα 35
δέ ἐστι καὶ πάντων προδηλότατα οὐκ ἄνευ θεοῦ ἡ ἐκ τοῦ Κεάδα
σωτηρία.

[IV. 18.]

XLII.

Philostratus, A. D. 230.

A Painting of Ajax on Gyrae.

Αἱ τοῦ πελάγους ἀνεστηκυῖαι πέτραι, καὶ ἡ ζέουσα περὶ αὐτὰς
θάλαττα, ἥρως τε δεινὸν βλέπων ἐπὶ τῶν πετρῶν καί τι καὶ φρονή-
ματος ἔχων ἐπὶ τὴν θάλατταν ὁ Λοκρὸς Αἴας. βέβληται μὲν τὴν
ἑαυτοῦ ναῦν, ἐμπύρου δὲ αὐτῆς ἀποπηδήσας ὁμόσε κεχώρηκε τοῖς
κύμασι, τῶν μὲν διεκπαίων, τὰ δὲ ἐπισπώμενος, τὰ δὲ ὑπαντλῶν 5
τῷ στέρνῳ. Γυραῖς δ’ ἐντυχὼν, αἱ δὲ Γυραὶ πέτραι εἰσὶν, ὑπερ-
φαίνουσαι τοῦ Αἰγαίου κόλπου, λόγοις ὑπέρφρονας λέγει κατὰ τῶν
θεῶν αὐτῶν. ἐφ’ οἷς ὁ Ποσειδῶν αὐτὸς ἐπὶ τὰς Γυρὰς στέλλεται,

φοβερὸς, ὦ παῖ, καὶ χειμῶνος πλέως, καὶ τὰς χαίτας ἐξηρμένος.
10 καί τοι ποτὲ καὶ συνεμάχει τῷ Λοκρῷ κατὰ τὸ Ἴλιον, σωφρονοῦντι
δὲ καὶ φειδομένῳ τῶν θεῶν, καὶ ἐρρώνυ αὐτὸν τῷ σκήπτρῳ. νῦν δ᾽,
ἐπειδὴ ὑβρίζοντα ὁρᾷ, τὴν τρίαιναν ἐπ᾽ αὐτὸν φέρει, καὶ πεπλήξεται
ὁ αὐχὴν τῆς πέτρας, ὁ ἀνέχων τὸν Αἴαντα, ὡς ἀποσείσαιτο αὐτὸν
αὐτῇ ὕβρει. ὁ μὲν δὴ λόγος τῆς γραφῆς οὗτος. τὸ δὲ ἐναργὲς,
15 λευκὴ μὲν ὑπὸ κυμάτων ἡ θάλαττα, σπιλάδες δ᾽ αἱ πέτραι, διὰ τὸ
ἀεὶ ῥαίνεσθαι. πῦρ δὲ ἐκ μέσης ἅπτει τῆς νεὼς, ἐς ὃ ἐμπνέων ὁ
ἄνεμος, πλεῖ ἡ ναῦς ἔτι, καθάπερ ἱστίῳ χρωμένη τῷ πυρί. ὁ δὲ
Αἴας, οἷον ἐκ μέθης ἀναφέρων, περιαθρεῖ τὸ πέλαγος, οὔτε ναῦν
ὁρῶν οὔτε γῆν. καὶ οὔτε τὸν Ποσειδῶ προσιόντα δέδοικεν, ἀλλ᾽
20 ἔοικε διατεινομένῳ ἔτι. οὔπω τοὺς βραχίονας ἡ ῥώμη ἀπολέλοιπεν,
ὁ αὐχήν τε ἀνέστηκεν, οἷος ἐπὶ Ἕκτορα καὶ Τρῷας. ὁ μὲν δὴ
Ποσειδῶν, ἐμβαλὼν τὴν τρίαιναν, ἀράξει τὸ τρύφος αὐτῷ Αἴαντι
τῆς πέτρας. αἱ δὲ Γυραὶ αἱ λοιπαὶ μενοῦσί τε ἐς ὅσον θάλαττα,
καὶ ἄσυλοι ἑστήξουσι τῷ Ποσειδῶνι.

[Eicon. II. 13.]

XLIII.

Diogenes Laertius, A. D. 250. (?)

Solon.

i. Σόλων ἔλεγε τοὺς νόμους τοῖς ἀραχνίοις ὁμοίους καὶ γὰρ
ἐκεῖνα ἐὰν μὲν ἐμπέσῃ τι κοῦφον καὶ ἀσθενὲς στέγειν, ἐὰν δὲ
μεῖζον, διακόψαν οἴχεται. *   *   Καὶ αὐτόν φησι Διοσκουρίδης ἐν
τοῖς ἀπομνημονεύμασιν, ἐπειδὴ δακρύοι τὸν παῖδα τελευτήσαντα
5 [ὃν ἡμεῖς οὐ παρειλήφαμεν] πρὸς τὸν εἰπόντα, Ἀλλ᾽ οὐδὲν ἀνύτεις,
εἰπεῖν, Δι᾽ αὐτὸ τοῦτο δακρύω, ὅτι οὐδὲν ἀνύτω.

[I. 58-63.]

ii. Ἀρίστιππος ἐρωτηθείς ποτε τί πλέον ἔχουσιν οἱ φιλόσοφοι;
ἔφη, Ἐὰν πάντες οἱ νόμοι ἀναιρεθῶσιν, ὁμοίως βιώσομεν. ἐρωτηθεὶς
ὑπὸ Διονυσίου διὰ τί οἱ μὲν φιλόσοφοι ἐπὶ τὰς τῶν πλουσίων
θύρας ἔρχονται οἱ δὲ πλούσιοι ἐπὶ τὰς τῶν φιλοσόφων οὐκέτι; 5
ἔφη, Ὅτι οἱ μὲν ἴσασιν ὧν δέονται, οἱ δὲ οὐκ ἴσασιν. λοιδορού-
μενός ποτε ἀνεχώρει, τοῦ δ' ἐπιδιώκοντος εἰπόντος Τί φεύγεις;
Ὅτι, φησὶ, τοῦ μὲν κακῶς λέγειν σὺ τὴν ἐξουσίαν ἔχεις, τοῦ δὲ
μὴ ἀκούειν, ἐγώ. εἰς Κόρινθον αὐτῷ πλέοντί ποτε καὶ χειμαζομένῳ
συνέβη ταραχθῆναι· πρὸς οὖν τὸν εἰπόντα, Ἡμεῖς μὲν οἱ ἰδιῶται 10
οὐ δεδοίκαμεν, ὑμεῖς δὲ οἱ φιλόσοφοι δειλιᾶτε· Οὐ γὰρ περὶ
ὁμοίας, ἔφη, ψυχῆς ἀγωνιῶμεν ἕκαστοι. συνίσταντός τινος αὐτῷ
υἱὸν. ᾔτησε πεντακοσίας δραχμάς· τοῦ δ' εἰπόντος, Τοσούτου δύ-
ναμαι ἀνδράποδον ὠνήσασθαι· Πρίω, ἔφη, καὶ ἕξεις δύο. δεόμενός
ποτε περὶ φίλου Διονυσίου καὶ μὴ ἐπιτυγχάνων εἰς πόδας αὐτοῦ 15
ἔπεσε· πρὸς οὖν τὸν ἐπισκώψαντα, Οὐκ ἐγὼ, φησὶν, αἴτιος, ἀλλὰ
Διονύσιος ὁ ἐν τοῖς ποσὶ τὰς ἀκοὰς ἔχων. ἐρωτηθεὶς τίνα ἐστὶν
ἃ δεῖ τοὺς καλοὺς παῖδας μανθάνειν; ἔφη, Οἷς ἄνδρες γενόμενοι
χρήσονται.   [II. 68-80.]

XLIV.

Longinus, A. D. 255.

Demosthenes and Cicero.

i. Ὁ Κικέρων τοῦ Δημοσθένους ἐν τοῖς μεγέθεσι παραλλάττει.
ὁ μὲν γὰρ ἐν ὕψει τὸ πλέον ἀποτόμῳ, ὁ δὲ Κικέρων ἐν χύσει.
καὶ ὁ μὲν ἡμέτερος διὰ τὸ μετὰ βίας ἕκαστα, ἔτι δὲ τάχους, ῥώμης,
δεινότητος, οἷον καίειν τε ἅμα καὶ διαρπάζειν, σκηπτῷ τινι παρει-
κάζοιτ' ἂν ἢ κεραυνῷ· ὁ δὲ Κικέρων ὡς ἀμφιλαφής τις ἐμπρησμὸς, 5

οἶμαι, πάντῃ νέμεται καὶ ἀνειλεῖται, πολὺ ἔχων καὶ ἐπίμονον ἀεὶ τὸ
καῖον, καὶ διακληρονομούμενον ἄλλοτ' ἀλλοίως ἐν αὐτῷ καὶ κατὰ
διαδοχὰς ἀνατρεφόμενον.   [De Subl. 12.]

The Decline of Eloquence.

ii. Ἐκεῖνο μέντοι λοιπὸν ἕνεκα τῆς σῆς χρηστομαθείας οὐκ
ὀκνήσομεν ἐπιπροσθεῖναι καὶ διασαφῆσαι, Τερεντιανὲ φίλτατε, ὅπερ
ἐζήτησέ τις τῶν φιλοσόφων προσέναγχος, Θαυμά μ' ἔχει, λέγων,
ὡς ἀμέλει καὶ ἑτέρους πολλοὺς, πῶς ποτε κατὰ τὸν ἡμέτερον αἰῶνα
5 πιθαναὶ μὲν ἐπ' ἄκρον καὶ πολιτικαὶ δριμεῖαί τε καὶ ἐντρεχεῖς καὶ
μάλιστα πρὸς ἡδονὰς λόγων εὔφοροι, ὑψηλαὶ δὲ λίαν καὶ ὑπερμε-
γέθεις, πλὴν εἰ μή τι σπάνιον, οὐκέτι γίνονται φύσεις. τοσαύτη
λόγων κοσμική τις ἐπέχει τὸν βίον ἀφορία. ἢ, νὴ Δί', ἔφη,
πιστευτέον ἐκείνῳ τῷ θρυλλουμένῳ, ὡς ἡ δημοκρατία τῶν μεγάλων
10 ἀγαθὴ τιθηνὸς, ᾖ μόνῃ σχεδὸν καὶ συνήκμασαν οἱ περὶ λόγους δεινοὶ
καὶ συναπέθανον; θρέψαι τε γὰρ, φησὶν, ἱκανὴ τὰ φρονήματα τῶν
μεγαλοφρόνων ἡ ἐλευθερία καὶ ἐπελπίσαι, καὶ ἅμα διωθεῖν τὸ πρό-
θυμον τῆς πρὸς ἀλλήλους ἔριδος καὶ τῆς περὶ τὰ πρωτεῖα φιλο-
τιμίας. ἔτι γε μὴν διὰ τὰ προκείμενα ἐν ταῖς πολιτείαις ἔπαθλα
15 ἑκάστοτε τὰ ψυχικὰ προτερήματα τῶν ῥητόρων μελετώμενα ἀκονᾶ-
ται καὶ οἷον ἐκτρίβεται καὶ ταῖς πράγμασι κατὰ τὸ εἰκὸς ἐλεύθερα
συνεκλάμπει. οἱ δὲ νῦν ἐοίκαμεν, ἔφη, παιδομαθεῖς εἶναι δουλείας
δικαίας, τοῖς αὐτῆς ἔθεσι καὶ ἐπιτηδεύμασιν ἐξ ἁπαλῶν ἔτι φρονη-
μάτων μονονοὺκ ἐνεσπαργανωμένοι, καὶ ἄγευστοι καλλίστου καὶ
20 γονιμωτάτου λόγων νάματος, τὴν ἐλευθερίαν, ἔφη, λέγω· διόπερ
οὐδὲν ὅτι μὴ κόλακες ἐκβαίνομεν μεγαλοφυεῖς. διὰ τοῦτο τὰς μὲν
ἄλλας ἕξεις καὶ εἰς οἰκέτας πίπτειν ἔφασκεν, δοῦλον δὲ μηδένα
γίνεσθαι ῥήτορα· εὐθὺς γὰρ ἀναζεῖ τὸ ἀπαρρησίαστον καὶ οἷον
ἔμφρουρον ὑπὸ συνηθείας ἀεὶ κεκονδυλισμένον·

Ἥμισυ γὰρ τ' ἀρετῆς, 25

κατὰ τὸν Ὅμηρον,

ἀποαίνυται δουλίον ἦμαρ.

ὥσπερ οὖν, εἴ γε, φησὶ, τοῦτο πιστὸν ἀκούω, τὰ γλωττόκομα,
ἐν οἷς οἱ Πυγμαῖοι καλούμενοι τρέφονται, οὐ μόνον κωλύει τῶν ἐγ-
κεκλεισμένων τας αὐξήσεις, ἀλλὰ καὶ συναιρεῖ διὰ τὸν περικείμενον 30
τοῖς σώμασι δεσμὸν, οὕτως ἅπασαν δουλείαν, κἂν ᾖ δικαιοτάτη,
ψυχῆς γλωττόκομον καὶ κοινὸν δή τις ἀποφήναιτο δεσμωτήριον.
ἐγὼ μέντοι γε ὑπολαμβάνων· Ῥᾴδιον, ἔφην, ὦ βέλτιστε, καὶ ἴδιον
ἀνθρώπου τὸ καταμέμφεσθαι τὰ ἀεὶ παρόντα· ὅρα δὲ μή ποτ' ἄρα
καὶ ἡ τῆς οἰκουμένης εἰρήνη διαφθείρει τὰς μεγάλας φύσεις, πολὺ 35
δὲ μᾶλλον ὁ κατέχων ἡμῶν τὰς ἐπιθυμίας ἀπεριόριστος οὑτοσὶ
πόλεμος. καὶ νὴ Δία πρὸς τούτοις τὰ φρουροῦντα τὸν νῦν βίον, καὶ
κατ' ἄκρας ἄγοντα καὶ φέροντα ταυτὶ πάθη. ἡ γὰρ φιλοχρηματία,
πρὸς ἣν ἅπαντες ἀπλήστως ἤδη νοσοῦμεν, καὶ ἡ φιληδονία δουλα-
γωγοῦσι, μᾶλλον δέ, ὡς ἂν εἴποι τις, καταβυθίζουσιν αὐτάνδρους 40
ἤδη τοὺς βίους, φιλαργυρία μὲν νόσημα μικροποιὸν, φιληδονία δ'
ἀγεννέστατον. οὐ δὴ ἔχω λογιζόμενος εὑρεῖν, ὡς οἷόν τε πλοῦτον
ἀόριστον ἐκτιμήσαντας, τὸ δ' ἀληθέστερον εἰπεῖν, ἐκθειάσαντας, τὰ
συμφυῆ τούτῳ κακὰ εἰς τὰς ψυχὰς ἡμῶν ἐπεισιόντα μὴ παραδέ-
χεσθαι. ἀκολουθεῖ γὰρ τῷ ἀμέτρῳ πλούτῳ καὶ ἀκολάστῳ συνημ- 45
μένη καὶ ἴσα, φασὶ, βαίνουσα πολιτέλεια, καὶ ἅμα, ἀνοίγοντος
ἐκείνου τῶν πόλεων καὶ οἴκων τὰς εἰσόδους, εἰς ἃς ἐμβαίνει καὶ
συνοικίζεται. χρονίσαντα δὲ ταῦτα ἐν τοῖς βίοις νεοττοποιεῖται,
κατὰ τοὺς σοφούς, καὶ ταχέως γενόμενα περὶ τεκνοποιίαν ἀλαζό-
νείαν τε γεννῶσι καὶ τύφον καὶ τρυφὴν, οὐ νόθα ἑαυτῶν γεννή- 50
ματα ἀλλὰ καὶ πάνυ γνήσια. ἐὰν δὲ καὶ τούτους τις τοῦ πλούτου
τοὺς ἐκγόνους εἰς ἡλικίαν ἐλθεῖν ἐάσῃ, ταχέως δεσπότας ταῖς ψυ-

χαῖς ἐντίκτουσιν ἀπαραιτήτους ὕβριν καὶ παρανομίαν καὶ ἀναισχυν-
τίαν. ταῦτα γὰρ οὕτως ἀνάγκη γίνεσθαι, καὶ μηκέτι τοὺς ἀνθρώπους
55 ἀναβλέπειν, μηδὲ πέρα φήμης εἶναί τινα λόγον, ἀλλὰ τοιούτων ἐν
κύκλῳ τελεσιουργεῖσθαι κατ' ὀλίγον τῶν βίων τὴν διαφθορὰν,
φθίνειν δὲ καὶ καταμαραίνεσθαι τὰ ψυχικὰ μεγέθη, καὶ ἄζηλα
γίνεσθαι, ἡνίκα τὰ θνητὰ ἑαυτῶν μέρη κἀνόνητα ἐκθαυμάζοιεν, παρ-
έντες αὔξειν τἀθάνατα.   [Ib. 44.]

XLV.

Porphyry, A. D. 270.

The Discovery of Roast Meat.

Λέγει δὲ ὁ Ἀσκληπιάδης ἐν τῷ περὶ Κύπρου καὶ Φοινίκης ταῦτα.
τὸ μὲν γὰρ πρῶτον οὐκ ἐθύετο τοῖς θεοῖς οὐδὲν ἔμψυχον, ἀλλ' οὐδὲ
νόμος ἦν περὶ τούτου διὰ τὸ νόμῳ φυσικῷ κεκωλῦσθαι· ὑπὸ δέ
τινας καιροὺς πρῶτον ἱερεῖον θῦσαι μυθεύονται, ψυχὴν ἀντὶ ψυχῆς
5 αἰτουμένους. εἶτα τούτου γενομένου ὁλοκαυτίζειν τὸ τυθέν. ὕστερον
δὲ ποτε φλεγομένου τοῦ ἱερείου πεσεῖν σάρκα εἰς γῆν, ἣν ἀνελόντα
τὸν ἱερέα καὶ κατακαιόμενον ἀβουλήτως προσαγαγεῖν τῷ στόματι
τοὺς δακτύλους, ἀκούμενον τὴν κατάκαυσιν. γευσάμενον δὲ τῆς
κνίσσης ἐπιθυμῆσαι καὶ μὴ ἀποσχέσθαι, ἀλλὰ καὶ τῇ γυναικὶ μετα-
10 δοῦναι. γνόντα δὲ τοῦτο τὸν Πυγμαλίωνα αὐτόν τε καὶ τὴν γυναῖκα
κατὰ κρημνῶν ἀφεῖναι, ἑτέρῳ δὲ τὴν ἱερωσύνην παραδοῦναι, ὃς οὐ
πολλοῦ χρόνου διαλιπόντος τὴν μὲν αὐτὴν θυσίαν ἔτυχε ποιούμενος,
ὅτι δὲ τῶν αὐτῶν κρεῶν ἔφαγε ταῖς αὐταῖς ἐκείνῳ συμφοραῖς περι-
έπιπτεν. ἐπὶ πλέον δὲ τοῦ πράγματος προβαίνοντος καὶ τῶν ἀν-
15 θρώπων τῇ θυσίᾳ χρωμένων καὶ διὰ τὴν ἐπιθυμίαν οὐκ ἀπεχομένων,
ἀλλὰ τῆς σαρκὸς ἁπτομένων, οὕτω δὴ ἀποστῆναι τοῦ κολάζειν.

                                                  [De Abst. IV. 15.]

XLVI.

Julian the Emperor, A. D. 350.

To the People of Antioch.

Ἡμῖν μὲν οὖν ἐδόκει ταῦτα καλὰ, πραότερα ἄρχειν τῶν πολιτῶν
μετὰ σωφροσύνης, ᾠόμεθά τε ὑμῖν ἱκανῶς διὰ τούτων καλοὶ φανεῖ-
σθαι τῶν ἐπιτηδευμάτων· ἐπεὶ δὲ ὑμᾶς ἥ τε βαθύτης ἀπαρέσκει
τοῦ γενείου καὶ τὸ ἀτημέλητον τῶν τριχῶν καὶ τὸ μὴ παραβάλλειν
τοῖς θεάτροις καὶ τὸ ἀξιοῦν ἐν τοῖς ἱεροῖς εἶναι σεμνοὺς καὶ πρὸ 5
τούτων ἁπάντων ἡ περὶ τὰς κρίσεις ἡμῶν ἀσχολία καὶ τὸ τῆς
ἀγορᾶς εἴργειν τὴν πλεονεξίαν, ἑκόντες ὑμῖν ἐξιστάμεθα τῆς πόλεως.
οὐ γὰρ, οἶμαι, ῥᾴδιον ἐν γήρᾳ μεταθεμένῳ διαφυγεῖν τὸν λεγόμενον
ὑπὲρ τοῦ ἰκτίνος μῦθον· λέγεται γάρ τοι καὶ τὸν ἰκτῖνα φωνὴν
ἔχοντα παραπλησίαν τοῖς ἄλλοις ὄρνισιν ἐπιθέσθαι τῷ χρεμετίζειν 10
ὥσπερ οἱ γενναῖοι τῶν ἵππων, εἶτα τοῦ μὲν ἐπιλαθόμενον τὸ δὲ μὴ
δυνηθέντα ἑλεῖν ἱκανῶς, ἀμφοῖν στέρεσθαι, καὶ φαυλότερον εἶναι
τῶν ἄλλων ὀρνίθων τὴν φωνήν· ὃ δὴ καὶ αὐτὸς εὐλαβοῦμαι παθεῖν
ἀγροικίας τε ἅμα καὶ δεξιότητος ἁμαρτεῖν.

[Misopogon.]

XLVII.

Libanius, A. D. 350.

Ὁ ἀλεκτρυὼν ὄρνις ἐστὶν ἐξ ἀνθρώπου τὸ πρίν· ὅτε δὲ ἦν
ἄνθρωπος, Ἄρεως ἦν δορυφόρος. τούτῳ παρέδωκε τὰς θύρας τοῦ
θαλάμου Ἄρης, ὅτε ἠδίκησεν εἰς τὴν εὐνὴν τὸν Ἡφαίστου, ἐφ’ ᾧ
πρὸ τοῦ περιόρθρου τὰς θύρας ἀράττειν, ὡς μὴ ἁλῷη. κεκοίμηνται

5 οὖν ἀμφότεροι, καὶ ὁ θεράπων καὶ ὁ δεσπότης, καὶ τὸ ἔργον ἐγνώσθη
τῆς ἡμέρας φανείσης. γίνεται οὖν ὄρνις ὁ στρατιώτης, ταύτην
ὑποσχὼν τὴν δίκην· καὶ πολλὰ δηλοῖ τὸν πάλαι στρατιώτην, ὁ
λόφος, ὁ θυμὸς, τὰ κέντρα. καὶ μεμνημένος γε ἐφ᾽ ᾧ τοῦτο ἔπαθε,
πρὶν Ἥλιον ζεύξασθαι τὸ ἅρμα, τῶν ἀνθρώπων ἐλαύνει τὸν ὕπνον
10 διὰ τῆς ᾠδῆς.

XLVIII.

Heliodorus, A. D. 390.

A Procession.

Ἦμος δ᾽ ἠριγένεια φάνη ῥοδοδάκτυλος ἠώς

(Ὅμηρος ἂν εἶπεν)· ἐπεὶ δὲ τοῦ νεὼ τῆς Ἀρτέμιδος ἐξήλασεν ἡ
καλὴ καὶ σοφὴ Χαρίκλεια, τότε, ὅτι καὶ Θεαγένην ἡττηθῆναί ποτε
δυνατὸν, ἔγνωμεν· ἀλλ᾽ ἡττηθῆναι τοσοῦτον, ὅσον ἀκραιφνὲς γυναι-
5 κεῖον κάλλος τοῦ πρώτου παρ᾽ ἀνδράσιν ἐπαγωγότερον· ἤγετο μὲν
γὰρ ἐφ᾽ ἁρμαμάξης ἀπὸ συνωρίδος λευκῆς βοῶν ὀχουμένη· χιτῶνα
δὲ ἁλουργῆ ποδήρη χρυσαῖς ἀκτίσι κατάπαστον ἠμφίεστο· ζώνην
δὲ ἐπεβέβλητο τοῖς στέρνοις, ἣν ὁ τεχνησάμενος, εἰς ἐκείνην τὸ
πᾶν τῆς ἑαυτοῦ τέχνης κατέκλεισεν, οὔτε πρότερόν τι τοιοῦτον
10 χαλκευσάμενος, οὔτε αὖθις δυνησόμενος. δυοῖν γὰρ δρακόντοιν τὰ
μὲν οὐραῖα κατὰ τῶν μεταφρένων ἐδέσμευε, τοὺς δὲ αὐχένας ὑπὸ
τοὺς μαζοὺς παραμείψας, καὶ εἰς βρόχον σκολιὸν διαπλέξας, καὶ
τὰς κεφαλὰς διολισθῆσαι τοῦ βρόχου συγχωρήσας, ὡς περίττωμα
τοῦ δεσμοῦ κατὰ πλευρὰν ἑκατέραν ἀπῃώρησεν. εἶπες ἂν τοὺς
15 ὄφεις οὐ δοκεῖν ἕρπειν, ἀλλ᾽ ἕρπειν, οὐχ ὑπὸ βλοσυρῷ καὶ ἀπηνεῖ
τῷ βλέμματι φοβερούς, ἀλλ᾽ ὑγρῷ κώματι διαρρεομένους, ὥσπερ

ἀπὸ τοῦ κατὰ τὰ στέρνα τῆς κόρης ἱμέρου κατευναζομένους. οἱ δὲ
ἦσαν τὴν μὲν ὕλην χρυσοῖ, τὴν δὲ χροιὰν κυάνεοι· ὁ γὰρ χρυσὸς
ὑπὸ τῆς τέχνης ἐμελαίνετο, ἵνα τὸ τραχὺ καὶ μεταβάλλον τῆς φολί-
δος, τῷ ξανθῷ τὸ μέλαν συγκραθὲν ἐπιδείξηται. τοιαύτη μὲν ἡ 20
ζώνη τῆς κόρης. ἡ κόμη δέ, οὔτε πάντῃ διάπλοκος, οἴτε ἀσύνδετος·
ἀλλ᾽ ἡ μὲν πολλὴ καὶ ὑπαυχένιος, ὤμοις τε καὶ νώτοις ἐπεκύμαινε,
τὴν δὲ ἀπὸ κορυφῆς καὶ τοῦ μετώπου δάφνης ἁπαλοὶ κλῶνες ἔστε-
φον, ῥοδοειδῆ τε καὶ ἡλιῶσαν διαδέοντες, καὶ σοβεῖν ταῖς αὔραις
ἔξω τοῦ πρέποντος οὐκ ἐφιέντες. ἔφερε δὲ τῇ λαιᾷ μὲν τόξον ἐπί- 25
χρυσον, ὑπὲρ ὦμον τὸν δεξιὸν τῆς φαρέτρας ἀπηρτημένης, θατέρᾳ
δὲ λαμπάδιον ἡμμένον· καὶ οὕτως ἔχουσα, πλέον ἀπὸ τῶν ὀφθαλ-
μῶν σέλας ἢ τῶν δᾴδων ἀπηύγαζεν.

[Aethiop. III. 4.]

XLIX.

Achilles Tatius, A. D. 450. (?)

The Rose.

Ἡ δὲ πρῶτον μὲν ᾖσεν Ὁμήρου τὴν πρὸς τὸν λέοντα τοῦ
συὸς μάχην· ἔπειτά τι καὶ τῆς ἁπαλῆς μούσης ἐλίγαινεν· ῥόδον
γὰρ ἐπῄνει τὸ ᾆσμα. εἴ τις τὰς καμπὰς τῆς ᾠδῆς περιελὼν ψιλὸν
ἔλεγεν ἁρμονίας τὸν λόγον, οὕτως ἂν εἶχεν ὁ λόγος· εἰ τοῖς ἄν-
θεσιν ἤθελεν ὁ Ζεὺς ἐπιθεῖναι βασιλέα, τὸ ῥόδον ἂν τῶν ἀνθέων 5
ἐβασίλευσεν. γῆς ἐστι κόσμος, φυτῶν ἀγλάϊσμα, ὀφθαλμὸς ἀνθέων,
λειμῶνος ἐρύθημα, κάλλος ἄστραπτον· ἔρωτος πνέει, Ἀφροδίτην
προξενεῖ, εὐώδεσι φύλλοις κομᾷ, εὐκινήτοις πετάλοις τρυφᾷ, τὸ
πέταλον τῷ Ζεφύρῳ γελᾷ.

[Cleitophon and Leucippe II. 1.]

L.

Agathias, A. D. 570.

The Seven Wise Men.

Οὐ πολλῷ γὰρ ἔμπροσθεν Δαμάσκιος ὁ Σύρος καὶ Σιμπλίκιος ὁ
Κίλιξ, Εὐλάλιός ·τε ὁ Φρὺξ καὶ Πρισκιανὸς ὁ Λυδὸς, Ἑρμείας τε
καὶ Διογένης οἱ ἐκ Φοινίκης καὶ Ἰσίδωρος ὁ Γαζαῖος, οὗτοι δὴ οὖν
ἅπαντες τὸ ἄκρον ἄωτον κατὰ τὴν ποίησιν τῶν ἐν τῷ καθ' ἡμᾶς
5 χρόνῳ φιλοσοφησάντων, ἐπειδὴ αὐτοὺς ἡ παρὰ Ῥωμαίοις κρα-
τοῦσα ἐπὶ τῷ κρείττονι δόξα οὐκ ἤρεσκεν, ᾤοντό τε τὴν Περσικὴν
πολιτείαν πολλῷ εἶναι ἀμείνονα, τούτοις δὴ τοῖς ὑπὸ τῶν πολλῶν
περιᾳδομένοις ἀναπεπεισμένοι, ὡς εἴη παρ' ἐκείνοις δικαιότατον μὲν
τὸ ἄρχον καὶ ὁποῖον εἶναι ὁ Πλάτωνος βούλεται λόγος φιλοσοφίας
10 τε καὶ βασιλείας ἐς ταὐτὸ ξυνελθούσης, σῶφρον δὲ ἐς τὰ μάλιστα
καὶ κόσμιον τὸ κατήκοον· καὶ οὔτε φῶρες χρημάτων οὔτε ἅρπαγες
ἀναφύονται, ἀτὰρ οὐδέ τινα ἄλλην μετιόντες ἀδικίαν, ἀλλ' εἰ καί τι
τῶν τιμίων κτημάτων ἐν ὁτῳδηοῦν χώρῳ ἐρημοτάτῳ καταλειφθείη,
ἀφαιρεῖται οὐδεὶς ὅστις τῶν ἐντυγχανόντων, μένει δὲ οὕτω, εἰ καὶ
15 ἀφύλακτον ᾖ, σωζόμενον τῷ λελοιπότι ἔστ' ἂν ἐπανήκοι. τούτοις
δὴ οὖν ὡς ἀληθέσιν ἀρθέντες καὶ πρός γε ἀπειρημένον αὐτοῖς ἐκ
τῶν νόμων ἀδεῶς ἐνταῦθα ἐμπολιτεύεσθαι ὡς τῷ καθεστῶτι οὐχ
ἑπομένοις, οἱ δὲ αὐτίκα ἀπιόντες ᾤχοντο ἐς ἀλλοδαπὰ καὶ ἄμικτα
ἤθη, ὡς ἐκεῖσε τὸ λοιπὸν βιωσόμενοι. πρῶτον μὲν οὖν τοὺς ἐν
20 τέλει ἀλαζόνας μάλα εὑρόντες καὶ πέρα τοῦ δέοντος ἐξωγκωμένους
ἐβδελύττοντό γε αὐτοὺς καὶ ἐκάκιζον· ἔπειτα δὲ ἑώρων ὡς τοιχω-
ρύχοι τε πολλοὶ καὶ λωποδύται οἱ μὲν ἡλίσκοντο οἱ δὲ καὶ διελάν-
θανον, ἅπαν δὲ εἶδος ἀδικίας ἡμαρτάνετο. καὶ γὰρ οἱ δυνατοὶ τοὺς

ἐλάττονας λυμαίνονται ὠμότητί τε πολλῇ χρῶνται κατ᾽ ἀλλήλων καὶ
ἀπανθρωπίᾳ, καὶ τὸ δὴ πάντων παραλογώτερον, ἐξὸν γὰρ ἑκάστῳ 25
μυρίας ὅσας ἄγεσθαι γαμετὰς, καὶ τοίνυν ἀγομένοις, ἀλλὰ μοιχεῖαί
γε ὅμως τολμῶνται. τούτων δὴ οὖν ἁπάντων ἕκατι οἱ φιλόσοφοι
ἐδυσφόρουν καὶ σφᾶς αὐτοὺς ᾐτιῶντο τῆς μεταστάσεως. ἐπεὶ δὲ
καὶ τῷ βασιλεῖ διαλεχθέντες ἐψεύσθησαν τῆς ἐλπίδος ἄνδρα εὑρόν-
τες φιλοσοφεῖν μὲν φρυαττόμενον, οἰδὲν δὲ ὅ τι καὶ ἐπαΐοντα τῶν 30
αἰπυτέρων, ὅτι δὲ αὐτοῖς οὐδὲ τῆς δόξης ἐκοινώνει, ἕτερα δὲ ἄττα
ἐνόμιζεν ὁποῖα ἤδη μοι εἴρηται, τήν τε τῶν μίξεων κακοδαιμονίαν
οὐκ ἐνεγκόντες ὡς τάχιστα ἐπανήεσαν. καίτοι ἔστεργέ τε αὐτοὺς
ἐκεῖνος καὶ μένειν ἠξίου, οἱ δὲ ἄμεινον εἶναί σφισιν ἡγοῦντο ἐπι-
βάντες μόνον τῶν Ῥωμαϊκῶν ὁρίων αὐτίκα, οὕτω παρασχὸν, καὶ 35
τεθνάναι ἢ μένοντες παρὰ Πέρσαις τῶν μεγίστων γερῶν μετα-
λαγχάνειν. οὕτω τε ἅπαντες οἴκαδε ἀπενύστησαν χαίρειν εἰπόντες
τῇ τοῦ βαρβάρου φιλοξενίᾳ.

[Histor. II. 30, 1.]

INTRODUCTION.

THE invention of writing by the Greeks, or rather perhaps the introduction among them of convenient materials for writing, is placed by tradition about the end of the seventh century B.C.: and the first composition of a book in prose is variously attributed to the Ionian philosopher Pherecydes of Syros, whose invention of parchment was commemorated by the saying Φερεκύδου διφθέρα, to Cadmus of Miletus, who is said to have written an account of the founding of his city, and to Acusilaus of Argos, who wrote genealogies of gods and heroes. The scanty remains of these archaic writers bear evidence of a great antiquity in their style, and resemble fragments from Hesiod with the metre only half removed. In construction they present only brief propositions without dependent clauses, and without any other mechanism of connection or transition than καί, μέν, and δέ. With few exceptions, the writers of this period were Ionians. The Aeolic tribes seem never to have turned to prose; and though there is some evidence that Sparta was for a portion of this period a kind of metropolis or theatre of literary men, no early Dorian writer of prose is mentioned but Acusilaus, and he used the dialect of the Ionians.

Ionic Prose, 500-440 B.C.

The first to shew in prose the effects of the impulse which in the seventh century had moved the whole Greek race were Heracleitus of Ephesus and Hecataeus of Miletus.

Heracleitus, 'the dark,' is the earliest distinct figure in this branch of literature, and he is not more remarkable for the originality and fertility of his speculations than for the new capacities which he gave to words. Language—before unformed to anything but epic narrative and lyrical passion, and by him overcharged with ideas both new in his time and such as hardly the most perfect vehicle of

P

expression could convey—necessarily became highly figurative and mystical, and, as a consequence, obscure. Yet the obscurity results not from indistinctness but from fulness of thought; and the effort of expression produced the first elements of philosophical language, and some advance in construction, chiefly in the mechanism of comparison and opposition, but also in the expression of causes and of conditions. Heracleitus was followed by other writers on Nature, of whom scarcely anything remains.

Hecataeus, his contemporary, in the ἱστορίαι or local genealogies, and in the περίοδος γῆς or περιήγησις, became the father of history and geography. Censured by Heracleitus, as having had more information than wisdom, he nevertheless set an example of writing about times and events present as well as past; and to his example we probably owe Herodotus. His dialect was regarded as the purest standard of Ionic. After Hecataeus followed a school of local annalists, coincident in date with the Persian wars, of whom Xanthus the Lydian and Charon of Lampsacus were the earliest and greatest. Nothing can be more perfect in its kind than one of the two fragments attributed to Charon, although his means of transition are but slightly extended beyond καί and δέ to ὡς and οὖν. Pherecydes of Leros, called the Athenian, similar in kind, wrote a genealogical history of Attica. Hellanicus of Mytilene is said to have criticised his predecessors, and to have framed a system of chronology. With him ends native Ionian prose, rude in style, and in matter probably not much in advance of Homeric geography and Hesiodic theogony. From this point other elements come in, and, in Herodotus, raise the prose of Greece to an equal height with its poetry.

The Persian war made Athens the capital of Hellas. Even before that war there had been many steps taken in Athens towards artistic and literary pre-eminence. Patronage of art was a redeeming characteristic seldom wanting to even the worst tyrants of Greece, and tradition assigned to the Peisistratidae some cultivation of architecture and letters. Solon may have regarded the drama of Thespis with suspicion, but at least contributed to the important advance made by the gnomic poets towards the adaptation of language to common subjects. After the war came the great dramatists, who not only made it possible to write pure and melodious prose, but added to the narrative and pathetic power of Homeric diction a new power of expressing reflections however profound and complicated, and of distinguishing and discussing the motives of action. At the same time oratory was growing in the assembly and law-courts, where the affairs of the whole Athenian dominion depended on the skill with which each interest was stated by its representative to the sovereign people. To the new school thus formed distinguished strangers, such as Parmenides, Diogenes of Crete, Archelaus of Miletus, and Anaxagoras, resorted from all parts of Greece; and there is some reason to think that amongst them came the most distinguished in literature of all, Herodotus, who, by birth a Dorian, and a subject of the heroic Artemisia, had been driven from Halicarnassus by the tyrant Lygdamis, and, taking refuge in Samos, had adopted the language and spirit of the Ionians. He found the first steps in history, geography, and chronology, made by his Ionian predecessors; at Athens he found language brought to a height of which they had been ignorant; and above all he found for the first time in the Persian war a subject rivalling in importance the Trojan war, and supplying the requisite unity for a great work. Nor was his debt to the tragedians limited to language or to the suggestion of isolated passages. It appears more plainly in the ideas, such as the fear of excess and insolence, and the divine jealousy that waits on too great prosperity, which are the morals of his episodes; in the dramatic conduct of the plot, from its distant causes in ancient violence, through a gradually growing action and marshalling of powers on either side, to the crisis of almost hopeless dread, and the solution which leaves Greece free. His own especial characteristics are the spirit of wonder and inquiry, the religious feeling, strong, yet inclining to scepticism regarding whatever seemed unworthy of the gods, the careful collection and unexaggerated statement of facts, the mixed plainness and reserve, the touch of Orientalism, and above all the breath of freedom and love of the sea, by which, more than any other writer, he seems to convey the whole spirit of early Greece. His style is perhaps more artificial than it seems, and even the Ionism of his dialect, the purity of which was not uncontested by the ancients, may have been not so much natural as a mannerism chosen because it was adapted to produce an effect of simplicity. There is a tradition that he wrote for recitation; and certainly some of the episodes have an appearance of being stories to be told separately, as if complete in themselves.

Democritus, though chronologically belonging to the Attic, in style and dialect belongs rather to the Ionic age. The loss of his ethical writings is perhaps more to be regretted than that of any other prose works except those of Aristotle. The remaining fragments are equally remarkable for their substance and for their expression. Resembling the phrases of Heracleitus by their pregnant brevity, in grace and clearness they anticipate Plato.

Attic Age, 440-330 B.C.

Athens was preceded by Ionia in prose as by Ionia and Lesbos in verse, and by Argos and Sicyon in sculpture: but while Ionia was sinking under eastern government and luxury, Athens rose with freedom. Free government and free speech, the liberal education of youth, and the public education of all Athenians by means of the theatres, the assembly, the law-courts, and of the perpetual presence of those works of art on which eight years' ordinary revenue is said to have been expended in twenty years by Pericles, were the nurses of Attic prose amongst a people whose character is best described in their own epithets—δραστήριοι, δεινοί, στωμύλοι, εὐφυεῖς, φιλόλογοι. Two principal elements of Attic style may be traced; one, which gave it elevation and force, from the oratory of the great Athenian statesmen; the other, which gave it subtlety and accuracy, but contained the seeds of its ultimate decay, from the sophists. The first began with Themistocles and was perfected by Pericles. Athens in a peculiar degree depended for its power, and if not for its existence, yet at least for most of what made the essential part of its existence, on a far-seeing, elevated, and comprehensive line of policy, whose history is the real history of mature Greece, and whose expression is the principal part of its literature. Themistocles was its originator; but for us it is identified with Pericles, and with his ideal of Athens as at once the sovereign and school of Greece, and of life simple and yet elevated by art and by the devotion of individual interests for the public good. By the consent of antiquity he was as remarkable in the expression of his views as in their conception. Tradition assigned to him a style wholly dependent for its power on thoughts, not on effects, giving elevation to the language of common life by earnestness, and the greatness of the occasions on which he spoke, without rhetorical artifice, and without any gesticulation or even play of countenance *. And though none of his speeches were recorded as they were spoken, he formed a school of oratory which ended only with Demosthenes †.

The other element was of foreign origin. Corax of Syracuse, 470 B.C., is said to have been the first teacher of rhetoric, and to have written the first treatise on the art. But Gorgias, who learnt from Tisias, the pupil of Corax, seems to have been the true father of that sophistical rhetoric, the art of persuading irrespectively of truth, of leading the mind to any conclusion at will ‡, of making the worse appear the better argument, by means of artful sentences, manipulation of topics, and artifices of language, which afterwards became so great a part of the intellectual business of the Greeks. To him are attributed the first devices of deceptive parallelisms and antitheses, and a style of diction poetical and exaggerated. Gorgias had many imitators, who spread over Greece and attracted crowds of hearers and disciples by the brilliancy and novelty of their rhetoric. Protagoras indeed had come to Athens about 444 B.C., and though welcomed by philosophers, had not been allowed to remain, but, if Diodorus is to be trusted, Gorgias was enthusiastically entertained. The cultivation of language by the sophists produced important results. They made the first steps in logic and in grammar, they attempted accurate distinctions between words of similar meanings, and they invented rules of rhythm and style, by which prose ultimately became almost as artificial and regular as poetry, and if it lost in simplicity, gained in clearness and grace. And as professors of culture and criticism they rendered the highest service by popularising the questions of philosophy and morality.

Of these two elements Antiphon was the first product at Athens. He seems to have been the first professional writer of defences.

* Among the crimes assigned to Cleon one is, that he first began gesticulation and violated the κύσμος of public speaking by running about and slapping himself:—as it were the κύρδας instead of the tragic step. Plut. Nic. 8, Tib. 9. 2.

† The praises of him by Eupolis and Aristophanes are well known. The simple λέγειν τε καὶ πράσσειν δυνατώτατος of Thucydides is even more expressive. Plato calls him τελεώτατος εἰς τὴν ῥητορικήν and ὑψηλόνους καὶ πάντη τελεσιουργός. A few short sayings of Pericles are preserved in Aristotle's Rhetoric.

‡ ψυχαγωγία. πειστική.

Fifteen of his speeches, all of one class, remain, composed in an antique and formal style, characterised chiefly by antitheses of words rather than of thoughts, by repetition of common-place topics of probability or conciliation, and by a monotony of continual parallelisms, but nervous and impressive, and with an air of logical cogency which is perhaps in part due to their very mannerism and exact formality.

But the chief representative of Periclean statesmanship and oratory, reinforced in expression by the new art of language, is Antiphon's younger contemporary, 'the historian,' Thucydides, the type of the austere or early Attic style. The characteristics of that style, as it is well described by Dionysius, are, in respect of the words, that they are separately important, firm, distinct, and individually expressive, resembling large and unhewn blocks of stone laid without joining or mortar; in respect of the clauses, that they are not interwoven or dependent one on the other for effect, but simple, noble, and free; in respect of construction, that it is sparing of conjunctions, and unperiodic; and generally, that the expression is severe, unadorned, rugged, archaic, and sublime. Antiphon is of the same kind; but the greater power and energy of Thucydides appears in this, that, without more machinery of construction, he is able to mass together more facts and thoughts in a sentence, and sometimes in two or three words not only to convey an idea for the expression of which others require a sentence, but to convey it with more vivid effect*. The strange words, the love of antithesis, and the abundance of merely verbal distinctions, are probably to be traced to the influence of Gorgias. Thucydides borrowed nothing from preceding historians. It is even possible that he was unacquainted with the work of Herodotus. Nor did he transmit his own love of truth, his scientific view of history and the causes of events, his high yet tolerant moral tone, or his dramatic power, to the historians who succeeded him, except in a small degree to Xenophon. No one professed to imitate his style except certain persons who, as

* τὸ ταχὺ τῆς σημασίας, e. g. ἡ ἀκινδύνως δουλεία and ἡ οὐ περιτείχισις. This effect is most commonly produced by the use of the neuter participle and of verbal nouns in such a manner as to preserve the active force of the verb, or by the use of an adverb implying an unexpressed verb. It is an important instrument of the dramatic element which is characteristic of Thucydides.

Dionysius says, when they found themselves called obscure said they were Thucydidean. His influence was chiefly over the orators, and, according to tradition and probability, especially over Demosthenes.

With Lysias a new style begins, less forcible but more clear than the old Attic; a style of which Dionysius says, that its words are not individualised but interwoven like light and dark in an etching, not expressive singly but in their combination, and running into one another both in rhythm and sense like ripples on a stream; that its clauses, and not, as in the antique style, the words, become the unit of thought, each clause being internally welded or woven into one as regards the words of which it is composed, but as regards other clauses a complete and separate whole, balancing and contrasted with other clauses; and that in construction it is always periodic, each of the clauses being subordinated to the main frame of the sentence, which opens itself to unfold them, and again closes itself to gather them up into one combined effect. Of the writers in this style Lysias is the least periodic in construction, and Xenophon is perhaps more remarkable for the purity of his diction than for force of expression or harmony in composition. Its great representative is Isocrates, in whom the art of construction certainly attained its highest formal perfection in Greece. He invented the artificial period, and applied it not only to the sentence but to the entire composition. Instead of mere succession and opposition of clauses, they are by him marshalled and subordinated into a sentence, and in like manner the sentences into paragraphs, and the paragraphs into an entire piece, in the semblance of a dome (περιφερὴς στέγη), in which the combination of the parts, each supporting and supported by the rest, produces a central equilibrium. Avoidance of hiatus, regular feet, and a continuous system of rhythm or rhetorical accent, enchain the ear in a musical progress, measured out through a series of equal or corresponding periods, imperfect till the close. The subjects chosen are of a kind most often panegyrical, and requiring no process of thinking and little narrative, and naturally adapted to such a style. Isocrates refused to compose professionally, and says that Pheidias might as well be called a doll-maker, or Zeuxis and Parrhasius sketchers, as his art be confounded with that of the mere advocate.

The next of the great writers, one with no rivals for the first place of all except Thucydides and Demosthenes, is Plato the philosopher, through whom alone Socrates, the greatest and most fertile mind of Greece, finds any place in literature. It is an especial characteristic of the Greeks that their style is in harmony with the character of the thoughts; and this is perhaps most evident in Plato, as might be expected from the great importance which he attached to language, and from his view of words as a reflection or even an embodiment of notions, and perhaps of truth itself. It was characteristic of his mode of thought to be seldom positive or didactic, to aim less at imparting knowledge than at the awakening of consciousness of ignorance, kindling a desire for the truth, and suggesting ways by which the truth may be approached. In many pieces the only semblance of a positive result is the conclusion that none of the common or proposed views are right, with an implied intimation that no particular view can be perfectly right, so that room is made for the universal as the only absolute truth. Even the hypotheses, such as those in the Timaeus, seem proposed less for any value in themselves than to stimulate and vivify the mind and suggest the kind of approach and tone by which a solution is to be sought. The manner of thought is reflected in the style, which, abandoning the definiteness in which the Greek delighted, uses every subtlety of logic and of poetical metaphor to suggest without committing itself to assertion, and to supply hints conveying more than is expressed and indicating the possibility of something beyond even what is indefinitely conveyed. The form of dialogue is fundamentally connected with this tentative and inquiring spirit, and is especially apt to express reason in process rather than in result; while by means of the characters in conversation it allows the ethical side of each great intellectual question to be shown in a strongly realized shape.

Plato neither followed * nor apparently created any literary school. No other writer is like him, and till a late age few tried to imitate him, and then chiefly his worst parts were selected for imitation. But if he were taken out of Greek its most ideal side would be felt to be gone, and the whole literature would seem more materialistic. He alone reveals one wide region of Greek capacity.

* He was, however, preceded in the use of dialogue by Zeno of Elea, Alexamennes, and perhaps generally by the Eleatics.

Although, like all the other great Greek writers, most laborious in composition (as Dionysius says of him that he spent forty years combing and curling—κτενίζων καὶ βοστρυχίζων—his dialogues) he found little favour in respect of purity or accuracy with the ancient technical rhetoricians. The judgment however of Dionysius may be appraised from his opinion that the discourses on love in the Symposium are unworthy of attention, and that the Menexenus is the best of the political pieces. Aristotle, on the other hand, does him justice in the well-known sentence, ' All the Socratic dialogues are distinguished by subtlety, grace, originality, and the spirit of inquiry.'

At once the last and the greatest of the great Athenian orators is Demosthenes, who so much overshadowed all others that in ancient critics ' the orator' means Demosthenes, just as ' the historian ' means Thucydides, and ' the poet' Homer. Most that is to be said of him belongs to the history of Athens rather than of literature, and little has been said of his literary character which is altogether satisfactory. The admirable excellence of his style requires some familiarity for any appreciation, and even after study the secret of its fire escapes analysis. Dionysius, to whom he is the greatest of all writers, is forced to describe him indirectly or by negatives: yet his account remains perhaps the best. He tells us the characteristics of the preceding styles, and says that Demosthenes combined all their excellences and avoided all their faults. Addressing mixed audiences (says Dionysius), the majority of whom came from the fields and the ships and the meaner handicrafts of the town, who required plain and common diction, and whose stomachs were turned by graces and splendours and novelties, while the few, versed in affairs, practised in speaking, and trained in all the course of a liberal education, demanded art and elegance, Demosthenes suited himself to both. He found the elevated and the plain styles of oratory perfected to his hand, yet adopted neither, but treating each as wanting in something, built from their materials one harmonious whole, magnificent as the one, simple as the other ; elevated, but not extravagant ; strange, not beyond sympathy ; panegyrical, without exaggeration ; austere, but not morose ; intense, yet free ; sweet, but not to excess ; ideal, but not as above humanity. Plato is wonderful, but his style by the side of the εὐγενὴς κατασκευή of Demosthenes is what the weapons of processions or the stage are to the arms of real war, what delicate limbs are to frames hardened with sun and toil, what a garden of roses and arbours for a summer's day is to a broad and fertile land of cattle and corn and wine. The contrast is exaggerated, but there is no parallel to the τόνος πολὺς καὶ ἰσχύς of the great patriot. And when, as Dionysius says, we who are so far removed in time and interest are stirred, mastered, and led away, how must not the Athenians have been moved when their own real and pressing interests were urged by himself with all the elevation of his political part, the weight of his character, and the adornment of that action, expressive of irony, grief, or indignation, of which he was the greatest master.

With Demosthenes the drama of Athenian policy ends and the great age of Greek literature. The immense field of Greek prose after this time divides itself into two great parts. The first, or Alexandrine period, begins with Aristotle, who, though thirteen years older than Demosthenes, belongs to, and almost creates, a different literary world. Of the whole vast body of prose writers of this period of about 300 years, perhaps the most prolific age of prose, there are scarcely ten of whom more than fragments remain. Cleitomachus is said to have written 400 works ; Chrysippus claims 705, and in one of them quoted the entire Medea ; and these are not very exceptional products of the leisure and patronage at the command of literary men in the age of the Ptolemies. But Peripatetics, Stoics, Sceptics, Academics, critics, men of science, and historians, are almost all so completely lost that we are ignorant, except as regards the scientific works, of how much we have lost. If Dionysius is to be trusted, the loss is not great as regards style, which, according to him, had fallen into such neglect, that of many authors, among whom he includes Polybius, it was difficult to get through a single page. Many of the remaining fragments are nevertheless admirable in style as well as in matter. Dionysius himself, who may be classed as one of the latest authors of this period, is of exceptional importance and interest as a critic, and is in general clear and unaffected in manner.

Of the next, or Roman period, when Greek was becoming daily more of a merely literary language on the one hand, and on the other, in places where it was still the tongue of real life, was growing continually more barbarous and being mixed with Latin and Oriental words, many of the greatest writers have come down to us in the most important of their works.   Plutarch by his lives. Lucian by his satirical pieces, Heliodorus by his construction of romance out of the old Milesian tales, and Epictetus and M. Aurelius by their moralities, have perhaps contributed more elements to modern literature than even the great Athenian writers.

Though Christianity broke with heathen culture in the fourth century, and the study of the ancient writers gradually ceased, Greek continued to be used for contemporary annals till late in the fifteenth century, when it again passed over from Constantinople to Italy, and, in becoming scholarship, began a new life which may yet be as important as the old.

Aristotle in the third book of his Art of Rhetoric gives the earliest and also the best account of Greek prose style that is to be found in any extant ancient writer.   Clearness, he says, is the principal virtue of expression, and after clearness, grace.   The first condition for both is that the Greek should be that of Athens and not that of Soli (Soloecistic), that is to say, that the conjunctions should be used correctly, that the expressions should be idiomatic, and the words not barbarous, that the propositions should not be ambiguous, that the distinctions made by Protagoras between masculine, feminine, and neuter, should be observed, and that there should be due concords in the use of the three numbers, plural, dual, and singular.   It is in the next place requisite, both for clearness and grace, that the words should be appropriate to the subject, neither too fine nor vulgar, and should be not new nor capriciously compounded, but such as, being in sufficiently common use, convey a ready and distinct impression.   It is further requisite for grace that the language should be in harmony with the feeling which the subject suggests, whether anger, horror, admiration, or compassion, and with the character of the personage, according as he is old or young, man or woman, Laconian or Thessalian. Epithets and metaphors must be appropriate and suggestive of beautiful . and not too common associations, for instance, rosy-fingered Dawn, and not purple-fingered, still less red-fingered.   They must also be used moderately, as flavouring, and not as meat.   In the order of words there must be rhythm, but not metre, and some rhythms are to be avoided. The heroic foot is too lofty for prose, the iambus too common, the trochee too roystering. The paean of Thrasymachus * is the best, and least suggestive of verse. The construction of the sentence may be either continuous or periodic. The former is that which flows on without any tendency to close except for lack of matter, and was used by Herodotus and all early writers, but by few now. The periodic structure is that in which from the very beginning of the sentence there is involved a necessary tendency to limitation and a close, and which within a moderate length gives an impression of a well-compounded whole, and not of an endless succession of parts. It must neither be too long, nor docked of its natural length; for in the one case it becomes fatiguing, and in the other the reader is brought up abruptly and feels a kind of disappointment. It is made more expressive and more pleasing by antithetical arrangement of its clauses, so that one may correspond with another in parallelism of thought or construction, of commencement and termination. It must be so arranged as to be easy to read and easy to recite, naturally dividing itself by its pauses and order according to the sense, and not, like the proem of Heracleitus, leaving the mind and voice in doubt whether the adverb belongs to this clause or to that. Lastly, the whole is to be vivified by the use of such metaphors as, representing the play of action and life and not mere images of objects at rest, will make the subject live before the eye, and make language what it ought to be, the true mimic of thoughts and things. But these arts must be differently used according as the composition is for private reading or for oral delivery. Both kinds must be learned; for ignorance of the one is ignorance of Greek, and ignorance of the other is to be compelled to sit in silence when there is need of speech †.

R. S. W.

---

* As – ◡ ◡ ◡ at the beginning of a sentence, or ◡ ◡ ◡ – at the end. Rhet. III. 8.

† The statements of Aristotle are collected from various parts of the third book of the Rhetoric. Those of Dionysius are to be found in the work "περὶ συνθέσεως ὀνομάτων," particularly cc. 21-24, and the Judgments on the orators and historians, and the treatise on the oratorical genius of Demosthenes.

NOTES.

THE IONIAN AGE.

I.

Spartan Rhetra.

THIS ῥήτρα or ordinance of Lycurgus is said to have been delivered to him as an oracle from Delphi (Plutarch, Lycurgus 6): it is expressed throughout in the infinitive (for the imperative) mood. Translate: 'Build a temple to Syllenian Zeus and Syllenian Athene: divide the people into tribes and clans: make a senate of thirty including the two kings: hold assemblies from month to month between (the brook) Babyca and (the bridge) Cnacion: so introduce measures, and put them to the vote.'

Συλλανίου, Συλλανίας] The meaning is unknown: Müller (Dorians) reads Ἑλλανίου, Ἑλλανίας.—Ἀθηνᾶς: we should expect Ἀθάνας; in this and others of the earlier extracts the dialect has become partially modernised in transmission by later authors. The text is printed as it is found, without any attempt at dialectical restoration.

φυλάς, ὠβάς]—cognate accusatives. ' *Oba* comprehends houses (γένη gentes), which were either really founded on descent from the same stock, or had united themselves in ancient times for civil and religious purposes, and afterwards continued to exist as political bodies under certain regulations.' (Müller.)

ἀρχαγέταις] ἀρχαγέται δὲ οἱ βασιλεῖς λέγονται, Plutarch, l. c.

ὥρας (genitive) ἐξ ὥρας] ' One month after another,' i. e. monthly.

ἀπελλάζειν] τὸ δὲ ἀπελλάζειν, ἐκκλησιάζειν, Plutarch, l. c. The place of meeting between Babyca and Cnacion was afterwards called Oenus : τὴν δὲ Βαβύκαν καὶ τὸν Κνακίωνα νῦν Οἰνοῦντα προσαγορεύουσιν· Ἀριστοτέλης δὲ τὸν μὲν Κνακίωνα ποταμὸν τὴν δὲ Βαβύκαν γέφυραν. Plutarch, l. c.

εἰσφέρειν] To introduce measures for discussion: ἀφίστασθαι, to put the question to the vote: cp. ἀφεστήρ, the officer who took the votes of the council of Cnidos. This introduction of measures for discussion and the voting upon them refer to the meetings of the senate of thirty. The next words are corrupt, but the general sense is, that the final decision is to rest

with the people.　Müller conjectures δάμῳ δὲ κυρίαν ἦμεν καὶ κράτος:
possibly the true reading may be δάμῳ παναγορίαν ἦμεν καὶ κράτος, 'let
the people have a full assembly and right of decision.'　Compare the para-
phrase of the ῥήτρα in the Eunomia of Tyrtaeus:

ἄρχειν μὲν βουλῆς θεοτιμήτους βασιλῆας

*　　*　　*　　*　　*　　*

πρεσβυγενεῖς δὲ γέροντας· ἔπειτα δὲ δημότας ἄνδρας
εὐθείαις ῥήτραις ἀνταπομειβομένους.
δήμου τε πλήθει νίκην καὶ κάρτος ἕπεσθαι.

II.

Pherecydes of Syros.

i. γῆ—γέρας] For examples of similar punning and attempts at derivation,
cp. Ζηνὸς οὔνομα infra Heracleitus 7; ἔφυ—φύτιον infra Hecataeus 2,
4; Οἰνεὺς—κληθεὶς ἀπὸ τῶν ἀμπέλων, ibid.

ii. 'Zeus makes a garment great and beautiful, and in it figures Earth and
Ocean and Ocean's house, [with a feathery oak moreover he figures his gar-
ment.']　The words καὶ—τὸ φάρος seem to belong to the fragment, but the
sense is uncertain.　'Επί is perhaps adverbial, as ἐπὶ δέ in Hdt. 7. 75 ἐπὶ δὲ
ζειρὰς περιβεβλημένοι ποικίλας.

V.

Hecataeus.

ii. ἐπὶ βασιλείᾳ] 'To gain a sovereignty:' libri, ἐπὶ βασιλέα.

VI.

Heracleitus.

i. The first sentence in this passage is cited as an instance of the obscurity
of Heracleitus (hence called ὁ σκοτεινός) by Aristotle, Rhet. 3. 5, who says it
is doubtful whether the stop ought to be put before or after αἰεί: ἄδηλον
γὰρ τὸ αἰεί πρὸς ὁποτέρῳ διαστίξαι. It seems best to take αἰεί with ἀξύνετοι
γίνονται.　Translate: 'Though the true way be this, men are ever dull
to perceive it both before they have heard of it, and when they hear of it for
the first time.　For whereas all things come into being after this law, men
are like unto novices when they assay such words and facts as I tell of,
analyzing the nature of this law and explaining its being; while the rest of
mankind (i. e. those who have never heard of this λόγος) are as unaware

of what they do awake. as they are forgetful of what they do in sleep.' With
ὁκόσα εὕδοντες repeat ποιέουσι from the preceding sentence.

ii. ' Hearing without understanding, they are like unto deaf men : the
proverb testifies against them that they are absent though present.' ἐοίκασι,
sc. οἱ ἄλλοι ἄνθρωποι, mentioned in the preceding passage. μαρτυρεῖ αὐτοῖς,
dativus commodi, 'bears witness to;' or, 'against them,' i. e. is true of them.
παρέοντας ἀπεῖναι] Cp. Ar. Eq. 1119

ὁ νοῦς δέ σου
παρὼν ἀποδημεῖ.

iv. An obscure oracle quoted by Heraclitus : 'Unless ye should hope for
the hopeless, ye shall not discover it. (namely, the mystery of the uni-
verse), being undiscoverable and obscure.'

vi. φωνῇ, etc.] ' Spans a thousand years with her voice by the help of the
god (Apollo).' ἐξικνεῖται, literally, ' reaches,' that is, her prophecies extend to
events a thousand years distant. ἐτῶν, the genitive of the object or aim ; cp.
Eur. El. 612

τί δῆτα δρῶντες τοῦδ' ἂν ἐξικοίμεθα;

vii. ' The one wise thing alone can and cannot be called by the name
of Ζεύς :' τὸ σοφόν is the λόγος or universal reason and process mentioned
above in i, and Ζηνὸς οὔνομα one of the titles by which Heraclitus describes
it. The Greeks derived the word Ζῆν from the verb ' to live,' ἀπὸ τοῦ ζῆν :
so far as the universal process of becoming was a change from death to
life, Ζηνὸς οὔνομα was applicable to it (ἐθέλει λέγεσθαι), so far as it was a
change from life to death, inapplicable (οὐκ ἐθέλει).

ix. ' We must insist on speaking according to the common reason of all as
strongly as a city insists on its law, and far more strongly: inasmuch as all
human laws are nurtured by one divine law (namely, this universal reason),
which rules as widely as it listeth, and suffices for all and has yet to spare.'

x. ἔτερα γὰρ ἐπιρρέει ὕδατα] And consequently the river, though appa-
rently the same, is really different, the actual water having changed.

xi. ' The sun shall not overstep his bounds, else the Erinyes, helpers of
Justice, will find him out.'

xii. ' The universe, ever the same, not one of all the gods or men hath
created : but it ever was and shall be, an everliving fire, kindled by measure
and quenched by measure:' i. e. dying out and renewed again in a fixed and
constant proportion.

xiv. ' The universe is a harmony of opposites, like that of the lyre and
the bow' (which are made up of opposite bends) ; παλίντονος ἁρμονίη
κόσμου, refers to the opposite processes of destruction and generation per-
petually taking place in the universe.

xvi. In Lucian. Vit. Auct. 14, Heraclitus is made to say, ἀλλά κως ἐς
κυκεῶνα πάντα συνειλέονται καὶ ἔστι τὠυτὸ τέρψις ἀτερψίη γνῶσις ἀγνωσίη
μέγα μικρόν, ἄνω κάτω περιχωρέοντα καὶ ἀμειβόμενα ἐν τῇ τοῦ αἰῶνος
παιδιῇ. Time, as the bringer of perpetual change, plays with the fleeting
phenomena as a boy plays with drafts, and in this sense is said to be ruler
and lord of all (παιδὸς ἡ βασιληΐη).

xvii. ' All things are exchanged with fire and fire with them all, as goods with gold and gold with goods.'

xviii. ' And men pray unto these images, just as though a man should discourse to walls, knowing neither gods nor heroes who they are.'

ἀγάλμασι] Sc. θεῶν καὶ ἡρώων.—γιγνώσκων, we should expect γιγνώσκοντες; but the subject of both εὔχονται and λεσχηνεύοιτο is the same, though expressed in different numbers, and the participle, though agreeing with τις, really refers to the nominative of εὔχονται.

xix. ' Gods are mortal, and men are immortal, living their death, and dying unto their life.' Both ζῶντες and θνήσκοντες agree with ἄνθρωποι, and ἐκείνων in both clauses refers to θεοί. The sense perhaps is, Gods change and become men; (in this sense gods are mortals): men on dying become gods; (in this sense men are immortals).

xxi. ' A man's disposition is a god unto him,' i. e. rules him as a god.

xxii. ' A dry soul is the wisest and best.' That is, the more the soul is freed from the mists with which the body encumbers it, by partaking in the universal fire which is also the universal reason, the wiser it is: and, on the contrary, Heracleitus tells us that the more the soul is withdrawn and cut off from this fire (as, for instance, is the case in sleep), the duller it becomes.

xxiv. ' A man is called foolish by a god, as a child is by a man,' cp. 15 supra. ἤκουσε, frequentative aorist.

xxvi. θειότατόν] Cp. Juv. Sat. 11. 27
E coelo descendit γνῶθι σεαυτόν.

VII.

Charon.

i. 6. φυλάττεσθαι δέ] Sc. ἔλεγεν, ' Bade him beware of:' a zeugma, ἔλεγεν in the former sentence meaning simply *said.*

IX.

Herodotus.

i. 4. ἐξάψαντες—τεῖχος] This was in order to establish a visible connection between the temple of the goddess and the city which was to be placed under her protection.

22. νησιώτας δέ—θαλάσσῃ] The regular construction would be νησιώτας δὲ τί δοκέεις εὔχεσθαι ἄλλο ἢ—λαβεῖν Λυδοὺς ἐν θαλάσσῃ; but this is interrupted by the intervening words ἐπεί—νέας. The verb of praying is now repeated by a different word (ἀρᾶσθαι for εὔχεσθαι) which, instead of

being placed in the infinitive, appears as a participle agreeing with the nominative to ἐπύθοντο. Translate: 'And what else think you the islanders have been praying for ever since they heard you were going to build ships against them, what, but praying that they might catch the Lydians on the sea?'

32. Χάλυβες] This tribe lay beyond the Halys; but the names here given must not be taken strictly as forming a list of the nations within the Halys, but simply of those subject to Croesus.

38. ἀπεδήμησε ἔτεα δέκα] The interview of Solon with Croesus, as here described, could not have taken place within these ten years: the date of Solon's legislation is b.c. 594, and Croesus did not begin to reign till b.c. 560.

40. τῶν ἔθετο] A legislator may be described either as himself enacting laws, (θεῖναι νόμους, cp. τὸν προσθέντα τῷ νόμῳ τὸν λόγον infra Thuc. 2. 35), or as getting them enacted by the people (θέσθαι νόμους). The people, as passing laws *for itself*, is also said θέσθαι νόμους, according to another common use of the middle voice.

49. ὥς οἱ κατὰ καιρὸν ἦν] 'At his leisure,' 'as suited his convenience.'

55. τῷ ἐόντι χρησάμενος] 'Speaking the truth.'

58, 60. τοῦτο μὲν - τοῦτο δέ] In the first place—in the next place. Cp. Soph. Oed. Rex 603 τοῦτο μὲν Πυθώδ' ἰὼν—τοῦτ' ἄλλο κ. τ. λ.

60. τοῦ βίου εὖ ἥκοντι] 'Prosperous in life,' or, 'abounding in substance.' τοῦ βίου is the genitive of relation, and probably depends on the adverb εὖ. Cp. μετρίως ἔχοντες βίου infra 111. ὡς ἐκατέρων τις εὐνοίας ἢ μνήμης ἔχοι infra Thuc. 1. 23. In δυνάμιος ἥκεις μεγαλῆς Hdt. 7. 157, μεγαλῶς should perhaps be read.

ὡς τὰ παρ' ἡμῖν] The standard of wealth was, of course, lower in Attica than among the 'Λυδοὶ ποδαβροί.'

64. δημοσίη ἔθαψαν αὐτοῦ τῇπερ ἔπεσε] The very highest honour that could be paid to the dead: cp. infra Thuc. 2. 11 καὶ ἀεὶ ἐν αὐτῷ (τῷ δημοσίῳ σήματι) θάπτουσι τοὺς ἐκ τῶν πολέμων, πλήν γε τοὺς ἐν Μαραθῶνι· ἐκείνων δὲ διαπρεπῆ τὴν ἀρετὴν κρίναντες αὐτοῦ καὶ τὸν τάφον ἐποίησαν.

65. τὰ κατὰ τὸν Τέλλον] The accusative after εἶπας.

προετρέψατο] 'Led him on to further questioning.'

71. ὁρτῆς τῇ Ἥρῃ] 'A feast to Here:' the dative depends on ὁρτῆς, cp. infra 3. 48 βουλεύματα ἐπὶ δυσμενέας ἄνδρας, and ἐς τοὺς ἄλλους Ἕλληνας ἐπίδειξιν infra Thuc. 5. 39.

73. ἐκκληϊόμενοι τῇ ὥρῃ] 'Being prevented by the lateness of the hour,' sc. from fetching the oxen.

80. οἵων τέκνων ἐκύρησε] Is *epexegetic* of ἐμακάριζον, and expresses the words used by the Argives in their congratulations, cp. Soph. El. 750, 751

ἀνωλόλυξε τὸν νεανίαν,
οἷ' ἔργα δράσας οἷα λαγχάνει κακά.

82. Κλέοβι] Ionic dative: so ἀχάρι infra 208, φρονῆσι infra Democritus 2.

89. ἡ δὲ ἡμετέρη, etc.] 'Have you so made nought of my prosperity, that you have not ranked me even with private men?'

i. 90. ἐς τὸ μηδέν] For this phrase, cp. Soph. Aj. 1275 ἤδη τὸ μηδὲν ὄντας: Electra 1166 δέξαι με—τὴν μηδὲν ἐς τὸ μηδέν.

ὥστε οὐδὲ—ἐποίησας] Refers to a particular instance, namely, to the story just told by Solon. ὥστε with the infinitive expresses a more *abstract and general* result. In negative sentences ὥστε with the indicative takes οὐ; with the infinitive, as a general rule, μή.

92. τὸ θεῖον, etc.] 'That Providence is altogether jealous and prone to disturb man's prosperity.' The φθόνος θεῶν is again referred to in the speech of Nicias infra Thuc. 6. 171 εἴ τῳ θεῶν ἐπίφθονοι ἐστρατεύσαμεν. πᾶν is probably adverbial, as infra 105 πᾶν ἐστι ἄνθρωπος συμφορή.

99. ἵνα δὴ αἱ ὧραι, etc.] 'That the seasons as they come round may correspond aright.'

108. τοῦ ἐπ' ἡμέρην ἔχοντος] 'Than he that has sufficient for each day.'

117. εὔπαις, εὐειδής] εὐπαιδία and κάλλος are often mentioned as essentials of complete happiness to a Greek. Cp. Arist. Eth. Nic. 1. 8 ἐνίων δὲ τητώμενοι ῥυπαίνουσι τὸ μακάριον, οἷον εὐγενείας εὐτεκνίας κάλλους· οὐ πάνυ γὰρ εὐδαιμονικὸς ὁ τὴν ἰδέαν παναίσχης ἢ δυσγενὴς ἢ μονώτης καὶ ἄτεκνος. Eur. Suppl. 490

 τέρπεται δ' εὐπαιδίᾳ (speaking of Peace) χαίρει δὲ πλούτῳ.

120. ἐπισχέειν, καλέειν] Infinitive for imperative.

126. παρ' ἐμοί] 'In my opinion:' cp. Soph. Trach. 589

 δοκεῖς παρ' ἡμῖν οὐ βεβουλεῦσθαι κακῶς.

So with ἐν, Soph. Oed. Col. 1214

 ἐν ἐμοὶ κατάδηλος ἔσται.

127. δίκαιός ἐστι φέρεσθαι] 'Is entitled to gain.' Cp. Ar. Nub. 1434

 δίκαιός εἰμ' ἐγὼ κολάζειν.

128. ὑποδέξας] Cp. Virg. Aen. 6. 870

 Ostendent terris hunc tanquam fata neque ultra,
 Esse sinent.

133. ὡς εἰκάσαι] Cp. infra Thuc. 1. 8 ὡς παλαιὰ εἶναι. The infinitive may be thus used in parenthesis either alone or with ὡς, ὅτι, ὅσον, ὅσα, ὥστε, (cp. ὥστε γε τῷ πόδι τεκμήρασθαι infra Plato 4. 39), and either without any subject expressed, or with the subject occurring in the dative (συνελόντι δὲ εἰπεῖν infra Aurelius 1. 4), or as accusative before the infinitive, συλλαβόντα εἰπεῖν infra 3. 62.

160. ἐν ἡμετέρου] So in Hdt. 7. 8. We should expect ἡμετέρῳ. The phrase seems to have arisen by false analogy from the genitive of the personal pronoun or substantive in expressions like ἐν ἡμῶν, ἐν Κροίσου, ἐν Ἅδου, etc. Cp. ἐν ἑαυτοῦ ὄντα infra Arrian 1. 32.

163. συὸς χρῆμα μέγα] 'A great monster of a boar.' Cp. διαλέκτου ποικίλον χρῆμα infra Dionysius 4. 21.

164. ἔργα] 'Their field produce,' cp. the Homeric ἔργ' ἀνθρώπων, ἀνδρῶν πίονα ἔργα, and Virg. Georg. 1. 325

 Sata laeta boumque labores.

189. παριδών μοι, etc.] 'Having seen no cowardice in me:' the dative of reference: cp. Ar. Aves 454

 Χρηστὸν ἐξείπας ὅτι μοι παρορᾷς.

191. πρὸς τὴν ὄψιν ταύτην] 'In face of,' or, 'in reference to this vision.'

192. τὰ παραλαμβανόμενα] 'The matter I am taking in hand.'

209. ὑποδεξάμενος ἔχω] 'Have entertained you:' the aorist participle with ἔχω is equivalent to our perfect. The same construction occurs more rarely with the perfect participle, e. g. in Soph. Oed. Rex 701 οἷά μοι βεβουλευ-κὼς ἔχει: so in Soph. Phil. 600 εἶχον ἐμβεβληκότες is equivalent to the pluperfect.

234. 235. ἐκάλεε μὲν—ἐκάλεε δέ] For this rhetorical repetition of the word with μέν and δέ, which is common in Herodotus and Sophocles, cp. τοῦτο μὲν—τοῦτο δέ supra 58: φονεὺς μὲν—φονεὺς δέ infra 251: ὁμοῦ μὲν—ὁμοῦ δέ Soph. Oed. Rex 4, 5: φθίνουσα μὲν—φθίνουσα δέ ibid. 25, 26: ἐπαξίως γὰρ φοῖβος ἀξίως δὲ σύ ibid. 133.

ii. 8. ὡς—ἐκέλευσε] ὡς is here equivalent to ὥστε, as in ὡς—ἐπιφοιτᾶν, and ὡς—ἀτιμύτερον εἶναι infra Theopompus 1. 20 and 28: ἢ ὡς ἐλπίσαι infra Pausanias 34.

iii. 4. ἐλέχθησαν ἄν] 'Spoken they were.' Cp. Hdt. 4. 5 ἐμοὶ μὲν οὐ πιστὰ λέγοντες, λέγουσι δ' ὦν.

12. ἀρχῆθεν ἐμφύεται] 'Is originally innate in man;' whereas ὕβρις always comes with prosperity. Cp. Soph. Oed. Rex 872

ὕβρις φυτεύει τύραννον,

ὕβρις εἰ πολλῶν ὑπερπλησθῇ μάτην.

Thus monarchy begets ὕβρις, and ὕβρις begets the tyrant.

15. τὸ δ' ὑπεναντίον] 'The tyrant is the reverse of this towards his fellow-citizens,' i. e. he is jealous of them.

24. πάλῳ μὲν ἀρχὰς ἄρχει] When the magistrates are elected by lot, every citizen has a turn or chance of office; this was regarded by the Greeks as a true characteristic of democracy. Cp. Plato Leg. 3. 692 τῆς κληρωτῆς δυνάμεως (speaking of democracy), and Ar. Eq. 41

κυαμοτρὼξ ἀκράχολος δῆμος πυκνίτης.

43. ἐς τὸ πλῆθος ἔχοντα] 'Referring to the multitude,' or, 'to democracy.'

53. ἀπέβη ἐς μουναρχίην] Sc. τὰ πράγματα.

55. ἀδύνατα μὴ οὐ, etc.] 'It is impossible that evil should not arise.' μὴ οὐ because of the negative contained in ἀδύνατα: cp. οὐδὲν ἐπιλύεται τὸ μὴ οὐχὶ ἀγανακτεῖν infra Plato 2. 24.

65. τὸ τοιοῦτο περιστέλλειν] 'Should maintain such principle,' or 'form of government,' i. e. adopt the rule of one man.

66. οὐ γὰρ ἄμεινον] 'It is not (so) well.' Cp. κρεῖττον εἶναι γενέσθαι, 'It is well to have been born,' infra Lysias 2. 16; οὐδὲν καινύτερον infra Plato 3. 4.

vi. 11. περιήκειν τὰ πρῶτα] 'Compassed the highest fortune.' Cp. Hdt. 7. 16 τὰ σὲ καὶ ἀμφότερα περιήκοντα ἀνθρώπων κακῶν σφάλλουσιν ὁμιλίαι.

19. ἐπικίνδυνος ἡ Ἰωνίη] Because always open to foreign attack; being conquered first by the Lydians, and next by the Persians.

Q 2

vi. 20. χρήματα οὐδαμὰ τοὺς αὐτούς, etc.] i. e. property was always changing hands owing to the vicissitudes of the times.

31. οὔτε με περιφέρει] 'Nor does it strike me (literally, 'bring me round') that I know any of these things:' περιφέρει impersonal; we find the nom. μνήμη expressed in Plat. Lach. 180 E περιφέρει τίς με καὶ μνήμη.

33. ὀρθῶς ἀποδοῦναι] Understand βούλομαι from the preceding sentence.

35. ἀναβάλλομαι κυρώσειν, etc.] 'These things I defer settling till four months hence.' The future infinitive is here used after ἀναβάλλομαι as often after μέλλω, διανοέομαι, and other verbs implying future action.

vii. 18. παρὰ τὴν ζύην] 'In the course of life:' so παρὰ πάντα τὰ τῶν ἀνθρώπων πράγματα infra Dem. 6. 4, and παρὰ τὸν βίον infra Lucian 5. 102.

viii. 60. φεύγεσκον δῆθεν] 'Made as though they would flee.'

61. καταλαμβανόμενοι] 'When on the point of being overtaken.'

ὑπέστρεφον ἄν] For the frequentative use of ἄν with the imperfect and aorist, cp. infra Thuc. 6. 77 ἀνεθάρσησάν τε ἂν καὶ—ἐτρέποντο.

71. κατὰ τάξις τε καὶ κατὰ ἔθνεα] 'By divisions and tribes,' i. e. every man was drawn up in the brigade or quota furnished by his own tribe.

83. πρώτην, etc.] 'The first Locrian city as you come from the Malians.'

84. Μελάμπυγόν τε λίθον, etc.] This stone and the mythical Cercopes were connected with the legend of Hercules Melampygus. 'The Cercopians in the legend of Hercules are humorous thieves who alternately amuse and annoy him.' (Rawlinson's Herodotus.)

88. ἠώς τε διέφαινε καὶ ἐγένοντο] 'Day was dawning when they arrived.' For this use of τε-τε or τε-καί to denote two events as simultaneous, cp. infra 97 ἀνά τε ἔδραμον οἱ Φωκέες—καὶ αὐτίκα οἱ βάρβαροι παρῆσαν, and Virg. Aen. 3. 8, 9

> Vix prima inceperat aestas
> Et pater Anchises dare fatis vela jubebat.

105. ἐπιστάμενοι ὡς ἐπὶ σφέας ὡρμήθησαν ἀρχήν] 'Believing that the Persians had originally set forth against *them*,' i. e. that *they* were the original object of the Persian attack: the truth being that the Persians had not expected to encounter any enemy at this point, and were astonished (ἐν θωύματι ἐγένοντο) to find the Phocians. ἐπιστάμενοι 'imagining:' so ἠπιστέατο in the same sense infra 9. 65.

145. παραχρεώμενοι] Sc. τοῖς σώμασι (the full phrase appears in Polybius) 'throwing themselves away,' 'fighting desperately.' For ἀτέοντες, cp. Hom. Il. 20. 332, 333

> Αἰνεία τίς σ' ὧδε θεῶν ἀτέοντα κέλευσεν
> ἀντία Πηλείωνος ὑπερθύμοιο μάχεσθαι;

184. αὐτοῦ ταύτῃ τῇπερ ἔπεσον] See on δημοσίῃ ἔθαψαν supra 1. 64.

ix. 2. ἠώς τε, etc.] 'When the day began to dawn they held an assembly of the troops that were to fight on deck (τῶν ἐπιβατέων), and first of all spoke Themistocles, saying that it was well with them on every side; and his speech was, a comparison on all points of the better course of action with the worse: and having exhorted them in all the chances incidental to man's nature and condition to choose the best in their power, he wound up his speech and bade them embark in the ships.' For *ἠώς τε—καί* see on 8. 88 supra.

3. *οἱ ποιησάμενοι—προηγόρευε*] The nominative is changed from the collective number to the singular expressing one of that number, the transition being marked by *δή*. Cp. *διδόντας ἑαυτοῖς λύγον—γνῶναι τὸν Θαμοῦν* infra Plutarch 6. 15–17.

8. *ἢ κατὰ τοὺς Αἰακίδας ἀπεδήμησε*] Cp. Hdt. 8. 64 *ἐπὶ δὲ Αἴακον καὶ τοὺς ἄλλους Αἰακίδας νῆα ἀπέστελλον ἐς Αἴγιναν.* The ship had been sent 'to fetch the Aeacidae' (*κατὰ τοὺς Αἰακίδας*), i. e. to obtain their invisible presence and help in the battle about to be fought at sea.

37. *καὶ ἐγένοντο, ταύτην τὴν ἡμέραν*] Explains and limits *ἦσαν*, as *ἢ πρὸς Εὐβοίῃ* explains and limits *αὐτοὶ ἑωυτῶν.* Cp. Dem. de Fals. Leg. *ἀπόλωλε καὶ γέγονεν ἀσθενής,* and *συλήσας καὶ διασύρας* infra Demosth. 8. 37.

46. *πρὸς τῶν πολεμίων*] 'In the enemies' quarter.'

48. *φέρουσα*] Intrans. 'bearing on.'

63. *ἠπιστέατο*] See on *ἐπιστάμενοι* supra 8. 105.

<h1 style="text-align:center">X.</h1>

<h1 style="text-align:center">Hanno.</h1>

The periplus of Hanno is supposed to be an early translation from a Carthaginian original.

<h1 style="text-align:center">THE ATTIC AGE.</h1>

<h1 style="text-align:center">XII.</h1>

<h1 style="text-align:center">Ion of Chios.</h1>

4. The word *ἐρυθρός* has perhaps dropped out after *παῖς.* Or *ἐρυθριῶν* may be the true reading.

24. *ποιήσειε*] Supply *ἄν* from *χεῖρον ἄν ἦν* in the preceding sentence.

<h1 style="text-align:center">XIII.</h1>

<h1 style="text-align:center">Antiphon.</h1>

2. *νῦν δὲ πιστεύων,* etc.] The construction, which is interrupted by the clauses *ἐν γὰρ τῷ τοιούτῳ—ἀσεβημάτων,* is continued further on by the words *ἐγὼ δέ,* etc., *δέ* marking the resumption of the sentence.

2. οὖ πλέονος οὐδέν, etc.] Than which nothing is more valuable for a man to have as his advocate. πλέονος with ἄξιον.

6. τοῦτο αὐτό] Sc. τὸ ξυνειδέναι ἑαυτῷ.

12. τοῦτο μὲν γὰρ—τῶν ἀληθῶν] The meaning is this: the defendant complains that his prosecutors are trying him for his life for murder under a nominal γραφὴ πανουργίας, and consequently without the proper formalities of a φόνου δίκη. He therefore demands an acquittal on the γραφή, pointing out that he may again be tried in the proper form for murder without much delay, and that whereas under the present form of trial the dicasts' functions are confined to the matter of law (γνωρισταὶ τῆς δίκης), in a regular trial they will have competence to test the facts of sworn witnesses (κριταὶ τῶν ἀληθῶν), and weigh the evidence (δικασταὶ τῶν μαρτύρων).

16. οὖ τοι τῶν ἐπειγομένων] 'The circumstances demand not haste (literally, 'men hastening'), but good consideration.'

19. ἀραῖς τῶν] Is corrupt: perhaps ῥᾷστον is the true reading.

XIV.

Democritus.

i. There is a difficulty in the optatives ἐπαυρισκοίμεθα and εἴημεν without ἄν: perhaps ἄν occurred in the sentence preceding this fragment; or the words are in *oratio obliqua*; thus the sense would be, (Democritus said that) 'from the same things whence good results to us, we derived evil; but from the evil we could escape.'

ii. βαιά] Neuter plural accusative: 'Fortune wars but little against prudence, and generally through life an understanding soul guides us aright to clearness of judgment.'

iii. 'Fortune is large in gifts but unstable: but nature is self-sufficing; therefore with her humbler but sure results she excels the grander promises of hope;' i. e. man, by the use of his natural powers, can secure results more enduring, though less dazzling, than any gifts of fortune that hope can suggest.

xv. τοῖς πάθεσιν] Dativus commodi: 'being effuse and prodigal towards the passions.'

xxv. κίνδυνος δέ, etc.] 'Outspokenness is proper to freedom: the risk is to discern the season when to use it.'

xxxvi. τοῖσι γὰρ πειθομένοισι] 'For to those who obey it, it does but shew forth their own virtue:' i. e. law does not make men virtuous, it is merely the outward expression of the virtue of a community.

XV.

Andocides.

6. οἷόν ἐστι ξένον εἶναι] From B. c. 415 to 400 Andocides was almost continuously in exile.

12. ὅπου ἂν ἐν καιρῷ τι ὑμῖν γίνηται] 'Wherever it may be at all service-able to you.' Cp. Eur. Iph. 1199 ἐν ἴσῳ γὰρ ἦν τόδε: infra Plato 2. 46 ἐν καιρῷ τινι: ibid. 3. 3 ἐν χάριτι ποιοῖμεν.

15. οὐκ ὄνειδος—οἰκία οὖσα] 'It is no reproach to you that the house of Andocides and Leogoras should exist:' the family is aptly described by the two names which the chief members of it would alternately bear, according to the Athenian custom of naming the child after the grandfather, not the father. Cp. Ar. Av. 282, 283 ὥσπερ εἰ λέγοις

Ἱππόνικος Καλλίου κἰξ Ἱππονίκου Καλλίας.

22. οὐδὲν πώποτε ὦφλον] 'Were never condemned' (in passing the εὔθυ-ναι), 'never incurred a fine.'

24. κοινοτάτη τῷ δεομένῳ] 'Most open,' or, 'bountiful to him that needed.' Cp. τὴν πόλιν κοινὴν παρέχομεν infra Thuc. 2. 76.

25. ἐκείνων τῶν ἀνδρῶν] 'The men of my family.'

29. ἀναβιβάσομαι] 'Shall I bring up to the bar?' It was not unusual in Athenian trials for the defendant to summon to the bar his wife, children, or friends, as witnesses to character (see infra 46 συμβουλεύειν ὑμῖν ἃ γινώ-σκουσι περὶ ἐμοῦ), or in order to excite the compassion of the jury, cp. infra Demosth. 8. 2 τὰ παιδία ἴσως παράξει καὶ ἀναβιβᾶται.

35. μὴ βούλεσθε—τούτους δὲ ἀπόλλυτε] i.e. Do not, while you make citizens of Thessalians and Andrians, destroy these men. The clauses βούλεσθε—ποιεῖσθαι δι' ἀπορίαν ἀνδρῶν and τοὺς δὲ ὄντας—ἀπόλλυτε together form the whole sentence modified by μή: the connection is usually more distinctly marked by the opposition of μέν and δέ. Cp. infra Thuc. 3. 77 μὴ τοῖς μὲν προστεθῇ—τὸν δὲ ἀπολύσητε. Demosth. 9. 86 οὐκ εἶπον μὲν ταῦτα οὐκ ἔγραψα δέ, etc., and εἰ Λακεδαιμονίοις μὲν ἀντήρατε—νυνὶ δ' ὀκνεῖτε infra Dem. 6. 16.

37. καὶ βουλόμενοι δυνήσονται] Understand οἵ·

38. τούτους δέ] Resumes the sentence interrupted by οἷς προσήκει—δυνήσονται.

43. τῶν ἀπ' ἐμοῦ ἐλπίδων] 'Your hopes of good from me.'

τῶν εἰς ὑμᾶς] Literally, 'my hopes towards you,' i. e. my hopes of doing good to you.

45. ἀναβάντας] Cp. ἀναβιβάσομαι supra. In the next sentence Andocides calls up Anytus and his other friends as witnesses to character.

XVI.

Thucydides.

i. 2. ἐκ δὲ τῶν εἰρημένων—ἀποχρώντως] The general sense is this: My account will be found in the main correct, being founded on indi-cations (τεκμήρια), which are a safer guide than the fables of poets and λογογράφοι, and which are the only means of investigating events which are now incapable of any absolute historical test (ἀνεξέλεγκτα).

ἐκ δὲ τῶν εἰρημένων τεκμηρίων depends on νομίζων. τοιαῦτα is the predicate, agreeing with τὰ παλαιά to be supplied from the previous chapter in Thucydides. Translate: 'Yet one will not be far wrong who, from the proofs I have stated, infers the early state of Greece to have been on the whole such as I have described.' ὅμως, i.e. although any particular proof may be untrustworthy, see Thuc. i. 20 τὰ μὲν οὖν παλαιὰ τοιαῦτα εὗρον χαλεπὰ ὄντα παντὶ ἑξῆς τεκμηρίῳ πιστεῦσαι.

i. 4. ἐπὶ τὸ μεῖζον κοσμοῦντες] Cp. Thuc. i. 10 εἰκὸς ἐπὶ τὸ μεῖζον μὲν ποιητὴν ὄντα κοσμῆσαι. Livy 21. 32 Fama, quâ incerta in majus vero ferri solent.

5. λογογράφοι] Prose writers, chroniclers, such as Hecataeus: in the same sense Hdt. 2. 143 Ἑκαταίῳ τῷ λογοποίῳ: the professional speech writers, such as Lysias and Isaeus, were also popularly called λογογράφοι.

6. προσαγωγότερον ἢ ἀληθέστερον] The double comparative; so Thuc. 3. 42 ἀξυνετώτερος ἢ ἀδικώτερος.

ὄντα ἀνεξέλεγκτα] Incapable of being tested: that is, no positive evidence can be brought to prove or disprove them. This refers to τὰ παλαιά generally and not merely to the accounts of the poets and λογογράφοι.

7. ἀπίστως—ἐκνενικηκότα] 'Having passed into,' literally, 'won their way to fable and discredit.' ἀπίστως, *proleptic*, literally, ' in such a manner as to lose all credit ;' cp. παραπέμπουσιν ἀπόνως infra Aelian 27.

8. ὡς παλαιὰ εἶναι] 'Considering their antiquity.' See on ὡς εἰκάσαι supra Hdt. 1. 133.

13. ἐν αὐτῷ] i. e. τῷ πολεμεῖν.

14. τὴν ἀκρίβειαν αὐτὴν τῶν λεχθέντων] i. e. the exact words spoken.

16. ὡς δ' ἂν ἐδόκουν—οὕτως εἴρηται] 'Keeping as closely as possible to the general sense (συμπάσης γνώμης) of what was actually said, I have clothed it in the words I thought the several speakers would most likely (μάλιστα) have used in saying their say (τὰ δέοντα) upon the subject in hand.' ἄν goes with εἰπεῖν: τὰ δέοντα, what was necessary for them to say, what they had to say, the *manner* (i. e. the words) in which they said it being here expressed by ὡς—οὕτως.

20. οὐδ' ὡς ἐμοὶ ἐδόκει] 'Nor according to any notions of my own.'

ἀλλὰ—ἐπεξελθών] The construction is ἠξίωσα γράφειν οἷς παρῆν καὶ (ἠξίωσα γράφειν) ἐπεξελθών, ἐπεξελθών being thus equivalent in construction to ἃ ἐπεξῆλθον. καὶ παρὰ τῶν ἄλλων—ἐπεξελθών is a *praegnans locutio* almost equivalent to παρὰ τῶν ἄλλων μαθών τε καὶ ἐπεξελθών. ' Having scrupulously sifted, to the best of my power, each point of information that I received from others.' ἐπεξέρχομαι, 'to go over,' 'discuss,' 'examine:' not simply, 'to inquire.'

οἷς τε αὐτὸς παρῆν]—ἐστρατήγει γὰρ καὶ αὐτὸς (Thucydides) ἕως τῆς τετάρτης ἱστορίας, Scholiast.

23. ὡς ἑκατέρων τις εὐνοίας ἢ μνήμης ἔχοι] 'According to the goodwill men have towards either side, or their varying remembrance of events.' ἑκατέρων depends on εὐνοίας, cp. Thuc. 7. 57 Ἀθηναίων εὐνοίᾳ: 'good-will towards them.'

24. τὸ μὴ μυθῶδες αὐτῶν] 'Absence of fable in my history.'

25. ὅσοι δὲ – ἕξει] The construction is, ἀρκοῦντας ἕξει (τούτους) ὠφέλιμα κρίνειν αὐτὰ ὅσοι βουλήσονται, etc. 'I shall be content if it is deemed useful by those who shall wish to gain a clear view of the past and of the future, which, according to the course of human affairs (κατὰ τὸ ἀνθρώπειον), is sure to resemble the past.'

27. ἀρκούντας ἕξει] Cp. Aesch. Choeph. 892

τῷ δὲ δ' ἀρκούντας ἔχει,

and Eur. Hec. 318

πάντ' ἂν ἀρκούντως ἔχοι.

28. ἀγώνισμα, etc.] 'A prize-task to be listened to for the moment.'

ii. 4. ἐπιφέρει] The regular word to describe offerings to the dead. Cp. Thuc. 3. 58 πάντων ἀπαρχὰς ἐπιφέροντες.

11. προαστείου] Namely, the outer Ceramicus.

19. ἐπειδὴ καιρὸς ἐλάμβανε] When the time came: literally, 'when the season came upon him.' (Arnold.)

23. ὡς καλὸν—ἀγορεύεσθαι αὐτόν] With καλόν understand, not the participle ὄν, but ἐστι: the sentence is *epexegetic* of ἐπαινοῦσι: 'They praise him who added this speech to the law, saying that it is good that it should be spoken,' etc., cp. infra 123 καταμέμψιν ὡς—ἄρχεται, and Soph. Oed. Col. 1003, 4

καί σοι τὸ Θησέως ὄνομα θωπεῦσαι καλὸν
καὶ τὰς 'Αθήνας ὡς κατοίκηνται καλῶς:

and see on οἵων τέκνων ἐκύρησε supra Hdt. 1. 80.

26. καὶ μὴ ἐν ἑνὶ ἀνδρί, etc.] 'And that the virtues of many should not have their credit risked (κινδυνεύεσθαι passive) upon the good or bad speaking of one man.' The construction is, καὶ μὴ πολλῶν ἀρετὰς ἐν ἑνὶ ἀνδρὶ κινδυνεύεσθαι πιστευθῆναι εὖ τε καὶ χεῖρον εἰπόντι: literally, 'should not run the risk, in one man, of being believed in according to his good or bad speaking.' For ἐν ἑνὶ — κινδυνεύεσθαι compare Eur. Cycl. 654 ἐν τῷ Καρὶ κινδυνεύσομεν· πιστευθῆναι after the passive κινδυνεύεσθαι is analogous to the infinitive after the intransitive κινδυνεύω (e. g. ἐκινδύνευσε διαφθαρῆναι, 'ran the risk of being destroyed,' Thuc. 3. 74). εἰπόντι, the dative after πιστευθῆναι.

27. χαλεπὸν γάρ, etc.] Explains χεῖρον εἰπόντι, showing how hard it is to speak well under the circumstances. 'It is hard to speak with perfect propriety when you can scarcely establish even the impression of truthfulness;' that is, it is hard to speak correctly to an audience part of which will think the facts are exaggerated, and the other part that they are less than the truth, as explained in the following sentence. For the expression ἡ δόκησις βεβαιοῦται, cp. Thuc. 3. 43 τῆς οὐ βεβαίου δοκήσεως τῶν κερδῶν.

30. πρὸς ἅ, etc.] 'Compared with what he wishes and knows.' Βούλεται, sc. δηλοῦσθαι.

31. ὁ ἄπειρος] = ὁ μὴ ξυνειδώς. πλεονάζεσθαι, sc. ἂν νομίσειε.

34. τῷ δ' ὑπερβάλλοντι αὐτῶν] 'The speaker who passes beyond them,' i.e. who describes what is beyond their powers: αὐτῶν, not necessarily

αὐτῶν (although ἑαυτοῦ immediately precedes), because governed by ὑπερβάλλοντι and not directly by ἀπιστοῦσιν, cp. Thuc. I. 95 προσεῖχον τὴν γνώμην ὡς οὐ περιοψόμενοι τἆλλά τε καταστησόμενοι ᾗ φαίνοιτο ἄριστα αὐτοῖς, and infra 6. 69 πάντα τέ σφισιν ἐνδεᾶ εἶναι καὶ λόγῳ αὐτοῖς οὔπω ἱκανὰ εἰρῆσθαι.

ii. 34. φθονοῦντες] i. e. 'Envying what they hear.'

36. ὑμῶν—ἐπὶ πλεῖστον] 'To meet the wish and thought of each of you as far as possible.' βουλήσεως τε καὶ δόξης refer back to βούλεταί τε καὶ ἐπίσταται above.

39. τὴν γὰρ χώραν—οἰκοῦντες] Cp. Thuc. I. 2 τὴν γοῦν Ἀττικὴν—ἄνθρωποι ᾤκουν οἱ αὐτοὶ ἀεί. διαδοχῇ ἐπιγιγνομένων with οἰκοῦντες, 'Inhabiting in or with a succession of posterity.' (Arnold.)

43. τὰ δὲ πλείω—ἐπηυξήσαμεν] Is added to modify and correct the previous statement κτησάμενοι—προσκατέλιπον: cp. Thuc. 3. 17 κατὰ τὸν χρόνον τοῦτον ἐν τοῖς πλεῖσται δὴ νῆες ἐγένοντο· παραπλήσιαι δὲ καὶ πλείους ἀρχομένου τοῦ πολέμου: and see on Hdt. 9. 37 supra.

44. ἐν τῇ καθεστηκυίᾳ ἡλικίᾳ] 'In the vigour of life:' cp. Latin 'constituta aetas.'

48. Ἕλληνα] An adjective, as in Aesch. Ag. 1254

  καὶ μὴν ἄγαν γ᾽ Ἕλλην᾽ ἐπίσταμαι φάτιν.

56. διὰ τὸ μὴ ἐς ὀλίγους—οἰκεῖν] 'Because it is ordered in the interests not of the few but of the many.' For the expression, cp. Thuc. 8. 53 ἐς ὀλίγους μᾶλλον τὰς ἀρχὰς ποιήσομεν. οἰκεῖν intransitive.

58. πρὸς τὰ ἴδια διάφορα] 'With respect to their private differences.'
ἀξίωσιν] 'Rank.'

59. οὐκ ἀπὸ μέρους, etc.] 'He is preferred to public honours more from considerations of merit than of class' (μέρους).

60. οὐδ᾽ αὖ κατὰ πενίαν, etc.] 'Sensus est ceu esset scriptum οὐδ᾽ αὖ πένης μὲν ὢν ἔχων δέ τι, etc.' (Poppo.) 'Nor again on the ground of poverty, when he is yet able to do some service to the state, is he prevented by the obscurity of his social position.'

61. ἐλευθέρως δέ, etc.] Translate, 'We practise freedom (ἐλευθέρως πολιτεύομεν) both in our public life and in the absence of all suspicion about each other's daily pursuits.' πολιτεύομεν is here used in its widest sense to denote the life of a citizen, whether in public or private. The freedom of Athenian life was referred to by Nicias in his speech on the eve of the battle in the harbour, τῆς ἐν αὐτῇ ἀνειπτάκτου πᾶσιν ἐς τὴν δίαιταν ἐξουσίαν infra 6. 10.

64. οὐδὲ—προστιθέμενοι] Arnold (with Poppo) explains, 'Nor wearing a look of offence, which, though harmless in effect, is yet troublesome and painful.' ἀζήμιος appears, however, in good Greek, to be almost invariably used in the passive sense, and it seems better to translate, 'Nor by our looks inflicting an annoyance which pains while it cannot be retaliated.' ἀζήμιος, literally, 'unpunished,' 'against which there can be no legal redress.' For προστιθέμενοι, cp. Hdt. 4. 65 ὡς οἱ ἐόντες οἰκήϊοι πόλεμον προσεθήκαντο; and see on προσετρίψατο infra Dem. 3. 6: or προστιθέμενοι may be ex-

plained by the *reciprocal* force of the middle, ' inflicting on each other.'
Cp. the preceding words τὴν πρὸς ἀλλήλους ὑποψίαν.

65. ἀχθηδόνας] Active, as in Thuc. 4. 40 δι' ἀχθηδόνα, ' in order to
annoy.'

66. δέος] ' Awe.' ' reverence,' as opposed to the mere dread of punishment.
Cp. Soph. Aj. 1073

οὐ γὰρ ποτ' οὔτ' ἂν ἐν πόλει νόμοι καλῶς
φέροιντ' ἂν ἔνθα μὴ καθεστήκῃ δέος·

* * * * *

δέος γὰρ ᾧ πρόσεστιν αἰσχύνη θ' ὑμοῦ
σωτηρίαν ἔχοντα τόνδ' ἐπίστασο.

68. αἰσχύνην—φέρουσι] Sc. to those who violate them.

70. γνώμῃ] By our intelligence: equivalent to γνώμης ξυνέσει, for which
the Athenians claim credit in Thuc. 1. 75.

θυσίαις—νομίζοντες] For the dative, cp. Thuc. 1. 77 οἷς ἡ ἄλλη Ἑλλὰς
νομίζει.

77. ξενηλασίαις, etc.] As at Sparta.

80. οἱ μέν] The Lacedaemonians.

83. καθ' ἑκάστους] With the separate force of any one state, e. g. Lace-
daemon, Corinth, Boeotia.

μετὰ πάντων] With the whole confederate body.

84. αὐτοί] ' By ourselves,' ' alone.'

96. πλούτῳ—χρώμεθα] ' We employ wealth rather as an occasion for
acting than for a vaunt in talking.' (Arnold.)

98. ἔνι τε—γνῶναι, etc.] The meaning is. ' With us the statesman attends
to business as well as politics: and the man of business (ἑτέροις = those who
are not professed politicians) may be a good judge of politics.'

102. κρίνομέν γε ἢ ἐνθυμούμεθα] ' We can judge at any rate. if we can-
not contrive.' (Arnold.)

105. τόδε ἔχομεν ὥστε τολμᾶν] The clause ὥστε τολμᾶν is added in
explanation of and in apposition to τόδε. Cp. Thuc. 7. 14 εἰ δὲ προσγενή-
σεται ἐν ἔτι τοῖς πολεμίοις ὥστε—χωρῆσαι. Soph. Aj. 378

οὐ γὰρ γένοιτ' ἂν τοῦθ' ὅπως οὐχ ὧδ' ἔχειν.

106. ὃ—φέρει] ὃ = τὸ ἐκλογίζεσθαι. The regular construction would be,
ὁ τοῖς ἄλλοις ὄκνον φέρει, ἀμαθία δὲ θράσος, (φέρει). To heighten the em-
phasis, ἀμαθία μὲν θράσος is placed first, and then ὅ is repeated in λογισμός.

109. καὶ διὰ ταῦτα, etc.] ' And yet are not deterred thereby from danger.'

111. βεβαιότερος—ὥστε—σώζειν] ' He that has done the favour shows
himself the firmer friend, in keeping the favour owing by good-will to him
whom he has benefited.' ὥστε σώζειν explains and limits βεβαιότερος, the
sense being the same as if we had βεβαιότερος σώζειν without ὥστε. See
also on τόδε ἔχομεν ὥστε τολμᾶν supra 105. Arnold (with Poppo) explains,
' So as to keep alive the obligation by means of good-will exhibited towards
the person on whom he has conferred it.'

115. τῷ πιστῷ] ' The confidence,' ' confiding spirit,' cp. Thuc. 1. 68 τὸ
πιστὸν τῆς καθ' ὑμᾶς αὐτοὺς πολιτείας καὶ ὑμιλίας.

ii. 116. Ἑλλάδος παίδευσιν] 'A school for Greece:' for a somewhat similar form of expression, cp. infra Aelian 19 ὀμμάτων πανήγυριν, i. e. a feast for the eyes.

117. παρ' ἡμῶν] 'From among us,' 'from our midst.'

ἐπὶ πλεῖστα εἴδη] 'For the most varied conditions of life.'

μετὰ χαρίτων μάλιστα εὐτραπέλως] 'With the easiest versatility and grace.'

122. ἀγανάκτησιν ἔχει] 'Occasions indignation.'

127. τῶν ἔργων] Goes both with ὑπόνοιαν and ἀλήθεια. 'The truth of the facts will mar the conception we have formed of them.'

135. τὴν εὐλογίαν ἐφ' οἷς] i. e. τούτων ἐφ' οἷς. See on τὸ δ' εὐτυχὲς οἵ infra 181.

138. ἰσόρροπος τῶν ἔργων] ἰσοστάσιος, μὴ ὑπερβάλλων τὰ πράγματα Scholiast. ἔργων is the genitive of comparison, cp. Soph. El. 87 γῆς ἰσόμοιρος ἀήρ.

δοκεῖ δὲ—καταστροφή] 'I think the end which these have now met with brings a man's worth to light, whether as the first revelation or the final proof of it.' πρώτη τε μηνύουσα is explained by the following words, τοῖς τἄλλα χείροσι—ἔβλαψαν.

144. πενίας ἐλπίδι] 'A hope about' or 'in respect to poverty:' what the hope is, is shown in the next words.

146. ποθεινοτέραν αὐτῶν λαβόντες] αὐτῶν, i. e. πλούτου and πενίας ἐλπίδος. λαβόντες, equivalent to ὑπολαβόντες, as infra 3. 40 πιστότερον αὐτῶν λαβόντες.

147. μετ' αὐτοῦ] i. e. τοῦ κινδύνου, 'in conjunction with,' or 'while undergoing the danger.'

148. τὸ ἀφανὲς τοῦ κατορθώσειν] 'The uncertainty of success.'

150. ἐν αὐτῷ] i. e. τῷ ἤδη ὁρωμένῳ, 'The work or business which lay in sight or at hand.' Arnold takes ἡγησάμενοι, in a *pregnant* sense, to mean 'thinking right,' like οἴεσθαι in Xen. Hell. 5. 1 οἴεσθε ταῦτα πάντα καρτερεῖν.

153. τύχης ἅμα ἀκμῇ] 'At the height of their fortune.'

τῆς δόξης, etc.] 'Were taken away from what was their glory rather than their fear.' (Arnold.)

162. αἰσχυνόμενοι] Cp. Thuc. 5. 9 νομίσαντες εἶναι τοῦ καλῶς πολεμεῖν τὸ ἐθέλειν καὶ τὸ αἰσχύνεσθαι, and Hom. Il. 5. 531
αἰδομένων ἀνδρῶν πλέονες σόοι ἠὲ πέφανται.

164. ἔρανον] What the ἔρανος was is explained in the following words κοινῇ γάρ, etc.

166. ἀλλ' ἐν ᾧ, etc.] 'But that tomb (viz. the whole world, πᾶσα γῆ) in which their glory is left to everlasting remembrance on every occasion of word or deed that from time to time (ἀεί) may arise to recall it.'

170. ἄγραφος μνήμη τῆς γνώμης μᾶλλον ἢ τοῦ ἔργου] An unwritten record of the mind rather than of any actual monument: cp. Aesch. Prom. 789 μνήμοσιν δέλτοις φρενῶν.

171. τὸ εὔδαιμον, etc.] 'That happiness is (i. e. results from) freedom, and freedom is courage.'

174. ἡ ἐναντία μεταβολή] 'Change to the opposite,' i. e. from prosperity to misfortune.

176. τὰ διαφέροντα] 'The difference' or 'change.'

177. ἡ—κάκωσις] 'The ruin which comes with cowardice.' ἐν τῷ seems to be a gloss on μέτα τοῦ, and is probably corrupt.

ὁ μετὰ ῥώμης—θάνατος] 'The unfelt death which befalls him in the midst of his strength and hope for the common welfare.' (Arnold.)

181. τὸ δ' εὐτυχὲς οἵ] Supply τούτων before οἵ:—'Good fortune is theirs who obtain,' etc., cp. infra 185 καὶ λύπη οὐχ ὧν ἄν τις—στερρίσκηται, 'Grief is not felt for those things of which,' etc. and infra 203 μεγαλὴ ἡ δόξα ἧς ἀν—κλέος, etc. i. e. ταύτης ἧς. Soph. Aj. 1050

       δοκοῦντ' ἐμοὶ δοκοῦντά θ' ὃς κραίνει στρατοῦ.

183. ἐνευδαιμονῆσαι, etc.] 'The duration of whose life was commensurate with that of their happiness.' (Arnold.) For the verbs with ἐν, cp. Eur. Hipp. 1096

       ὡς ἐγκαθηβᾶν πόλλ' ἔχεις εὐδαίμονα.

Bacch. 508

       ἐνδυστυχῆσαι τοὔνομ' ἐπιτήδειος εἶ.

184. With πείθειν supply καρτερεῖν ταῦτα from καρτερεῖν δὲ χρή infra 187.

191. παῖδας ἐκ τοῦ ὑμοίου παραβαλλύμενοι] 'Risking a like stake in their children.'

199. φθόνος γάρ, etc.] Cp. infra Dem. 38. 3 οὐδὲ γὰρ ὁ φθόνος αὐτοῖς (τοῖς τεθνεῶσιν) ἔτι τηνικαῦτ' ἐναντιοῦται.

202. τῆς ὑπαρχούσης—γενέσθαι] 'Not to fall below your natural fortitude,' i. e. by giving way to excessive lamentation.

203. καὶ ἧς, etc.] 'And great is her glory whose name is least known amongst men for good or evil.' See on τὸ δ' εὐτυχὲς οἵ supra 181.

209. τοῖς δέ] δέ marks the apodosis, as in Thuc. 2. 65 ἐπεί τε ὁ πόλεμος κατέστη, ὁ δὲ φαίνεται, etc.; and 3. 98 μεχρὶ μὲν οὖν—εἶχον τὰ βέλη—οἱ δὲ ἀντεῖχον. See on 6. 119 infra.

210. ὃν προσήκει] Sc. αὐτῷ ἀπολοφύρεσθαι.

iii. 3. διὰ γὰρ—πρὸς ἀλλήλους] Cp. τῆς ἐλευθερίας τῷ πιστῷ mentioned as a characteristic of the Athenian democracy, supra 2. 115.

4. τὸ αὐτό] 'The same feeling,' sc. of fearlessness.

6. οὐχ—ἡγεῖσθε, etc.] The construction is, οὐχ ἡγεῖσθε μαλακίζεσθαι ἐπικινδύνως ἐς ὑμᾶς καὶ οὐκ ἐς τὴν τῶν ξυμμάχων χάριν. 'You do not consider that your weakness is perilous to yourselves, and at the same time confers no obligation on your allies.' ἐς ὑμᾶς depends on ἐπικινδύνως, ἐς χάριν directly on μαλακίζεσθαι.

7. οὐ σκοποῦντες, etc.] 'Not reflecting that your rule is a despotism, and that in the face of their plots against you, and aversion to your sway, their obedience is ensured not by any kindness you may show them, to your own hurt, but by a superiority which depends on force rather than their good will.'

8. πρὸς—αὐτούς] Is placed for emphasis at the head of the whole

sentence (καὶ πρὸς—περιγένησθε), and depends loosely on both χαρίζησθε and περιγένησθε.

iii. 9. οἳ] Is probably spurious, being omitted by all the best MSS.

12. νόμοις] Diodotus was not proposing to repeal a law, but merely a ψήφισμα; but the two cases are confounded in Cleon's argument.

14. φαυλότεροι] ἀμαθέστεροι. Scholiast.

17. τῶν τε ἀεὶ—περιγίγνεσθαι] 'To outdo all propositions which from time to time (ἀεί) are made for the conduct of public affairs.'

ὡς—γνώμην] 'Imagining that they can find no greater field for displaying their ability.'

18. ἂν δηλώσαντες] The participial equivalent of δηλώσειαν ἄν.

19. τῇ ἐξ ἑαυτῶν ξυνέσει] Cp. τῷ ἀφ' ἡμῶν αὐτῶν εὐψύχῳ supra 2. 79.

20. ἀδυνατώτεροι] The order is ἀδυνατώτεροι (sc. 'than cleverer men') μέμψασθαι τοῦ καλῶς εἰπόντος λόγον.

21. κριταὶ ἀπὸ τοῦ ἴσου] 'Impartial judges.'

23. ἡμᾶς] i. e. the orators.

24. παρὰ δόξαν] 'Contrary to our true conviction.' So παρὰ γνώμην τι καὶ πρὸς χάριν λέγοι Thuc. 3. 42.

ὁ αὐτός, etc.] Cp. Thuc. 2. 61 ἐγὼ μὲν ὁ αὐτός εἰμι καὶ οὐκ ἐξίσταμαι, and Soph. Oed. Rex 557

καὶ νῦν ἔθ' αὐτός εἰμι τῷ βουλεύματι.

27. ἀμβλυτέρᾳ] Sc. than if no delay (διατριβὴ χρόνου) had intervened.

28. ἀμύνασθαι] The infinitive, as subject of the sentence, may either take the article, or stand without it as here.

ἀμύνασθαι—ἀναλαμβάνει] 'Vengeance at the least interval from the wrong is the most completely adequate in the satisfaction which it recovers.'

33. τὸ πάνυ δοκοῦν—ἔγνωσται] 'That admitted truths have never been received as such.' The truths he refers to are:—1. That the Athenians cannot be benefited by being wronged; 2. That the Athenians' loss is the Mytileneans' gain. Or perhaps we should translate, 'that we have never agreed to what we are certainly decided on;' referring τὸ πάνυ δοκοῦν to the decree passed about Mytilene; the form of expression is quite compatible with this meaning. Cp. Soph. Aj. 1050

δοκοῦντ' ἐμοὶ δοκοῦντά θ' ὃς κραίνει στρατοῦ.

36. ἑτέροις] Sc. the orators.

37. θεαταὶ τῶν λόγων] Cp. σοφιστῶν θεαταῖς infra 50, and Ar. Rhet. 1. 3 ἀνάγκη δὲ τὸν ἀκροατὴν ἢ θεωρὸν εἶναι ἢ κριτήν.

38. ἀκροαταὶ τῶν ἔργων] Is explained by the next passage τὰ μὲν μέλλοντα—ἐπιτιμησάντων, which must be compared with what Nicias says, Thuc. 7. 48 καὶ γὰρ οὐ τοὺς αὐτοὺς ψηφιεῖσθαί τε περὶ σφῶν αὐτῶν καὶ τὰ πράγματα ὥσπερ καὶ αὐτοὶ ὁρῶντες καὶ οὐκ ἄλλων ἐπιτιμήσει ἀκούσαντας γνώσεσθαι, ἀλλ' ἐξ ὧν ἄν τις εὖ λέγων διαβάλλοι ἐκ τούτων αὐτοὺς πείσεσθαι.

39. τὰ δὲ πεπραγμένα, etc.] 'And as for what has already happened, giving less credit to facts themselves on the evidence of your own eyesight, than to what you hear about them from the mouth of clever critics.' The

simple construction would be τὰ δὲ πεπραγμένα ἤδη οὐ πιστότερα ὄψει λα-
βόντες, etc.; but for greater emphasis πεπραγμέια is reserved to stand in
contrast with μέλλοντα. and is repeated by a fresh word, δρασθέν, to form a
fresh antithesis to ἀκουσθέν.

40. ἀπὸ τῶν—ἐπιτιμησάντων] Is the equivalent of ἄλλων ἐπιτιμήσει of
Thuc. 7. 48, quoted above.

45. μὴ ὕστεροι—τῇ γνώμῃ] 'To appear not to *follow behind* the speaker
in thought' (but on the contrary, to *anticipate* him, as explained in the next
words).

46. ὀξέως—προεπαινέσαι] 'To be quick to applaud a point (or hit) even
before it is uttered.'

τι λέγοντος] The gen. absolute, 'when a speaker says something,' i. e.
something to the purpose, like λέγω τι; in Soph. Oed. Rex 1475, and
opposed to οὐδὲν λέγειν, 'to talk nonsense.'

48. ζητοῦντες ἄλλο τι, etc.] 'With your thoughts fixed on things far
removed from practical realities.'

52. μάλιστα μίαν πόλιν, etc.] 'Have, for one city, done you the greatest
injury,' i. e. have injured you more than any one city. Cp. infra 4. 45 μιᾷ
πόλει—μέγιστον, and Thuc. 1. 74 μάλιστα ἐτιμήσατε ἄνδρα ξένον.

65. πάρεσχεν ὄκνον μὴ ἐλθεῖν ἐς τὰ δεινά] For the redundant negative,
cp. ἃ πρότερον ἀπεκρύπτετο μὴ ποιεῖν Thuc. 2. 53.

69. εἴωθε, etc.] The order is, εἴωθε δὲ (ἡ εὐπραξία) ἐς ὕβριν τρέπειν
(ταύτας) τῶν πόλεων αἷς ἂν μάλιστα (ἀπροσδόκητος) καὶ δι' ἐλαχίστου
ἀπροσδόκητος ἡ εὐπραξία ἔλθῃ.

71. τὰ δὲ πολλά] Is nominative, the construction being, τὰ δὲ πολλὰ ἀσφα-
λέστερά ἐστι κατὰ λόγον τοῖς ἀνθρώποις εὐτυχοῦντα ἢ παρὰ δόξαν (αὐτοῖς
εὐτυχοῦντα). 'In general, prosperity is surer when it comes to men in
the ordinary course of events. than when it comes unexpectedly.'

74. μηδὲν διαφέροντας—τετιμῆσθαι] 'Ought never to have been honoured
by you above (διαφέροντας) the other allies.'

77. καὶ μὴ τοῖς μὲν προστεθῇ—τὸν δὲ ἀπολύσητε] See on μὴ βούλεσθε
—τούτους δὲ ἀπόλλυτε supra Andocides 35.

83. τίνα οἴεσθε ὄντινα—ἀποστήσεσθαι] The full and unattracted sent-
ence would be, τίνα οἴεσθε εἶναι ὅστις οὐκ ἀποστήσεται; the relative is
here attracted to the case and construction (accusative with infinitive) of its
antecedent, as in Thuc. 3. 46 τίνα οἴεσθε ἥντινα οὐκ ἄμεινον μὲν ἢ νῦν
παρασκευάσασθαι; and Plat. Prot. 323 C ἀναγκαῖον οὐδένα ὄντιν' οὐχὶ ἀμωσ-
γέπως μετέχειν αὐτῆς.

91. λόγῳ πιστὴν οὔτε χρήμασιν ὠνητήν] 'Which rhetoric can make
sure or money buy.' But perhaps it is better to take πιστήν as active, =
'relying on.' Cp. supra 32 καὶ δῆλον ὅτι ἢ τῷ λέγειν πιστεύσας—ἢ κέρδει
ἐπαιρόμενος—πειράσεται, and Soph. Oed. Col. 1031

ἀλλ' ἔσθ' ὅτῳ σὺ πιστὸς ὢν ἔδρας τάδε.

92. ξυγγνώμην—λήψονται] 'It will be allowed them that their fault was
but one of human infirmity. Cp. Herod. 1. 89 συγγνόντες ποιέειν σε δίκαια.'
(Arnold.)

iii. 97, 100. καὶ μὴ πρὸς τοὺς—καὶ μὴ ἐν ᾧ] The μή makes a strong as-severation, as in Hom. Il. 10. 329-30

ἴστω νῦν Ζεὺς αὐτὸς ἐρίγδουπος πόσις Ἥρης,
μὴ μὲν τοῖς ἵπποισιν ἀνὴρ ἐποχήσεται ἄλλος.

And Ar. Av. 194, 5

μὰ γῆν μὰ παγίδας μὰ νεφέλας μὰ δίκτυα,
μὴ 'γὼ νόημα κομψότερον ἤκουσά πω.

Or in each case an imperative may be understood after the μή: 'let not pity be given:' 'let not the orators contend.'

103. ὁμοίους, etc.] 'Who are left the same as before, and none the less hostile.'

106. ὑμᾶς αὐτοὺς δικαιώσεσθε] Corresponds rhetorically to τὰ δίκαια ἐς Μυτιληναίους ποιήσετε. 'You will do justice upon yourselves,' i. e. will con-demn yourselves as tyrannising unjustly over others.

108. τοῦτο δρᾶν] Sc. rule by force.

109. ἐκ τοῦ ἀκινδύνου ἀνδραγαθίζεσθαι] ἀσκεῖν ἀνδραγαθίαν ἀκίνδυνον, Scholiast. Cp. ἀπραγμοσύνῃ ἀνδραγαθίζεται Thuc. 2. 63.

114. διόλλυνται] Probably means, 'destroy him:' the middle voice, as in Thuc. 6. 12 τοὺς φίλους ξυναπόλεσθαι, and perhaps in Soph. El. 1010

ἡμᾶς ὄλεσθαι κἀξερημῶσαι γένος.

115. μὴ ξὺν ἀνάγκῃ] Equivalent to μὴ ξὺν προφάσει supra. 'He who has been attacked wantonly' (without any urgent cause driving the aggressor into the attack).

116. τοῦ ἀπὸ τῆς ἴσης ἐχθροῦ] 'The enemy who is equally aggressive,' i. e. who will attack, if he is not attacked first.

117. γενόμενοι, etc.] 'Going back in feeling to the moment of suffering,' i. e. to the moment when the Mytileneans injured you by revolting. Cp. supra 28 ἀμύνασθαι τῷ παθεῖν ὅτι ἐγγύτατα κείμενον, etc.

iv. 1. τῆς πόλεως] Ambracia.

7. ἐπὶ τῆς ἐσβολῆς] 'Towards the pass.'

13. τῇ ὄψει, etc.] 'Not being detected by their faces,' or 'appearance.'

22. ἅμα τοῦ ἔργου τῇ ξυντυχίᾳ] 'Concurrently with the action.' Cp. Thuc. 1. 33 ἡ ξυντυχία τῆς ἡμετέρας χρείας.

31. ξυνεξῇεσαν] Sc. from Olpe.

45. μιᾷ πόλει—μέγιστον] See on μάλιστα μίαν πόλιν supra 3. 52.

v. 11. ὀλοφυρμῶν—εἴ ποτε ὄψοιντο] Virtual oratio obliqua: 'lament-ations at the thought of whether they should ever see their friends again.'

13. ἐν τῷ παρόντι καιρῷ—μᾶλλον αὐτοὺς ἐσῄει τὰ δεινὰ ἢ ὅτε ἐψηφί-ζοντο πλεῖν] The same thought in Eur. Supp. 484, 5

εἰ δ' ἦν παρ' ὄμμα θάνατος ἐν ψήφου φορᾷ,
οὐκ ἄν ποθ' Ἑλλὰς δοριμανὴς ἀπώλλυτο.

17. ὡς ἐπὶ—διάνοιαν] 'To see the realization of a notable and incredible idea,' viz. the expedition to Sicily, which no one had dreamt of seeing carried into execution.

18. παρασκευή, etc.] The difficulty arises from the combination in one sentence of two sets of superlatives, 1. πρώτη; 2. πολυτελεστάτη καὶ εὐπρε-

πεστάτη. Literally, 'This expedition was the first which, sailing from a single city, and that with a purely Greek force, was prepared on the most costly and magnificent scale known up to that time,' i. e. according to English idiom, 'was the first which was prepared on *such* a costly and magnificent scale.'

μιᾶς πόλεας] Opposed to a confederate force, such as, for instance, fought at Troy or Salamis. Also see on μάλιστα μίαν πόλιν supra 3. 52.

21. ἡ αὐτὴ] See Thuc. 2. 58 τοῦ δ' αὐτοῦ θέρους "Αγνων ὁ Νικίου καὶ Κλεύπομπος ὁ Κλεινίου, ξυστρατηγοὶ ὄντες Περικλέους, λαβόντες τὴν στρατιὰν ἧπερ ἐκεῖνος ἐχρήσατο (viz. against Epidaurus) ἐστράτευσαν εὐθὺς ἐπὶ Χαλκιδέας—καὶ Ποτίδαιαν.

25. οὗτος δὲ ὁ στόλος] Supply ὡρμήθη from the preceding ὡρμήθησαν.

26. κατ' ἀμφότερα, etc.] 'Fitted out in both branches, ships and land force, with whatever might be wanted.' Cp. Thuc. 7. 50 παρεσκευάζοντο ὡς ἐπιθησόμενοι κατ' ἀμφότερα—καὶ ναυσὶ καὶ πεζῷ.

οὗ] i. e. τούτῳ οὗ. See on τὸ δ' εὐτυχὲς οἷ supra 2. 181.

29. δραχμήν] = six obols: the usual pay was only three, or half a drachma; at Potidaea the sailors received a drachma a day, the hoplites two.

30. κενάς] 'Unequipped:' the trierarchs had to supply the outfit.

31. ὑπηρεσίας] Cp. Thuc. 1. 143 κυβερνητὰς ἔχομεν πολίτας καὶ τὴν ἄλλην ὑπηρεσίαν πλείους καὶ ἀμείνους: 'the petty officers,' such as κυβερνήτης, κελευστής, etc.

32. τοῖς θρανίταις] οἱ θρανῖται μετὰ μακροτέρων κωπῶν ἐρέττοντες πλείονα κόπον ἔχουσι τῶν ἄλλων. διὰ τοῦτο τούτοις μόνοις ἐπιδόσεις ἐποιοῦντο οἱ τριήραρχοι, οὐχὶ δὲ πᾶσι τοῖς ἐρέταις, Scholiast.

34. ἐς τὰ μακρύτατα] = ἐπὶ τὸ πλεῖστον, Scholiast.

36. καταλόγοις χρηστοῖς] 'Picked lists.' In the same sense, cp. Thuc. 5. 8 τῶν γὰρ 'Αθηναίων ὅπερ ἐστράτευσε καθαρὸν ἐξῆλθε καὶ Λημνίων τὸ κράτιστον.

37. σπουδῇ σκευῶν] 'Zeal about the equipment.' Cp. infra 6. 182 σπουδὴ τῆς ὁδοῦ.

39. ᾧ τις ἕκαστος προσετάχθη] 'In his own post or duty.' Cp. infra 6. 39 πᾶς δέ τις ἐν ᾧ προσετάχθη αὐτὸς ἕκαστος ἠπείγετο πρῶτος φαίνεσθαι.

40. ἐπίδειξιν—εἰκασθῆναι] 'An impression was produced rather of a display of might and power before the rest of Greece, than of a preparation against an enemy.' ἐς τοὺς "Ελληνας depends on ἐπίδειξιν; for εἰκασθῆναι, cp. Thuc. 1. 10 διπλασίαν ἂν τὴν δύναμιν εἰκάζεσθαι, i. e. 'would be likened to be (would produce the impression of being) double what it is.'

43. προσετετελέκει] 'Had spent on the expedition.'

44. ἅ τε περὶ τὸ σῶμα, etc.] 'What people had spent on their own equipment, and what the trierarchs had spent on the several ships.'

46. τοῦ ἐκ τοῦ δημοσίου μισθοῦ] 'The pay issued from the public funds.'

47. ἐπὶ μεταβολῇ] 'For barter,' cp. Thuc. 7. 13 οἰόμενοι χρηματιεῖσθαι μᾶλλον ἢ μαχεῖσθαι, and ibid. εἰσὶ δ' οἳ καὶ αὐτοὶ ἐμπορευόμενοι (trading) —τὴν ἀκρίβειαν τοῦ ναυτικοῦ ἀφῄρηνται.

R

v. 51. στρατιᾶς—ὑπερβολή] 'Superiority of force over those against whom they were sailing.'

53. πρὸς τὰ ὑπάρχοντα] 'Compared with their actual resources.'

56. ὑπὸ κήρυκος] 'Praecone verba praeeunte.' (Haack.)

vi. 5. λόγῳ αὐτοῖς οὔπω ἱκανὰ εἰρῆσθαι] αὐτοῖς. 'By them,' i. e. the commanders; αὐτοῖς, not αὑτοῖς, though immediately preceded by σφίσιν. See on τῷ ὑπερβάλλοντι αὐτῶν supra Thuc. 2. 35.

6. πατρόθεν ἐπονομάζων] The father's name, when joined with the man's own, would serve to distinguish the family. See on οὐκ ὄνειδος—οἰκία οὖσα supra Andocides 15.

7. φυλήν] Cp. supra Thuc. 2. 6 ἧς ἕκαστος ἦν φυλῆς: the φυλή was the chief social bond of connection among the Athenians.

10. τῆς ἐν αὐτῇ ἀνεπιτάκτου, etc.] See on ἐλευθέρως—ὑποψίαν supra Thuc. 2. 61.

11. ἄλλα τε λέγων—ἐπιβοῶνται] The order is, ἄλλα τε λέγων ὅσα καὶ ὑπὲρ ἁπάντων—προφερόμενα ἐν τῷ τοιούτῳ—ἄνθρωποι εἴποιεν ἂν οὐ—φυλαξάμενοι, ἀλλ' ἐπὶ τῇ παρούσῃ—ἐπιβοῶνται (= εἴποιεν ἄν).

13. καὶ—προφερόμενα] καί does not here mean 'and,' but simply emphasizes ἁπάντων, as in Thuc. 4. 14 καὶ ἀπὸ πάντων ἤδη βεβοηθηκότες.—παραπλήσια as predicate must be taken closely with προφερόμενα. The whole clause καὶ ὑπὲρ ἁπάντων—προφερόμενα is removed, for emphasis, from the words ἄλλα ὅσα with which it is naturally connected and must be construed. ἐπιβοῶνται is a mere repetition of εἴποιεν ἄν, and in construction is redundant. Translate: 'And adding all the other arguments which, brought forward as they are on all occasions in a similar strain, about wives and children, and the gods of their fathers. men make use of in similar stress of times, nor afraid of appearing to deal with old-fashioned topics, but appealing to them (ἐπιβοῶνται) because they consider them useful for their present alarm.'

15. ἀναγκαῖα] 'What time would allow of,' 'that little it was possible to say,' like αὐτὰ τἀναγκαιότατα of Dem. de Cor. 269. Cp. Thuc. 1. 90 ἀναγκαιότατον ὕψος, and Plat. Rep. 369 D εἴη δ' ἂν ἡ ἀναγκαιοτάτη πόλις ἐκ τεττάρων ἢ πέντε ἀνδρῶν.

17. ὡς ἐπὶ πλεῖστον ἐδύνατο] 'As widely extended as he could.'

21. ζεῦγμα τοῦ λιμένος] Cp. Thuc. 7. 59 ἔκλῃον (οἱ Συρακύσιοι) τὸν λιμένα τριήρεσι πλαγίοις καὶ πλοίοις καὶ ἀκατίοις ἐπ' ἀγκυρῶν ὁρμίζοντες.

τὸν παραλειφθέντα διέκπλουν] 'Any way through which they might find left practicable.' This is an instance of the distributive force of the article.

23. παραπλησίαις—καὶ πρότερον] 'With nearly the same number of ships as before.' Cp. infra 99 παραπλήσια—καὶ ἔδρασαν. So ταῖς αὐταῖς—καί infra Lysias 2. 14.

28. τὰ ἀπὸ τοῦ καταστρώματος] 'The service on the deck.' (Arnold.)

43. ἐμβολαί, ἀνάκρουσις, διέκπλους] Regular nautical manoeuvres rendered impossible in the present instance by the want of space. ἐμβολή, a charge with the ship's beak, as opposed to the irregular προσβολαί mentioned below. The διέκπλους and περίπλους were the manoeuvres on

which the Athenians chiefly relied, ὧπερ τῆς τέχνης μάλιστα ἐπίστευον Thuc. 7. 36.

53. καθ' ἓν ἕκαστον] 'In one particular point or direction.'

55. ἀκοῆς ὧν] i. e. τούτων ὧν.

57. τὴν τεχνὴν] Sc. τὴν κελευστικήν, Scholiast.

58. ἐπιβοῶντες] Ἀ σχῆμα πρὸς τὸ σημαινόμενον, as though ἐβόων οἱ κελευσταί had preceded, instead of βοὴ τοῖς κελευσταῖς ἐγένετο; cp. Thuc. 3. 36 ἔδοξεν αὐτοῖς—ἐπικαλοῦντες, quasi ἠξίωσαν—ἐπικαλοῦντες; Thuc. 6. 24 ἔρως ἐνέπεσε—τοῖς ἐν ἡλικίᾳ εὐέλπιδες ὄντες; Thuc. 7. 42 τοῖς Συρακοσίοις—κατάπληξις ἐγένετο—ὁρῶντες. With τοῖς Συρακοσίοις καὶ ξυμμάχοις understand ἐπιβοῶντες οἱ κελευσταί.

65. κεκτημένης] Passive.

72. πάντων γὰρ δή, etc.] διότι is Dobree's conjecture for διὰ τό. The construction is ὁ φόβος ἦν οὐδενὶ ἐοικὼς πάντων τε ἀνακειμένων—ἐς τὰς ναῦς καὶ διότι—ἠναγκάζοντο ἔχειν. τε though joined to ὁ φόβος belongs in construction to πάντων ἀνακειμένων. The meaning perhaps is, 'The panic of the Athenians was like none known before, both because they had everything depending on their ships, and because even the view which they could gain of the sea-fight from the shore was necessarily (partial and) varying' (and this added to the confusion).

77. ἀνεθάρσησαν ἄν] See on ὑπέστρεφον ἄν supra Hdt. 8. 61.

83. ἴσα τῇ δόξῃ] 'In sympathy with their apprehensions.'

ἐν τοῖς χαλεπώτατα διῆγον] 'Fared hardest of all.' Cp. Thuc. 1. 6 ἐν τοῖς πρῶτοι; id. 3. 17 ἐν τοῖς πλεῖσται; infra Plat. 2. 29 ἐν τοῖς βαρύτατα; ἐν τοῖς so used with the superlative, is invariable and adverbial: originally it would seem to have meant 'amongst them;' thus, e. g. ἐν τοῖς πρῶτοι is practically equivalent to πάντων πρῶτοι.

84. παρ' ὀλίγον, etc.] 'They were always within a little of escaping or being ruined.' Cp. Thuc. 4. 106 τὴν Ἠϊόνα παρὰ νύκτα ἐγένετο λαβεῖν.

86. πάντα, ὀλοφυρμός, etc.] Nominatives to ἦν. Cp. Aesch. Pers. 419
θάλασσα δ' οὐκέτ' ἦν ἰδεῖν.

90. λαμπρῶς] = φανερῶς. Cp. Thuc. 1. 49 ἡ τροπὴ ἐγένετο λαμπρῶς.

99. παραπλήσια, etc.] 'They were now suffering the same disasters as they had inflicted at Pylos.' See on παραπλησίαις καὶ πρότερον supra 23.

116. μὴ ἂν ἔτι οἴεσθαι κρατῆσαι] ἄν with κρατῆσαι.

119. καὶ ἡ ἀνάστασις—ἐγίγνετο] καί marks the apodosis as infra 299 ὡς ἔδοξεν αὐτοῖς, καὶ ἐποίουν ταῦτα, and Thuc. 2. 93 ὡς δὲ ἔδοξεν, καὶ ἐχώρουν εὐθύς. Cp. on τοῖς δέ supra Thuc. 2. 209.

121. ὅτι τὰς ναῦς—κινδυνεύοντες] Is in apposition to καθ' ἓν μόνον τῶν πραγμάτων.

132. οὐκ ἄνευ ὀλίγων] 'The negative must be twice repeated, as if it were οὐκ ἄνευ οὐκ ὀλίγων, just as "non modo" in Latin is used instead of "non modo non."' (Arnold.)

145. καὶ μὴν ἡ ἄλλη αἰκία, etc.] We may either take the καί before ἡ ἰσομοιρία τῶν κακῶν as the simple conjunction, and translate, 'And indeed their wretchedness in other respects and fellowship of misfortune, though it

had some alleviation, namely, that they suffered in company, seemed yet intolerable at that moment:' or possibly καὶ—ἔχουσα ὅμως may be equivalent to καίπερ—ἔχουσα ὅμως. Cp. Eur. Med. 280

$$\text{ἐρήσομαι δὲ καὶ κακῶς πάσχουσ' ὅμως,}$$

and the clause καὶ ἡ ἰσομοιρία—τὸ μετὰ πολλῶν may mean, 'Although the fact that all shared alike in the calamity afforded some alleviation, namely, that they suffered in company.' In this case, however, we should expect the genitive, rather than the nominative, absolute.

vi. 147. ἀπὸ οἵας, etc.] Especially when they thought from what splendour, etc.; cp. supra 2. 122 ἀγανάκτησιν ἔχει ὑφ' οἵων κακοπαθεῖ; and supra 5. 11 ὀλοφυρμῶν—εἴ ποτε ὄψοιντο: and for the double οἷος Soph. Aj. 923

$$\text{οἷος ὢν οἵως ἔχεις.}$$

149. ἀφῖκτο] Sc. τὰ πράγματα.

163. ταῖς ξυμφοραῖς, etc.] 'To blame yourselves for your misfortunes.' Dative of circumstance.

169. ὅμως] i. e. in spite of our disasters.

187. εἰρημένον] Participle absolute, like δεδογμένον Thuc. 1. 125.

192. ἄνδρες γάρ] Cp. Soph. Oed. Rex 55 foll.

$$\text{ξὺν ἀνδράσιν κάλλιον ἢ κενῆς (sc. γῆς) κρατεῖν.}$$
$$\text{ὡς οὐδέν ἐστιν οὔτε πύργος οὔτε ναῦς}$$
$$\text{ἔρημος ἀνδρῶν μὴ ξυνοικούντων ἔσω:}$$

and infra Demosth. 9. 195 οὐ λίθοις ἐτείχισα τὴν πόλιν οὐδὲ πλίνθοις ἐγώ.

204. περὶ τοῖς δορατίοις—κατέρρεον] εὐθὺς διεφθείροντο refers to τοῖς δορατίοις; ἐμπαλασσόμενοι κατέρρεον to σκεύεσιν, 'got entangled with their baggage and fell down:' for κατέρρεον in this sense, cp. Ar. Pax 146

$$\text{ἐκεῖνο τήρει μὴ σφαλεὶς καταρρυῆς.}$$

219. ἀπεκρύψαντο] i. e. the Peloponnesian and Syracusan soldiers hid them away, in order to use or sell them as slaves.

222. ἐς τὸ κοινόν] 'To the body of the public prisoners,' as opposed to those who were stolen away (διακλαπέν) and made slaves of by individual soldiers.

239. νήσῳ] Sphacteria.

245. βασανιζόμενος] Sc. by the Lacedaemonians: διὰ τὸ τοιοῦτο with βασανιζόμενος, 'in order to discover the truth about such a charge.'

249. ὅτι ἐγγύτατα τούτων αἰτίᾳ] 'Some charge very like this.'

251. διὰ τὴν—ἐπιτήδευσιν] 'On account of a life habituated to the practice of every virtue.' For the construction with ἐς, cp. supra 167 πολλὰ μὲν ἐς θεοὺς νόμιμα δεδιῄτημαι.

256. μεταβολῇ] Sc. from heat to cold, and the reverse.

261. κοτύλην] The fourth of a choenix, or about half-a-pint; two κότυλαι of wine a-day was allowed to the Lacedaemonians in Sphacteria, θεράποντι δὲ τούτων ἡμίσεα Thuc. 4. 16.

267. ἔργον Ἑλληνικόν] The word Ἑλληνικόν seems to be added to make a rhetorical correspondence to the following ὧν ἀκοῇ Ἑλληνικῶν ἴσμεν.

271. οὐδὲν ὀλιγὸν ἐς οὐδὲν κακοπαθήσαντες] Cp. ὀλιγὸν οὐδὲν ἐς οὐδὲν ἐπενόουν Thuc. 7. 59.

275. τοῖς πάνυ τῶν στρατιωτῶν] 'Distinguished' or 'prominent soldiers,' so Thuc. 8. 89 τῶν πάνυ στρατηγῶν.

299. καὶ ἐποίουν ταῦτα] See on καὶ ἡ ἀνάστασις ἐγίγνετο supra 119.

XVII.

Xenophon.

i. 10. ταῦτα εἰπών] Sc. Thrasybulus.

18. τοῦ ὁμάλου] The level ground at the bottom of the hill, up which the enemy had marched to attack Thrasybulus.

ii. 1. A παρασαγγής, according to Hdt. 5. 53, is 30 stadia, or about 3½ miles: with Xenophon it is a varying distance, 5 parasangs usually making up a day's march or σταθμός.

23. παρεγγυώντων] 'Passing on the word,' cp. Eur. Suppl. 700

> ἔκτεινον ἐκτείνοντο καὶ παρηγγύων
> κελευσμὸν ἀλλήλοισι σὺν πολλῇ βοῇ.

iii. 2. ἐπιδείκνυται] 'Makes a display' (in the manner of the sophists).

30. σπανέως ἀφ' ὧν] i. e. τούτων ἀφ' ὧν, 'a want of means to provide these pleasures.'

33. οἷς ἂν—ἐργάζωνται] οἷς for ἅ by attraction of τούτοις.

37. ὑποκυριζόμενοι] 'Nicknaming:' the word is generally used in a favourable sense, as ἣν ὑποκοριζόμενοι καλοῦμεν ὡς εὐήθειαν infra Plato 5. 2.

43. ἐπ' ἀγαθοῖς, etc.] 'More distinguished for good deeds.'

74. τῆς ἡμέρας, etc.] 'Lulling to sleep the best of the day.'

81. οἷ] Sc. ὁ σὸς θίασος.

89. οἷς προσήκει] i. e. παρὰ οἷς προσήκει μὲ τιμᾶσθαι. 'Amongst whom it behoves me to be honoured,' viz. the good: for the omission of the preposition, cp. Xen. Mem. 3. 7 ἐν ταῖς συνουσίαις—αἷς σύνει τοῖς τὰ τῆς πόλεως πράττουσι, for ἐν αἷς, and Id. Hell. 1. 6 ἐν τῷ χρόνῳ ᾧ ἂν ἐκεῖνα προσδεχύμεθα, for ἐν ᾧ.

iv. 5. ὀρθὸν ἐκ τῶν ἐπηλλαγμένων] 'A straight scent after many cross ones.'

19. ἐφ' αὑτόν, etc.] 'Will bring upon himself the very baying and cry of the hounds he is fleeing from.'

22. περιελίξαντα, etc.] 'The hunter must gather up his cloak round his arm, catch up his staff, and run the hounds in the hare's track, minding not to head them, for this perplexes them.'

25. πάλιν περιβάλλει, etc.] 'Makes a long double back to the spot from which he was first started.'

XVIII.

Lysias.

i. 1. ἐκείνων τῶν ἀνδρῶν] Viz. Thrasybulus and his followers, who rescued Athens from the Thirty Tyrants.

3. στασιάσαντες, etc.] 'Having formed a party,' or 'seceded, on behalf of the democracy.'

πάντας πολεμίους κεκτημένοι] 'Having all the city (Athens) for their foe.' Cp. infra 11 πολεμίους δὲ—τοὺς ἑαυτῶν.

5. καινοῖς κινδύνοις] 'On the occasion of new dangers:' dative of circumstance.

11. ὅρκους καὶ συνθήκας] 'The oaths and pledges which they had made among themselves.'

πολεμίους, etc.] 'Having for enemies their own countrymen as well as their former foes' (the Thirty and their adherents).

16. Λακεδαιμονίων] Sc. those who supported the Thirty at Athens, and were slain in the battle with Thrasybulus. Cp. infra 27 βίᾳ παρόντων Πελοποννησίων.

18. τείχη] The long walls from Athens to Piraeus, which were destroyed on the surrender of the city to Lysander, and were rebuilt on the restoration of the democracy.

οἱ κατελθόντες αὐτῶν] i. e. those of them who did not fall in the battle, but lived to be restored to their city.

20. οὐκ ἐπὶ τιμωρίαν—ἐτράποντο] Refers to the amnesty passed after the expulsion of the Thirty.

21. οὔτ' ἐλαττοῦσθαι, etc.] 'Unable to take less and unwilling to take more than their just rights.' ἐλαττοῦσθαι here means, 'to take less than one's rights as a free and equal citizen' (with reference to τῆς δουλείας infra).

22. πλέον ἔχειν] 'To take more than their share,' to enjoy more liberty than their fellow-citizens who remained in Athens.

30. τοὺς ξένους] The volunteers from Corinth who helped the Athenians to expel the Thirty.

ii. 1. εἰ μὲν γὰρ—τὸν κάλλιστον] The thought is borrowed from Hom. Il. 12. 322 foll.

> ὦ πέπον, εἰ μὲν γὰρ πόλεμον περὶ τόνδε φυγόντε
> αἰεὶ δὴ μέλλοιμεν ἀγήρω τ' ἀθανάτω τε
> ἔσσεσθ', οὔτε κεν αὐτὸς ἐνὶ πρώτοισι μαχοίμην,
> οὔτε κε σὲ στέλλοιμι μάχην ἐς κυδιάνειραν·
> νῦν δ', ἔμπης γὰρ κῆρες ἐφεστᾶσιν θανάτοιο
> μυρίαι, ᾶς οὐκ ἔστι φυγεῖν βροτὸν οὐδ' ὑπαλύξαι,
> ἴομεν.

15. θανάτου] The causal genitive. Cp. infra Plato 2. 18 εὐδαιμόνισα τοῦ τρόπου, Soph. El. 1027

> ζηλῶ σε τοῦ νοῦ τῆς δὲ δειλίας στυγῶ.

16. κρεῖττον εἶναι γένεσθαι] 'It is well to have been born.' See supra on Hdt. 3. 66 οὐ γὰρ ἄμεινον.

XIX.

Hippocrates.

i. 10. συγγεγραμμένοις, etc.] 'Apprenticed and sworn according to medical law.'

13. ἐπὶ δηλήσει—εἴρξειν] 'That I will prevent them (sc. the διαιτήματα, prescriptions or rules of diet) from being used to the hurt or wrong of any one.'

ii. 1. ἡ τέχνη] 'The (physicians') art.'

XX.

Plato.

i. 1. αὐτό] i. e. τὸ τεθνάναι.

2. οἷον μηδὲν εἶναι, etc.] i. e. τοιοῦτόν ἐστιν οἷόν (ἐστι) μηδὲν εἶναι τὸν τεθνεῶτα. 'Is like the dead man's being nothing and having no sense of anything.' Cp. infra 6 οἷον ὕπνος, 'is like a sleep'; 16 οἷον ἀποδημῆσαι, etc. 'is like a removal from here to another place.' ὁ γὰρ πλοῦτος οἷον τιμή τις infra Arist. S. 4. Similarly, ἐνθερίσαι μὲν ἡ πόλις οἵα βελτίστη infra Dicaearch. 2. 13. This construction is not to be confounded with the peculiar use of οἷος with the infinitive infra Arist. 7. 1.

3. ἢ κατὰ τὰ λεγόμενα, etc.] 'Or, as they say, it is a change and removal for the soul from this present place to another.'

4. τῇ ψυχῇ] Dativus commodi, or dative of reference, depending, like τοῦ ἐνθένδε τόπου, on μετοίκησις.

5. ἐνθένδε] For ἐνθάδε by the same kind of attraction as τῆς ἐκεῖθεν ἠπείρου Thuc. 2. 69; τῶν ἀπὸ θαλάσσης Ἀκαρνάνων ibid. 80; οἱ ἀπὸ τῶν πύργων id. 3. 23.

7. ἂν οἶμαι] ἄν belongs to εὑρεῖν infra; it is repeated in οἶμαι ἄν, and again immediately before εὑρεῖν.

13. αὐτόν] Repeats ἰδιώτην τινά and τὸν μέγαν βασιλέα.

22. Τριπτόλεμος] Is here introduced on account of his connection with the Eleusinian mysteries. In Gorgias 523 E only three judges are mentioned: δύο μὲν ἐκ τῆς Ἀσίας Μίνω τε καὶ Ῥαδάμανθυν ἕνα δὲ ἐκ τῆς Εὐρώπης Αἰακόν.

36. ἀμήχανον ἂν εἴη εὐδαιμονίας] 'Would be an extraordinary happiness.' εὐδαιμονίας the partitive genitive after ἀμήχανον. Cp. infra 9. 98 ἄτοπα αὐτῷ καταφαίνεται τῆς σμικρολογίας, where the genitive in like manner depends on ἄτοπα.

i. 45. τὸ σημεῖον] Is the δαιμόνιόν τε καὶ τὸ εἰωθός σημεῖον γίγνεσθαι of Plato, Phaedrus 242 B; a kind of divine voice (τινὰ φωνὴν ἔδοξα αὐτόθεν ἀκοῦσαι ibid.), which is thus described in Plato, Apol. 31 D ἐμοὶ δὲ τοῦτ' ἐστὶν ἐκ παιδὸς ἀρξάμενον, φωνή τις γιγνομένη, ἡ ὅταν γένηται, ἀεὶ ἀποτρέπει με τοῦτο ὃ ἂν μέλλω ποιεῖν (so here ἀπέτρεψε) προτρέπει δὲ οὔποτε. Xenophon, on the contrary, represents it as giving positive as well as negative guidance.

52. ἐὰν δοκῶσί τι εἶναι, etc.] 'If they fancy they are of any importance, when they are of none.' Cp. note on τι λέγοντος supra Thuc. 3. 46.

ii. 31. τὸ πλοῖον, etc.] The ship with the sacred embassy (θεωροί) sent yearly to Delos to perform sacrifices to Apollo. From the departure of the ship till its return no execution could take place in Athens.

38. τύχῃ ἀγαθῇ] 'Quod felix faustumque sit.' Cp. Plat. Sympos. 177 E ἀλλὰ τύχῃ ἀγαθῇ καταρχέτω Φαῖδρος, and Ar. Av. 675

ἡγοῦ δὴ σὺ νῷν τύχἀγαθῇ.

41. τῇ ὑστεραίᾳ—ἢ ᾗ ἂν ἔλθῃ, etc.] 'The day after the ship arrives.'

44. τῆς ἐπιούσης ἡμέρας] 'The coming day,' i. e. to-day. Cp. οὐ μέντοι οἶμαι ἥξειν αὐτὸ τήμερον supra 39. This is said very early in the morning. Usually ἡ ἐπιοῦσα ἡμέρα means 'to-morrow.'

45. τῆς ἑτέρας] 'The day after.'

46. ἐν καιρῷ τινι] 'Opportunely.'

50. ἤματί κεν τριτάτῳ, etc.] Hom. Il. 9. 363.

53. ἐναργὲς μὲν οὖν] 'Nay rather, *plain.*' μὲν οὖν corrects Crito's expression ἄτοπον. Cp. Aesch. Ag. 1396

τῷδ' ἂν δικαίως ἦν, ὑπερδίκως μὲν οὖν.

iii. 7. ὥσπερ κατ' ἴχνη, etc.] 'To live following as it were the tracks of what we have said both now and in former time.'

22. ἦ μὴν παραμενεῖν] Sc. με ἠγγυᾶτο.

27. εἰς αὐτὸ τοῦτο] 'In this very respect,' i. e. τὸ μὴ καλῶς λέγειν.

37. αὐτὸ ποιήσει] Sc. τὸ φάρμακον: αὐτό, 'of' or 'by itself.'

39. τοῦ χρώματος οὔτε τοῦ προσώπου] The genitive (partitive) depends on οὐδέν, which goes with διαφθείρας as well as with τρέσας.

46. ἐπισχόμενος] 'Holding the cup to his mouth.'

66. πήγνυντο] Attic optative.

70. τῷ 'Ασκληπιῷ, etc.] This is probably intended by Plato to exhibit the religious character of Socrates and his indifference to death: even at the last moment he is mindful of a trifling duty.

72. εἰ τι ἄλλο λέγεις] 'If you have aught else to enjoin.'

iv. 7. Ἄγρας] Artemis, the 'huntress.'

12. φαίην] Is connected by εἶτα with εἰ ἀπιστοίην, not with οὐκ ἂν ἄτοπος εἴην.

15. ἢ ἐξ 'Αρείου πάγου] Must be connected with κατὰ τῶν πλησίον πετρῶν.

17. λίαν δὲ δεινοῦ, etc.] 'They require a very clever and hardworking man, and one who is not very fortunate (in the task he has undertaken).'

19. τὸ τῶν 'Ιπποκενταύρων εἶδος ἐπανορθοῦσθαι] 'To set right,' or 'correct the form of the Hippocentaurs.'

22. προσβιβᾷ κατὰ τὸ εἰκὸς ἕκαστον] 'Shall force each of them into a probable shape.'

29. εἴτε τι θηρίον τυγχάνω] Sc. ὤν.

32. μεταξὺ τῶν λόγων] 'Between our words,' i. e. while we are talking, by-the-bye.

37. ὡς ἀκμήν, etc.] 'In what full bloom it is, such bloom as may lend the sweetest fragrance to the spot.' The first ὡς is an exclamation, the second the simple relative. The construction in full would be ὡς ἀκμὴν (ἔχει οὕτως) ὡς (ἀκμὴν ἔχων) ἂν εὐωδέστατον παρέχοι τὸν τύπον.

39. ὥστε γε τῷ ποδὶ τεκμήρασθαι] ὥστε is here simply equivalent to ὡς.

40. νυμφῶν τινων, etc.] 'It seems from its images and votive offerings to be sacred to certain of the nymphs and to Achelous.'

42. θερινὸν—χορῷ] 'It gives a shrill summer sound with its cicala's choir.' θερινόν, λιγυρόν, the cognate accusative, which, whether as substantive or as neuter adjective, occurs so frequently after verbs of sound, smell, look, etc. Cp. Theaet. 179 D εἴτε ὑγιὲς εἴτε σαθρὸν φθέγγεται; Hom. Od. 4. 446 ἡδὺ μάλα πνείουσαν: Ar. Plut. 1020

ὄζειν τε τῆς χρόας ἔφασκεν ἡδύ με:

infra Lucian 5. 78 φοβερόν τι καὶ ἀπειλητικὸν προσβλέπουσα: infra Apollodorus 1. 12 πῦρ ἐδέρκετο.

45. ἄριστά σοι ἐξενάγηται] 'You have proved an excellent guide;' in ξεναγουμένῳ, infra 48, Phaedrus plays upon the literal meaning of the word, 'to guide strangers.'

v. 2. καλοῦμεν ὡς εὐήθειαν] Sc. οὖσαν. 'We call by the name of simplicity.' For a somewhat similar phrase, cp. Soph. Oed. Rex 780

καλεῖ με πλαστὸς ὡς εἴην πατρί.

5. τὸ αὑτῶν πράττειν] 'To do their own part' or 'duty.'

6. πληρὴς μὲν γραφικὴ αὐτῶν] Sc. either of εὐσχημοσύνη, εὐαρμοστία, etc. or their contraries ἀσχημοσύνη, ἀναρμοστία, etc.

21. κατὰ σμικρόν] 'Little by little.' In a different sense infra Demosth. 6. 7 καὶ κατὰ μικρόν, 'even a little,' 'even in the slightest degree.'

22. ἕν τι ξυνιστάντες—ψυχῇ] 'Collect unawares one huge evil in their soul.'

26. ἀπὸ παντός, etc.] 'May receive benefit from whencesoever some influence from noble deeds may strike on eye or ear.'

29. εἰς ὁμοιότητα, etc.] 'Into likeness, and friendship, and harmony with good reason.' The dative depends on the substantives ὁμοιότητά τε καὶ φιλίαν καὶ ξυμφωνίαν.

vi. 6. Θαμοῦ] The god and king Thamus or Amus, Greek Ammon.

7. τοῦ ἄνω τόπου] Upper Egypt, the νομὸς Θηβαῖος.

8. καὶ τὸν θεόν, etc.] 'And the god of the city (viz. Thamus mentioned above) they call Ammon.'

12. ἐπ' ἀμφότερα] i. e. both in praise and blame.

13. ἐπειδὴ δὲ ἐπὶ τοῖς γράμμασιν ἦν, etc.] 'When he had got to the letters,' or, 'was engaged in explaining the letters.'

vi. 19. τοὐναντίον εἶπες ἢ δύναται] Sc. τὰ γράμματα. 'You described the reverse of their true effect.'

vii. 17. οἷσι—καλεῦνται] The quotation is from Pindar, Fragm. Thren. ποινὰν παλαιοῦ πένθεος] Either 'the penalty of a long-suffering' (i. e. lasting for nine years as explained in the next words), or possibly 'a penalty for their past crime,' πένθεος denoting their fault as the cause of their suffering.

19. ἐκ τᾶν] 'From which souls:' a σχῆμα πρὸς τὸ σημαινόμενον, ψυχάν, though singular, being used in a distributive sense, and therefore virtually plural.

28. αὐτὸν ἀνευρεῖν] 'To find out by himself,' i. e. without being told by others.

30. τούτῳ τῷ ἐριστικῷ λόγῳ] 'This disputatious reasoning,' namely, the argument that a man can neither learn what he knows nor what he does not know; cp. Plat. Meno 80 D, E.

viii. 2. ἱππομόρφω μὲν δύο τινὲ εἴδη, etc.] For the accusative predicate after the verb of dividing, cp. Thuc. 6. 42 τρία μέρη νείμαντες, Hdt. 4. 148 σφέας αὐτοὺς ἐξ μοίρας διεῖλον: see Plat. Laws, 760 B δώδεκα μὲν ἡμῖν ἡ χώρα πᾶσα ἴσα μόρια νενέμηται, where ἴσα μύρια is nominative and predicate after the passive νενέμηται.

6. στάσει] 'State,' 'condition.'

9. πολύς] 'Gross.'

εἰκῇ συμπεφορημένος] In opposition to διηρθρωμένος; 'without harmony of parts,' 'ill-compacted;' or, perhaps, 'with awkward carriage.'

ix. 2. ἀτὰρ καὶ νῦν] 'And not less now.'

12. οὕτω κἀκεῖνοι] Sc. λόγον ἐκ λόγου μεταλαμβάνουσι.

16. ὕδωρ ῥέον] Sc. of the κλεψύδρα: it is to this that ἀνάγκη in the next sentence refers.

18. ὑπογραφήν, etc.] 'A record which he reads and compares with what the speaker is saying, and out of which he will not suffer him to travel:' ὧν refers to ὑπογραφήν, as though ὑπογεγραμμένα ἄττα παραγιγνωσκόμενα had preceded.

ἣν ἀντωμοσίαν καλοῦσιν] 'Which they call the sworn pleadings.'

20. τὴν ἄλλως, τὴν περὶ αὐτοῦ] Adverbial phrases, arising probably from the ellipse of ὁδόν. αὐτοῦ, sc. the matter of the ὑπογραφή and ἀντωμοσία. 'The arguments never digress, but always go to the exact point.' sc. of the ὑπογραφή and ἀντωμοσία; or αὐτοῦ may be taken as masculine. 'The trial is never for an indifferent stake, but always immediately concerns the speaker.' So Campbell.

31. δεινοί τε καὶ σοφοί] Cp. Ar. Ran. 968

Θηραμένης; σοφός γ᾽ ἀνὴρ καὶ δεινὸς ἐς τὰ πάντα.

36. μηδαμῶς] Sc. ἐάσαντες πάλιν ἐπὶ τὸν λόγον τραπώμεθα.

37. ὅτι οὐχ ἡμεῖς οἱ ἐν τῷ τοιῷδε χορεύοντες, etc.] 'That it is not we who are of such a chorus as this, that are slaves to our arguments.'

47. σπουδαὶ δέ, etc.] 'And as for club factions for office, and meetings and banquets and revels with singing girls—they do not even dream of

having to do with such things;'—the nominatives are absolute, the sentence
changing its form after κῶμοι.

49. εὖ δὲ ἢ κακῶs, etc.] 'And whether any one in the city be well or ill
born, or what stain may taint a man's pedigree, whether in the male or
female line, he can no more tell than he can count, as they say, the drops in
the sea.' ἢ or εἴτε is omitted before εὖ, as οὔτε before Πάρις in Aesch.
Ag. 532

Πάρις γὰρ οὔτε συντελὴs πόλις.

57. πᾶσαν πάντῃ φύσιν—ὅλου, etc.] 'Everywhere investigating every
nature in each class (ὅλου) of existing things.'

78. ἴδιον οὐδέν] 'He can never know personalities against any one.'

82. τύραννόν τε γάρ, etc.] Both τύραννον ἢ βασιλέα ἐγκωμιαζόμενον
and ἕνα τῶν νομέων—εὐδαιμονιζόμενον are governed by ἀκούειν; the
former as object, the latter as predicate. 'In the encomiums of a tyrant
or a king he fancies he is listening to compliments paid to one of the
herdsmen, as, for instance, to a swineherd or shepherd, or to a cowherd
for being a good milker.'

91. ὑμνούντων] The genitive depends on ἔπαινον, the construction being
τὰ δὲ δὴ γένη ὑμνούντων τὸν ἔπαινον ἡγεῖται εἶναι (ἔπαινον) ὁρώντων
ἀμβλύ. In 97 the genitives σεμνυνομένων and ἀναφερόντων depend on
σμικρολογίαs: or in both cases the genitive may be taken as absolute.

98. ἄτοπα—τῆς σμικρολογίας, etc.] Translate: 'It seems to him a
strange pettiness in men who pride themselves on a pedigree of five-and-
twenty ancestors (literally, on five-and-twenty ancestors by register), and
carry up their race to Hercules, the son of Amphitryon.' See on ἀμήχανον
ἂν εἴη εὐδαιμονίας supra i. 36.

99. ὁ ἀπ' Ἀμφιτρύωνος, etc.] 'The twenty-fifth from Amphitryon in
the upward line.'

101. ἀπ' αὐτοῦ] i. e. τοῦ ἀπ' Ἀμφιτρύωνος πενταεικοστοῦ: δυναμένων
genitive absolute.

106. καὶ ἐθελήσῃ τις αὐτῷ, etc.] αὐτῷ, ethic dative. 'And a man will
oblige him by quitting the question of what wrong do I to you or you
to me? for the examination of justice and injustice itself' (i. e. in the
abstract).

109. αὐτοῖν] i. e. δικαιοσύνης τε καὶ ἀδικίας.

115. τὰ ἀντίστροφα ἀποδίδωσιν] 'He exhibits the reverse of the
picture.'

125. ἀναβάλλεσθαι ἐπιδέξια ἐλευθέρως] 'Pallium more hominum inge-
nuorum super sinistros humeros dextrorsum rejicere et colligere,' (Stallbaum;)
to throw the mantle over the left shoulder, so as to fall in folds towards the
right. Cp. Ar. Av. 1567

οὗτος τί δρᾷς; ἐπ' ἀρίστερ' οὕτως ἀμπέχει;
οὐ μεταβαλεῖς θοἰμάτιον ὧδ' ἐπὶ δεξιάν;

xi. 3. ἡ δὲ Κουρεῶτις] i. e. it chanced to be the Curcotis of the Apa-
turia. Κουρεῶτις was the third day of this feast.

26. οἷς] Viz. the citizens of Sais.

xi. 37. καὶ τὰ τῶν ἐτῶν, etc.] 'And endeavoured to count up how many years old were the events he was telling of, and to reckon their dates.'

50. τὸ δ' ἀληθές ἐστι, etc.] 'But the truth is, a change takes place in the things that move in heaven and earth, and, at long intervals, there occurs a destruction by a flood of fire of all that is on earth.'

55. λυόμενος] 'Rescuing us.'

60. κάτωθεν] 'From underground springs.'

62. τοτὲ μὲν πλέον τοτὲ δὲ ἔλαττον, etc.] 'Sometimes in greater, sometimes in less numbers, a race of men always exists.'

63. ὅσα] Is properly the nominative to γέγονεν, but is repeated by εἴ πού τι in the following line.

67. ἄρτι κατεσκευασμένα τυγχάνει—καὶ πάλιν.] See on Hdt. 8. 89 supra.

76. ἄριστον—ἐπ' ἀνθρώπους] 'The best throughout the race of men.' Cp. Hom. Il. 24. 201, 202

> ὤ μοι, πῇ δή τοι φρένες οἴχονθ' ἧς τὸ πάρος περ
> ἔκλε' ἐπ' ἀνθρώπους ξείνους ἠδ' οἷσιν ἀνάσσεις;

80. ὑπὲρ τὴν μεγίστην φθορὰν ὕδασιν] 'Beyond,' i.e. 'before the greatest destruction by water.'

88. τῆς θεοῦ] The Egyptian Neïth, Athenian Athene. See supra 26–28.

90. ἔτεσι χιλίοις] With προτέραν, 'first by a thousand years.'

91. διακοσμήσεως] 'The number of 8000 years is set down with us in our sacred books as the age of our constitution here.'

96. τοὺς μὲν οὖν νόμους, etc.] 'Compare the laws (of your ancient Athens) with our laws here, and you will find here at the present time many samples of those existing amongst you then.'

98. πρῶτον μὲν τὸ τῶν ἱερέων, etc.] With this passage cp. the account of Hdt. 2. 164, where seven γένη or castes are named, ἔστι δὲ Αἰγυπτίων ἑπτὰ γένεα· καὶ τούτων οἱ μὲν ἱρέες, οἱ δὲ μάχιμοι κεκλέαται, οἱ δὲ βούκολοι, οἱ δὲ συβῶται, οἱ δὲ κάπηλοι, οἱ δὲ ἑρμηνέες, οἱ δὲ κυβερνῆται.

104. ἡ τῆς ὑπλίσεως, etc.] The construction is, ἡ τῆς ὁπλίσεως αὐτῶν σχέσις (ἐστὶ σχέσις) ἀσπίδων καὶ δοράτων, the 'fashion of their armour is that of shields and spears.'

105. τῶν περὶ τὴν 'Ασίαν] Egypt is here reckoned as belonging to Asia.

106. καθάπερ ἐν ἐκείνοις τοῖς τόποις] 'Speaking of those parts of the world,' i. e. Europe.

107. τὸ δ' αὖ περὶ τῆς φρονήσεως] Stands absolutely, 'with regard to wisdom.'

108. περί τε τὸν κόσμον, etc.] The construction is, περί τε τὸν κόσμον ἅπαντα μέχρι μαντικῆς καὶ ἰατρικῆς πρὸς ὑγίειαν (understand κτησάμενος or ἐξανευρών), ἐκ τούτων (sc. τῶν περὶ τὸν κόσμον) θείων ὄντων εἰς τὰ ἀνθρώπινα (αὐτήν, i. e. τὴν ὑγίειαν) ἐξανευρών, ὅσα τε ἄλλα τούτοις ἔπεται μαθήματα πάντα κτησάμενος. The meaning of the whole passage is therefore as follows : 'And again with regard to wisdom, you see what care our law bestowed from the very first, in that it discovered all the cosmical

sciences, even prophecy and medicine, in aid of health, deducing from these
truths which are divine, sanitary rules for human life; and also acquired all
other learning which is akin to this.' The law is here said to do that
which was done by the people subject to it. For the Egyptian μαντική and
its divine origin see Hdt. 2. 83: for their ἰατρική and general attention to
matters of health see Hdt. 2. 77 and 84.

109. ὑγίειαν] Cp. Hdt. 2. 77 εἰσὶ μὲν γὰρ καὶ ἄλλως Αἰγύπτιοι μετὰ
Λίβυας ὑγιηρέστατοι πάντων ἀνθρώπων, τῶν ὡρέων ἕνεκεν: ibid. c. 84 πάντα
δ' ἰητρῶν ἐστι πλέα.

114. τὴν εὐκρασίαν τῶν ὡρῶν] Cp. Hdt. 3. 106 ἡ Ἑλλὰς τὰς ὥρας
πολλόν τι κάλλιστα κεκραμένας ἔλαχε.

126. ὃ καλεῖται ὥς φατε ὑμεῖς, Ἡρακλέους στήλας] 'Which is called, as
you say, the pillars of Hercules.' If στήλας be the right reading, it must be
explained by the attraction of the preceding ὥς φατε ὑμεῖς (sc. καλεῖσθαι
αὐτό).

130. τάδε μὲν γάρ, etc.] i. e. The Mediterranean.

136. τῶν ἐντὸς τῆδε Λιβύης] 'The interior of Libya in this direction;'
'this part of the interior of Libya;' ἐντός i. e. within the pillars of Heracles.

xii. 11. ἀνήκοος] 'Ignorant,' 'unacquainted with history,' as infra De-
mosth. S. 22 σκαῖος καὶ ἀνήκοος.

14. τῶν πρίν, etc.] 'Of those who lived before the Muses were born.'
Partitive genitive.

27. αἳ δή, etc.] 'Who most of all the Muses concerning themselves with
heaven and with philosophy, divine and human, utter the most beautiful
voice.'

XXI.

Isocrates.

i. 1. τὴν τοιαύτην] Refers to δοκιμασίαν in the passage preceding this
extract.

κυρίαν—ἐπιμελεῖσθαι] We may take τῆς εὐταξίας either as governed by
κυρίαν, in which case ἐπιμελεῖσθαι is added *epexegetically*, or as governed by
ἐπιμελεῖσθαι, to which κυρίαν is joined as predicate. The meaning is, · The
censorship which they made mistress and guardian of civic order, was one
that regarded as ignorant men who held,' etc.

4. οὐδὲν γάρ, etc.] · For there could be nothing against all Greeks being
alike in the ease with which they could learn letters from one another' (and
so be able to read the laws).

6. ἀλλὰ— γάρ, etc.] 'But the fact is:' a common elliptical usage: in
ἀλλ', αὐτῷ γελοῖα γὰρ ἐφαίνοντο ποιέειν, μετεπέμψατο Δημάρητον supra Hdt.
8. 23–25, we have the sentence in full. In later Greek the idiomatic use
is lost sight of, and ἀλλὰ γάρ is often simply equivalent to ἀλλά, e. g. ἀλλὰ
ἐπὶ κλίνης γὰρ κομισθῆναι φερόμενον, and ἀλλὰ τοῖς γὰρ ἄλλοις θαῦμα
παρασχέσθαι infra Arrian 2. 16 and 27.

i. 6. ἐπίδοσιν τῆς ἀρετῆς] 'Advance of' or 'in virtue.' Cp. Arist. Eth. Nic. I. 5 ὅθεν καὶ τῶν τεχνῶν γεγόνασιν ἐπιδόσεις, and Thuc. 8. 24 ἐπεδίδου ἡ πόλις αὐτοῖς ἐπὶ τὸ μεῖζον.

13. στοάς] e. g. the Poecile at Athens adorned with frescoes by Polygnotus.

17. ἁπλῶς] 'Simply,' 'without elaboration,' opposed to ἀκριβῶς. Cp. infra 3. 6 τοὺς ἁπλῶς δοκοῦντας εἰρῆσθαι (λόγους) καὶ μηδεμιᾶς κομψότητος μετέχοντας. For the sentiment see supra Thuc. 3. 12 χείροσι νόμοις ἀκινήτοις χρωμένη πόλις κρείσσων ἐστὶν ἢ καλῶς ἔχουσι ἀκύροις.

ii. 1. τὴν φιλοσοφίαν τὴν ἡμετέραν] i. e. The philosophy of speechwriting (τοῦ λογογραφεῖν), or rhetoric.

2. τί τῷ λόγῳ, etc.] The meaning is, You must first consider what effect you wish to produce, and then choose the appropriate rhetorical modes and figures (ἰδέας) for producing it.

5. λήψεται τέλος, etc.] 'Shall be completed in the manner proposed.'

8. νουνεχόντως] 'Rationally:' so in Plat. Leg. 686 E ἐχόντως νοῦν, where the accusative is governed by the participial adverb.

10. προστῆναι, etc.] 'To manage,' 'guide yourselves.' Cp. Hdt. 2. 173 οὐκ ὀρθῶς σεωυτοῦ προέστηκας.

iii. On the rhetorical construction of this period, which was celebrated amongst the ancients, see Müller, 'History of Greek Literature,' I. 512.

12. ἰδεῶν] 'Figures.'

13. ἐπισημαίνεσθαι] 'To applaud.'

17. πολιάς] Sc. τρίχας. Cp. Ar. Eq. 520

ἅμα ταῖς πολιαῖς κατιούσαις:

and Ovid. Met. 6. 26

Falsosque in tempora canos.

21. μαλακώτερος] 'Composed in too loose a style,' i. e. with too little regard to rhetorical rules. Cp. Isocr. Philipp. 172 ἦν μέν τι τῶν εἰρημένων ἢ μαλακώτερον ἢ καταδεέστερον.

μὴ παραβάλλωσι, etc.] 'They may not compare it with the florid style of those (former) speeches, but may judge of it by reference to the rule of composition which I have now adopted.'

XXII.

Aeschines.

i. 2. μὴ τρόπαιον—ἀφ' ὑμῶν] 'Do not erect a trophy over yourselves,' i. e. by allowing your law to be violated. ἀφ' ὑμῶν, literally, 'gained from yourselves,' like Latin 'triumphum ex his ipsis Volscis—egistis,' Livy 6. 7. We also find κατὰ τῶν πολεμίων ἔστησε τρόπαια Lysias, περὶ δημ. τοῦ Νικίου ἀδελφοῦ, 3, and the simple genitive in Soph. Trach. 1102

κοὐδεὶς τρόπαι' ἔστησε τῶν ἐμῶν χερῶν.

ἐν τῇ τοῦ Διονύσου ὀρχήστρᾳ] In which Ctesiphon had proposed to crown Demosthenes.

5. φυγόντας] On the destruction of their city by Alexander, 335. B.C.

6. τοῦτον] Demosthenes.

8. ἀλλὰ ταῖς γε διανοίαις, etc.] ‘At least with your mind’s eye look upon their misfortunes.’

10. τὴν πόλιν] Thebes.

13. τοῖς τιμωρουμένοις] ‘Those who were chastising them,’ viz. Alexander and the Macedonians.

14. τὸν τῆς Ἑλλάδος ἀλιτήριον] ‘The curse of Greece:’ literally, ‘the sinner against Greece.’ Cp. Demosthenes De Coronâ 204 κοινὸν ἀλιτήριον τῶν μετὰ ταῦτα ἀπολωλύτων ἁπάντων, and Thuc. I. 126 ἀλιτήριοι τῆς θεοῦ: or in all these passages the sense may be, ‘under the curse of.’

15. ἀλλὰ καὶ τὸν δαίμονα, etc.] ‘But to beware of the (evil) genius and the fortune that dog the man.’

ii. 5. ἀπίθανα] ‘Unpersuasive,’ ‘falling dead upon the audience.’ So Isocr. Philipp. 29 ἀγαγιγνώσκῃ δέ τις αὐτὸν (his speech) ἀπιθανῶς καὶ μηδὲν ἦθος ἐνσημαινόμενος.

8. φορμορραφούμεθα ἐπὶ τὰ στενά, etc.] ‘We are stitched’ or ‘cooped up into a corner, and certain people are using us like needles to carry the threads of their policy.’

12. συστῆσαι, etc.] ‘That I concocted the Lacedaemonian rebellion.’ This took place in 330 B.C., while Alexander was in the East, but was put down by his general Antipater.

XXIII.

Demosthenes.

i. 4. ἐπὶ δυοῖν ταλάντοιν προικί] ‘With a dower of two talents.’

11. οὕτως ὄναισθε τούτων, μὴ περιίδητέ με] ‘As ye hope for happiness in these, be not unmindful of me.’ For an exactly similar construction in Latin, cp. Hor. Od. I. 3

Sic te diva potens Cypri—
Ventorumque regat pater—
Reddas incolumem precor;

and Virg. Ec. 9. 30

Sic tua Cyrneas fugiant examina taxos.
Incipe.

17. καὶ πρὸς ἠτιμωμένον] ‘And disfranchised as well;’ that is to say, in case he did not obtain one fifth of the votes of the jury.

ii. 2. οὐδὲν γὰρ χείρους, etc.] ‘For you will be none the worse for having heard an example, especially one taken from the usage of a well-governed state.’

14. καὶ οὐ χρημάτων τιμήσεως οὐδεμιᾶς] ‘And not providing for any

pecuniary damages.' The genitive τιμήσεως depends on νόμου. Literally, 'and there not being a law for any pecuniary damages.'

iii. 4. τὴν ἴσην, etc.] 'Occasions the same emulation as a great one.'

6. προσετρίψατο] Frequentative aorist: 'attaches to them.' 'Gilds the possessors with a show of wealth.' (Kennedy.) So in a bad sense, συμφορὰν προστριψάμενος infra 5. 9. and Ar. Eq. 5

πληγὰς ἀεὶ προστρίβεται τοῖς οἰκέταις.

9. οὗτος] .i. e. Androtion (mentioned further on in the text), the friend of Timocrates, against whom the speech is written.

ἀνελὼν—κτήματα, etc.] 'Has annulled your possessions of glory, and rendered those of wealth mean and unworthy of you.' According to Demosthenes, Androtion had persuaded the Athenians to break up and melt down certain public crowns, and to replace them by the φιάλαι mentioned above, which he alleges contained much less gold than the original crowns: by this process the commemorative inscriptions on the crowns (δόξης κτήματα) were lost, and the intrinsic value of the ornaments diminished (τὰ τοῦ πλούτου πεποίηται μικρά).

14. οὐδένα—ἐξέστη] 'Shrank from no risk.' Cp. οὐδένα ἐξίσταμαι Dem. de Cor. 323, and Soph. Aj. 82

φρονοῦντα γάρ νιν οὐκ ἂν ἐξέστην ὄκνῳ.

20. οὐδ' ἃ καταράσαιντ' ἂν οἱ ἐχθροί, etc.] 'Nor doing the very thing their enemies would have invoked against them.'

32. ἡγνευκέναι τοιούτων ἐπιτηδευμάτων] 'To have been pure from such practices;' the genitive, as often after ἁγνός.

iv. 3. τούτων δ' ἡ μὲν φύσις, etc.] 'Of these, nature is unfixed and varying, and is, in each man, peculiar to its possessor.'

v. 2. ἕν γέ τι πράττων] 'Doing at least some business or other.' Cp. ἕν γέ τι ἢ καὶ τὰ πλεῖστα κατορθοῦν Arist. Eth. Nic. I. 9.

4. πρὸς ὅτῳ τὸν βίον ἐστί, etc.] 'He cannot show any respectable or honourable employment upon which he spends his days.' For πρὸς ὅτῳ cp. πρὸς τῷ σκοπεῖν—γένησθε infra 9. 60.

9. προστριψάμενος] See on προσετρίψατο supra 3. 6.

16. περιέρχεται] 'Goes about (like a vagabond).' Cp. ἀλῶνται καὶ πτωχοὶ περιέρχονται infra 8. 4.

vi. 3. μεγάλη γὰρ ῥοπή] Sc. ἡ τύχη ἐστί. 'For great is the weight of chance, or rather it is everything throughout the whole course of human affairs.'

6. καὶ κατὰ μικρόν] 'Even in the slightest degree.'

7. ἀφορμάς, etc.] 'Many more grounds for the gods favouring us.'

10. μή τί γε δὴ τοῖς θεοῖς] 'Much less can he ask the gods to do so.'

16. εἰ Λακεδαιμονίοις μὲν—νυνὶ δ' ὀκνεῖτε] See on μὴ βούλεσθε—τούτους δὲ ἀπόλλυτε supra Andocides 35.

20. προεκινδυνεύετε] Cp. on προκινδυνεύσαντας infra 9. 104.

21. μέλλετε εἰσφέρειν] 'Delay to contribute.'

vii. 2. νὴ Δία] 'Some one will say.' νὴ Δία suggests the reply or objection of the audience, or the orator's opponent, and generally = Latin 'at enim.'

10. παρὰ τὴν αὐτοῦ ῥώμην] ‘In consequence of his own strength.’

12. καίτοι καὶ τοῦτο] ‘And again.’ Cp. infra καὶ γὰρ αὖ τοῦτο 8. 39.

πάθοι] Sc. Philip.

13. ἥπερ ἀεὶ βέλτιον] Supply ἐπιμελεῖται from ἐπιμελούμεθα.

14. πλησίον μὲν ὄντες] ‘If you were at hand,’ ‘near the scene of action,’ viz. Amphipolis.

15. τεταραγμένοις] ‘In consequence of Philip’s death.’

17. ἀπηρτημένοι, etc.] ‘With both your preparations and your minds in suspense.’

viii. 1. κλαήσει] An Attic form for the usual κλαύσεται.

2. παράξει] ‘Bring forward:’ ‘the more usual word is παραστήσεται Mid. p. 546, s. 126.’ (Shillito.) See on ἀναβιβάσομαι supra Andocides 29.

5. οὓς ἐλεεῖν πολλῷ μᾶλλον ὑμῖν ἄξιον] ‘To pity whom is far more worthy at your hands.’ (Shillito.) For the ethic dative with ἄξιος, cp. Ar. Ach. 8

ἄξιον γὰρ Ἑλλάδι:

and Soph. Oed. Col. 1446

ἀνάξιαι γὰρ πᾶσίν ἐστε δυστυχεῖν.

8. τῇ εἰρήνῃ] ‘To the treaty of peace.’

9. ἄνθρωπον ὗς] Said contemptuously. So infra 14 κατ’ ἀνδρὸς ὗς. Cp. Soph. Aj. 1142

ἤδη ποτ’ εἶδον ἄνδρ’ ἐγὼ γλώσσῃ θρασύν:

and 1150

ἐγὼ δέ γ’ ἄνδρ’ ὕπωπα μωρίας πλέων.

13. ἄχρι τοῦ βήματος] ‘Just as far as this platform:’ from which the orator spoke, and where perhaps the votes of the dicasts were taken.

17. ὡς ἐπέβη Μακεδονίας] ‘As soon as he trod on Macedonian ground.’

21. οὕτω σκαιὸς—ὅστις] ‘So stupid—as to,’ etc. Cp. Soph. Ant. 220

οὐκ ἔστιν οὕτω μῶρος ὃς θανεῖν ἐρᾷ.

26. οἱ Μαραθῶνι καὶ Σαλαμῖνι—πρόγονοι] ‘Our forefathers who fought at Marathon and Salamis.’ Cp. infra 9. 104 τοὺς Μαραθῶνι προκινδυνεύσαντας τῶν προγόνων: so τοὺς ἐν Μαραθῶνι supra Thuc. 2. 12.

28. οὓς μηδεὶς ἄν, etc.] ‘Such men as no one even of their enemies would deprive,’ etc. The relative οὓς appears to be used indefinitely in the same consecutive sense as the Latin ‘is—qui’ (the kind of man—who): hence μή and not οὐ.

35. τῆς ἐπιτιμίας—στερηθείη] See on καὶ πρὸς ἠτιμωμένον supra 2. 17.

37. συλήσας καὶ διασύρας] ‘Having spoiled and reduced to tatters.’

38. γεωργεῖς] ‘You are a country gentleman.’ (Shillito.)

40. γεγραμματευκέναι] ‘That he has been a public clerk.’

45. ἴσα βαίνων Πυθοκλεῖ] ‘Striding as large as Pythocles.’ For the expression cp. infra Longinus 2. 46 συνημμένη καὶ ἴσα, φασί, βαίνουσα πολυτέλεια, i. e. keeping pace with it. Virg. Ae. 2. 724

Sequiturque patrem non passibus aequis.

The exact point of the allusion can only be conjectured. Pythocles was one of the orators of the Macedonian party.

S

viii. 47. τὰ καθεστηκότα πράγματα] 'The established constitution.'

48. τὴν θόλον] The hall of the prytaneum, where the prytanes and their attendants (and therefore in former times Aeschines as γραμματεύς) dined at the public expense. Cp. De Fals. Leg. 279 τὸ τελευταῖον ὑφ' ὑμῶν χειροτονηθέντες (i. e. Aeschines and his father) δύ' ἔτη διετράφησαν ἐν τῇ θόλῳ.

ix. 3. ὡς οὐδ' ἂν εἴ τι γένοιτο, etc.] 'Believing that, happen what might, we and the Thebans would never be friends again.'

6. αὐτὰ τἀναγκαιότατα] 'The barest facts.'

10. τὰ γέρρα ἐνεπίμπρασαν] Perhaps as a fire-signal to call the country people into the city.

14. πρὶν ἐκείνην (i. e. τὴν βουλὴν) χρηματίσαι καὶ προβουλεῦσαι] 'Before they could introduce or prepare the question.' (Kennedy.)

ἄνω] Sc. on the Pnyx.

16. τὸν ἥκοντα] Refers to ἧκε δ' ἀγγέλλων τις above.

27. ἐπιδόσεις] 'Voluntary contributions to the state.'

39. καὶ λέγων καὶ γράφων ἐξηταζόμην] 'I was found in the very moment of panic speaking and moving what your necessities required.' (Kennedy.)

42. ὡς ὑπαρχόντων, etc.] 'On the idea that the Thebans had joined Philip.'

64. μεταθέσθαι] Sc. τὸν φόβον. 'To shift your fear.'

68. ἐξ ἴσου, etc.] Sc. τοῖς πωλοῦσι Φιλίππῳ τὴν πατρίδα. 'That your friends in Thebes may be equally emboldened to speak out for what is right.'

86. οὐκ εἶπον, etc.] 'I did not speak without moving a decree, nor move without going on the embassy, nor go on the embassy without gaining the Thebans.' See on μὴ βούλεσθε—τούτους δὲ ἀπόλλυτε supra Andocides 35.

100. τουδί] 'The defendant.' Sc. Ctesiphon, now prosecuted by Aeschines for proposing to crown Demosthenes.

104. Μαραθῶνι προκινδυνεύσαντας] The words are borrowed from Thuc. i. 73 φαμὲν γὰρ Μαραθῶνί τε μόνοι προκινδυνεῦσαι τῷ βαρβάρῳ.

115. τριταγωνιστά] Cp. infra 154, 155: Aeschines had formerly been an actor.

116. παριόντα, etc.] 'Who came forward to bid the city maintain her first place in Greece.'

121. ἐπὶ τῶν ἰδίων—σκοποῦντας] 'Viewing them by the light of private laws and private actions.'

τὰς δὲ κοινάς, etc.] 'But viewing public measures with an eye to the reputation of your forefathers.'

123. τῇ βακτηρίᾳ καὶ τῷ συμβόλῳ] Each juror, on being allotted to serve, received a *staff* on which was painted the letter (τὸ γράμμα) indicating his court, and a *ticket*, which he presented, after the sitting, to the prytanes, in order to receive from them his pay of three obols. Cp. Ar. Plut. 271

Χο. μῶν ἀξιοῖς φενακίσας ἡμᾶς ἀπαλλαγῆναι
 ἀζήμιος, καὶ ταῦτ' ἐμοῦ βακτηρίαν ἔχοντος;

*   *   *   *   *   *

Κα. ἐν τῇ σορῷ νυνὶ λαχὸν τὸ γράμμα σου δικάζειν,
 σὺ δ' οὐ βαδίζεις; ὁ δὲ Χάρων τὸ ξύμβολον δίδωσιν.

127. καθ' ὑμῶν] 'In your favour,' 'concerning you.'

133. κατά γ' ὑμᾶς] 'In your case at least.'

136. τὰς πρώτας μάχας] 'The first battles,' i. e. those which preceded Chaeronea.

137. τὴν χειμερινήν] 'The winter battle,' or, 'the battle in the storm.'

145. μετὰ τῶν ἄλλων ἐξητάζετο] 'Was found with the rest.'

153. ἐτέλεις] 'You performed initiations,' sc. into your Phrygian rites,— ἐτελούμην, sc. in the Eleusinian mysteries; for the passive cp. infra Dion. 5. 10 τῶν τὰ μητρῷα—τελουμένων, and infra Lucian 5. 74.

155. ἐξέπιπτες] Cp. De Fals. Leg. 389 ἐξεβάλλετε αὐτὸν (Αἰσχίνην) καὶ ἐξεσυρίττετε ἐκ τῶν θεάτρων.

165. παρ' αὐτὰ τὰ σύμβαντα] 'Close upon,' 'immediately after the events.' Cp. Dem. De Cor. 16 ταῖς ἐκ τῶν νόμων τιμωρίαις παρ' αὐτὰ τἀδικήματα χρῆσθαι.

170. ἔτ' ἄμεινον] 'All the more.'

181. τῶν αὐτοχείρων τοῦ φόνου] The expression is apparently borrowed from Soph. Oed. Rex 266

  ζητῶν τὸν αὐτόχειρα τοῦ φόνου λαβεῖν.

185. καὶ οὐχ ὁ μὲν δῆμος οὕτως, οἱ δὲ—ἄλλως πως] See supra on μὴ βούλεσθε—τούτους δὲ ἀπόλλυτε supra Andocides 35.

186. αἱρεθέντες ἐπὶ τὰς ταφάς] 'Chosen to perform the obsequies.'

188. ὥσπερ, etc.] 'As other funeral banquets are wont to be held,' i. e. at the house of the nearest relative, τῷ οἰκειοτάτῳ.

192. τὸν τειχισμόν] Cp. infra 201 οὐχὶ τὸν κύκλον τοῦ Πειραιῶς οὐδὲ τοῦ ἄστεως.

193. ὃν σύ μου διέσυρες] 'Which you found fault with in me,' 'which you disparaged in me.'

THE ALEXANDRINE AGE.

XXIV.

Aristotle.

i. 1. ὅτι μὲν οὖν, etc.] 'That moral excellence then is a mean, and in what sense, and that it is a mean between two vices, one of excess and one of deficiency, and that it is so because it tends to aim at the mean in feelings and in actions, I have sufficiently explained.' For the distinction between intellectual and moral excellence, and instances of each kind, cp. Arist. Eth. Nic. I. 13 λέγομεν γὰρ αὐτῶν (i. e. τῶν ἀρετῶν) τὰς μὲν διανοητικὰς τὰς δὲ ἠθικάς, σοφίαν μὲν καὶ σύνεσιν καὶ φρόνησιν διανοητικάς; ἐλευθεριότητα δὲ καὶ σωφροσύνην ἠθικάς.

i. 1. καὶ πῶς] Aristotle has before explained that although in one sense a mean, virtue or moral excellence is in another sense an extreme, being the highest state of man's moral nature.

2. μεσότης δύο κακιῶν] As, for instance, liberality is a mean between the two vices of prodigality (ἀσωτία) and meanness (ἀνελευθερία).

4. πάθεσι] See Arist. Eth. Nic. 2. 4 λέγω δὲ πάθη μὲν ἐπιθυμίαν, ὀργήν, φόβον, θράσος, φθόνον, χαράν, φιλίαν, μῖσος, πόθον, ζῆλον, ἔλεον, ὅλως οἷς ἕπεται ἡδονὴ ἢ λύπη.

ἔργον ἐστί, etc.] 'It is a (hard) work to be good.'

10. διὸ δεῖ, etc.] Three practical rules are here given for the pursuit of virtue. 1. Avoid the worse extreme (ἀποχωρεῖν τοῦ μᾶλλον ἐναντίου). 2. (From σκοπεῖν to ποιοῦσιν) find out your bent and go towards the opposite extreme. 3. Beware of pleasure.

11. Καλυψώ] Or rather Circe, in Hom. Od. 12. 108–110; the actual words belong to Ulysses, ibid. 219–220.

15. κατὰ τὸν δεύτερον, etc.] 'You must take the next best course as they say, and choose the least of two evils.'

24. ὕπερ οὖν οἱ δημογέροντες, etc.] The reference is to Hom. Il. 3. 156 foll.

> οὐ νέμεσις Τρῶας καὶ ἐϋκνήμιδας Ἀχαιοὺς
> τοίῃδ' ἀμφὶ γυναικὶ πολὺν χρόνον ἄλγεα πάσχειν·
> αἰνῶς ἀθανάτῃσι θεῇς εἰς ὦπα ἔοικεν.
> ἀλλὰ καὶ ὥς, τοίη περ ἐοῦσ', ἐν νηυσὶ νεέσθω,
> μηδ' ἡμῖν τεκέεσσί τ' ὀπίσσω πῆμα λίποιτο.

ii. 3. φήμη δ', etc.] Hesiod, Works and Days, 761–2. Cp. Arist. Eth. Nic. 10. 2 ὃ γὰρ πᾶσι δοκεῖ τοῦτ' εἶναι φαμέν.

5. ἀλλ' ἐπεί, etc.] 'But since neither natures nor the best states corresponding to them are nor are thought to be all the same, so neither do all things pursue the same pleasure, though pleasure they all pursue. Though, perhaps, they do pursue not that which they fancy and would say they pursue, but all the same. For all things naturally have a divine instinct' (which prompts them to pursue unconsciously the same end). Cp. Eth. Nic. 10. 2 ἴσως δὲ καὶ ἐν τοῖς φαύλοις ἔστι τι φυσικὸν ἀγαθὸν κρεῖττον ἢ καθ' αὑτὸ ὃ ἐφίεται τοῦ οἰκείου ἀγαθοῦ, i. e. 'perhaps even in the inferior animals there is some natural instinct for good, superior to their own wills, which aims at that which is good for them.'

iii. 2. ἀρετή τις, etc.] 'A virtue or connected with virtue.' In Arist. Eth. Nic. 2. 7 φιλία is mentioned as the virtue or mean state in relation to the ἡδὺ τὸ ἐν τῷ βίῳ.—ὁ μὲν ὡς δεῖ ἡδὺς ὢν φίλος καὶ ἡ μεσότης φιλία.

10. καὶ νέοις δέ, etc.] 'And the young, too, need its aid to save them

from error, and the old for succour against the failure of energy that comes from weakness.'

πρὸς θεραπείαν καὶ τὸ ἐλλεῖπον] Is a quasi hendiadys, and equivalent to πρὸς τὴν τοῦ ἐλλείποντος τῆς πράξεως θεραπείαν.

13. σύν τε δύ' ἐρχομένω] Hom. Il. 10. 224

σύν τε δύ' ἐρχομένω καί τε πρὸ ὃ τοῦ ἐνόησεν.

25. τῶν δικαίαν τὸ μάλιστα, etc.] 'The highest justice is thought to be of the nature of friendship.' Cp. the account of ἐπιείκεια (equity), in Eth. Nic. 5. 12 : the ἐπιεικής is content to take less than his strict rights (ἐλαττωτικός), and in this respect resembles the friend.

27. καὶ ἔνιοι, etc.] 'And some people think that a good man and a good friend are the same thing.'

iv. 2. ὅσῳ, etc.] 'In proportion as the family is prior to and more necessary than the state.'

v. 1. δόξαι τ' ἄν] Sc. ἡ θεωρητικὴ ἐνέργεια or σοφία.

2. οὐδὲν γάρ, etc.] 'For nothing results from it beyond the act of contemplation itself, whereas from action we hope to achieve something, more or less, beyond the action itself.'

3. δοκεῖ ἐν τῇ σχολῇ εἶναι] 'Seems to require leisure.'

5. τῶν πρακτικῶν, etc.] 'The activity of the practical excellencies is displayed in politics or war, and the actions concerned with these seem to afford little leisure, those concerned with war absolutely none.'

13. ἑτέραν, etc.] 'Which is a different thing from politics, and is in fact evidently sought for as being different.'

14. εἰ δὴ τῶν, etc.] 'If then of the actions bound up with the virtues those of politics and war excel in beauty and grandeur, and these afford no leisure, and aim at a further end, and are not to be chosen for their own sakes, while the activity of the intellect seems both to excel in importance, being contemplative, and to aim at no end beyond itself, and to have a pleasure of its own which again enhances its activity, and if independence, leisure, and freedom from fatigue (so far as possible with man), and all the other attributes of the happy man are seen to accompany this activity, this would be the complete happiness of a man if it should embrace the complete period of a life ; for no element of happiness is incomplete : but such a life will be above man's nature; for he will so live not by virtue of his human nature, but by virtue of something divine within him ; and so far as this excels our composite nature, so far does its activity excel that of all other excellence. If then the intellect is the diviner part of man, the life according to it is the diviner part of man's life.'

27. θεῖον — πρὸς τὸν ἄνθρωπον] Literally, 'divine compared to, or in relation to, men.'

32. εἰ γὰρ καὶ τῷ ὄγκῳ, etc.] 'For even if it be small in bulk, in power and value it excels them all far more than they excel it (in bulk).'

37. εἰ μή, etc.] 'Because it is not possible to be happy without external goods.'

43. τοσαῦθ'] Sc. τὰ μέτρια.

v. 44. Σόλων] Viz. in the stories of Tellus, and of Cleobis and Biton, supra Hdt. 1. 54–129.

vi. 9. τρίτον δ' ἀδυναμία, etc.] 'And thirdly, the helplessness of their situation, for no one attempts what is impossible, nor consequently the subversion of the tyranny when the means are wanting.'

vii. I. οἷοι ποιεῖν] i. e. τοιοῦτοι οἷοι (=ὥστε) ποιεῖν. So infra 7 οἷοι ἀκολουθεῖν τῇ ὁρμῇ. The full phrase in Arist. Eth. Nic. 4. 15 φαύλου δὲ καὶ τὸ εἶναι τοιοῦτον οἷον πράττειν τι τῶν αἰσχρῶν.

5. παύονται] Sc. ἐπιθυμοῦντες.

ὀξεῖαι. etc.] 'Their desires are keen without being strong, like the hunger and thirst of sick people.'

10. ὑπεροχῆς] 'Prominence.' Cp. the Homeric

αἰὲν ἀριστεύειν καὶ ὑπείροχον ἔμμεναι ἄλλων.
Il. 11. 784.

20. τῇ γὰρ πρώτῃ ἡμέρᾳ, etc.] 'For men think that in the dawn of life one remembers nothing, and hopes everything.' τῇ πρώτῃ ἡμέρᾳ 'early life,' opposed to ἡ τελευταία ἡμέρα of the succeeding chapter of the Rhetoric. Cp. Soph. Aj. 622

παλαιᾷ—ἔντροφος ἁμέρᾳ :

‚and Eur. Ion 720

νέαν δ' ἁμέραν ἀπολιπὼν θάνοι.

25. καὶ αἰσχυντηλοί, etc.] 'And respectful, for as yet they have no idea of any other principle of right, but are tutored by law alone' (and therefore reverence authority).

29. τοῦτο δ' εὐέλπιδος] τοῦτο, sc. τὸ ἀξιοῦν αὐτὸν μεγάλων.

30. τῷ γὰρ ἤθει ζῶσι, etc.] 'They live by feeling more than by calculation.'

31. ὁ μὲν λογισμός, etc.] 'The object of calculation is the expedient, of virtue the noble.'

32. διὰ τὸ χαίρειν τῷ συζῆν] Cp. Eth. Nic. 8. 3 συνημερεύειν δὲ καὶ συζῆν οὗτοι (οἱ νέοι) βούλονται· γίγνεται γὰρ αὐτοῖς τὸ κατὰ φιλίαν οὕτως.

33. καὶ μήπω πρὸς τὸ συμφέρον] 'And because they as yet judge of nothing with a view to expediency, and so do not judge of their friends in that light.'

34. ἐπὶ τὸ μᾶλλον, etc.] 'Towards the side of excess and vehemence.'

35. παρὰ τὸ Χιλώνειον] 'Against Chilon's rule' (of μηδὲν ἄγαν).

40. βελτίους] i. e. 'Better than they really are.'

42. διὸ καὶ εὐτράπελοι, etc.] Cp. Arist. Eth. Nic. 2. 7 περὶ δὲ τὸ ἡδὺ τὸ μὲν ἐν παιδιᾷ ὁ μὲν μέσος εὐτράπελος.

viii. I. ἐπιπολῆς ἐστὶν ἰδεῖν] 'It is on the surface to see,' i. e. it is plain to see.

2. ὑβρισταὶ γὰρ καί, etc.] 'For they are insolent and overweening, being influenced by the acquisition of wealth, and bearing themselves as though they possessed every possible good. For wealth in a manner supplying the price at which other things are valued, they fancy all things are to be bought for it.'

8. καὶ τῷ οἴεσθαι, etc.] 'And because they imagine that all must admire what they themselves do.'

14. τὸ οἴεσθαι ἀξίους εἶναι] Sc. ἔπεται τῷ πλούτῳ.

15. ἀνοήτου, etc.] 'Wealth belongs to' or 'produces a dull happy temperament.'

ix. 2. οἷα ἂν γένοιτο, etc.] 'What may (or would) take place in accordance with probability or necessity.'

9. τὰ καθόλου, etc.] 'Poetry deals with general possibilities, history with particular facts.'

x. 1. ἔστιν οὖν, etc.] 'Tragedy, then, is an imitation of action, good and complete in itself, on a grand scale, in embellished style, with the several kinds (of embellishment) occurring separately in the several parts; the story acted and not narrated; by pity and fear effecting the chastening (or purgation) of such feelings.'

σπουδαίας] See infra 5 μίμησίς ἐστιν ἡ τραγῳδία βελτιόναν.

τελείας] 'Complete,' with regular opening, development, and catastrophe. Cp. Arist. Poet. 7. 2 κεῖται δ' ἡμῖν τὴν τραγῳδίαν τελείας καὶ ὅλης πράξεως εἶναι μίμησιν·—ὅλον δ' ἐστὶ τὸ ἔχον ἀρχὴν καὶ μέσον καὶ τελευτήν.

2. μέγεθος ἐχούσης] See Poet. 7. 8 τὸ γὰρ καλὸν ἐν μεγέθει καὶ τάξει ἐστί· διὸ οὔτε πάμμικρον ἄν τι γένοιτο καλὸν ζῷον—οὔτε παμμέγεθες.

ἡδυσμένῳ λόγῳ] See Poet. 6. 3 λέγω δὲ ἡδυσμένον λόγον τὸν ἔχοντα ῥυθμὸν (this includes metre) καὶ ἁρμονίαν καὶ μέλος (these correspond to music).

χωρὶς ἑκάστου τῶν εἰδῶν] Understand ὄντος, the construction being that of the genitive absolute. The εἴδη are the ῥυθμός, ἁρμονία and μέλος.

χωρὶς—ἐν τοῖς μορίοις] See Poet. 6. 4 τὸ δὲ χωρὶς τοῖς εἴδεσι, τὸ διὰ μέτρων ἔνια μόνον περαίνεσθαι καὶ πάλιν ἔτερα διὰ μέλους, and cp. Poet. 1. 13 εἰσὶ δέ τινες αἱ πᾶσι χρῶνται τοῖς εἰρημένοις, λέγω δὲ οἷον ῥυθμῷ καὶ μέλει καὶ μέτρῳ, ὥσπερ ἥ τε τῶν διθυραμβικῶν ποίησις καὶ ἡ τῶν νόμων, καὶ ἥ τε τραγῳδία καὶ ἡ κωμῳδία. διαφέρουσι δέ, ὅτι αἱ μὲν ἅμα πᾶσιν, αἱ δὲ κατὰ μέρος, where κατὰ μέρος corresponds to χωρὶς—ἐν τοῖς μορίοις. Tragedy and comedy agree with the dithyramb and νόμος in using rhythm, metre, and melody; but in the latter all are employed together throughout the composition, whereas in the former rhythm and metre alone are used in the dialogue, melody being added in the choral and lyrical parts.

3. δρώντων] Genitive absolute.

καὶ οὐ δι' ἀπαγγελίας] Sc. οἶσα (ἡ μίμησις).

4. περαίνουσα] Agrees with μίμησις in line 1.

κάθαρσιν] Expresses no moral purification, but the same effect as that attributed to music by Arist. Pol. 8. 7, 4-6 καὶ γὰρ ὑπὸ ταύτης τῆς κινήσεως—τοῖς ἀνθρώποις. The object of tragedy, according to Aristotle, is to awaken in the spectators the feelings of pity and fear, and to awaken them in such a manner by means of appropriate scenes, dialogue, metre and melody, as to produce a 'chastening' of these feelings, that is, 'a sense of lightening' (κουφίζεσθαι Arist. l. c.), a kind of pleasurable and harmless ecstasy (χαρὰν ἀβλαβῆ ibid.) akin to, but less violent than, the frenzy of the Bacchic dithyramb out of which tragedy itself sprang.

x. 7. οὕτω καὶ τὸν ποιητήν, etc.] 'So, too, the poet in imitating passionate and sluggish natures, and other characters of the same kind, should make them examples of kindness or of sternness, as for instance Agathon and Homer (make Achilles an example of sternness).' In other words, the poet must idealise.

XXV.

Theophrastus.

i. 1. The first πτερυγίζουσαι is probably misplaced, and should be omitted.

3. ὅποι ἂν πέτωνται, etc.] 'Forebode wind from whatever quarter they fly to.'

5. ὕδωρ ὑέτιον] 'Showers:' opposed to ὄμβρος, lasting rain.

6. καὶ ὅλως βοῶν μέγα, etc.] 'And, generally, when he gives a loud cry he portends wind.'

7. ἡ ἄμπωτις, etc.] 'The ebb denotes a north wind, the flood tide a south; for if a flood has come in with north winds its turn portends a south wind, and if an ebb has come in with south winds its turn portends a north wind.' The tides were by some of the ancients supposed to be caused by the action of the winds. ὑφ' ὧν ἐμβαλόντων μὲν προωθουμένην ἀνοιδεῖν τὴν 'Ατλαντικὴν θάλατταν καὶ παρασκευάζειν τὴν πλήμμυραν, καταληγόντων δ' ἀντιπερισπωμένην ὑποβαίνειν, ὅπερ εἶναι τὴν ἄμπωτιν Plutarch De Plac. Phil. 3. 17. As the north wind causes the flood, and the south wind the ebb, the turn of the flood tide will indicate a change of wind to the south, the turn of the ebb a change to the north.

14. ἀποστραφῶσι πετόμενοι] 'Turn back homeward in the midst of their flight.' Cp. Aratus 300
στροφάδες δὲ παλίμπετες ἀπονέονται.
Virg. Georg. I. 374-5
Vallibus imis
Aëriae fugere grues.

15. ἤ] Is superfluous, and probably a gloss.

17. ὡς] Is superfluous, and appears to be a corruption.

18. ἐὰν ταχὺ δὶς κρώζῃ καὶ τρίτον] Cp. Virg. Georg. I. 410-1
Tum liquidas corvi presso ter gutture voces
Aut quater ingeminant.

21. ὥσπερ, etc.] 'As they do also if they come black in large numbers.'

27. φωνή—πολύπλοκον ἔχουσα] 'A murmur echoing in the bay with a confused (or complex) sound.'
Resonantia longe
Littora misceri.
Virg. Georg. I. 358-9.

For πολύπλοκον ἔχουσα, the cognate accusative with ἔχω, instead of the more usual construction πολυπλόκως ἔχουσα, cp. infra Dicaearchus I. 2 ἔχουσα τῇ ὄψει φιλάνθρωπον, i. e. presenting a friendly appearance.

31. ἀμφὶ δ᾽ ἄκρας] The line in Archilochus appears to be

πόντος, ἀμφὶ δ᾽ ἄκρα Γυρέων ὀρθὸν ἵσταται νέφος.

40. ὅταν πρὸς τὰ ἔργα, etc.] 'When he comes up to the haunts of men, or ventures within them in winter time.'

45. τῆς Πάρνηθος] So in Ar. Nub. 323-4, clouds are mentioned as descending from Mount Parnes—

βλέπε νῦν δευρὶ πρὸς τὸν Πάρνηθ᾽, ἤδη γὰρ ὁρῶ κατιούσας
ἡσυχῇ αὐτὰς (i. e. τὰς νεφελάς).

ii. 8. ἄξιοι] 'Cheap,' as in Ar. Eq. 645.

οὐπώποτ᾽ ἀφύας εἶδον ἀξιωτέραι.

9. ἐκ Διονυσίων] 'After the (great) Dionysia,' i. e. after March.

16. μὴ ἀφίστασθαι] i. e. ἐστὶν οἷος μὴ ἀφίστασθαι.

XXVI.

Theopompus.

i. 20. ὡς—ἐπιφοιτᾶν] See on ὡς—ἐκέλευσε supra Hdt. 2. 8. So infra 28 ὡς ἀτιμότερον εἶναι.

XXVII.

Dicaearchus.

i. 2. ἔχουσα—φιλάνθρωπον] See on πολύπλοκον ἔχουσα supra Theophrastus I. 27.

4. εὐτελεῖς] 'Mean.'

12. τὴν—ὑπογραφήν] 'The outline of the building.'

15. ψυχῆς, etc.] 'Beguilements and recreations for the soul.'

18. ὕπουλοι] 'False.' Cp. Thuc. 8. 64 ὕπουλον αὐτονομίαν, and Soph. Oed. Rex 1396 κάλλος κακῶν ὕπουλον.

ii. 5. τρίς] 'Ab Epigonis, deinde a Pelasgis, ut videtur, tempore belli Trojani, tertio ab Alexandro.' (Müller.)

XXIX.

Cleanthes.

3. εἰ περιγένοιτο ἀρετῆς] 'If he achieve,' or, 'attain unto, virtue.'

XXX.

Polybius.

i. 4. ἐπίστασιν] 'Attention,' 'careful observation.' Cp. ἐπιστήσας infra.

10. ἐν ταῖς ἐξουσίαις, etc.] Cp. Arist. Eth. Nic. 5. 2 εὖ δοκεῖ ἔχειν τὸ τοῦ Βίαντος ὅτι ἀρχὴ ἄνδρα δείξει: and Soph. Ant. 175–7

    ἀμήχανον δὲ παντὸς ἀνδρὸς ἐκμαθεῖν
    ψυχήν τε καὶ φρόνημα καὶ γνώμην πρὶν ἂν
    ἀρχαῖς τε καὶ νόμοισιν ἐντριβὴς φανῇ.

11. ἀναστέλλωνται] 'Dissemble.'

16. ἐπιστήσας] 'Carefully considering.' The phrase in full would be ἐπιστήσας τὸν νοῦν: here the verb is used absolutely as in Arist. Eth. Nic. 6. 13 λεκτέον δ' ἐπιστήσασι σαφέστερον.

34. πάντα συμμαχικὴν εἶχε τὴν αἵρεσιν] 'Was all done in the interest of the alliance' (as opposed to the mere interests of Sparta alone).

43. τοῦ προειρημένου] Sc. Hannibal.

XXXI.

Apollodorus.

i. With the whole passage cp. Aesch. Prom. 351–372.

ii. For the story of Althaea and the torch cp. Aesch. Choëph. 602–612.

17. Ἴδα] Genitive of Ἴδας.

26. κατὰ γένος] i. e. as being the uncles of Meleager.

iii. 12. δείσας μὴ ἂν αὐτὸς τελευτήσῃ εἰ τούτῳ συμπάθοι] 'Fearing lest he himself, too, should be a dead man if he should suffer the same fate as Glaucus' (τούτῳ), i. e. should be attacked by the serpent. ἄν in this construction is not allowable in earlier Greek. Perhaps we should rather read τοῦτο, 'If he should suffer this fate (τοῦτο), as well as Glaucus;' or possibly, συμπέσοι and not συμπάθοι is the true reading, 'If he should encounter the serpent.'

XXXII.

Dionysius of Halicarnassus.

i. 2. τῆς ἐκλογῆς, the selection or choice of words: σύνθεσις, composition, arrangement of words in a sentence, and sentences in a period.

7. πτωχῷ λευγαλέῳ, etc.] Hom. Od. 16. 273.

9. μείζονα, etc.] The lines in Hom. Od. 6. 229–231 are

    τὸν μὲν Ἀθηναίη θῆκεν, Διὸς ἐκγεγαυῖα,
    μείζονά τ' εἰσιδέειν καὶ πάσσονα, κὰδ δὲ κάρητος
    οὔλας ἧκε κόμας, ὑακινθίνῳ ἄνθει ὁμοίας.

12. αὕτη τε] i. e. ἡ σύνθεσις.

ii. 7. τὸ τάχος τῆς σημασίας] 'His rapidity of expression.'

iii. 7. παρ' ἡντινοῦν ἑτέραν] 'Beyond,' or, 'compared with, any other style.'

9. κοινότητα τῶν ὀνομάτων] 'Ordinary language.'

iv. 8. παρὰ τούτους τοὺς κάνονας] 'By the light of,' or, 'according to, these canons.'

9. τὴν πολιτικὴν λέξιν] The speech of politics and the ordinary civic life, as opposed to poetry and to rhetorical or philosophical composition. In the same sense τοῖς ἀσκοῦσι τοὺς πολιτικοὺς λόγους Dionysius, De Comp. Verborum, vol. v. of Reiske, p. 2.

10. οὕτω κεκινημένην ποικίλως] 'Moving in such variety of style.'

17. ἠθικήν, παθητικήν] 'Calm, passionate.' Cp. Dionysius, De Vet. Script. Cens. vol. v. Reiske, p. 425 ἐν μέντοι τοῖς ἠθικοῖς Ἡρόδοτος, ἐν δὲ τοῖς παθητικοῖς ὁ Θουκυδίδης. ἤθη are the mild or calm, πάθη the violent feelings.

20. παρακρουόμενος, etc.] 'Eluding mortal gaze.'

εἴτε διαλέκτου, etc.,] 'A wondrous variety of speech in a wise man, beguiling every ear.' Cp. Hdt. 1. 163 supra.

22. ἐπειδὴ ταπεινὰς καὶ ἀσχήμονας ὄψεις—ὅσιον] Cp. Plat. Rep. 2. 383 E κομιδῇ ἄρα ὁ θεὸς ἁπλοῦν καὶ ἀληθές—καὶ οὔτε αὐτὸς μεθίσταται οὔτε ἄλλους ἐξαπατᾷ—οὐθ' ὕπαρ οὔτ' ὄναρ.

v. 2. τῶν ἐν ἔθει] 'His moral discourses.'

4. ὥσπερ οἱ τῶν σπονδείων, etc.] 'Like those who are listening to solemn flute-music, or to the harmony of Dorian strains.'

9. κρατεῖ] Not κρατεῖν, appears to be the right reading.

10. τὰ μητρῷα καὶ τὰ κορυβαντικά] Cognate accusative, after τελουμένων as infra Lucian 5. 75 ἐτελέσθης τὰ Ἐλευσίνια.

16. οὐθὲν πρὸς τὰ πράγματα πεπονθότες] 'Having no personal interest in the affairs he treats of.'

20. μετὰ τῆς ἀξιώσεως ἧς εἶχε τὴν αὐτοπάθειαν] 'With the dignity which he felt in his inmost self,' i. e. a dignity of the soul, not of mere outward appearance.

21. καὶ τὸ παράστημα, etc.] 'And exposing the very thought of his soul.'

30. ἐπὶ τῆς προφορᾶς] 'In the delivery.'

διὰ τοσούτων] 'At such an interval of years.'

XXXIV.

Strabo.

9. εὐμαρῶς ἐνδιδόασι, etc.] 'They readily give in to whatever is for their good, and apply themselves to their education and to literature.'

THE ROMAN AGE.

XXXV.

Plutarch.

i. 11. ἀνῆγεν αὐτόν, etc.] 'Recalled him to the discussion.'

13. ἐπιστρέψας τὸν λόγον] 'Retorting upon him.'

25. τὴν ὑστέραν, etc.] 'The day after the feast quarrels with the feast day.'

ii. 18. ἃ καὶ πρὸς τύχην, etc.] 'In which fortune also has a hand.'

v. 4. ἁλουργῶν] Predicate: 'the sails being spread of purple.'

21. τοσαῦτα γάρ, etc.] 'For so many lights are said to have been hung and shown on all sides at once, and arranged at such inclinations and positions towards each other, and grouped in squares and circles, that that spectacle was one of the rarest interest and beauty.'

24. ἐν ὀλίγοις] Is adverbial; = 'very,' 'exceedingly.' Cp. ἐν ὀλίγοισι μέγαν Hdt. 4. 52.

vi. 15. διδόντας ἑαυτοῖς λόγον—γνῶναι τὸν Θαμοῦν] See on καὶ οἱ σύλλογον, etc. supra Hdt. 9. 2.

17. ἐᾶν οὕτως] 'To let the matter alone.'

XXXVI.

Aelian.

7. μέσον δέχεται χώριον] 'They admit an open space between them.'

19. ὀφθαλμῶν πανήγυρις] 'A feast for the eyes.' Cp. infra 26 ἑστιῶσιν τὰς ἀκοάς.

καθημένοις] 'Low-lying.'

24. ἀγαθὸν εἶναι, etc.] 'To be a good thing for,' or 'to benefit those who bathe in them.'

27. παραπέμπουσιν ἀπόνως. See on ἀπίστως supra Thuc. 1. 7.

33. ὡς ἀποστέγειν] See on ὡς ἐκέλευε supra Hdt. 2. 8.

XXXVII.

Epictetus.

i. 3. ὅτι τὸ ἔχειν καλὰ ἱμάτια] Sc. ἐστὶ τὸ ἀγαθὸν τοῦ ἀνθρώπου.

4. μὴ ἔλθῃ, etc.] 'Shall he not come and take them?' Deliberative subjunctive.

5. θέλεις ἵνα ἁρπάσωσι] The use of ἵνα with the subjunctive, instead of

the simple infinitive, after θέλω and other verbs, mostly belongs to late Greek.
Cp. the somewhat analogous use in Attic of θέλω and βούλομαι, with the
simple subjunctive ; e. g. Soph. El. 80–81   θέλεις

μείνωμεν αὐτοῦ κἀπακούσωμεν γόων ;

Ibid. Oed. Rex 651   τί σοι θέλεις δῆτ' εἰκάθω ;

Ar. Eq. 36   βούλει τὸ πρᾶγμα τοῖς θεαταῖσιν φράσω ;

7. παρὰ τοῖς θεοῖς] i. e. the Lares or household gods.

9. ἔπαθέ τι ὁ ἄρας, etc.] i. e. 'was prompted by a very natural feeling,'
' did a very natural thing ' (in carrying off so valuable a lamp).

11. ἀλγῶ τὴν κεφαλήν, etc.] 'I have a headache. Have you also a
horn-ache?' i. e. having no horns, you can have no such pain. There
seems to be an allusion to the fallacy called κέρας or κερατίης, mentioned in
Diogenes Laertius 7. 187 εἴ τι οὐκ ἀπέβαλες τοῦτο ἔχεις· κέρατα δ' οὐκ
ἀπέβαλες· κέρατα ἄρα ἔχεις.

ii. 1. τοῦ φιλοσοφοῦντος, etc.] 'Of the true philosopher in labour,' an
allusion to the mental pregnancy described in Plat. Theaet. 148 E ὠδίνεις
γὰρ διὰ τὸ μὴ κενὸς ἀλλ' ἐγκύμων εἶναι.

2. νῦν ἐγώ, etc.] The general meaning is: at present the philosophers
call me mad, because though I know practically, I cannot define philoso-
phically, what good and bad are. If I adopt and act upon their principle,
that happiness depends simply on the state of the will and not on external
circumstances, all the world will call me mad.

4. τοῖς προαιρετικοῖς] i. e. What depends on the will. Cp. (in a former
part of this chapter) τῶν ὄντων τὰ μέν εἰσιν ἐφ' ἡμῖν τὰ δὲ οὐκ ἐφ' ἡμῖν·
ἐφ' ἡμῖν μὲν προαίρεσις καὶ πάντα τὰ προαιρετικὰ ἔργα, οὐκ ἐφ' ἡμῖν δὲ τὸ
σῶμα, τὰ μέρη τοῦ σώματος, κτήσεις, γονεῖς, ἀδελφοί, τέκνα, πατρίς, ἁπλῶς
οἱ κοινωνοί.

9. ἄνθρωπε—εἰ οἶδα] The first hasty reply of Epictetus to the supposed
objector : in the following words he is meditating what answer can be made
to his reproach.

10. ἂν σιωπῶ ῥήγνυται] 'If I hold my peace, he is ready to burst with
rage.' Cp. the lines of Pherecrates

κἀν μὲν σιωπῶ ['γὼ] φέρεται καὶ πνίγεται
καὶ φησὶ τί σιωπᾶς ;

11. οὐκ εἰμὶ ἐμαυτοῦ] 'I am not my own master,' or as we say, 'I am
not myself.' Cp. Soph. Oed. Col. 659

ἀλλ' ὁ νοῦς ὅταν
αὐτοῦ γένηται φροῦδα τἀπειλήματα :

and the similar expressions ἐν ἑαυτῷ or ἐντὸς ἑαυτοῦ γίγνεσθαι.

iii. 1. ἂν συγκαθῇς] 'If you will condescend to listen.'

2. ὥστε, etc.] 'So that, forsooth, I do not follow the meaning of
words.'

4. ὡς τὰ κτήνη, etc.] 'As beasts use their instincts' (i. e. without under-
standing their end).

6. φέρε, etc.] 'Take any word you like, 'good' and 'evil,' and let us
examine ourselves whether we understand it.'

iii. 8. κἂν οὕτω τύχῃ, etc.] 'And one who may be has served his three campaigns.'

10. τίνος δ' ἂν καὶ φαντασθείης, etc.] 'What can you imagine to be yet lacking?' for this construction with the genitive absolute cp. Soph. Aj. 281

ὡς ὧδ' ἐχόντων τῶν δ' ἐπίστασθαί σε χρή,

Aesch. Prom. 760

ὡς τοίνυν ὄντων τῶνδέ σοι μαθεῖν πάρα.

11. τυχόν] 'May be,' 'perhaps,' like κἂν οὕτω τύχῃ supra 8.

15. τὰ ἀναγκαιότατα καὶ μέγιστα] The accusative; the construction is changed on the resumption of the sentence by καὶ ὅτι, the verb now introduced governing the genitive instead of the accusative.

16. καὶ τὸν κολοφῶνα, etc.] 'And if to crown all, I prove that you know not what God is.'

17. οἶδας] Rare in Attic Greek, for οἶσθα.

18. τὸ μὲν τῶν ἄλλων, etc.] Supply ἀγνοεῖν, 'that you are ignorant of everything else you can perhaps endure to hear.'

19. πῶς δύνασαι, etc.] 'How can you endure (to hear) this from me?'

24. δοκεῖς μηδὲν ἔχειν] 'You think you have nothing the matter with you.'

26. αἱ ὀρέξεις, etc.] 'Your desires are feverish, your aversions mean and cowardly.' For ἐκκλίσεις cp. Epictetus Diss. 3. 2 ὁ (τύπος) περὶ τὰς ὀρέξεις καὶ τὰς ἐκκλίσεις ἵνα μήτ' ὀρεγόμενος ἀποτυγχάνῃ μήτ' ἐκκλίνων περιπίπτῃ.

29. πανηγύρει] 'A fair.'

39. ὀλιγοστόν] For the form cp. Soph. Ant. 625

πράσσει δ' ὀλιγοστὸν χρόνον ἐκτὸς ἄτας:

Ar. Pax 559   πολλοστῷ χρόνῳ.

41. ὡς ἔτυχεν] 'At haphazard,' 'fortuitously.'

44. ἐπιπλοκὴν καὶ σχέσιν, etc.] 'Have we then any connection and relation with him?'

ταῦτ' ἐστὶν ἃ πάσχουσιν, etc.] 'Such are the feelings of this choice few, and for the rest all that they attend to is to explore this fair, and so go their way.'

XXXVIII.

Arrian.

i. 6. ἐξ ὅτου δή, etc.] 'Having for some cause or other (or, from some time back) determined to pay the sacrifice to the Dioscuri instead.'

8. ἀλλ' ἔν γε τῷ πότῳ] ἀλλά—γε resumes the sentence interrupted by καὶ γὰρ—νενεωτέριστο.

9. ὅπως ἐς Δία—ἀφαιρεθεῖσα Τυνδάρεω, etc.] 'How that their parentage was referred to Zeus, and denied to Tyndareus.'

11. οἷοι δὴ ἄνδρες, etc.] 'The kind of men who always have corrupted and will never cease to ruin the prosperity of the kings of their time.'

31. ἐν ἑαυτοῦ ὄντα] 'Master of himself.' A mixture of two constructions, ἑαυτοῦ ὄντα (cp. οὐκ εἰμὶ ἐμαυτοῦ supra Epictetus 2. 11) and ἐν ἑαυτῷ εἶναι. Also cp. note on ἐν ἡμετέρου supra Hdt. 1. 160.

34. πολὺν εἶναι, etc.] 'Was loud in his reproaches against Alexander.' Cp. Hdt. 9. 91 πολλὸς ἦν λισσόμενος.

40. ἀνιέναι] Intransitive: 'did not cease insulting him.'

43. οὐδέ τι ἄλλο, etc.] 'And was nothing but the name of a king,' i. e. was a king only in name.

ii. 5. καταστρέψαι] Intransitive: 'to end his days.'

8. ἄλλως ἂν ἀπαλλαγέντα, etc.] 'But would find some other manner of death if this were not allowed him.'

20. βασιλικὸν ὄντα τῶν Νυσαίων] 'Being of the royal breed (and one) of the Nysaean horses.'

21. τῶν τινι θεραπευόντων, etc.] 'One of those who attended on him for his wisdom.'

XXXIX.

Lucian.

i. 29. ὅμως ἐραστήν, etc.] 'At any rate a lover I have, such as he is:' κἂν τοῦτον, elliptical: supply ἐραστὴν ἔχω. Cp. infra 5. 43 κἂν μικρόν.

35. οἷα, etc.] 'Was nothing but the bare skull of a deer.'

36. ζυγώσας, etc.] 'He made a bridge to them, and fastened on the strings without even winding them round a peg.'

iii. 10. καὶ οὐχ ἁπλοῦν] See note on ἀλλὰ καὶ ἐν τῷ μεταβαλεῖν infra 14.

14. ἐνεπλήσθην γοῦν αὐτῶν] 'I say I got sated with all this.' γοῦν marks the resumption of the sentence interrupted by the nominative absolute αἱ ὧραι δὲ—θατέρῳ.

ἀλλὰ καὶ ἐν τῷ μεταβαλεῖν] Cp. Eur. Orestes 224 μεταβολὴ πάντων γλυκύ, and as a commentary on the whole passage, Arist. Eth. Nic. 7. 15 εἴ του ἡ φύσις ἁπλῆ εἴη ἀεὶ ἡ αὐτὴ πρᾶξις ἡδίστη ἔσται· διὸ ὁ θεὸς ἀεὶ μίαν καὶ ἁπλοῦν χαίρει ἡδονήν—καὶ ἡδονὴ μᾶλλον ἐν ἠρεμίᾳ ἐστὶν ἢ ἐν κινήσει, μεταβολὴ δὲ πάντων γλυκύτατον κατὰ τὸν ποιητὴν διὰ πονηρίαν τινά. ὥσπερ γὰρ ἄνθρωπος εὐμετάβολος ὁ πονηρός, καὶ ἡ φύσις ἡ δεομένη μεταβολῆς· οὐ γὰρ ἁπλῆ οὐδ' ἐπιεικής.

22. περιπίπτῃς σεαυτῷ, etc.] 'Lest you should fall by your own hand and be reasoning in a circle.'

26. καὶ ἐνταῦθα, etc.] 'Here also the sameness of things will prove equally tedious.'

29. τί οὖν ἂν πάθοι τις] 'What is to become of me?' 'What am I to do?'

iv. 7. ἄγουσι καὶ φέρουσι] 'Plunder,' as in Hom. Il. 5. 483-4

ἀτὰρ οὔ τί μοι ἐνθάδε τοῖον
οἷον' γ' ἠὲ φέροιεν Ἀχαιοὶ ἤ κεν ἄγοιεν:

cp. infra Longinus 2. 38 κατ' ἄκρας ἄγοντα καὶ φέροντα.

v. 9. τὸν ὄβολον] Cp. Ar. Ran. 270

    Χαρ. ἔκβαιν', ἀποδὸς τὸν ναῦλον. Δι. ἔχε δὴ τὠβολώ.

10. τὰ πορθμία καταβαλεῖν] 'To pay my fare with.'

22. πλέον γάρ, etc.] 'For I have got nothing but this wallet that you see.'

35. σπαθήσει] 'Will run through,' 'squander.' Cp. Ar. Nub. 53-5

    οὐ μὴν ἐρῶ γ' ὡς ἀργὸς ἦν, ἀλλ' ἐσπάθα·

    ἐγὼ δ' ἂν αὐτῇ θοιμάτιον δεικνὺς τοδὶ

    πρόφασιν ἔφασκον, ὦ γύναι λίαν σπαθᾷς.

παραλαβών] 'Having inherited them from me:' opposed to κτᾶσθαι in Arist. Eth. Nic. 9. 7 ἔτι δὲ τὰ ἐπιπόνως γενόμενα πάντες μᾶλλον στέργουσιν, οἷον καὶ τὰ χρήματα οἱ κτησάμενοι τῶν παραλαβόντων. Cp. Plat. Rep. I. 330 B παρέλαβες ἢ ἐπεκτήσω;

41. ἀνοιμώξομαι is suggested instead of the common readings ἂν οἰμώξωμαι and ἂν οἰμώξομαι: the first gives a form of the verb which seems never to occur in good Greek: the second a construction not allowable in Attic.

58. ἐγὼ δ' ἵππους, etc.] διαπαίζει δὲ τοὺς λέγοντας ἀθανάτους εἶναι τὰς τῶν ἀλογῶν ψυχάς, Scholiast.

61. Ἰνδοπάτην, Ἡραμίθρην] Fictitious names: the Seres are introduced as the most remote nation known to the Roman world; and so Horace, Odes I. 12. 55, 56

    Subjectos Orientis orae

        Seras et Indos.

The spirits of men and animals of every country are here supposed to meet on the banks of the Styx, in order to be ferried across in Charon's boat.

74. ἔμβαλέ μοι τὴν δεξιάν] i. e. as a pledge that he will tell the truth: so in Soph. Phil. 813

    ἔμβαλλε χειρὸς πίστιν—ἐμβάλλω μενεῖν:

cp. Ar. Vesp. 554

    ἐμβάλλει μοι τὴν χεῖρ' ἀπαλὴν τῶν δημοσίων κεκλοφυῖαν.

81. τούτους τέτταρας ἐπὶ τοῖς χιλίοις, etc.] 'Take charge of these thousand and four' (the number of the last arrivals at Hades).

84. πρόσαγε] 'Bring them into court.'

κήρυττε] 'Cite them by name.'

προσκάλει] 'Call them up.' Words borrowed from the law courts.

86. πρὸς τοῦ πατρός] i. e. Zeus, father of Rhadamanthus.

95. ἐς τὴν δίκην κατάστηθι] 'Stand your trial.'

103. στίγματα ἐπὶ τῆς ψυχῆς, etc.] There seems to be a reference to Plato Gorgias 524 D, E ἔνδηλα πάντα ἐστὶν ἐν τῇ ψυχῇ, ἐπειδὰν γυμνωθῇ τοῦ σώματος, τά τε τῆς φύσεως καὶ τὰ παθήματα ἃ διὰ τὴν ἐπιτήδευσιν ἑκάστου πράγματος ἔσχεν ἐν τῇ ψυχῇ ὁ ἄνθρωπος. ἐπειδὰν οὖν ἀφίκωνται παρὰ τὸν δικαστήν, οἱ μὲν ἐκ τῆς Ἀσίας παρὰ τὸν Ῥαδάμανθυν, ὁ Ῥαδάμανθυς ἐκείνους ἐπιστήσας θεᾶται ἑκάστου τὴν ψυχὴν οὐκ εἰδὼς ὅτου ἐστίν, ἀλλὰ πολλάκις τοῦ μεγαλοῦ βασιλέως ἢ δυνάστου κατεῖδεν οὐδὲν ὑγιὲς ὂν τῆς ψυχῆς ἀλλὰ διαμεμαστιγωμένην καὶ οὐλῶν μεστὴν ὑπὸ ἐπιορκιῶν καὶ ἀδικίας ἃ ἑκάστῳ ἡ πρᾶξις αὐτοῦ ἐξωμόρξατο εἰς τὴν ψυχήν.

111. ἐξ ὑπαρχῆς] 'Over again,' 'once more:' joined with αὖθις in Soph.
Oed. Rex 132   ἀλλ' ἐξ ὑπαρχῆς αὖθις αὔτ' ἐγὼ φανῶ.

127. προσκάλει] Addressed to Hermes.

130. ἐπὶ τράχηλον ὠθοῦσα] = τραχηλίζουσα, 'Pushing him head foremost.'

vi. 15. μηκέτι φέραν] In earlier Greek we should expect οὐκέτι φέρων.

21. οὕτω γάρ, etc.] Understand ᾠόμεθα or some such word.

24. ἀναισθήτως εἶχε] Sc. τὸ κῆτος.

31. ὡς ἔνι (i. e. ἐνῆν) πλεῖστον] 'As much as possible.'

41. ταῦτα φέλλινα εἶχον] 'This part of their body they had of cork.'

52. κατὰ τὴν πρώραν] 'On our bows,' i. e. 'right ahead of us.'

55. Ἡρόδοτος] Viz. in 3. 113 τοσαῦτα μὲν θυωμάτων περὶ εἰρήσθω·
ἀπόζει δὲ τῆς χώρας τῆς Ἀραβίης θεσπέσιον ὡς ἡδύ.

58. προσέβαλλε] Cp. Ar. Pax 180
            πόθεν βροτοῦ με προσέβαλε;
and supra Plato 5. 27 ἢ πρὸς ὄψιν, ἢ πρὸς ἀκοήν τι προσβάλῃ.

67. πλάγιος αὐλός] = πλαγίαυλος, (the cross flute) of Theocritus, 20. 29
            κῆν αὐλῷ λαλέω, κῆν δώνακι, κῆν πλαγιαύλῳ.

XL.

M. Aurelius Antoninus.

i. 7. παραπέμψαι, etc.] 'What then is it that will best help him on
his way?' Cp. supra Aelian 27 παραπέμπουσιν ἀπόνως.

8. τὸν δαίμονα] The soul regarded as the divine part of man (cp. supra
Arist. 5. 27 εἰ δὴ θεῖον ὁ νοῦς πρὸς τὸν ἄνθρωπον), and which it is man's
duty to keep undefiled, cp. M. Aurelius 2. 13 πρὸς μόνῳ τῷ ἔνδον ἑαυτοῦ
δαίμονι εἶναι καὶ τοῦτον γνησίως θεραπεύειν. θεραπεία δὲ αὐτοῦ καθαρὸν
πάθους διατηρεῖν. So ibid. 3. 16 τὸν ἔνδον ἐν τῷ στήθει ἱδρυμένον δαίμονα
μὴ φύρειν: and infra 4. 17 ἵλεως τῷ σαυτοῦ δαίμονι διαβιῶναι. Different
from the *genius* of Horace and Persius.

10. ἀνενδεῆ, etc.] 'And independent of what another may do or not do.'

14. εἰ δὲ αὐτοῖς, etc.] 'And if it is no hardship to the elements them-
selves that each single one of them should be constantly changing into
another, why should we look with suspicion on change and dissolution that
befalls the union of them all: for it is Nature's doing, and nothing that
Nature does can be evil.' For as Aristotle says, Pol. 1. 2, οὐθὲν μάτην ἡ
φύσις ποιεῖ: and De Part. Anim. 1. 1 μᾶλλον δὲ ἐστὶ τὸ οὗ ἕνεκα καὶ τὸ
καλὸν ἐν τοῖς τῆς φύσεως ἔργοις ἢ ἐν τοῖς τῆς τέχνης.

ii. 4. ἐκεῖνος, etc.] 'The poet says, dear city of Cecrops: and shalt not
thou say, dear city of Zeus?'

4. πόλις Διός] i. e. the κόσμος or universe.

iii. With the whole passage cp. Lucretius 3. 1037-46
        Lumina suis oculis etiam bonus Ancu' reliquit, etc.

1. ἐννοεῖν] Infinitive for imperative.

πολλάκις, etc.] 'Who have knit their brow over many a sick bed.'

iii. 2. μαθηματικοί] Astrologists.

3. ἄλλων θανάτους, etc.] 'Who have foretold others' deaths, and thought that a great prophecy' (whereas death is sure to visit all men).

4. μυρία διατεινόμενοι] 'Who have maintained a thousand arguments upon death or immortality.' διατεινάμενοι, cp. infra Philostratus 20 διατεινομένῳ ἔτι.

7. Ἑλίκη] Cp. Pliny Nat. Hist. 2. 92 Helicen et Buram in sinu Corinthio pontus abstulit: and Ovid Met. 15. 293

> Si quaeras Helicen et Burin, Achaiadas urbes,
> Invenies sub aquis.

14. τὴν ἐνεγκοῦσαν] Sc. γῆν or φύσιν.

iv. 2. τούτων. etc.] 'Of these the two former are yours, inasmuch as you are obliged to take care of them; but the third alone is properly yours.'

3. ὃ ἐάν] 'If then :' = Latin 'quod si.'

7. ὥστε, etc.] 'So that the intellectual power, pure and free from all its natural surroundings, may live its own life,' etc.

10. ἐὰν χωρίσῃς, etc.] 'If, I say, you remove from this ruling principle (viz. νοῦς) all that attaches to it from passion, and all the future and all past time, and make yourself like the round sphere of Empedocles, rejoicing in its circular revolution, and seek to live only what you are living, that is to say, the present.'

v. 1. ἐν τῇ μεγάλῃ πόλει] i. e. the world: called Διὸς πόλις supra 2. 4.

τί σοι, etc.] 'What difference does it make to you, that in five years (for the laws are the same for all), I say, what hardship is there that you are then sent out of the city, not by a tyrant nor by an unjust judge, but by nature herself who brought you in?'

5. ὁ παραλαβὼν στρατηγός, etc.] 'Like the praetor dismissing from the stage the actor whom he brought on to it.' The Praetor urbanus at Rome provided the theatrical and gladiatorial shows.

XLI.

Pausanias.

2. τὴν ἐς Ἀμύκλας] Sc. ὁδόν.

6. λόχοις, etc.] 'More than half the Lacedaemonian lochi:' according to Xenophon (Rep. Lac. 11, 3 and 4) there were six μόραι, and each μόρα had four λοχαγοί.

XLII.

Philostratus.

2. τῶν πετρῶν] The Gyrae.

καί τι καὶ φρονήματος, etc.] 'And not a little indignant at the sea that has cast him there.'

3. βέβληται, etc.] 'He has seen his ship struck' (with lightning).

4. ὁμόσε, etc.] 'Has done battle with the waves, striking through some, sweeping along others, heaving up others with his breast.'

6. Γυραῖς] Cp. Hom. Od. 4. 500-1

Γυρῆσίν μιν πρῶτα Ποσειδάων ἐπέλασσεν
πέτρῃσιν μεγάλῃσι, καὶ ἐξεσάωσε θαλάσσης.

7. λόγους ὑπέρφρονας] Cp. Hom. Od. 4. 502-3

καί νύ κεν ἔκφυγε κῆρα καὶ ἐχθόμενός περ Ἀθήνης
εἰ μὴ ὑπερφίαλον ἔπος ἔκβαλε καὶ μέγ' ἀάσθη.

10. σωφρονοῦντι δὲ καὶ φειδομένῳ τῶν θεῶν] Cp. Athene apud Soph. Aj. 127-8
ὑπέρκοπον
μηδέν ποτ' εἴπῃς αὐτὸς εἰς θεοὺς ἔπος:

and 132-3
τοὺς δὲ σώφρονας
θεοὶ φιλοῦσι καὶ στυγοῦσι τοὺς κακούς.

14. αὐτῇ ὕβρει] 'Insolence and all:' so infra 22 αὐτῷ Αἴαντι.

18. ἀναφέρων] Intrans. 'recovering.'

20. διατεινομένῳ ἔτι, etc.] 'Like to one still defiant.'

22. τὸ τρύφος] The fragment of the Gyrae on which Ajax stands.

XLIV.

Longinus.

i. 1. ὁ Κικέραν, etc.] 'Cicero and Demosthenes differ in the grandeur of their styles.'

2. ὁ μὲν γὰρ ἐν ὕψει, etc.] 'The one excels in an abrupt loftiness. the other in a flowing style.'

3. ὁ ἡμέτερος] 'Our countryman' (Demosthenes).

6. πάντῃ νέμεται, etc.] 'Encroaches and unfolds in every direction, with a vast continuing blaze, spreading now over this now over that part of the fiery field (ἐν αὐτῷ, i. e. ἐν τῷ ἐμπρησμῷ), and recruited by successive outbursts.'

ii. 4. ὡς ἀμέλει, etc.] 'As of course many others have wondered.'

πῶς, etc.] 'How ever is it that our times produce orators exceedingly persuasive and versatile, keen and quick, and most ready in graces of style. but few or none that are very lofty or grand: such an universal dearth of eloquence pervades our life.'

8. For κοσμική cp. ἡ τῆς οἰκουμένης εἰρήνη infra 35.

17. δουλείας δικαίας, etc.] 'Trained from youth to a servitude, righteous though it be.' Cp. infra 31 κᾶν ᾖ δικαιοτάτη. But for this last passage and its context, it would seem more natural to take δικαίας to mean 'which we have merited by our faults.'

21. τὰς μὲν ἄλλας ἕξεις, etc.] 'That any other mental condition was possible even for a servant, but that no slave could ever become an orator.'

23. εὐθύς, etc.] 'For his want of frankness, and as it were his guarded spirit, which habit has cuffed into him, at once come to the surface.'

46. ἴσα βαίνουσα] See on Dem. 8. 45 supra.

XLVI.

Julian the Emperor.

4. παραβάλλειν τοῖς θεάτροις] 'To abandon oneself to the theatres.' So with εἰς in Arist. Eth. Nic. 7. 4 τὸ πλειστάκις παραβάλλειν εἰς αὐτάς (sc. τὰς σωματικὰς ἡδονάς).

XLVIII.

Heliodorus.

10. δυοῖν, etc.] 'The tails of two snakes he bound behind her back, passing their necks under her breast, and entwining them in a tangled noose, suffering their heads to slip through the noose, as a tassel to the girdle on each side.'

15. ὑπὸ βλοσυρῷ, etc.] 'Not terrible by any grimness or sternness of eye.' Note the poetical use of ὑπό with the dative.

18. τὴν ὕλην] 'In material.'

L.

Agathias.

5. ἡ παρὰ 'Ρωμαίοις, etc.] 'The opinion which prevailed amongst the Romans about the Supreme Being.'

6. For τῷ κρείττονι cp. Agathias Hist. 1. c. 16 B συναγωνιεῖται δὲ καὶ τὸ κρεῖττον ἡμῖν, 'God will be on our side.'

9. ὁ Πλάτωνος λόγος] In the Republic 473 C ἐὰν μὴ ἢ οἱ φιλόσοφοι βασιλεύσωσιν ἐν ταῖς πόλεσιν ἢ οἱ βασιλῆς τε νῦν λεγόμενοι καὶ δυνάσται φιλοσοφήσωσι γνησίως τε καὶ ἱκανῶς, καὶ τοῦτο εἰς ταὐτὸν ξυμπέσῃ δύναμίς τε πολιτικὴ καὶ φιλοσοφία—οὐκ ἔστι κακῶν παῦλα ταῖς πόλεσι.

14. εἰ καὶ ἀφύλακτον ἢ] We should rather expect ἦν καί, or κἂν ἀφύλακτον ἢ, though εἰ and the subjunctive occasionally occur without ἄν even in Attic Greek, e. g. Soph. Oed. Col. 1443

εἰ σοῦ στερηθῶ.

15. ἔστ' ἂν ἐπανήκοι] We should expect ἐπανήκῃ in earlier Greek.

26. μυρίας ὅσας, etc.] 'Thousands of lawful wives.'

30. φιλοσοφεῖν, etc.] 'Boasting himself to be a philosopher.'

July, 1880.

BOOKS

PRINTED AT

The Clarendon Press, Oxford,

AND PUBLISHED FOR THE UNIVERSITY BY

HENRY FROWDE,

AT THE OXFORD UNIVERSITY PRESS WAREHOUSE,

7 PATERNOSTER ROW, LONDON.

LEXICONS, GRAMMARS, &c.

A Greek-English Lexicon, by Henry George Liddell,
D.D., and Robert Scott, D.D. *Sixth Edition.* 4to. *cloth*, 1*l.* 16*s.*

A Greek-English Lexicon, abridged from the above,
chiefly for the use of Schools. *Eighteenth Edition, carefully revised throughout.* 1879. square 12mo. *cloth*, 7*s.* 6*d.*

A copious Greek-English Vocabulary, compiled from the
best authorities. 1850. 24mo. *bound*, 3*s.*

Graecae Grammaticae Rudimenta in usum Scholarum.
Auctore Carolo Wordsworth, D.C.L. *Nineteenth Edition*, 1877. 12mo. *cloth*, 4*s.*

A Practical Introduction to Greek Accentuation, by
H. W. Chandler, M.A. 1862. 8vo. *cloth*, 10*s.* 6*d.*

Scheller's Lexicon of the Latin Tongue, with the German
explanations translated into English by J. E. Riddle, M.A. fol. *cloth*, 1*l.* 1*s.*

A Latin Dictionary, founded on Andrews' Edition of
Freund's Latin Dictionary. Revised, enlarged, and in great part re-written,
by Charlton T. Lewis, Ph.D., and Charles Short. LL.D. 4to. *cloth*, 1*l.* 11*s.* 6*d.*

A Practical Grammar of the Sanskrit Language, ar-
ranged with reference to the Classical Languages of Europe, for the use of
English Students. By Monier Williams, M.A. *Fourth Edition.* 8vo. *cloth*, 15*s.*

A Sanskrit English Dictionary, Etymologically and
Philologically arranged, with special reference to Greek, Latin, German,
Anglo-Saxon, English, and other cognate Indo-European Languages. By
Monier Williams, M.A., Boden Professor of Sanskrit. 1872. 4to. *cloth*, 4*l.* 14*s.* 6*d.*

An Icelandic - English Dictionary, based on the MS.
collections of the late R. Cleasby. Enlarged and completed by G. Vigfusson.
With an Introduction, and Life of R. Cleasby, by G. Webbe Dasent, D.C.L.
4to. *cloth*, 3*l.* 7*s.*

An Etymological Dictionary of the English Language,
arranged on an Historical basis. By W. W. Skeat, M.A. To be completed in
Four Parts. Parts I. and II., 4to. 10*s.* 6*d.* each.
    Part III. will be published July 1, 1880.

[1]

GREEK CLASSICS.

Aeschylus: Tragoediae et Fragmenta, ex recensione Guil.
Dindorfii. *Second Edition*, 1851. 8vo. *cloth*, 5s. 6d.

Sophocles: Tragoediae et Fragmenta, ex recensione et cum
commentariis Guil. Dindorfii. *Third Edition*, 2 vols. 1860. fcap. 8vo. *cloth*,
1l. 1s.

Each Play separately, *limp*, 2s. 6d.

The Text alone, printed on writing paper, with large
margin, royal 16mo. *cloth*, 8s.

The Text alone, square 16mo. *cloth*, 3s. 6d.

Each Play separately, *limp*, 6d. (See also page 11.)

Sophocles: Tragoediae et Fragmenta cum Annotatt. Guil.
Dindorfii. Tomi II. 1849. 8vo. *cloth*, 10s.

The Text, Vol. I. 5s. 6d. The Notes, Vol. II. 4s. 6d.

Euripides: Tragoediae et Fragmenta, ex recensione Guil.
Dindorfii. Tomi II. 1834. 8vo. *cloth*, 10s.

Aristophanes: Comoediae et Fragmenta, ex recensione
Guil. Dindorfii. Tomi II. 1835. 8vo. *cloth*, 11s.

Aristoteles; ex recensione Immanuelis Bekkeri. Accedunt
Indices Sylburgiani. Tomi XI. 1837. 8vo. *cloth*, 2l. 10s.

The volumes may be had separately (except Vol. IX.), 5s. 6d. *each*.

Aristotelis Ethica Nicomachea, ex recensione Immanuelis
Bekkeri. Crown 8vo. *cloth*, 5s.

Demosthenes: ex recensione Guil. Dindorfii. Tomi IV.
1846. 8vo. *cloth*, 1l. 1s.

Homerus: Ilias, ex rec. Guil. Dindorfii. 1856. 8vo. *cloth*,
5s. 6d.

Homerus: Odyssea, ex rec. Guil. Dindorfii. 1855. 8vo.
cloth, 5s. 6d.

Plato: The Apology, with a revised Text and English
Notes, and a Digest of Platonic Idioms, by James Riddell, M.A. 1878. 8vo.
cloth, 8s. 6d.

Plato: Philebus, with a revised Text and English Notes,
by Edward Poste, M.A. 1860. 8vo. *cloth*, 7s. 6d.

Plato: Sophistes and Politicus, with a revised Text and
English Notes, by L. Campbell, M.A. 1866. 8vo. *cloth*, 18s.

Plato: Theaetetus, with a revised Text and English Notes,
by L. Campbell, M.A. 1861. 8vo. *cloth*, 9s.

Plato: The Dialogues, translated into English, with Ana-
lyses and Introductions. By B. Jowett, M.A., Master of Balliol College, and
Regius Professor of Greek. *A new Edition in five volumes*. 1875. Medium
8vo. *cloth*, 3l. 10s.

THE HOLY SCRIPTURES.

The Holy Bible in the Earliest English Versions, made from
the Latin Vulgate by John Wycliffe and his followers: edited by the Rev. J.
Forshall and Sir F. Madden. 4 vols. 1850. royal 4to. *cloth*, 3*l.* 3*s.*

The New Testament in English, according to the Version
by John Wycliffe, about A.D. 1380, and Revised by John Purvey, about A.D.
1388. *Reprinted from the above.* With Introduction and Glossary by W. W.
Skeat, M.A. 1879. Extra fcap. 8vo. *cloth*, 6*s.*

The Holy Bible: an exact reprint, page for page, of the
Authorized Version published in the year 1611. Demy 4to. *half bound*, 1*l.* 1*s.*

Novum Testamentum Graece. Edidit Carolus Lloyd,
S.T.P.R., necnon Episcopus Oxoniensis. 18mo. *cloth*, 3*s.*

    The same on writing paper, small 4to. *cloth*, 10*s.* 6*d.*

Novum Testamentum Graece juxta Exemplar Millianum.
18mo. *cloth*, 2*s.* 6*d.*

    The same on writing paper, small 4to. *cloth*, 9*s.*

Evangelia Sacra Graece. fcap. 8vo. *limp*, 1*s.* 6*d.*

Vetus Testamentum ex Versione Septuaginta Interpretum
secundum exemplar Vaticanum Romae editum. Accedit potior varietas Codicis
Alexandrini. *Editio Altera.* Tomi III. 1875. 18mo, *cloth*, 18*s.*

ECCLESIASTICAL HISTORY, &c.

Baedae Historia Ecclesiastica. Edited, with English
Notes, by G. H. Moberly, M.A. 1869. crown 8vo. *cloth*, 10*s.* 6*d.*

Chapters of Early English Church History. By William
Bright, D.D. 8vo. *cloth*, 12*s.*

Eusebius' Ecclesiastical History, according to the Text
of Burton. With an Introduction by William Bright, D.D. Crown 8vo. *cloth*,
8*s.* 6*d.*

Socrates' Ecclesiastical History, according to the Text of
Hussey. With an Introduction by William Bright, D.D. Crown 8vo. *cloth*,
7*s.* 6*d.*

ENGLISH THEOLOGY.

Butler's Analogy, with an Index. 8vo. *cloth*, 5*s.* 6*d.*

Butler's Sermons. 8vo. *cloth*, 5*s.* 6*d.*

Hooker's Works, with his Life by Walton, arranged by
John Keble, M.A. *Sixth Edition*, 3 vols. 1874. 8vo. *cloth*, 1*l.* 11*s.* 6*d.*

Hooker's Works; the text as arranged by John Keble, M.A.
2 vols. 1875. 8vo. *cloth*, 11*s.*

Pearson's Exposition of the Creed. Revised and corrected
by E. Burton, D.D. *Sixth Edition*, 1877. 8vo. *cloth*, 10*s.* 6*d.*

Waterland's Review of the Doctrine of the Eucharist, with
a Preface by the present Bishop of London. 1868. crown 8vo. *cloth*, 6*s.* 6*d.*

ENGLISH HISTORY.

A History of England. Principally in the Seventeenth
Century. By Leopold Von Ranke. 6 vols. 8vo. *cloth*, 3*l.* 3*s.*

Clarendon's (Edw. Earl of) History of the Rebellion and
Civil Wars in England. To which are subjoined the Notes of Bishop War-
burton. 7 vols. 1849. medium 8vo. *cloth*, 2*l.* 10*s.*

Clarendon's (Edw. Earl of) History of the Rebellion and
Civil Wars in England. 7 vols. 1839. 18mo. *cloth*, 1*l.* 1*s.*

Freeman's (E. A.) History of the Norman Conquest of
England: its Causes and Results. *In Six Volumes.* 8vo. *cloth*, 5*l.* 9*s.* 6*d.*

  Vol. I. and II. together, *Third Edition*, 1877. 1*l.* 16*s.*
  Vol. III. *Second Edition*, 1874. 1*l.* 1*s.*
  Vol. IV. *Second Edition*, 1875. 1*l.* 1*s.*
  Vol. V. 1876. 1*l.* 1*s.*
  Vol. VI. Index, 1879. 10*s.* 6*d.*

Rogers's History of Agriculture and Prices in England, A.D.
1259—1793. Vols. I. and II. (1259—1400). 8vo. *cloth*, 2*l.* 2*s.*
  Vols. III. and IV. *in the Press.*

MATHEMATICS, PHYSICAL SCIENCE, &c.

An Account of Vesuvius, by John Phillips, M.A., F.R.S.,
Professor of Geology, Oxford. 1869. Crown 8vo. *cloth*, 10*s.* 6*d.*

Treatise on Infinitesimal Calculus. By Bartholomew
Price, M.A., F.R.S., Professor of Natural Philosophy, Oxford.

  Vol. I. Differential Calculus. *Second Edition*, 1858. 8vo. *cloth*, 14*s.* 6*d.*

  Vol. II. Integral Calculus, Calculus of Variations, and Differential Equations.
  Second Edition, 1865. 8vo. *cloth*, 18*s.*

  Vol. III. Statics, including Attractions; Dynamics of a Material Particle.
  Second Edition, 1868. 8vo. *cloth*, 16*s.*

  Vol. IV. Dynamics of Material Systems; together with a Chapter on Theo-
  retical Dynamics, by W. F. Donkin, M.A., F.R.S. 1862. 8vo. *cloth*, 16*s.*

MISCELLANEOUS.

An Introduction to the Principles of Morals and
Legislation. By Jeremy Bentham. Crown 8vo. *cloth*, 6*s.* 6*d.*

Bacon's Novum Organum, edited, with English Notes, by
G. W. Kitchin, M.A. 1855. 8vo. *cloth*, 9*s.* 6*d.* *See also page* 15.

Bacon's Novum Organum, translated by G. W. Kitchin,
M.A. 1855. 8vo. *cloth*, 9*s.* 6*d.*

Smith's Wealth of Nations. A new Edition, with Notes,
by J. E. Thorold Rogers, M.A. 2 vols. 8vo. *cloth*, 21*s.*

The Student's Handbook to the University and Col-
leges of Oxford. *Fifth Edition.* Extra fcap. 8vo. *cloth*, 2*s.* 6*d.*

Clarendon Press Series.

The Delegates of the Clarendon Press having undertaken the publication of a series of works, chiefly educational, and entitled the **Clarendon Press Series**, have published, or have in preparation, the following.

Those to which prices are attached are already published; the others are in preparation.

I. ENGLISH.

A First Reading Book. By Marie Eichens of Berlin; and edited by Anne J. Clough. Ext. fcap. 8vo. *stiff covers*, 4*d.*

Oxford Reading Book, Part I. For Little Children. Ext. fcap. 8vo. *stiff covers*, 6*d.*

Oxford Reading Book, Part II. For Junior Classes. Ext. fcap. 8vo. *stiff covers*, 6*d.*

An Elementary English Grammar and Exercise Book. By O. W. Tancock, M.A., Head Master of Norwich School. Ext. fcap. 8vo. 1*s.* 6*d.*

An English Grammar and Reading Book, for Lower Forms in Classical Schools. By the same Author. *Third Edition.* Ext. fcap. 8vo. *cloth*, 3*s.* 6*d.*

Typical Selections from the best English Writers, with Introductory Notices. *Second Edition*, in Two Volumes. Extra fcap. 8vo. *cloth*, 3*s.* 6*d.* each.

The Philology of the English Tongue. By J. Earle, M.A., formerly Fellow of Oriel College, and Professor of Anglo-Saxon, Oxford. *Third Edition.* Ext. fcap. 8vo. *cloth*, 7*s.* 6*d.*

A Book for Beginners in Anglosaxon. By John Earle, M.A., Professor of Anglosaxon, Oxford. *Second Edition.* Extra fcap. 8vo. *cloth*, 2*s.* 6*d.*

An Anglo-Saxon Reader, in Prose and Verse, with Grammatical Introduction, Notes, and Glossary. By Henry Sweet, M.A. *Second Edition.* Extra fcap. 8vo. *cloth*, 8*s.* 6*d.*

The Ormulum; with the Notes and Glossary of Dr. R. M. White. Edited by R. Holt, M.A. 2 vols. Extra fcap. 8vo. *cloth*, 21*s.*

Specimens of Early English. A New and Revised Edition. With Introduction, Notes, and Glossarial Index. By R. Morris, L.L.D., and W. W. Skeat, M.A.

    Part I. *In the Press.*

    Part II. From Robert of Gloucester to Gower (A.D. 1298 to A.D. 1393). Extra fcap. 8vo. *cloth*, 7*s.* 6*d.*

Specimens of English Literature, from the 'Ploughmans Crede' to the 'Shepheardes Calender' (A.D. 1394 to A.D. 1579). With Introduction, Notes, and Glossarial Index. By W. W. Skeat, M.A. *Second Edition.* Ext. fcap. 8vo. *cloth*, 7*s.* 6*d.*

The Vision of William concerning Piers the Plowman, by William Langland. Edited, with Notes, by W. W. Skeat, M.A. *Third Edition.* Ext. fcap. 8vo. *cloth,* 4s. 6d.

Chaucer. The Prioresses Tale; Sire Thopas; The Monkes Tale; The Clerkes Tale; The Squieres Tale, &c. Edited by W. W. Skeat, M.A. *Second Edition.* Ext. fcap. 8vo. *cloth,* 4s. 6d.

Chaucer. The Tale of the Man of Lawe; The Par- doneres Tale; The Second Nonnes Tale; The Chanouns Yemannes Tale. By the same Editor. *Second Edition.* Extra fcap. 8vo. *cloth,* 4s. 6d.

Old English Drama. Marlowe's Tragical History of Doctor Faustus, and Greene's Honourable History of Friar Bacon and Friar Bungay. Edited by A. W. Ward, M.A., Professor of History and English Literature in Owens College, Manchester. Extra fcap. 8vo. *cloth,* 5s. 6d.

Marlowe. Edward II. With Notes, &c. By O. W. Tancock, M.A., Head Master of Norwich School. Extra fcap. 8vo. *cloth,* 3s.

Shakespeare. Hamlet. Edited by W. G. Clark, M.A., and W. Aldis Wright, M.A. Extra fcap. 8vo. *stiff covers,* 2s.

Shakespeare. Select Plays. Edited by W. Aldis Wright, M.A. Extra fcap. 8vo. *stiff covers.*

The Tempest, 1s. 6d.	King Lear, 1s. 6d.
As You Like It, 1s. 6d.	A Midsummer Night's Dream, 1s. 6d.
Julius Cæsar, 2s.	Coriolanus, 2s. 6d.

Richard the Third. *In the Press.*

(For other Plays, see p. 7.)

Milton. Areopagitica. With Introduction and Notes. By J. W. Hales, M.A. *Second Edition.* Extra fcap. 8vo. *cloth,* 3s.

Bunyan. Holy War, Life and Death of Mr. Badman. Edited by E. Venables, M.A. *In Preparation.* (See also p. 7.)

Addison. Selections from Papers in the Spectator. With Notes. By T. Arnold, M.A., University College. Extra fcap. 8vo. *cloth,* 4s. 6d.

Burke. Four Letters on the Proposals for Peace with the Regicide Directory of France. Edited, with Introduction and Notes, by E. J. Payne, M.A. Extra fcap. 8vo. *cloth,* 5s. *See also page 7.*

Also the following in paper covers.

Goldsmith. Deserted Village. 2d.

Gray. Elegy, and Ode on Eton College. 2d.

Johnson. Vanity of Human Wishes. With Notes by E. J. Payne, M.A. 4d.

Keats. Hyperion, Book I. With Notes by W. T. Arnold, B.A. 4d.

Milton. With Notes by R. C. Browne, M.A.

Lycidas, 3d.	L'Allegro, 3d.	Il Penseroso, 4d.
Comus, 6d.	Samson Agonistes, 6d.	

Parnell. The Hermit. 2d.

A SERIES OF ENGLISH CLASSICS

Designed to meet the wants of Students in English Literature ; by the late J. S. BREWER, M.A., Professor of English Literature at King's College, London.

1. **Chaucer.** The Prologue to the Canterbury Tales; The Knightes Tale; The Nonne Prestes Tale. Edited by R. Morris, LL.D. *Sixth Edition.* Extra fcap. 8vo. *cloth*, 2*s.* 6*d.* See also p. 6.

2. **Spenser's Faery Queene.** Books I and II. By G. W. Kitchin, M.A. Extra fcap. 8vo. *cloth*, 2*s.* 6*d.* each.

3. **Hooker.** Ecclesiastical Polity, Book I. Edited by R. W. Church, M.A., Dean of St. Paul's. *Second Edition.* Extra fcap. 8vo. *cloth*, 2*s.*

4. **Shakespeare.** Select Plays. Edited by W. G. Clark, M.A., and W. Aldis Wright, M.A. Extra fcap. 8vo. *stiff covers.*
   I. The Merchant of Venice. 1*s.*   II. Richard the Second. 1*s.* 6*d.*
   III. Macbeth. 1*s.* 6*d.* (For other Plays, see p. 6.)

5. **Bacon.**
   I. Advancement of Learning. Edited by W. Aldis Wright, M.A. *Second Edition.* Extra fcap. 8vo. *cloth*, 4*s.* 6*d.*
   II. The Essays. With Introduction and Notes. By J. R. Thursfield, M.A.

6. **Milton.** Poems. Edited by R. C. Browne, M.A. In Two Volumes. *Fourth Edition.* Ext. fcap. 8vo. *cloth*, 6*s.* 6*d.*
   Sold separately, Vol. I. 4*s.*, Vol. II. 3*s.*

7. **Dryden.** Stanzas on the Death of Oliver Cromwell; Astraea Redux; Annus Mirabilis; Absalom and Achitophel; Religio Laici; The Hind and the Panther. Edited by W. D. Christie, M.A., Trinity College, Cambridge. *Second Edition.* Extra fcap. 8vo. *cloth*, 3*s.* 6*d.*

8. **Bunyan.** The Pilgrim's Progress; Grace Abounding; Relation of the Imprisonment of Mr. John Bunyan. Edited, with Biographical Introduction and Notes, by E. Venables, M.A., Precentor of Lincoln. Extra fcap. 8vo. *cloth*, 5*s.*

9. **Pope.** With Introduction and Notes. By Mark Pattison, B.D., Rector of Lincoln College, Oxford.
   I. Essay on Man. *Sixth Edition.* Extra fcap. 8vo. *stiff covers*, 1*s.* 6*d.*
   II. Satires and Epistles. *Second Edition.* Extra fcap. 8vo. *stiff covers*, 2*s.*

10. **Johnson.** Select Works. Lives of Dryden and Pope, and Rasselas. Edited by Alfred Milnes, B.A. (Lond.), late Scholar of Lincoln College, Oxford. Extra fcap. 8vo. *cloth*, 4*s.* 6*d.*

11. **Burke.** Edited, with Introduction and Notes, by E. J. Payne, M.A., Fellow of University College, Oxford.
   I. Thoughts on the Present Discontents; the Two Speeches on America, etc. *Second Edition.* Extra fcap. 8vo. *cloth*, 4*s.* 6*d.*
   II. Reflections on the French Revolution. *Second Edition.* Extra fcap. 8vo. *cloth*, 5*s.* See also p. 6.

12. **Cowper.** Edited, with Life, Introductions, and Notes, by H. T. Griffith, B.A., formerly Scholar of Pembroke College, Oxford.
   I. The Didactic Poems of 1782, with Selections from the Minor Pieces, A.D. 1779-1783. Ext. fcap. 8vo. *cloth*, 3*s.*
   II. The Task, with Tirocinium, and Selections from the Minor Poems, A.D. 1784-1799. Ext. fcap. 8vo. *cloth*, 3*s.*

II. LATIN.

An Elementary Latin Grammar. By John B. Allen, M.A.,
Head Master of Perse Grammar School, Cambridge. *Third Edition.* Extra
fcap. 8vo. *cloth*, 2s. 6d.

A First Latin Exercise Book. By the same Author.
Second Edition. Extra fcap. 8vo. *cloth*, 2s. 6d.

Anglice Reddenda, or Easy Extracts, Latin and English,
for Unseen Translation. By C. S. Jerram, M.A. Extra fcap. 8vo. *cloth*, 2s.

Passages for Translation into Latin. For the use of
Passmen and others. Selected by J. Y. Sargent, M.A. *Fifth Edition.* Ext.
fcap. 8vo. *cloth*, 2s. 6d.

First Latin Reader. By T. J. Nunns, M.A. *Third
Edition.* Extra fcap. 8vo. *cloth*, 2s.

Second Latin Reader. *In Preparation.*

Caesar. The Commentaries (for Schools). With Notes
and Maps, &c. By C. E. Moberly, M.A., Assistant Master in Rugby School.
> *The Gallic War.* Extra fcap. 8vo. *cloth*, 4s. 6d.
> *The Civil War.* Extra fcap. 8vo. *cloth*, 3s. 6d.
> *The Civil War.* Book 1. Extra fcap. 8vo. *cloth*, 2s.

Cicero. Selection of interesting and descriptive passages.
With Notes. By Henry Walford, M.A. In Three Parts. *Third Edition.*
Ext. fcap. 8vo. *cloth*, 4s. 6d.
> *Each Part separately, in limp cloth, 1s. 6d.*

Cicero. Select Letters (for Schools). With Notes. By the
late C. E. Prichard, M.A., and E. R. Bernard, M.A. *Second Edition.* Extra
fcap. 8vo. *cloth*, 3s.

Cicero. Select Orations (for Schools). With Notes. By
J. R. King, M.A. Ext. fcap. 8vo. *cloth*, 2s. 6d. *Just Published.*

Cornelius Nepos. With Notes, by Oscar Browning, M.A.
Second Edition. Extra fcap. 8vo. *cloth*, 2s. 6d.

Livy. Selections (for Schools). With Notes and Maps.
By H. Lee Warner, M.A. *In Three Parts.* Ext. fcap. 8vo. *cloth*, 1s. 6d. each.

Ovid. Selections for the use of Schools. With Introduc-
tions and Notes, etc. By W. Ramsay, M.A. Edited by G. G. Ramsay, M.A.
Second Edition. Ext. fcap. 8vo. *cloth*, 5s. 6d.

Pliny. Select Letters (for Schools). With Notes. By the
late C. E. Prichard, M.A., and E. R. Bernard, M.A. *Second Edition.* Extra
fcap. 8vo. *cloth*, 3s.

Catulli Veronensis Liber. Iterum recognovit, apparatum
criticum prolegomena appendices addidit, Robinson Ellis, A.M. 8vo. *cloth*, 16s.

Catullus. A Commentary on Catullus. By Robinson
Ellis, M.A. Demy 8vo. *cloth*, 16s.

Catulli Veronensis Carmina Selecta, secundum recog-
nitionem Robinson Ellis, A.M. Extra fcap. 8vo. *cloth*, 3s. 6d.

Cicero de Oratore. With Introduction and Notes. By
A. S. Wilkins, M.A., Professor of Latin, Owens College, Manchester. Book I.
Demy 8vo. *cloth, 6s.*

Cicero's Philippic Orations. With Notes. By J. R. King,
M.A. *Second Edition.* Demy 8vo. *cloth, 10s. 6d.*

Cicero. Select Letters. With English Introductions,
Notes, and Appendices. By Albert Watson, M.A., Fellow and Lecturer of
Brasenose College, Oxford. *Second Edition.* Demy 8vo. *cloth, 18s.*

Cicero. Select Letters (Text). By the same Editor.
Extra fcap. 8vo. *cloth, 4s.*

Cicero pro Cluentio. With Introduction and Notes. By
W. Ramsay, M.A. Edited by G. G. Ramsay, M.A., Professor of Humanity,
Glasgow. *Second Edition.* Ext. fcap. 8vo. *cloth, 3s. 6d.*

Horace. With Introductions and Notes. By Edward C.
Wickham, M.A., Head Master of Wellington College.
Vol. I. The Odes, Carmen Seculare, and Epodes. *Second Edition.* Demy
8vo. *cloth, 12s.*

    Also a small edition for Schools.

Livy, Books I–X. By J. R. Seeley, M.A., Regius Professor
of Modern History, Cambridge. Book I. *Second Edition.* Demy 8vo. *cloth, 6s.*

    Also a small edition for Schools.

Persius. The Satires. With a Translation and Com-
mentary. By John Conington, M.A. Edited by H. Nettleship, M.A. *Second
Edition.* 8vo. *cloth, 7s. 6d.*

Selections from the less known Latin Poets. By North
Pinder, M.A. Demy 8vo. *cloth, 15s.*

Fragments and Specimens of Early Latin. With Intro-
duction and Notes. By John Wordsworth, M.A., Tutor of Brasenose College,
Oxford. Demy 8vo. *cloth, 18s.*

Tacitus. The Annals. Books I—VI. With Essays and
Notes. By T. F. Dallin, M.A., Tutor of Queen's College, Oxford. *Preparing.*

A Manual of Comparative Philology, as applied to the
Illustration of Greek and Latin Inflections. By T. L. Papillon, M.A., Fellow
of New College. *Second Edition.* Crown 8vo. *cloth, 6s.*

The Roman Poets of the Augustan Age. *Virgil.* By
William Young Sellar, M.A., Professor of Humanity in the University of
Edinburgh. 8vo. *cloth, 14s.*

The Roman Poets of the Republic. By the same
Editor. *Preparing.*

III. GREEK.

A Greek Primer, for the use of beginners in that Language.
By the Right Rev. Charles Wordsworth, D.C.L., Bishop of St. Andrews. *Sixth
Edition. Revised and Enlarged.* Ext. fcap. 8vo. *cloth, 1s. 6d.*

Greek Verbs, Irregular and Defective; their forms,
meaning, and quantity; embracing all the Tenses used by Greek writers, with
references to the passages in which they are found. By W. Veitch. *Fourth
Edition.* Crown 8vo. *cloth, 10s. 6d.*

The Elements of Greek Accentuation (for Schools):
abridged from his larger work by H. W. Chandler, M.A., Waynflete Professor
of Moral and Metaphysical Philosophy, Oxford. Ext. fcap. 8vo. *cloth*, **2s. 6d.**

A Series of Graduated Greek Readers:

First Greek Reader. By W. G. Rushbrooke. M.L.,
formerly Fellow of St. John's College, Cambridge, Second Classical Master
at the City of London School. Ext. fcap. 8vo. *cloth*, 2s. 6d.

Second Greek Reader. By A. J. M. Bell, M.A.
Extra fcap. 8vo. *cloth*, 3s. 6d.

Third Greek Reader.   *In Preparation.*

**Fourth Greek Reader; being Specimens of Greek
Dialects.** With Introductions and Notes. By W. W. Merry, M.A.
Ext. fcap. 8vo. *cloth*, 4s. 6d.

Fifth Greek Reader. Part I, Selections from Greek
Epic and Dramatic Poetry, with Introductions and Notes. By Evelyn
Abbott, M.A. Ext. fcap. 8vo. *cloth*, 4s. 6d.
Part II. By the same Editor. *In Preparation.*

The Golden Treasury of Ancient Greek Poetry; with Intro-
ductory Notices and Notes. By R. S. Wright, M.A. Ext. fcap. 8vo. *cloth*, 8s. 6d.

A Golden Treasury of Greek Prose; with Introductory
Notices and Notes. By R. S. Wright, M.A., and J. E. L. Shadwell, M.A.
Ext. fcap. 8vo. *cloth*, 4s. 6d.

Aeschylus. Prometheus Bound (for Schools). With Notes.
By A. O. Prickard, M.A. Ext. fcap. 8vo. *cloth*, 2s.

Aeschylus. Agamemnon (for Schools), with Introduction
and Notes by Arthur Sidgwick, M.A., Lecturer at Corpus Christi College,
Oxford; late Assistant Master at Rugby School, and Fellow of Trinity College,
Cambridge.

Aristophanes. In Single Plays, edited with English Notes,
Introductions, &c. By W. W. Merry, M.A. Extra fcap. 8vo.
The Clouds, 2s.   The Acharnians, *in Preparation.*
Other plays will follow.

Arrian. Selections (for Schools). With Notes. By J. S.
Phillpotts, B.C.L., Head Master of Bedford School.

Cebetis Tabula. With Introduction and Notes by C. S.
Jerram, M.A. Ext. fcap. 8vo. *cloth*, 2s. 6d.

Euripides. Alcestis (for Schools). By C. S. Jerram, M.A.
Ext. fcap. 8vo. *cloth*, 2s. 6d.

Euripides. Helena (for Schools). By the same Editor.
In Preparation.

Herodotus. Selections. With Introduction, Notes, and
Map. By W. W. Merry, M.A. Ext. fcap. 8vo. *cloth*, 2s. 6d. *Just Published.*

Homer. Odyssey, Books I–XII (for Schools). By W. W.
Merry. M.A. *Nineteenth Thousand.* Ext. fcap. 8vo. *cloth*, 4s. 6d.
Book II, separately, 1s. 6d.

Homer. Odyssey, Books XIII–XXIV (for Schools). By
the same Editor. Ext. fcap. 8vo. *cloth*, 5s.

Homer. Iliad. Book I (for Schools). By D. B. Monro, M.A., Vice-Provost of Oriel College, Oxford. Ext. fcap. 8vo. *cloth*, 2s.

Lucian. Vera Historia (for Schools). By C. S. Jerram, M.A. Extra fcap. 8vo. *cloth*, 1s. 6d.

Plato. Selections (for Schools). With Notes. By B. Jowett, M.A., Regius Professor of Greek; and J. Purves, M.A. *In the Press.*

Sophocles. In Single Plays, with English Notes, &c. By Lewis Campbell, M.A., and Evelyn Abbott, M.A. Extra fcap. 8vo.
Oedipus Rex, Oedipus Coloneus, Antigone, 1s. 9d. each.
Ajax, Electra, Trachiniae, Philoctetes, 2s. each.

Sophocles. Oedipus Rex: Dindorf's Text, with Notes by the present Bishop of St. David's. Extra fcap. 8vo. *cloth*, 1s. 6d.

Theocritus (for Schools). With Notes. By H. Kynaston (late Snow), M.A. *Second Edition.* Ext. fcap. 8vo. *cloth*, 4s. 6d.

Xenophon. Easy Selections (for Junior Classes). With a Vocabulary, Notes, and Map. By J. S. Phillpotts, B.C.L., and C. S. Jerram, M.A. Ext. fcap. 8vo. *cloth*, 3s. 6d.

Xenophon. Selections (for Schools). With Notes and Maps. By J. S. Phillpotts, B.C.L., Head Master of Bedford School. *Fourth Edition.* Ext. fcap. 8vo. *cloth*, 3s. 6d.

Xenophon. Anabasis, Book II. With Notes and Map. By C. S. Jerram, M.A. Ext. fcap. 8vo. *cloth*, 2s.

Aristotle's Politics. By W. L. Newman, M.A., Fellow of Balliol College, Oxford.

Demosthenes and Aeschines. The Orations on the Crown. With Introductory Essays and Notes. By G. A. Simcox, M.A., and W. H. Simcox, M.A. Demy 8vo. *cloth*, 12s.

Homer. Odyssey, Books I–XII. Edited with English Notes, Appendices, &c. By W. W. Merry, M.A., and the late James Riddell, M.A. Demy 8vo. *cloth*, 16s.

Homer. Odyssey, Books XIII–XXIV. By S. H. Butcher, M.A., Fellow of University College, Oxford.

Homer. Iliad. With Introduction and Notes. By D. B. Monro, M.A., Vice-Provost of Oriel College, Oxford. *Preparing.*

A Homeric Grammar. By D. B. Monro, M.A. *In the Press.*

Sophocles. With English Notes and Introductions. By Lewis Campbell, M.A., Professor of Greek, St. Andrews.
Vol. I. Oedipus Tyrannus. Oedipus Coloneus. Antigone. *Second Edition.* 8vo. *cloth*, 16s.
Vol. II. *In the Press.*

Sophocles. The Text of the Seven Plays. By the same Editor. Ext. fcap. 8vo. *cloth*, 4s. 6d.

A Handbook of Greek Inscriptions, illustrative of Greek History. By E. L. Hicks, M.A. *Preparing.*

IV. FRENCH.

An Etymological Dictionary of the French Language, with
a Preface on the Principles of French Etymology. By A. Brachet. Translated
by G. W. Kitchin, M.A. *Second Edition.* Crown 8vo. *cloth,* 7s. 6d.

Brachet's Historical Grammar of the French Language.
Translated by G. W. Kitchin, M.A. *Fourth Edition.* Ext. fcap. 8vo. *cloth,* 3s. 6d.

French Classics, Edited by GUSTAVE MASSON, *B.A. Univ. Gallic.*
Extra fcap. 8vo. cloth, 2s. 6d. each.

Corneille's Cinna, and Molière's Les Femmes Savantes.

Racine's Andromaque, and Corneille's Le Menteur. With
Louis Racine's Life of his Father.

Molière's Les Fourberies de Scapin, and Racine's Athalie.
With Voltaire's Life of Molière.

Regnard's Le Joueur, and Brueys and Palaprat's Le
Grondeur.

A Selection of Tales by Modern Writers.

Selections from the Correspondence of Madame de Sévigné
and her chief Contemporaries. Intended more especially for Girls' Schools.
By the same Editor. Ext. fcap. 8vo. *cloth,* 3s.

Louis XIV and his Contemporaries; as described in
Extracts from the best Memoirs of the Seventeenth Century. With Notes,
Genealogical Tables, etc. By the same Editor. Extra fcap. 8vo. *cloth,* 2s. 6d.

V. GERMAN.

German Classics, Edited by C. A. BUCHHEIM, *Phil. Doc., Professor*
in King's College, London.

Goethe's Egmont. With a Life of Goethe, &c. *Second*
Edition. Ext. fcap. 8vo. *cloth,* 3s.

Schiller's Wilhelm Tell. With a Life of Schiller; an histo-
rical and critical Introduction, Arguments, and a complete Commentary.
Third Edition. Ext. fcap. 8vo. *cloth,* 3s. 6d.

Lessing's Minna von Barnhelm. A Comedy. With a Life
of Lessing, Critical Analysis, Complete Commentary, &c. *Third Edition.*
Extra fcap. 8vo. *cloth,* 3s. 6d.

Schiller's Historische Skizzen: Egmonts Leben und Tod,
and Belagerung von Antwerpen. *Second Edition.* Ext. fcap. 8vo. *cloth,* 2s. 6d.

Goethe's Iphigenie auf Tauris. A Drama. With a Critical
Introduction and Notes. Ext. fcap. 8vo. *cloth,* 3s.

In Preparation. By the same Editor.

Schiller's Maria Stuart. With Notes, Introduction, etc.

Schiller's Jungfrau von Orleans. With Notes, Introduc-
tion, etc.

Selections from the poems of Schiller and Goethe.

Becker's (K. F.) Friedrich der Grosse.

A German Reader, in Three Parts.

LANGE's *German Course.*

The Germans at Home; a Practical Introduction to German Conversation, with an Appendix containing the Essentials of German Grammar. *Second Edition.* 8vo. *cloth, 2s. 6d.*

The German Manual; a German Grammar, a Reading Book, and a Handbook of German Conversation. 8vo. *cloth, 7s. 6d.*

A Grammar of the German Language. 8vo. *cloth,* 3s. 6d.

This 'Grammar' is a reprint of the Grammar contained in 'The German Manual,' and, in this separate form, is intended for the use of students who wish to make themselves acquainted with German Grammar chiefly for the purpose of being able to read German books.

German Composition; Extracts from English and American writers for Translation into German, with Hints for Translation in foot-notes. *In the Press.*

Lessing's Laokoon. With Introduction, English Notes, &c. By A. Hamann, Phil. Doc., M.A., Taylorian Teacher of German in the University of Oxford. Ext. fcap. 8vo. *cloth,* 4s. 6d.

Wilhelm Tell. By Schiller. Translated into English Verse by Edward Massie, M.A. Ext. fcap. 8vo. *cloth,* 5s.

VI. MATHEMATICS, &c.

Figures made Easy: a first Arithmetic Book. (Introductory to 'The Scholar's Arithmetic.') By Lewis Hensley, M.A., formerly Fellow of Trinity College, Cambridge. Crown 8vo. *cloth, 6d.*

Answers to the Examples in Figures made Easy. By the same Author. Crown 8vo. *cloth, 1s.*

The Scholar's Arithmetic. By the same Author. Crown 8vo. *cloth,* 4s. 6d.

The Scholar's Algebra. By the same Author. Crown 8vo. *cloth,* 4s. 6d.

Book-keeping. By R. G. C. Hamilton and John Ball. *New and enlarged Edition.* Ext. fcap. 8vo. *limp cloth,* 2s.

Acoustics. By W. F. Donkin, M.A., F.R.S., Savilian Professor of Astronomy, Oxford. Crown 8vo. *cloth,* 7s. 6d.

A Treatise on Electricity and Magnetism. By J. Clerk Maxwell, M.A., F.R.S. 2 vols. Demy 8vo. *cloth,* 1l. 11s. 6d.

An Elementary Treatise on the same subject. By the same Author. *Preparing.*

A Treatise on Statics. By G. M. Minchin, M.A. *Second Edition, Revised and Enlarged.* Demy 8vo. *cloth,* 14s.

Geodesy. By Colonel Alexander Ross Clarke, R.E. Demy 8vo. *cloth,* 12s. 6d. *Just Published.*

VII. PHYSICAL SCIENCE.

A Handbook of Descriptive Astronomy. By G. F. Chambers, F.R.A.S. *Third Edition.* Demy 8vo. *cloth*, 28s.

Chemistry for Students. By A. W. Williamson, Phil. Doc., F.R.S., Professor of Chemistry, University College, London. *A new Edition, with Solutions*, 1873. Ext. fcap. 8vo. *cloth*, 8s. 6d.

A Treatise on Heat, with numerous Woodcuts and Diagrams. By Balfour Stewart, LL.D., F.R.S., Professor of Physics, Owens College, Manchester. *Third Edition.* Ext. fcap. 8vo. *cloth*, 7s. 6d.

Lessons on Thermodynamics. By R. E. Baynes, M.A. Crown 8vo. *cloth*, 7s. 6d.

Forms of Animal Life. By G. Rolleston, M.D., F.R.S., Linacre Professor of Physiology, Oxford. Demy 8vo. *cloth*, 16s.

Exercises in Practical Chemistry. By A. G. Vernon Harcourt, M.A., F.R.S.; and H. G. Madan, M.A. *Second Edition.* Crown 8vo. *cloth*, 7s. 6d.

Geology of Oxford and the Valley of the Thames. By John Phillips, M.A., F.R.S., Professor of Geology, Oxford. 8vo. *cloth*, 1l. 1s.

Crystallography. By M. H. N. Story-Maskelyne, M.A., Professor of Mineralogy, Oxford; and Deputy Keeper in the Department of Minerals, British Museum. *In the Press.*

VIII. HISTORY.

A Constitutional History of England. By W. Stubbs, M.A., Regius Professor of Modern History, Oxford. *Library Edition.* Three vols. demy 8vo. *cloth*, 2l. 8s. *Just Published.*

    Also in Crown 8vo., Vols. II. and III., price 12s. each. Vol. I, *Reprinting.*

Select Charters and other Illustrations of English Constitutional History from the Earliest Times to the reign of Edward I. By W. Stubbs, M.A. *Third Edition.* Crown 8vo. *cloth*, 8s. 6d.

The Norman Conquest (for Schools). By E. A. Freeman, M.A. *In the Press.*

Genealogical Tables illustrative of Modern History. By H. B. George, M.A. *New Edition, Revised and Corrected.* Small 4to. *cloth*, 12s.

A History of France, down to the year 1793. With numerous Maps, Plans, and Tables. By G. W. Kitchin, M.A. In 3 vols. Crown 8vo. *cloth*, price 10s. 6d. each.

Selections from the Despatches, Treaties, and other Papers of the Marquess Wellesley, K.G., during his Government of India. Edited by S. J. Owen, M.A., formerly Professor of History in the Elphinstone College, Bombay. 8vo. *cloth*, 1l. 4s.

Selections from the Wellington Despatches. By the same Editor. *In the Press.*

A History of the United States of America. By E. J. Payne, M.A., Fellow of University College, Oxford. *In the Press.*

A Manual of Ancient History. By George Rawlinson, M.A., Camden Professor of Ancient History, Oxford. Demy 8vo. *cloth*, 14s.

A History of Greece. By E. A. Freeman, M.A., formerly
Fellow of Trinity College, Oxford.

Italy and her Invaders. A.D. 376-476. By T. Hodgkin,
Fellow of University College, London. Illustrated with Plates and Maps. 2 vols.
demy 8vo. *cloth*, 1*l.* 12*s.* *Just Published.*

IX. LAW.

The Elements of Jurisprudence. By Thomas Erskine
Holland, D.C.L., Chichele Professor of International Law and Diplomacy, and
Fellow of All Souls College, Oxford. Demy 8vo. *cloth*, 10*s.* 6*d.* *Just Published.*

The Institutes of Justinian, edited as a Recension of the
Institutes of Gaius. By the same Editor. Extra fcap. 8vo. *cloth*, 5*s.*

Gaii Institutionum Juris Civilis Commentarii Quatuor;
or, Elements of Roman Law by Gaius. With a Translation and Commentary.
By Edward Poste, M.A., Barrister-at-Law. *Second Edition.* 8vo. *cloth*, 18*s.*

Select Titles from the Digest of Justinian. By T. E.
Holland, D.C.L., Chichele Professor of International Law and Diplomacy, and
C. L. Shadwell, B.C.L., Fellow of Oriel College, Oxford. *In Parts.*

    Part I.   Introductory Titles. 8vo. *sewed*, 2*s.* 6*d.*
    Part II.   Family Law. 8vo. *sewed*, 1*s.*
    Part III.   Property Law. 8vo. *sewed*, 2*s.* 6*d.*
    Part IV.   Law of Obligations (No. 1). 8vo. *sewed*, 3*s.* 6*d.*

Elements of Law considered with reference to Principles
of General Jurisprudence. By William Markby, M.A. *Second Edition, with
Supplement.* Crown 8vo. *cloth*, 7*s.* 6*d.*

A Treatise on International Law. By W. E. Hall, M.A.,
University College, Oxford. *Nearly ready.*

An Introduction to the History of the Law of Real
Property, with Original Authorities. By Kenelm E. Digby, M.A. *Second
Edition.* Crown 8vo. *cloth*, 7*s.* 6*d.*

Principles of the English Law of Contract. By Sir
William R. Anson, Bart., B.C.L., Vinerian Reader of English Law, and Fellow
of All Souls College, Oxford. Crown 8vo. *cloth*, 9*s.*

X. MENTAL AND MORAL PHILOSOPHY.

Bacon. Novum Organum. Edited. with Introduction,
Notes, etc., by T. Fowler, M.A. 1878. 8vo. *cloth*, 14*s.*

Selections from Berkeley. With an Introduction and
Notes. By Alexander Campbell Fraser, LL.D. *Second Edition.* Crown 8vo.
cloth, 7*s.* 6*d.*

The Elements of Deductive Logic, designed mainly for
the use of Junior Students in the Universities. By T. Fowler, M.A. *Seventh
Edition*, with a Collection of Examples. Ext. fcap. 8vo. *cloth*, 3*s.* 6*d.*

The Elements of Inductive Logic, designed mainly for
the use of Students in the Universities. By the same Author. *Third Edition.*
Ext. fcap. 8vo. *cloth*, 6*s.*

A Manual of Political Economy, for the use of Schools.
By J. E. Thorold Rogers, M.A. *Third Edition.* Ext. fcap. 8vo. *cloth*, 4*s.* 6*d.*

XI. ART, &c.

A Handbook of Pictorial Art. By R. St. J. Tyrwhitt,
M.A. *Second Edition.* 8vo. *half morocco*, 18s.

A Treatise on Harmony. By Sir F. A. Gore Ouseley,
Bart., M.A., Mus. Doc. *Second Edition.* 4to. *cloth*, 10s.

A Treatise on Counterpoint, Canon, and Fugue, based
upon that of Cherubini. By the same Author. 4to. *cloth*, 16s.

A Treatise on Musical Form, and General Compo-
sition. By the same Author. 4to. *cloth*, 10s.

A Music Primer for Schools. By J. Troutbeck, M.A.,
and R. F. Dale, M.A., B. Mus. *Second Edition.* Crown 8vo. *cloth*, 1s. 6d.

The Cultivation of the Speaking Voice. By John Hullah.
Second Edition. Extra fcap. 8vo. *cloth*, 2s. 6d.

XII. MISCELLANEOUS.

Text-Book of Botany, Morphological and Physio-
logical. By Dr. Julius Sachs, Professor of Botany in the University of Würzburg.
Translated by A. W. Bennett, M.A., assisted by W. T. Thiselton Dyer, M.A.
Royal 8vo. *half morocco*, 31s. 6d.

A System of Physical Education : Theoretical and Prac-
tical. By Archibald Maclaren, The Gymnasium, Oxford. Extra fcap. 8vo.
cloth. 7s. 6d.

An Icelandic Prose Reader, with Notes, Grammar, and
Glossary. By Dr. Gudbrand Vigfusson and F. York Powell, M.A. Extra fcap.
8vo. *cloth*, 10s. 6d.

Dante. Selections from the Inferno. With Introduction
and Notes. By H. B. Cotterill, B.A. Extra fcap. 8vo. *cloth*, 4s. 6d.

Tasso. La Gerusalemme Liberata. Cantos I, II. By
the same Editor. Extra fcap. 8vo. *cloth*, 2s. 6d.

A Treatise on the Use of the Tenses in Hebrew. By
S. R. Driver, M.A., Fellow of New College. Extra fcap. 8vo. *cloth*, 6s. 6d.

Outlines of Textual Criticism applied to the New Testa-
ment. By C. E. Hammond, M.A., Fellow and Tutor of Exeter College,
Oxford. *Third Edition.* Extra fcap. 8vo. *cloth*, 3s. 6d.

A Handbook of Phonetics, including a Popular Exposition
of the Principles of Spelling Reform. By Henry Sweet, M.A. Extra fcap.
8vo. *cloth*, 4s. 6d.

The DELEGATES OF THE PRESS *invite suggestions and advice
from all persons interested in education; and will be thankful
for hints, &c., addressed to the* SECRETARY TO THE DELEGATES,
Clarendon Press, Oxford.